新譯阮籍詩文集

林家驪　注譯
簡宗梧
李清錡　校閱

三民書局　印行

國家圖書館出版品預行編目資料

新譯阮籍詩文集／林家驪注譯;簡宗梧,李清筠校閱.
——二版二刷.——臺北市：三民，2021
面； 公分.——(古籍今注新譯叢書)

ISBN 978-957-14-5978-3（平裝）

842.4 103023702

古籍今注新譯叢書

新譯阮籍詩文集

注譯者｜林家驪
校閱者｜簡宗梧 李清筠

發行人｜劉振強
出版者｜三民書局股份有限公司
地址｜臺北市復興北路 386 號 (復北門市)
臺北市重慶南路一段 61 號 (重南門市)
電話｜(02)25006600
網址｜三民網路書店 https://www.sanmin.com.tw

出版日期｜初版一刷 2001 年 2 月
二版一刷 2015 年 6 月
二版二刷 2021 年 10 月
書籍編號｜S032110
ISBN｜978-957-14-5978-3

刊印古籍今注新譯叢書緣起

劉振強

人類歷史發展，每至偏執一端，往而不返的關頭，總有一股新興的反本運動繼起，要求回顧過往的源頭，從中汲取新生的創造力量。孔子所謂的述而不作，溫故知新，以及西方文藝復興所強調的再生精神，都體現了創造源頭這股日新不竭的力量。古典之所以重要，古籍之所以不可不讀，正在這層尋本與啟示的意義上。處於現代世界而倡言讀古書，並不是迷信傳統，更不是故步自封；而是當我們愈懂得聆聽來自根源的聲音，我們就愈懂得如何向歷史追問，也就愈能夠清醒正對當世的苦厄。要擴大心量，冥契古今心靈，會通宇宙精神，不能不由學會讀古書這一層根本的工夫做起。

基於這樣的想法，本局自草創以來，即懷著注譯傳統重要典籍的理想，由第一部的四書做起，希望藉由文字障礙的掃除，幫助有心的讀者，打開禁錮於古老話語中的豐沛寶藏。我們工作的原則是「兼取諸家，直注明解」。一方面熔鑄眾說，擇善而從；一方面也力求明白可喻，達到學術普及化的要求。叢書自陸續出刊以來，頗受各界的喜愛，使我們得到很大的鼓勵，也有信心繼續推廣這項工作。隨著海峽兩岸的交流，我們注譯的成員，也由臺灣各大學的教授，擴及大陸各有專長的學者。陣容的充實，使我們有更多的資源，整理更多樣化的古籍。兼採經、史、子、集四部的要典，重拾對通才器識的重視，將是我們進一步工作的目標。

古籍的注譯，固然是一件繁難的工作，但其實也只是整個工作的開端而已，最後的完成與意義的賦予，全賴讀者的閱讀與自得自證。我們期望這項工作能有助於為世界文化的未來匯流，注入一股源頭活水；也希望各界博雅君子不吝指正，讓我們的步伐能夠更堅穩地走下去。

新譯阮籍詩文集 目次

帖

詩

附　錄

導讀

一　阮籍的生平簡介

阮籍，字嗣宗，陳留尉氏（今河南尉氏）人，生於東漢獻帝劉協建安十五年（西元二一〇年），卒於魏元帝曹奐景元四年（西元二六三年），是我國魏晉之際著名的文學家、思想家，「竹林七賢」之一，與嵇康齊名。

阮籍的父親阮瑀字元瑜，是建安時代的著名文學家，「建安七子」之一。阮瑀從小就受教於漢末大儒蔡邕，學識淵博，曾為曹操丞相府掾屬，尤其擅長軍書檄文和樂府歌辭的寫作，曹丕稱他「書記翩翩」（〈與吳質書〉），並說：「琳、瑀之章表書記，今之雋也。」（《典論・論文》）其代表作品是今存於《文選》卷四十二的〈為曹公作書與孫權〉，寫得情味雋永，文采斐然，且語言雄辯，氣勢勁健，是書記作品中的上乘之作。所以明人張溥說：「阮掾為曹操遺書孫權，文詞英拔，見重魏朝。……若是平行人有詞，國家光輝，以之折沖禦侮，其鄭子產乎？余觀彼書，潤澤發揚，善辨若轂。」（《漢魏六朝百三家集・阮元瑜集題辭》）給予了極高的評價。阮瑀的詩名不如他的文名，但也偶有很不錯的作品。他的擬樂府詩〈駕出北郭門行〉寫後母虐待孤兒的現象，詩人通過孤兒聲淚俱下的控訴，撕去了溫情的面紗，暴露了以金錢財產結成的社會關係。這首詩通篇採用對話的形式，語言質樸率真，保存了較多的漢樂府民歌的優良傳統，所以陳祚明評其「質直悲酸，猶近漢調」（《采菽堂古詩選》卷七）。阮瑀在文學上的成就，對阮籍發生深刻的影響。史載阮籍「幼有奇才異質，八歲能屬文」（《太平御覽》六〇二引《魏氏春秋》），而且才思敏捷，這可能得之於乃父的遺傳。

阮籍三歲喪父，由寡母撫養成人，事母孝謹。他三十三歲才出仕。魏正始三年（西元二四二年）秋七月，太尉蔣濟辟他為掾屬，他上奏記婉拒，「濟大怒。於是鄉親共喻之，乃就吏。」（《晉書・阮籍傳》）看來他的應辟是被迫的。不久託病辭歸。接著又任尚書郎，不久又病免。大約在正始九年（西元二四八年）曹爽輔政，招攬人才，召阮籍為參軍，他以疾堅辭，屏居歸田。一年後，司馬懿誅滅了曹爽集團，當時一些人很佩服阮籍的遠見卓識。司馬懿專權後，召阮籍為從事中郎。司馬懿陰險兇狠，排除異己，殺戮名士，絕不留情。為了苟全性命，阮籍只好應召任職。司馬懿死後，阮籍轉為司馬師從事中郎。不久封關內侯，遷散騎常侍。司馬師死後，阮籍又轉為司馬昭從事中郎，接著任東平（今屬山東省）相，但「旬日而還」（《晉書・阮籍傳》），後又求為步兵校尉。所以史稱「阮步兵」。關於阮籍求為步兵校尉，有一個富有戲劇性的故事。《三國志・魏書・王粲傳》注引《魏氏春秋》云：「後朝論以其名高，欲顯崇之，籍以世多故，祿仕而已，聞步兵校尉缺，廚多美酒，營人善釀酒，求為校尉，遂縱酒昏酣，遺落世事。」

魏元帝景元三年，阮籍的摯友嵇康，因不滿當時掌握政權的司馬氏集團，聲言「非湯武而薄周孔」，遭鍾會構陷，為司馬昭所殺。第二年，阮籍在鬱悶中離開了人世。

二　阮籍的思想傾向

阮籍生當魏晉易代之際，當時曹魏政權日漸式微，代之而起的是司馬氏政治集團。在這個政治鬥爭的漩渦裡應付、掙扎，偶有不慎，就會召來滅頂之災。司馬氏集團的殘酷無情是有目共睹的。魏齊王曹芳嘉平元年（西元二四九年），司馬懿發動了「高平陵之變」，以「陰謀反逆」的罪名斬了曹爽兄弟及其黨羽何晏、鄧颺、丁謐、畢軌、李勝、桓範等，皆夷三族。而何晏之徒都是當時名士的領袖人物。可見名士在這個特殊年代裡的艱險處境。阮籍對曹魏皇室末年的昏庸腐敗深表不滿；但又不願與司馬氏集團同流合污，為虎作倀，因而採取了一種「虛與委蛇」的態度。他家與曹氏有較深的歷史淵源，情感上難免有所牽連，這就大體上決定了他的處世態度。

阮籍的思想是充滿著矛盾的。青少年時代的阮籍服膺儒術，他在〈詠懷詩〉其十五中說道：「昔年十四五，志尚好《詩》、《書》。被褐懷珠玉，顏、閔相與期。」說明少年時代的阮籍志尚在儒家經典──《詩》、《書》，並且以孔子的弟子中有高尚德行的顏淵、閔子騫自期，希冀做一個高尚的純粹的儒學之士。在這種儒家思想的浸潤下，阮籍嚮往積極入世，建立功業。他的〈詠懷詩〉其三十九熱情讚美了壯士遠赴國難，效命疆場，捨生忘死的壯烈行為，並說「忠為百世榮，義使令名彰。垂聲謝後世，氣節故有常。」《晉書》本傳記載阮籍「本有濟世志」，又說他「嘗登廣武，觀楚漢戰處，歎曰：『時無英雄，使豎子成名！』登武牢山，望京邑而歎，于是賦〈豪傑詩〉。」「豎子」是范增因鴻門宴斥罵項羽不材的稱呼。阮籍覺得自己的時代就像楚漢對峙的當年一樣，正因為沒有真正的英雄，所以不材可以成名而稱英雄，那些成功的人物也未必是真英雄。他的〈豪傑詩〉如今已經不能指認，但是〈詠懷詩〉中有兩首詩卻頗值得注意。那就是其三十八和其三十九。其三十八也是描寫詩人的雄心壯志的。在詩中，他鄙薄莊周，讚頌「雄傑士」的顯赫功名，把他描繪成一個「彎弓掛扶桑，長劍倚天外」的英雄。這兩首壯懷激烈的詩篇，或許就是〈豪傑詩〉，後來人們將其編入阮集時，統名之曰〈詠懷〉。詩人的這種希圖立功立名的懷抱，正是深受儒家思想影響，嚮往積極入世，希冀有所作為的志向的反映。

然而當阮籍壯志滿懷，走進社會，接觸政治現實後，他卻痛心地看到了曹魏集團的驕奢腐敗，同時他也敏銳地覺察到了司馬氏集團的陰險偽善，表面高唱禮法，實則陰謀篡權的企圖。而在這兩個政治集團的鬥爭漩渦中，有志之士動輒得咎，甚至招來殺身之禍。這一切都使阮籍少年的壯志付之東流，他失望、苦悶、憤慨，但這都無濟於事。為了苟全性命於亂世，阮籍用了種種怪誕的行為來避開現實的政治鬥爭。他變得喜怒不形於色，「發言玄遠，口不臧否人物」（《晉書》本傳）。他還好酒，《晉書》本傳說阮籍「本有濟世志，屬魏晉之際，天下多故，名士少有全者，籍由是不與世事，遂酣飲為常。文帝初欲為武帝求婚於籍，籍醉六十日，不得言而止。鍾會數以時事問之，欲因其可否而致之罪，皆以酣醉獲免。」酣醉而對時事不置可否，這是避禍；醉六十日而拒司馬氏之求婚，是一種反對司馬氏態度的微妙表示。這裡明確地指出，他的酣醉是因為「天下多故，名士少有全者」，是為了躲避司馬氏及其黨羽的政治迫害。

阮籍的怪誕行為還表現在他的狂上。所謂狂，一般是指魏晉名士們那種不遵循禮教的縱情任性的生活態度和生活方式。當時司馬氏標榜「以孝治天下」，提倡「禮法」、「名教」，實際上是藉此來鏟除異己、篡奪政權的一種政治手段。司馬氏講孝，阮籍就以居喪無禮，散髮箕踞，飲酒食肉來抗議。他的這種狂放行為遭到了當時的禮法之士何曾的強烈反對。《世說新語・任誕》：「阮籍遭母喪，在晉文王（司馬昭）坐，進酒肉，司隸何曾亦在坐，曰：『明公方以孝治天下，而阮籍以重喪，顯於公坐飲酒食肉，宜流之海外，以正風教。』文王曰：『嗣宗毀頓如此，君不能共憂之，何謂？且有疾而飲酒食肉，固喪禮也。』籍飲噉不輟，神色自若。」司馬昭如此為阮籍開脫，當然有他的深意在。阮籍是當時的名士領袖，聲望很高。司馬昭很了解阮籍的軟弱，既要利用他的名望和文才，便樂得保護，顯得器重，也可博得個愛才和寬容的美譽，有利於自己篡魏。更何況阮籍與「剛腸疾惡」的嵇康不一樣，並沒有公開正面地反對過司馬氏，對司馬氏集團的政治利益沒有損害。

在對待男女禮節問題上，阮籍也表現了一些令當時人匪夷所思的狂放舉動。據《晉書‧阮籍傳》記載，阮籍家鄰近有個酒家，有一個美貌少婦當壚賣酒，阮籍常去喝酒，醉了就躺在爐邊，不嫌髒賤。少婦的丈夫經過考察，覺得此人並無不良企圖，因此也就對他的這種放誕行為放心了。有個兵戶人家的少女，有才有色，不幸未嫁早夭。阮籍聽說她死了，就去弔唁，盡哀而返。然而他並不認識她的父兄。而更惹起非議的是，他的嫂嫂回娘家，他不但相見，而且送別，違反了內外有別、男女授受不親的禮法。當人們譏笑他時，他就回敬了一句名言：「禮豈為我輩設邪！」阮籍還善作青白眼，對禮俗之士以白眼相待，對「同道」則現青眼，充分表明了自己的愛憎。

阮籍的這種種狂狷行為，也是一種避禍的手段。當時老、莊之學盛行，狂放的生活態度和生活方式彌漫著士林，成為了一時的名士風流。因此，阮籍也就以狂來混跡常人，逃避司馬氏的政治迫害。沈約〈七賢論〉說得好：「阮公才器宏廣，亦非衰世所容。……若率其恆儀，同物俯仰，邁群獨秀，亦不為二馬所安。故毀行廢禮，以穢其德，崎嶇人世，僅然後全。」（嚴可均《全梁文》卷二九）沈約對阮籍心跡的分析，是切中肯綮的。事實上阮籍是一個至情至性的孝子，《世說新語‧任誕》：「阮籍當葬母，蒸一肥豚，飲酒二斗，然後臨訣，直言：『窮矣！』都得一號，因吐血，廢頓良久。」所以阮籍的狂和他的酣醉一樣，同是政治迫害的結果。如果我們聯繫《晉書》本傳說他「率意獨駕，不由徑路，車迹所窮，輒慟哭而返」的舉動，我們就會對詩人的艱難處境產生深切的同情。在殘酷黑暗的社會現實面前，阮籍企圖建功立業有所作為的高尚志向被徹底摧毀了。

在種種挫折面前，阮籍也從早年的服膺儒術變成了老莊道家思想的信徒。中國封建社會的士人，其思想和人生軌跡似乎都遵循著這樣的一個模式，早年他們往往都熱情滿懷，積極入世，希圖有所作為，遭受挫折後，他們就轉而服膺於老莊道家思想。阮籍也不例外，現實政治的混亂兇險，使他不能兼濟天下，所以他只得明哲保身，獨善其身，走上以仕為隱的道路。當然，阮籍的服膺老莊，還受著時代思潮的影響。正始以來，以何晏、王弼為代表的新興士族上層的一些青年文士愛好老莊，首倡清談，他們調和儒道，研討道德，世風為之一變，掀起了一股玄談之風。身處時代思潮之中的阮籍，其思想亦不免會受到影響。嘉平元年（西元二四九年）司馬懿發動高平陵政變誅滅了曹爽集團，何晏也被殺，株連了一批正始名士。王弼也於同年病逝。但玄談卻並未因何、王的去世而中止，「竹林七賢」接過何、王玄談的大旗，也大談老莊、探討道德。但是少年時代儒家思想的長期熏染，在阮籍的身上打上了深深的烙印，所以阮籍的玄學思想是很不徹底的，往往是折衷調和儒道的。他的玄學思想的一個明顯特點，是以老莊的自然之道，求孔孟的仁義之德。例如他的〈樂論〉是闡述孔子「移風易俗，莫善於樂」的命題的。他認為最完美的音樂是大自然本身具有的一種現象，是「天地之體、萬物之性」，是「自然之道」的完美體現。他還指出最完美的雅正之樂的基本標準是「和」，「知聖人之樂和而已矣」。接著他指出了不同風俗的產生，破壞了這種完美的雅正之樂，其原因是後世「聖人不作，道德荒壞，政法不立，智慧擾物，化廢欲行」。可見本文的立足點是道家思想，但它在論述音樂的社會教化作用時，卻幾乎完全採用了儒家的禮樂教化思想。阮籍認為「刑教一體，禮樂外內也。刑弛則教不獨行，禮廢則樂無所立。……禮踰其制，則尊卑乖；樂失其序，則親疏亂。禮定其象，樂平其心；禮治其外，樂化其內。禮樂正而天下平。」承認了禮制的社會作用，認為禮和樂是表裡內外相輔相成的兩個方面，「禮廢則樂無所立」，「禮樂正而天下平」，這幾乎就是《禮記·樂記》的翻版。

同樣，他在解釋《易經》的〈通易論〉中，也是用自然之道來解釋《易經》的，他認為《易經》這部書是遵循「順自然，惠生類」的根本道德原則，來論述客觀事物的變化發展規律的。但是在具體論述《易經》的來歷及具體內容時，他卻又採用了相傳為周公所作的〈繫辭〉的觀點，他的結論是折衷儒道的，他說：「是以明夫天之道者不欲，審乎人之德者不憂。在上而不凌乎下，處卑而不犯乎貴。故道不可逆，德不可拂也。是以聖人獨立無悶，大群不益。釋之而道存，用之而不可既。由此觀之，《易》以通矣。」意思是說，通曉《易經》的關鍵在於明天道而審人德。自然有天地萬物之分，人類社會有上下貴賤之別，如果能夠各自安於本分，那麼天下就會太平。由此可見，〈樂論〉、〈通易論〉的思想實質是要以自然之道、無為之治為最高的理想和法則，來達到維護社會穩定的目的。所以理想是屬道家的，現實則屬儒家。阮籍的本意是在折衷調和儒道兩家，但他的現實立足點卻在維護既存的社會等級制度。

阮籍闡述老莊思想，還有一個明顯的傾向是揭露和批判社會現實政治，以及社會上的各種自命君子的禮法之士的醜陋面目。例如他的〈達莊論〉就是為了回敬「縉紳好事之徒」對《莊子》的非難。《莊子》是魏晉玄學賴以盛行的重要典籍之一，它崇尚道家的自然無為，與儒家的綱常名教截然不同，因此遭到禮法之士的猛烈攻擊。本文虛構了論辯雙方，其中的先生是作者的化身，縉紳好事之徒則指禮法之士。阮籍依據莊子學說，首先從宇宙宏觀的角度，論證客觀事物「自然一體」，「萬物一體」，接著從人與自然的關係出發，論證生死、是非也是相互「一貫」、「一條」道理，並由此進一步推論，「君子」應該遵循「自然之道」，以求「得之道而正」。隨後，阮籍聯繫社會現實政治，援古證今，指出名教行而「自然之理不得作」，故「父子不合，君臣乖離」。「名利之塗開，則忠信之誠薄；是非之辭著，則醇厚之情爍」，從而導致人們「出媚君上，入欺父兄，矯厲才智，競逐縱橫。家以慧子殘，國以才臣亡」，其批判的矛頭，直指那些依附於司馬氏集團，打著儒家名教的幌子謀取私利的禮法之士，同時也觸及了當時的社會現實。不過，阮籍也並未徹底否定儒學。他指出：「六經之言，分處之教也；莊周之云，致意之辭也。大而臨之，則至極無外；小而理之，則物有其制。」即承認了儒家在處理現實事務方面的功能。事實上阮籍著力批判的，是已被禮法之士異化為謀取私利，實行黑暗統治的工具的虛偽禮法名教。從中我們可以看出阮籍玄學思想折衷調和儒道兩家的用意。

在他的另一篇宣揚老莊思想的賦體傳論散文〈大人先生傳〉中，阮籍通過理想化人物大人先生分別與禮法之士、隱士和採薪者的問答，從正面闡述了道家的理想和法則，並對這三類現實生活中的人物進行了具體入微的描述，分析了他們的心理狀態。對自命正人君子的禮法之士，阮籍給予了辛辣的諷刺和尖銳的批判，一針見血地指出他們「懷欲以求多，詐偽以要名」，「假廉以成貪，內險而外仁」的骯髒靈魂，將他們比作褌襠中的群虱，指出「汝君子之禮法，誠天下殘賊、亂危、死亡之術耳」。對隱居山林「禽生獸死」糟蹋生命的頹廢隱士進行了嚴肅的善意的批評，指出他「薄安利以忘生，要求名以喪體」的行為是不足取的。而對於「藏器於身，伏以俟時」，期盼「先窮而後收」的採薪者，則予以慰勉，循循善誘，使他進一步認識自然之道，徹底超脫。在這些闡揚老莊思想的文章裡，老莊思想已成為阮籍用來揭露和批判社會黑暗現象以及禮法之士的思想武器。但是我們不能據此就認為阮籍是在真正反對禮法名教。事實上阮籍不可能從根本上否定儒家的禮法名教。少年時代所受的儒家思想的浸染，往往會使人刻骨銘心，揮之不去。阮籍反對的只是被異化為統治階級與禮法之士實行黑暗統治和謀取私利的工具的禮法名教。魯迅先生說得好：「嵇、阮的罪名，一向說他們毀壞禮教，但據我個人的意見，這判斷是錯的。魏晉時代，崇奉禮教的看來似乎很不錯，而實在是毀壞禮教，不信禮教的。因為魏晉時所謂崇奉禮教，是用以自利，那崇奉也不過偶然崇奉，如曹操殺孔融，司馬懿（昭）殺嵇康，都是因為他們和不孝有關，但實在曹操司馬懿何嘗是著名的孝子，不過將這個名義，加罪於反對自己的人罷了。於是老實人以為如此利用，褻瀆了禮教，不平之極，無計可施，激而變成不談禮教，不信禮教，甚至於反對禮教。

——但其實不過是態度，至於他們的本心，恐怕倒是相信禮教，當作寶貝，比曹操司馬懿們要迂執得多。」（《而已集．魏晉風度及文章與藥及酒的關係》）魯迅先生推究阮籍的心跡，實在是很精闢的。

三　阮籍的詩歌成就

與在中國古代哲學思想史上的成就相比，阮籍在歷史上更多的是以文學家的面目出現的。作為思想家，他和嵇康為代表的竹林玄學，只是魏晉玄學的一個流派，在學術思想上並沒有突破性的進展，它只是以揭露和批判社會現實政治，具有高度政論性為其特色。阮籍的文學創作成就，首先表現在詩歌創作上。今存阮詩五言〈詠懷詩〉八十二首，另有四言〈詠懷詩〉十三首。阮籍的八十二首五言〈詠懷詩〉是中國文學史上的傑作，閃爍著奪目的光輝。這組詩並非一時一地所作。據《晉書．阮籍傳》記載，阮籍曾作有〈豪傑詩〉，今其集中未見，但這組詩中第三十八、三十九兩詩意旨與其相近，所以這組詩可能是詩人晚年總集生平所作五言詩總題為〈詠懷〉而成。〈詠懷詩〉是詩人在嚴酷險峻的政治環境中，在極端苦悶的心境中創作的產物。南朝劉宋詩人顏延年曾說：「阮籍在晉之代，常慮禍患，故發此詠耳。」（《文選》李善注引）他曾注解〈詠懷詩〉，但「怯言其志」（鍾嶸《詩品》上）。梁代詩評家鍾嶸也認為〈詠懷詩〉「厥旨淵放，歸趣難求」（《詩品》上）。唐代李善也說〈詠懷詩〉「雖志在刺譏，而文多隱避，百代之下，難以情測」（《文選》注）。〈詠懷詩〉思想和藝術上隱晦曲折的特點，確實增加了我們閱讀的困難。但是只要我們細細尋繹，再參酌當時的時代背景，知人論世，總是可以摸索出〈詠懷詩〉的一些旨趣的。

〈詠懷詩〉表達了詩人身處殘酷險峻的社會現實之下的苦悶、徬徨和憂愁，抒發了強烈的憂生之情，如：

夜中不能寐，起坐彈鳴琴。薄帷鑒明月，清風吹我襟。孤鴻號外野，翔鳥鳴北林。徘徊將何見？憂思獨傷心。（其一）

這首詩借夜半所聞所見，抒發了自己的孤獨苦悶的情懷。開頭兩句寫詩人夜不能寐，故起坐彈琴，兀然立起詩人孤獨無偶而萬感交集的憂鬱形象。但憂思在心，卻又不明寫，留給讀者去想像體會。「薄帷」兩句看似閑靜淡雅，但並不閑適輕鬆，更反襯出夜中環境的清冷、憂思的深沉。「孤鴻」兩句寫詩人之所聞，又從正面襯托了詩人的孤獨。最後兩句點出詩的「憂思獨傷心」的主旨。前人在解釋這首詩時，經常以政治時事來比附，雖未免穿鑿附會，但這首詩隱含時代背景是無可置疑的。如果說這首詩憂思的具體所指尚不明確，那麼下面的這首詩就十分顯明了：

> 一日復一夕，一夕復一朝。顏色改平常，精神自損消。胸中懷湯火，變化故相招。萬事無窮極，知謀苦不饒。但恐須臾間，魂氣隨風飄。終身履薄冰，誰知我心焦。（其三十三）

這首詩集中地表現了詩人強烈的憂生之嗟，這當然是現實政治迫害的結果。司馬氏在奪取政權的過程中，常是恩威並施，一方面以高官厚祿拉攏大批朝士作為自己的黨羽，一方面對不為我所用的正直之士毫不留情，大肆殺戮。當時夷三族的也不乏其人。所以在這種形勢下，名士們往往都有身首異地之憂。黃侃曰：「言衰老相催，由於憂患之眾。而智謀有限，變化難虞，雖須臾之間，猶難自保。『薄冰』之喻，『心焦』之談，洵非過慮也。」（陳伯君《阮籍集校注》集評引）我們從這首詩「但恐須臾間，魂氣隨風飄」的詩句中的確可以看出詩人的處境是多麼的艱難險峻啊！此類抒發詩人苦悶孤獨的心情和強烈的憂生之嗟的作品，在〈詠懷詩〉中隨處可見，不勝枚舉。此不贅述。

在殘酷險峻的社會現實面前，在生命朝不保夕的深重壓力之下，詩人自然而然地想到了隱逸求仙：

> 嘉樹下成蹊，東園桃與李。秋風吹飛藿，零落從此始。繁華有憔悴，堂上生荊杞。驅馬舍之去，去上西山趾。一身不自保，何況戀妻子？凝霜被野草，歲暮亦云已。（其三）

昔聞東陵瓜，近在青門外。連畛距阡陌，子母相鉤帶。五色曜朝日，嘉賓四面會。膏火自煎熬，多財為患害。布衣可終身，寵祿豈足賴！（其六）

其三言世事有盛有衰，應該早為避亂隱逸之計。情詞危切，似有亡國滅身的恐懼。其六通過秦東陵侯召平失爵種瓜，以布衣終身的史實，表達了寵祿不足賴的思想。全詩雖以詠史的形式寫出，但表達的仍然是自己欲歸隱田園的願望。

但是這一類詩中更多的是要高飛遠引，去學神仙：

東南有射山，汾水出其陽。六龍服氣輿，雲蓋切天綱。仙者四五人，逍遙晏蘭房。寢息一純和，呼噏成露霜。沐浴丹淵中，炤耀日月光。豈安通靈臺，游瀁去高翔。（其二十三）

這是一首帶有濃郁遊仙氣息的詩。詩用《莊子．逍遙遊》中藐姑射山上有神人的故事加以生發，把神人生活描寫得極具想像力，在詩人的筆下，神人的生活是那麼地平和、自由逍遙，令人不覺悠然神往。其實，詩人追求的這種寧靜生活不過是表面現象，他欲求仙的深層心理原因是想避開險惡的世途，「世務何繽紛，人道苦不遑」（其三十五），「季葉道陵遲，馳騖紛垢塵」（其七十四）。事實上，詩人在求仙一事上是很清醒理智的，他也知道求仙是不可能的事，他說：「焉見王子喬，乘雲翔鄧林？」（其十）「黃鵠呼子安，千秋未可期。」（其五十五）只是世道的污穢與人情的冷暖，現實政治的逼迫和世務的繽紛，才使得詩人企圖高飛遠引，欲與神仙作結伴遊，然而這只是詩人的一廂情願，最終絕不可能成功。詩人還是只能在這個污濁的塵世中繼續生存下去。

〈詠懷詩〉中還有一些傷時刺世的詩，如：

修塗馳軒車，長川載輕舟。性命豈自然？勢路有所繇。高名令志惑，重利使心憂。親昵懷反側，骨肉還相讎。更希毀珠玉，可用登遨遊。（其七十二）

阮籍生活的時代，世風日下，人情澆薄。詩人對此作了揭露。這首詩說人們或駕軒車馳騁於修途，或乘輕舟泛流於長川。如此僕僕風塵是違反自然的「性命」的，其目的在於爭名奪利。「親昵懷反側，骨肉還相讎」兩句概括了歷史上多少人情世態的澆薄，也是當時社會風氣的反映。史載司馬氏指使成濟兄弟殺魏帝曹髦，事後又殺成濟兄弟以搪塞己罪，這可說是「親昵懷反側」的極好例子。呂巽與呂安是親兄弟，但呂巽卻為自己的私欲誣陷呂安「不孝」於司馬氏，致使呂安、嵇康為此被殺，這可說是「骨肉還相讎」的極好例子。面對這個如此污穢不堪的現實世界，詩人多麼想「毀珠玉」而去「遨遊」忘憂啊！

阮籍在〈詠懷詩〉中還一針見血地揭示了自命正人君子的禮法之士的醜惡嘴臉，如：

洪生資制度，被服止有常。尊卑設次序，事物齊紀綱。容飾整顏色，磬折執圭璋。堂上置玄酒，室中盛稻粱。外厲貞素談，戶內滅芬芳。放口從衷出，復說道義方。委曲周旋儀，姿態愁我腸。（其六十七）

這首詩盡情譏刺了虛偽矯飾、欺世盜名的禮法之士。這些人道貌岸然，動靜有度，被服有常，尊卑有序，言談有節，一派縉紳正人君子模樣。他們表面上雖然「外厲貞素談」，「復說道義方」，但背地裡卻「戶內滅芬芳」，與〈大人先生傳〉中的「外易其貌，內隱其情，懷欲以求多，詐偽以要名」的儒學禮法之士一樣卑鄙無恥。

當然，〈詠懷詩〉內容豐富，題材廣泛，所涉範圍自然不囿於上述這些，詩中尚有抒發詩人心跡志向和悼友思親之作。限於篇幅，這裡不一一介紹，讀者自可從閱讀中體會到。

〈詠懷詩〉是在司馬氏殘酷險峻的高壓政治下寫成的，抒發的主要是時代的壓抑和人生的憂患，所以它的主旨往往幽隱遙深，與之相應，它在藝術表現手法上也是隱晦曲折的。鋒芒所指的具體人事依稀彷彿，撲朔迷離。對現實生活的種種感受體驗，詩人主要採取象徵性的比興手法來抒寫，詩歌題材的形象是具體生動的，詩人的思想感情傾向也是顯而易見的，詩歌語言淺顯明白，沒有華麗的詞藻，節奏韻律也鏗鏘悅耳。詩歌的主旨雖然能夠給人以大體的指向，但卻又不能具體指實。不過，從總體來說，詩人孤獨無偶、憂鬱深沉的形象是鮮明突出的。清人王夫之說：「步兵〈詠懷〉自是曠代絕作，遠紹〈國風〉，近出入於〈古詩十九首〉，而以高朗之姿，脫穎之氣，取神似於離合之間，大要如晴雲出岫，舒卷無定質。」（《古詩評選》卷四）這一評論，相當精闢地闡述了〈詠懷詩〉的藝術風格特徵。它如同詩人的為人一樣，高朗飄逸而又含蓄深沉。〈詠懷詩〉對中國詩歌史的影響十分深遠。在北朝庾信的〈擬詠懷〉二、唐代陳子昂的〈感遇〉和李白〈古風〉等著名組詩中，我們完全可以察覺出它們和〈詠懷詩〉之間的傳承關係，它們都是〈詠懷詩〉藝術風格體制的繼承和發展，雖然它們仍各自具有不同的風格面貌。

四　阮籍的文章特色

除詩歌創作外，阮籍的文章也寫得好，數量也頗為可觀。現存阮集中，收有文章二十篇，其中賦六、牋一、奏記二、書二、論四、傳一、贊一、誄一、弔文一、帖一（包括殘篇）。這些文章頗為全面地反映了阮籍多方面的文學才能。在「竹林七賢」中，一般人認為阮籍擅長詩歌，嵇康精於論文。《文心雕龍・才略》說：「嵇康師心以遺論，阮籍使氣以命詩：殊聲而合響，異翮而同飛。」其實亦不可一概而論，嵇、阮二人都有詩才和文才，只不過阮籍詩名太盛，以致他的文名被湮沒了。近人劉師培在《中國中古文學史》中說：「此節（即指上引《文心雕龍・才略》）以論推嵇，以詩推阮。實則嵇亦工詩，阮亦工論，彥和特互言見意耳。」所說頗切中肯綮。

阮籍的賦今存有〈東平賦〉、〈首陽山賦〉、〈鳩賦〉、〈獮猴賦〉、〈清思賦〉、〈亢父賦〉六篇，還有一篇賦體傳記〈大人先生傳〉。阮籍的賦同他的〈詠懷詩〉一樣，在內容上同樣表現了「厥旨淵放，歸趣難求」的特點，如〈首陽山賦〉，是賦據序說正元元年（西元二五四年）秋，詩人為司馬師從事中郎。是年秋九月，正是司馬師廢魏帝曹芳的時候，詩人目睹了這一切，深為時政和個人命運所擔憂，所以其心情就一直處於出仕和歸隱的矛盾之中。這種矛盾心態一表現在文章中，其風格和情調就變得和〈詠懷詩〉十分接近，如文章開頭：

在茲年之末歲兮，端旬首而重陰。風飄回以曲至兮，雨旋轉而纖襟。蟋蟀鳴乎東房兮，鶗鴂號乎西林。時將暮而無儔兮，慮悽愴而感心。

這段文字從日暮中的秋風旋雨入手，描繪了一種陰鬱壓抑的氛圍，襯托出了寂寞淒涼的自然環境，這在內容和情調上畢肖〈詠懷詩〉其一。從中我們可以看出，詩人寫作此賦的時代背景，必定與司馬師廢魏帝曹芳一事有關。面對「鹺鹺笑人」、「群偽射真」的趨炎附勢的禮法之徒，詩人實在無言以訴。為了躲避這個黑暗的社會和保全個人的生命，詩人在文中表示了要高飛遠引的願望：

振沙衣而出門兮，纓委絕而靡尋。步徙倚以遙思兮，喟歎息而微吟。將脩飭而欲往兮，眾

> 齹齹而笑人。靜寂寞而獨立兮，亮孤植而靡因。懷分索之情一兮，穢群偽之射真。信可寶而弗離兮，寧高舉而自儐。

這種不肯與世同流合污，寧願潔身自好，高舉遠引的情懷，作為〈詠懷詩〉的主題之一，曾經不斷地在詩中出現過。

詩人還寫了一篇〈東平賦〉，攻擊了東平的風俗民情。關於此賦的寫作背景，有一個頗富戲劇性的故事。《晉書・阮籍傳》：「及文帝輔政，籍嘗從容言於帝曰：『籍平生曾游東平，樂其風土。』帝大悅，即拜東平相。籍乘驢到郡，壞府舍屏障，使內外相望，法令清簡，旬日而還。」然而，在賦中我們卻找不到一句「樂其風土」的話，有的只是民情的惡劣，「殪情戾慮」，「背理向姦」，和自然環境的荒壞，「原壤蕪荒」，「樹藝失時」，詩人最後也表示了決然離去之意：「豈淹留以為感兮，將易貌乎殊方？乃擇高以登棲兮，永欣欣而樂康。」求為東平相，可能是阮籍避禍的一種策略，他以此來表明自己並不反對司馬氏，同時也可能的確帶有想在東平幹一番事業的目的在內，但是東平惡劣的風土民情使詩人感到無比失望，所以只好「旬日而還」，無功而罷。事實上在司馬氏的黑暗統治下，東平已成了當時社會環境的一個縮影。無論詩人走到哪裡，他得到的只能是失望。

另外，阮籍的賦也充滿了對「禮法之士」的憎恨，如〈獮猴賦〉：

夫獮猴直其微者也，猶繫累於下陳。體多似而匪類，形乖殊而不純。外察慧而內無度兮，故人面而獸心。性褊淺而干進兮，似韓非之囚秦。揚眉額而驟呻兮，似巧言而偽真。藩從後之繁眾兮，猶伐樹而喪鄰。整衣冠而偉服兮，懷項王之思歸。躭嗜慾而眄視兮，有長卿之妍姿。舉頭吻而作態兮，動可增而自新。沐蘭湯而滋穢兮，匪宋朝之媚人。

詩人在這裡把「禮法之士」比作獮猴，生動傳神地刻畫出了他們的醜惡嘴臉，揭露了他們虛偽醜惡的外表和貪婪成性的本質。使人不禁想起〈詠懷詩〉其六十七中的「洪生」。

在這些賦體作品中，最值得一提的當然是他的賦體傳記〈大人先生傳〉。這篇文章與阮籍其他的賦作相比，有一個明顯的不同是，它帶有明顯的政論性質，機智潑辣，嘻笑怒罵，充滿著批判現實的精神。關於本文的主題和內容，我們在上文已有論及，此處不擬再述。這裡我們想談談本文在寫作藝術上的特點：

首先，它繼承了漢賦如司馬相如〈子虛賦〉、〈上林賦〉、揚雄〈解嘲〉、班固〈答賓戲〉等採用問答體寫作的傳統。但是阮籍並不是機械的模仿，而是繼承中有發展。例如，前人在一篇中多是兩人或三人問答，而〈大人先生傳〉卻增加為四人（大人先生、禮法之士、隱士、採薪者）的相互問難，且全文並不完全是四者的簡單問答，同時還穿插著作者的評述和大人先生的自語，因此行文有度而不凌亂，形式活潑而不板滯。

其次，全文體制基本上採用雜言的辭賦體，但其中插入的大人先生歌卻是騷體形式，「天地解兮六合開，星辰霣兮日月隤，我騰而上將何懷？」從形式、口氣到情調都明顯與〈離騷〉有相似之處。所以近人劉師培在《中國中古文學史》中說：「所為〈大人先生傳〉，其體亦出於漢人設論，然雜以騷賦各體，為漢人所未有。」此外，文中也常間有頗為整齊的三言、五言、七言詩歌體。如採薪者答大人先生的那首歌就是一首五言詩，而文章的最後部分「崔巍高山勃玄雲」至「人且皆死我獨生」一段又是一首整齊的七言詩。「真人遊，駕八龍」至「趦漫漫，路日遠」一段又全是三言句。這樣就使全文的行文整齊中有變化，變化中又整齊，一洗漢賦板滯晦澀之習，洋溢著勃勃的生氣和活力。

總之，阮籍的賦作與他的〈詠懷詩〉一樣，內容上多有寄託，它不同於漢賦那樣鋪張揚厲，也不同於東漢末期的抒情小賦那樣色彩穠麗，感情纏綿，而是重在比興寄託，情感深沉而不外露。形式上也有突破，句式不拘一格，活潑跳蕩，整體風格比較清新。明張溥說：「〈大言〉、〈小言〉，清風穆如，間覽賦苑，長篇爭麗，〈兩都〉、〈三京〉，讀未終卷，觸鼻欲睡。展觀阮作，則一丸消疹，胸懷蕩滌，惡可謂世無萱草也。」（《漢魏六朝百三家集・阮步兵集題辭》）可謂的評。

阮籍的論文今存有〈通易論〉、〈樂論〉和〈達莊論〉三篇，以及〈通老論〉數句殘篇。這幾篇文章是研究阮籍生平學術思想的重要文獻。關於這幾篇文章的內容和主旨，我們在前面論述阮籍的思想時已有提及，此處不擬再贅述。我們也只想就這幾篇文章的藝術技巧談一點看法。

近人劉師培在《中國中古文學史》中評論阮籍的論文時說：「其見於明人所刻阮集者，有〈通易論〉、〈達莊論〉、〈樂論〉三篇。〈通易〉綜貫全經之義，以推論世變之由，其文體奇偶相成，間用韵語；〈達莊論〉亦多韵語，然詞必對偶，以氣騁詞；〈樂論〉文尤繁富，輔以壯麗之詞：阮氏之文，蓋以數篇為至美。」阮籍的論文雖然主要是談玄，語言活潑跳躍，不大注重修飾，但對偶卻還是比較講究的，如〈達莊論〉中的一段：

> 馮夷不遇海若，則不以己為小；雲將不失於鴻濛，則無以知其少。由斯言之，自是者不章，自建者不立，守其有者有據，持其無者無執。……故求得者喪，爭明者失，無欲者自足，空虛者受實。夫山靜而谷深者，自然之道也；得之道而正者，君子之實也。是以作智造巧者害於物，明著是非者危其身，脩飾以顯潔者惑於生，畏死而榮生者失其真。

這段文章的對偶趨勢是很明顯的，使文章的語言顯得氣勢凌厲，增強了說服力。

阮籍的論文也間有用韻的情況，如〈通易論〉中的一段：

> 自「乾元」以來，施平而明，盛衰有時，剛柔無常，或得或失，一陰一陽，出入吉凶，由闇察彰。「文明以止」，有翼不飛，隨之乃存，取之者歸。施之以若，用之在微，貴變慎小，與物相追。

語亦對偶，且「明」、「常」、「陽」、「彰」押韻，「飛」、「歸」、「微」、「追」押韻。同樣的情況也出現在〈達莊論〉中，如「天地合其德，日月順其光。自然一體，則萬物經其常。入謂之幽，出謂之章。一氣盛衰，變化而不傷。」此處「光」、「常」、「章」、「傷」就押韻。像這樣押韻的例子在〈樂論〉中也可找到不少。

另外，阮籍的論文也體現了用典繁富的特點，充分反映了阮籍的學識淵博、腹笥深厚，這主要集中體現在他的〈樂論〉中，如：

楚、越之風好勇，故其俗輕死；鄭、衛之風好淫，故其俗輕蕩。輕死，故有火焰赴水之歌；輕蕩，故有桑間濮上之曲。各歌其所好，各詠其所為。歌之者流涕，聞之者歎息，背而去之，無不慷慨。懷永日之娛，抱長夜之歎。相聚而合之，群而習之，靡靡無已。棄父子之親，弛君臣之制，匱室家之禮，廢耕農之業，忘終身之樂，崇淫縱之俗。故江、淮之南，其民好殘；漳、汝之間，其民好奔；吳有雙劍之節，趙有扶琴之客。

在這樣的短短一段文字中，阮籍就用了「蹈火赴水」、「桑間濮上」、「江淮之南其民好殘」、「漳汝之間其民好奔」、「吳有雙劍之節」、「趙有扶琴之客」六個典故，再輔以精煉的語言、相偶的句式、遒勁的辭氣，使得文章有很強的說服力。

如果我們比較阮籍和嵇康二人的論文，就會發現兩者風格不盡相同。魯迅先生說：「嵇康的論文，比阮籍更好，思想新穎，往往與古時舊說反對。」(《而已集·魏晉風度及文章與藥及酒的關係》)的確，嵇康的論文喜歡標新立異，議論風發，辯才無礙，善於抓住論敵邏輯上的矛盾，進行反擊。如在〈管蔡論〉中，他替管叔、蔡叔辯護，他先肯定了管、蔡的「服教殉義，忠誠自然」，因為像周文王、武王、周公這樣的聖人都「舉而任之」，難道還會有錯嗎？接著論述了管、蔡起兵反叛的出發點是「忠疑乃心，思在王室」，意謂忠於王室才致懷疑周公，起兵「翼存天子」。然後直接針對論敵「管蔡為惡」的觀點進行駁斥，說：「不知管蔡之惡，乃所以令三聖不明也。」論證綿密，無隙可乘。而阮籍的論文卻大多發揮舊說，他的思想沒有嵇康的深邃綿密，所以缺乏嵇康論文語言犀利、鋒芒畢露的特點，立論較為平實持重，語言也較為平緩節制。這種風格應該是阮籍文章的基本特徵。

五　阮籍的著作流傳

關於阮籍作品的流傳，其線索是可以考見的。

《隋書·經籍志》：

《魏步兵校尉阮籍集》十卷。(梁十三卷，錄一卷。)

《舊唐書·經籍志》：

《阮籍集》五卷。

《新唐書・藝文志》：

《阮籍集》五卷。

《宋史・藝文志》：

《阮籍集》十卷。

按：原作「《阮林集》十卷」，實即「《阮籍集》十卷」之誤。因為，㈠排列順序在《嵇康集》十卷與《張華集》二卷又詩一卷之間。㈡魏晉之際詩文作家無「阮林」之人。

宋陳振孫《直齋書錄解題》：

《阮步兵集》十卷。陳氏注云：「魏步兵校尉陳留阮籍嗣宗撰。籍，瑀之子也。」

宋晁公武《郡齋讀書志》：

《阮籍集》十卷。晁氏注云：「右魏阮籍嗣宗也。尉氏人。籍志氣宏放，博覽群籍，尤好莊老，屬文不留思，嗜酒，能嘯，善彈琴。當其得意，忽忘形體。雖不拘理數，而發言玄遠。晉帝輔政，為從事中郎，後求為步兵校尉。」

元馬端臨《文獻通考・經籍考》：

《阮籍集》十卷。（注同晁氏）

從以上考述可知在南北朝至元代之間，阮籍作品集的流傳情況：第一，名稱，在唐代以前均稱作《阮籍集》，宋代開始，有了《阮籍集》和《阮步兵集》二種名稱。第二，南朝齊梁時期，阮籍詩文集共有十三卷，到隋代只存十卷，至唐代僅存五卷，宋代開始又出現了十卷本，但是否即隋代的十卷本則不得而知了。

到了明代，阮籍的詩文集出現了兩個系統不同的本子。一是嘉靖間陳德文、范欽刻二卷本《阮嗣宗集》：上卷文，下卷詩，其中詩的部分錄自正德時編刻的《漢魏詩集》。以後萬曆、天啟年間汪士賢輯刻《漢魏諸名家集》本《阮嗣宗集》即自此出。二是天啟、崇禎間張燮編《七十二家集》中的六卷本《阮步兵集》，自稱曾見過舊宋本《阮籍集》，詩歌部分大抵錄自《古詩紀》，明末張溥輯《漢魏六朝百三家集》本《阮步兵集》，即自張燮本出。另外，阮籍詩集則又有正德時李夢陽序刻本《阮嗣宗詩》一卷。

至於阮籍詩文的現代刊本，有三個本子值得注意，一是黃節先生的《阮步兵詠懷詩注》（人民文學出版社，一九五七年四月出版），此本在「外篇」中收錄了阮籍四言〈詠懷詩〉十三首，按：其餘各本均只收三首，黃節先生據崇禎年間潘璁本所翻刻嘉靖本收錄十三首，比別本多十首；二是李志鈞、季昌華、柴玉英、彭大華先生點校的《阮籍集》（上海古籍出版社，一九七八年五月出版）；三是陳伯君先生校注的《阮籍集校注》（中華書局，一九八七年十月出版）。以上三書的作者為整理阮籍作品付出了極大的勞動，篳路藍縷，功不可沒。惜乎至今沒有一本集阮籍所有詩文，並加以題解、注釋、語譯、評析的讀本。筆者不揣淺陋，勉力為之，綜合考察了明代的兩種版本系統之後，取清光緒十八年善化章經濟堂重刊張溥本《漢魏六朝百三家集》中《阮步兵集》所收詩文，益以黃節本《阮步兵詠懷詩注》中四言詩十首，作為底本，參以別本，擇善而從，並在原文下加注說明。對所有作品，按原順序，逐篇題解、注釋、譯為語體、進行析評，目的是幫助一般讀者能夠初步看懂原著，進而欣賞其文采，領略其要義。

在本書的寫作過程中，舊說中凡能通者，採其說而不求新奇；凡舊說不通者，始採新說，而對舊說的取捨以己意斷之，並力求將自己多年來的研究心得融入其中。可以說，本書的導讀、題解、章旨及注釋、語譯、研析，是在繼承歷代學者研究成果的基礎上，加以己見而成。限於本書體例，未能一一注明。本人學識有限，錯誤難免，尚望不致貽誤讀者，並請讀者批評指正。

林 家 驪

二〇〇〇年六月於浙江大學西溪校區

賦

東平賦

【題解】東平，郡國名，治無鹽縣，故城在今山東東平東二十里。據《晉書‧阮籍傳》：「及文帝輔政，籍嘗從容言於帝曰：『籍平生曾游東平，樂其風土。』帝大悅，即拜東平相。籍乘驢到郡，壞府舍屏障，使內外相望，法令清簡，旬日而還。」本賦當作於阮籍離東平任之前，時為魏正元二年（西元二二五年）。本賦通過對東平惡劣的風土的描繪，寄託了作者的遊仙之想，表達了作者對東平風土的厭倦和對社會現實的鄙棄之情。

夫❶九州❷有方圓，九野❸有形勢❹。區域❺高下，物❻有其制❼。開之則通，塞之則否❽，流之則行，壅❾之則止。崇❿之則成邱陵，汙⓫之則為藪澤⓬。逶迤⓭漫衍⓮，繞以大壑⓯。

【章旨】本章從九州地形地勢的高低不同，提出了「物有其制」的觀點。

【注釋】❶夫 發語詞。❷九州 古代中國設置九個州。據《尚書・禹貢》，九州為冀、兗、青、徐、揚、荊、豫、梁、雍。後來泛指中國。❸九野 九州之野。❹形勢 地勢。❺區域 土地的界劃，指地區。❻物 泛指萬物。❼制 限制。❽否 閉塞；阻隔不通。❾壅 堵塞；阻擋。❿崇 聚積；增高。這裡指土石堆積之意。⓫汙 停積不流的水。這裡指低窪。⓬藪澤 指水草茂密的沼澤湖泊地帶。⓭逶迤 曲折綿延的樣子。⓮漫衍 綿延伸展的樣子。⓯大壑 大海。

【語譯】中國的九州區域方圓不一，九州原野地形參差不齊。地勢高低不等，所以各個地區的事物就有它不同的規模。開闢它就能順暢無阻，閉塞它則會阻隔不通。疏通它就會暢通，阻絕它就會停止。高起就形成了丘陵，低窪就形成了沼澤湖泊。綿延伸展，有如大海。

　　及至分之國邑❶，樹❷之表物❸，四時❹儀❺其象❻，陰陽❼暢其氣。傍通迴盪❽，有形有德❾。雲升雷動，一叫❿一默⓫。或由之安，乃用⓬斯惑⓭。

【章旨】本章從上章「物有其制」的觀點出發，論證地形地勢的不同，天時氣候之變化，並把天時氣候與社會的治亂聯繫在了一起。

【注　釋】❶國邑　國、邑均是古代王、侯、大夫封地的名稱，國較邑來得大。❷樹　豎立。❸表物　用作標誌的東西。古代國、邑之間立有望表，類似於今天的界標。❹四時　四季。❺儀　展現。❻象　狀貌；圖象。這裡指日月星辰的分布。❼陰陽　指天地間化生萬物的二氣。❽傍通迴盪　四通八達而又迴旋飄盪。❾德　這裡指形而上的表徵。❿叫　聲響。這裡指雷聲。⓫默　這裡指雲。相對雷來說，雲是靜默的。⓬用　以。⓭惑　昏亂。

【語　譯】及至把九州劃分成國、邑等大小不一的封地，並在它們之間立起界標，以四季表述不同的天候氣象，陰陽兩氣流暢交感充溢宇宙。迴旋激盪，有的有形，有的無形。如升雲驚雷，有的有聲，有的靜默。有的隨之而安，有的也因之而亂。

若觀夫隅隈❶之缺❷，幽荒之塗，沕漠❸之域，窮野之都，奇偉譎詭❹，可以勝圖❺。乃有偏遊❻之士，浩養❼之雅❽，凌❾驚飆❿，躡⓫浮霄，清濁⓬俱逝，吉凶相招⓭。是以伶倫⓮遊鳳⓯於崑崙之陽⓰，鄒子⓱噏⓲溫於黍谷⓳之陰⓴，伯高㉑登降於尚季㉒之上，羨門㉓逍遙㉔於三山㉕之岑㉖。上遨㉗玄圃㉘，下遊鄧林㉙。鳳鳥自歌，翔鸞自舞。嘉穀蕃殖㉚，匪㉛我稷黍㉜。

【章　旨】本章描繪了「偏遊之士」、「浩養之雅」的生活場景和生活處所。

【注　釋】❶隅隈　天涯海角之處。《楚辭·天問》：「九天之際，安放安屬？隅隈多有，誰知其數？」天既有際，則有隅隈。《爾雅》：「厓內為隩，外為隈。」❷缺　缺口。《淮南子·覽冥》謂往古之時，四極廢，九州裂，女媧鍊五色石以補蒼天。❸沕漠　同「沕穆」。深微的樣子。❹譎詭　怪誕奇特。❺圖　規劃。❻偏遊　周遍遊歷；到處遊覽。❼浩養　《孟子·公孫丑上》：「我善養吾浩然之氣。」浩，大。這裡指養氣修行之士。❽雅　這裡指雅士。❾淩　駕驅。❿驚飈　旋風；暴風。⓫躡　踩踏。⓬清濁　清氣與濁氣。引申以比喻天地陰陽二氣。⓭吉凶相招　吉凶相因、福禍相依。⓮伶倫　傳說為黃帝時的二樂官，古以為樂律的創始者。⓯遊鳳　《漢書·律曆志》：「黃帝使泠淪自大夏以西，崑崙之陰，取竹之解谷，生其竅厚均者，斷兩節間而吹之，以為黃鐘之宮，制十二篇以聽鳳之鳴。」遊，交往；遨遊。⓰陽　山的南面。⓱鄒子　指戰國齊人鄒衍。《列子·湯問》：「鄒衍之吹律。」晉張湛注：「北方有地，美而寒，不生五穀。鄒子吹律煖之，而禾黍滋也。」⓲噏　同「吸」。⓳黍谷　地名，在今北京市密雲西南。⓴陰　山的北面。㉑伯高　即伯成子高，為上古有道之士。據《莊子·天地》，堯統治天下的時候，伯成子高立為諸侯。舜授禹後辭諸侯而耕。㉒尚季　上世。㉓羨門　古代傳說中的仙人。㉔逍遙　優遊自得；安閒自在。㉕三山　傳說中的海上方丈、蓬萊、瀛洲三座仙山。㉖岑　山頂。㉗遨　遊玩；遊覽。㉘玄圃　傳聞中崑崙山頂的神仙居處，中有奇花異石。玄，通「懸」。㉙鄧林　古代神話傳說中的樹林。據《山海經·海外北經》，夸父追日，道渴而死，其杖化為鄧林。㉚蕃殖　繁殖。㉛匪　同「非」。不；不是。㉜稷黍　五穀的總稱。

【語　譯】如果要看那天涯地角的缺口，幽遠荒涼的道途，幽深遙遠的地域，窮鄉僻野的聚落，很多奇特瑰偉怪誕的事物，可以加以規劃。於是有遍歷周遊天下之人，善養浩然之氣的雅士，駕驅狂風，踏著雲氣，與天地陰陽之氣一同向遠方飄逝，隨順吉凶，順應自然。因而黃帝的樂官伶倫到崑崙之南，取竹制樂律以聽鳳凰之鳴；鄒衍吹律溫潤黍谷之北，繁殖五穀。像伯成子高上下進退於堯、舜之朝，如羨門悠閒自得生活於海上之仙山。他們上遊玄圃，下遊鄧林。那地方鳳凰唱歌，鸞鳥飛舞。美好的穀物繁殖生長，而非一般的五穀。

其阸陋❶則有橫術❷之場❸，鹿豕❹之墟❺，匪❻脩潔❼之攸❽麗❾，於穢累❿之所如⓫。西則首仰阿、甄⓬，傍通戚、蒲⓭，桑間、濮上⓮，淫荒所廬⓯。三晉⓰縱橫⓱，鄭、衛紛敷⓲。豪俊凌厲⓳，徒屬⓴留居。是以強禦㉑橫於戶牖㉒，怨毒奮於牀隅，仍㉓鄉飲㉔而作慝㉕，豈待久而發諸？

【章旨】本章介紹了東平的環境和淡薄的民風，並點出了形成這種民風的原因。

【注釋】❶阸陋　狹窄簡陋。❷橫術　橫道。《漢書・武五子・燕剌王傳》：「歸空城兮，狗不吠，雞不鳴，橫術何廣廣兮，固知國中之無人！」術，《說文》：「邑中道也。」❸場　處所，多人聚集或發生事件的地方。❹豕　豬。鹿豕這裡比喻好群聚結黨的人們。❺墟　大丘也。這裡指村落、鄉村市集。❻匪　同「非」。不。❼脩潔　整齊潔淨。❽攸　所。❾麗　附著；依附。❿穢累　污穢垢累。⓫如　往；去。⓬阿甄　均地名。均在今山東省境內。⓭戚蒲　均地名。均在今河南省境內。⓮桑間濮上　指男女幽會的地方。《漢書・地理志下》：「衛地有桑間濮上之阻，男女亦亟聚會，聲色生焉。」⓯廬　寄居、旅居。⓰三晉　春秋時晉國到戰國時分裂為韓、趙、魏三國，史稱三晉。⓱縱橫　這裡指來往。指三晉之人在東平縱橫來往。⓲敷　散布；分布。這裡指鄭、衛之人散布在東平境內。⑲凌厲　形容氣勢迅速猛烈。⑳徒屬　黨羽。㉑強禦　豪強；有權有勢的人。㉒戶牖　指門窗。㉓仍　乃。㉔鄉飲　古代鄉大夫設宴招待鄉學優秀者的一種禮儀。這裡指東平人相聚飲酒。鄉飲，原作「渺欲」，據一本改。㉕慝　邪惡。鄉飲作慝，指酒後生事。

【語譯】至於偏狹鄙陋的地方，荒涼的街道，野鹿野豬出沒的山丘，那裡不是整齊清潔所寄附的地方，而是汙穢垢累所匯集的場所。它的西面緊靠著就是阿、甄，旁邊又與戚、蒲相通，那是桑間、濮上，是荒淫侈靡所寄附的場所。三晉之人在那裡縱橫來往，鄭、衛之人也在那裡穿梭流布。首領氣焰囂張，黨羽留居群聚。因此強暴之徒縱橫於門戶，百姓的怨恨詛咒於床角，於是紛紛在鄉里相聚飲酒作惡，難道需要很長的時間才能發抒出來？

厥土惟中①，劉王是聚②。高危臨③城，窮川帶宇④。叔氏婚族⑤，實在其湄⑥，背險向水，垢汙⑦多私。是以其州閭鄙邑⑧，莫言或非⑨，殪情戾慮⑩，以殖⑪厥資⑫。其土田則原壤⑬蕪荒，樹藝⑭失時，疇畝⑮不辟⑯，荊棘⑰不治，流潢餘溏⑱，洋溢⑲靡之⑳。

【章旨】本章介紹東平居民背景。東平曾是漢代劉姓王族和春秋魯國叔孫氏家族的聚居地，由於他們的「垢汙多私」和「殪情戾慮，以殖厥資」，使得東平的民風澆薄和自然環境失調。

【注釋】❶厥土惟中　據《尚書・禹貢》，東平屬古徐州，「厥田惟上中。」厥，其。指東平。惟，為；是。此句說東平的地理位置適中。❷劉王是聚　自漢宣帝封子劉宇為東平王之後，有多位劉姓東平王封於東平。這句說王姓一族在此地聚居。❸臨　從高處往低處看。❹宇　屋簷。❺叔氏婚族　春秋時魯國的叔孫氏，其故邑在東平境內。這句說叔孫氏的姻親家族聚居於此。❻湄　岸邊；水、草相接的地方。❼垢汙　骯髒；污濁。❽州閭鄙邑　均為古代區域單位，二千五百家為州，二十五家為閭，五百家為鄙，三十家為邑。❾莫言或非　沒有人說別人不對。莫，代詞。沒有人。或，指代人。❿殪情戾慮　殪情，滅絕人性。戾慮，壓抑思慮。⓫殖　繁殖；增長。⓬資　財物；錢財。⓭原壤　即指廣闊而平整的土地。⓮樹藝　種植、栽培。⓯疇畝　疇，指種麻的田。畝，指田地的大小。疇畝這裡泛指田地。⓰辟　開墾；拓荒。⓱荊棘　泛指山野叢生多刺的灌木。⓲流潢餘溏　泛指積水與泥淖等不潔之物。潢，積水池。溏，泥淖。⓳洋溢　水充滿流動的樣子。⓴靡之　沒有地方可去。靡，無。之，往。

【語　譯】東平這個地方地理位置適中，漢代劉姓王族曾聚居於此。高峻的樓臺臨視著城邑，乾枯的河流環繞著屋宇。春秋魯國的叔孫氏親族，也曾居住在河流的岸邊，背靠高險的山崖，面對著河水，那裡藏污納垢多懷私心。那裡的人們，不說別人的不好，他們都壓抑情性思慮，只為了聚集資財。東平的土地平坦廣闊，但多荒蕪，耕植失時，土地沒被開闢，荊棘沒被芟鋤，積水泥淖到處流溢，無所歸趣。

東當三齊❶，西接鄒魯❷，長塗千里，受茲❸商旅❹。力間❺為率❻，師❼使以輔❽，驕僕纖❾邑，於焉❿斯處。川澤⓫捷徑⓬，洞庭、荊楚⓭。遺風過焉，是徑⓮是宇⓯，由而紹⓰俗，靡⓱則⓲靡觀⓳。非夷⓴罔式㉑，導㉒斯作殘㉓。是以其唱和㉔矜㉕勢，背理向姦，尚氣逐利，因畏惟㉖愆㉗。其居處壅翳㉘蔽塞㉙，窕邃㉚弗章㉛，倚㉜以陵墓㉝，帶㉞以曲房㉟。是故居之則心昏，言之則志哀，悸罔㊱徙易㊲，靡所寤㊳懷㊴。其外有濁河㊵縈㊶其溏㊷，清濟㊸盪㊹其樊㊺。其北有連岡㊻，施靡㊼崎嶇㊽，山陵崔巍㊾，雲雷相干㊿，長風振厲(51)，蕭條(52)太原(53)。其南則浮(54)汶(55)湛湛(56)，行潦(57)成池。深林茂樹，蓊鬱(58)參差(59)，群鳥翔天，百獸交馳。

【章　旨】本章主要敘述東平的地理環境和民風，它有黃河作屏障，山嶺高聳入雲，延綿不斷，河水深遠，林茂草盛，鳥獸齊歡，但民風極端惡劣。

【注　釋】❶三齊　地名。據《漢書．田儋傳》，項羽徙齊王市更王膠東，治即墨；立齊將田都為齊王，治臨淄；立故齊王建孫田安為濟北王，治博陽。史稱三齊，都在今山東省境內。❷鄒魯　指周代的鄒國和魯國，它們都在東平的東面，對鄒、魯來說，則其西部與東平相接。❸茲　代詞。這。❹商旅　商人。❺力間　一本作力田。力田，古代的鄉官名。這裡指地方官吏。❻率　率領；帶領。❼師　民眾；徒眾。❽輔　輔助。❾纖細小；細微。⓾於焉　於是。⓫川澤　河川和湖沼。⓬捷徑　近便的小路。⓭荊楚　荊為楚的舊號，其地在今湖南、湖北一帶。⓮徑　過；經過。⓯宇　居留。⓰紹　承繼。這裡指「結成」的意思。⓱靡　無；沒有。⓲則　法則；法度。⓳覿　顯示；示範。⓴夷　平坦；平易。㉑罔式　沒有法則。式，法式；法則。㉒導　導致。㉓作殘　作惡。㉔唱和　互相呼應、配合。多用作貶義。㉕矜　自誇。㉖惟　為；做。㉗愆　罪過；過失。㉘壅翳　隱蔽；障隔。㉙蔽塞　壅塞；堵塞。㉚窕邃　幽深的樣子。㉛章　顯示；表明。㉜倚　憑藉；依賴。㉝陵墓　泛指墳墓。㉞帶　環繞。㉟曲房　幽深曲折的房室。㊱悖罔　驚恐迷亂。罔，通「惘」。迷惘。㊲徙易　遷徙更易。㊳寤　覺醒；醒悟。㊴懷　思。㊵濁河　混濁的河流。這裡指黃河。㊶縈　環繞。㊷溏　池溏。㊸清濟　清澈的濟水。濟水在今山東省境內。㊹盪　衝盪。㊺樊　樊籬；屏障。㊻岡　山脊。㊼崺靡　山勢延綿的樣子。㊽崎嶇　山勢險峻的樣子。㊾崔巍　高峻；高大雄偉。㊿干　干犯；干擾。(51)振厲　凌厲；迅猛。(52)蕭條　寂寞；冷落。(53)太原　地勢高而寬闊的平地。(54)浮　順流飄浮。(55)汶　水名。在今山東省境內。(56)湛湛　水深貌。(57)行潦　溝中的流水。(58)蓊鬱　草木茂盛的樣子。(59)參差　高低不齊的樣子。

【語　譯】東平東面對著三齊故地，鄒、魯古國的西部與東平相接，漫長的道路綿延千里，承接著往來的眾多商旅。東平的地方官吏和民眾相率相輔營利，驕橫的奴僕因此居留在這纖巧的城邑。東平的河流湖泊是近便的道路，連接著洞庭和荊楚的廣大地區。那裡的風俗流傳過來，在東平有些一陣流行而過，有些則落地生根。由此形成的風俗，沒有法度沒有典範，不平易沒有法式，這樣只能導致人民作惡。因此他們互相自誇權勢，違背事理趨向奸邪，崇尚豪氣追逐私利，無所畏忌只幹壞事。他們居住的地方閉塞不通，深幽難明，倚靠墳墓，環繞著幽深曲折的房室。因此，住在那裡就會使人心性昏亂，說起話來情志哀傷，驚恐迷亂，遷徙變易，卻無所醒悟反思。東平的外部有渾濁的黃河環繞著它的池溏，有清澈的濟水衝盪著它的樊籬。它的北面有連綿的山岡，山勢延綿險峻，山陵高大雄偉，直衝雲霄，干犯雲電，大風凌厲，使廣大的高原都顯得冷落寂寞。它的南面又有順流而下的汶水，水深湛湛，溝中的流水也可形成水池。幽深的山林茂盛的樹木，鬱鬱葱葱高低不齊，群鳥在天空中盤旋飛翔，百獸在叢林中交相奔跑追逐。

雖黔首❶之不淑❷兮，儻❸山澤之足彌❹？古哲人之攸❺貴❻兮，好政教❼之有儀❽。彼玄真❾之所寶兮，樂寂寞之無知。咨❿閭閻⓫之散感⓬兮，因⓭回風⓮以揚聲。瞻⓯荒榛⓰之蕪穢⓱兮，顧⓲東山之葱青⓳。甘⓴丘里之舊言㉑兮，發㉒新詩以慰㉓情。信㉔嚴霜之未滋㉕兮，豈丹木㉖之再榮？〈北門〉悲於殷憂兮，〈小弁〉哀於獨誠㉗。鷗㉘端一㉙而慕仁兮，何淳朴㉚之靡逞㉛？彼羽儀㉜之感志兮，矧㉝伊人之匪靈㉞！時憋悃㉟以遙思兮，飈㊱飄颻㊲以欲歸。欽丕㊳遊於陵顛兮，舉㊴斯群而競飛。物倏化㊵而神樂兮，甯遐觀㊶之可追！乘松舟㊷以載㊸險兮，雖無維㊹而自縶㊺。騁驊騮㊻於狹路兮，顧㊼蹇驢㊽而弗及。資章甫以遊越兮㊾，見犀光㊿而先入。被51文繡52而賈戎53兮，識旃裘54之必襲55。奉淳德56之平和兮，孰57斯邦58之可集59？將言歸於美俗兮，請王子60與俱遊。漱61玉液62之滋怡63兮，飲白水64之清流。遂虛心65而後已66兮，又何懷乎患憂？

【章旨】本章提出了兩種人生理想。一是儒家的「好政教之有儀」，一是道家的「樂寂寞之無知」。對這兩種人生理想，東平之民都無法理解。所以作者哀嘆斯邦不可集，希望能與仙人王子喬一起到世外行遊。

【注釋】❶黔首　古代稱平民、老百姓。❷淑　善；善良。❸儻　或許；也許。❹彌　彌補。❺攸　所。❻貴珍重；重視。❼政教　政治與教化。❽儀　法則。❾玄真　道家指通曉玄妙大道的人。❿咨　嘆息；哀嘆。⓫閭閻　里巷內外的門，這裡代指里巷。⓬散感　鬆散迷惑。感，一作「惑」。⓭因　憑藉。⓮回風　旋風。⓯瞻看；望。⓰荒榛　雜亂叢生的草木。⓱蕪穢　荒蕪。謂田地不整治而雜草叢生。⓲顧　回首；回視。⓳葱青　草木青翠茂盛的樣子。⓴甘　以……為美，這裡有「讚許」的意思。㉑丘里之舊言　《莊子．則陽》：「少知問於火公調曰：『何謂丘里之音？』曰：『丘里者，合十姓百名而以為風俗也。合異以為同，散同以為異……此之調丘里之音。』」作者引用這個典故，是為了說明只要合併眾長就可以無為而無不為的道理。丘里，古代以四井為邑，四邑為丘；五家為鄰，五鄰為里。㉒發　抒發。㉓慰　安慰；慰託。㉔信　果真；確實。㉕滋　滋生；滋長。㉖丹木　指那些經霜而葉子變紅的樹木，如楓樹。㉗北門二句　皆承上新詩而言。〈北門〉為《詩經．邶風》篇名，〈小弁〉為〈小雅〉篇名。相傳〈北門〉是一首諷諭忠臣不得其志之作。〈小弁〉是一首被放逐的賢者抒發憂國憂民之思的作品。殷憂，深重的憂傷。㉘鷗　水鳥名，即漚鳥。頭大嘴扁平，趾間有蹼，翼長而尖，羽毛多，灰白色。生活在海洋及內陸河川，以魚類和昆蟲為食。這一句典出《列子・黃帝》：「海上之人有好漚鳥者，每旦之海上從漚鳥遊，漚鳥之至者百住而不止。其父曰：『吾聞漚鳥皆從汝遊，汝取來，吾翫之。』明日之海上，漚鳥舞而不下也。」㉙端一　莊重而專一。㉚淳朴　敦厚、質樸。㉛逞　如願。㉜羽儀　《易・漸・上九》：「鴻漸於陸，其羽可用為儀。」這裡指鳥的舉止可為人的模範。㉝矧　何；為什麼。㉞靈　美好。㉟憋悃　心情氣悶鬱結。憋，同「憋」。氣悶。悃，鬱結。㊱飈　暴風。㊲飄颻　飄盪；飛揚。㊳欽丕　也作「欽邳」、「欽䲹」。古代神話中的人物。《山海經・西山經》：「又西北四百二十里曰鍾山，其子曰鼓，其狀如人面而龍身，是與欽䲹殺葆江於崑崙之陽，常乃戮之鍾山之東，曰㠔崖，欽䲹化為大鶚。」㊴舉　盡；全。㊵倏化　隨順天地的變化。㊶遐觀　遠觀。這裡指遠觀東平的上古時代。㊷松舟　松木做的船。《詩・衛風・竹竿》：「檜楫松舟。」㊸載　承載；運載。㊹維　繫物的大繩。㊺縶　綑綁。㊻驊騮　駿馬名，相傳周穆王有八駿，驊騮為其一。㊼顧　回頭看。㊽蹇驢　跛蹇駑弱的驢子。㊾資章甫句　《莊子・逍遙遊》：「宋人資章甫而適諸越，越人斷髮紋身，無所用之。」資，販賣。章甫，殷代人所用的帽子。㊿見犀光句　犀光，指劍。據《東觀漢紀》，安帝曾賜馮石駁犀具劍。又《越絕書》卷八：「勾踐乃身被賜夷之甲，帶步光之劍。」這句是說越人輕死好鬥，見了犀光劍就爭先購入。(51)被　通「披」。(52)文繡　刺繡華美的絲織品或衣服。(53)賈戎　賣給西戎。戎，泛指我國西部的少數民族。(54)旃裘　古代北方游牧民族用獸毛皮等製成的衣服。(55)襲　穿。(56)淳德　淳厚的德行。(57)孰　哪裡。(58)斯邦　這樣的地方。指東平。(59)集　棲息。(60)王子　仙人王子喬。據說好吹笙，遊伊洛之間，後上嵩高山。見《列仙傳》。(61)漱　吮吸；飲。(62)玉液　瓊樹花蕊的液汁。(63)滋怡　滋潤甘美。(64)白水　神話傳說中的一條河流，出自崑崙山。(65)虛心　使心境空虛。(66)已　停止。這裡指神情平靜。

【語　譯】此地民風雖不善良，或許山水之佳足以彌補其缺陷？古代哲人所珍貴的，是政治教化的有法有則。那些通曉玄妙大道的人所最為寶貴的，是快樂在玄寞空虛之中而無知無識。感嘆這裡的人民鬆散迷惑，希望藉旋風而傳揚名聲。遠望雜草叢林的荒蕪景象，回望東面山岡的鬱鬱青翠。讚許有關丘里的那段言論，因而以新詩來安慰心情。相信嚴霜還未更一步滋長，這裡的丹木或許能夠再次繁榮？〈北門〉這首詩懷著深重的憂思，〈小弁〉這首詩表達獨懷忠誠的哀傷。海鷗莊重專一而仰慕仁德，為何一片淳厚樸質之心卻未能如願？牠們那高潔的舉止實在感人情志，為什麼這裡的人卻不美好！時常心情氣悶鬱結而遐想，就像飆風迅疾飄盪而想要回歸。欽丕在山陵之巔遊翔，傾巢出動而競相飛逐。萬物隨順天地的變化而各自精神愉快，哪裡是遠觀上古所能企及！乘坐松舟承載危險，雖然沒有繫船的繩纜，但可自己動手捆綁。驊騮駿馬在狹路上馳騁，回望跛驢卻無法趕上。販賣章甫而行遊到越地，然而越人看到明亮的寶劍而爭先買進。披掛華麗的絲織品而賣到西戎去，西戎人卻只認得毛裘衣服能穿。奉行淳樸道德的平正和美，像這樣的地方哪裡能安棲？我將要說回歸到和美的風俗當中，邀請仙人王子喬與我一起遨遊。吮吸玉液的滋潤甘美，暢飲白水的清澈泉流。於是心境空虛而後神情平靜，又何需心懷什麼憂慮？

重曰❶：嘉❷年時之淑清❸兮，美春陽❹以肇❺夏。託❻思颷❼而載❽行兮，因形骸❾以成駕。遵❿閒維⓫而長驅兮，問迷罔⓬於菀風⓭。玄雲⓮興而四周兮，寒雨淪⓯而下降。忽一寤⓰而喪軌⓱兮，蹈⓲空虛⓳而遂征⓴。

扶搖[21]蔽於合墟[22]兮，咸池[23]照乎增城[24]。欣煌熠[25]之朝顯兮，喜太陽之炎精[26]。測[27]虛舟[28]以遑思[29]兮，聊逍遙於清溟[30]。謹[31]玄真[32]之諶[33]訓兮，想至人[34]之有形。繡靡[35]覩[36]其紛錯[37]兮，慮彌遠而度逼[38]。竝旋軫[39]於畎澮[40]兮，若空桑[41]之可即[42]。言淫衍[43]而莫止兮，心綿綿而未息。集訓詁[44]以鑒戒兮，賜眾誨之難測。神遙遙以抒歸兮，畏雙環[45]之在側。咨[46]禽鳥之不群兮，悼悠悠之無極[47]。感蓼藿[48]之易脩兮，攝[49]左右之相譽。懼從風而永去兮，託顛項[50]於鮒隅[51]。雖琴瑟之畢存兮，豈聲曲之復舒？慮[52]遨遊以覿[53]奇兮，彼上騰其焉如？紛晻曖[54]以亂錯[55]兮，漫[56]浩瀁[57]而未靜。理都繆[58]而改據[59]兮，竦[60]端委[61]而自整。制規矩以儀衡[62]兮，占我龜[63]以觀省[64]。眺[65]茲輿[66]之所徹[67]兮，寔斯[68]近而匪遠。豈三年之無問[69]兮，將[70]一往而九反[71]。顧杲日[72]之初開兮，馳曲陵[73]而飾容[74]。時零落之飄颻兮，試枯苑[75]之必從[76]。釋遼遙[77]之闊度[78]兮，習[79]約結[80]之常契[81]。巡襄城[82]之閒牧[83]兮，誦純一[84]之遺誓。被[85]風雨之沾濡[86]兮，安敢軒翥[87]

而遊署88？竊悄悄89之眷貞90兮，泰91恬淡92而永世。豈淹93留以為感兮，將易貌乎殊方94？乃擇高以登棲兮，永欣欣而樂康95。

【章旨】本章承上而言，進入了幻想之境。作者為我們描繪了一幅瑰麗奇特的遊仙場景，從側面表現了作者對東平風土的厭倦和對現實的鄙棄。

【注釋】❶重曰　是辭賦結尾時的發語詞，表示再一次申述。❷嘉　讚美。❸淑清　美好清白。❹春陽　春天的太陽。❺肇　開始。❻託　憑依。❼思颸　同「颸颸」。指暴風、疾風。❽載　始。❾形骸　人的身體，軀殼。❿遵　遵循。⓫閶維　古代指維繫天穹的巨繩。⓬迷罔　迷惑。⓭菀風　也作「苑風」，是《莊子》中的虛構人物。《莊子・天地》：「諄芒將東之大壑，適遇苑風於東海之濱。」⓮玄雲　烏雲。⓯淪　降落；墜落。⓰寤　睡醒。⓱喪軌　喪失軌道。⓲蹈　踩；踐踏。⓳空虛　這裡指天空。⓴征　行。㉑扶搖　傳說中的神木，生於東海。㉒合墟　古代神話傳說中的山名。《山海經・大荒東經》：「大荒之中有山名曰合虛，日月所出。」㉓咸池　神話傳說中太陽沐浴的地方。㉔增城　神話傳說中的地名。《淮南子・地形訓》：「掘崑崙墟以下地，中有增城九重。」㉕煌熠　輝耀。㉖炎精　指太陽的精氣，古人認為太陽是一個火球。《淮南子・天文訓》：「火氣之精者為日。」㉗測　一作「馮」。馮，同「憑」。㉘虛舟　無人駕驅的船。《莊子・山木》：「方舟而濟於河，有虛船來觸舟，雖有惼心之人不怒……人能虛己以遊世，其孰能害之。」㉙遑思　放縱思緒。㉚清溟　大海。㉛謹　嚴守。㉜玄真　指通曉玄妙大道的人。㉝諶　誠。㉞至人　莊子哲學中道德修養達到無我境界的人。《莊子・逍遙遊》：「故至人無己，神人無功，聖人無名。」㉟靡　美好。㊱覿　壯觀。㊲紛錯　紛繁錯亂。㊳度逼　指受到限制和約束。㊴旋軫　四輪車子。㊵畎澮　田間水溝；泛指溪流、溝渠。㊶空桑　神話傳說中的地名。《楚辭・九歌・大司命》：「逾空桑兮從女。」注：「空桑，山名，司命所經。」㊷即　接近。㊸淫衍　連綿不絕的樣子。㊹訓誥　《尚書》中的文體。訓乃教導之詞。誥則用於會同時的告誡。㊺雙環　據《左傳・昭公十六年》，晉國大夫韓宣子有一只玉環，另有一只與之相配的玉環在鄭國的一個商人手裡。韓宣子曾請鄭國大夫子產找那只玉環。子產沒有答應。後來韓宣子找到了那位商人，向他購買那只玉環。但商人說此事需經子產才可成交。韓宣子就去找子產，子產對韓宣子說，強買商人的東西會使鄭國君主失去信譽，也不符合晉國的大國形象，所以，韓宣子只好作罷。作者引用這個典故，意在說明自己與至人遠遊，雖會有所收穫，但可能也會帶來種種不利。㊻咨　嗟嘆。㊼無極　沒有盡頭。㊽藜藿　野菜豆葉。這裡指貧賤之人所吃的食物。㊾攝　招來。㊿顓頊　相傳上古五帝之一，號高陽氏。(51)鮒隅　同「務隅」。山名。《山海經・海外北經》：「務隅之山，帝顓頊葬于陽。」(52)慮　打算。(53)覿　觀看。(54)晻曖　昏暗不明貌。(55)亂錯　雜亂交錯。(56)漫　漫延。(57)浩瀁　無邊無際貌。(58)都繆　全部錯誤。(59)據　依據。(60)竦　恭敬；肅敬。(61)端委　古代的禮服。(62)儀衡　用來測度的工具。(63)龜　古代用龜殼來占卜。(64)觀省　觀察。(65)眺　遠視。(66)輿　車。(67)徹　達到。(68)斯　是。(69)問　音訊。(70)將　乃；竟。(71)九反　多次反顧。(72)杲日　明亮的太陽。(73)曲陵　曲折起伏的山陵。(74)飾容　整飭容貌、儀表。(75)枯菀　這裡指生死榮辱。菀，茂盛。(76)從　跟隨。(77)遼遙　遼遠。(78)度　謀。(79)習　修習。(80)約結　訂約。(81)契　契約。(82)襄城　古地名。在今河南睢縣。春秋時泛指鄭國。周襄王曾避狄難於此。(83)閒牧　遠郊。(84)純一　淳樸；單純。(85)被　同「披」。(86)沾濡　浸濕。(87)軒翥　飛舉。(88)署　網。(89)悄悄　憂傷的樣子。(90)眷貞　眷戀忠貞。(91)泰　安心。(92)恬淡　清靜淡泊。(93)淹　久留。(94)殊方　遠方；異域。(95)樂康　快樂安康。

【語　譯】我再一次申述：讚美年歲時節美好潔白，讚美春天陽氣開啟了暑夏。憑依那猛烈的風開始遠行，憑藉自己的軀殼起駕成行。乘著維繫天地的巨繩長驅直進，問自己的迷惑於菀風。烏雲興起密布於四周，寒雨從天上紛紛下落。忽然一覺醒來而迷失了軌道，只好踩踏在茫茫天空繼續前行。扶搖神木被合墟遮蔽，咸池的陽光照耀了增城。歡欣那輝耀的明光在清晨顯現，歡喜那初升的太陽的炎熱精氣。憑依在無人駕驅的小舟放縱我的思緒，姑且在大海之上自由漂翔。嚴守那通曉玄妙大道的人的真誠訓示，想像那超凡入聖達到無我境界的至人的音容笑貌。他們身穿的繡衣美好壯觀紛雜交錯，我的思想更加遙遠卻受到了約束。一起在畎澮之間掉轉車頭，好像空桑神山可以馬上接近。至人的話語連綿不絕而無法停止，至人的心緒也綿綿而不能止息。彙集至人的教導和誥語作為鑑戒，悵嘆那眾多的教誨深奧而難以揣測它們的究竟。心神遙遙想要發抒回歸之意，但恐雙環在側吉凶難料，嗟嘆禽鳥的失群孤飛，哀悼之情悠悠而沒有終止。感嘆粗劣的衣食容易修持，招來左右之人的交相稱讚。害怕隨風一去而不返，依託顓頊上帝於鮒隅之山。雖然琴瑟樂器還完全存在，但美好的樂曲難道還會再次舒展？打算到四方遨遊去觀覽奇珍，然而這樣上騰空際究竟要到哪裡去？天空昏暗不明烏雲雜亂交錯，漫天飛舞無邊無際而還未能平靜。清理我的全部錯誤而改變我的立身依據，恭敬穿戴端委禮服而自我整飾。制定規矩作為衡量的標準，占卜靈龜仔細觀察吉凶。還望我這車子所到達的地方，實在是很近而並不遙遠。難道會三年沒有音訊，原來竟是一往而多次反顧。回望那明亮的太陽在雲中初開，我又馳騁在曲折起伏的山陵之上而自我整飾容貌。時節正值萬物零落而飄搖不定，的確萬物的生死榮辱都隨身相從。放棄那廣闊無際的大謀，修習已經訂下的尋常約定。巡遊在襄城的空闊郊野上，吟誦先賢的淳樸單純的誓言。身受風雨的沾潤，怎麼還敢展翅高飛而遊於天網之中？私下裡哀傷一片眷戀貞正，心中安泰寧靜淡泊而直至永世。難道要久留於此以為感嘆之地，或是到殊域遠方去改變容貌？於是選擇高山之境登臨棲息，這樣永遠歡樂欣喜安康。

【研　析】阮籍的賦和他的詩一樣，內容多有寄託。它既不同於漢大賦那樣鋪張排比，諷一勸百，又有異於東漢末產生的抒情小賦那樣詞藻豔麗，情感纏綿悱惻，而是詠物中重在比興寄託，抒情中多有隱晦曲折。阮賦的風格一般都比較清新自然，它不以繁冗細瑣的事物刻畫取勝，而是以深幽雋永的情感抒發為長。明人張溥評論阮賦時說：「〈大言〉、〈小言〉，清風穆如，閒覽賦苑，長篇爭麗，〈兩都〉、〈三京〉，讀未終卷，觸鼻欲睡。展觀阮作，則一丸消疹，胸懷蕩滌，惡可謂世無萱草也。」（〈阮步兵集題辭〉）而〈東平賦〉就是集中體現阮賦清新風格的代表作之一。文章以綜述九州地形地勢開始，在描繪了「鳳鳥自歌，翔鸞自舞；嘉穀蕃殖，匪我稷黍」的神仙奇境之後，筆鋒一轉，從民風惡劣的角度，著重敘述了「匪脩潔之攸麗，於穢累之所如」的東平。東平惡劣民風的形成，是有多方面的原因的。東平的西面有桑間、濮上的荒淫，三晉、鄭、衛的豪強；本土則有歷史遺留的劉姓王族的奢華，叔孫家族的多私；它的東面有來自三齊、鄒、魯的商旅，南面有荊楚、洞庭的蠻俗，在這些因素的作用下，東平的地方官吏和平民百姓變得「殪情戾慮」，「背理向姦」，從而導致「原壤蕪荒」，「樹藝失時」。於是，就引發了作者的一系列感慨。作者向東平人民提出了兩種人生追求：一是儒家的「好政教之有儀」，二是道家的「樂寂寞之無知」，但東平人民對此都無法理解，作者於是只好長嘆斯邦不可集，希望永離塵世，與仙人王子喬一起到世外行遊。文章的末尾再次攻擊了東平的風土民情，最後表示：「豈淹留以為感兮，將易貌乎殊方？乃擇高以登棲兮，永欣欣而樂康。」

《晉書・阮籍傳》說阮籍求為東平相時說：「及文帝輔政，籍嘗從容言於帝曰：『籍平生曾游東平，樂其風土。』帝大悅，即拜東平相。籍乘驢到郡，壞府舍屏障，使內外相望，法令清簡，旬日而還。」但是在賦中我們找不到一句「樂其風土」的描寫，這種矛盾可以從當時的政治形勢中找到原因。當時司馬氏正加緊篡奪曹魏政權，所以對於名士的態度是為我所用就拉攏，不為我所用就誅殺。因此，阮籍的求為東平相，只不過是一種遠身避禍的手段，並藉機向人們表示了自己並不反對司馬氏的政治立場，所以「樂其風土」只不過是一時的藉口而已，但同時也不能排除有作者不甘寂寞，企圖有所作為的想法在內。事實上，東平惡劣的風土民情，只不過是當時社會現實的一個縮影，司馬氏的黑暗統治，使得整個社會都普遍地道德淪喪，民風澆薄。所以無論阮籍到何處為官，要想有所作為都是幾乎不可能的。阮籍早年服膺儒術，儒家治國平天下的用世觀念早已深深地烙印在他心中。後來為了苟全性命於亂世，終日以酣醉為常，但究其一生，憂國憂民，想有所作為的濟世之志卻始終無一刻忘懷。但是，現實生活卻與他的人生理想竟是如此的格格難入，應該說，這種情感歷程是頗為痛苦的。本文「重曰」以下的部分，就是展現了這一情感歷程。

本賦一洗漢大賦精雕細縷、鋪張揚厲之風，而以淡淡的筆墨輕輕勾勒出東平的風土民情，文筆簡練，文字樸實，其前半部分雖然稍有鋪陳，是傳統的漢大賦筆法，但文字仍然清新簡練。後半部分則別出心裁，完全採用《楚辭》的筆法，充分借助於豐富的想像力，展現了一次騰空遠遊、探求人生真諦的曲折的情感歷程，抒情言志，曲盡其妙。明人鍾惺在評此賦時說：「清遙古雅，

有《楚騷》之遺則，凡賦中仍沓鋪張，重蒸蹇澀諸習，皆洗濯盡去。」（《漢魏名文乘》卷二五引）

這個評價是切中肯綮的。

亢父賦

【題　解】亢父，古縣名，故址在今山東濟寧南，漢時屬東平國。據史書記載，阮籍曾兩次往山東。一次為年輕時隨叔父謁見兗州刺史王昶；另一次為任東平相。本篇立意與〈東平賦〉頗為接近，當為同時所作。本賦借描寫亢父惡劣的自然環境和澆薄的民風，表達了作者對社會現實的不滿和厭棄之情。

吾嘗❶遊亢父❷，登其城，使人愁思。作賦以記之，言不足樂也。

【章　旨】以上為序，點出了寫作此賦的原因。

【注　釋】❶嘗　曾經。❷亢父　地名，在今山東濟寧南五十里。亢，底本作「元」。誤，諸書無「元父」之地名。

【語　譯】我曾經遊歷過亢父這個地方，登臨城樓，使人愁思。因而寫下這篇賦來記載它，意在說明此地不值得遊樂。

亢父者，九州①之窮地，先代之幽墟②者也。故其城郭③卑小④局促⑤，危隘⑥不遐⑦。其土田則汙除⑧漸洳⑨，泥濕⑩槃洿⑪。方池邊屬⑫兮，容水滂沱⑬。穢菜⑭惟⑮產兮，不食實多。地下沉陰兮，受氣匪⑯和。太陽不周⑰兮，殖物靡嘉⑱。故其人民頑嚚⑲檮杌⑳，下愚難化。

【章旨】本章對亢父這個地方作了總括性的描繪，涉及了城郭、土田、物產、人民等各個方面。

【注釋】①九州　古代中國設置的九個州。《尚書·禹貢》分為冀、豫、雍、揚、兗、徐、梁、青、荊。後來泛指中國。②幽墟　幽遠的故城。③郭　外城。④卑小　矮小。⑤局促　狹窄，不寬敞。⑥危隘　（地形）險峻狹隘。⑦遐　遠。這裡意為「闊」。⑧汙除　污泥。⑨漸洳　滯塞，不流通。⑩泥濕　泥濘低濕。⑪槃洿　形容低窪如盤。⑫屬　相連。⑬滂沱　水流滿溢的樣子。⑭穢菜　雜草。⑮惟　只。⑯匪　不。⑰周　全；遍。⑱嘉　美好。⑲頑嚚　愚妄姦詐。⑳檮杌　相傳為古代四凶之一。後來泛指愚昧無知兇狠暴虐的人。

【語譯】亢父這個地方，是中國的貧窮之地，是古代的幽遠故城。所以它的城池矮小狹窄，地形狹隘險峻又不寬闊。它的土田則污泥滯塞，泥濘低濕低窪如盤。並列的池塘邊際相連，流入的雨水四處滿溢。這個地方只出產雜草，不能食用的又居多。它的地下沉積著陰氣，稟受的大氣不能調和。太陽的光不能遍照大地，所以生長的作物就不能美好。所以它的人民愚妄姦詐蒙昧無知，極端愚昧難以教化。

其區域壅絕斷塞❶，分迫旋淵❷。終始同貫❸，本末相牽❹。疇昔❺訖今，曠世歷年❻。鉅野❼瀦❽其後，窮濟❾盡其前，甽澮❿不暢，垢濁⓫寔臻⓬。不肖⓭群聚，屋空無賢。故其民放散肴亂⓮，藪⓯竄⓰澤居，比跡⓱麋鹿，齊志⓲豪貙⓳。是以其原壤⓴不辟㉑，樹藝㉒希疏㉓，莧葦㉔彌皐㉕，蚊蝱㉖慘膚也。

【章　旨】本章描繪了亢父地域的風土人情。這裡地形阻塞不通，道路曲折，農田荒蕪，無賴群聚，蚊蝱慘膚，一幅十足的慘象。

【注　釋】❶壅絕斷塞　堵塞隔絕。❷分迫旋淵　分散狹迫迴旋彎曲。淵，本為迴旋之水，這裡用來形容道路的曲折。❸終始同貫　道路的起點和終點相互貫穿。❹本末相牽　道路的開端和末尾相互牽連。❺疇昔　以前。❻曠世歷年　謂久歷年代。❼鉅野　即鉅野澤，在今山東鉅野北，在亢父的北面。❽瀦　水流停留積聚。❾窮濟　快要窮盡的濟水，即濟水在此快要流入大海。❿甽澮　同「畎澮」。田間水溝；溝渠。⓫垢濁　猶污穢。⓬臻　聚積。⓭不肖　不賢。這裡指無賴之徒。⓮放散肴亂　放縱散漫混淆雜亂。⓯藪　指水草茂密的沼澤湖泊地帶。⓰竄　伏匿；隱藏。⓱比跡　行跡相近。⓲齊志　心志相齊。⓳豪貙　豪豬與貙，均為野獸名。豪豬全身有刺，穴居夜出。貙，《爾雅・釋獸》：「貙似狸。」郭璞說：「今貙虎也，大如狗，又如狸。」⑳原壤　原野。㉑辟　開墾。㉒樹藝　指農作物的種植和栽培。㉓希疏　稀少粗疏。㉔莧葦　莧菜和葦草。這裡泛指雜草。㉕皐　同「皋」。沼澤。㉖蚊䖟　即蚊蝱，一種吸食人畜血液的害蟲。

【語譯】亢父的地域封閉隔絕，堵塞不通。它的道路分散狹迫迴旋彎曲，終點和起點相互貫穿，開端和末尾相互牽連。從古至今，久歷年代。鉅野大澤在亢父的後面匯聚水流，快要窮盡的濟水在其前面斷流，田間的溝渠不通，污穢積聚。無賴之徒相互群聚，房屋空蕩沒有賢人。所以這裡的人民放縱散漫混淆雜亂，在湖泊中流竄，在水澤裡泊居，行跡與麋鹿相近，情志與豪貙相當。因此這裡的原野沒被開闢，作物的種植栽培稀少粗疏，雜草叢生，遍布水澤，蚊蝱群聚，咬人皮膚，吸人血液。

於其遠險❶，則右金鄉而左高平❷，崇❸陵崔巍❹，深溪崢嶸❺。美類不處，熊虎是生。故人民被害嚼齧❻，禽性獸情。爾❼之近阻❽，則鳴鳩❾蔭其前，曲城❿發其後。鴟梟⓫群翔，狐狸萬口。故其人民狼風豺氣，盩電⓬無厚。南望春申⓭，東瞻孟嘗⓮，袤界薛邑⓯，境邊山陽⓰。逆旅行舍⓱，姦盜所藏。北臨平陸⓲，齊之西封⓳，捷徑⓴燕趙㉑，逃遯逍遙。

故其人民側匿㉒頗僻㉓，隱蔽不公，懷私抱詐，爽慝㉔是從，禮義不設，淳化㉕匪同。

【章　旨】本章描述了亢父惡劣的周邊環境，分析了亢父姦劣民風形成的原因。

【注　釋】❶遠險　較遠的險峻之處。❷右金鄉而左高平　古代以西方為右，以東方為左。金鄉，地名。即今山東金鄉，在亢父的西面。高平，地名。故址在今山東微山縣西北，在亢父的東面。❸崇　高。❹崔巍　高大雄偉的樣子。❺崢嶸　高峻突出的樣子。❻齧　咬。❼爾　此，這裡指亢父。❽近阻　目前的憂患。阻，憂。❾鳴鳩　即斑鳩。這裡指小人。❿曲城　這裡指漢將曲城侯，他以劍術揚名於天下，後來就用來比喻善於使劍的劍客。⓫鴟梟　鳥名。俗稱貓頭鷹。這裡指姦邪小人。⓬盩電　乖戾暴躁。⓭春申　這裡指春申君的封地，其地與齊國南部接壤。《史記・春申君列傳》：「考烈王元年，以黃歇為相，封為春申君，賜淮北地十二縣。」⓮孟嘗　也指孟嘗君的封地。孟嘗君被封於薛，其地位於亢父的東面。春申君、孟嘗君在戰國時都以養士揚名。⓯袤界薛邑　南北方面與薛邑交界。袤，南北距離的長度，這裡指南北方向。薛邑，薛故城在今山東滕縣南四十四里，即孟嘗君的封地。⓰山陽　山陽郡，故址在今山東金鄉西北四十里，在亢父的西面。⓱逆旅行舍　泛指行人旅客居住的旅舍。⓲平陸　古地名。故城在今山東汶丘北，在亢父的北面。⓳封　邊界。⓴捷徑　近便的小路。㉑燕趙　燕國、趙國之地，泛指今河北、山西地區。㉒側匿　陰險姦詐。㉓頗僻　偏邪不正。㉔慝　邪惡。㉕淳化　淳厚的教化。

【語　譯】離亢父較遠的險峻之處，西邊是金鄉，東邊是高平，高山峻嶺雄偉挺拔，溪流山泉高峻突出。美好的物類不在此居留，熊虎猛獸卻在這裡生長繁衍。所以這裡的人民常常被傷害被咬齧，因此也都具有了禽獸的性情。目前這裡的憂患，則有鳴鳩小人遮蔽在前，曲城劍客擊劍殺人的事件發生在後。鴟鴞猛禽在此群飛，上萬隻狐狸在此聚居。所以這裡的人民也有著豺狼般的民風氣習，乖戾暴躁不厚道。向南可以望見春申君的舊封，向東可以望見孟嘗君的故地，南北與薛邑交界，西面與山陽接邊。那裡的許多旅館客舍，卻是姦賊強盜的藏身之所。北面對著平陸，這裡是古時齊國的西部邊疆，那裡的捷徑與燕、趙舊地相通，犯人可以從此遁逃，逍遙四方。所以這裡的人民陰險姦詐，偏邪不正，性情深沉而不開誠布公，心懷私欲狡詐，唯錯誤邪惡是從，禮義無法設立，淳厚的教化無法與別的地方等同。

先哲❶遺言，有昭有聾❷。如何君子，棲遲❸斯邦？

【章　旨】本章再一次表明了自己對亢父的厭惡之情，呼應了開頭「言不足樂」之意。

【注　釋】❶先哲　古時的哲人。❷有昭有聾　這句用《左傳・宣公十四年》「鄭昭宋聾」之意思，謂有些地區明曉事理，有些地區則蒙昧無知。昭，明曉事理。聾，於事理蒙昧無知。❸棲遲　滯留。

【語　譯】古時的哲人曾留下過遺言，說有些地區通曉事理，有些地區卻蒙昧無知。那麼如今的君子，為何還要滯留於此地呢？

【研　析】本文是一篇記遊感懷的小賦。作者對亢父的地理環境、風俗民情都進行了詳盡的描繪，字裡行間無一讚美之辭，充滿了厭惡之情。由此看來，本文的寫作主旨與〈東平賦〉相近。在作者的筆下，亢父簡直一無是處：城市狹窄，地勢險隘，原野低濕，物產不美，野獸橫馳，蚊蝱群飛，姦盜聚集，民風惡劣。究其原因，當和作者當時的心境有關。文章最後「如何君子，棲遲斯邦」一語表達了作者潔身自好，不願同流合污的高潔心志。本文結構新穎，筆觸靈動，文字質樸，較好地體現了阮文清新自然的藝術風格。

首陽山賦

【題解】本賦是一篇觸景抒懷之作。作者描繪了一幅暮秋的肅殺景象，隱喻了當時黑暗的社會環境和自己壓抑的淒苦心情。文末對伯夷、叔齊隱居采薇之事提出了自己的看法。作者認為，伯夷、叔齊背殷從周，後又反對武王伐紂，以其為不合仁義的做法並不可取，大道所求只在於清虛守靜而已。

正元❶元年秋，余尚為中郎❷，在大將軍府。獨往南牆下，北望首陽山❸，賦曰：

【章旨】本章點出了作此賦的時間、地點和起因。

【注釋】❶正元　魏高貴鄉公曹髦年號（西元二五四—二五七年）。❷中郎　官名。當時阮籍曾擔任大將軍司馬師的從事中郎。❸首陽山　相傳為伯夷、叔齊采薇隱居處。《史記・伯夷列傳》：「武王已平殷亂，而伯夷、叔齊恥之，義不食周粟，隱於首陽山，采薇而食之。」根據史書記載，首陽山有多處，阮籍所望之首陽山當非伯夷、叔齊隱居之處。此處首陽山在今河南洛陽東北。但從全文內容來看，作者敘寫的就是伯夷、叔齊之事。或借其山名相同抒發感慨而作。

【語　譯】正元元年的秋天，我尚為從事中郎，在大將軍司馬師府上任職。獨自前往南牆之下，向北遙望首陽山，作下此賦，曰：

在茲❶年之末歲❷兮，端❸旬首而重陰❹。風飄回以曲至❺兮，雨旋轉而纖❻襟。蟋蟀鳴乎東房兮，鶗鴂❼號乎西林。時將暮而無儔❽兮，慮❾悽愴❿而感心。振⓫沙衣⓬而出門兮，纓⓭委絕⓮而靡尋。步徙倚⓯以遙思兮，喟⓰歎息而微吟。將修飭⓱而欲往兮，眾蹉蹉⓲而笑人。靜寂寞而獨立兮，亮⓳孤植⓴而靡因㉑。懷分索㉒之情一㉓兮，穢㉔群偽之射真。信可實而弗離兮，寧高舉而自儐㉕。

【章　旨】本章描繪了一幅風迴雨旋、蟲鳴鳥號的令人無限感傷的暮秋之景，隱喻了「群偽亂真」、「蹉蹉笑人」的社會環境，同時也表達了作者不甘同流合污的高潔精神。

【注　釋】❶茲　這。❷末歲　即歲末。指秋天。古人多以冬季為歲首，秋季為歲末。❸端　恰好；正好。❹重陰　指濃雲。❺曲至　周遍。❻纖　輕細。❼鶗鴂　也作「鵜鴂」，鳥名，即杜鵑鳥。〈離騷〉：「恐鵜鴂之先鳴兮，使夫百草為之不芳。」❽儔　同類；同伴。❾慮　思慮。❿悽愴　悽慘悲傷。⓫振　搖動；揮動。⓬沙

衣　即蓑衣。⓭纓　本指繫冠的帶子。這裡指繫蓑衣的帶子。⓮委絕　全部斷絕。委，盡。⓯徙倚　徘徊。⓰喟嘆息。⓱脩飭　整飾。⓲齴齴　牙齒參差不齊貌。⓳亮　確實。⓴孤植　孤立無援。㉑因　憑依。㉒分索　猶離別、分散。這裡指離世。㉓情一　一本作「精一」，義長。這裡指道德、精神的精粹純一。㉔穢　厭惡。㉕儐通「擯」。擯棄。

【語　譯】在這一年的歲末，恰逢一旬之首而天降濃雲密布。風飄揚回旋而四處吹遍，雨隨風旋轉而輕飄我的衣襟。蟋蟀在東房鳴叫，鶗鴂在西林哀號。時近黃昏而孤獨無伴，思慮淒惻悲傷而感物傷心。揮動蓑衣走出家門，繫帶全部斷絕無處找尋。行路徘徊而遙想，喟然嘆息而低吟。我將整飾衣裳打算前往，但是眾人都齴齴取笑嘲弄。靜守寂寞而遺世獨立，確實孤立而無所依憑。心懷離世而去的精粹純一的道德修養，厭惡那眾多虛偽的以假亂真。精粹純一的道德的確值得寶貴而不能拋棄，寧可高舉飛升自我擯棄於世。

聊仰首以廣頫❶兮，瞻首陽之岡岑。樹叢茂以傾倚❷兮，紛蕭爽❸而揚音。下崎嶇❹而無薄❺兮，上洞徹❻而無依。鳳翔過而不集❼兮，鳴梟❽群而竝棲。颺❾遙逝而遠去兮，二老❿窮而來歸。寔因⓫軋⓬而處斯兮，焉⓭暇豫⓮而敢誹⓯？嘉粟屏⓰而不存兮，故甘⓱死而採薇⓲。彼背殷而從昌⓳兮，投⓴危敗㉑而弗遲；此進而不合兮，又何稱乎仁義㉒？肆㉓壽夭而弗豫㉔兮，競毀譽以為度。察前載㉕之是云兮，何美論之足慕？苟道求之在細㉖兮，焉㉗子㉘誕而多辭？且清虛㉙以守神兮，豈慷慨㉚而言之！

【章　旨】本章從描寫首陽山的環境伸展開來，觸及了伯夷、叔齊背殷從昌，卻又反對周武王伐紂，認為這與仁義不合，做法無甚可取，而清虛守神才是最重要的。

【注　釋】❶廣頫　廣視；遠望。❷傾倚　斜倚；側靠。❸蕭爽　風吹樹葉的聲音。❹崎嶇　山路不平的樣子。❺薄　指草木叢生之處。❻洞徹　貫通寬敞。❼集　棲息。❽梟　相傳為食母的不孝鳥。❾颺　高飛。❿二老　這裡指伯夷、叔齊。⓫囚　拘囚。⓬軋　傾軋；排擠。⓭焉　哪裡。⓮暇豫　空閒。這裡指閒情逸致。⓯誹　非議。⓰屏　擯棄。⓱甘　甘願。⓲薇　野菜名，俗稱野豌豆。⓳昌　周文王名。⓴投　投奔。㉑危敗　周文王為西伯時曾被商紂王囚於羑里，後以獻美女和珍怪之物獲釋，所以稱「危敗」。㉒此進二句　據《史記・伯夷列傳》記載，文王死後，武王伐紂，伯夷、叔齊曾諫說：「父死不葬，爰及干戈，可謂孝乎？」這兩句就用此典。進，這裡指伐紂。合，合於禮法。㉓肆　恣意。這裡有「任憑」的意思。㉔豫　人為干預。㉕前載　古代的記載。㉖細　細微簡單。作者從道家思想出發，認為大道無為至簡。㉗焉　何。㉘子　這裡指伯夷、叔齊。㉙清虛　清靜虛無。㉚慷慨　情緒激動的樣子。

【語　譯】抬頭四處廣視遙望，望望那首陽山的山岡高峰。樹木叢生繁茂而相互斜依側靠，蕭爽紛紛而隨風傳音。首陽山的下部道路崎嶇不平而沒有成叢的草木，首陽山的上部貫通寬敞而無所憑依。鳳凰飛過而不停，鳴梟卻成群結隊而一同於此棲息。鳳凰高飛遠逝向遠方離去，伯夷、叔齊二老處境窘困而來歸此山。實在是受到了拘囚排擠而身處此地，哪裡是閒情豫樂而敢於非議？美好的穀物去除而不再存在，所以甘冒死亡而以采薇為生。他們背棄殷朝而追隨了文王姬昌，投奔危敗之主而不遲疑；武王伐紂於禮法不合，又稱什麼仁義？任憑生命的長短而不要人為干預，卻競相毀謗讚譽以之為人生的法度。觀察古代的記載，又有什麼美好的議論值得羨慕？如果大道所求在於細微簡單之事，那麼你們為什麼又要放誕而多說話？姑且清靜虛無以保守精神，又何必情緒激動地來加以評說！

【研　析】正元元年是曹魏政權的多事之秋。嘉平六年（即正元元年，是年十月壬辰改元），司馬師先後尋隙誅殺了李豐、夏侯玄、許允等一批忠於曹魏的大臣，接著又相繼廢掉了皇后張氏和魏帝曹芳，立十四歲的曹髦為帝，改元正元，自己獨攬大權。從這篇賦的小序的語氣看來，這篇賦似是事後追憶之作。這恐怕不是偶然的，阮籍一生謹慎小心，他雖然親眼目睹了當時殘酷的政治鬥爭，但是他更關心的是自己的個人命運，所以他不敢當時就作賦寄意，而是用一種事後追憶的方式，避開正鋒，委婉含蓄地來表達自己的幽深心曲。文章的開頭描繪了一幅風回雨旋、蟲鳴鳥號的暮秋之景，創造了一個令人無限感傷鬱悶的氛圍。然而真正令作者喟然嘆息的並不是那陰鬱壓抑的暮秋之景，而是「鬔鬔笑人」、「群偽射真」的社會環境。對此，作者堅持自己獨立的氣節，不願同流合污。懷著「信可實而弗離兮，寧高舉而自儐」的超脫污穢塵世的願望，作者來到了南牆下，遙望首陽山。作為一種文化的積澱，首陽山早已和不食周粟、隱居采薇的伯夷、叔齊兄弟聯在了一起。在作者看來，伯夷、叔齊首先背殷從周，後來又反對武王伐紂，這種做法其實並無仁義可言，不值得仰慕。那麼如何來解決出仕和歸隱的矛盾呢？作者沒有正面回答，只說大道在於清虛守神而已，無須再慷慨言之。讀了這篇賦以後，我們對阮籍一生處於仕隱之間，「發言玄遠、口不臧否人物」的怪誕行為方式，會有個深刻的認識。全文感情真摯，格調清淒，哀婉動人。讀後，一位於肅殺的暮秋景象中寂寞無友、踽踽獨行的詩人形象清晰地再現於我們的面前。范陳本於賦末注云：「嗣宗當魏晉交代，志鬱黃屋，情結首陽，託言於夷、齊，其思長，其旨遠，其詞隱。」正好道出了阮文意旨幽深而又不敢直面現實人生的特點。

清思賦

【題解】本賦是一篇抒情述懷之作。本文描繪了作者於一秋夜缺寐自驚之際，神靈有應，邂逅一位佳人，但經過一番接觸，佳人又騰飛而去，接著作者拋棄人間，追訪佳人而去的經過。文末以道家「不以萬物累心」的說法安慰自己。本賦雖未直接提及社會現實，但作者以追求佳人寄託自己高潔理想和厭棄人間是非的意向卻是很明顯的。

余以為形之可見，非色之美；音之可聞，非聲之善。昔黃帝登僊於荊山❶之上，振❷《咸池》❸於南嶽❹之岡，鬼神其幽❺，而夔、牙❻不聞其章；女娃❼耀榮❽於東海之濱，而翩翻❾於洪西之旁，林石之隕從❿，而瑤臺⓫不照其光⓬。是以微妙無形，寂寞無聽，然後乃可以覩窈窕⓭而聞淑清⓮。故白日麗⓯光，則季后⓰不步其容；鐘鼓閶鉿⓱，則延子⓲不揚其聲。

【章　旨】本章提出了「形之可見，非色之美；音之可聞，非聲之善」的基本命題，論證了只有做到「微妙無形，寂寞無聽」，才能「覩窈窕而聞淑清」的道理。

【注　釋】❶荊山　山名。在今河南靈寶閿興南。相傳黃帝采首山銅鑄鼎於此。《史記・封禪書》：「黃帝采首山銅，鑄鼎於荊山下。鼎既成，有龍垂胡髯下迎黃帝。黃帝上騎，群臣後宮從上者七十餘人，龍乃上去。」❷振　唱響。❸咸池　相傳為黃帝所作樂曲名，亦稱《大咸》，周代六舞之一。周代用以祭祀地神。又一說為堯時代之樂舞。❹南嶽　這裡指衡山。❺鬼神其幽　即「其幽鬼神」，意謂樂曲的幽隱有如鬼神莫測。幽，潛隱。❻夔牙　舜時樂官夔與春秋時精於琴藝者伯牙的並稱。❼女娃　炎帝之女，後溺東海身亡，化為神鳥精衛。常銜西山木石填東海。❽榮　這裡指容貌。❾翩翻　往來上下飛動貌。❿隕從　隨之墜落。⓫瑤臺　用美玉砌成的樓臺。這裡指炎帝的居所。⓬光　這裡指容貌。⓭窈窕　深幽隱祕之處。⓮淑清　這裡指美好的天上雅音。⓯麗　垂。⓰季后　即漢武帝李夫人，相傳李夫人年少而卒，漢武帝思念不已。後來齊人少翁夜設帷帳，施方術，使武帝在另一帷帳中看到了一個貌似李夫人的女子的投影在帷帳中走動。季，少。⓱闓鉿　鐘鼓聲。⓲延子　師延，商紂的樂師。因作靡靡之樂，導致殷亡，後投水而死。

【語　譯】我認為形貌之可見，不是在於顏色的美麗；音樂之可聽，也不在於聲音的美妙。從前黃帝升仙於荊山之上，唱揚《咸池》古樂於南嶽的山岡，然而它的幽隱有如鬼神莫測，連夔和牙也聽不到它的樂章；女娃顯耀她的容貌於東海之濱，死後又往來上下飛動於西山之旁，西山的林木山石都隨之墜落於東海，然而炎帝的瑤臺卻不能映照到她的容顏。因此，精微沒有具體的形貌，寂靜無聲可聽，這樣才可以目睹深幽隱蔽之處而又能聽到美好的玄妙雅音。所以白日垂光，則不能見李夫人徐步的美好姿容；鐘鼓之聲敲響，則師延不能揚其微妙之音。

夫清虛❶寥廓❷，則神物來集；飄颻恍忽❸，則洞❹幽貫❺冥；冰心玉質，則皦❻潔思存；恬澹❼無欲，則泰❽志適情。伊❾衷慮❿之遒⓫好兮，又焉⓬處而靡逞⓭？寒風邁⓮於黍穀⓯兮，誨子而遊鶄⓰。申孺悲而母歸⓱兮，吳鴻哀而象生⓲。茲⓳感激以達神，豈浩瀁⓴而弗營㉑？志不覬㉒而神正，心不蕩㉓而自誠。固秉一㉔而內脩，堪粵㉕止之匪傾㉖。惟㉗清朝而夕晏兮，指濛汜㉘以永寧。

【章　旨】本章論述自己心性純正，表達了自己「感激以達神」的願望。

【注　釋】❶清虛　清靜虛無。❷寥廓　空曠遼遠。❸恍忽　模糊不清的樣子。❹洞　洞察。❺貫　貫通。❻皦　為「徼」字之誤，求。❼恬澹　清靜淡泊。❽泰　安。❾伊　彼；那。❿衷慮　心裡的想法。⓫遒　終。⓬焉　何。⓭逞　如願。⓮邁　遠行。⓯黍穀　地名。又作「黍谷」。劉向《別錄》：燕有黍穀，……亦名燕穀山，亦謂之寒穀。傳說此地美而寒，不生五穀，鄒衍吹律而溫氣生，燕人種黍其中，後人因稱處境窮困而有轉機為黍谷回春。⓰誨子而遊鶄　典出《列子・黃帝》：「海上之人有好漚鳥者，每旦之海上從漚鳥遊，漚鳥之至者百住而不止。其父曰：『吾聞漚鳥皆從汝遊，汝取來，吾翫之。』明日之海上，漚鳥舞而不下也。」遊，行。鶄，即漚（鷗鳥）。⓱申孺悲而母歸　據《呂氏春秋・季秋紀・精通》，周人申喜母亡，一天聽到門外有乞丐唱歌，心中悲傷，就召乞丐進門交談，發現那乞丐就是自己的母親。孺，幼子。⓲吳鴻哀而象生　據《吳越春秋・闔閭內傳》記載，吳王闔閭以重金購求金鉤，吳鴻之父貪財，殺了兒子吳鴻和扈稽，以他們的血衅金，鑄成兩把金鉤獻於吳王。為顯示其金鉤的與眾不同，吳鴻之父大呼二子之名，不料話音剛落，兩把金鉤飛起，直刺入吳鴻之父的胸膛。象，景象。這裡指金鉤飛起直刺吳父胸膛的異象。⓳茲　指以上四事。⓴浩瀁　廣大無際貌。㉑營　度量。這裡有「主宰」的意思。㉒覬　非分的希望和企圖。㉓蕩　亂。㉔一　古代哲學術語，常指天地形成之初的原始狀態。㉕堪粵　一本作「堪輿」，當從之。天道的奧妙。堪，天道。㉖傾　斜。㉗惟　思。㉘濛汜　古代神話傳說中的日落之地。

【語譯】大凡清靜虛無空曠遼遠，則神奇之物就會來聚集；飄搖迷離，則能洞察幽微貫通深冥；保有一片冰清玉潔之質，則會求潔淨其意想寄託；清靜淡泊無求無欲，則會心志安泰性情舒暢。如果那心中的想法終究是好的，那麼處於哪裡不會如願？鄒衍吹律可讓寒風遠邁燕穀山而生黍穀，父親要兒子捕捉鷗鳥而鷗鳥終於遠離。申喜心中悲傷母亡而母親終於回來，吳鴻心中哀切而異象發生。這些都是心有所感而動達神靈，哪裡能說天地蒼茫無際而沒有一個主宰？心態不懷非分之想而神情自然端正，心性不亂而自然精誠不失。牢牢秉持純一的天地之道而內心修煉，天道的奧妙居留於此而不傾失。像太陽的清晨上升到傍晚的落山休息，在濛汜而得安寧。

是時羲和❶既頹❷，玄夜❸始扃❹。望舒❺整轡❻，素風❼來征。輕帷連颺❽，華裀❾肅清。彭蚌❿微吟，螻蛄⓫徐鳴。望南山之崔巍⓬兮，顧北林之蔥菁。太陰⓭潛乎後房兮，明月耀乎前庭。迺申展⓮而鈌寐兮，忽一悟而自驚。駕⓯長靈⓰以遂⓱寂兮，將有歙⓲乎所之⓳。意流盪⓴而改慮兮，心震動而有思。若有來而可接兮，若有去而不辭。心恍忽而失度㉑，情散越㉒而靡治。豈覺察而明真㉓兮，誠雲夢㉔其如茲。驚奇聲之異造兮，鑑㉕殊色之在斯。開丹山㉖之琴瑟兮，聆崇陵之參差㉗。始徐唱而微響兮，情悄慧㉘以蜲虵㉙。遂招雲以致㉚氣兮，乃振動㉛而大駭㉜。聲飂飂㉝以洋洋㉞，若登崑崙㉟而臨西海㊱。超遙㊲茫渺㊳，不能究其所在。

【章　旨】本章敘寫了自己於一月夜缺寐之際，神靈有應，佳人出現在眼前，這位佳人為作者開「丹山之琴瑟」，樂音渺茫，不知所在。

【注　釋】❶羲和　古代神話傳說中的駕馭太陽的神。❷頹　墜落。❸玄夜　黑夜。❹扃　門窗箱櫃上的插關。這裡用作動詞。❺望舒　古代神話傳說中為月亮駕車的神。❻轡　馬韁。❼素風　秋風。❽颺　飄揚。❾華裀　華麗的車席。❿彭蚌　當為「彭蜞」之誤。彭蜞，即蟛蜞，形似螃蟹，體小，行走時會發出輕微的聲音。⓫螻蛄　昆蟲名。褐色，有翅，前腳很彊，能掘地，雄者能鳴。⓬崔巍　高峻雄偉的樣子。⓭太陰　這裡指秋天的陰冷天氣。⓮中展　舒展。⓯駕　原作「焉」，據一本改。⓰長靈　綿長的心緒。⓱遂　入。⓲歙　斂取。⓳之　往。⓴流盪　流動不定。㉑失度　失去常態。㉒散越　放散激揚。㉓明真　明白真切。㉔雲夢　古大澤，在今湖北省。據宋玉〈高唐賦〉，楚懷王曾於此夢會巫山神女。㉕鑑　仔細觀察。㉖丹山　即丹穴之山。相傳為鳳凰所居住。㉗參差　這裡指樂曲猶如崇山峻嶺般參差不齊，錯落有致。㉘悄慧　嫻靜聰慧。㉙蜲蛇　同「委蛇」。㉚致　招致。㉛振動　這裡指樂聲的突然高起。㉜駭　驚詫。㉝飉飉　高飛颳動萬物而發出的音響。㉞洋洋　盛大無邊之貌。㉟崑崙　古代神話中位於西部的一座神山。㊱西海　古代神話傳說中的地名。一般認為就是青海湖。㊲超遙　高遠；遙遠。㊳茫渺　猶「渺茫」。迷茫廣闊。

【語　譯】這個時候太陽已經西落，黑夜開始開啟它的門戶。月神望舒正整理車轡準備出行，秋風開始遠行。輕柔的帷帳相連如同疾風飄揚，華麗的車席清涼雅潔。彭蜞微微長吟，螻蛄徐徐低唱。遠望南山的高大雄偉，回視北林的鬱鬱青葱。秋天的陰冷雲氣密隱於後房，明月高照在前庭。於是舒展身體而缺乏睡意，忽然醒悟而自我驚異。綿綿的心緒進入寂靜的境界，將要有所斂取於所往的地方。心意流動而想法改變，心神震動而若有所思。好像前來而可迎接，又好像要離去而沒有告辭。心神恍惚而失去了常態，心情放散激揚而不能調理。哪裡是醒悟察看而明白真切，楚懷王於雲夢會巫山神女的情形便是如此。驚嘆奇妙的聲音是奇異的發出，仔細察看特別的美貌就在這裡。她奏起那丹山之木所製的琴瑟，聆聽那有如崇山峻嶺般參差不齊的樂音。她開始徐徐歌唱而聲音輕微，她的性情嫻靜聰慧而隨順宛轉。於是招來雲朵引致雨氣，樂音亦隨之大振而令人驚詫。風聲彊勁而廣大無邊，好像登上了崑崙神山而又降臨了西海。樂音遼遠而又迷茫難測，不能探究其所在。

心瀁瀁❶而無所終薄❷兮，思悠悠而未半。鄧林殪於大澤兮❸，欽邳❹

悲於瑤岍。徘徊夷由[5]兮，倚靡[6]廣衍[7]。遊平圃[8]以長望兮，乘脩[9]水之華旂[10]。長思[11]肅以永至兮，滌[12]平衡[13]之大夷[14]。循路曠[15]以徑[16]通兮，辟[17]閨闥[18]而洞闈[19]。羨要眇[20]之飄遊兮，倚東風以揚暉[21]。沐洧淵[22]以淑密[23]兮，體清潔而靡譏[24]。厭[25]白玉以為面兮，披丹霞以為衣。襲[26]九英[27]之曜精[28]兮，珮瑤光[29]以發輝[30]。服儵煜[31]以繽紛兮，綷[32]眾采以相綏[33]。色熠熠[34]以流爛[35]兮，紛雜錯以葳蕤[36]。象朝雲之一合兮[37]，似變化[38]之相依。麾[39]常儀[40]使先好[41]兮，命河女[42]以胥[43]歸。步容與[44]而特[45]進兮，盻[46]兩楹[47]而升墀[48]。振瑤谿[49]而鳴玉[50]兮，播[51]陵陽[52]之斐斐[53]。蹈[54]消漺[55]之危跡兮，躡[56]離散之輕微[57]。釋安朝[58]之朱履[59]兮，踐[60]席假[61]而集[62]帷。敷[63]斯來之在室兮，乃飄忽之所晞[64]。馨香發而外揚兮，媚顏灼[65]以顯姿。清言竊[66]其如蘭兮，辭婉娩[67]而靡違。託精靈[68]之運會[69]兮，浮日月之餘暉。假[70]淳氣[71]之精微兮，幸備嬿[72]以自私[73]。願申愛[74]於今夕兮，尚有訪[75]乎是非！被[76]芬芳[77]之夕暢兮，將暫往而永歸。觀悅懌[78]而未靜兮，言未究⑲而心悲。嗟雲霓⑳之可憑兮，翻揮㉑翼而俱飛。

【章旨】本章描繪了佳人容貌的端莊美麗，舉止的高雅脫俗。然而作者正要向她表達愛意之時，她卻騰飛而去。

【注釋】❶瀁瀁　同「漾漾」。蕩漾不定的樣子。❷終薄　終止。薄，近；止。❸鄧林句　據《山海經．海外北經》，夸父追日，渴欲得飲，飲於河、渭，河、渭不足，北飲大澤，未至，中道渴死，棄其杖，化為鄧林。鄧林，這裡指代夸父。殪，死亡。❹欽邳　神話傳說中的人物。據《山海經．西山經》，欽邳本為人面獸形，後與人一起謀殺葆江於崑崙之陽，被天帝戮於鍾山之東的瑤岸。後化為大鶚，見則有兵災。❺夷由　猶豫；遲疑不前。❻倚靡　隨風飄轉貌。❼廣衍　廣布漫延。❽平圃　平坦的園圃。❾脩　長。❿旂　古代指繫鈴的旗幟。⓫長思　一本作「長颸」，當從之。大風；疾風。⓬滌　沖蕩；洗蕩。⓭平衢　平坦四通的道路。⓮大夷　廣大的平原。⓯曠　曠遠。⓰徑　小路。⓱辟　闢；打開。⓲閨闥　這裡泛指門戶。閨，戶內小門。闥，小門。⓳闈　宮中小門。這裡指內室。⓴要眇　美好。㉑暉　同「輝」。光輝。㉒淯淵　石潭名，在今河南新鄭東。㉓淑密　這裡指潭水的清湛寧靜。㉔譏　非議。㉕厭　著。這裡有「裝飾」的意思。㉖襲　穿。㉗九英　未詳，疑指北斗星。㉘曜精　猶光華。㉙瑤光　北斗七星的第七星名。古代認為象徵祥瑞。㉚輝　原作「微」，據一本改。㉛儵煜　光彩鮮明貌。㉜綷　匯合。㉝緌　細繫而又下垂的樣子。㉞熠熠　色彩鮮明貌。㉟爛　明亮。㊱葳蕤　華美豔麗貌。㊲象朝雲之一合兮　據宋玉〈高唐賦〉，楚懷王遊高唐，夢會巫山神女，神女離去時曾對楚懷王說：「妾在巫山之陽，高丘之陰，旦為朝雲，暮為行雨，朝朝暮暮，陽臺之下。」朝雲，巫山神女之名。㊳變化　這裡指天地萬物的運行變化。㊴麾　招。㊵常儀　相傳為上古黃帝之臣，主占月。㊶先好　先去表示友好之意。㊷河女　即織女。民間傳說中織女與牛郎因被銀河阻隔而居，故亦稱河女。㊸胥　一起。㊹容與從容悠閒貌。㊺特　獨。㊻眄　斜視。㊼楹　堂上的柱子。㊽墀　臺階上面的平地。㊾瑤谿　即「瑤溪」，地名，未詳，疑即上文之「瑤岸」。㊿鳴玉　指身上的佩玉，走動時會發出悅耳的聲音。51播　傳播；散播。52陵陽　即陵陽山，相傳仙人陵陽子明飛升於此，古代亦認為其地盛產黃金。53斐斐　通「斐斐」。鮮明貌。54蹈　踩；踐踏。55消漱　清散潔淨。漱，潔淨。56躡　踩。57輕微　這裡指雲霧的輕小細微。58安朝　不詳。疑為「安期」之誤，即仙人安期生，隱於蓬萊山。相傳他曾贈秦始皇赤玉舄。59朱履　即珠履，用珠玉裝飾的鞋子。60踐　踩；踏。61席假　床席被褥之類的東西。62集　下。63敷　通「傅」。附著。這裡有「接近」的意思。64晞　通「睎」。仰慕。65灼　明麗。66竊　低聲。67婉娩　柔順貌。68精靈　這裡指萬物的精魂。69運會　運行會合。70假　憑藉。71淳氣　淳正之氣。72嫵　美好。這裡指佳人。73自私　與自我親近。74中愛　表達愛意。75訪　詢問；調查。76被　同「披」。77芬芳　草的芳香。78悅懌　光潤悅目。這裡指佳人。79究　窮盡。80霓　顏色較淡的虹。81翻揮　翻動揮舞。

【語　譯】我的心緒飄蕩不定而無所終止，我的思緒悠悠綿長而抒發未半。夸父死於大澤，欽邳被天帝戮於瑤岸而悲傷不已。徘徊猶豫，心緒隨風飄動而廣布漫延。行遊於平坦的園圃而遠望，乘上了插有長如流水般華麗旗幟的高車。疾風蕭肅而不住地來到，蕩滌著平坦四通的廣大平原。循行的道路曠遠而小徑四通，打開門戶而敞開內室。羨慕那美好佳人的飄動遊移，又憑依東風而飛揚光輝。沐浴涓淵而清湛寧靜，體態清潔而無可非議。裝飾白玉以為面部的修飾，披上丹霞以為衣裳。身穿北斗的美麗光華，身佩瑤光而發放光輝。服飾鮮明而繽紛繁盛，匯合眾多光彩而相繫飄垂。五色鮮明而流動明光，紛紛雜亂交錯而華麗美好。就像巫山神女的一朝相會，又像是天地萬物運行變化的相互憑依。她招致月神常儀使她先去表達友好之意，又命織女隨她一同歸來。她的行步從容悠閒而獨自行進，又回目斜視堂上的兩邊柱子而走上了臺階上的平地。她振響著瑤谿的鳴玉，她散播著陵陽黃金的美麗光輝。她踩著清散潔淨的高危之路，她踏著遊離飄散的輕微雲彩。她脫下仙人安期生的飾有寶珠的鞋子，踩上了床席而放下了帷幔。靠近這些遠來而在房室之內的佳人，乃是我神思飄忽所仰慕的人。她身上的馨香飄發而向外傳揚，她美麗的容顏明亮而顯示風姿綽約。她的清麗話語低聲如開放的蘭花，她的言辭柔順宛轉而不違背禮儀。她託身於萬物精魂的運行會合，飄浮在日月的殘留光輝中。我憑藉淳正之氣的精粹微妙，希望具備這樣的佳人與我親近。我希望表達愛意在今晚，哪裡還會再去顧及那人間的對錯和是非！她身披芳香四溢的夕陽餘暉，將要結束短暫的前來而永遠歸去。我觀賞光潤悅目的佳人而心中不能平靜，我的深情話語尚未說完而心中不住悲傷。感嘆雲彩虹霓的可供憑藉，然而她卻翻動揮舞著雙翼一起飛離而去。

棄中堂之局促❶兮，遺戶牖❷之不處。帷幕張❸而靡御❹兮，几筵❺設而莫拊❻。載雲輿❼之奄靄❽兮，乘夏后❾之兩龍。折丹木❿以蔽陽兮，竦⓫芝蓋⓬之三重。翩⓭翼翼⓮以左右兮，紛悠悠以容容⓯。瞻朝霞之相承⓰兮，似美人之懷憂。采色雜以成文兮，忽離散而不留。若將言之⓱

未發兮，又氣變而飄浮。若垂髦⑱而失鬋⑲兮，飾未集⑳而形消。目流眄㉑而自別兮，心欲求而貌遼。紛綺靡㉒而未盡兮，先列宿㉓之規矩。時儻莽㉔而陰曀㉕兮，忽不識乎舊宇㉖。邁黃妖㉗之祟臺兮，雷師㉘奮而下雨。內㉙英哲與長年㉚兮，咎㉛離倫㉜與膺賈㉝。摧魍魎㉞而折鬼神兮，直徑登乎所期㉟。歷四方而縱懷兮，誰云顧乎㊱或㊲疑？超㊳高躍而疾騖㊴兮，至北極㊵而放之。援間維㊶以相示兮，臨寒門㊷而長辭。既不以萬物累心㊸兮，豈一女子之足思？

【章 旨】本章主要描述了作者拋棄人世生活追訪佳人的情景。在追訪佳人未果的情況下，作者以道家「不以萬物累心」的說法安慰了自己。

【注 釋】❶局促　狹窄；不寬敞。❷戶牖　門窗。❸張　陳設。❹御　使用。❺几筵　泛指桌案之類的東西。几，小桌。筵，竹席。❻拊　撫。❼雲輿　雲車。❽奄靄　雲氣濃重飄忽不定貌。❾夏后　即夏啟，禹之子，為夏朝開國君主。《山海經・海外西經》：「大東三野，夏后啟於此舞九代，乘兩龍。」❿丹木　神話中的樹木。《山海經・西山經》：「西南三百六十里曰崦嵫之山。其上多丹木，其葉如穀，其實大如瓜，赤符而黑理。」⓫竦　樹立。⓬芝蓋　華麗的車蓋。因車蓋形如靈芝瑞草，故名芝蓋。⓭翩　輕快疾飛貌。⓮翼翼　飛動貌。

⑮容容　紛亂變動貌。⑯承　承託。⑰之　而。⑱垂髦　垂髮。髦，垂在前額的短頭髮。⑲鬋　鬢髮。⑳集成。㉑流盼　流轉目光觀看。㉒綺靡　美好；豔麗。㉓列宿　列星。㉔儻莽　暗昧不明貌。㉕陰曀　天氣陰晦貌。㉖舊宇　故居。㉗黃妖　神話傳說中的人名，即黃帝女魃，是旱神。《山海經・大荒西經》：「有人衣青衣，名曰黃帝女魃，……蚩尤倩風伯雨師，縱大風雨。黃帝乃下天女曰魃，雨止，遂殺蚩尤。」㉘雷師　主雷雨之神，即軒轅黃帝。《楚辭・離騷》：「雷師告余以未具。」洪興祖補注：「軒轅，主雷雨之神。一曰，雷師豐隆也。」㉙內　通「納」。接納；招納。㉚長年　指老年有德之人。㉛笞　捶打。㉜離倫　違背倫常的人。㉝膺賈　當作「贋賈」，賣假物的姦商。㉞魍魎　古代傳說中的山川精怪。㉟期　希望；期待。㊱乎　而。㊲或　代詞。有人。㊳超　遠。㊴疾騖　飛奔。㊵北極　北方邊遠之地。㊶間維　古代傳說中的維繫天地的大繩。㊷寒門　北方寒冷之地。《淮南子・地形訓》：「北方曰北極之山，曰寒門。」㊸累心　勞心。

【語　譯】拋棄房屋中堂的狹窄之地，丟棄門窗樓戶而不住。帷幕陳設而不用，桌椅几案擺列而無人撫摩。乘坐雲車而濃雲飄忽不定，拉車用神人夏啟的兩條飛龍。折取丹木以遮蔽陽光，樹立華麗芝蓋共有三重。輕快飛動而忽左忽右，雲氣紛亂悠悠而又翻動滾滾。瞻望朝霞的相互承託，就好像美人的懷抱憂愁。五彩雜合而形成文彩，卻忽然離散而無一點遺留。好像是想要與人講話而尚未說出，又忽然雲氣變動而四處飄移浮動。又好像是垂落頭髮而丟卻了鬢毛，修飾還未完成卻又形體消散。目光流轉顧盼而獨自離別，心中想要前來而形貌卻很遙遠。雲彩紛亂綺麗而沒有窮盡，我的行動超越了天上列星所布下的方圓規矩。當時天空陰暗而昏晦不明，忽然之間竟不認識自己的故居。經過女魃居住的崇高樓臺，雷師奮然而降下了大雨。招納英明賢哲與年老有德的人，鞭打違背倫常的人與出售假貨的姦商。摧滅山川精靈而又折服天地鬼神，直接前往我所希望的地方。經歷天地四方而放縱自己的情懷，誰說看見了佳人而還會有人遲疑不前？我遠遠騰空飛躍而飛奔，直至北方邊極之地才放緩速度。我手拉維繫天地的大繩而仔細察看，面對北極寒門而只好永久告辭而去。既然不以天地萬物勞累自己的心靈，那麼有哪一個女子能值得我思念？

【研 析】清思，顧名思義，就是清雅美好的情思，本文的結構脈絡是很清晰的，大致可分為五個部分。第一部分提出了「形之可見，非色之美；音之可聞，非聲之善」的基本命題，闡述了只有「微妙無形，寂寞無聽」，然後才能「覩窈窕而聞淑清」的道理。第二部分說明自己心性淳正，「志不覬而神正，心不蕩而自誠」，表達了自己「感激以達神」的願望。第三部分描寫了自己魂牽夢繞，縱思尋索之際，終於神靈有應，一位絕妙佳人呈現於眼前。佳人為自己「開丹山之琴瑟」，樂聲超遙茫渺，不知所在。佳人舉止高雅，儀態萬方，「厭白玉以為面兮，披丹霞以為衣。襲九英之曜精兮，珮瑤光以發輝」，面對如此的絕妙佳人，作者內心獲得了極大的歡娛，所以他只想表達愛意於今夕，再也不去理睬那人世間的禮法是非了。第四部分描寫佳人迫於人世的禮法是非，「將暫往而永歸」。佳人的遠逝，使作者追悔莫及，於是駕車直追，四方尋覓，但最終還是蹤跡杳然，文章的最後作者只好用無可奈何的口氣以道家不以萬物累心的說法寬慰自己。本文從表面來看，似是描寫男女的幽會，對幽會過程中男女主人公的思想感受都刻畫得頗為細膩傳神，感情真摯，讚頌了純潔的男女之情的可貴。但若把它僅僅理解為歌詠愛情之作，那就會失之片面。只要我們聯繫當時的時代背景和作者一貫立身行事的品格，我們就會發現，本文還是有寄託的。作者以追求佳人作為自己高潔理想的象徵，只是由於社會現實的黑暗和世俗禮法是非的拘牽，使得作者在一番尋尋覓覓之後又重新落回到了殘酷的現實面前。

本文在藝術手法上也有值得借鑑的地方。首先它的結構完整，脈絡清楚，層次分明。其次句式上散體與騷體相結合，議論、抒情結合得相當完美。再次，在刻畫人物內心世界方面，頗為細膩傳神，把主人公幽會前等待的急迫和分別後的惆悵，以及幽會時男女的兩情歡好，都描繪得生動形象，極富藝術感染力，故明人余延稺稱其「清姿妙緒」，「另開賦家之生面」（《漢魏名文乘》卷二五引），是頗為中肯的。

獮猴賦

【題解】本篇題為「獮猴賦」，實際上以猴喻人，文中對獮猴形態的刻畫，可能寄寓著作者對現實生活中的禮法之士的辛辣嘲諷，同時也有作者對自己在現實生活中的尷尬處境的感慨。獮猴，猴的一種，面部紅色無毛，有頰囊，尾短，臀胝顯著。

昔❶禹平水土❷，而使益驅禽❸。滌蕩川谷兮，櫛梳❹山林。是以神姦❺形於九鼎❻，而異物來臻❼。故豐狐文豹❽釋❾其表❿，間尾⓫騶虞⓬獻其珍，夸父⓭獨鹿⓮祓⓯其豪⓰，青馬三騅⓱棄其群。此以其壯而殘⓲其生者也。

【章旨】本章上溯「大禹治水」、「伯益驅禽」的遠古時代，說明統治者在治理天下的同時，也進行了屠殺異物的活動，豐狐、文豹、騶虞、夸父、獨鹿、青馬、三騅因其自身的強壯美好而成了被殘害的對象。

【注釋】❶昔　以前。❷禹平水土　禹是上古夏部落的首領。相傳古帝舜時洪水氾濫，舜命禹治理水土，後受禪繼位。平，治理。❸益驅禽　益又稱伯益，舜臣，舜曾命其掌管山川草木鳥獸。禽，鳥獸的總稱。❹櫛梳　梳篦的總稱，這裡指「整治梳理」的意思。❺神姦　指不祥的鬼神怪異之物，古人常將其形狀鑄在鼎上，讓人們對此多加防備。❻九鼎　相傳為夏禹所鑄，象徵九州，為夏、商、周國之寶。❼臻　至。❽豐狐文豹　豐狐，大狐狸。文豹，有花紋的豹，即金錢豹。《莊子・山木》：「夫豐狐文豹棲於山林，伏於嵒穴，靜也。」❾釋　脫去。❿表　外皮。⓫閭尾　大尾。《尚書大傳》：「閭尾倍其身。」據上下文意，疑為獸名。⓬騶虞　獸名，也作「騶吾」、「騶牙」。是一種義獸，白虎黑文，不食生物，有至信之徒就應之。《山海經・海內北經》：「林氏國有珍獸，大若虎，五彩畢具，尾長於身，名曰騶吾。」⓭夸父　獸名。《山海經・西山經》：「崇吾之山……有獸焉，其狀如禺而文，臂豹虎而善投，名曰舉父。」郭璞注：「或作夸父。」⓮獨鹿　獸名，可能是「獨狢」。《山海經・北山經》：「又北三百里曰北嚻之山，……有獸焉，其狀如鹿而白身，犬首，馬尾，彘鬣，名曰獨狢。」⓯祓　古代一種除災去邪的祭禮。⓰豪　強。⓱青馬三騅　皆獸名。《山海經・大荒東經》：「……東北海外又有三青馬、三騅，甘華。」郭璞注：「馬蒼白雜毛為騅。」⓲殘　殘害。

【語譯】昔日大禹整治水土的時候，命伯益驅趕禽獸。洗滌沖蕩山川河谷，整治梳理大山森林。因此就把不祥的精怪神異之物鑄在九鼎之上，從而怪異之物被匯聚於此。所以大狐、文豹被脫去了外皮，大尾、騶虞被當作寶物進獻，夸父、獨鹿在祭祀中獻出了身體，青馬、三騅也被迫離開了群體。這些都是因其自身的特殊而被殘害生命。

若夫熊❶狚❷之遊臨江兮，見厥巧❸以乘危❹；夔❺負淵❻以肆志❼

兮，揚震聲而衣皮❽。處閒曠❾而或❿昭⓫兮，何幽隱之罔隨⓬？鼷⓭畏逼以潛身兮，穴⓮神丘⓯之重深，終或餌以求食兮，烏⓰鑿之而能禁？誠有利而可欲兮，雖希覿⓱而為禽⓲。故近者不彌⓳歲，遠者不歷年。大則有稱⓴於萬年，細者則為笑於目前。

【章旨】本章列舉了熊、狚、夔，鼷等動物或見巧被殺，或貪餌被擒的事實，意在說明只要有利可圖，統治者就會不惜一切代價對異物進行捕殺。

【注釋】❶熊　《楚辭．天問》：「焉有虬龍，負熊以遊。」補注：「熊形類大豕而性輕捷，好攀援上高木，見人則顛倒自投地而下。」❷狚　疑為「狙」之誤。《莊子．徐无鬼》：「吳王浮於江，登乎狙之山。……有一狙焉，委虵攫搔，見巧於王。王射之，敏給搏捷天。王命相者趨射之，狙執死。」狙即獮猴。❸厥巧　原作「厥功」，據一本改。厥，其。❹乘危　踏上危險之路。❺夔　傳說中獸名。《山海經．大荒東經》：「東海中有流波山，入海七千里，其上有獸，狀如牛，蒼身而無角，一足，出入水則必風雨，其光如日月，其聲如雷，其名曰夔。黃帝得之，以其皮為鼓，橛以雷獸之骨，聲聞五百里，以威天下。」❻負淵　依恃深淵。❼肆志　放縱情志。❽衣皮　即指黃帝以夔之皮為鼓之事。❾閒曠　幽遠空曠之地。❿或　有時。⓫昭　昭顯。⓬罔隨　不隨合心意。⓭鼷　一種小鼠。體小色黑，穴居。⓮穴　挖穴；鑽穴。⓯神丘　指社壇。《莊子．應帝王》：「鼷鼠深穴乎神丘之下，以避熏鑿之患。」⓰烏　何。⓱希覿　很少看見。覿，相見。⓲禽　通「擒」。捉住。⓳彌　滿。彌，原本作「稱」，據別本改。⓴稱　名聲。

【語譯】至於熊和獼猴遊臨江河之濱，在表現牠們的靈巧之技的同時也就踏上了危險之途；夔依恃深淵放縱自己的情志，揚起牠那雷震般的聲音而被擒獲用其皮做成鼓。身處幽遠空曠之地有時也會昭顯，為何幽蔽搒隱的動物不能隨合牠的心願？鼷鼠害怕人類的逼迫隱藏了身體，在神丘之下鑽進重重深穴以藏身，但最終還是受惑於誘餌而出來求食，這樣的鑿洞藏身之法如何能逃避人類的捕殺？如果的確有厚利所圖，那麼即使很少看見的動物也會被人類所擒獲。所以近處的動物活不了一年，遠處的動物也不能經歷數年。大的動物有長壽萬年的美名，小的動物則可供目前一時的玩笑。

夫獼猴直❶其微者也，猶繫累❷於下陳❸。體多似而匪類❹，形乖殊而不純。外察慧❺而內無度兮，故人面而獸心。性褊淺❻而干進❼兮，似韓非之囚秦❽。揚眉額而驟呻❾兮，似巧言而偽真❿。藩⓫從後之繁眾兮，猶伐樹而喪鄰⓬。整衣冠而偉服⓭兮，懷項王之思歸⓮。耽⓯嗜慾⓰而眄視⓱兮，有長卿⓲之妍姿⓳。舉頭吻而作態兮，動可增⓴而自新。沐蘭湯㉑而滋穢㉒兮，匪宋朝㉓之媚人㉔。終蚩弄㉕而處絏㉖兮，雖近習㉗而不親。多才伎其何為？固㉘受垢㉙而貌侵㉚。姿便捷㉛而好技兮，超超㉜騰躍乎嵒岑㉝。既投林以東遊兮，遂㉞中岡而被尋㉟。嬰㊱徽纆㊲以拘制㊳兮，顧西山而長吟。緣榱桷㊴以容與㊵兮，志豈忘乎鄧林㊶？庶㊷君子之嘉惠㊸，設奇視以盡心。且須臾㊹以永日，焉逸豫㊺而自矜？斯㊻伏死㊼於堂下，長滅沒乎形神。

【章　旨】本章承上而言，轉入了對獼猴的詳細描寫。作者刻畫了獼猴「外察慧而內無度」，「性褊淺而干進」的內在性情，和「舉頭吻而作態」、「姿便捷而好技」的動作特徵。但是儘管這樣，獼猴還是最終免不了「繫累下陳」、「伏死堂下」的結局。作者以猴喻人，對現實生活中的禮法之士進行了辛辣的嘲弄，同時也似乎寄寓了作者對自己在現實生活中尷尬處境的感嘆。

【注　釋】❶直　只是。❷繫累　綑縛。❸下陳　指堂下之地。❹匪類　同「非類」。不是同類。❺察慧　明察而有聰慧。❻褊淺　褊狹而淺陋。❼干進　干求進取，向上爬。❽韓非之囚秦　韓非本為韓國的公子，喜刑名法術之學。後入秦，遭李斯、姚賈的讒毀，秦王將其囚繫於獄，後自殺。❾驟呻　屢次呻吟。驟，多次。❿偽真　假裝真純。⓫藩　屏衛。這裡指隔絕。⓬伐樹而喪鄰　據《史記·孔子世家》記載，孔子周遊至宋國，與弟子在樹下講禮，宋國司馬桓魋欲謀害孔子，派人砍了大樹，孔子帶弟子逃離宋國至鄭國，與弟子走散，自己立於鄭國城門之下，惶惶如喪家之犬。鄰，左右親近的人，這裡指弟子。⓭偉服　奇偉的衣服。⓮懷項王之思歸《史記・項羽本紀》：「項王見秦宮室皆以燒殘破，又心懷思欲東歸，曰：『富貴不歸故鄉，如衣錦夜行，誰知之者！』說者曰：『人言楚人沐猴而冠耳，果然。』」項王，西楚霸王項羽。⑮躭　沉湎。⑯嗜慾　嗜好欲望。⑰盻視　斜視。⑱長卿　西漢文學家司馬相如，字長卿。⑲妍姿　美麗的姿容。據《史記・司馬相如列傳》，司馬相如在臨邛，從車騎，雍容美好，並琴挑卓文君，與之私奔。⑳增　疑為「憎」之誤。㉑沐蘭湯　用香草煮水沐浴。㉒滋穢　更加污穢。㉓宋朝　春秋時宋公子朝，是著名的美男子。㉔媚人　美麗迷人。㉕嗤弄　被嗤笑翫弄。㉖紲　繩索。㉗近習　親近狎暱之人。㉘固　早已。㉙垢　辱。㉚貌侵　形貌醜陋。㉛便捷　靈活敏捷。㉜超超　急行的樣子。㉝岑　小而高的山。㉞遂　至。㉟被尋　被發現，引申為被捕獲。㊱嬰　纏繞綑綁。㊲徽纆　繩索。徽，三股繩。纆，兩股繩。㊳拘制　拘禁。㊴榱桷　本為屋椽。這裡指拴繫小猴的木樁。㊵容與　躊躇徘徊。㊶鄧林　神話傳說中的地名。傳說中夸父追日道渴而死，手杖化為鄧林。㊷庶　希望。㊸嘉惠　美好的恩惠。㊹須臾　片刻。㊺逸豫　閒適安樂。㊻斯　此時。㊼伏死　伏著而死。

【語　譯】獼猴只不過是其中的一種卑微的動物，尚且還被綑綁在堂下之地。牠們的體態與人多麼相似卻非同類，牠們的形體乖異並不純同。外表明察聰慧而內心卻沒有法度，所以只是人面而獸心。性情褊狹簡陋而只知一味干求進取，好像韓非被囚禁在秦國。揚起眉毛抬起額頭而多次長聲呻吟，如同有些人的花言巧語而假裝真純。隔絕了緊隨身後的眾多同類，好像孔子在宋國遭到伐樹攻擊而逃到鄭國與弟子走散一樣。整飾衣冠穿上奇偉的衣服，心懷項王的思歸之情。沉湎於嗜好欲望而四下斜視張望，有那司馬長卿的美麗姿容。抬起自己的一副嘴臉而扭捏作態，一舉一動令人憎恨而自以為新奇。沐浴香湯卻更加污穢，並不如美男子宋朝那樣的美麗迷人。最終還是被人們嗤笑翫弄而處於被綑綁的地位，即使是主人身邊的親近狎暱之人也得不到親近。身懷多種才能使牠有什麼作為？早已遭受這樣的恥辱而形貌變得醜陋。牠的姿態靈活敏捷而又喜好技巧，急急騰躍於巖石高山之上。雖然已經投身山林而向東逃避，但是到了中岡卻被人發現擒獲。繩索綑綁而遭受拘禁，回望西山只能長吟悲嘆。迴繞木樁暫時徘徊，心志怎能忘懷鄧林之樂？希望君子降臨美好恩惠，讓我以奇妙的眼神來表達我的心意。姑且以這短暫的片刻之樂來消遣漫漫長日，哪裡能一味閒適歡樂以此自矜？此時獼猴已經伏首死於堂下，永遠喪失了牠的形體精神。

【研　析】本文是一篇託物詠懷的抒情小賦。作者有感於獼猴被盡情玩耍之後身死於堂下的事實，寫下了此賦。作者從「禹平水土，伯益驅禽」說起，敘述了豐狐、文豹、騶虞、夸父、青馬、三騅、熊、狚、夔、鼸等異物或「以其壯而殘其生」，或「見厥巧以乘危」的遭遇。接著轉入了對被拘禁的獼猴的詳盡描繪。作者把獼猴「外察慧而內無度」，「性褊淺而干進」的內在情性和「舉頭吻而作態」，「姿便捷而好技」的行為特徵都揭示得維妙維肖，入木三分。然而獼猴的出眾才能，卻無救於牠「嬰徽纆以拘制」，「固受垢而貌侵」的屈辱生活。通過獼猴的遭遇，作者似乎在告訴我們，與人類統治者的強大勢力相比，動物即便多才多能，也顯得多麼的可憐和無助。從作者對獼猴形態的描寫來看，作者似以獼猴比喻現實生活中的禮法之士，對他們在兇險複雜的政治鬥爭中不顧人格、不分是非的所作所為作了辛辣的嘲諷，並預示了他們「斯伏死於堂下，長滅沒乎形神」的可悲結局。同時，也似乎寄寓了作者對自己在現實社會中的尷尬處境的感慨，抒發了對現實人生的哀憫之情。

本文思路開闊，筆法靈活，形象逼真，情感深沉，讀後耐人尋味。

鳩賦

【題解】本賦是一篇抒發憂生之嗟的作品。作者以鳩喻人，以鳩的悲慘遭遇暗喻士人在魏晉易代之際生命朝不保夕的艱難處境。文中流露了濃重的憂生之情。鳩，鳥名，又名「鳲鳩」，俗名「布穀鳥」。

嘉平❶中，得兩鳩子❷，常食❸以黍稷❹，後卒❺為狗所殺，故為作賦。

【章旨】本章交代了本文的寫作起因，是為悼念自己所養的兩隻小鳩鳥而作。

【注釋】❶嘉平　魏齊王芳年號（西元二四九—二五四年）。❷鳩子　小鳩鳥。❸食　動詞。餵養。❹黍稷　泛指穀物。一本後有「之旨」二字。❺卒　終於。

【語譯】嘉平年間，我得到了兩隻小鳩鳥，常常用黍稷美味來餵養牠們，後來終於被狗咬死，所以我為牠們寫下了此賦。

伊❶嘉年之茂惠❷，洪肇❸恍忽❹以發蒙❺。有期緣❻之奇鳥，以鳴鳩之攸❼同。翔彫木❽以胎偶❾，寄增巢❿於裔松⓫。噏⓬雲霧以消息⓭，遊朝陽以相從。曠⓮踰⓯旬⓰而育類⓱，嘉七子⓲之脩容⓳。

【章　旨】本章描寫了鳩鳥起初的安逸生活。

【注　釋】❶伊　彼；那。❷茂惠　美好。❸洪肇　廣闊無邊的宇宙生成之初。肇，始。❹恍忽　模糊不清。❺發蒙　發育眾生。❻期緣　應合緣分。❼攸　所。❽彫木　凋敝的樹木。❾胎偶　開始配偶成對。胎，始。❿增巢　用樹枝枝條搭築而成的巢。增，同「橧」。⓫裔松　一作「喬松」，義長。高大的松樹。⓬噏　同「吸」。⓭消息　消長；盛衰。⓮曠　荒廢。這裡指間隔。⓯踰　越。⓰旬　十日。⓱育類　生育後代。⓲七子　指母鳩養育的七隻小鳩。出《詩經．曹風．鳲鳩》：「鳲鳩在桑，其子七兮。」⓳脩容　美好的姿容。

【語　譯】在那美好年月的良辰佳時，宇宙迷離恍惚而發育了世間蒼生。有應合機緣而生的奇鳥，是鳴鳩的同類。牠們遊息在凋零的樹木上開始配對成雙，牠們把自己的窩巢建築在高大的松樹之上。牠們呼吸雲霧而自生自長，牠們在朝陽之下遊翔而相互隨從。超過一旬時光，牠們就生育了後代，那七隻小鳩的美好姿容實在令人讚嘆。

始戢翼❶而樹羽❷，遭金風❸之蕭瑟。既顛覆❹而靡救，又振落而莫弼❺。陵❻桓山❼以徘徊，臨舊鄉而思入。揚哀鳴以相送，悲一往而不集❽。終飄搖以流離❾，傷弱子之悼栗❿。何依恃以育養？賴兄弟之親昵⓫。背草萊⓬以求仁⓭，託君子之靜室。甘⓮黍稷之芳饎⓯，安戶牖⓰之無疾。潔文襟⓱以交頸⓲，抗華麗之艷溢⓳。端⓴妍姿㉑以鑒㉒飾，好威儀㉓之如一。聊俛仰以逍遙，求愛媚㉔於今日。何飛翔之羨慕？願投報㉕而忘畢。值㉖狂犬之暴怒，加楚㉗害於微軀。欲殘沒㉘以糜滅㉙，遂捐㉚棄而淪失㉛。嗟薄賤之可悼，豈有忘於須臾㉜。

【章旨】本章寫鳩子的悲慘遭遇。秋風覆巢，母子分離，展轉託身於君子靜室。然而好景不常，又被狂犬咬殺。作者以鳩喻人，暗示了士人在魏晉易代之際的悲慘命運。

【注釋】❶戢翼　收斂翅膀。❷樹羽　指學習飛翔。❸金風　秋風；西風。❹顛覆　這裡指鳥巢被秋風顛覆。❺弼　輔助。❻陵　登。❼桓山　山名。不詳所在。《孔子家語．顏回》：「回聞桓山之鳥生四子焉，羽翼晚成，將分於四海，其母悲鳴而送之，哀聲有似於此，謂其往而不返也。」此下四句用此典。❽集　會聚。❾流離　流轉離散。❿悼栗　驚恐戰慄。⓫親昵　親密昵愛。昵，原本作「戚」，今據一本改。⓬草萊　泛指雜草叢生之處。⓭仁　養。⓮甘　美餐；以……為甘。⓯饎　美食。⓰戶牖　門窗。這裡指代居室。⓱文襟　繪有花紋的衣服前襟。這裡指鳩有紋彩的前胸。⑱交頸　頸和頸相交，這是動物的一種親密表示。⑲艷溢　光豔飄逸。⑳端　端正。㉑姸姿　美麗的姿容。㉒鑒　照。㉓威儀　莊重的儀容舉止。㉔愛媚　寵愛。㉕投報　投身報效。㉖值　遇。㉗楚　痛苦。㉘沒　通「歿」。死亡。㉙靡滅　破碎消滅。㉚捐　丟棄。㉛淪失　相率死亡。㉜嗟薄賤二句　此兩句底本無，據別本補。嗟，嗟嘆。薄賤，微薄；低賤。這裡指鳩。須臾，片刻。

【語　譯】在小鳩們開始收斂翅膀學習高飛的時候，卻遭遇到了蕭瑟的秋風。鳥巢既已顛覆無法救護，又被狂風震落而無助。登上桓山來回徘徊，面對舊鄉而思盼進入。高聲哀鳴相送遠行，悲哀此去再無會聚之日。終究要飄泊而四處流離，悲傷弱小的鳩子將過驚恐戰慄的日子。今後依恃誰來撫養成長？只好依賴於兄弟之間的親密愛昵。背棄草萊之地以求養護，託身於君子的清靜之室。享用穀物的芬芳美味，安居於房室無病無害。揩淨自己的紋彩前襟以交頸求愛，賞翫華麗毛羽的光豔飄逸。端正自己的美好姿容以映照自己的裝飾，喜好儀容舉止的表裡如一。得以任意俯仰以逍遙自得，只尋求相互的寵愛於今日。哪裡還會羨慕那空中的自在飛翔？只希望能投身報效君子的恩惠而把過去全部忘卻。恰遇狂犬的突然暴怒，施加痛苦於這微小的身軀。想殘害小鳩直至破碎毀滅，終於被捐棄一邊而相率死亡。感嘆這微薄低賤之可悲，這種哀悼之情哪能一下子就遺忘。

【研　析】這是一篇富有故事情節的抒情小賦。全文首先描寫了期緣奇鳥鳴「翔彫木以胎偶，寄增巢於裔松。噏雲霧以消息，遊朝陽以相從」的悠閒生活，然而忽遭金風肆虐，弄得母子分離、骨肉飄散，幸而有「君子」收留，養於靜室，本可「甘黍稷之芳饎，安戶牖之無疾」，不料狂犬暴怒，欲「加楚害於微軀」，在狂犬的殘害下，小鳩命喪黃泉。這篇賦有人認為是為被司馬氏殺害的好友嵇康、呂安而發，但文中提及「嘉平」（西元二四九—二五四年）年號，當時嵇康、呂安尚未被害，所以這種說法是難以站得住腳的。但這篇賦具有現實指向性是無庸置疑的，文中提到的「鳴鴆」、「秋風」、「狂犬」等意象已經超越了純粹的具體個性，而具有了典型的象徵意味，鳴鴆的被害不是實指某個人在現實社會中的尷尬處境，而是暗示了一代士人在魏晉易代之際的悲慘遭遇。我們只要看一看嘉平元年（西元二四九年）司馬懿發動高平陵政變，一舉夷滅曹爽、何晏的血雨腥風，就可窺知當時險惡的政治環境。

與〈獮猴賦〉相比，兩者雖然同為託物喻志之作，但在感情的力度上，〈鴆賦〉顯得蘊藉而平靜，對狂犬的以強凌弱，文中只能哀嘆而毫無激憤之辭，這也從側面反映了當時政治環境的險惡。為了苟全性命，作者只能隱忍不發了。

牋

為鄭沖勸晉王牋

【題　解】這是一篇勸進之文。據《晉書・文帝紀》，景元四年（西元二六三年）冬十月，魏帝詔司馬昭為晉公，進位相國。司馬昭固讓。司空鄭沖率群官勸進，請阮籍為文。故此文當作於景元四年冬十月。鄭沖，字文和，當時任司空。晉王，指司馬昭。牋，文體名，書札、奏記一類。奏牋多用以上皇后、太子、諸王。

沖等死罪❶。伏❷見嘉命❸顯至，竊❹聞明公❺固讓❻。沖等眷眷❼，實有愚心❽。以為聖王作制，百代同風❾，褒德賞功，有自來矣。

【章　旨】本章開宗明義勸司馬昭接受皇命，認為褒德賞功，自古已然。

【注　釋】❶死罪　古時用在章表函牘中的客套語。❷伏　敬詞。無義。❸嘉命　美好的詔命。景元四年（西元二六三年）冬十月，魏齊王芳詔封司馬昭為公，進位相國。❹竊　私下；偷偷地。❺明公　對有名位的人的尊稱。這裡指司馬昭。❻固讓　堅決辭讓。❼眷眷　一心一意的樣子。❽愚心　愚誠。自謙之詞。❾風　風俗。

【語　譯】鄭沖等人死罪。今見朝廷美好的詔命顯赫來至，私下裡聽說閣下堅決辭讓。鄭沖等人盡心盡意，實懷愚誠，認為聖王制定的制度，百代以下同受其教化，褒獎賢德賞賜有功，這都是有來由的。

昔伊尹❶，有莘氏❷之媵臣❸耳，一佐成湯，遂荷阿衡之號❹。周公藉已成之勢，據既安之業❺，光宅❻曲阜❼，奄有❽龜、蒙❾。呂尚，磻磎之漁者耳，一朝指麾，乃封營丘❿。自是以來，功薄而賞厚者，不可勝數。然賢哲之士猶以為美談。

【章　旨】本章上溯古代，列舉伊尹、周公、呂尚功成受賞的故事，說明司馬昭接受封命是理所當然的。

【注　釋】❶伊尹　商湯大臣，名摯，尹是官名。❷有莘氏　即古莘國，故址在今河南開封一帶。相傳商朝的開國君主娶妻於有莘氏。❸媵臣　古代隨嫁的臣僕。❹一佐成湯二句　相傳伊尹原為成湯妻的媵臣，後來輔佐成湯滅掉夏桀，功勞很大，被尊為阿衡。阿衡是伊尹的官號。成湯，商朝的開國君主。❺周公籍已成之勢二句　周公曾輔佐武王滅商，並在武王死後攝政，後來還政於成王，是周初的著名政治家。周公，名姬旦，武王之弟，成王之叔。籍，通「藉」。憑藉。❻光宅　光大所居。這裡指建邦。❼曲阜　地名。周公的封地。在今山東曲阜。❽奄有　全部占有。❾龜蒙　均為山名。即在今山東泰山附近的龜山、蒙山。❿呂尚四句　呂尚即姜太公。相傳他曾在磻溪釣魚，因才能卓越，被周文王所重用，周武王尊其為師尚父。呂尚輔佐武王滅紂；功勞很大。磻磎，一作磻溪，水名。在今陝西寶雞。指麾，指揮。營丘，呂尚的封地，在今山東淄博。

【語　譯】以前，伊尹只不過是有莘氏的陪嫁僕臣，一旦輔佐成湯，就榮受了「阿衡」的官號。周公憑藉已經形成的有利形勢，依靠已經安定的大業，建邦曲阜，領有龜山、蒙山。呂尚，不過是磻磎的一個釣魚人，一朝執掌大權指揮周朝大軍，結果功勞卓著受封於營丘。從此以後，雖功勞微薄而賞賜豐厚的人不可勝數，然而賢能之人，卻仍視之為值得稱道的好事。

況今自先相國❶以來，世有明德❷，翼輔❸魏室，以綏❹天下，朝無闕政❺，人無謗言。前者明公西征靈州，北臨沙漠，榆中以西，望風震服，羌、戎東馳，迴首內向❻。東誅叛逆，全軍獨尅，禽闔閭之將，斬輕銳之卒，以萬萬計，威加南海，名攝三越❼。宇內康甯，奇慝❽不作。是以殊俗❾畏威，東夷獻舞❿。故聖上覽乃昔⓫以來禮典舊章，開國光宅，顯茲太原⑫。

【章　旨】本章主要是敘述司馬氏的卓著功業，從其先父司馬懿的功勞講起，著重敘述了司馬昭征靈州、誅叛逆、服戎夷的功績，增強司馬昭理當受封的說服力。

【注　釋】❶先相國　指司馬懿。據史傳，司馬懿死後曾被追贈為相國。事見《晉書・宣帝紀》。❷明德　光明有德的人。❸翼輔　輔佐。❹綏　安撫；安定。❺闕政　有缺陷或弊病的政治措施。❻前者明公西征靈州六句　據《晉書・文帝紀》，嘉平五年（西元二五三年），蜀將姜維又寇隴右，以司馬昭行征西將軍，次長安，會新平羌胡叛，司馬昭擊破之，於是耀兵靈州，北虜震服，叛者皆降。靈州，古縣名，在今屬寧夏靈武。榆中，縣名。秦蒙恬開榆中之地，《漢書・地理志》屬金城郡，今在內蒙古河套一帶。羌、戎，泛指古代西北的少數民族。❼東誅叛逆七句　甘露二年（西元二五七年）秋七月，鎮東大將軍諸葛誕因不滿司馬氏專權起兵於淮南，司馬昭率兵東征，大勝而歸。闔閭，春秋時吳王名，這裡指代東吳孫氏政權。據《晉書・文帝紀》，司馬昭這次東征，吳將唐咨、孫曼、孫彌、徐韶率眾歸降。南海，古郡名，三國時屬吳。三越，指吳越、南越、閩越，當時都屬吳國。❽奇慝　暴虐邪惡。❾殊俗　風俗不同。這裡指代邊遠地區。❿東夷獻舞　指東邊少數民族前來朝見。《文選》李善注：「東夷自少康以後，世服王化，獻其樂舞。」⓫乃昔　從前。⓬開國光宅二句　景元四年，魏帝以太原、上黨、西河等十郡封司馬昭為晉公。光宅，光大所居。謂建都。事見《晉書・文帝紀》。

【語　譯】況且自從已故的司馬相國以來，閣下家族世代都有光明賢德之人，輔佐大魏皇室安撫天下，使得朝廷沒有政治的缺失，百姓也沒有毀謗的言論。不久前閣下西征靈州，北臨沙漠，榆中以西的地區，都望風歸服，羌人、戎人馳驅向東，回首向內歸服朝廷。又東征誅討叛臣諸葛誕，獨力克制敵人全軍，擒獲了吳地的戰將，斬殺輕捷精銳的兵卒，總數要用萬萬來計算，軍威陵加於南海，聲名震懾了三越。疆宇之內康樂安寧，暴虐邪惡不能興作。因此邊遠殊俗之地畏懼於天朝聲威，東夷各族前來獻樂舞。所以聖上觀覽從前以來禮典的舊有章法，讓閣下您建立王國建立都城，顯耀聲名在此太原。

明公宜承聖旨，受茲介福❶，允當❷天人。元功❸盛勳，光光如彼，國土嘉祚❹，巍巍❺如此。內外協同，靡愆靡違❻。由斯征伐，則可朝服濟江，埽除吳會❼，西塞江源，望祀岷山❽。迴戈弭節❾，以麾❿天下，遠無不服，邇⓫無不肅。大魏之德，光于唐、虞⓬，明公盛勳，超于桓、文⓭。然後臨滄洲而謝支伯⓮，登箕山以揖許由⓯，豈不盛乎！至公至平，誰與為鄰⓰，何必勤勤⓱小讓也哉？沖等不通大體，敢以陳聞。

【章　旨】本章最後進一步頌揚了司馬昭的豐功偉績和高尚的德行，殷勤勸說司馬昭接受封命，不必勤於小讓。

【注　釋】❶介福　大福。介，大。❷允當　適合。❸元功　大功。❹祚　福。❺巍巍　高大的樣子。❻靡愆

靡違　形容沒有過失。靡，無。諐，過失；罪過。違，違背。❼朝服濟江二句　指不戰而勝。朝服，穿著上朝的衣服。濟江，渡過長江。《管子．中匡第十九》：「定三革，偃五兵，朝服以濟河而無怵惕焉。」注：「謂乘車之會，朝服濟河以與西諸侯盟也。」吳會有二說：一說吳郡與會稽郡，一說吳郡之都會。此處指代東吳。❽西塞江源二句　指平定蜀地。塞，通「賽」。古時祭神酬恩之禮。江源，長江發源之地。望祀，古時祭祀山之禮。岷山，山名，在四川省境內，古人以為長江的發源地。❾弭節　停車；駐節。❿麾　同「揮」。指揮。⓫邇　近。⓬唐虞　指堯、舜，上古時代二賢君。⓭桓文　齊桓公與晉文公，春秋五霸中的二霸，被人認為是夾輔周室的功臣。⓮臨滄洲而謝支伯　指子州支伯辭讓天下的事。相傳舜曾讓天下與子州支伯，支伯託以有病而辭。事見《莊子．讓王》。滄洲，喻古時隱者居住之所。謝，謙讓。⓯登箕山以揖許由　相傳堯曾讓天下與許由，許由逃至箕山之下而隱。事見皇甫謐《高士傳》。箕山，在今河南登封。揖，辭讓。⓰鄰　相比。⓱勤勤　心情殷切的樣子。

【語　譯】閣下應該承受聖上的旨意，接受莫大的洪福，應合上天和蒼生的願望。您的偉大功勳是那樣的光照顯耀，您受封國土的洪福是這樣的巍峨高大。朝廷內外協同一致，沒有過錯沒有悖離。以此征伐逆亂，則可身穿朝服渡過長江，掃除吳會二郡，向西酬祭長江之源，遙祭岷山。回轉干戈駐車而指揮天下，遠方無不歸服，近處無不肅清。大魏天朝的恩德比唐堯、虞舜更光耀，閣下的偉大功勳遠超齊桓、晉文。這樣然後像舜那樣親臨滄洲而與支伯相謙讓，像堯那樣登上箕山而與許由相辭讓，難道不是更為盛美嗎！閣下極為公正平直，沒有誰能與您相比，又何必苦苦作此細小的謙讓呢？鄭沖等人不識大體，冒昧地以此向您奏聞。

【研　析】本文是歷來評價阮籍褒貶不一的癥結所在。有的人認為阮籍為司馬昭歌功頌德，有損於他不拘禮教、傲世疾俗的清高形象；也有的人為之維護，認為本文是阮籍不得已而為之的違心之筆，且行文雅正，暗含深意，並不失其一貫的人格。

本文寫作的背景，《世說新語．文學》有詳細的記載：「魏朝封晉文王為公，備禮九錫，文王固讓不受。公卿將校當詣府敦喻，司空鄭沖馳遣信就阮籍求文。籍時在袁孝尼（袁準）家，宿醉扶起，書札為之，無所點定，乃寫付使。時人以為神筆。」阮籍平生不想介入政治漩渦當中，他也並不真心願意輔佐司馬氏，對於一些敏感的政治問題，阮籍一般採取醉酒的方式來迴避。從上述記載來看，阮籍很可能已經知道了此事的內幕，所以他特意到袁孝尼家作徹夜長飲，企圖弄成宿醉未醒的假象以避開司馬昭的注意。而當時司馬昭大肆鏟除異己，已經大權在握，寫作章表奏記，身邊也不乏文人學士。他之所以一定要假手於阮籍，是要借其名望，造成朝野上下眾望所歸的假象，以便為奪取皇權作好準備。同時，也趁機獲知阮籍的政治態度，以便採取行動，所以這一手是很陰毒的。阮籍深知其中奧妙，為了保全性命，因此不得不違心寫作此文。

本文既是勸進之文，所以文中不無阿諛頌揚之辭。但是文辭雅正，暗含深意。文中兩次提及曹魏皇室，又述及齊桓、晉文、支伯、許由之事，結尾諷以「小讓」，意謂閣下與其於此勤勤小讓，還不如他日讓帝位之為大讓也。其良苦用心，實為可嘉。

本文層次清晰，文辭雅正，善用典故，使文章頗富深意。

奏記

辭蔣太尉辟命奏記

【題解】本文是作者推辭蔣濟徵召的一篇奏記。《晉書・阮籍傳》：「太尉蔣濟聞其有雋才而辟之，籍詣都亭奏記……。初，濟恐籍不至，得記欣然，遣卒迎之，而籍已去，濟大怒。於是鄉親共喻之，乃就吏。後謝病歸。」而據《三國志・魏書・齊王紀》，蔣濟於正始元年（西元二四二年）為太尉，故可知此文作於是年。奏記，漢時朝官對三公，州郡百姓或僚佐對長官陳述的書面意見，至魏晉六朝均沿用。

籍死罪死罪❶。伏惟明公❷以含一之德❸，據上台❹之位。群英翹首❺，俊賢抗❻足。開府❼之日，人人自以為掾屬❽。辟書始下，下走❾為首。

【章　旨】本章為例行的客套話。頌揚了蔣濟的顯赫地位。

【注　釋】❶死罪　古代章表函牘中的客套話。❷明公　對有名位的人的尊稱。❸含一之德　指身稟純一的至德。在古人看來，「一」是道的最本始最本質的表現形式，是一種較高的道德修養。❹上台　為三台之一，指太尉之職。❺翹首　抬頭而望，形容殷切的盼望。❻抗　舉。❼開府　指古代高級官員開設府署，自行選置僚屬。❽掾屬　古代屬官的通稱。一般不由朝廷任命，由各主官自行選置。❾下走　指供奔走使役的下人。這裡是作者的自謙之詞。

【語　譯】阮籍死罪死罪。敬思閣下因身稟純一之至德，身居太尉之高位。眾多英豪抬頭仰慕，俊才賢士舉足以趨。開設府署之日，人人都自以為能成為您的掾屬。您徵召屬臣幕僚的文書剛剛下達，而像我這樣的下才卻排在首位。

子夏處西河之上，而文侯擁篲❶；鄒子居黍谷之陰，而昭王陪乘❷。夫布衣窮居韋帶❸之士，王公大人所以屈體而下之者，為道存也。籍無鄒、卜之德，而有其陋，猥煩❹大禮，何以當之？

【章　旨】本章作者以鄒衍、卜商與自己相比，突出自身的不足，婉言謝絕蔣濟的徵召。

【注　釋】❶子夏二句　子夏即卜商，是孔子的弟子。據《史記・仲尼弟子列傳》，子夏曾在西河傳授儒學，為魏文侯師。西河，古郡名，在今山西省汾陽一帶。擁篲，手持掃帚。以示清道迎賓。古代迎接賓客，以此表示敬意。篲，同「彗」。掃帚。❷鄒子二句　鄒子，即戰國名士鄒衍。《論衡・定賢》：「燕有谷，氣寒，不生五穀。鄒衍吹律致氣，既寒更為溫。燕以種黍，黍生豐熟。到今名之曰黍谷。」黍谷，在今河北省密雲縣。陪乘，陪同乘車，也是古代表示敬意的一種方式。《史記・孟子荀卿列傳》：「(鄒衍)如燕，昭王擁彗先驅，請列弟子之座而受業，築碣石宮，身親往師之。」❸韋帶　古代貧者所用的無飾皮帶。❹猥煩　敬詞，義同「有勞」、「煩勞」。

【語譯】從前子夏住在西河之上而魏文侯擁篲稱師；鄒衍住在黍谷之北而燕昭王陪乘恭迎。那些身穿粗布衣服腰繫無飾皮帶的貧賤之士，孤身居住，獨立於世，而王公大人們之所以能夠卑屈貴體甘居其下，是因為為人立身的正道尚存。而如今我阮籍並沒有鄒衍、卜商的品德而有其鄙陋，煩勞閣下如此巨大的禮遇，讓我用什麼來承當呢？

方將耕於東皐❶之陽，輸黍稷之稅，以避當塗者❷之路。負薪❸疲病，足力不彊，補吏之召，非所克❹堪❺。乞迴謬恩，以光清舉❻。

【章旨】本章表明自己的歸隱志向和身體上的不利條件，懇請蔣濟收回成命。

【注釋】❶東皐　東面的水田。皐，水田。後來泛指隱士的隱居之所。❷當塗者　指身居要職掌有大權的人。❸負薪　古代士人自稱有疾的委婉說法。《禮記・曲禮》：「君使士射，不能，則辭以疾，言曰：『某有負薪之憂。』」❹克　能夠。❺堪　勝任。❻清舉　清正的舉措。

【語　譯】我正打算耕於東面水田的向陽之地，交納黍稷五穀的賦稅，以此避開當權者們的舉薦之路。況且我身患疾病，腳力不夠，您的增補僚吏的徵召，不是我所能夠勝任的。懇請您收回對我的錯愛，用以光大您的清正之舉。

【研　析】阮籍本有濟世之志，他自稱「昔年十四五，志尚好《詩》、《書》」，也非常仰慕「忠為百世榮，義使令名彰。垂聲謝後世，氣節故有常」的豪傑之士。本文作於正始三年，阮籍時年三十三，首次受到當朝太尉的徵召，應該說是一個進身仕途平步青雲的好機會。然而阮籍卻用種種藉口婉言謝絕了。究其原因，不外乎兩個。第一個是阮籍自小就養成了崇尚自然的心性，文中「耕於東皐之陽，輸黍稷之稅」就是其心性的真實反映。第二個原因阮籍不便在文中說出，那就是當時的現實政治鬥爭。當時曹魏政權與司馬氏正在暗暗較勁，阮籍不想捲入政治漩渦當中，所以不願出仕。本文行文流暢，文詞質樸，引古述今，內容充實，讀來耐人尋味。

又

【題　解】本文沒有篇題，僅以一「又」字接在上篇之後，從內容來看，也是一篇奏記。從文中「明公倅蹤魯、衛，勳隆桓、文」兩句來看，這篇奏記上書的對象當是一位曹魏宗親，可能是曹爽。《晉書・阮籍傳》：「及曹爽輔政，召為參軍，籍固以疾辭，屏於田里。」

違由❶鄙鈍❷，學行❸固野❹，進無和俗❺崇譽❻之高，退無靜默❼恬沖❽之操❾。猥❿見顯飾⓫，非所被荷⓬。舊素尫瘵⓭，守病委劣⓮，謁拜⓯之命，未敢堪任。昔榮期帶索，仲尼不易其三樂⓰；仲子守志，楚王不奪其灌園⓱。貪榮塞賢⓲，昧進負譏⓳，憂望⓴交集，五情㉑相愧。明公倅蹤㉒魯、衛㉓，勳隆桓、文㉔，廣延㉕俊傑，恢崇㉖大業。乞降㉗期會㉘，以避清路㉙，畢願家巷㉚。惟蒙於許㉛。

【注　釋】❶違由　按「違由」兩字難解。《尚書・酒誥》：「圻父薄違。」《釋文》：「馬云：違，行也。」《廣雅・釋詁》：「由，行也。」今姑理解為行為舉止。❷鄙鈍　鄙陋遲鈍。多用作自謙之詞。❸學行　學問品行。❹固野　固陋粗野。❺和俗　順應世情。❻崇譽　提高聲譽。❼靜默　寧靜沉默。❽恬沖　淡泊清虛。❾操　操行。❿猥　自謙之詞。⓫顯飾　這裡指被徵召。⓬被荷　擔負。⓭尫瘵　指衰弱多病。《禮記・檀弓》注：「尫者，疾病之人。」瘵，勞病。⓮委劣　委頓虛弱。⓯謁拜　謁見參拜。⓰昔榮期帶索二句　榮期，春秋隱士榮啟期的省稱。帶索，以繩索為衣帶，形容貧寒清苦。《孔子家語・六本》：「孔子游於泰山，見榮聲（當作啟）期行乎郕之野，鹿裘帶索，瑟瑟而歌。孔子問曰：『先生所以為樂者何也？』期對曰：『吾樂甚多，而至者三：天生萬物，唯人為貴，吾既得為人，是一樂也；男女之別，男尊女卑，故人以男為貴，吾既得為男，是二樂也；人生有不見日月不免襁褓者，吾既以行年九十五矣，是三樂也。貧者士之常，死者人之終，處常得終，吾何憂哉！』孔子曰：『善哉！能自寬者也。』」⓱仲子守志二句　仲子，齊國賢士於陵子，名子終，世稱陳仲子。於陵子堅持自己的志向，不受楚王之命拜相，攜妻子逃離故鄉為人灌園過活。奪，用強力使之改變。事見《列女傳・賢明傳・楚於陵妻》。⓲貪榮塞賢　貪圖聲名就會堵塞賢才進用之路。⓳昧進負譏　一味貪求仕進就會招致譏議。昧，貪。⓴憂望　憂愁怨望。㉑五情　喜、怒、哀、樂、怨五種情感。㉒侔蹤　地位相等。㉓魯衛　指周公和康公，他們是親兄弟，皆周室重臣。魯、衛是他們各自的封地。㉔桓文　指齊桓公、晉文公，被認為是夾輔周室的功臣。㉕廣延　廣泛延請。㉖恢崇　發揚光大。㉗降　罷除；解除。㉘期會　這裡指謁拜之命。㉙清路　為帝王權貴出行而清除道路，這裡指為權貴差遣的官吏，也指仕進之路。㉚家巷　指家鄉、閭里。㉛於許　一本作放許。案，作矜許義長。意為體諒我的苦衷同意我的請求。

【語　譯】我天生行為舉止鄙陋遲鈍，學識品行固陋粗野，進身仕途不能順應世俗增崇聲譽的高名，退身田園沒有寧靜沉默恬淡清虛的節操。如今蒙受如此顯赫的褒飾，這實在不是我所能擔當得起的。我一向體弱多病，長期抱病，委頓虛弱，因而閣下的謁見進拜之命，不敢承受。從前榮啟期甘於貧寒清苦，以繩索為帶，孔子不能改易其三件樂事；陳仲子堅守自己的志向，楚王也不能改變其替人澆灌田園的生活。貪圖顯赫則阻塞賢才，一味求進則被人譏諷，一想到這些，我就憂愁怨望交集心中，深感慚愧。閣下的地位等同魯、衛二君，功勳超越齊桓、晉文二公，你廣泛延請俊才傑士，發揚光大巍巍大業。我請求你罷除我定期謁見進拜的職責，使我能夠避開仕進之路，讓我在田園家巷當中完成我的願望。希望你體諒我的苦衷答應我的要求。

【研　析】這篇奏記先提出了自己想隱居田園的一貫願望，接著羅列了自己生理、學行方面的種種缺點，意在說明自己沒有能力勝任徵召之命。接著舉古人為例，意謂不強使人出仕，古已有之。最後再次強調「畢願家巷」的願望，希望收回成命。這樣就使整篇文章增強了力度。本文主旨與上篇相近，可相互參看。

書

與晉王薦盧播書

【題　解】這是阮籍向當時的晉王司馬昭推薦同郡人盧播的一封信。盧播其人其事不詳。信中，作者說明了盧播是一位有德有才的全面型人才，希望司馬昭能夠重用他。

蓋聞興化❶濟治❷，在於得人。收奇拔異，聖賢高致。是以八士歸周❸，周道以隆❹；虞舜登庸，元凱咸事❺。

【章　旨】本章說明要興化濟治，關鍵在於得人。

【注　釋】❶興化　振興教化。❷濟治　成就治理。❸八士歸周　《論語·微子》：「周有八士：伯達、伯适、仲突、仲忽、叔夜、叔夏、季隨、季騧。」歸，歸順。❹隆　興隆；興盛。❺虞舜登庸二句　據《左傳·文公十八年》，高陽氏有才子八人，稱為八元；高辛氏有才子八人，稱為八愷，使得天下內外平定。登，進。庸，用。

【語　譯】聽說能夠振興教化成就治理的關鍵在於得人。收羅賢才，這是聖賢的高尚情致。所以眾多賢士歸服周朝，周朝王道就得以興盛；堯、舜舉拔任用賢良，八元八愷全都擔當要職。

伏❶惟❷明公❸公侯❹，皇靈❺誕❻秀，九德❼光被❽。應期❾作輔❿，論道敷化⓫。開闢四門⓬，延納⓭羽翼賢士，以贊⓮雍熙⓯。是以英俊之士，願排⓰皇闥⓱，策名委質⓲；真薦⓳之徒，輻輳⓴大府㉑。誠㉒以㉓鄧林㉔、昆吾㉕，翔鳳所栖；懸黎㉖、和肆㉗，垂棘㉘所集。

【章　旨】本章盛讚司馬昭道德高尚，且描繪了司馬昭開闢四門，廣納賢才的政治措施及在這種政治措施下人才輻輳的情景。

【注　釋】❶伏　敬詞，無義，多用於下對上的書信、奏章中。❷惟　思。❸明公　對司馬昭的尊稱。❹公侯　司馬昭於甘露二年（西元二五七年）被封為晉公。❺皇靈　指祖先。❻誕　育。❼九德　古代賢人所具備的九種優良品格。九德內容說法不一。據《尚書・皋陶謨》，「寬而栗，柔而立，願而恭，亂而敬，擾而毅，直而溫，簡而廉，剛而塞，強而義」為九德。《逸周書・常訓》則認為九德是忠、信、敬、剛、柔、和、固、貞、順。❽被同「披」。❾應期　順應期運。❿輔　宰輔。⓫敷化　布行教化。⓬開闢四門　指廣開賢路、訪求人才。《尚書．舜典》：「闢四門。」傳：「開闢四方之門未開者，廣置眾賢。」⓭延納　接納。⓮贊　助。⓯雍熙　指和樂安康的盛世。⓰排　推開。⓱皇闥　皇宮的門。⓲策名委質　這裡都指出仕。語見《左傳．僖公二十三年》。策名，在君王的簡策上寫下自己的名字，表示臣服。委質，人臣拜見人君，執贄為禮。這裡指歸服。⓳真薦　真心獻身為人服務。薦，進。⓴輻輳　集中；聚集。輻、輳，均為車輪的組成部分。㉑大府　指晉公的官署。㉒誠　確實；真正。㉓以　因為。㉔鄧林　古代神話傳說中的樹林。據《山海經．海外北經》，夸父追日，渴欲得飲，飲河渭大澤，未幾，道渴而死，棄其杖，化為鄧林。㉕昆吾　古丘名。傳說太陽正午所經之處。㉖懸黎　美玉名。按懸黎在此不合文義，疑為「懸圃」之誤，「懸圃」與「玄圃」同，在崑崙山，有奇花異草。㉗和肆　出售美玉的店鋪。和，美玉名。㉘垂棘　春秋晉地名，以產美玉著稱。這裡借指美玉。

【語譯】竊思閣下是開國的公侯，是祖先毓秀，優良品德光顯天下。順應期運做了宰輔，談論王道敷行教化。而且廣開賢路，接納輔佐自己的賢人志士，共同助成和樂安康的盛世。因此天下的英才俊士都願推開皇室之門，書名於策並委獻自己；真心獻身之徒，都從四方匯聚於閣下之府。這確實是由於鄧林、昆吾是翔鳳的棲息之地；懸圃、和肆，是美玉的匯聚之所的緣故。

伏見鄙❶州別駕❷、同郡盧播，年三十二，字景宣。少有才秀之異，長懷淑茂❸之量。躭❹道悅禮，仗❺義依仁。研精墳典❻，升堂❼覩奧❽。聰鑒❾物理，心通玄妙❿。貞固⓫足以幹事，忠敬足以肅朝⓬，明斷⓭足以質疑⑭，機密⑮足以應權⑯。臨煩不惑，在急彌⑰明。若得佐時理物，則政事之器；銜命⑱聘享⑲，則專對⑳之才；潛心㉑圖籍㉒，文學之宗；敷藻㉓載述，良史之表㉔。

【章旨】本章是阮籍向司馬昭介紹自己推薦的人才盧播的大致情況。阮籍盛讚盧播是個有德有學有才的才俊之士，羅列介紹其優點之後，又通過四個排比假設進一步突出盧播的全面才能。

【注釋】❶鄙　邊遠。❷別駕　官名。為刺史的佐吏。❸淑茂　美好。❹躭　同「耽」。愛好；迷戀。❺仗　憑藉；依靠。❻墳典　三墳、五典的簡稱，這裡用來指稱古代典籍。❼升堂　登上了廳堂。比喻學問技藝已入門。❽覩奧　看到屋角。形容達到較高境。奧，室內的西南角。❾聰鑒　明於識察。❿玄妙　微妙深奧的道理。⓫貞固　貞正堅毅。⓬肅朝　使朝政整飭。肅，整肅。⓭明斷　英明果斷。⓮質疑　提出疑問。⓯機密　本指機要而祕密的事情，這裡指思慮嚴密。⓰應權　應變緊急情況。權，變。⓱彌　越加。⓲銜命　奉命。⓳聘享　聘問獻納。這裡指外交活動。⓴專對　使者在外，臨時不能請示國君的命令，所以需要有獨自處理事務的能力。專，獨。㉑潛心　專心。㉒圖籍　文籍圖書。㉓敷藻　鋪陳詞藻。㉔表　表率。

【語譯】今見邊遠小州的別駕、我的同郡人盧播，現年三十二歲，字景宣。他從小就有才華俊秀的特異稟賦，長大後身懷美好的氣度。愛好道德禮儀，依憑仁義大德。精心鑽研古代典籍，學問升堂入室已有較高成就。明於識察萬物的事理，心靈通曉其中微妙深奧的道理。他貞正堅毅足以擔當大事，忠誠恭敬足以整飭朝政，英明果斷足以提出疑問，思慮嚴密足以因應權變。而且面對煩擾之事不會昏亂，遇到急迫之事反而越加聰明。如果他能得以輔佐時政處理萬事，那就是處理政務的大器；如果能奉命出使聘問獻納，那就是能應對的賢才；如果能潛心鑽研文籍圖書，那就是文章學術的宗師；如果能鋪陳詞藻記載歷史，那就是良史的表率。

然而學不為人，行不求達，故久沉淪，未階太清❶。誠後門❷之秀偉，當時之利器，宜蒙旌命❸，和味❹鼎鉉❺。孔子曰：「如有所譽，必有所試❻。」播之所能，著在已効。不敢虛飾，取謗大府。

【章　旨】在本章，作者認為盧播之所以未能登上高位，是因為他「學不為人，行不求達」。最後作者希望司馬昭能夠重用他。

【注　釋】❶太清　天空。這裡指高位。❷後門　寒微的門第。❸旌命　加以表彰並徵召為官。❹和味　調和五味。這裡指治理政務。❺鼎鉉　比喻宰輔之職。鉉，舉鼎的工具，穿入鼎耳，兩人共舉。❻孔子曰三句　出自《論語·衛靈公》：「子曰：『吾之於人也，誰毀誰譽。如有所譽者，其有所試矣。』」意謂如果對人有所讚譽，那麼一定要對他有所考驗。

【語　譯】然而他治學不為他人，行事不求顯達，所以長久沉淪埋沒，未能階登高位。他的確是寒門之中優秀偉岸的賢士，當今之世的銳利之器，應當蒙受表彰徵召，使之能夠在宰輔之側處理政事。孔子說：「如果有所讚譽，一定要有所考驗。」盧播的才能，表現在他以往的言行之中。我不敢虛加誇飾，以招致誹謗於王公大府。

【研析】本文大致分為兩個部分。第一部分讚頌了司馬昭的高尚德行和巍巍功績，抓住了司馬昭喜聽阿諛的心理，為下面推薦盧播創造了良好的氣氛。第二部分筆鋒一轉，進入對盧播的推薦，敘述了盧播的全面才能，並說明了他之所以未能登上高位的原因。最後再次希望司馬昭能夠重用他。本文層次分明，語勢緊湊，文辭洗練，寫得頗有文彩。然而，文中對司馬昭的頌揚以及對盧播的稱讚，都有違阮籍平時不拘禮法、放浪不羈的個性，可能是身處亂朝不得已而為之之作。

答伏義書

【題　解】本文是一封書信。伏義，其人其事不詳，當是一個自命君子的禮法之士。本文主要針對伏義的指責予以駁斥。

籍白❶：承音覽旨，有心翰跡❷。夫九蒼❸之高，迅羽❹不能尋其巔；四冥❺之深，幽鱗❻不能測其底。矧❼無毛分❽，所能論哉！且玄雲❾無定體，應龍❿不常儀⓫。或朝濟⓬夕卷，翕忽⓭代興；或泥潛天飛，晨降宵升。舒體則八維⓮不足暢跡，促節⓯則無間⓰足以從容⓱。是又瞽夫⓲所不能瞻，璅蟲⓳所不能解也。然則弘脩淵邈⓴者，非近力㉑所能究㉒矣；靈變神化者，非局器㉓所能察矣。何吾子之區區㉔，而吾真之務求㉕乎？

【章　旨】本章以九蒼、四冥、玄雲、應龍自喻，說明志在高遠的人非伏義之流的淺陋之人所能理解。

【注　釋】❶白　古代書信開頭結尾的一種格式。❷翰跡　義同「筆跡」。這裡指代書信。❸九蒼　即九天，天的最高處。❹迅羽　指飛鳥。❺四冥　義同「四溟」。四方之海。❻幽鱗　指潛隱於水中的魚類。❼矧　哪裡；何況。❽毛分　當作「毛介」。羽毛和鱗片。❾玄雲　天上之雲。玄，指天色。❿應龍　古代神話傳說中一種有翼的龍。⓫儀　儀容。這裡指形狀。⓬濟　通「霽」。雨後轉晴，這裡指雲霧散開。⓭翕忽　一息之間。以喻急速。⓮八維　即八方。⓯促節　縮短肢節。⓰間　空隙。⓱從容　舉動。⓲瞽夫　盲人。⓳璅蟲　小蟲。⓴弘脩淵邈　廣大深遠。這裡指道德修養高深。㉑近力　能力淺近。㉒究　窮盡。㉓局器　器量局促。㉔區區　誠摯。這裡帶有諷刺之意。㉕吾真之務求　與「務求吾真」同意。真，本性；本質。

【語　譯】阮籍告白：承接佳音通覽來旨，使我有心給你揮筆回信。那九天的高渺，迅疾的飛鳥不能找尋它的頂點；四方之海的深遠，幽潛的魚兒不能探測它的底部。而這些又哪裡是沒有羽毛和鱗片的人所能談論的啊！況且天上的雲彩沒有固定的形狀，應龍沒有經常的儀容。雲彩有時早上散開而晚上又收捲起來，轉瞬之間更迭興盛；應龍有時泥中潛隱有時天上飛翔，早上下降晚上飛升。牠舒展身體則天地八方不足舒暢牠的行跡，牠縮短肢節則沒有空隙也足以使牠自由舉動。這又是盲人所不能看到，小蟲所不能理解的。既然這樣，那麼道德修養廣大高深的人，不是能力淺近的人所能窮究的；如神靈般變化莫測的人，不是器量局促的人所能明察的。為什麼您竭盡死力，一定要探求我的本性呢？

人力勢❶不能齊，好尚舛異❷。鸞鳳凌雲漢❸以舞翼；鳩鵷❹悅蓬林以翱翔。螭❺浮八濱❻以濯鱗；鼈娛行潦❼而群逝。斯用情各從其好，以取樂焉。據此非彼，胡可齊乎？

【章旨】本章通過動物順應各自的性情獲得樂趣的事例，論證了人力不能齊同，好尚各異的觀點。

【注釋】❶力勢　力量勢力。這裡指能力。❷舛異　乖異不同。❸雲漢　天河。這裡指蒼天。❹鳩鵷　疑為「學鳩」之誤。學鳩是一種斑鳩類的小鳥。鵷雛相傳是一種與鳳凰相似的鳥，於此文義不通。此句典出《莊子・逍遙遊》：「蜩與鷽（學）鳩笑之曰：『我決起而飛，槍榆枋，時則不至而控於地而已矣。』」❺螭　古代傳說中一種沒有角的龍。❻八濱　義同「八溟」，指環繞陸地的八方之海。❼行潦　溝中的流水。

【語譯】人們的能力不能相同，愛好也各有不同。鸞鳥鳳凰凌越蒼天而揮舞雙翼；學鳩喜悅蓬草矮枯而翻飛翱翔。螭龍浮游八方之海以洗濯牠的鱗片；龜鼈娛悅於溝水而成群結伴。這些都是順應性情各從自己的喜好而獲得樂趣的。如果據此一方而非難另一方，怎麼能夠取得一致呢？

夫人之立節❶也，將舒網以籠世，豈樽樽❷以入罔❸？方開模以範俗，何暇毀質❹以適檢❺？若良運未協❻，神機❼無准❽，則騰精抗志❾，邈世高超。蕩精舉於玄區⑩之表⑪，攄⑫妙節⑬於九垓⑭之外。而翱翔之乘景⑮，躍踸踔⑯，陵忽慌⑰，從容與道化同逌⑱，逍遙與日月竝流。交名虛⑲以齊變，及英祇⑳以等化。上乎無上，下乎無下，居乎無室，出乎無門。齊萬物之去留，隨六氣㉑之虛盈。總玄綱㉒於太極㉓，撫天一㉔於寥廓㉕。飄埃不能揚其波，飛塵不能垢㉖其潔，徒寄形軀於斯域，何精神之可察？雖業㉗無不聞，略㉘無不稱，而明㉙有所逮㉚，未可怪也。

【章　旨】本章認為人之立節，應該「舒網以籠世」，「開模以範俗」，以身作則，為世樹立軌範。如果良機時運未至，就應該拋棄塵俗，與道翱翔。從本章可以看出，作者並未能徹底超越塵世，儒家治國平天下的思想仍然存在於他的心中。

【注　釋】❶立節　樹立節操。❷樽樽　當作「撙撙」。聚集貌。❸罔　與「網」同。❹質　本質；本性。❺檢　法式；法度。❻協　合。❼神機　良機。❽准　準則。這裡有「如期到來」的意思。❾騰精抗志　飛騰精神高揚大志。抗，舉。❿玄區　蒼天。⓫表　外。⓬攄　舒展。⓭妙節　美妙的節操。⓮九垓　即九天，天之最高層。⓯景　日光。⓰踸踔　跛行貌。這裡「踸踔」與下「忽慌」互文，指變化不定的空域。⓱忽慌　這裡指茫然無際的天空。⓲逌　悠閒自在。⓳名虛　天地萬物的名稱，與道相比，萬物的名稱都是虛的，所以稱名虛。⑳祇　神祇。㉑六氣　指自然界天氣變化的六種現象：陰、陽、風、雨、晦、明。㉒玄綱　維繫蒼天的繩子。

㉓太極　天地未分時最原始的混沌狀態。㉔天一　星名。為天帝之神，主戰鬥，知人吉凶。㉕寥廓　這裡指空曠深遠的天空。㉖垢　弄污。㉗業　功業。㉘略　道理。㉙明　智慧。㉚逮　及。

【語譯】人們樹立節操，就應當舒展大綱以籠罩當世，怎麼能聚集一塊以自投羅網？正應該設立楷模以規範世俗，哪有時間毀掉自己的本質以適應世間禮法？如果好運還未協和，良機還未來至，那麼就應該飛騰精神高揚大志，遠離人世，起身高馳。放蕩那精微的舉動於天宇之表，舒展那美妙的節操於九天之外。盡情翱翔，乘著日光跳躍在那變化不定的空域，凌越在茫然無際的太空，悠閒自得與大道造化同樂，逍遙自在與日月同行。交匯那天地萬物的各種名稱虛號而齊同萬變，比合眾多的英傑神祇而等同變化。上達於無上的境界，下至於無下的處所，居住於沒有房室的地方，出入於沒有門扉的區域。齊同萬物的或去或留，隨順六氣的或虛或盈。總攬維繫上天的玄綱於太極，輕撫天一神星於太空。飄浮的塵埃不能吹揚他的波瀾，飛落的灰塵不能垢污他的清潔，他只是暫且寄託他的身軀在此地，哪裡有什麼形而上的精神可供人觀察？雖說功業沒有不被聽聞的，道理沒有不被稱道的，然而人們的聰明智慧各有所及，不可以未曾聽聞稱道為怪。

觀吾子之趨，欲衒❶傾城之金❷，求百錢之售；制造❸天之禮，儗❹膚寸❺之檢。勞玉躬❻以役物❼，守臊穢❽以自畢；沉牛跡❾之浥薄❿，慍⓫河漢之無根。其陋可愧，其事可悲。亮⓬規略⓭之懸踰⓮，信大道之弘幽，且局步於常衢，無為思遠以自愁。比⑮連疹⑯憒，力喻不多。阮籍白。

【章 旨】本章一針見血地指出了伏羲所作所為的淺陋可笑。

【注 釋】❶衒 同「衒」。沿街叫賣。❷傾城之金 意謂價值連城之金。❸造 至。❹儗 比擬。❺膚寸 古代以四指的寬度為膚，以一指的寬度為寸。❻玉躬 義同「貴體」。❼役物 役使外物為我所用。❽臊穢 腥臊污穢。這裡指塵世。❾牛跡 牛蹄之跡。這裡指狹小淺薄。❿浥薄 這裡指淺水。浥，濕潤。⓫慍 憎恨。⓬亮 信。⓭規略 謀略；規劃。⓮懸蹤 懸遠。⓯比 最近；近來。⓰疹 疾病。

【語 譯】我看你的所作所為，是要售價值連城的黃金，以求百枚銅錢的價格；制度高至青天的禮儀，去比擬微不足道的人間法度。煩勞貴體而役使外物，持守腥臊污穢以了卻終生；沉浸在牛蹄之跡的淺水，憎恨天上銀河的無邊無垠。這樣的鄙陋實在可愧，這樣的事情實在可悲。相信那心智謀略的懸遠莫測，堅信聖賢大道的弘敞幽深，姑且局促地行步在平常的大道之上，不要去想那遠事而使自己憂愁。近來連日生病，神志昏憒，能盡力講明的實在不多。阮籍告白。

【研 析】本文是一封與禮法之士直接交鋒的書信。阮籍鄙棄禮教，傲世疾俗，使得禮法之士「疾之如仇」，而伏義就是這些禮法之士的典型代表，他依附於司馬氏，揮動禮法的大棒，對阮籍橫加責難，說他「形性乖張，動與世乖」，「開闔之節不制於禮，動靜之度不羈於俗」，「言無定端，行不純軌」。且自以依附於司馬氏，辭氣傲慢，暗含殺機，「殆恐攻害其至無日，安坐難保」。對此，阮籍都用十分鄙視的態度給予了堅決的回擊。信中阮籍以飛鳥不能尋九蒼之高，幽鱗不能測四溟之深為喻，質問伏羲：「何吾子之區區，而吾真之務求乎？」接著闡述了在良機時運未至的情況下，應該「騰精抗志，邈世高超」的觀點，表達了自己「飄埃不能揚其波，飛塵不能垢其潔」的高尚情懷。

本文辭鋒犀利，語勢緊逼，比喻精巧，行文舒展，不失為一篇優秀的論駁文章。

論

樂論

【題解】本文系統闡述了阮籍的音樂觀。作者從傳統儒家的觀念出發，認為音樂本是天地萬物自身所稟有的一種自然現象，著重強調了音樂的社會功能，並提出聖人之樂的基本原則是「和」。文中雖然加入了一些道家哲學的概念，其思想傾向仍未脫傳統儒家的樊籬，當是作者早年的作品。論，文體之一種，屬議論文。

劉子❶問曰：「孔子云：『安上治民，莫善於禮；移風易俗，莫善於樂❷。』夫禮者，男女之所以別❸，父子之所以成❹，君臣之所以立❺，百姓之所以平❻也。為政之具❼，靡❽先於此。故安上治民，莫善於禮也。

夫金石絲竹❾、鐘鼓管絃之音，干戚羽旄❿、進退俯仰之容⓫，有之何益於政？無之何損於化⓬？而曰『移風易俗，莫善於樂』乎？」阮先生曰：「善哉，子⓭之問也！昔者孔子著⓮其都⓯乎，且未舉其略⓰也。今將為子論其凡⓱，而子自備詳焉。

【章　旨】本章引出「劉子」與「阮先生」兩個對話人物，展開全文論述。「劉子」提出為什麼「移風易俗，莫善於樂」這個問題，請教阮先生，阮先生欣然應答。

【注　釋】❶劉子　不詳何人，可能是太學中的儒生或博士。❷孔子云五句　出自《孝經・廣要道章》：「子曰：教民親愛莫善於孝；教民禮順莫善於悌；移風易俗，莫善於樂；安上治民，莫善於禮。」❸別　區別。❹成　形成。❺立　確立。❻平　平和。❼具　器具。❽靡　無；沒有。❾金石絲竹　金指鐘，石指磬，絲指琴瑟，竹指簫管。都是樂器名。❿干戚羽旄　干指盾；戚指斧；羽指鳥的長毛，舞者跳舞時用來遮蔽的東西；旄指旄牛的尾巴，舞者跳舞時用來指揮的東西。干、戚為武舞時所用；羽、旄為文舞時所用。⓫容　儀容。⓬化　教化。⓭子　對對方的尊稱。⓮著　闡明；說明。⓯都　主旨；總綱。⓰略　要點。⓱凡　大旨；大概。

【語　譯】劉子問道：「孔子說：『安居上位並能治理萬民的，沒有比禮更好的東西了；能使風俗為之改變的，沒有比音樂更好的東西了。』禮制是使男女之間有所區別，父子關係得以形成，君臣關係得以確立，也是使百姓能夠平和的東西。治理國家的器具，沒有比禮制更重要的了。所以說安居上位並能治理萬民的，沒有比禮更好的東西了。至於彈奏金石絲竹、鐘鼓管絃所發出的音樂，揮舞干戚羽旄而進退俯仰的舞容，有了它對治理國家又有什麼好處？沒有它又如何有損於教化的推行？可是為什麼孔子卻說『能使風俗為之改變的，沒有比音樂更好的東西了』呢？」阮先生回答道：「您這個問題問得好啊！從前孔子對這個問題只闡明了他的主旨，而尚未列舉要點。我現在將為您論述我對這個問題的大概看法，接下去請您自己去詳細參究。

「夫樂者，天地之體❶，萬物之性❷也。合其體，得其性，則和；離其體，失其性，則乖❸。昔者聖人之作樂也，將以順天地之體，成萬物之性也。故定天地八方之音❹，以迎陰陽八風❺之聲，均黃鐘❻中和之律，開群生萬物之情氣。故律呂❼協則陰陽和，音聲適❽而萬物類❾。男女不易其所❿，君臣不犯其位⓫。四海同其觀⓬，九州一其節⓭。奏之圜山⓮而天神⓯下，奏之方岳⓰而地祇⓱上。天地合其德，則萬物合其生⓲，刑賞不用而民自安矣。乾坤⓳易簡，故雅樂⓴不煩。道德平淡，故五聲無味㉑。不煩則陰陽自通，無味則百物自樂，日遷善成化而不自知，風俗移易㉒而同於是樂。此自然之道，樂之所始也。

【章　旨】本章論述了音樂的起源。作者認為音樂本是天地萬物本身所稟有的一種自然現象，即「天地之體，萬物之性」。聖人制作音樂就是要「順天地之體，成萬物之性」，以達到「刑賞不用而民自安」的治世目的。

【注　釋】❶體　事物的本體；主體。❷性　事物的本質、特點。❸乖　亂。❹天地八方之音　按《周禮・春官・典同》：「掌六律六同之和，以辯天地四方陰陽之聲以為樂器。」鄭注：「陽聲屬天，陰聲屬地，天地之聲，布於四方。」❺八風　一說為八卦之風。現在大多解釋為八方之風。《說文解字》有八風的名稱：「東方曰明庶風，東南曰清明風，南方曰景風，西南曰涼風，西方曰閶闔風，西北曰不周風，北方曰廣莫風，東北曰融風。」按《淮南子・地形訓》、《左傳・隱公五年》釋文所記八風之名與《說文》略有不同。❻黃鐘　古樂十二律之一，聲調最宏大響亮。❼律呂　樂律的統稱。古代樂有陽律、陰律各六，合為十二律。陽六稱律，陰六稱呂。黃鐘、太蔟、姑洗、蕤賓、夷則、無射為六律；大呂、夾鐘、仲呂、林鐘、南呂、應鐘為六呂，合稱律呂。❽適　協調。❾類　各歸其類。❿不易其所　不改變禮法所規定的界限。⓫不犯其位　不違反各自的職位。⓬觀　姿容；儀容。⓭節　節奏。⓮圜山　一作「圜丘」，古代祭祀天神的圓形高壇。⓯天神　指天上諸神，包括主宰宇宙之神及其他主司日、月、星辰、風雨、生命諸神。⓰方岳　古代夏至日祭祀地神的方壇。⓱地祇　地神。⓲生　通「性」。⓳乾坤　指天地。⓴雅樂　正樂。㉑五聲無味　指五聲簡單平淡。追求無味是道家的一種修養方法。《老子》：「道之出口，淡乎其無味。」㉒移易　改變；變化。

【語　譯】「音樂，是天地的主體，萬物的本性。符合天地的主體，獲得萬物的本性，那麼樂聲就會和諧動聽；違離天地的主體，喪失萬物的本性，那麼樂聲就會乖亂難聽。從前聖人制作音樂，就是要順應天地的主體，成就萬物的本性。所以他們訂定了天地八方的音調，用來迎合陰陽八風的聲音，他們調節黃鐘中正平和的樂律，用來開啟眾人萬物的本性。所以律呂配合協調就會使聲音陰陽和諧，聲音和諧就會使萬物各歸其類。男女之間不會變易禮法所規定的界限，君臣之間也不會違反各自的職位。四海齊同演奏音樂的姿容，九州統一演奏音樂的節奏。那麼在圜山上演奏天神就會降臨，在方岳上演奏地神就會升臨，天地與其合德而萬物與其合性，如此則不必施用刑罰獎賞，而人民自然會安居樂業了。天地是平易簡單的，所以高雅的音樂並不煩複。大道是平淡的，所以宮、商、角、徵、羽五聲無味。不煩則陰陽之氣自然通暢，無味則天下眾物自然歡樂，每天向好的方向發展，逐漸形成轉化而並不知曉，風俗也因同歸於這樣高雅的音樂而改變。這就是治國修身所應遵行的自然之道，也是音樂形成的原因。

「其後聖人不作，道德荒壞❶，政法不立，智慧擾物，化廢欲行❷，各有風俗。故造始之教謂之風，習而行之謂之俗。楚、越之風好勇，故其俗輕死；鄭、衛之風好淫，故其俗輕蕩❸。輕死，故有火焰赴水之歌；輕蕩，故有桑間濮上之曲❹。各歌其所好，各詠其所為。歌之者流涕，聞之者歎息，背而去之，無不慷慨❺。懷永日❻之娛，抱長夜之歎。相聚而合之，群而習之，靡靡❼無已❽。棄父子之親，弛❾君臣之制，匱❿室家之禮，廢耕農之業，忘終身之樂，崇⓫淫縱⓬之俗。故江、淮之南，其民好殘；漳、汝⓭之間，其民好奔⓮。吳有雙劍之節⓯，趙有扶琴之客⓰。氣發於中⓱，聲入於耳，手足飛揚，不覺其駭⓲。好勇則犯上，淫放則棄親。犯上則君臣逆，棄親則父子乖。乖逆交爭，則患生禍起。禍起而意愈異，患生而慮不同。故八方殊風，九州異俗，乖離分背，莫能相通。音異氣別，曲節不齊。

【章　旨】本章論述音樂的畸形發展，即前一章講到的「離其體，失其性」的具體表現。音樂一旦背離聖人之樂的原則，就會迎合各種不良的風俗，從而產生惑亂人心，破壞整體和諧的作用。

【注　釋】❶荒壞　荒廢毀壞。❷化廢欲行　教化荒廢情欲流行。❸輕蕩　輕薄放蕩。❹桑間濮上之曲　相傳春秋時鄭國、衛國的風俗比較輕蕩，所以相應出現了一種輕靡放蕩的樂曲，即被稱為桑間濮上之曲。桑間、濮上，地名。後來以桑間濮上來指男女幽會之所。曲，原作「典」，據《太平御覽》所引改。❺慷慨　感慨；嘆息。

❻永日　整日；整天。❼靡靡　相互依順貌。❽已　停止。❾弛　廢弛；毀壞。❿匱　缺乏。這裡有「喪失」的意思。⓫崇　崇尚。⓬淫縱　荒淫放縱。⓭漳汝　水名。漳水發源於山西省東南部，經河北省東南流入衛河。汝水源出河南魯山縣大盂山，注入淮河。漳、汝之間就是鄭、衛之地。⓮奔　古代把女子不依照舊禮教的規定而私自與她所喜愛的男子結合稱為「奔」。⓯雙劍之節　這裡講的是干將、莫邪的故事。干將、莫邪是一對夫婦，是春秋戰國時吳國著名的鑄劍師。一次他們為吳王鑄劍，但久久不能成功。後來莫邪截斷自己的頭髮和手爪投入爐中才得以成功。雙劍鑄成之後，吳王就把干將給殺了。節，氣節；節操。這裡指干將、莫邪之類的節操之士。⓰扶琴之客　這裡講的是趙武靈王的故事。相傳趙武靈王曾夢見一位少女彈琴唱詩，色藝超群。於是吳廣乘機將其女兒娃嬴進獻給趙武靈王。娃嬴後來一直很得寵，致使趙武靈王廢掉太子章，立娃嬴之子為太子。後來公子章起兵叛亂，趙武靈王父子俱死於亂中。⓱中　內心。⓲駭　害怕；吃驚。

【語譯】「後來聖人沒有再出現，道德荒廢毀壞，政教法令沒能確立，智巧謀略干擾萬物，教化廢弛情欲橫行，從而各地形成了各種各樣的風俗。所以最初的教化稱為『風』，習慣後實行這種教化稱為『俗』。楚國、越國的民風喜好勇武，所以那裡的習俗並不怕死；鄭國、衛國的民風喜好淫亂，所以那裡的習俗輕薄放蕩。不怕死亡，所以民間有蹈火赴水的激昂悲歌；輕薄放蕩，所以民間有桑間濮上的淫靡樂曲。他們都各自歌唱所喜好的事物，各自吟詠所從事的事情。唱歌的人悲哭流涕，聽歌的人感傷嘆息，背身離去之時，無不慷慨悲傷。大家都心懷盡日的歡娛，身抱長夜的哀嘆。相聚一處同聲歌唱，群聚一地演習吟詠，相互依順無休無止。人們因而背棄了父子之間的親情，廢弛了君臣之間的制度，喪失了家庭的禮儀，拋棄了耕種的本業，忘記了終身的歡樂，助長了放縱的風俗。所以長江、淮河之南的人民喜好相殘；漳水、汝水之間的人民喜好私奔。所以吳國有鑄造雙劍的節操之士，趙國有撫琴歌唱的美貌女客。人的意氣發自內心，當樂聲進入雙耳，人就會隨之手舞足蹈，而不覺得害怕。喜好勇武就會冒犯主上，荒淫放縱就會拋棄親人。冒犯主上就會違逆君臣關係，拋棄親人就會乖亂父子尊卑。乖亂違逆交相競起，則患難和災禍就會紛然產生。災禍產生而人的意念就會變得更為殊異，患難產生而人的思慮就會變得更為不同。所以八方之民風尚不同，九州之地習俗不一，乖亂違離，不能相互交通。所以聲音有異格調有別，曲調節奏也不能齊同。

「故聖人立調適[1]之音，建平和之聲，制便事[2]之節，定順從[3]之容，使天下之為樂者，莫不儀[4]焉。自上以下，降殺[5]有等，至於庶人[6]，咸皆聞之。歌謠[7]者，詠先王之德。頫仰[8]者，習先王之容。器具[9]者，象先王之式。度數[10]者，應先王之制。入於心[11]，淪[12]於氣[13]。心氣和洽，則風俗齊一[14]。聖人之為進退頫仰之容也，將以屈形體[15]，服心意[16]，便所脩[17]，安所事[18]也。歌詠詩曲，將以宣[19]平和、著[20]不逮[21]也。鐘鼓所以節耳，羽旄所以制目。聽之者不傾[22]，視之者不衰。耳目不傾不衰，則風俗移易。故移風易俗，莫善於樂也。

【章　旨】本章主要論述了聖人之樂的社會功用，是為了「屈形體，服心意，便所脩，安所事」，從而達到「風俗齊一」的理想目標。在這個意義上，作者肯定了「移風易俗，莫善於樂」這個命題。

【注　釋】❶調適　協調適度。❷便事　便於行事。❸順從　和順服從。❹儀　以……為準則（法度）、仿效。❺降殺　逐級遞減。❻庶人　平民百姓。❼歌謠　有音樂伴唱的為歌，無音樂伴唱的為謠。這裡泛指歌唱。❽頫仰　即「俯仰」，原意是低頭和抬頭，這裡用來指跳舞的動作。❾器具　樂舞所用的器具。❿度數　標準；原則。⓫心　這裡指人的思想意志。⓬淪　滲入；浸入。⓭氣　稟性；精神。⓮齊一　整齊一致。⓯屈形體　這裡指跳舞時使身體扭動彎曲。屈，彎曲。⓰服心意　降服人的心意。⓱便所脩　方便自己所修習的志業。便，方便。⓲安所事　安心於自己所從事的事情。⓳宣　宣揚。⓴著　顯露；顯示。㉑逮　及。㉒傾　傾斜。

【語　譯】「所以聖人確立了協調適度的音調，建立了平正和諧的樂聲，制定了便於行事的節奏，規定了和順服從的儀容，使天下演奏歌唱樂曲的人無不仿效。自上而下，音樂的內容和規格逐級遞減，以至於平民百姓，都能聽到聖人創制的這種音樂。他們歌唱的內容，都是歌詠先王的恩德。他們跳舞的俯仰姿容，都是學習先王的儀容。他們使用的樂器，都是模仿先王的法式。他們所遵照的原則，都符合先王定下的制度。聖人創制的這種音樂深入每個人的心靈，浸潤到每個人的稟性精神之中。心靈和稟性精神平和融洽，如此人們的風俗就能齊同一致。聖人制定各種各樣進退俯仰的舞姿，是要以此來彎曲人的形體，降服人的心意，使他們方便於自己所修習的志業，忠心於自己所從事的事情。歌詠詩歌樂曲，是要以此來宣揚平正和諧之氣，並將樂曲中不及平正和諧之處顯示出來。鐘鼓是用來節制人的雙耳的，羽旄是用來節制人的雙目的。使聽音樂的人的雙耳不致偏斜，使觀看舞蹈的人的雙目不致衰竭。雙耳雙目不偏斜不衰竭，那麼風俗就會隨之改變。所以說能使風俗都為之改變的，沒有比音樂更好的東西了。

「故八音❶有本體❷，五聲有自然❸，其同物者以大小相君❹。有自然故不可亂，大小相君故可得而平也。若夫空桑之琴❺，雲和之瑟❻，孤竹之管❼，泗濱之磬❽，其物皆調和淳均者，聲相宜也，故必有常處❾。以大小相君，應黃鐘之氣❿，故必有常數⓫。有常處，故其器貴重；有常數，故其制不妄。貴重，故可得以事神；不妄，故可得以化人。其物係天地之象，故不可妄造。其凡⓬似遠物⓭之音，故不可妄易。雅頌有分⓮，故人神不雜。節會⓯有數⓰，故曲折不亂。周旋⓱有度，故頫仰不惑。歌詠有主⓲，故言詞不悖。導之以善，綏⓳之以和，守之以衷⓴，持之以久。散其群㉑，比其文㉒，扶其夭㉓，助其壽，使去風俗之偏習，歸聖王之大化。

【章旨】本章承繼上章，主要論述了聖人之樂的具體特徵。由於聖人之樂究其本質是符合自然規律的，所以它能產生「去風俗之偏習，歸聖王之大化」的社會功用。

【注釋】❶八音　古代稱金、石、絲、竹、土、匏、革、木為八音。鐘為金，磬為石，琴瑟為絲，簫管為竹，笙竽為匏，塤為土，鼓為革，柷敔為木。❷本體　這裡指發出八音的樂器。❸自然　這裡指宮、商、角、徵、羽等五聲象法自然確定音調。❹君　統治；主宰。這裡有「區分尊卑高低」之意。❺空桑之琴　古代傳說空桑之山出琴瑟之材。空桑，山名。❻雲和之瑟　古代傳說雲和之山以產琴瑟著稱。雲和，山名。後來就把「雲和」作為琴瑟琵琶等樂器的通稱。❼孤竹之管　用獨生的竹做成的管樂器。管，一種像笛子一樣用竹子做成的樂器。❽泗濱之磬　古代傳說泗水之濱所產的石頭做成的磬。泗，水名，本在山東省內，後因被黃河奪道，今已淤廢。磬，古代一種石製的敲擊樂器，形似曲尺。❾常處　恆定的地方。指這些樂器都有恆定的出產地方。❿黃鐘之氣　黃鐘為古樂十二律之一，聲調最宏大響亮，它應合仲冬的節氣。⓫常數　恆定的標準。這裡指這些樂器的樂律，長短、大小等都有恆定的標準。⓬凡　指原則、本質。⓭遠物　這裡指空桑之琴、雲和之瑟、孤竹之管、泗濱之磬這些樂器。⓮雅頌有分　雅是在人事場合比如宴會時所演奏的樂曲，頌是在宗廟祭祀時所用的樂曲，兩者之間是有區別的。所以也稱人神不雜。⓯節會　節奏。⓰數　規律。⓱周旋　這裡指跳舞的動作。⓲主　這裡指合唱的領唱人。⓳綏　安撫。⓴衷　誠實的情感。㉑散其群　解散成群結黨以圖不軌的人。㉒比其文　排比各種場合的禮儀法式。㉓夭　未成年而死。

【語譯】「所以金、石、絲、竹、土、革、匏、木八音都有其發音的本體，宮、商、角、徵、羽五聲都有其象法自然的對象，同類的樂器，以形體的大小來區分尊卑高低。有象法自然的音調，所以音律不會錯亂，按形體大小區分尊卑高低，所以能平和有序。至於空桑之山所產的琴，雲和之山所產的瑟，用孤竹所製的管，泗水之濱所產的磬，這些都是音質調和淳正均諧的樂器，聲音適宜，所以必定有它固定出產的地方。按形體的大小來區分尊卑高低，應合黃鐘律呂所對應的節氣，所以必定有恆定的標準。有固定的出產之處，所以其樂器貴重；有恆定的標準，所以其形制不亂。樂器貴重，所以可以用來祭祀神靈；形制不亂，所以可以用來教化人類。這些樂器與天地之象相聯繫，所以不能胡亂製造。它們的發音都近似於遠方奇物的聲音，所以不能胡亂變易。雅樂和頌樂的用場有別，所以用於人事的音樂和用於祭神的音樂就不會雜亂。樂曲的節奏有一定的規律，所以樂音的曲折轉承就不會混雜。舞蹈的動作有一定的規則，所以人的一俯一仰就不會迷惑。歌唱吟詠有領唱的人，所以歌辭言語就不會悖亂。用善音來引導人民，用和音來安撫人民，用誠實的情感來守護人民，用耐心的工作來對待人民。疏散成群結黨圖謀不軌的人群，排比各種場合的禮儀法式，救扶少年夭亡的人，幫助年老的人，使他們拋棄風俗中的偏邪陋習，回歸聖王的偉大教化。

「先王之為樂也，將以定萬物之情，一天下之意也。故使其聲平，其容和，下不思上之聲，君不欲臣之色，上下不爭而忠義成。夫正❶樂者，所以屏❷淫聲也，故樂廢則淫聲作。漢哀帝不好音，罷省樂府❸，而不知制正禮，樂法不脩，淫聲遂起。張放、淳于長❹驕縱過度，丙彊、景武❺富溢於世。罷樂之後，下移❻踰肆❼。身不是好而淫亂愈甚者，禮不設也。

【章旨】本章強調了聖人之樂的第二個社會功能是為了協調上下尊卑的關係，安定萬物的性情，統一天下的意念，從而推動禮制教化的形成。文章指出，漢哀帝罷省樂府反而使淫聲大作的原因在於禮制不設。

【注釋】❶正　端正；使……正。❷屏　除去；排除。❸樂府　漢代主管音樂的官署。掌管宮廷、巡行、祭祀所用的音樂，同時也採民歌以配樂曲。漢哀帝綏和二年（西元前七年）六月下詔罷省樂府。❹張放淳于長　都是漢成帝的寵臣。張放曾官中郎將、侍中等職，襲父爵為富平侯，詳見《漢書．張湯傳》。淳于長曾官衛尉，封為定陵侯，詳見《漢書．佞幸傳》。❺丙彊景武　都是漢成帝時的著名樂人，他們很受皇帝的寵幸，得到賞賜很多，富顯一世。事見《漢書．禮樂志》。❻下移　指驕奢縱欲之風下移於臣下。❼踰肆　更加放肆。踰，同「逾」。

【語譯】「從前先王創制音樂，就是用來安定萬物的性情，統一天下人民的心意。所以使音樂的聲音平正，音樂的儀容和諧，使臣下不圖謀主上的樂聲，君主不貪圖臣子的美色，上下互不相爭則忠義的教化就會形成。端正音樂的目的，是屏棄淫聲，所以雅正的音樂廢棄則淫聲就會興作。

漢哀帝自己不喜好音樂，下詔廢除了樂府，然而卻不懂得制定雅正的禮儀，音樂法度未能修訂，淫聲因此大興。當時張放、淳于長驕奢放縱超越了法度，丙彊、景武富足奢華顯溢於世。廢除樂府之後，臣下的驕奢縱欲更為放肆無度。漢哀帝本身不喜好音樂而臣下淫亂更盛的原因，就在於雅正的禮儀沒有設立。

「刑教一體，禮樂外內也❶。刑弛❷則教不獨行，禮廢則樂無所立。尊卑有分，上下有等，謂之禮；人安其生❸，情意無哀，謂之樂。車服❹旌旗、宮室飲食，禮之具也；鐘磬鞞❺鼓、琴瑟歌舞，樂之器也。禮踰其制，則尊卑乖。樂失其序，則親疏亂。禮定其象❻，樂平其心；禮治其外，樂化其內。禮樂正而天下平。

【章　旨】本章著重論述了刑、教、禮、樂四者相互補充相互配合的一體關係，認為四者都是維持社會整體秩序的工具，只不過側重點不同。其中刑與教是為壓制不利於社會秩序的行為而設的強制手段，而禮與樂同是「文」的手段，偏重於個體的自覺性。禮著眼於人外在的等級、地位、行為的節度，而樂則著眼於平衡人的情感與心理。這些手段的最終目的都是社會的和諧，因而缺一不可。

【注釋】❶刑教一體二句　儒家認為刑、教、禮、樂都是治國平天下的重要方法。四者緊密聯繫，不可或缺。禮和樂、刑和教都是表裡相應的。《禮記・樂記》說：「故禮以道其志，樂以和其聲，政以一其行，刑以防其姦，禮樂刑政，其極一也，所以同民心而出治道也。」又說：「樂自中出，禮自外作。樂自中出，故靜；禮自外作，故文。」❷弛　毀壞；廢弛。❸生　通「性」。本性；天性。❹車服　車輿和服飾，這是古代用來區別身分和地位的標誌。❺鞞　亦作「鼙」。一種軍用小鼓。❻象　形狀、相貌。這裡指人應遵行的規範原則。

【語譯】「刑罰和教化互為一體，音樂和禮制表裡相應。刑罰廢弛則教化不能單獨推行，禮制廢棄則音樂就會失去依憑的根據。使尊貴和卑下各有其名分，主上和臣下各有其等級，這就是所謂的禮制；人安於天性，情感意志沒有哀傷，這就是所謂的音樂。車輿服飾旌幡旗幟，宮殿房室美酒佳肴，這就是實行禮制的器具；金鐘石磬鼙鼓、美琴華瑟歌唱舞蹈，這就是演奏音樂的器具。禮制超越它的法定制度，則尊卑等級就會乖亂。音樂喪失它固定的演奏順序，則親疏關係就會混亂。禮制規定了人們的行為規範，音樂平正了人們的心意；禮制治理人們的外部行為，音樂感化人們的內心世界。禮制音樂端正天下就會太平。

「昔衛人求繁纓、曲縣，而孔子歎息❶，蓋惜禮壞而樂崩也。夫鐘者，聲之主也；縣者，鐘之制也。鐘失其制，則聲失其主。主制無常，則怪聲並出。盛衰之代相及，古今之變若一，故聖教廢毀，則聰慧之人並造奇音。景王喜大鐘之律❷，平公好師延之曲❸，公卿大夫拊手嗟歎，庶人群生踊躍思聞，正樂遂廢，鄭聲大興。〈雅〉、〈頌〉之詩不講，而妖淫之曲是尋。延年造傾城之歌，而孝武思孊嫚之色❹；雍門作松柏之音，愍王念未寒之服❺。故猗靡❻哀思❼之音發，愁怨偷薄❽之辭興，則人後有縱欲奢侈之意，人後有內顧自奉❾之心。是以君子惡大淩之歌❿，憎北里之舞⓫也。

【章　旨】本章用具體史實論述了與「正樂」相對的「淫聲」的種種危害，表達了作者的貶斥之意。

【注　釋】❶昔衛人求繁纓曲縣二句　據《左傳・成公二年》，有個衛國人仲叔于奚帶兵救了魯國的孫桓子。孫桓子賞了仲叔于奚一座城邑，仲叔于奚不要，他請求要繁纓、曲縣，孫桓子答應了他。孔子聽說這件事後感嘆道：「多麼可惜！還不如多給他一些城邑。只有禮器和名分不能借給別人，因為這是國君才能享有的東西，如果把這些都給了別人，那麼就會弄得國破家亡，永無止息。」繁是馬腹帶，纓是馬頸革。縣，同「懸」。按照周禮，諸侯之樂，室內三面懸樂器，形狀曲折，所以稱作「曲懸」。這些都是諸侯區別於眾人的標誌。❷景王喜

大鐘之律　據《國語・周語下》，周景王鑄無射鐘。無射為六律之末，鐘體較大，但周景王卻要用六呂之首的林鐘律來校正它的音高，使得無射鐘的實際音高與音律不符，故遭到大臣的反對。周景王不聽，第二年無射鐘鑄成，但第三年周景王因心疾而亡。大鐘之律，這裡指無射鐘奏出的林鐘之律。❸平公好師延之曲　據《韓非子・十過》記載，一次衛靈公訪晉，宿於濮水岸邊，聽到有人奏曲，就命樂師摹仿演練。到了晉國，靈公便命師涓向晉平公進奏新曲。曲子奏到一半，晉國樂師師曠出來阻止，說此曲是殷紂王樂師師延所作的亡國之音。晉平公沒有聽從師曠的勸諫，還是命師涓奏完了此曲，不久，晉國大旱。❹延年造傾城之歌二句　據《漢書・外戚傳》，漢武帝的李夫人本是一個倡優，而李夫人的哥哥李延年是漢武帝的協律都尉，一次他為武帝起舞，並作新歌：「北方有佳人，絕世而獨立。一顧傾人城，再顧傾人國。寧不知傾城與傾國，佳人難再得。」武帝聽後思慕不已。武帝的姐姐平陽公主就乘機進獻了李延年的妹妹，武帝很是喜愛。嬭嫚之色，這裡指李夫人柔曼迷人的容貌。❺雍門作松柏之音二句　此事不詳所據。按「雍門」與「延年」相對，當亦是精於音樂之人，疑此「雍門」為劉向《說苑・善說篇》「雍門子周以琴見孟嘗君」條中的「雍門子周」，而愍王則亦當為與雍門子周同時的齊愍王。❻猗靡　婉順纏綿之貌。❼哀思　哀怨。❽偷薄　不厚道。❾內顧自奉　只顧奉養自己，不顧及他人。奉，供養。❿大淩之歌　鄭國大淩那個地方的淫靡歌曲。大淩，春秋時鄭國的地名。⓫北里之舞　北里那個地方的淫靡樂舞，後來用來泛指淫靡的樂舞。北里，古地名，在今河南省。

【語　譯】「從前衛國人向魯國請求要繁纓和曲縣，孔子聞之嘆息，因為痛惜禮制毀壞和雅樂崩潰。金鐘，是樂音的主宰；曲縣，是金鐘的制度。金鐘喪失它的制度，則樂音就會喪失它的主宰。主宰和制度不按常規，則各種奇怪的聲音就會一起出來。興盛和衰敗的朝代相繼更替，古代和當今的變化大致相同，所以聖人的教化廢棄毀壞，則聰明智慧的人就會一起出來創造奇異的樂音。周景王喜歡無射大鐘奏出的林鐘律，晉平公愛好師延創作的亡國曲，公卿大夫為此拍手讚嘆，平民百姓則踴躍企盼聽聞，雅正的音樂於是廢棄，淫靡的鄭聲因而大興。人們不再講習〈雅〉詩和〈頌〉詩，而只一味追求妖異淫靡的樂曲。李延年創制『傾城』的新歌，漢武帝因而思慕孅嫚迷人的美色；雍門子周彈奏松柏的琴曲，齊愍王因而思及抵禦寒冷的衣服。所以婉順纏綿的樂音一發生，愁怨澆薄的歌辭一興起，則人們就會產生縱欲奢侈的意念，只顧奉養自己而不顧及他人的私心。因此君子厭惡大淩的歌曲，憎恨北里的舞蹈。

「昔先王制樂，非以縱耳目之觀，崇❶曲房❷之嬿❸也。必通天地之氣，靜萬物之神也，固上下之位，定性命之真也。故清廟之歌❹，詠成功之績，賓饗之詩❺，稱禮讓之則。百姓化其善，異俗❻服其德。此淫聲之所以薄，正樂之所以貴也。然禮與變俱，樂與時化，故五帝❼不同制，三王❽各異造，非其相反，應時變也。夫百姓安服❾淫亂之聲，殘壞先王之正，故後王必更作樂，各宣其功德於天下，通其變，使民不倦。然但改其名目，變造歌詠，至於樂聲，平和自若。故黃帝詠《雲門》之神❿，少昊歌鳳鳥之跡⓫，《咸池》、《六英》⓬之名既變，而黃鐘⓭之宮⓮

不改易。故達道之化者可與審樂，好音之聲者不足與論律也。

【章旨】本章著重闡述了聖人之樂的第三個社會功用是「通天地之氣，靜萬物之神，固上下之位，定性命之真」，並指出雖然音樂隨時代的變化而變化，但是它的社會功用並不改變。

【注釋】❶崇　增長；增加。❷曲房　內宅。❸嬿　安樂。❹清廟之歌　《詩經．周頌》有一篇詩歌叫〈清廟〉，相傳〈清廟〉是祭祀周文王的宮室，後來成為古代帝王祭祀祖先的通稱。❺賓饗之詩　指《詩經．小雅》的〈鹿鳴〉篇，相傳〈鹿鳴〉是君主宴會群臣嘉賓時所吟誦的詩歌。❻異俗　這裡指風俗不同的異邦。❼五帝　相傳上古的五位帝王，說法不一。《周易．繫辭下》認為是伏羲（太皞）、神農（炎帝）、黃帝、堯、舜。❽三王　古代三位帝王，他們是夏禹、商湯、周文王。❾安服　安心習慣。服，習慣；適應。❿黃帝詠雲門之神　《雲門》，是周代樂舞之一，用於祭祀雲門之神，相傳為黃帝所作。但雲門之神具體所指未詳。⓫少昊歌鳳鳥之跡　少昊，也稱少皞，號金天氏，為上古東夷族首領，相傳少昊立為首領時，適逢鳳鳥飛至，故少昊即以鳥命名官屬。按少昊歌詠鳳鳥之跡的樂舞未詳。⓬咸池六英　相傳都為古曲名，《咸池》為黃帝所作。但《六英》為誰所作，記載頗多分歧。《呂氏春秋．古樂》稱帝嚳令咸黑所作，《淮南子．齊俗訓》稱「帝顓頊樂」，而《漢書．禮樂志》則稱：昔黃帝作《咸池》，顓頊作《六英》，帝嚳作《五英》。⓭黃鐘　古代十二樂律之一，聲音最宏大響亮，它是五音之本。黃鐘為宮聲。⓮宮　是五音宮、商、角、徵、羽之一，而宮又是五音的根本。其他四聲都是以它為基礎，損益而成。

【語譯】「從前先王創制音樂，不是用來放縱耳目的觀賞，也不是用來增加內宅宴會的安樂。而完全是為了通暢天地的精氣，安靜萬物的精神，穩固上下的地位，確定性命的純真。所以用於宗廟祭祀的詩歌，要歌詠祖先的偉大功績，用於宴會賓客的詩歌，要稱頌循禮謙讓的法則。這樣百姓就會為它的美善所感化，不同風俗的外邦也會服從於它的大德。這就是淫靡的音樂之所以被輕視，而雅正的音樂之所以被看重的原因。然而禮樂是與時代的更替一起變化的，所以五帝施行各不相同的制度，三王也創造了相異的禮樂，這不是他們的治國之道相反，而是為了適應時代的變化。老百姓安心習慣於淫亂的音樂，破壞了先王創制的雅樂，所以後來的帝王一定要重新創制音樂，各自向天下宣揚他們的功績恩德，疏通時代的變化，使人們不致感到厭倦。然而他們也只是改變了音樂歌唱吟詠的內容而已，至於樂聲，仍然平正和諧如故。所以黃帝歌詠雲門的神靈，少昊歌頌鳳鳥的行跡，《咸池》、《六英》等樂曲的名稱雖然已經改變，然而黃鐘的宮聲卻並未改變。所以通達大道變化的人可與他一起審正音樂，只喜好音聲的人不足以與他一起討論樂律。

「舜命夔、龍❶典樂❷，教胄子❸以中和之德也：『詩言志❹，歌詠言❺，聲依詠❻，律和聲❼，八音克諧❽，無相奪倫❾，神人以和。』又曰：『予欲聞六律❿五聲⓫八音⓬，在⓭治曶⓮，以出納⓯五言⓰，女⓱聽。』夫煩手⓲淫聲，慆湮⓳心耳，乃⓴忘平和，君子弗聽。言正樂通平易簡，心澄氣清，以聞音律，出納五言也。夔曰：『戛擊㉑鳴球㉒、搏拊㉓、琴瑟以詠，祖考㉔來格㉕。虞賓㉖在位，群后㉗德讓，下管㉘鼗鼓㉙，合止柷敔㉚，笙鏞以間㉛，鳥獸蹌蹌㉜，《簫韶》㉝九成㉞，鳳凰來儀㉟。』夔曰：『於㊱，予擊石拊㊲石，百獸率舞，庶尹㊳允諧㊴。』詩言志，歌詠言，操磬鳴琴，以聲依律，述先王之德，故祖考之神來格也。笙鏞以間，正樂聲希㊵，治脩㊶無害，故繁毓㊷蹌蹌然也。樂有節適㊸，九成而已，陰陽調達㊹，和氣均通㊺，故遠鳥來儀也。質而不文，四海合同，故擊石拊石，百獸率舞也。言天下治平，萬物得所，音聲不譁，漠然未兆㊻，故眾官皆和也。故孔子在齊聞《韶》，三月不知肉味㊼，言至樂使人無欲，心平氣定，不以肉為滋味也。以此觀之，知聖人之樂和而已矣。

【章旨】本章為全文的中心。作者借舜和夔對音樂的討論，闡述了聖人之樂的基本標準是「和」。作者認為聖人之樂的基本社會功能一是調節社會秩序、人際關係使其達到和諧，二是平衡人的內心情感和心理，使人心平氣定，捐棄欲望。

【注釋】❶夔龍　人名，都是舜的臣子。❷典樂　主管音樂。❸冑子　古代帝王或貴族大臣的長子。這裡泛指貴族子弟。❹詩言志　詩歌是用來表達內心思想感情的。志，心意。❺歌詠言　歌曲是用來吟詠詩的語言的。言，這裡指歌辭。❻聲依詠　五聲的運用依順著吟詠的內容。❼律和聲　樂律的揀選與五聲相應。❽克諧　能夠和諧。❾奪倫　改易次序。以上各句詳見《尚書・舜典》。❿六律　律是一種定音器。相傳黃帝時樂官伶倫截竹為管，以管的長短，分別聲音的高低清濁，樂器的音調，都以它的標準。樂律有十二，陰陽各六，陽為律，陰為呂。⓫五聲　指宮、商、角、徵、羽五個音級，相當於現代音樂簡譜中的Do、Re、Me、So、La。⓬八音　古代稱金、石、絲、竹、匏、土、革、木八種樂器奏出的樂音為八音。⓭在　觀察；審察。⓮治曶　治理和忽怠。曶，通「忽」。忽略；忽視。⓯出納　出，把帝王的詔命向下宣達。納，把下面的意見進納帝王。⓰五言　指仁、義、禮、智、信五德之言。⓱女　同「汝」。以上詳見《尚書・益稷》。⓲煩手　古代民間俗曲的一種複雜的演奏方法。⓳慆湮　沉沒堵塞。⓴乃　竟然。以上詳見《左傳・昭公元年》。㉑戛擊　敲擊。㉒鳴球　玉磬，古代的一種用玉製成的敲打樂器。㉓搏拊　古代的一種打擊樂器，也可稱「拊搏」，或單稱「拊」，相傳是用熟牛皮做成，裡面塞滿糠，用來應和鼓樂。㉔祖考　祖先。㉕來格　降臨。格，到。㉖虞賓　古代傳說舜接受堯的禪讓後，以賓客之禮對待堯的兒子丹朱，所以稱丹朱為虞賓。這裡泛指賓客。虞，舜的國號。㉗群后　這裡指前來助祭的諸侯們。后，君主；國君。㉘下管　古代舉行大祭時，在堂下吹奏管樂，故亦稱管樂為下管。㉙鞉鼓　一種小鼓，就好像是現在的撥浪鼓。㉚柷敔　柷和敔都是古代的樂器。柷是一種打擊樂器，演奏開始時，要先擊柷。敔是一種形狀像伏虎的敲打樂器，用長木尺敲打敔，表示要停止奏樂了。㉛笙鏞以間　笙是一種簧管樂器。鏞是大鐘。間，更迭。在演奏當中，吹笙擊鐘交替進行，以增加音樂效果。㉜蹌蹌　行走整齊而有節奏的樣子。㉝簫韶　相傳是舜時的樂曲名。㉞九成　意謂演奏九支樂曲。音樂奏完一曲叫一成。㉟鳳凰來儀　鳳凰神鳥也從天而降顯現其威儀。儀，儀容。古人以鳳凰來儀為祥瑞的標誌。這裡的鳳凰實為扮演鳳凰的樂人。㊱於　嘆詞，表示稱讚和驚嘆。㊲拊　拍；敲。㊳庶尹　百官。㊴允諧　的確和諧。㊵正樂聲希　雅正的音樂簡單而不煩複。《老子》：「大音希聲。」㊶脩　美好。㊷繁毓　猶言群生。㊸節適　節制而又適度。

❹❹調達　調和暢達。❹❺均通　均勻順通。❹❻漠然未兆　這裡指國境寧靜而未出現不良徵兆。❹❼孔子在齊聞韶二句　《論語・述而》：「子在齊聞《韶》，三月不知肉味，曰：『不知為樂之至於斯也。』」

【語譯】「舜命夔、龍主管音樂，並以中正平和的德性教導貴族子弟們說：『詩是用來表達內心思想感情的，歌曲是用來吟詠詩的語言的，五聲的運用依順著吟詠的內容，樂律的揀擇與五聲相應和，使金石絲竹等八類樂器奏出的樂音能夠和諧一致，不致相互改易次序，如此神和人都能平和。』舜又說：『我想聽六律六呂、宮商五聲、金石絲竹等八音的演奏，從中考察治理和怠忽的情況，並據之以宣達和進納五德之言，你可要認真聽理。』那煩複的演奏手法奏出的淫靡樂聲，湮沒堵塞了人的心靈和耳朵，使他們竟然忘記了平正和諧，所以君子是不聽這種淫靡樂聲的。這就是說雅正的音樂通達平正而且簡易不煩，使人心靈澄靜精神清和，如此就可以讓他們聽聞音律，而達到宣達和進納五德之言的目的。夔說：『敲擊玉磬、搏拊、彈奏琴瑟而歌詠起來，祖先的神靈就會降臨。舜的貴賓各就其位，諸侯們美德謙讓，廟堂之下奏起管樂，打起小鼓，開始合樂就敲擊柷，停止奏樂就敲擊敔，笙和大鐘交替演奏，眾多鳥獸舞步整齊而有節奏，《簫韶》古樂奏了九曲，鳳凰神鳥從天而降，前來顯現威儀。』夔又說：『啊！我敲擊、拍打石磬，群獸都起來跳舞，百官的確和諧。』詩是用來表達內心思想感情的，歌曲是用來吟詠詩的語言的，敲擊石磬鳴彈琴瑟，用五聲依合六律，稱述先王的美德，所以祖先的神靈就降臨了。笙和大鐘交替演奏，雅正的音樂聲音簡易不煩，政治美好沒有危害，所以鳥獸舞步整齊而有節奏。樂音有所節制而又適度，演奏九曲就停止，陰陽二氣調和暢達，和美之氣均勻順通，所以遠方的神鳥鳳凰也降臨來顯現其威儀。《韶》樂質樸而不華美，四海之內會合齊同，所以敲擊拍打石磬，百獸就起來跳舞。這就是說天下治理平和，萬物各得其所，各種聲音不喧譁混亂，國境寧靜而沒有不良徵兆，所以百官就都和諧了。所以孔子在齊國聽到《韶》樂，三月不知肉味，說明至高的音樂能夠使人沒有欲念，心靈平和精神安定，不把肉當作美味了。從這個方面看來，我們就可知道聖人音樂的本質即在和諧而已。

「自西陵青陽之樂，皆取之竹，聽鳳凰之鳴，尊長風之象，采大林之□❶，當時之所不見，百姓之所希聞，故天下懷其德而化其神也。夫雅樂周通❷，則萬物和；質靜❸，則聽不淫；易簡，則節制❹全神；靜重，則服人心：此先王造樂之意也。自後衰末❺之為樂也，其物不真，其器不固，其制不信，取於近物，同於人間，各求其好，恣意所存❻。閭里❼之聲競高，永巷❽之音爭先。童兒相聚，以詠當貴；芻牧負戴❾，以歌賤貧。君臣之職未廢，而一人❿懷萬心也。

【章　旨】本章論述了聖人之樂「和」的具體表現，那就是周通、質靜、易簡、靜重，認為這是先王造樂的本意。與之相反，末世之音和民間淫曲「各求其好」，「恣意所存」，弄得「一人懷萬心」。

【注　釋】❶自西陵青陽之樂五句　未詳所出。此處疑指黃帝正妃嫘祖。《史記・五帝本紀》：「黃帝軒轅之丘而取于西陵之女，號為嫘祖。」西陵，國名。按西陵之樂不詳。青陽，指黃帝的兒子少昊。按青陽之樂亦未詳。竹，即指律管，古代以竹管製作用來定音的器具。「采大林之」下脫一字，陳伯君先生疑當作「鬱」字。為保持譯文的完整，姑從之。大林，繁茂而巨大的樹林。❷周通　周遍通達。❸質靜　質樸安靜。這裡指音樂質樸安靜而不亂章法。❹節制　這裡指節制的情欲。❺衰末　末世。❻存　想。❼閭里　鄉里。這裡泛指民間。❽永巷　長巷；深巷。這裡指後宮。❾蒭牧負戴　這裡指從事體力勞動的人。蒭牧，割草放牧。負，用背馱東西。戴，以頭頂東西。❿一人　這裡指全天下之民。《禮記・禮運》：「故聖人耐（通「能」）以天下為一象，以中國為一人。」

【語　譯】「自從西陵氏、青陽氏的音樂，都以竹製的律管定音，聽取鳳凰的長鳴，遵循長風的跡象，採擇大林的繁鬱，這些都是當時人所不曾看見，平民百姓也很少聽聞的，所以天下懷想他們的恩德而感化於他們的精神。雅正的音樂周遍通達，則萬物和諧；質樸安靜，則聽覺不致淫亂；平易簡單，則可節制情欲保全精神；安靜莊重，則能降服人心：這就是先王制作音樂的本意。後來，末代衰世制作音樂時，製造樂器的材質不純真，樂器本身不穩固，而樂器的形制也不真實可靠，只不過採取鄰近的材質，與民間的普通樂器相同，大家都各自追求自己所喜好的音樂，恣意享受自己所想聽的音樂。致使鄉間俗曲競相比高，後宮淫靡歌聲爭先吟詠。兒童們聚集一處，則歌詠榮華富貴；勞動者勞閒之際，則歌唱自己的貧賤生活。君臣的職分雖未廢棄，然而天下人已經人懷萬心了。

「當夏后之末❶，與❷女萬人，衣以文繡❸，食以粱肉❹，端❺噪晨歌，聞之者憂戚，天下苦其殃，百姓傷其毒❻。殷之季君❼，亦奏斯樂。酒池肉林，夜以繼日。然咨嗟❽之音未絕，而敵國❾已收其琴瑟矣。滿堂而飲酒，樂奏而流涕，此非皆有憂者也，則此樂非樂❿也。當王⓫居臣之時，奏新樂於廟中，聞之者皆為之悲咽。桓帝聞楚琴⓬，悽愴傷心，倚房⓭而悲，慷慨⓮長息，曰：『善哉乎，為琴若此，一而已足矣。』順帝上恭陵，過樊衢⓯，聞鳥鳴而悲，泣下橫流，曰：『善哉鳥聲！』使左右吟之，曰：『使絲聲⓰若是，豈不樂哉！』夫是謂以悲為樂者也。誠以悲為樂，則天下何樂之有？天下無樂，而有陰陽調和，災害不生，亦已難矣。樂者使人精神平和，衰氣不入，天地交泰⓱，遠物來集，故謂之樂也。今則流涕感動，噓唏⓲傷氣，寒暑不適，庶物不遂⓳，雖出絲竹，宜謂之哀。奈何俛仰歎息，以此稱樂乎？昔季流子⓴向風而琴，聽之者泣下沾襟。弟子曰：『善哉，鼓琴亦已妙矣。』季流子曰：『樂謂之善，哀謂之傷。吾謂哀傷，非為善樂也。』以此言之，絲竹不必為樂，歌詠不必為善也。故墨子之非樂㉑也，悲夫以哀為樂者。胡亥耽哀不變，故願為黔首㉒；李斯隨哀不返，故思逐狡兔㉓。嗚呼，君子可不鑒之哉！」

【章　旨】本章主要批判了「以哀為樂」的觀點。作者認為它違背了聖人之樂「和」的基本原則，必然會導致陰陽失調，災害橫生。同時也以此分析了一些歷史上「以哀為樂」的事例，總結教訓，並對有識之士提出警戒。

【注　釋】❶夏后之末　夏朝的最後一個國君，即桀，是一位暴君。❷輿　眾；多。一說為「載」義。❸文繡　圖案華美的絲織物。❹粱肉　泛指美食佳餚。❺端　始。這裡指早上。❻毒　禍害。以上見《管子・輕重甲》：「昔者桀之時，女樂三萬人，端噪晨樂，聞於三衢；是無不服文繡衣裳者。」❼殷之季君　殷朝的最後一個國君，即紂，也是一位昏君。《史記・殷本紀》：「（帝紂）好酒淫樂，嬖於婦人，……以酒為池，懸肉為林，使男女倮，相逐其間，為長夜之飲。」❽咨嗟　讚嘆。❾敵國　指周。❿此樂非樂　前一個「樂」指音樂，後一個「樂」指快樂。古人認為音樂是使人快樂的東西。⓫王　這裡指王莽，本是西漢平帝的大臣，他善於偽裝，貌似忠於漢朝，但心懷篡奪之謀，廣交名士，聲譽很好，後來奪取漢政權，建立新朝。在位期間征戰屢興，法令嚴酷，弄得民不聊生，最後農民起事攻入長安，被殺。《漢書・王莽傳》：「（王莽）初獻新樂於明堂太廟，群臣始冠麟韋之弁。或聞其聲，曰：『清厲而哀非興國之聲也。』」⓬桓帝聞楚琴　桓帝名劉志，東漢皇帝（西元一四七—一六八年在位）。據〈桓帝紀〉載，桓帝喜好音樂，並且精於演奏琴笙。按桓帝聞楚琴事不詳。⑬房《太平御覽》卷五七七引作扆，疑當作扆為是。屏風。⑭慷慨　感慨；嘆息。⑮順帝上恭陵二句　東漢順帝名劉保（西元一二六年—一四五年在位）。恭陵，是漢順帝父漢安帝劉祜的陵墓，在今河南洛陽東北。樊衢，地名，無考。此事只有《晉書・樂志》有一條：「漢順帝聽鳴鳥於樊衢。」其他無考。⑯絲聲　指琴瑟之聲。⑰天地交泰　指天地陰陽二氣融匯貫通而使萬物安泰。⑱噓唏　嘆息。⑲遂　生長；成長。⑳季流子　其人其事不詳所出。㉑非樂　墨子認為當時的權貴驕奢淫樂，致使勞民傷財，故作〈非樂〉來非難當時的音樂。㉒胡亥耽哀不變二句　秦二世皇帝胡亥，是秦始皇的兒子。據史書記載，胡亥荒淫無度，不理政事，把國家大事全部委託給宦官趙高，後來農民起事，趙高派閻樂前去數落胡亥的罪行，叫他自行了斷。最後，胡亥請求做個平民百姓，但閻樂不同意，還是把他殺了。耽，沉溺，愛好而沉浸於其中，不能自拔。黔首，秦國稱老百姓為黔首。㉓李斯隨哀不返二句　李斯本是秦朝的丞相，當時權勢很盛，後來被趙高陷害，腰斬於咸陽市。李斯在被押往刑場時，對一同被抓的兒子說：「我真想和你牽著獵犬出上蔡城東去追獵野兔啊，可是這樣的機會還會有嗎？」逐，追逐。

【語　譯】「夏王朝末代君主桀在位的時候，女樂眾多共有萬人，都身穿刺繡華美的衣服，吃著上好的美味佳餚，她們晨間喧噪歌唱，聽到歌曲的人心中都悲愁哀戚，天下百姓苦於桀荒淫無度的禍殃，深受他淫樂無節的毒害。殷朝的末代君主紂王，也演奏這樣的音樂。以酒為池，以肉為林，夜以繼日地縱酒玩樂。然而讚嘆的音聲尚未停息，敵對的周國卻已接收了他的琴瑟。賓客滿堂而相聚飲酒，音樂大奏而流涕淚下，這並非人們都心懷憂愁，而是這種音樂並不能使人快樂。當年王莽身居大臣之位的時候，於明堂太廟之中演奏新創制的樂曲，聽到的人都為之悲傷哽咽。漢桓帝聽到楚調的琴聲，悽然傷情，身倚屏風而滿懷悲愁，慷慨長嘆說：『真好呀！彈琴彈到如此地步，聽一次我就滿足了。』漢順帝拜祭父親安帝的陵墓時，路過樊衢，聽到鳥的鳴叫而心中悲傷，眼淚橫流地說：『真好呀，鳥聲！』並叫左右隨鳥學習鳴叫，說：『假使琴瑟之聲能夠如此，難道不會令人快樂嗎？』這些都是所謂以悲哀為快樂的人。如果真的以悲哀為快樂，那麼天下還會有什麼快樂？天下沒有快樂，而想陰陽二氣調和，災害不生，這也是很困難的。音樂，能夠使人精神平正和諧，衰朽之氣不入體內，天地陰陽之氣交融貫通而萬物安泰，遠方的奇物前來聚集，所以才稱為樂。而當今的音樂卻使人落淚動情，嘆息傷氣，寒暑之節不能調和，萬物不能生長，雖然也是出自絲竹等樂器，卻應該稱之為哀。為何屈身俛仰，嘆息不止，還要把這樣的音樂稱為樂呢？從前季流子迎風而彈琴，聽到的人都為之紛然落淚，沾濕了衣襟。季流子的弟子說：『真好呀，您的彈琴已經是很美妙了。』季流子回答道：『快樂是美好的，而悲哀令人傷心。我彈奏的是哀傷之調，而不是美好快樂之音。』由此而論，絲竹之音不一定都是快樂的，歌唱吟詠之聲也不一定都美好。因此墨子之所以非難當時的音樂，是悲憫那些把悲哀當作快樂的人啊。胡亥沉迷於悲哀而不知改變，所以願意做個普通的平民百姓；李斯隨從於悲哀而不知回返，所以臨刑時懷念牽著黃犬追逐狡兔的樂趣。唉！君子能不認真借鑑於此嗎？」

【研　析】本文系統集中地反映了阮籍的音樂觀。主要闡述了兩個問題：一是關於音樂的起源問題。作者認為音樂本是天地萬物自身所稟有的一種自然現象，是「天地之體，萬物之性」，經過聖人的加工制作，音樂能「順天地之體，成萬物之性」，從而成為使「刑賞不用而民自安」的治世工具。在這一點上，作者的基本觀點是與《禮記・樂記》和荀況〈樂論〉所代表的傳統儒家禮樂觀一致的。二是關於音樂的社會教化功能問題。作者肯定了孔子「安上治民，莫善於禮；移風易俗，莫善於樂」的觀點，並對此作了闡發。作者指出「刑教一體，禮樂外內」，認為要維護上下尊卑的等級制度，刑和教必須相輔而行，缺一不可。禮樂屬於教的範疇，也要相輔而行，「禮治其外，樂化其內」。作者對音樂的「化內」作用特別強調，他認為雅正的音樂能「使人無欲，心平氣定」，「定萬物之情，一天下之意」，從而做到「男女不易其所，君臣不犯其位」，這樣整個社會秩序就能保持整體的穩定和諧了。由此出發，作者提出了正樂的問題。由於正樂是順應自然的，是「合其體，得其性」的，所以正樂的基本特徵是「和」，而和的具體表現為周通，質靜，易簡，靜重，至於那些淫靡俗曲，「以悲為樂」，違背了「和」的基本原則，所以必定會使陰陽不調，災害頻生。

本文雖然吸取了部分老莊的學說，如說「日遷善成化而不自知」，就頗有道家主張自然無為的意味，但它的基本論點仍未脫《禮記・樂記》以來的傳統儒學樊籬。作者為了肯定聖人、先王在創制音樂方面的重要作用，竟認為音樂可以決定國家的興亡盛衰，把音樂的社會功用作了不恰當的誇大，要求人們一舉一動、一音一調都要完全遵循聖人先王所定的法則。這就有點過於迂執了。

本文主要反映了作者早年的思想傾向。魏明帝末年，大興土木，生活奢侈。耽於音樂，卻不知音樂的社會教化作用。因此，作者寫作這篇文章，可能是針對此而發。

本文的寫作技巧是值得借鑑的。它立論與駁難並行，引古與述今交錯，觀點鮮明，論證嚴密，語言練達，具有較強的說服力。

通易論

【題解】本文是阮籍為解釋《易經》而寫的文章。《易》在魏晉時被當作玄學的根本，但阮籍卻是以儒家觀點解釋它。他以釋義與現實相結合，在闡述《易》中各卦卦義的基礎上將《易》的根本歸結為要人們遵守尊卑、上下的秩序，建立和諧穩定的理想社會。可以說本文與〈樂論〉一樣，是阮籍儒家理想的主要體現。

阮子曰：「《易》者何也？乃昔之玄真❶，往古之變經❷也。庖犧氏❸當❹天地一終❺，值人物憔悴❻，利用❼不存，法制夷昧❽，神明之德不通，萬物之情不類❾，於是『始作八卦❿』，『引而伸之，觸類而長之⓫』，分陰陽⓬，序剛柔，積山澤，連水火⓭，雜而一之，變而通之，終于〈未濟〉⓮。六十四卦⓯，盡而不窮，是以天地象而萬物形，『吉⓰凶⓱著而悔⓲吝⓳生』，事用有取，變化有成：南面聽斷，『向明而治⓴』；『結繩而為網罟㉑』；致㉒日中之貨㉓，脩耒耜㉔之利，『以教天下』，皆『得其所㉕』。

黃帝、堯、舜，應時㉖當務㉗，各有攸㉘取，窮神知化㉙，述則㉚天序㉛。庖犧氏布演㉜六十四卦之變，後世聖人觀而因㉝之，象而用之。禹、湯之經皆在，而上古之文不存。至乎文王，故係其辭㉞，於是歸藏氏㉟逝而周典經興，『上下無常，剛柔相易，不可為典要，惟變所適』㊱，故謂之《易》。

【章　旨】本章介紹了《易》的產生與存亡情況，以及《易》的命名依據。阮籍雜揉《易傳》的說法，認為六十四卦的排列順序是宇宙整體變化過程的象徵。

【注　釋】❶玄真　指道的真諦。❷變經　指變易之經。❸庖犧氏　古代傳說中原始社會早期的人物。又寫作伏羲。或說伏羲即「太皞氏」。舊傳八卦是伏羲創造的，故前人言及《易》學史，必推源於伏羲氏。〈繫辭傳下〉：「古者庖犧氏之王天下也，仰則觀象於天，俯則觀法於地，觀鳥獸之文與地之宜，近取諸身，遠取諸物，於是始作八卦，以通神明之德，以類萬物之情。」❹當　在（某個時候）。❺一終　古代天文曆法指歲星運行一周十二年為一終。❻憔悴　瘦弱萎靡貌。❼利用　物盡其用。❽夷昧　蒙昧；不明。❾類　相似。❿八卦　《周易》中的八種符號，相傳為伏羲所作。即乾、震、兌、離、巽、坎、艮、坤。⓫引而伸之二句　語本〈繫辭傳上〉。謂深究事物的內在規則，引伸增長而盡其義，觸類拓展而通其旨。⓬陰陽　在《周易》的哲學體系中，陰陽概念最先是用符號表示：「陽」用「⚊」表示，「陰」用「⚋」表示。八卦、六十四卦，就是以這兩種一連一斷的陰陽符號重疊組合而成的。在《易》卦的象徵義理中，「陽」與「陰」的象徵範圍至為廣泛，兩者可以分別喻示自然界或人類社會中一切對立的物象，如天地、男女、晝夜、炎涼、上下、勝負、君臣、夫妻等等。而在卦象的具體反映中，陰陽概念又各顯其義：八卦形體，自分陰陽，即乾、震、坎、艮為四陽卦，坤、巽、離、兌為四陰卦；六十四卦的卦畫，既含有陽爻一百九十二個、陰爻一百九十二個，每卦中的六個爻位又有陰位、陽位之別。⓭陰陽剛柔山澤水火　八卦各代表一定屬性的若干事物，且又是兩兩相對。這些詞組均表示其相對性。⓮未濟　六十四卦之一。列居篇末最後一卦。由下坎（☵）上離（☲）組成，卦形作「䷿」，卦名為〈未濟〉，象徵「事未成」。《周易》六十四卦，以〈未濟〉為終，似乎蘊含著對「《易》者，變也」這一義理的歸結。⓯六十四卦　以八卦符號兩兩相重疊而成的六十四組各不相同的六畫卦形，稱為「六十四卦」，《周禮》亦稱「別卦」。⓰吉　《周易》卦爻辭中的常用語。事物「美善吉祥」之稱。⓱凶　《周易》卦爻辭中的常用語。與「吉」之義相反，猶言「凶險」、「凶禍」。在具體的卦象、爻象中，多表示事物行為有所偏失不當而致「凶」。⓲悔　《周易》卦爻辭中的常用語。猶言「悔恨」。⓳吝　《周易》卦爻辭中的常用語。猶言「憾惜」，謂行事有小疵而心生遺憾、憂慮之情。「吉凶著而悔吝生」語出〈繫傳下〉。⓴南面聽斷二句　語本《易．說卦》：「離也者，明也。萬物皆相見，南方之卦也。聖人南面而聽天下，向明而治，蓋取諸此也。」㉑罟　魚網。㉒致　盡、極。㉓日中之貨　日中為市販賣的貨物。㉔耒耜　上古時翻土的農具。耜以起土，耒為其柄。㉕皆得其所　以上幾句出自《易．繫辭下》：「古者庖犧氏之王天下也，……作結繩而為網罟，以佃以漁，蓋取諸〈離〉。庖犧氏歿，神農氏作，斲木為耜，揉木為耒，耒耨之利以教天下，蓋取諸〈益〉。日中為市，致天下之民，聚天下之貨，交易而退，各得其所，蓋取諸〈噬嗑〉。」㉖應時　順應天時。㉗務　事務。㉘攸　所。㉙窮神知化　語本〈繫辭下〉：「窮神知化，德之盛也。」㉚則　法則。㉛天序　天地自然秩序。㉜布演　布，流傳，散播。演，推廣；演變。㉝因　沿襲。㉞至乎文王二句　西漢學者，多承《史記》、《漢書》之說，認為《周易》的卦辭、爻辭皆是周文王所作。㉟歸藏氏　指黃帝。歸藏，舊傳黃帝時代的筮書，含有與《周易》類同的八卦、六十四卦符號，但六十四卦次序以〈坤〉卦居首。其書流行於商代。㊱上下無常四句　語出〈繫辭下〉。典要，經常不變的準則。

【語　譯】阮先生說：「《易》是什麼呢？它是昔日『道』的真諦，上古變易的法則。庖犧氏正處於天地一輪迴之時，當時人類萎靡不堪，物不能盡其用，法律制度蒙昧不明，神明之道不通暢，萬物的情感不相似，於是他就開始『創制八卦』，『引用八卦並伸展它，相近的種類就豐富它』，分別陰陽，理順剛柔，積累山川河澤，連接水火，雜揉而統一，變化而暢通，最後結束於〈未濟〉卦。六十四卦，完全但又沒有窮盡，所以天地萬物成象成形，『吉凶標著悔恨生成』，取法八卦之象以製作器物，萬物變化而有所成就：面向南聆聽以衡斷是非，『面向光明以施行政事』；『結繩索作魚網』；賣日中之市的貨物，修好耒耜以利農事，『以此教化天下』，使天下人都能『各得其所』。黃帝、堯、舜等聖王，順應天時處理事務，各有所取，窮究神通知曉變化，遵循天地法則自然秩序。庖犧氏推廣六十四卦的變化，後代的聖人觀察了解後就因循它，並且模仿運用。禹、湯時候的經文還存在，但上古時候的記載卻已不留存了。到了文王，因為制作了卦爻辭，於是黃帝時代的筮書失傳而周朝的《易》興盛。『上下沒有恆常，剛柔相互轉化，不可能有經常不變的準則，只有以變化來適應。』所以稱之為《易》。

「《易》之為書也，本天地，因陰陽，推盛衰，出自幽微，以致明著。故〈乾〉❶元❷初『潛龍，勿用』❸，言大人之德隱而未彰，潛而未達，待時而興，循變而發。天地既設❹，〈屯〉〈蒙〉❺始生，〈需〉❻以待時，〈訟〉❼以立義，〈師〉❽以聚眾，〈比〉❾以安民，是以『先王以建萬國，親諸侯』❿，收其心也。原⓫而積之，畜⓬而制之，是以上下和洽⓭，『裁成天地之道，輔相天地之宜，以左右民』⓮，順其理也。先王既沒，德法乖⓯易，上凌⓰下替，君臣不制，剛柔不和，『天地不交』⓱，是以君子一類求同，『遏惡揚善』⓲，以致其大。〈謙〉⓳而光⓴之，『裒多益寡』㉑，崇聖善以命，『雷出於地』㉒，於是大人得位，明聖又興。故先王『作樂』，『薦上帝』㉓，昭明其道，以答天貺㉔。於是萬物服從，隨而事之，子遵其父，臣承其君，臨馭㉕統一，『大觀』天下，是以『先王以省方、觀民、設教』㉖，儀㉗之以度㉘也。包而有之，合而含之㉙，故先王用之，『以明罰勅㉚法』。自上乃下，貴〈復〉㉛其賤，美成亨㉜盡，時極日至，『先王閉關，商旅不行，后不省方』，以靜民也。季葉㉝既衰，非謀之獲，應運順天，不妄㉞其作。故先王『茂對時育萬物』㉟，施仁布澤㊱，以樹其德也。萬物歸隨，如㊲法流㊳承。養善反惡，利積生害。『剛過』㊴失柄，『習坎』㊵以位，上失其道，下喪其群，於是大人『繼明照于四方』㊶，顯其德也。自『乾元』以來，施乎而明，盛衰有時，剛柔無常，或得或失，一陰一陽，出入吉凶，由闇察彰㊷。『文明以止』㊸，有翼不飛，隨之乃存，取之者歸。施之以若，用之在微，貴變慎小，與物相追。非『知來藏往』㊹者，莫之能審㊺也。

【章　旨】本章主要是對〈乾〉卦到〈離〉卦三十卦卦義的解釋和分析。作者通過對各卦卦義的剖析，結合人世盛衰、君臣法制、自然運行等各個方面，說明了宇宙變化的規律以及人類社會治亂盛衰的過程。

【注　釋】❶乾　六十四卦之一。居篇首第一卦。由兩個三畫的「乾」卦（☰）重疊而成，卦形作「䷀」，卦名為〈乾〉，象徵「天」。❷元　《周易》卦爻辭中的常用語。有兩種基本含義：其一，為「元始」、「創始」之意。其二，為「大」之意。❸潛龍勿用　〈乾〉卦初九爻辭，意為巨龍潛伏水中，暫時不施展才用。象徵養精蓄銳，待時而發。❹天地既設　見〈繫辭上〉：「天地設位而易行乎其中矣。」❺屯蒙　均為六十四卦之一，列居篇中第三、第四卦。〈屯〉卦言初生艱難之時，〈蒙〉卦言蒙昧未開之際，兩卦的卦序緊接於〈乾〉〈坤〉之後，又喻事物於草創時的蒙昧狀態。❻需　六十四卦之一。列居篇中第五卦。由下乾（☰）上坎（☵）組成，卦形作「䷄」，卦名為〈需〉，象徵「需待」。〈需〉卦所發「需待」之義，在於闡明事物在發展過程中，當耐心待時的道理。❼訟　六十四卦之一。列居篇中第六卦。由下坎（☵）上乾（☰）組成，卦形作「䷅」，卦名為〈訟〉，象徵「爭訟」。〈訟〉卦的寓意，並非教人如何「爭訟」，而是誡人止訟免爭。❽師　六十四卦之一。列居篇中第七卦。由下坎（☵）上坤（☷）組成，卦形作「䷆」，卦名為〈師〉，象徵「兵眾」。〈師〉卦之義，在於闡發「用兵」的規律。❾比　六十四卦之一。列居篇中第八卦。由下坤（☷）上坎（☵）組成，卦形作「䷇」，卦名為〈比〉，象徵「親密比輔」。〈比〉卦的要義，主於上下、彼此之間「親密比輔」的道理。❿先王二句　為〈比〉卦的〈大象傳〉。⓫原　以之為本原。⓬畜　同「蓄」。蓄聚。⓭和洽　調和。⓮裁成三句　語本〈泰〉卦的〈大象傳〉。裁，《易傳》作財。⓯乖　背離；不一致。⓰淩　超越。⓱天地不交　〈否〉卦的〈大象傳〉語。意在揭明〈否〉卦上乾為天、下坤為地之象，謂天居上、地處下互不交通，正為「否閉」的象徵。⓲遏惡揚善　〈大有〉卦的〈大象傳〉語：「遏惡揚善，順天休命。」意思是：遏止邪惡，倡揚善行，順從天的意志，休美萬物性命。這是從〈大有〉卦「火在天上」的卦象而推闡出的。「君子」觀此卦明照萬物之象，須悟知在所獲豐多之時，應當不忘止惡揚善，順從「天意」、休美「物命」的道理。⓳謙　六十四卦之一。列居篇中第十五卦。由下艮（☶）上坤（☷）組成，卦形作「䷎」，卦名為〈謙〉，象徵「謙虛」。〈謙〉卦大義，即主於讚揚「謙虛」美德。⓴光　光大。㉑裒多益寡　〈謙〉卦的〈大象傳〉語：「裒多益寡，稱物平施」。意思是：引取過多的以補充不足，權衡各種事物以公平地施予。裒，謂「引取」。這是從〈謙〉卦「地中有山」的卦象而推闡出的。「君子」觀此象須悟知凡事不可盈滿，應當取多益寡，均平施物的道理。㉒雷出於地　〈豫〉卦的〈大象傳〉語：「雷出地奮」，意在揭明〈豫〉卦上震為雷、下坤為地之象，謂雷聲發出、大地振奮，正為萬物「歡樂」的象徵。㉓薦上帝　進獻上帝。此句語本〈豫〉卦的〈大象傳〉。㉔貺　賜；贈。㉕馭　控制；治理。㉖先王以省方觀民設教　〈觀〉卦的〈大象傳〉語。意為：先王用來省巡萬方、觀察民風、設布教化。這是從〈觀〉卦「風行地上」的卦象而推闡出的。「先王」效法此象，出巡四方，示民以教，使百姓有所觀仰而順從教化的意義。㉗儀　取法（於）。

㉘度　制度；法度。㉙包而有之合而含之　合字本作含，今據一本改。此句即〈噬嗑〉卦〈彖傳〉所言「頤中有物」。㉚勅　通「飭」。整飭。㉛復　六十四卦之一。列居篇中第二十四卦。由下震（☳）上坤（☷）組成，卦形作「䷗」，卦名為〈復〉，象徵「回復」。〈復〉卦喻示事物正氣回復，生機更發的情狀；猶如描繪了一幅大地微陽初動，春天即將返回的圖景。全卦意旨在於：生命剝落不盡，一陽終將來復，揭示「正道」復興是不可抗拒的自然規律。㉜亨　《周易》卦爻辭中的常用語。意為「亨通」。㉝季葉　末世；末期。㉞妄　非分；越軌。㉟茂對時育萬物　語本〈无妄〉卦〈大象傳〉。猶言滋生養育而使之旺盛。㊱澤　恩澤；恩惠。㊲如　依照；遵從。㊳流　流傳；傳播。㊴剛過　〈大過〉卦的〈彖傳〉語。意思是：陽剛過甚。㊵習坎　六十四卦中的〈坎〉卦，其卦辭首曰「習坎」，故亦稱此卦為〈習坎〉。習，謂「重疊」，坎，為「險」象，故其意猶言「重重險陷」。㊶繼明照于四方　〈離〉卦〈大象傳〉語。意為：連續不斷地用光明之德照臨天下四方。這是從〈離〉卦「光明接連升起」的卦象而推闡出的。「大人」應效法此象，綿延不斷地用「明德」照臨天下。㊷彰　明顯；顯著。㊸文明以止　〈賁〉卦的〈彖傳〉語：「文明以止，人文也」。意思是：文章燦明止於禮義，這是人類的文彩。文明，指〈賁〉卦下離為火，為日之象。止，指〈賁〉卦上艮為止之象。此舉〈賁〉卦的上下卦象，說明人類的文飾表現在「文明」而能止於禮義，以揭示「文飾」之道的重大作用。㊹知往藏來　語本〈繫辭上〉：「神以知來，知以藏往」，意謂明智能知變化之道。㊺審　清楚；明白。

【語　譯】「《易》作為一部書，取法於天地，因循於陰陽，以推究盛衰，出自於幽暗細微，來達到彰明顯著。所以〈乾〉卦初九爻辭便指出『起初巨龍潛伏水中，不施展才用』，說的是大人的德行隱匿還未彰著，潛抑還未顯達，等待時機而興起，因循變化而生發。天地已設，〈屯〉〈蒙〉開始產生，〈需〉卦用以等待時機，〈訟〉卦用以樹立仁義，〈師〉卦用以聚集群眾，〈比〉卦用來安撫百姓，所以『先王以此建立萬國，親近諸侯』，目的是收攏他們的心。推原於此而積累，蓄聚而調節，所以上下調和，〈泰〉卦〈象傳〉說『國君要裁成天地之道，輔相天地之宜，以治理民眾』，言明治國要順應天地之理。但先王死後，道德法制背離易變，上被下超越替代，君臣等級不合規制，於是剛與柔就不和諧，陷入了〈否〉卦『天地不交融』的情境，所以君子努力追求一致，落實〈大有〉卦『遏止惡宣揚善』的啟示，希望能成就其大。〈謙〉卦使居尊位有道德的人更加光明，『引取過多來補充不足』，推崇聖人的善行以行事，就像〈豫〉卦所描述的『雷聲出於地』，於是大人重新得位，賢明聖意又興起。因此先王『作樂』，『進獻上蒼』，用以彰明大道來答謝上天的賜予。於是萬物服從，跟隨事奉，兒子遵循父親，臣子承命君王，國君親身治理使四海一統，『普觀天下，因此『先王用禮儀為尺度來省察事務，觀察民情，設立政教』，就是取法〈觀〉卦的卦象作為制度。包容而使其含有，合攏而使其包含，因此先王用〈噬嗑〉卦來『彰明懲罰整飭法令』。自上而下，以〈復〉卦的低賤為貴，美成通亨，黑暗盡極則太陽升起，當身處衰凋時，『先王閉關靜養，商旅不外出遠行，君后也不省察事務』，以此來使民眾靜心。一旦已經是衰弊的末世，就不是謀劃所能著力的，此時應順應自然的結果，不做非分之想。所以先王本著〈无妄〉卦『以強盛威勢配合四時孕育萬物』的意旨，施行仁義布散恩澤來樹立他的德行。萬物歸隨，就像法則流承。蓄養善德反對惡德，積累利益就會生成害處。『剛過』則失去主宰，致使『習坎』居於主導地位，在上位者失去原則，下面自然就喪失群體，於是大人就效法〈離〉卦『連續不斷地用光明之德照臨天下四方』，來顯示其德行。自『乾元』以來，施政平易而昭明，盛衰有時，剛柔無常，或得或失，一陰一陽，人們出入吉凶，要懂得由幽暗察知彰明。〈賁〉卦啟示我們：『文章燦明止於禮義』的道理，就像有翅膀平時卻不飛翔，隨道而存在，取用它時就歸復。施行時，要善用它的微妙，注重變易，謹慎於小節，才能與物相追逐。不是『知道來往藏顯』的人，就不能夠詳察其中的道理。

「《易》之為書也，覆燾❶天地之道，囊括萬物之情。道至而反❷，事極而改，反用應時，改用當務。應時，故天下仰❸其澤；當務，故萬物恃❹其利。澤施而天下服，此天下之所以順自然惠❺生類❻也。富貴侔❼天地，功名充六合❽，莫之能傾，莫之能害者，道不逆也。天地，《易》之主也；萬物，《易》之心也。故虛以受之，感以和之。男下女上，通其氣也❾。柔以承剛，久其類也❿。順而持之，〈遯〉⓫而退之。上隆下積，剛動〈大壯〉⓬，正大必用，力盛則望，明升惟進，光大則傷⓭。聚以處身⓮，異以成類⓯。乖離既〈解〉⓰，緩以為失，〈損〉⓱〈益〉⓲有時，察以主使。『揚于王庭，乘五馬敗』⓳。剛既決柔，上索下合，令臣遭明君，以柔遇剛，品⓴物咸亨。剛據中正㉑，『天下大行』㉒，是以后用『施命，誥四國』[23]，貴離教也。於是天地〈萃〉[24]聚，百姓合同，〈升〉[25]而不已，居[26]極及下。『井養不窮』[27]，卑不能通。不可弗〈革〉[28]，改以成器。尊卑有分，長幼有序，主之以〈震〉[29]，守之以威，動不可終，敵應[30]而行。〈漸〉[31]以進之，為人求位，君子之欲進者也。臣之求君，陰之從陽，委[32]之歸誠，乃得其所。歸而應之，專而一之，陽德受歸，道〈豐〉[33]位大也。賢人君子有眾，以成其大也。窮侈[34]喪大夫之位，群而靡容[35]，容而無所。卑身下意，『利見大人』，『巽以申命』，『柔順乎剛』[36]。入而說之，說而教之，『順天應人』[37]，〈渙〉[38]然成章。『風行水上』[39]，有文有光，男行不窮，女位乎外，眾陰承五，上同在中，從初更始，乘木有功[40]。故『先王以享于帝，立廟』，奉天建國也。『剛柔分』[41]，適得中，節之以制，其道不窮。信愛結內，剛得中位[42]，誠發於心，庶物唯類。大得則虧，甚往則過，既應於遠，默則不利。故君子是以『行重乎恭，喪重乎哀』[43]，篤偽[44]薄也。〈小過〉下泰，『不宜於上』㊺，下止上動，『有飛鳥之象焉』。初六〈坎〉下㊻，上六〈離〉體㊼，飛鳥以凶㊽，是以災眚㊾也。『柔處中』，『剛失位』，利與時行，過而欲遂㊿，小亨正象。陰皆乘陽，陽剛凌替，君臣易位，亂而不已，非中之謂。故『君子思患而豫防之51』，慮其敗也。通變無窮，周則又始，剛未出，陰在中，柔濟不遺，遂度不窮。則象河、洛，神物設教，而天下服。『慎辨居方』52，陰陽相求，初興之道，遠作之由也。

【章　旨】本章主要對〈離〉卦以下的各卦依次解說卦義，並結合現實，以陰陽、剛柔的往復關係，闡述現實社會君臣之間的關係，並指出「天人和諧」是社會持之有序的最終目標。

【注　釋】❶覆燾　同「覆幬」。覆蓋。燾，即「覆」。❷反　同「返」。歸返。❸仰　倚賴；依靠。❹恃　依仗。❺惠　贈；賜。❻生類　人和動物的統稱。❼侔　等；相等。❽六合　指天地、四方。❾虛以受之四句　語本〈咸〉卦的〈彖傳〉而節縮之。〈咸〉卦以「感」取意義。〈咸〉卦為上兌（少女）下艮（少男），故謂男下女上。❿柔以承剛二句　此用以闡釋〈恆〉卦的取義。〈恆〉卦的〈彖傳〉謂「恆，久也。剛下而柔上。」⓫遁　六十四卦之一。列居篇中第三十三卦。由下艮（☶）上乾（☰）組成，卦形作「䷠」，卦名為〈遁〉。象徵「退避」。〈遁〉卦所言「退避」，並非宣揚無原則的消極「逃世」，而是說明當事物的發展受阻礙時，暫時退避以俟來日振興復盛。用「人事」比喻，猶如「君子」當衰敗之世，「身退而道亨」。⓬大壯　六十四卦之一。列居篇中第三十四卦。由下乾（☰）上震（☳）組成，卦形作「䷡」，卦名為〈大壯〉，象徵「大為強盛」，是事物發展的美好階段；此時如何善葆「盛壯」，是至為關鍵的問題。⓭正大四句　主在闡釋〈晉〉、〈明夷〉二卦。〈序卦傳〉：「物不可以終壯，故受之以晉。晉者進也。」「進必有傷，故受之以明夷。夷者傷也。」⓮聚以處身　此句意本〈序卦傳〉：「傷於外者必反於家，故受之以家人。」⓯異以成類　此句言〈睽〉卦卦義。〈睽〉卦的〈彖傳〉說：「萬物睽而其事類也。」⓰解　六十四卦之一。列居篇中第四十卦。由下坎（☵）上震（☳）組成，卦形作「䷧」，卦名為〈解〉，象徵「舒解」險難。全卦大旨，在於說明如何舒解險難的道理。⓱損　六十四卦之一。列居篇中第四十一卦。由下兌（☱）上艮（☶）組成，卦形作「䷨」，卦名為〈損〉，象徵「減損」。〈損〉卦的本質意義，重在「損下益上」。⓲益　六十四卦之一。列居篇中第四十二卦。由下震（☳）上巽（☴）組成，卦形作「䷩」，卦名為〈益〉，象徵「增益」。〈益〉卦的意義，立於「損上益下」。⓳揚于王庭二句　語本〈夬〉卦的〈彖傳〉：「揚於王庭，柔乘五剛。」揚，猶言宣布。王庭，指君王的執法之庭。乘五馬敗，〈夬〉卦由一陰爻與五陽爻組成（䷪），陰爻雖少而居五陽爻之上，是不吉之象，故謂乘五馬敗。「馬」為陽爻的象徵。這是說明〈夬〉卦之義主於「決斷」，即陽剛決除陰柔，「君子」決除「小人」；此時「君子」應當光明正大地於「王庭」宣布「小人」的罪惡，以示公正無私。⓴品　眾多。㉑中正　指《易》卦中陰爻居二位者，或陽爻居五位者。㉒天下大行　自「以柔遇剛」以下至此，均出自〈姤〉卦的〈彖傳〉。㉓施命誥四國　〈姤〉卦的〈大象傳〉語：「施命，誥四方」。意為：施發命令而傳告四方。這是從〈姤〉卦「天下有風」，無物不遇的卦象推闡而出。「君主」要效法此象，施令傳告四方以求上下遇合。㉔萃　六十四卦之一。列居篇中第四十五卦。由下坤（☷）上兌（☱）組成，卦形作「䷬」，卦名為〈萃〉，象徵「會聚」。「方以類聚，物以群分」，自然界萬物是在「群居」的形式中發展進化。㉕升　六十四卦之一。列居篇中第四十六卦。由下巽（☴）上坤（☷）組成，卦形作「䷭」，卦名為〈升〉，象徵「上升」。〈升〉卦闡明事物順勢上升、積小成大的道理。㉖屆　至；到達。「屆極及下」句在闡釋〈困〉卦「入於幽谷」的卦象。㉗井養不窮　語本〈井〉卦〈彖傳〉「井養而不窮」。意為：井水給養於人，無有窮盡，喻施澤惠人的美德。㉘革　六十四卦之一。列居篇中第四十九卦。由下離（☲）上兌（☱）組成，卦形作「䷰」，卦名為〈革〉，象徵「變革」。㉙震　六十四卦之一。列居篇中第五十一卦。由兩個三畫的震卦（☳）重疊而成，卦形作「䷲」，卦名為〈震〉，象徵「雷動」。〈序卦傳〉：「主器者莫若長子，故受之以震。」㉚敵應　《易》學術語，指一卦之內應位上的兩爻陰陽同性，兩兩相對。「敵應而行」語本〈艮〉卦的〈彖傳〉：「艮，止也。時止則止，時行則行。……上下敵應，不相與也。」㉛漸　六十四卦之一。列居篇中第五十三卦。由下艮（☶）上巽（☴）組成，卦形作「䷴」，卦名為〈漸〉，象徵「漸進」。全卦旨趣，是闡明事物發展過程中「循序漸進」的道理。㉜委　交託，付託。自「臣之求君」以下數句，旨在闡釋〈歸妹〉卦的卦義。㉝豐　六十四卦之一。列居篇中第五十五卦。由下離（☲）上震（☳）組成，卦形作「䷶」，卦名為〈豐〉，象徵「豐大」。〈豐〉卦立義在於說明事物「豐大」的道理。㉞窮侈　窮，極；盡。侈，過分。「賢人君子有眾」句，旨在闡明〈旅〉卦的卦義。旅，眾。〈序卦傳〉：「窮大者必失其居，故受之以旅。」㉟靡容　無以容受、容納。「群而靡容」句，在釋〈巽〉卦卦義。〈序卦傳〉：「旅而無所容，故受之以巽。」㊱利見大人三句　〈巽〉卦的〈彖傳〉語：「重巽以申命。剛巽乎中正而志行，柔皆順乎剛，是以小亨，利有攸往，利見大人。」意思是：上下順從可以申諭命令。譬如陽剛者因中正之德而使人順從，所以其志得以施行，陰柔者都能謙順上承陽剛，所以謙柔小心而可致亨通，利於有所前往，利於見到大人。㊲順天應人　〈兌〉卦的〈彖傳〉語。意為：順符天理而應合人情。㊳渙　六十四卦之一。列居篇中第五十九卦。由下坎（☵）上巽（☴）組成，卦形作「䷺」，卦名為〈渙〉，象徵「渙散」。〈渙〉卦所謂「渙散」，並非立義於「散亂」，而是兼從對立的角度揭示「散」與「聚」互為依存的關係。㊴風行水上　〈渙〉卦的〈大象傳〉語。意在揭明〈渙〉卦上巽為風、下坎為水之象，謂風行水面，正為「渙散」的象徵。㊵男行不窮六句　義本〈渙〉卦的〈彖傳〉：「剛來而不窮，柔得位乎外而上同。王假有廟，王乃在中也。利涉大川，乘木有功也。」〈渙〉卦為下坎上巽，坎為水，為中男，故謂男行不窮；巽為風，為長女，在此卦中為外卦，故謂女位乎外。〈渙〉卦的三個陰爻均在九五爻之下，故謂眾陰承五。而〈渙〉

卦的中爻（二、五爻）為陽爻，上爻亦為陽爻，故謂上同在中。㊶剛柔分　本〈節〉卦的〈彖傳〉語「剛柔分而剛得中」。意思是：剛柔上下儼然區分而陽剛者得居中位以主持節制。剛，指〈節〉卦上坎為陽卦。柔，指〈節〉卦下兌為陰卦。得中，指〈節〉九二、九五兩爻陽剛居中。這是舉〈節〉卦的上下卦象及二、五爻象，說明剛柔有別而剛中者主持節制，則節制之道可通，以釋卦名及卦辭「節，亨」之義。㊷信愛結內二句　義本〈中孚〉卦的〈彖傳〉：「柔在內在剛得中，說而巽，孚，乃化邦也。」孚，信。㊸行重乎恭二句　本〈小過〉卦的〈大象傳〉語「行過乎恭，喪過乎哀」。意思是：行為舉止稍過恭敬，身臨喪事稍過悲哀。這是從〈小過〉卦「山上有雷」，其聲過常的卦象而推闡出的。「君子」觀此象，須悟知在行止之恭、喪事之哀這些尋常小事上，應當稍微過越，以正俗弊。㊹偽　人為的。㊺小過下泰二句　〈小過〉，六十四卦之一。列居篇中第六十二卦。由下艮（☶）上震（☳）組成，卦形作「䷽」，卦名為〈小過〉，象徵「小有過越」。〈小過〉卦的喻義，是揭示事物有時必須「小有過越」的道理。全卦宗旨約見於兩方面：一是此理必須用在處置「柔小之事」，即卦辭所謂「可小事，不可大事」；二是「過越」的本質體現於謙恭卑柔，亦即卦辭所謂「不宜上，宜下」。有飛鳥之象，語出〈象傳〉，示人當自飛鳥「上愈無所適，下則得安」而有所悟。㊻初六坎下　〈坎〉，六十四卦之一。列居篇中第二十九卦。由兩個三畫的坎卦（☵）重疊而成，卦形作「䷜」，卦名為〈坎〉，象徵「重重險陷」。此謂〈小過〉的初六爻取自〈坎〉卦的最下一爻。㊼上六離體　〈離〉，六十四卦之一。列居篇中第三十卦。由兩個三畫的離卦（☲）重疊而成，卦形作「䷝」，卦名為〈離〉，象徵「附麗」。上六離體，意謂〈小過〉卦上六爻取自〈離〉卦的中爻。㊽飛鳥以凶　〈小過〉卦初六爻辭。意思是：飛鳥逆勢上翔將有凶險。以，連詞，猶「而」。㊾災眚　災害。眚，眼睛上生翳障。㊿過而欲遂　義本〈序卦傳〉：「有過物者必濟。」遂，成。(51)君子思患而豫防之　語出〈既濟〉卦的〈大象傳〉。豫防，通「預防」。(52)慎辨居方　語出〈未濟〉卦的〈大象傳〉：「慎辨物居方。」意為：審慎分辨萬物，使它們各居適當的處所。方，猶「所」。這是從〈未濟〉卦「火在水上」難以煮物的卦象推闡而出。「君子」觀水火居位不當之象，須悟知「未濟」之時應當審慎辨物，使各居其所，則可促成「既濟」

的道理。

【語譯】《易》這本書，包覆了天地間的道理，囊括了萬物的實情。道到了極點就歸返，事物發展到了極端就會改變，歸返要順應時機，改變要與事務相適應。順應時機，所以天下倚賴它的德澤；適應事務，所以萬物倚仗它的好處。恩惠施行於是天下歸服，這就是天下所以順應自然而恩賜萬物的原因。富貴與天地齊同，功名充溢天地四方，沒有人能夠傾覆它，也沒有人能夠侵害它，原因就是大道不能違背。天地，是《易》的根本；萬物，是《易》的中心。所以用虛空來承受萬物，用感應來化生萬物。〈咸〉卦男在下女在上，使陰陽之氣相感通。〈恆〉卦下陰上陽，柔弱承接剛強，使物類久遠不衰。有時順應並持守它，有時隱藏並迴避它。上面隆起是靠下面的積累，既剛且動所以稱為〈大壯〉，正大就一定有用，勢力強就會成為被仰望的對象，明輝高升必定能進取，光輝過大則會造成傷害。受傷之後，就返回家中與家人群聚，以安處其身。萬物雖然有區別，但同樣都是得天地之和，稟陰陽之氣而成。當不和諧已經消散，就以為緩慢是過失了，減損增益都有一定的時機，必須明察後再主宰決定。『君子在王庭宣布小人的罪惡，陰柔凌駕陽剛則將有危敗』。剛既然主導柔，在上者索求在下者自然迎合，於是當賢臣遇到明君，便用柔與剛遇合，使萬物亨通。剛強據守中正的地位，『大道就通行天下』，所以君王『施發命令而傳告四方』，強調遠方的教化。於是天地匯集，百姓合同，不停地上升，到了極點就要往下。『井水給養於人，而沒有窮盡』，但地勢低下不能共通。所以不可不去改變，改變才能使它成為有用的東西。尊貴與卑微是有區別的，年長與幼小是有秩序的，用力量威勢來主宰並守持它們，但不能一徑地如此，而需警覺這是不相應的行為。循序漸進，為人求位，是君子求上進的原則。臣下尋找明君，陰柔追隨陽剛，如果誠懇託付，就能得到它們的所求。歸從並順應它，而且專心一意，陽剛之德就會接受它們的歸順，於是大道豐盛而地位重要。賢人君子，有追隨者就能成大事。如果窮奢極欲就會丟掉大夫的地位，不能為大眾所容納，以致沒有容身之所。謙卑退位，『容易見到大人』。〈巽〉卦可用來申諭命令』，『陰柔者都能謙順上承陽剛』。君主要先使百姓悅服，悅服之後再施行教化，那麼就能『順天意應人情』，明顯呈現〈渙〉卦的象徵。『微風掠過水面』，波光粼粼。〈渙〉卦下卦為男為水，流動不絕，外卦為女，從爻的位置看，三個陰爻承著九五陽爻，而上爻與中爻同為陽爻，從初爻開始變化，乘船就能渡過大川。所以『先王要與天帝配享，建祠立廟』，表示是奉承天意以建立邦國。『剛柔上下儼然區分』，而陽剛者得居中位以主持節制，使大道沒有窮盡。用誠信與真愛結納內部，陽剛處於中間，真誠發自內心，萬物都會被類化。得到太多就會虧損，做得過多就有過失，但是已經立志高遠，靜默就沒有好處。所以君子強調『行為舉止稍過恭敬，身臨喪事稍過悲哀』，比人為的規定禮儀做得更厚實。〈小過〉卦的下卦吉泰，『不宜於向上』，它的卦象下面是靜的山，上面是震動的雷，『有飛鳥的徵象』。〈小過〉初六來自〈坎〉下，上六來自〈離〉的中爻，『飛鳥逆勢上翔將有凶險』，所以有災禍。這是因為『讓柔弱的陰文處中間』，而『使剛健的陽爻失其位』，應時而行就有利，即使稍有過越，也能成功，所以有小亨正的易象。陰爻都凌駕於陽爻之上，如陽剛被陰柔凌駕替代，君臣錯位，就會動亂不止，這些都不是中道。所以『君子心懷憂患並及早預防』，就是擔心事情的敗壞。天地萬物不停地變通，歷經一個週期又重新開始，常剛健尚未出時，陰柔居中，以柔濟剛則沒有遺漏，而無所不成。遵循河圖、洛書，設立神物以推行教化，於是天下歸服。『審慎分辨萬物使它們各居適當的處所』，陰陽相互求索，是萬物初興遠作的途徑與根由。

「卦體開闔❶，〈乾〉以一為開，〈坤〉以二為闔❷，〈乾〉〈坤〉成體，而剛柔有位。故木老於未❸，水生於申❹，而〈坤〉在西南；火老於戌❺，木生於亥，而〈乾〉在西北，剛柔之際也，故謂之父母。陽承〈震〉動，發而相承，專制遂行，萬物以興，故謂之長男。水老於辰，金生於巳❻，一氣存之，終而復起，故〈巽〉❼為長女。〈震〉發於風，陰德❽有紀，火中鵙❾鳴，母道將始，故〈離〉為中女。又在西北，健戰將升，季❿陰幼昧，衰而不勝，故〈兌〉⓫為少女。倉中拔留，肇⓬幽為陽，在中未達，含而未章⓭，故〈坎〉為中男。周流⓮接合，萬物既終，造微⓯更始，明而未融⓰，故〈艮〉⓱為少男。〈乾〉圓〈坤〉方，女柔男剛，健柔時推，而禍福是將，循化知生，從變見亡，故吉凶成敗，不可亂也。

【章旨】本章根據卦象方位圖，通過對《易》中最基本的八卦進行卦象的分析說解，藉以講述人類社會的結構等級秩序。

【注釋】❶開闔　開敞合攏。引申為起始終結。❷乾以一為開二句　《周易》以奇數為天數，偶數為地數，〈乾〉〈坤〉二卦正好代表天地。〈坤〉，六十四卦之一。列居篇首第二卦。由兩個三畫的坤卦（☷）重疊而成，卦形作「䷁」，卦名為〈坤〉，象徵「地」。《周易》以〈坤〉卦繼〈乾〉卦後，寓有「天尊地卑」、「地以承天」的意旨。全卦大義，在於揭示「陰」與「陽」既相對立，又相依存的關係。❸木老於未　木在五行中為東方之行。《淮南子．天文訓》：「木生於亥，壯於卯，死於未，三辰皆木也。」《說文》：「五行，木老於未。」❹水生於申　水在五行中為北方之行。《淮南子．天文訓》：「水生於申，壯於子，死於辰，三辰皆水也。」❺火老於戌　火在五行中為南方之行。《淮南子．天文訓》：「火生於寅，壯於午，死於戌，三辰皆火也。」❻金生於巳　金在五行中為西方之行。《淮南子．天文訓》：「金生於巳，壯於酉，死於丑，三辰皆金也。」❼巽　六十四卦之一。列居篇中第五十七卦。由兩個三畫的巽卦（☴）重疊而成，卦形作「䷸」，卦名為〈巽〉，象徵「順從」。巽象「風」，風以遜順而能「入」，故兩巽相重而為〈巽〉卦，其義主於「順從」。❽陰德　指帝王後宮的事務。❾鴡　鳥名，即伯勞。❿季　少子，排行最幼者。⓫兌　六十四卦之一。列居篇中第五十八卦。由兩個三畫的兌卦（☱）重疊而成，卦形作「䷹」，卦名為〈兌〉，象徵「欣悅」。欣悅，是人情所常有的狀態：輕歌悅耳，美景悅目，無不如是。但〈兌〉卦所明「欣悅」之道，則強調以「剛中柔外」為悅，即剛為柔本而悅不失正。⓬肇　開始。⓭章　同「彰」。彰顯。⓮周流　周轉流行。⓯微　衰敗。⓰融　流通；和諧。⓱艮　六十四卦之一。列居篇中第五十二卦。由兩個三畫的艮卦（☶）重疊而成，卦形作「䷳」，卦名為〈艮〉，象徵「抑止」。〈艮〉卦取義於「止」，乃是闡發抑止邪欲的道理。

【語譯】「卦形的開始與終結輪替，〈乾〉卦以一為開始，〈坤〉卦以二為終結。〈乾〉卦、〈坤〉卦形成一個整體，從而使剛與柔有了上下配合的位置。木在未時衰竭，水在申時滋生，而〈坤〉卦正在西南方；火在戌時衰竭，木在亥時滋生，〈乾〉卦此時正在西北方，二卦正好位於剛柔二性的邊際，所以被稱為父母。陽氣承襲〈震〉卦運轉，興起之後又互相承接，於是形成一種獨斷獨行的主霸之氣，萬物憑此而興盛生長，所以稱〈震〉卦為長男。水於辰時漸趨衰竭，金於巳時滋生，陰氣僅存一絲，最終又再興起，所以〈巽〉卦為長女。〈震〉卦由〈巽〉卦而生，而〈離〉卦象徵著帝王後宮井然有序，就像火中有伯勞鳥鳴叫，母道即將萌生，所以〈離〉卦為中女。同時由於〈乾〉卦位於西北方，象徵剛強的戰事即將發生，而陰氣仍處於年幼昏昧的狀態中，過於衰弱而無法居於勝位，所以〈兌〉卦為少女。倉中拔留，由幽暗深處開始產生陽氣，但陽氣居於卦象之中卻未達到至顯之位，隱含不露，故〈坎〉卦為中男。陰陽二氣周轉流行然後相互交接融合，萬物已經終結，到了最衰微而將重新開始的地步，此時雖已有顯著特徵但尚未流行，故以〈艮〉卦為少男。〈乾〉天為圓，〈坤〉地為方，女主柔男主剛，剛健與陰柔依時序推衍，而福禍就在其中。依循遷化的規律而知道誕生，從不斷的變更中了解滅亡，所以吉凶成敗自有定數，不能淆亂。

「〈大過〉❶何也？『棟橈』莫輔❷，『大者過也』。先王之馭世也，刑設而不犯，罰著而不施，『習坎』『剛中』，『惟以心亨』❸。王正其德，公守厥❹職，上下不疑，臣主無惑。『納約自牖』❺，非戶❻何咎？車騎中門，劍戟❼在闥❽，雖『寘叢棘』，凶已三歲，上六『失道』❾，刑決也。故『高宗伐鬼方』，柔道中也；『三年有賞』❿，德乃豐也；〈同人〉先號⓫，思其終也；〈旅〉上之美，樂其窮也⓬。是以失刑者嚴而不檢，喪德者高而不尊。故君子正義以守位，固法以威民，何衢則亨⓭，『滅耳而凶』⓮也。〈小過〉何也？踰位凌上，害正危身，小者過也。〈既濟〉⓯：『初六終亂』⓰，何也？水加日上，三陰乘陽⓱，以力求濟，不止必亡，故初吉終亂也。〈未濟〉上六⓲『飲酒，無咎』，何也？過而莫改，危而弗問⓳，誰咎之也？〈无妄〉⓴何也？無望而至，非會合陰陽之違行也。六三『無妄之災，或繫之牛，行人得之，邑人災』㉑，何也？有國而不收其民，有眾而不脩其器，行人得之，不亦災乎？九五之『疾，勿藥』，何也？非常之厚，離以為同，『无妄之疾』，災以除凶，天時成敗，何疾之功？『勿藥有喜』㉒，不成何試也？

【章旨】本章從八卦推衍出來的六十四卦中，揀取幾卦為論述對象加以剖析，圍繞君臣關係展開論述，表達了阮籍本人的治國理念。

【注釋】❶大過 六十四卦之一。列居篇中第二十八卦。由下巽（☴）上兌（☱）組成，卦形作「䷛」，卦名為〈大過〉，象徵「大為過甚」。❷棟橈莫輔 〈大過〉卦九三爻的〈小象傳〉：「棟橈之凶，不可以有輔也。」旨在解說九三爻辭「棟橈，凶」的象徵內涵。意思是：棟梁曲折彎撓而有凶險，說明九三的剛勢不能再加以輔助。❸剛中惟以心亨 本〈坎〉卦的〈彖傳〉語「維心亨乃以剛中也」。意思是：能使內心亨通，這是由於陽剛居中不偏所致。〈坎〉卦亦稱〈習坎〉。剛中，指〈坎〉卦九二、九五兩爻陽剛而居中位。此舉〈坎〉卦的二、五爻象，謂以「剛中」之德行險，則內心信實可致亨通，釋卦辭「維心亨」之義。❹厥 其。代詞。❺納約自牖 〈坎〉卦的六四爻辭語。意為：通過明窗結納信約。牖，窗戶。此言六四當「險」之時，以陰居上坎之下，前後均為「陷穴」，但柔順得正，上承九五之陽，以虔誠之心與之結交；此時九五、六四兩爻均無他應，遂能開誠布公地相交，猶如「納約」於明窗，於是六四得陽助而不陷入坎險，故曰「納約自牖」。❻戶 單扇門。❼戟 古代一種兵器，柄端裝有金屬槍尖，一旁附有月牙形的利刃，是矛和戈的合體，兼有矛用於刺、戈用於鉤或擊的作用。❽闥 宮中小門。❾寘叢棘三句 語本〈坎〉卦上六爻辭：「寘於叢棘，三歲不得，凶。」及〈小象傳〉：「上六失道，凶三歲也。」意謂以陰柔自處於極險之地，故所陷極深，就像被囚置於叢棘中，三年不得出，而之所以如此，是因為失去了正道。❿高宗伐鬼方三句 「高宗」句語本〈既濟〉卦九三爻辭，比喻事成之後尚須致力於排除餘患。「三年有賞」句語本〈未濟〉卦九四爻辭，意謂征伐鬼方，用力至勤，三年方成。⓫同人先號 〈同人〉為六十四卦之一。列居篇中第十三卦。由下離（☲）上乾（☰）組成，卦形作「䷌」，卦名為

〈同人〉，象徵「和同於人」。先號，語本〈同人〉卦九五爻辭：「同人先號，咷而後笑。」⑫旅上之美二句　〈旅〉為六十四卦之一。列居篇中第五十六卦。由下艮（☶）上離（☲）組成，卦形作「䷷」，卦名為〈旅〉，象徵「行旅」。〈旅〉卦的宗旨，專明「行旅」之理。此二句義本〈旅〉卦上九爻辭：「旅人先笑後號啕。」美，疑為「笑」之誤。⑬何衢則亨　語本〈大畜〉卦上九爻辭：「何天之衢，亨。」衢，四通八達的道路。⑭滅耳而凶　語本〈噬嗑〉卦上九爻辭：「何校滅耳，凶。」滅耳，意謂聾暗不悟，而無所聞知。⑮既濟　六十四卦之一。列居篇中第六十三卦。由下離（☲）上坎（☵）組成，卦形作「䷾」，卦名為〈既濟〉，象徵「事已成」。〈既濟〉卦名的取義，是借「涉水已竟」喻「事已成」；但全卦大旨卻是闡發「守成艱難」的道理。⑯初六終亂　當作「初吉終亂」，〈既濟〉卦的卦辭之語。意思是：若不慎守成功則起初吉祥而終致危亂。這是說明〈既濟〉卦所揭示的「事已成」之時，務須謹慎守成，謂此時若不勤修德業，驕逸妄為，必將導致危亂，故曰「初吉終亂」。⑰水加日上二句　描繪〈既濟〉卦象。〈既濟〉卦象（䷾），上坎下離，正是「水加日上」之態。三陰爻淩駕於三陽爻之上，所以稱為「三陰乘陽」。⑱未濟上六　六當作九，〈未濟〉卦上爻為陽，上九爻辭：「上九，有孚於飲酒，無咎。」⑲間　干預；干犯。⑳无妄　六十四卦之一。列居篇中第二十五卦。由下震（☳）上乾（☰）組成，卦形作「䷘」，卦名為〈无妄〉，象徵「不妄為」。〈无妄〉卦的大義，主於處事不妄為。㉑無妄之災四句　〈无妄〉卦第三爻，以陰爻居之。意思是：不妄為卻招致的災殃，就像有人繫拴著一頭耕牛，而被路人牽走占為己有，又像邑中人家無辜遭受詰捕的飛災。這是說明六三當「無妄」之時，居下卦之終，陰柔失正而躁動，雖不妄為，也可能無故引來災殃，故以路人順手牽牛，邑人橫遭飛禍為譬喻，揭示「無妄之災」的情狀。㉒无妄之疾五句　本〈无妄〉卦九五爻辭「无妄之疾，勿藥有喜」。意思是：不妄為卻偶染的疾病，無須用藥而有自癒的欣喜。這是借小病不治自癒作譬喻，說明九五當「無妄」之時，陽剛中正，居尊善治，其下均不敢妄為；縱使偶遇小災亦非生於「妄」，可以不治而聽任其自消，故曰「无妄之疾，勿藥有喜」。

【語　譯】「〈大過〉卦有什麼含義呢？棟梁曲折彎撓而有凶險，所以是『剛大而過甚』。先王治理國家，設立刑法卻沒有人觸犯它，標舉刑罰卻用不著付諸實施，雖『面臨重重險阻』，但以『剛中』之德行險，則『內心信實可致亨通』。君王端正自身的德行，臣子們恪守他們各自的職分，居上位者與居下位者不互相懷疑，臣子與君主之間不生互相猜忌之心。這就好像『通過明窗結納信約』那樣開誠布公，不是通過門戶傳遞，又有什麼可指責的呢？成隊的車馬由宮廷中門進出，劍戟的行列則由宮中小門進出，秩序井然，『身陷荊棘叢中』，凶險的危機已經持續了三年之久，仍無法脫身，所以〈坎〉卦上六〈大象傳〉說他『違天履險而失道』，這是用刑罰來決斷。『殷高宗討伐鬼方』，成功的原因是陰柔持中而不偏；因此『三年後得以攻克』，功德才算圓滿；〈同人〉卦說先號咷大哭而後笑，是想到自己最終的結局；而〈旅〉卦上爻之笑是說人往往因尊高自樂，沒有遠慮，以致後來的窮敗而號咷。這就是為什麼失去刑法約束的人徒有威嚴而不知檢點，喪失德性者位高卻不自重。所以君子應憑藉正義固守其地位，鞏固法制來威懾眾民，衢道暢通則萬事亨通，『關閉耳目積累罪惡，則必招致凶災』。〈小過〉卦又是什麼意思呢？柔小者超過自己的位子而凌越上位者，危害了正位也危及了自身，小有過越指的就是這種情形。〈既濟〉卦所謂『若不慎守成功則起初吉祥而終致危亂』，是什麼意思呢？因為〈既濟〉卦象是水性之柔加於火性之剛之上，三陰爻凌駕於三陽爻之上，必須憑力量以求事成，但如果不及時停止必然導致滅亡，所以說是開始時吉祥後來以亂而終。〈未濟〉卦上九爻辭說『飲酒不致咎害』，為什麼呢？有過錯而不去改正，遇到危機也不去干預，一切隨順自然，又有誰會以為是錯誤呢？〈无妄〉卦是什麼意思呢？不希望它來而來，不是會合陰陽的行為。六三爻辭說『不妄為卻也招致災禍，比如有人繫拴著一隻耕牛，路人牽走據為己有，邑中人家無故遭受詰捕的飛災』，為什麼呢？擁有國家而不整飭民眾，擁有廣大民眾而不注重修整各項器具，如果導致旁人竊國，不也是災禍嗎？九五爻辭說『偶染微疾，不須用藥將有自癒的欣喜』，為什麼呢？不同尋常的厚德，要先以分離作為相同的前提條件，『不妄為而染的疾病』，恰似以災禍除去凶氣，其實天之成敗自有定數，所以這疾病又有什麼功勞呢？『無須用藥而有痊癒的欣喜』，如果不是這樣的話又如何試驗呢？

「『龍』者何也？陽健❶之類，盛德尊貴之喻也。配天之厚，盛德莫高之謂尊貴。大人❷受命處中，當陽德❸之至也。『亢龍有悔』❹，何也？繼守承貴❺有因而德不充者也，欲大而不顧其小，甘侈❻而不思其匱❼，居正上位而無卑有貴，勞而無據，喪志危身，是以悔也。

【章　旨】本章是作者依據〈乾〉卦卦象，賦予其現實意義，論述了「龍」的含義。

【注　釋】❶陽健　剛健。❷大人　有德並居高位者。❸陽德　陽氣。❹亢龍有悔　〈乾〉卦上九爻辭。❺繼守承貴　意謂繼世而守其位，承先世之貴。❻甘侈　甘於奢泰。❼匱　缺乏。

【語　譯】「『龍』是什麼？是剛健一類的東西，比喻大德尊貴。再配以天之高，就再沒有比這更尊貴的大德了。有德而居高位者受天命，處於陽氣最盛的時候。『亢龍有悔』是什麼意思？繼承了尊貴的地位而德行不能勝任，欲追求大者卻忽略了小者，耽溺於奢侈而不思慮錢財的缺乏，身處高位驕貴而不謙卑，無故占據功勞，喪失了意志危害了身體，所以有悔恨。

「『先王』何也？大人之功也。故『建萬國，親諸侯』❶，樹其義也；『作樂』『薦上帝』❷，正其命也；『省方、觀民』❸，施其令也；『明罰敕法』❹，督其政也；『閉關』『不行』❺，靜亂民也；『茂時育德』❻，應顯其福也；『享帝立廟』❼，昭其祿也；稱聖王所造，非承平❽之謂也。『后』❾者何也？成君❿定位，據業脩制，保教守法，畜⓫履⓬治安者也。故自然成功濟用，已至大通⓭，后『成天地之道』，『以左右民』⓮也。成化理決⓯，『施令誥方』⓰，因統紹⓱衰，中處將正之務，非應初受命之事也。『上』者何也？日月相易，盛衰相及，『致飾』則利之，未捷受，故王后不稱，君子不錯⓲，上以厚下，道自然也。

【章　旨】本章是作者收錄有關「先王」、「后」、「上」各條卦象，賦予其現實意義，論述了「先王」及「后」、「上」所應具備的德行及功能。

【注　釋】❶建萬國二句　〈比〉卦的〈大象傳〉語。意謂封建萬國，親近諸侯。這是從〈比〉卦「地上有水」的卦象，而推闡出「先王」效法此象，建國、封侯以相親比的意義。❷作樂薦上帝　語本〈豫〉卦的〈大象傳〉。這是從〈豫〉卦「雷出地」的卦象推闡出的。❸省方觀民　語本〈觀〉卦的〈大象傳〉：「象曰：風行地上，觀。先王以省方、觀民、設教。」❹明罰敕法　語本〈噬嗑〉卦：「象曰：雷電，噬嗑，先王以明罰敕法。」❺閉關不行　即指〈復〉卦：「象曰：雷在地中，復。先王以至日閉關，商旅不行，后不省方。」❻茂時育德　語本〈无妄〉卦：「象曰：天下雷行，物與无妄，先王以茂對時育萬物。」❼享帝立廟　本〈渙〉卦的〈大象傳〉語「享於帝立廟」。意為：祭享天帝而建立宗廟。這是從〈渙〉卦「風行水上」水紋渙散的卦象，而推闡出「先代君王」觀此象，乃悟知「散中有聚」之理，故能祭天帝、立宗廟以歸繫天下人心。❽承平　治平相承。❾后　繼任的君王。❿成君　固定的君主。⓫畜　治理。⓬履　品行；行為。⓭大通　大道。⓮成天地之道二句　語本〈泰〉卦：「象曰：天地交，泰。后以財成天地之道，輔相天地之宜，以左右民。」⓯成化理決　完成教化，審理判決。⓰施令誥方　發號施令，頒布法則。⓱紹　繼承。⓲錯　通「措」。放置。

【語　譯】「『先王』是什麼？就是有德且居高位的大人的功績。所以『建立許多侯國，親近諸侯』，為的是樹立節義；『制作樂律』『進薦給上蒼』，為的是端正天命；『省察四方事物、體察民情』，是為了施行命令；『明確懲罰頒布法令』，是為了監督政治；『封鎖關卡』『不許經商』，為的是平定亂民；而『嘉勉善行，扶植品德』，以顯示福祉；『祭享天帝而建立宗廟』，以光耀福祿。這些說的都是聖王順應天時的創造，而不是承襲先世的成績。『后』是什麼？固定的君主有居定的位置，依據職分而修訂體制，保持教化，遵守法律，修養品行維護安定。所以自然而然就安定、成功了，已經到達大道之境，君后『修成天地之道來支配百姓』。完成教化，審理判決，『發號施令，頒布法則』，承襲前世的統緒或衰敗，處理進行中的工作，而不是最初受命的事務。『上』是什麼？日月更替，盛衰相連，『粉飾』不一定有利，所以君王不稱道此種做法，由此君子的地位不再錯置，上以厚待下，這便是取法自然。

「『君子』者何也？佐聖扶命，翼教明法，觀時而行，有道而臣人者也。因正德以理其義，察危廢以守其身，故『經綸』以正『盈』❶，『果行』❷以遂義，『飲食』以須時❸，辯義以作事，皆所以章先王之建國，輔聖人之神志也。見險慮難，『思患』『預防』❹，別物『居方』❺，慎初敬始，皆人臣之行，非大君之道也。

【章旨】本章是作者依據有關「君子」的卦象，賦予其現實意義，論述了「君子」所應具備的德行及功能。

【注釋】❶經綸以正盈　「經綸」語本〈屯〉卦的〈大象傳〉：「雲雷，屯，君子以經綸。」意謂君子當察見雲屯之象，而知雷雨將至，並以此經綸天下之事。盈，〈序卦傳〉：「屯者，盈也。」❷果行　貫徹執行。語本〈蒙〉卦的〈大象傳〉：「君子以果行育德。」❸須時　等待時機。語本〈需〉卦：「象曰：雲上於天，需。」

「君子以飲食宴樂。」❹思患預防　語本〈既濟〉卦的〈大象傳〉：「水在火上，既濟。君子以思患而豫防之。」❺別物居方　語本〈未濟〉卦的〈大象傳〉：「火在水上，未濟。君子以慎辨物居方。」火在水上，所處失常，故君子要由此象推闡而得「慎處事物，辨明其所當，使各居其方」的道理。

【語　譯】「『君子』是什麼？輔佐聖人順應天命，翼助教化昭明法制，待時而動，有德行而為人臣的人。依據正道來辨別是非，明察危險來持守自身，所以『治理倫常』來達到『圓滿』，『貫徹執行』來完成道義，按時『飲食』，辨別是非來做事，這些都是用以彰顯先王的建國功績，輔佐聖人的神明意志。見到危險而思慮困難，『想到隱患』就及早『預防』，分辨事物的屬性使它們『各歸其位』，凡事謹慎穩重地開始，這些都是身為人臣的作為，而不是大君的行事。

「『大人』❶者何也？龍德潛達❷，貴賤通明，有位無稱，大以行之。故〈大過〉滅，示天下幽明，大人發輝重光，『繼明照于四方』❸。萬物仰生，合德天地，不為而成，故『大人虎變』❹，天德興也。

【章　旨】本章是作者集錄有關「大人」的卦象，論述「大人」所應具備的德行及功能。

【注　釋】❶大人　指有德行的人。❷達　通曉；明白。❸繼明照于四方　語本〈離〉卦的〈大象傳〉：「明兩作，離。大人以繼明照于四方。」❹大人虎變　語本〈革〉卦〈小象傳〉：「大人虎變，其文炳也。」意為文才高顯。

【語　譯】『大人』是什麼？就是有德行、潛隱於世但通曉一切，明辨貴賤，有地位但沒有稱號，以大德行於天下的人。所以〈大過〉卦有滅絕的取義，使天下明暗分明，大人發出光輝，『連續不斷地用光明之德照臨天下四方』。天地萬物仰光而生，結合天地的德行，無所作為而獲得成功，所以『大人的文才高顯』，天地的德行便會興旺。

「君子曰：《易》順天地，序萬物，方圓有正體，四時有常位❶，事業有所麗❷，鳥獸有所萃，故萬物莫不一也。陰陽性生，性故有剛柔；剛柔情生，情故有愛惡。愛惡生得失，得失生悔吝，悔吝著而吉凶見❸。八卦居方以正性，蓍龜❹圓通❺以索情，情性交而利害出。故立仁義以定性，取蓍龜以制情，仁義有偶而禍福分。是故聖人以建天下之位，定尊卑之制，序陰陽之適❻，別剛柔之節。順之者存，逆之者亡，得之者身安，失之者身危。故犯之以別求者，雖吉必凶；知之以守篤❼者，雖窮必通。故寂寞者德之主，恣睢❽者賊之原，進往者反之初，終盡者始之根也。是以未至不可坼❾也，已用不可越也。紂有天下之號，而比匹夫之類；鄰周處小侯之細，而享于西山之賓。外內之德已施，而貴賤之名未分，何也？天道未究，善惡未淳⑩也。是以明夫天之道者不欲，審乎人之德者不憂。在上而不凌乎下，處卑而不犯乎貴。故道不可逆，德不可拂也。是以聖人『獨立』『無悶』⑪，大群不益。釋之而道存，用之而不可既。由此觀之，《易》以通矣。」

【章　旨】在本章中，作者根據〈繫辭〉的說法，考察了《易》中對立統一的特定結構，並與人類社會對照，將人類社會看作一個尊卑有序、上下安定的等級結構，並闡述了作者的理想是消除爭奪和混亂，從而建立德合天地的社會形態。

【注　釋】❶四時有常位　古人以東、南、西、北四方配春、夏、秋、冬四時。❷事業有所麗　謂事業因而有發展。事業，語出〈繫辭上〉：「舉而措之天下之民，謂之事業。」麗，附。❸陰陽性生七句　語本〈繫辭〉，說明人類各種情感產生的原因。悔吝，悔恨。❹蓍龜　蓍草和龜甲，古代用以占卜的工具。❺圓通　融匯貫通而不偏倚。❻適　適當的次序。❼守篤　遵守誠篤。❽恣睢　放縱、暴戾貌。❾坼　分裂；裂開。❿淳　分清。⓫獨立無悶　本〈大過〉卦的〈大象傳〉語「君子獨立不懼，遁世無悶」。意思是：獨自屹立而毫不畏懼，毅然逃世而無所苦悶。這是從〈大過〉卦「澤滅木」的卦象推闡而出，「君子」觀此象，須悟知處「大過」之時而「獨立不懼，遁世無悶」的道理。

【語　譯】「君子說：《易》使天地通順，使萬物有次序，方圓有純正的形體，四季有自己恆常的方位，治民事業能有所發展，鳥獸也都聚集生長，所以天下萬物沒有不同。陰陽生性，所以性有剛柔之分；剛柔又生情，有情所以生成愛惡。愛惡又生成得失，得失又產生悔恨，有了悔恨，吉凶便顯現出來了。八卦是用來端正性情的，蓍草與龜甲是用來通曉情況的，兩者相交，利害關係便產生了。所以立下仁義以定性，拿占卜來了解未來，仁義相對則禍福便能區分。因此聖人用以建立天下萬物的位置，制定尊卑的制度，使陰陽有序，剛柔有別。順應這規律的才可以生存，反之者必然滅亡，得到它的可以保全自己，失去它的自身便很危險。所以侵犯它而別有所求的人，即使安吉也必定會身處凶險；了解它而忠實信守的人，雖然困窮也必能逃脫危險。所以寂寞是德行的本源，放縱是罪惡的源頭，進去是歸返的開始，終點是開始的根源。所以未到者是不可和現在分裂的，已用的則是不可越分而求的。紂雖號令天下，卻只是一名匹夫；旁邊的周只是諸侯小國，卻能在西山宴享天下賢士。內外的德行都已施行了，而貴賤的名分卻還未分，這是為什麼？因為天道尚未究明，而善惡還沒分明啊。所以明白天道者不會積極求索，有大德的人不憂慮。在上位而不凌辱居下位者，地位卑賤的人不侵犯高貴的人。所以大道不可悖反，仁德不可拂逆。因此聖人『獨自屹立而毫不畏懼，毅然逃世而沒有苦悶』，廣大的群眾也不能使他增益。解釋《易》便能體知道的存在，應用《易》則可取之不盡。由此看來，《易》是可以通曉天下之志了。」

【研　析】阮籍的〈通易論〉是一篇以儒家觀點闡釋《易》的論文，文中除對《易》中六十四卦按其自己的理解進行了嚴密的論述外，還從自然深入社會，參照人類社會，提出自己構想的理想社會狀態。本文在思想觀點上雖屬於傳統儒家思想範疇，但間或引入道家概念，有所創新，且全文論證嚴密，語言精煉，在思想內容與藝術風格上都具有相當的高度，是一篇哲思佳作。

《易》原本是儒家經典，但到了魏晉時期玄學大盛，《易》也就成了「三玄」之一，成為名士們談玄論道的根本。阮籍的這篇論文在一定程度上也是此風氣下的產物，但可貴的是阮籍除了闡釋《易》中各卦外，還能由此及彼，聯通世事，借《易》論事。

阮籍創作本文的思想出發點是力圖達到天人合一的理想狀態，而具體採取的方法是「以天合人」，即著眼於自然界所應有的和諧（這種和諧就是指嚴格維護尊卑、上下的有序），而自然界的和諧規律正是阮籍從《易》中得出來的。可以說此篇論文是阮籍早期世界觀的反映。

在阮籍看來，《易》是專門探討和研究變化的一部書。伏羲氏「始作八卦」，又「引而伸之」推衍成六十四卦，每卦陰陽二爻位置不同，因而六十四卦也各有不同含義，是宇宙萬物變化存在的象徵。它們指示了天地萬物存在的狀態，當然也包含社會人事的狀態，預示了禍福吉凶。可以說六十四卦既是相對獨立的個體，但由於陰陽二爻的變化組合，它們又是一個無限的整體，六十四卦的位次關係所代表的是宇宙整體的變化過程。阮籍以極為詳盡的語言將六十四卦的卦義予以一一解釋，雖然可能有些地方在語意上不甚連貫，但從中可以歸納出他所要表達的意思。他要證明：自然界化合生長的原則與過程，和人類社會是一致的，所以就像「天地既設，〈屯〉〈蒙〉始生」一樣，聖人也要依據「天地之道」，待時立義，聚眾安民，營造一個萬國歸心、天下附道、君臣上下和諧的有序狀態。而就像自然界統一的狀態必然會有所變化一樣，人類社會在歷史演變的過程中，也會有所變化。與自然相對應時，是上述理想的秩序井然的社會；不對應時，就會出現

「天地不交」的失和狀態。而阮籍認為聖人、君子、先王之類理想中的有作為的人，是可以通過調節，使失和趨於和諧的。他們可以用「求同」、「作樂」、「設教」、「省方觀民」、「明罰敕法」、「施仁布澤」等方法來實現此目的，重新恢復上下有分、貴賤有別的封建等級秩序。因而以此看來，阮籍雖然宣揚天道，但此「道」非彼「道」，他只是引用道家的自然概念，目的仍是歸結到建立人類社會的秩序，而且人類的這種有序也不是老莊所謂「無為」而成的，是通過人類的有所作為才達到的。

正因為人來源於自然，因而自然結構是人類社會結構的根源。阮籍從《易》出發，就天地萬物生成演化的過程作了詳細說明，表明了「方圓有正體，四時有常位」，「鳥獸有所萃」的特定結構與內容，從而推導出人類社會也是這樣一個有特定結構和秩序的整體，各人有各人的位置與職責，是不能隨意改變的。因而人類社會的等級差別有其存在的必然性。所以阮籍認為「建天下之位，定尊卑之制，序陰陽之適，別剛柔之節」是治理國家的根本準則，只有這樣，才能達到沒有爭奪與混亂、合德天地的理想社會狀態。

同時，阮籍在上述天人和諧的整體感基礎上，也沒有忽視二者關係的問題。他認為自然界與人類社會中各個要素之間並非恆定的和諧，只有相互溝通、協調，才能維持這種和諧，因而從社會層面上看，他主張聖人要效法和順應「天」與自然的法則，不斷重建、恢復人類社會的和諧。就是要「應時」、「當務」，隨時調整和採取不同的政策，以達到理想中的目標。

從以上分析可以看出阮籍這裡所闡述的世界觀是完全儒家式的，他並未完全衝破儒道合一的學說模式，只能說是處於起步階段。而他的學說也充滿了理想主義色彩，而在現實生活中，這樣的社會整體的正常秩序已在激烈的政權紛爭中消失殆盡，阮籍的夢想也被打得粉碎。但是我們不能就此否定其學說，在當時的社會環境下，〈通易論〉構築的理想世界，還是具有一定進步意義的。

達莊論

【題解】這是一篇用文學形式寫成的哲學思想論辯文章，具有較高的現實性。文中假託一位道學先生辯駁一群儒學之徒對莊子思想的非難，從而闡述《莊子》中〈齊物論〉的觀點。題為「達莊」，意為通達《莊子》的意思。

伊❶單閼❷之辰，執徐❸之歲，萬物權輿❹之時，季秋❺遙夜❻之月，先生徘徊翱翔❼，迎風而遊。往遵❽乎赤水❾之上，來登乎隱坌❿之邱，臨乎曲轅⓫之道，顧⓬乎泱漭⓭之州。恍然⓮而止，忽然而休。不識⓯曩⓰之所以行，今之所以留。悵然而無樂，愀然⓱而歸白素⓲焉。平晝⓳閒居，隱几⓴而彈琴。於是，縉紳㉑好事之徒，相與㉒聞之，共議撰辭合句㉓，啟所常疑㉔。乃闕鑒㉕整飭㉖，嚼齒先引，推年躡踵㉗，相隨俱進。奕奕然㉘步，膪膪然㉙視，投跡㉚蹈階㉛，趨㉜而翔至㉝。差肩㉞而坐，恭袖㉟

而檢㊱，猶豫相臨㊲，莫肯先占㊳。

【章旨】本章虛構了一位逍遙自得的道家先生，簡略描述了他的生活狀況。同時虛設一群與之不相為謀的儒家縉紳，企圖對他的行為與態度進行非難。

【注釋】❶伊　發語詞，無義。❷單閼　古代太歲紀年中的卯年，這裡用來指時辰，即謂卯時。❸執徐　太歲紀年的辰年。❹權輿　開始；萌生。這裡指草木萌芽的狀態。❺季秋　一年分四季，每季的第三個月稱季月。季秋即九月。❻遙夜　長夜。秋分之後，晝短夜長。❼翺翔　形容輕快自如。❽遵　沿著。❾赤水　神話中的水名，據《山海經》，赤水出崑崙之丘。❿隱坌　當作「隱弅」，寓言中的地名，意謂隱蔽而突起的山丘。見《莊子‧知北遊》。⓫曲轅　寓言中的地名，此處意謂道路曲折拐彎，行車不便。見《莊子‧人間世》。⓬顧　回頭看。⓭泱漭　廣大無涯際貌。⓮恍然　忽然有所覺悟的樣子。⓯不識　不知道。⓰曩　往昔；以前。⓱愀然　憂懼淒愴，臉色不快貌。⓲白素　白色。這裡指秋冬草木凋零、山野蒼白的大地。⓳平晝　平時白天。⓴隱几　倚著几案。㉑縉紳　做官的士大夫。縉，同「搢」。插。紳，束腰的大帶子。古之仕者，垂紳插笏，故稱士大夫為縉紳。㉒相與　互相之間。㉓撰辭合句　等於說「遣詞造句」，撰寫文章。㉔啟所常疑　彼此啟發平時曾經懷疑過的，即指對先生的疑惑。常，通「嘗」。曾經。㉕窺鑒　察看。㉖整飭　整頓。㉗嚼齒二句　嚼齒，意謂最年長者。齒，壽也。先引，在前面引路。推年，按年輩排列先後。躡踵，腳後跟跟著腳後跟。㉘奕奕然　神氣活現的樣子。㉙腗腗然　用挑剔的眼光看人的樣子。腗，挑取骨間肉。㉚投跡　投下腳印，即一步踩著一個腳印。㉛蹈階　高步跨登臺階。㉜趨　小步快走。㉝翔至　形容又快又故作從容。㉞差肩　並肩。㉟恭袖　恭敬地袖著手。㊱檢　行為拘謹。㊲相臨　一個個面面相對。㊳占　占卜釋疑。這裡指開口發難。

【語　譯】清晨卯時光景，正值辰年萬物萌生的季節，暮秋夜長的月份，先生漫步徘徊，迎風而遊。他一直沿著赤水向前走，來到隱弇之丘，登上了山頂，臨視著曲轅般彎曲的路途，回頭看見廣闊無限的人間九州。他恍然有所悟而停下了腳步，很快就結束了遠行。他不知道以前自己為什麼出來遠行，現在又為什麼要停止下來。他悵然若失，覺得沒有絲毫樂趣，一臉不快地回到了凋零蒼白的大地。平時白天裡，他生活閒適，斜倚著几案彈琴遣悶。這時，士大夫中的好事之徒，互相打聽到了這個消息，一起商量遣詞造句作文章，彙整平時對先生所懷疑的問題。然後大家就照鏡察看，整飾衣服儀容，由一個年紀最長的士大夫在前面引路，餘下的人按年輩緊密跟隨著，相隨朝先生家前進。他們神氣活現地大踏步走著，用挑剔的眼光四下觀望，一步一個腳印，高步跨上了臺階，快步而又顯得從容地到了先生屋裡。一個個肩挨肩地坐下，袖手恭坐，拘謹局促，遲疑不決，面面相覷，沒有一個肯先開口發難。

有一人，是其中雄桀❶也，乃怒目擊勢❷而大言❸曰：「吾生乎唐、虞❹之後，長乎文、武❺之裔，遊乎成、康❻之隆❼，盛❽乎今者之世，誦乎六經❾之教，習乎吾儒之跡。被❿袞衣⓫、冠飛翮⓬、垂曲裙⓭、揚雙鶡⓮有日矣，而未聞乎至道之要有以異之於斯乎。且大人⓯稱之，細人⑯承⑰之。願聞至教，以發其疑。」先生曰：「何哉子⑱之所疑者？」客曰：「天道貴生⑲，地道貴貞⑳，聖人脩㉑之，以建其名。吉凶有分，是非有經㉒，務利㉓高勢㉔，惡死重生，故天下安而大功成也。今莊周㉕乃齊㉖禍福而一死生，以天地為一物，以萬類為一指，無乃激惑㉗以失真，而自以為誠是也？」於是先生乃撫琴容與㉘，慨然而歎，俛㉙而微笑，仰而流眄㉚，嘘噏㉛精神，言其所見。曰：「昔人有欲觀於閬峰㉜之上者，資㉝端冕㉞，服㉟驊騮㊱，至乎崑崙之下，沒而不反㊲。端冕者，常服之飾，驊騮者，凡乘之耳，非所以矯騰㊳增城㊴之上，遊玄圃㊵之中也。且燭龍㊶之光，不照一堂之上㊷；鐘山㊸之口，不談曲室㊹之內。今吾將墮崔巍㊺之高，杜衍謾㊻之流，言子之所由㊼，幾㊽其寤㊾而獲及㊿乎！

【章旨】本章為「達莊」之論的引言部分。主要敘述了雄桀之士不滿先生的所作所為，自詡儒家禮法的好處，首先向先生發難，而先生卻鎮定自若，提起精神，將要抒發自己的見解，用來摧破雄桀之士的謬論的情景。

【注釋】❶雄桀 傑出之士。❷擊勢 擺出攻擊的氣勢。❸大言 大聲說話。❹唐虞 唐堯、虞舜。都是儒家心目中的聖君。❺文武 周文王和周武王。❻成康 周成王和周康王。《史記・周本紀》：「故成康之際，天下安寧，刑錯四十餘年不用。」❼隆 興盛。❽盛 興旺發達。❾六經 指儒家的《易》、《禮》、《詩》、《書》、《樂》、《春秋》六部經典。《樂經》今佚。❿被 同「披」。⓫裒衣 寬大之衣。裒，通「褒」。⓬飛翮 飛翮之纓，用羽毛修飾的冠帶。⓭曲裙 衣邊有褶的裙子。⓮雙鶂 同「雙鷁」。船頭畫一對鷁鳥的大船，為貴官所用。⓯大人 對先生的尊稱。⓰細人 自謙之詞。⓱承 接受。⓲子 尊稱對方。⓳貴生 以生長萬物為貴。⓴貴貞 以貞定守節為貴。㉑脩 修飾；闡發。㉒經 同「徑」。一定的界限。㉓務利 以謀利為事業。㉔高勢 以求勢為高尚。㉕莊周 戰國時道家思想家莊子，姓莊，名周。㉖齊 以為一樣，沒有差別。㉗激惑 或作徼惑，謂故意製造迷惑。徼，通「邀」。求取。㉘容與 從容自得貌。㉙俛 同「俯」。低頭。㉚流眄 顧盼左右。㉛噓噏 呼吸；吐納。噏，同「吸」。㉜閬峰 閬風山，傳說中的仙山，在崑崙山中。㉝資 用；憑藉。㉞端冕 古代禮服禮帽，為帝王貴族所用。㉟服 駕馭。㊱驊騮 相傳為周穆王八駿之一，這裡泛指良馬。㊲反 同「返」。回來。㊳矯騰 高高地飛騰。㊴增城 神話中的九重城闕，在崑崙山下。㊵玄圃 同「懸圃」。神話中的地名，在崑崙山上。㊶燭龍 古代神話中的神獸，為鐘山之神，其瞬眼天下光明，其張口則為春夏秋冬。㊷一堂之上 喻局促狹小。㊸鐘山 即指燭龍。㊹曲室 深室；密室。㊺崔巍 高峻貌。㊻衍謾 誇張荒誕。㊼所由 由來；原委。㊽幾 庶幾。表示願望的不定語氣詞。㊾寤 通「悟」。覺悟；了解。㊿獲及 能趕得上。

【語　譯】有一個人，是他們當中的傑出好漢，瞪大眼睛，擺出攻擊的氣勢，大聲說道：「我們在唐堯、虞舜之後出生，在周文王、周武王的後代中成長，在周成王、周康王的盛世裡優遊，在當今的美好時代中意氣昂揚，誦讀的是六經的教義，學習的是我們儒家賢者的事跡。我們身穿寬大之衣，頭戴著羽纓冠帽，下垂曲邊褶裙，揚帆遠航已有一段時日了，而還沒聽說過人間至道的精要，跟我們儒家的道有什麼不同。況且這是尊貴的大人所稱道，卑微的小人所接受的。我們願意聽聽您至上的教誨，來啟發我們的疑惑。」先生說：「您疑惑的是什麼？」客人說：「天道以生長為貴，地道以貞定為貴，聖人闡發這些道理，以此確立了天地的名稱。天地之間，吉凶是有區別的，是非是有界限的，人們以利益為必需，以勢力為高尚，厭惡死亡，重視生存，所以天下安定而大功告成。如今莊周竟然認為禍福是相同的，死生是一樣的，把天和地看成是同一件東西，把世間萬物看成是同一個手指，難道這不是製造迷惑而丟掉真理，卻又自以為非常正確嗎？」於是先生撫了撫琴，表情從容自若，感慨地嘆了口氣，低頭微笑，抬頭顧盼，深深呼吸，提起精神，然後暢談他的見解。他說道：「從前有人想到仙界的閬風山上去，身穿一身整齊的禮服，套一輛驊騮拉的馬車，到了崑崙山下，結果身死山中，沒有回來。華貴的禮服是平常人穿著的衣飾，驊騮駿馬也不過是凡夫俗子的乘具而已，這些都不是用來讓自己飛騰到增城仙境之上、遊歷在玄圃神山之中的裝備。況且燭龍的燭光，並不只是照在一間堂屋之上；鐘山之神的口舌，也不會在密室暗房裡談論。今天我要杜絕這些荒誕離奇的流言，說一說您言論的由來，或許還有希望使您覺悟，而來得及吧！

「天地生於自然❶，萬物生於天地。自然者無外❷，故天地名❸焉。天地者有內，故萬物生焉。當❹其無外，誰謂異乎？當其有內，誰謂殊❺乎？地流其燥❻，天抗❼其溼。月東出，日西入，隨❽以相從，解❾而後合❿。升謂之陽，降謂之陰。在地謂之理，在天謂之文。蒸⓫謂之雨，散⓬謂之風。炎謂之火，凝謂之氷⓭。形⓮謂之石，象⓯謂之星。朔⓰謂之朝，晦⓱謂之冥。通⓲謂之川，回⓳謂之淵。平謂之土，積謂之山。男女同位⓴，山澤通氣㉑。雷風不相射㉒，水火不相薄㉓。天地合其德，日月順其光。自然一體，則萬物經其常㉔。入謂之幽㉕，出謂之章㉖。一氣㉗盛衰，變化而不傷。是以㉘重陰㉙雷電，非異出也；天地日月，非殊物也。故曰，自其異者視之，則肝膽楚越也；自其同者視之，則萬物一體也㉚。」

【章　旨】本章著眼於宇宙生成的過程，提出「萬物一體」的根本觀點。認為天地萬物都統一於自然，是自然元氣盛衰變化的產物。事物間的差異起因於觀察者所取的角度不同。

【注　釋】❶自然　指混沌不分的自然之道。古人以為是造化天地萬物的本源。❷無外　自然造化至大至廣，包括一切，其內涵與外延同一，沒有其他任何事物在其外，所以說「無外」。❸名　名稱。天地有了名稱，就意味天地已各自形成。❹當　面對。❺殊　不同。❻地流句　流，流水。其燥，地面乾燥。❼抗　高舉。❽隨　指日月相隨。❾解　分開，指天地開闢。❿合　指天地相合。⓫蒸　蒸發。⓬散　擴散。⓭炎謂二句　炎，地上冒火光。米，一作「冰」。⓮形　指地形物態。⓯象　指天文形象。⓰朔　指太陽初升。⓱晦　指太陽落山。⓲通　指水流暢通。⓳回　指水流回旋停貯。⓴男女同位　男女享有共同的地位。㉑山澤通氣　高山和沼澤相互通達自然之氣。㉒射　這裡指摻和。㉓薄　迫近。㉔經其常　指以自然的一定常規為萬物的界限。㉕幽　黑暗。㉖章　同「彰」。明顯。㉗一氣　指天地形成之初的混沌之氣。㉘是以　因此。㉙重陰　重重陰雲。㉚故曰五句　語出《莊子・德充符》。魯國有個殘一足的學者叫王駘，享有跟孔子一樣高的聲望，擁有跟孔子一樣多的學生。有個賢人常季，問孔子為什麼這個殘疾人能與孔子成就相同，孔子譬喻說：「自其異者視之，肝膽楚越也；自其同者視之，萬物皆一也。」此用其語，藉以說明上述天地日月一系列現象。成玄英疏：「肝膽附生，本同一體也，楚越迢遞，相去數千。而於一體之中，起數千之遠，異見之徒，例皆如是也。」

【語　譯】「天地是由自然中化生的，萬物是由天地中化生的。自然之外，再也沒有別的存在，所以天地萬物就有了名稱。天地有一定的範圍，所以便產生了各自範圍內的種種事物。面對自然無外這一事實，誰能說天地有異呢？面對天地有內這一事實，誰又能說萬物有異呢？地面有流水，因為它乾燥，天空向高升，因為它潮濕。月亮東升，太陽西落，兩者相互追隨而又相互跟從。天地有所分離而又有所結合。凡向上升的，就叫做『陽』，凡向下落的，就叫做『陰』。凡在地上出現的，就叫做『地理』，凡在天空出現的，就叫做『天文』。天空蒸發的叫做『雨』，擴散的叫做『風』。炎熱升騰的叫做『火』，冰凍凝結的叫做『冰』。地上成形的叫做『石』，天上成象的叫做『星』。太陽初升叫做『清晨』，太陽落山叫做『黃昏』。水流暢通叫做『川』，回旋叫做『淵』。平原叫做『土』，積土叫做『山』。男女同在天地中具有一定的地位，高山和沼澤相互通達自然元氣。雷和風互不摻合，水和火也不相互接近。天地共同普施它們的恩德，日月依次發出它們的光明。自然是混然一體的，那麼萬物就以自然的常規為各自的界限。日落叫做『黑暗』，日出叫做『明亮』。它們都是天地混沌元氣興衰導致的變化，雖然表面發生變化，而實質卻並不損傷。因此，重重陰雲，雷鳴電閃，都不是異常現象；天地日月，也不是特殊物體。所以說，從事物之間的差異來看，人體內的肝和膽，就像地域中的楚國和越國，距離很遠，差別很大；從它們之間共同的本質來看，萬物都是渾然一體。

「人生天地之中，體❶自然之形。身者，陰陽之積氣也；性者，五行之正性❷也；情者，遊魂❸之變欲也；神者，天地之所以馭者也。以生言之，則物無不壽；推❹之以死，則物無不夭❺。自小視之，則萬物莫不小；由大觀之，則萬物莫不大❻。殤子為壽，彭祖為夭；秋毫為大，泰山為小❼。故以死生為一貫❽，是非為一條❾也。別而言之，則鬚眉異名；合而說之，則體之一毛也。彼六經之言，分處之教❿也；莊周之云，致意之辭⓫也。大而臨⓬之，則至極無外；小而理⓭之，則物有其制。夫守什五之數⓮，審⓯左右之名⓰，一曲之說⓱也；循自然、性天地⓲者，寥廓⓳之談也。

【章　旨】本章以分析人的個體存在入手，進一步論證「萬物一體」的根本論點。作者認為人的生命根源不過是陰陽之氣聚散的結果，從而否定了人的生死、大小、壽夭等界限，得出人作為個體存在，儘管有死生之別，但本質上還是齊一，生與死的差別只是相對的結論。

【注　釋】❶體　體現。❷五行之正性　五行所生成的純正之性。五行，金、木、水、火、土。❸遊魂　遊動的精氣。《易・繫辭上》：「精氣為物，遊魂為變。」❹推　推論。❺夭　短命，指非自然壽命的結束。❻自小四句　語出《莊子・秋水》：「以差觀之，因其所大而大之，則萬物莫不大；因其所小而小之，則萬物莫不小。」❼殤子四句　語出《莊子・齊物論》。殤，未成年而死。彭祖，傳說中長壽之人，年八百歲。秋毫，鳥獸在秋冬生長的細毛。❽一貫　把錢物用繩子串在一起，比喻變成一個相連不分的東西。❾一條　義同「一貫」。❿分處之教　把萬物分別開來處理的教義。⓫致意之辭　說明大意的文辭。⓬臨　從高處往低處看。⓭理　審理。⓮什五之數　古代的編戶制度，五家為伍，十家為什。⓯審　審定。⓰左右之名　指輔助政治的官吏的名分。⓱一曲之說　這裡指局部、片面的學說。⓲性天地　以天地之性為性，即順天地之性。⓳寥廓　廣闊遠大。

【語譯】「人生存在天地之中，體現了自然的形態。他的身體是陰陽結合的精氣；本性是陰陽五行的純正之性；他的情欲是遊魂變異而產生的欲望；精神則是天地用來駕馭人類的根源。從生存方面說，則萬物無不是享有自然賦予的壽命的；從死的角度推論，則萬物無不是屬於人們所說的短命的。從小的角度看，則萬物沒有不是小的；從大的角度看，則萬物沒有不是大的。如此，則夭折的孩子是長壽的，長壽的彭祖是短命的；秋天新生的獸毛是大的，高大的泰山是小的。所以死亡和生存是一根繩子串連著的，是和非是一棵樹上生長出的枝條。分開來說，鬍鬚和眉毛是不同的名稱；合起來說，它們就都是人體上一樣的毛。那些儒家六經的言論是分別處理天地萬物的教義；莊周的說法，則是說明天地萬物宏觀大意的文辭。莊周從大的方面臨視萬物，則看到萬物的終極直到沒有外物存在；儒家從小的方面來審視萬物，則萬物都有它們各自的限制。那些遵守十家、五家數目的編制，審定君主左右兩側的官員的名稱職掌，都是一種片面的學說；而遵循自然、順應天地之性，才是廣博遠大的議論。

「凡耳目之官，名分之施❶，處官❷不易司❸，舉❹奉❺其身，非以絕❻手足、裂肢體也。然後世之好異者❼，不顧其本，各言我而已矣，何待於彼？殘生害性，還❽為讎敵，斷割肢體，不以為痛。目視色而不顧耳之所聞，耳所聽而不待心之所思，心奔欲❾而不適性之所安❿，故疾疢⓫萌則生意⓬盡，禍亂作則萬物殘矣。

【章　旨】本章作者批判了儒家強調名分的舉措，認為他們違背了事物的根本，是引起是非、造成天下禍亂的根源所在。

【注　釋】❶施　實行。❷處官　據有官位。官，這裡指人體器官有各自的位置。❸易司　改變職責。❹舉　完全。❺奉　供奉。❻絕　斷。❼好異者　愛好怪異的人。即謂不正常的人。❽還　通「環」。環繞。這裡指互相之間不斷矛盾鬥爭。❾奔欲　放縱情欲。❿性之所安　本性安寧的需要。⓫疾疢　疾病。⓬生意　生活氣息。

【語　譯】「凡是耳目等器官，它們名分的實行，目的都是為了據守各自的位置而不改變職責，全都為了供奉整體，而不是為了割斷手足，分裂四肢身體。然而後世一些喜歡新異事物的人，不顧事物的根本道理，各人都說『我就是我』就夠了，又何必再去照顧到那些跟我不相干的整體呢？他們殘害生命，損害了本性，互相衝突成為仇敵，截斷了四肢，割裂身體卻不覺得疼痛。眼睛只看顏色而不顧耳朵聽見的東西，耳朵只注重聽到的而不管內心思考的內容，內心任憑情欲放縱而不管是否適合本性安寧的需要，所以疾病萌生而生氣耗竭，禍亂交起而導致萬物遭受摧殘。

「至人❶者，恬❷於生而靜於死。生恬，則情❸不惑；死靜，則神不離。故能與陰陽化而不易，從天地變而不移。生究❹其壽，死循❺其宜❻，心氣平治❼，消息❽不虧。是以廣成子❾處崆峒之山❿，以入無窮之門⓫；軒轅登崑崙之阜，而遺玄珠之根⓬。此則潛身者易以為活，而離本者難以永存也。

【章旨】本章描繪了與上章禮法之士截然相反的至人的生活狀態，再一次論證了齊萬物的觀點，同時也提倡了恬生靜死的遁世的生活方式。

【注釋】❶至人　莊子哲學中道德修養達到最高境界的人。❷恬　恬淡。❸情　指情欲。❹究　完成。❺循　順著。❻宜　適當歸宿。❼平治　平和調理。❽消息　這裡指盛衰變化。❾廣成子　《莊子・在宥篇》中通達自然之道的寓言人物。❿崆峒之山　廣成子棲居之地。⓫無窮之門　通向道家精神最高境界的大門。相傳黃帝曾向廣成子問道，廣成子說：「入無窮之門，以遊無極之野。」⓬軒轅二句　軒轅，即黃帝。阜，大丘。玄珠，黑色的寶珠，以喻大道的妙諦。相傳黃帝出遊赤水，登崑崙，歸來後發現丟了玄珠，於是他派很多人去尋找才找到。詳見《莊子・天地》。

【語譯】「至人，對生存抱持恬淡的態度，而以安靜的態度面對死亡。生存時恬淡，那麼情欲就不會惑亂；死亡時安靜，那麼神魂就不會離散。所以他能夠隨陰陽之氣變化而不改變其本性，能順從天地的演變而本性不遷移。他活著可以完成自然的壽命，死時也可以遵循適合的歸宿，心氣平和調理，雖有盛衰變化而不會損失。因此，廣成子住在崆峒山上，以進入自然的無窮之門；黃帝登上崑崙高山，卻丟失了玄珠這個根本的寶物。這就是隱居遁世的人容易生活，而背離大道根本的人難與天地永存的原因。

「馮夷不遇海若，則不以己為小❶；雲將不失於鴻濛，則無以知其少❷。由斯言之，自是❸者不章❹，自建者不立，守其有者有據，持其無者無執❺。月弦則滿，日朝則襲咸池❻，不留陽谷❼之上，而懸車❽之後將入也。故求得者喪，爭明❾者失，無欲者自足❿，空虛者受實⓫。夫山靜而谷深者，自然之道也；得之道而正者，君子之實也。是以作智造巧⓬者害於物，明著是非者危其身⓭，脩飾⓮以顯潔者惑於生，畏死而樂生者失其真。

【章　旨】本章通過對《莊子》中兩個事例的評點，主張超越生死、有無和是非的界限以達到無欲無為的高尚境界，即要求人生應該一切不爭、一切不明、一切不為。

【注　釋】❶馮夷二句　語出《莊子．秋水》。大意是說秋水氾濫，河伯馮夷自以為大。等他順流而下，到了北海，見到大海的廣闊無際，於是只好望洋興嘆，對北海神感慨自己的渺小了。馮夷，河伯，為河神之長。海若，北海之神。❷雲將二句　語出《莊子．在宥》。大意是雲將向鴻濛請教養生之術，鴻濛回答「吾弗知」。三年後，雲將因治民無方而再次求教，鴻濛告知他「徒處無為，而物自化」的養心之法，雲將覺悟後感慨自己知道太晚了。雲將，《莊子》中虛構的人物，意為雲神之主將。鴻濛，也是虛構人物，意為混沌的自然元氣。❸自是　自以為是。❹章　同「彰」。明白顯揚。❺守其有者有據二句　「有」、「無」是道家哲學的兩個概念，有指具體的有形的存有，無指無形的抽象的存在。莊子認為拘滯於有、無都不是正道，有、無雙遣才是正確的人生方式。守，保持。據，根據。持，拿著。❻咸池　傳說中太陽沐浴的地方。❼陽谷　傳說中日出的地方。❽懸車　傳說中太陽神羲和駕馭太陽在悲泉休息，稱之為「懸車」。這裡指黃昏前的一段時間。❾爭明　爭辯明白。❿自足　自然充足。⓫受實　得到實惠。⓬作智造巧　耍弄聰明，造作巧妙。⓭危其身　危害自己。⓮脩飾　指禮俗修飾。

【語　譯】「河伯馮夷如果不遇見北海神海若，那麼他就不會認為自己渺小；雲神雲將如果不是錯失元氣之神鴻濛的指點，那麼他就無從知道自己的無知。由此說來，自以為是的人不能明白事理，建立個人功業的人不算成功，保持自己天然稟賦的人有根據，拿著非自己天賦所有的人保不住。月亮殘缺就會圓滿，太陽清晨上升到咸池裡洗沐，並不停留在陽谷上方，而到了傍晚之後，太陽就要落山。所以追求得益的人反而會喪失已得的利益，爭辯事理的人反而會失去已有的知識，沒有欲望的人自己感到很充足，虛懷若谷的人會得到實惠。這就如同高山沉靜而山谷幽深，這是自然之道的體現；從自然得到道而能正確實現的人，是君子的實質。因此，耍弄聰明、造作巧妙的人對萬物有害，絕對辯明是非的人會危害自身，靠禮俗修飾外表而顯示自己高潔的人會對生存迷惑，畏懼死亡而追求生存榮耀的人必會失去他的真性。

「故自然之理不得作❶，天地不泰❷而日月爭隨❸，朝夕失期❹而晝夜無分，競逐趨利，舛倚❺橫馳，父子不合，君臣乖離❻。故復言❼以求信者，梁下之誠❽也；克己以為人者❾，郭外之仁❿也；竊其雉經⓫者，亡家之子也；刳腹割肌⓬者，亂國之臣也；曜⓭菁華⓮、被沆瀣⓯者，昏世之士也；履霜露、蒙塵埃⓰者，貪冒之民⓱也；潔己以尤世⓲、脩身以明洿⓳者，誹謗⓴之屬㉑也；繁稱是非、背質追文㉒者，迷罔㉓之倫㉔也；成非媚悅㉕、以容求乎㉖，故被珠玉以赴水火者，桀紂㉗之終也；含菽采薇㉘，交㉙餓而死，顏、夷㉚之窮也。是以名利之塗開，則忠信之誠薄；是非之辭著㉛，則醇厚之情㉜爍㉝也。

【章　旨】本章列舉了各種追名逐利的人物形象，並把產生這種混亂的社會秩序歸結為信奉是非曲直、忽視齊物的必然結果。

【注　釋】❶作　振作。❷泰　安寧太平。❸爭隨　這裡指日月失序。❹失期　失去正常的時間。❺舛倚　違法邪行。❻乖離　背離、分散。❼復言　實踐諾言。❽梁下之誠　語出《莊子・盜跖》：「尾生與女子期於梁下，女子不來，水至不去，抱梁柱而死。」這裡指不善養生的愚誠。梁下，橋下。❾克己句　克己，約束自己。人，即仁。克己為仁是儒家的基本精神。❿郭外之仁　典出《莊子・讓王》：「孔子謂顏回曰：『回，來！家貧居卑，胡不仕乎？』顏回對曰：『不願仕。回有郭外之田五十畝，是以給飦粥……。』」郭外，郊外。⓫雉經　自縊而死。指晉獻公之子申生受人陷害之事。詳見《國語・晉語》。⓬刳腹割肌　剖腹割肉。指比干、介之推之流。比干為商紂的叔父，因諫止紂王行暴而被剖腹。介之推是晉文公流亡時的侍臣，曾割自身之肉為晉文公療飢。⓭曜　通「耀」。發揚。⓮菁華　同「精華」。⓯沆瀣　「六氣」之一，神仙服食的北方夜半空氣凝成的露水。⓰履霜露句　履霜露，指順從君主的臣民。蒙塵埃，即「蒙塵」。語出《左傳・僖公二十四年》。本指天子逃難在外，此指天子有難而為其奔波的臣民。⓱貪冒之民　指貪圖財利而冒險的臣民。⓲尤世　怨世。⓳洿污濁。⓴誹謗　這裡是指責時政過失的意思。㉑屬　類。㉒背質追文　背離質樸，追求文飾。㉓迷罔　困惑。㉔倫　類。㉕媚悅　媚上求娛。㉖孚　誠信。㉗桀紂　桀，夏代亡國之君。紂，商紂，商代最末一位君主，以殘暴兇戾著稱。㉘含菽采薇　含菽，以豆類充飢，指顏回。菽，豆類的總稱。采薇，採野豌豆充飢，指伯夷、叔齊。薇，山菜名，俗稱野豌豆。㉙交　接。㉚顏夷　顏，指顏回。夷，伯夷。二人都是儒家尊崇的安於清貧的節士。㉛著　清楚明顯。㉜醇厚之情　純樸渾厚的情操。㉝爍　通「鑠」。熔化；銷毀。

【語　譯】「所以說自然的基本道理不能得到發揚，天地就會不和泰，日月就會爭相追逐，早晨和夜晚就會失去定期，白天和黑暗就會沒有區別。人們競相謀利，趨名求利，胡作非為，奸邪並生，父子不合，君臣背離。所以，用實踐諾言來邀取誠信的人，是淹死在橋下尾生式的愚誠；約束自己以達到仁的人，是顏回式安享城外有田耕食的仁愛；私底下自殺的申生之類，是沒落家族的子孫；比干之類開膛挖心的人，介之推之類割肉奉君的人，都是混亂國家的臣民；光耀著自己的精華、披戴夜半寒氣的人，是昏亂時代的士人；在霜露襲人的氣候中順從履行職責的人，在天子遇難而到處奔波的人，都是貪利冒險的小民；潔身自好以怨尤時世的人，以自己的修養來顯示他人污濁的人，是批評時政過失錯誤的一類；繁瑣地談論是是非非、背離淳樸而追求文飾的人，是困惑糊塗的一類；以獻媚討好助長錯誤、用外貌求得信任，所以身披珠玉而縱身水火，這是夏桀、商紂的下場；嚼豆採野菜充飢，交相餓死，那是顏回、伯夷的最終歸宿。因此，追求名利的道路一旦開闢，那麼忠愛信義的真誠便會日趨淡薄；辯論是非的言辭一旦大興，淳樸的情操也就會銷毀一空。

「故至道之極❶，混一不分，同為一體，得失無聞。伏羲氏❷結繩，神農❸教耕，逆之者死，順之者生，又安知貪洿❹之為罰❺，而貞白❻之為名乎？使至德之要❼，無外而已。大均❽淳固❾，不貳其紀❿。清淨寂寞，空豁⓫以俟⓬。善惡莫之分，是非無所爭。故萬物反其所而得其情也。儒、墨之後，堅白⓭竝起，吉凶連物，得失在心，結徒聚黨，辯說相侵⓮。昔大齊之雄⓯，三晉⓰之士，嘗相與瞋目張膽⓱分別此矣。咸以為百年之生難致⓲，而日月之蹉⓳無常，皆盛僕馬，脩衣裳，美珠玉，飾帷⓴牆，出媚君上，入欺父兄，矯厲才智㉑，競逐㉒縱橫㉓。家以慧子殘㉔，國以才臣亡。故不終其天年㉕而大自割㉖，繫㉗其於世俗也。是以山中之木，本大而莫相㉘，吹萬數竅相和，忽焉自已㉙。夫鴈之不存，無其質而濁其文㉚；死生無變，而龜之見寶，知吉凶也。故至人清其質而濁其文，死生無變而未始有云。

【章　旨】本章作者回顧了國家制度產生之後，人類社會背離自然之道，從而異說紛起，講求是非得失差別的情況。並借山中之木、雁之不存兩個典故，攻擊了後代社會重文輕質的現象。

【注　釋】❶極　頂點。❷伏羲氏　古代傳說中的帝王，即太昊，風姓。相傳他始畫八卦，教民捕魚畜牧，以充庖廚。❸神農　古代傳說中的帝王。相傳他始教民為耒耜以興農業，嘗百草為醫藥以治疾病。❹貪洿　貪污。❺罰　罪。❻貞白　貞潔清白。❼至德之要　最高功德的要點。❽大均　指自然之道的恩惠公正平允。❾淳固　淳厚質樸可以鞏固。❿紀　法紀。⓫空豁　空闊廣大。這裡即指空虛。⓬俟　等待。⓭堅白　先秦時期有關名實問題爭論的一個重要概念，這裡指先秦九流之一的名家學派，其代表學者公孫龍子的著名論點是「白馬非馬」。

⑭相侵　互相攻擊。⑮大齊之雄　指戰國時期齊宣王在都城臨淄稷門修建學館，聚集了許多學者，百家爭鳴。⑯三晉　指三家分晉而獨立的韓國、魏國和趙國。⑰瞋目張膽　這裡形容爭辯時瞪目動手的神情。⑱致　達到。⑲蹉　蹉跎；歲月白白地消磨過去。⑳帷　帳幔。㉑矯厲才智　使盡渾身解數，展露才智。㉒競逐　競相爭逐。㉓縱橫　合縱連橫。此指以辯辭求富貴。㉔殘　破落。㉕天年　天賦的壽命。㉖大自割　對自己大施宰割，即謂自我夭折。㉗繫　束縛。㉘山中之木二句　出自《莊子・山木》：「莊子行於山中，見大木，枝葉盛茂，伐木者止其旁而不取也。問其故，曰：『無所可用。』莊子曰：『此木以不材得終其天年。』」本，樹幹。㉙吹萬二句　出自《莊子・齊物論》：「大木百圍之竅穴，似鼻、似口、似耳，……泠風則小和，飄風則大和，厲風濟則眾竅為虛……夫吹萬不同，而使其自已也。咸其自取，怒者其誰邪？」已，停止。㉚夫鴈二句　語出《莊子・山木》。據載，莊子的朋友招待莊子，準備殺抓到的二隻大雁，結果只把那隻不能鳴叫的給殺了。這就是「以不材死」。

【語　譯】「所以至道的終極境界，渾沌一片，不分彼此，萬物同為一體，而沒有得失的分別。伏羲氏時代，結繩為網，狩獵捕魚，神農氏時代，教人們耕種莊稼，違背他們的做法就會遭受滅亡，順應他們的做法就能獲得生存，人們又哪裡會知道貪圖財利是罪惡，而貞節清白是美譽呢？假使要說最高大道的精要，那麼只是自然而沒有外物存在而已。自然大道的恩惠最為均等而且淳厚鞏固，又使治理的法度只有一個，不需設立正副。天地清淨，寂寞無聲，保持空闊開朗來等候。沒有人需要區分善惡，是非也無須爭辯。因此萬物能回到它們各自的處所，而得到各自的真實。儒家、墨家產生之後，名家的堅白論也興起了，吉凶福禍與萬物相連，是非得失留存在心中，所以人們聚結徒眾糾集朋黨，辯論立說互相攻擊。當初強大的齊國稷下的諸多學者，韓趙魏三國晉臣的眾多名士，都曾經互相瞪大眼睛，激烈爭論這些是非善惡。人們都認為人生百年難以實現，而歲月消逝又變化無常，於是就全都大置僕從車馬，修整衣裳，崇高珍寶，裝飾帷幕宮牆，在外諂媚君王，在家欺騙父兄，千方百計施展才智，競相追逐論辯縱橫。結果家族因為有了聰慧的子孫而殘敗，國家因為有了幹練有才的臣下而滅亡。所以他們不能盡享自然的壽命反而極大地自我損傷，就因為自己束縛於世俗風氣。因此，山中的大樹，根幹粗壯而沒有人顧視，風吹大樹萬竅發出的音響交錯應和，風過聲歇，很快又恢復大樹本來的模樣。那隻不會啼鳴的雁被殺，不得生存，是因為它牠去了天然的品質，濁亂了牠的外表；還有那生死都不能改變其本質的神龜，被當作寶物，是因為牠們能預知吉凶。所以至德的人使自己本質清淨，而使自己的外表濁亂，無論生死都不改變本質，卻從一開始就從未有過修飾的外表。

「夫別言❶者，壞道❷之談也；折辯者，毀德之端❸也；氣分❹者，一身之疾也；二心者，萬物之患也。故夫裝束❺馮軾❻者，行以離支❼；慮在成敗❽者，坐而求敵；踰阻攻險者，趙氏之人也❾；舉山填海者，燕、楚之人也❿。莊周見其若此，故述道德之妙，敘無為之本，寓言以廣之⓫，假物以延⓬之，聊⓭以娛⓮無為之心，而逍遙於一世。豈將以希咸陽⓯之門而與稷下⓰爭辯也哉？

【章　旨】本章論述了莊子學說形成的原因與所要達到的目的。莊子是針對社會上爭辯不已的現象而創立齊物論學說，其目的並非為論爭高下，只為啟發人智而已。

【注　釋】❶別言　不同派別的學說，指百家學說。❷壞道　毀壞至道。❸端　開端。❹氣分　指人體的精氣分散所造成的分別。❺裝束　整理行裝。❻馮軾　同「憑軾」。憑依著車前隆起的橫木。這裡指出遊四方。❼離支　分散。❽慮在成敗　考慮國家事業的成功和失敗。❾踰阻二句　據《史記・趙世家》，戰國時趙國自趙襄王起到趙武靈王一直大肆向外擴張，僅趙武靈王就滅了中山國。❿舉山二句　指愚公移山的事。據《列子・湯問》，愚公面向太行、王屋二山而居，生活不便，於是就帶領一家老小發誓要把山挖平為止，並打算將土運至渤海之尾。後天帝為其精神所感動，派大力天神將王屋山移往朔東（屬燕國），把太行山移往雍南（屬楚國）。⓫寓言以廣之　化用《莊子・天下》「以寓言為廣」語。廣，擴大。⓬延　延長。⓭聊　姑且。⓮娛　使愉快。⓯咸陽　秦國的都城。咸陽之門，代指求官之路。⓰稷下　齊國的稷下學官，這裡指各派學者。

【語　譯】「那些不同派別的學說，是敗壞大道的謬論；折服別人的爭辯，是毀壞至德的開端；體中精氣分散而產生區別，造成一個人的疾病；而存有二心，則是萬物的禍患。所以那些整理行裝、憑軾出遊的人，他們的行為就是為了離間友誼；一心考慮成敗的帝王，就是端坐不動也會招致敵人；翻越阻難、攻克艱險的人，是趙國的門客；舉山填海的愚公子孫，都是燕、楚兩地的勞苦百姓。莊周看到人們都是這樣愚昧無知，所以闡述了道德的精妙，敘說了無為的根本，寫成寓言來推廣其大道，假借事物來延伸其道理，姑且用它們來娛悅其清虛無為之心，而能夠逍遙自得於整個世界。他哪裡是用他的學說祈求進入秦國都城咸陽的大門裡去，而與那些稷下的學者爭辯呢？

「夫善接人❶者，導❷焉而已，無所逆之。故公孟季子❸衣繡而見，墨子❹弗攻；中山子牟❺心在魏闕❻，而詹子❼不距❽。因其所以來，用其所以至，循而泰之❾，使自居之；發❿而開之，使自舒之。且莊周之書何足道哉？猶未聞夫太始之論⓫、玄古之微言⓬乎！直⓭能不害於物而形以生，物無所毀而神以清，形神在我而道德成，忠信不離⓮而上下平。茲客⓯今談而同古，齊說而意殊，是心能守其本⓰，而口發不相須⓱也。」

【章旨】本章總結了自己的達莊之論，評點莊子之說，認為莊子之說也尚未達到最高境界。

【注釋】❶接人　與別人交往。❷導　引導；啟迪。❸公孟季子　即指《墨子．公孟》中的公孟子，事跡不詳。❹墨子　即墨翟。戰國時墨家學派的代表人物。據《墨子．公孟》載，儒者公孟子穿著華麗的衣服來見墨子，說：「君子是先穿衣服然後再做事呢？還是先做事然後再穿衣服呢？」墨子認為國家的治理與穿衣的好壞無關。❺中山子牟　戰國時魏國公子，封於中山，名牟。❻魏闕　古代宮門外的樓觀，用以觀望。這裡代指朝廷。❼詹子　指魏國的賢人詹何。據《莊子．讓王》，中山子牟對詹子說自己既想隱居，又羨慕榮華，不知該怎麼辦才好。詹子勸他要重視生命，鄙棄榮利才能安穩隱居。❽距　通「拒」。拒絕。❾泰之　使他想通。❿發點撥；啟發。⓫太始之論　關於天地開闢的原始太初理論。⓬玄古之微言　關於遙遠太古的精微學說。⓭直　同「值」。價值。⓮離　背離。⓯茲客　即前文問疑於先生之人。⓰守其本　持守本意。⓱不相須　不符合心裡想的。即說的不一定清楚。須，與「需」通。資也；用也。

【語　譯】「那些善於與人接觸的人，只不過是做些導引的工作罷了，而並不是去頂撞違逆對方。所以公孟子穿著華麗衣裳去見墨子，而從來主張節儉的墨子卻不攻擊他；中山的魏公子牟的心思還惦記著宮廷，卻去問詹子仕隱的矛盾，但詹子並不拒絕他的請教。他們都是根據對方前來請教的內容，利用對方想達到的目的，順著對方的思路而使發問者自己暢明，讓發問者自己去處理；慢慢啟發而開導對方，使問者自己舒散他們的疑惑。況且莊周的書又有什麼值得稱道呢？他還沒有聽說那天地開闢的太初時代，也還沒有聽說關於遙遠太古的精微學說呢！他的學說的價值在於能不傷害萬物而使形體得以生長，萬物無所毀壞而使其精神得以清淨，形體精神屬於我自己而使道德得以完善，堅貞信義不背離而使上下得以太平。今天你的談論與古代相同，在形式上按照它的思想表述，但精神本質卻有不同，這是因為你心裡雖能夠持守本意，然而嘴上說起來，卻不一定符合要求，未必能說清楚。」

於是，二三子❶者風搖波蕩，相視䐑脉❷，亂次而退，蹚跌❸失迹❹，隨而望之耳。後頗亦以是知其無寔，喪氣而慙愧於衰僻❺也。

【章　旨】本章照應開頭，描繪了儒家之士們聽完道家先生的講解後的醜態，與開頭的囂張氣焰形成了鮮明的對照。

【注　釋】❶二三子　指稱文章開始的縉紳好事之徒。❷瞞脉　脈搏膨脹加快。脉，今通作脈。❸蹠跌　同「蹢跌」。兩腳相碰跌倒。❹失迹　指步伐凌亂。❺衰僻　指學識僻陋。

【語　譯】於是這幫儒家門徒有如被風吹搖動飄蕩一樣難以自持，面面相覷，脈搏加快，全都亂了方寸，爭先恐後地退席，腳碰腳地跌倒，喪失了平常的腳步，只會一個跟一個地望著先生了。後來他們之中也有幾個由於這次談論而深深知道自己沒有真才實學，只好垂頭喪氣，對自己知識的淺陋感到慚愧。

【研　析】《莊子》是魏晉玄學得以產生發展的重要典籍之一，它主張清靜無為，所以與儒家提倡的綱常名教產生了激烈的衝突。本文中的縉紳好事之徒就是儒家禮法之士的代表，而先生則是一個主張清靜無為的道家學者，是作者的化身。這兩者之間的衝突，就是儒、道兩派論爭的具體表現。兩者直接交鋒的焦點在莊子「齊禍福而一死生，以天地為一物，以萬類為一指」的齊物論學說。縉紳好事之徒鼓吹用儒家的是非吉凶之名來分理萬物治理國家。而作者則根據莊子的學說，從宇宙生成的角度出發，論證了「自然一體」、「萬物一體」的根本觀點。接著作者又分析了人的個體存在與宇宙自然的關係，指出人的生命根源不過是天地陰陽之氣聚散的結果，從而否定了人的生死、大小、壽夭等的界限，得出了人作為個體存在，在本質上是齊一的，生死、是非也是互為「一貫」、「一條」的結論。接著由此進一步推論指出「君子之實」應該遵循「自然之道」，以使自己「得之道而正」。隨後，作者聯繫社會現實，指出儒家的綱常名教是使「自然之理不得作」，從而造成「父子不合，君臣乖離」，導致人們為謀取名利不惜「出媚君上，入欺父兄，矯厲才智，競逐縱橫」，因而「家以慧子殘，國以才臣亡」。其批判的鋒芒直指當時在司馬氏專權下，借儒家名教謀取私利的禮法之士，同時也對當時的黑暗政治，表達了強烈的不滿。

本文雖然主要集中闡述莊子的齊物論觀點，但與莊子的齊物論又有所不同。莊子在論述他的齊物論觀點時，過分強調了事物的相對性，淡化甚至泯滅了事物的差異性。而作者卻認識到了事物之間的整體性和統一性，因而在闡述「至道之極，混一不分」的同時，承認了萬物之間的對立統一性，人的耳目五官雖然各司其職，不越常位，但它們的最終目的是「舉奉其身」，這就比莊子的認識推進了一步。同時，作者也未全盤否定儒家名教。作者指出：「六經之言，分處之教也；莊周之云，致意之辭也。大而臨之，則至極無外；小而理之，則物有其制。」承認了儒家名教在處理事務、穩定社會秩序方面的作用。其實作者深惡痛絕的並不是整個儒家綱常禮法本身，而是當時禮法之士打著儒家旗號所宣揚的虛偽的名教禮法。

本文寫作上也繼承了《莊子》散文的優良傳統。文章通篇採用問答體的行文方式，極富故事性。全篇文思明快，筆意恣肆，人物形象個性鮮明，語言犀利流暢，是一篇優秀的哲學論辯文章。

通老論

【題解】本篇今只殘存三小段。其中第一、第二小段見於《太平御覽》卷一，第三小段見於《太平御覽》卷七十七。本篇的創作動機當和〈達莊論〉、〈通易論〉相近，也是為闡釋《老子》大旨而作。

聖人明於天人之理❶，達❷於自然之分❸，通於治化❹之體❺，審❻於大慎❼之訓。故君臣垂拱❽，完❾太素❿之樸⓫；百姓熙怡⓬，保性命⓭之和⓮。

【章旨】本章描繪了作者心目中的聖人形象，認為只有像聖人那樣取法自然之道治理國家，才會國泰民安，達到理想社會的境界。

【注釋】❶天人之理　天道與人事之間相互關係的道理。古人認為天道能夠干涉人事，人事也能改變天意。❷達　通曉；明白。❸分　法度；規律。❹治化　治理國家教化萬民。❺體　事物的體制法式。❻審　明白；清楚。❼大慎　極度謹慎。❽垂拱　垂衣拱手。形容無所事事，無為而治。❾完　保全。❿太素　古代指構成宇宙的最原始的物質。⓫樸　質樸；樸素。⓬熙怡　和樂喜悅。⓭性命　中國古代的哲學術語。指事物的稟賦和壽命。⓮和　和諧。

【語　譯】聖人明曉天道人事相互關係的基本道理，通達宇宙自然的運行原則，精通治理國家教化萬民的體制，明審極度謹慎的立身訓誡。所以君臣之間能夠垂衣拱手無為而治，保全最純真的原始時代的樸素；百姓能夠和樂喜悅，安居樂業，保持著人的稟賦和壽命的和諧。

道❶者法❷自然而為化。侯王能守之，萬物將自化。《易》謂之太極❸，《春秋》謂之元❹，《老子》謂之道。

【章　旨】本章闡釋了對道的認識，認為道是取法自然而化育天地萬物的根本。並將「道」與儒家所謂的「太極」和「元」作了比擬。

【注　釋】❶道　宇宙的本原和規律。《老子》第二十五章：「有物混成，先天地生……吾不知其名，字之曰道，……道法自然。」❷法　取法；效法。❸太極　《周易・繫辭上》：「是故《易》有太極，是生兩儀。」孔穎達疏：「太極謂天地未分之前，元氣混而為一，即是太初、太一也。故《老子》云『道生一』，即此太極是也。」簡單地講，就是天地未分元氣混沌的狀態。❹元　《春秋公羊傳・隱公元年》：「元年春，王正月。元年者何？君之始年也。」何休注：「變一為元。元者氣也。無形以起，有形以分，造起天地，天地之始也。」

【語　譯】道這個東西，取法自然而化育天地萬物。如果侯王能保守它，萬物就會自己化育。《易經》稱它為「太極」，《春秋》稱它為「元」，《老子》稱它為「道」。

三皇❶依道，五帝❷仗❸德，三王❹施仁，五霸❺行義，強國❻任智。蓋優劣之異，薄厚之降❼也。

【章　旨】本章略述了古代帝王治國的情況，說明這是一個由優到劣、由厚到薄的歷史發展過程。

【注　釋】❶三皇　傳說中遠古的三位帝王。其名傳說不一。《白虎通・號》稱伏羲、神農、燧人為三皇；《世本》稱伏羲、神農、黃帝為三皇；《史記・秦始皇本紀》又稱天皇、地皇、泰皇為三皇。❷五帝　傳說中時間後於三皇的五位上古帝王。其說也不一。《易・繫辭下》稱伏羲、神農、黃帝、堯、舜為五帝。《世本》稱黃帝、顓頊、帝嚳、堯、舜為五帝。《帝王世紀》稱少昊、顓頊、高辛、堯、舜為五帝。❸仗　依仗；依靠。❹三王　指夏禹、殷湯、周文王。都是三朝的開國之君。❺五霸　指春秋五霸。說法也不一。一般認為是齊桓公、晉文公、秦穆公、宋襄公、楚莊王。❻強國　指戰國時齊、楚、燕、韓、趙、魏、秦七個強國。❼降　遞減。

【語　譯】上古三皇依恃「道」行事，五帝依仗「德」行事，三王施行「仁愛」，五霸奉行「義」，戰國七雄任用「智」。這大概就是優劣的差異，厚薄的逐級遞減吧。

【研　析】據《晉書・阮籍傳》記載，阮籍早年「博覽群籍，尤好老莊」，可見老莊哲學對他人生觀的深刻影響。再加上正始年間玄學盛行，阮籍的前輩何晏、王弼就是當時兩位領袖潮流的玄學家。何、王二人「好論儒道」（《三國志・魏書・鍾會傳》），他們經常以道家的玄虛觀點來解釋儒家的經典，把老莊思想同《周易》結合起來，作為他們學說的核心，他們的主要觀點是「聖人體無」，「道者無之稱也」等。何、王二家的學說風靡一時，當時的士人莫不以談玄學為風尚，身處風尚之中的阮籍當然會被影響，〈通老論〉就是體現用老莊哲學解釋儒家經典的觀念的一篇作品。在第一小段裡，阮籍認為只有像聖人那樣取法自然之道治理國家，才會國泰民安，萬物自然化育，從而達到理想社會的最高境界。第二小段阮籍將儒家所謂的「太極」、「元」與道家所謂的「道」作了比擬，言下之意兩者之間並沒本質的差別。表現了儒道會融的觀點。第三小段阮籍略述了上古帝王治國的情況，認為由「道」到「德」到「仁」到「義」再到「智」是一個由優到劣、由厚到薄逐漸衰落的歷史過程，明確地表達了依「道」治國的觀點。由於時局的刺激和阮籍本人思想的逐步發展，後期的阮籍思想更趨激烈，在〈達莊論〉中他完全否定了儒家的那套治國平天下的價值觀念，認為它們是禍國殃民、導致社會秩序混亂的根源所在。所以從這篇文章中有會融儒道兩家的趨向來看，當是阮籍早年的作品。

傳

大人先生傳

【題解】本文是一篇賦體傳記。大人先生是對道家得道長者的稱呼。據史書記載，本文的創作原型是在蘇門山修道的孫登。《晉書·阮籍傳》：「籍嘗於蘇門山遇孫登，與商略終古及棲神導氣之術，登皆不應，籍因長嘯而退。至半嶺，聞有聲若鸞鳳之音響於巖谷，乃登之嘯也。遂歸著〈大人先生傳〉。」本文主要反映阮籍後期的思想傾向，帶有濃厚老莊哲學色彩。作者激烈攻擊了世俗社會的禮法制度，抒發了追求個體解脫和嚮往清新自由的理想人生的強烈願望。

大人先生蓋❶老人也，不知姓字。陳❷天地之始，言神農❸、黃帝❹之事，昭然❺也。莫知其生年之數。嘗居蘇門之山❻，故世咸❼謂之閒。養性延壽，與自然齊光。其視堯、舜❽之所事，若手中耳。以萬里為一步，以千歲為一朝。行不赴❾而居不處❿，求乎大道⓫而無所寓⓬。先生以應變順和⓭，天地為家。運⓮去勢隤⓯，魁然⓰獨存。自以為能足與造化⓱推移，故默探道德⓲，不與世同。自好者⓳非之，無識者怪之，不知其變化神微⓴也。而先生不以世之非怪而易其務㉑也。先生以為中區㉒之在天下，曾㉓不若蠅蚊之著㉔帷，故終不以為事㉕，而極意乎異方奇域，遊覽觀樂非世所見，徘徊無所終極㉖。遺㉗其書於蘇門之山而去，天下莫知其所如往㉘也。

【章旨】本章寫大人先生的生平行為和思想，描繪出一個能「以萬里為一步，以千歲為一朝」、「應變順和，天地為家」的道家神仙形象。

【注釋】❶蓋　語氣詞，表推測。❷陳　陳述；述說。❸神農　指神農氏，即炎帝，古代傳說中的上古帝王之一，教民耕植，並遍嘗百草，教人治病。❹黃帝　即軒轅黃帝，古代傳說中的上古帝王之一，相傳是中原各族人民的共同祖先，這裡用來指代上古時代。❺昭然　明白貌。❻蘇門之山　即蘇門山，太行山支脈，在今河南輝縣西北。❼咸　都。❽堯舜　唐堯、虞舜，是儒家所遵奉的上古聖君典範。❾赴　這裡指奔向目的地。❿處　這裡指停留於固定的處所。⓫大道　老莊術語，指自然本體和總規律。⓬寓　寄宿。⓭應變順和　適應變化，順從和諧。⑭運　世運；國運。⑮隤　同「頹」。衰敗。⑯魁然　壯偉貌。⑰造化　創造萬化的大自然。⑱道德　這裡指老莊哲學之範疇，與儒家的倫理哲學中的道德含義不同。⑲自好者　自以為是的人。⑳神微　這裡用來形容道德的精微神妙。㉑務　志業。即指默探道德。㉒中區　四海之內的區域，這裡指中國。㉓曾　竟；簡直。㉔著　附著。㉕不以為事　不把它當作一回事。㉖終極　窮盡。㉗遺　留。㉘所如往　所前往的地方。

【語譯】大人先生，大概是一位老人，他的姓名字號，人們已經無從知曉了。他陳述天地的起源，訴說神農、黃帝時代的事情，清楚明白。沒有人知道他活了多少歲。他曾經居住於蘇門山，所以世人都說他很悠閒。他怡養情性，延年益壽，與自然一樣光輝。他看唐堯、虞舜的事功，就像在手掌心裡一般清楚。他將萬里之遙視為只有一步，把千年之久看作只是一個早晨。他行走沒有一定的方向，居住沒有固定的處所，一心追求大道而沒有具體的寄宿之所。先生因為適應變化，順從和諧，以天地作為自己的家。因此，人間世運離去，形勢衰敗，他卻還能依然魁然獨存於世。他認為自己的能力足以與天地造化一起推動移易，所以他默默地探求道德，而不同流於世俗所謂的道德。那些自以為是的人非難他，那些毫無識見的人責怪他，其實他們都不知道他探求大道變化的精微神妙。然而先生卻不因世俗的非難責怪而改易自己的志業。先生認為中國對於天下來說，簡直不如蒼蠅蚊子叮在帷幕上所占的地方大，所以他始終不把它當作一回事，而著意於奇異的地方和奇特的邦域，他在那些地方旅遊觀覽，賞玩娛樂，都不是世人所能看見的，所以徘徊流連而沒有窮盡。他在蘇門山留下了書信，就離去了，天下沒人知道他所前往的地方。

或❶遺大人先生書曰：「天下之貴，莫貴於君子。服❷有常色❸，貌❹有常則❺，言❻有常度❼，行❽有常式❾。立則磬折❿，拱⓫若抱鼓。動靜有節，趨步商羽⓬。進退周旋⓭，咸有規矩。心若懷冰，戰戰慄慄⓮，束身脩行，日慎一日。擇地而行，唯恐遺失⓯。誦周、孔之遺訓⓰，歎唐、虞之道德⓱。唯法是脩，唯禮是克⓲。手執珪璧⓳，足履繩墨⓴，行欲為目前㉑檢㉒，言欲為無窮㉓則㉔。少稱鄉閭㉕，長聞邦國㉖。上欲圖三公㉗，下不失九州牧㉘。故挾金玉㉙，垂㉚文組㉛，享尊位，取茅土㉜，揚聲名於後世，齊功德於往古。奉事君上，牧養㉝百姓，退營㉞私家，育長㉟妻子。卜吉宅㊱，慮乃億祉㊲，遠禍近福，永堅固已。此誠士君子之高致，古今不易之美行也。今先生乃被㊳髮而居巨海㊴之中，與若㊵君子者遠，吾恐世之歎先生而非之也。行為世所笑，身無由自達㊶，則可謂恥辱矣。身處困苦之地，而行為世俗之所笑，吾為先生不取也。」

【章　旨】本章是自命君子的禮法之士寫給大人先生的一封信。通過信中君子的自我溢美之辭，描繪了他們迂腐虛偽、拘於禮法、謀取私利的醜態，揭露了他們的骯髒靈魂。

【注　釋】❶或　有人。這裡指自命君子的禮法之士。❷服　衣服。❸常色　一定的顏色。按儒家禮法，日常服飾都依封建等級而有不同的顏色。❹貌　儀容神情。❺常則　一定的準則。按儒家禮制，不同等級、不同年齡的人之間的交往，都依照各自的身分地位規定相應的儀容。❻言　說話；討論。❼常度　一定的法度。按儒家禮制，不同等級、不同身分的人的說話談論，都有相應的不同限度。❽行　行為舉止。❾常式　一定的模式。按儒家禮制，不同身分地位的人在不同的場合，行為舉止都有不同的一定模式。❿磬折　弓著腰像磬一樣彎曲的行禮狀。這裡形容君子們鞠躬行禮的嚴肅。磬，古樂器，用玉或石製成，形狀曲折。《禮記・曲禮》：「立則磬折垂佩」。⓫拱　拱手，古代不同身分地位的人相見時的一種禮節，形狀如抱鼓般莊重。⓬趨步商羽　商羽本是古代五音宮商角徵羽中的兩個音調，趨步商羽，形容走路快慢緩急如奏樂一樣。⓭周旋　周轉回旋。這裡指交際時的動作。⓮戰戰慄慄　因恐懼、寒冷或激動而身體發抖。這裡用來形容言談舉止的謹慎小心。⓯遺失　指疏忽失禮。⓰周孔之遺訓　指禮樂制度。周公和孔子都是儒家遵奉的聖人，相傳是制定禮樂制度的祖師。⓱唐虞之道德　唐堯、虞舜的禮樂規範。這裡的「道德」與上章的「道德」不同，指儒家的禮樂規範。⓲克　約束。⓳珪璧　古代祭祀朝聘時所用的玉器。執珪璧是士大夫朝見君主時示敬的儀式。⓴繩墨　木工畫線時用的工具。這裡指走路循規蹈矩。㉑目前　當世。㉒檢　法則；法度。㉓無窮　永世；千秋萬代。㉔則　準則。㉕鄉閭　家鄉；故里。㉖邦國　國家。㉗三公　古代中央三種最高官銜的合稱，各個時代略有變動。㉘九州牧　古代分天下為九州，所以州牧是地方上的最高長官。㉙金玉　指珍寶財物。㉚垂　佩帶。㉛文組　飾有花紋的綬帶，用來佩印或飾玉。㉜茅土　古天子分封王侯時，用代表方位的五色土築壇，按封地所在方向取一色土，包以白茅而授之，作為受封者得以有國建社的表徵。取茅土即指取得封爵領地之意。㉝牧養　管理；統治。㉞營　經營。㉟育長　撫育；培養。㊱卜吉宅　占卜選擇風水好的地方修築住宅。古代迷信，建宅修墳都要占卜，以避凶就吉。㊲億祉　子孫後代的福祿。億，表時間之久。祉，福祿。㊳被　同「披」。㊴巨海　大海。古人認為中國為大海所包圍。這裡指世外蠻荒之地。㊵若　那些。㊶自達　使自己顯達。

【語　譯】有人寫信給大人先生說：「天下所可貴的，沒有比君子更貴重的了。君子的衣服有一定的顏色，儀容神情有一定的準則，說話談論有一定的法度，行為舉止有一定的模式。站立則像磬一樣彎曲恭敬有禮，拱手就像抱鼓那樣莊重嚴肅。一動一靜都有節奏，一步一趨都符合樂律。一進一退，周轉回旋，應酬交際，都有一定的規矩。心中像懷藏冰塊，提心吊膽，戰戰兢兢，約束自身，修養德行，一天比一天更謹慎小心。選擇地方行路，唯恐行為舉止有什麼疏忽失禮。他們誦讀周公、孔子的遺訓，讚嘆唐堯、虞舜的道德。只按禮法來修身，只依禮法來約束。手中拿著珪璧禮器，足下踩踏繩墨所畫的直線，行為舉止想要成為當世的法度，說話談論想成為永世的準則。他們年輕時為鄉里所稱譽，長大後又聞名於國家。向上想要圖謀三公的高位，向下也不放棄當一州的最高長官。所以他們擁有金玉珍寶，佩戴美麗的綬帶，享有尊貴的地位，取得封爵領地，聲名傳揚於子孫後世，功德可媲美於往古的聖人。他們在位時侍奉君主，管理百姓，辭官後經營自己的家業，撫養妻子兒女。他們占卜選擇祥地而修築家宅，考慮子孫後代的福祿，遠離禍患，趨近福祿，希望能夠永遠堅固。這些的確是君子的高尚情趣、古今不變的美好德行。如今先生您竟披頭散髮地居住在大海之中，遠離那些君子，我擔心世人慼嘆先生的作為而非難您。行為舉止被世人取笑，而自身又沒有門路使自己顯達，那就可以說是恥辱了。身處困苦之地，而行為舉止又被世人所取笑，如此境遇，我認為先生是不足取的啊！」

於是，大人先生乃逌然❶而歎，假❷雲霓❸而應之，曰：「若之云❹尚何通哉？夫大人者，乃與造物❺同體，天地竝生，逍遙浮世❻，與道❼俱成，變化散聚，不常❽其形。天地制域❾於內❿，而浮明⓫開達⓬於外⓭。天地之永⓮固，非世俗之所及⓯也。吾將為汝言之。往者天嘗⓰在下，地嘗在上，反覆顛倒，未之安固，焉得不失度式⓱而常之？天因地動，山陷川起，雲散震⓲壞，六合⓳失理⓴，汝又焉得擇地而行，趨步商羽？往者群氣㉑爭存㉒，萬物死慮㉓，支㉔體不從，身為泥土，根拔枝殊㉕，咸失其所，汝又焉得束身脩行，磬折抱鼓？李牧功而身死㉖，伯宗忠而世絕㉗，進求利以喪身，營爵賞㉘而家滅，汝又焉得挾金玉萬億、祗奉㉙君上而全妻子乎？且汝獨不見夫虱之處於褌㉚中！逃乎深縫，匿乎壞絮，自以為吉宅也。行不敢離縫際，動不敢出褌襠，自以為得繩墨也。饑則嚙㉛人，自以為無窮食也。然炎邱火流㉜，焦㉝邑㉞滅都㉟，群虱死於褌中而不能出。汝君子之處區內㊱，亦何異夫虱之處褌中乎？悲夫！而乃自以為遠禍近福，堅無窮已。亦觀夫陽鳥㊲遊於塵外，而鷦鷯㊳戲於蓬艾㊴，小大固㊵不相及，汝又何以為若君子聞於予乎？且近者夏喪於商，周播之劉㊶，耿㊷、薄㊸為墟㊹，豐、鎬㊺成丘㊻。至人㊼來一顧㊽，而世代相酬㊾。厥居㊿未定，他人已有，汝之茅土，將誰與久？是以主人不處(51)而居，不脩而治。日月為正(52)，陰陽為期(53)，豈吝情(54)乎世，繫累(55)於一時？來東雲，駕西風，與陰(56)守雌(57)，據陽(58)為雄(59)。志得欲從，物莫之窮，又何不能自達而畏夫世笑哉？

【章旨】本章是大人先生回答君子非難的前半部分。文章首先描繪了一個超越於塵世之外的大人形象。接著以虱處褌中的故事來比喻自命君子者在現實社會中的處境，認為他們目光短淺，看不到人世萬物的發展變化，本不足非難大人先生。

【注釋】❶逌然　悠然自得的樣子。❷假　憑藉。❸霓　又稱副虹，比虹色淡。❹若之云　如此說來。❺造物　創造萬物的神，創世者。❻浮世　人間；塵世。古人認為世事虛浮無定，故稱之浮世。❼道　老莊認為，道是宇宙萬物的本源。❽常　固定。❾制域　劃分區域。❿內　內部。⓫浮明　浮動的光明。這裡指日月星辰。⓬開達　開通暢達。這裡有普照的意思。⓭外　天地之外。⓮永　久。⓯及　達到。⓰嘗　曾經。⓱度式　法度模式。⑱震　即靁。《易經．說卦》：「震為靁。」⑲六合　天地四方。⑳理　條理。㉑氣　猶萬物。㉒爭存　競爭生存。㉓死慮　當作「慮死」。憂慮死亡。㉔支　同「肢」。㉕枝殊　枝葉闊落。㉖李牧功而身死　李牧，戰國趙人，守趙北邊，屢破秦國軍隊，封武安君，後受奸人讒害而被殺。㉗伯宗忠而世絕　伯宗，戰國時晉國大夫，忠直嚴諫，後為權臣讒害。世絕，子孫斷絕。㉘爵賞　爵祿賞賜。㉙祇奉　敬奉。㉚褌　褲子。㉛齧咬。㉜炎邱火流　形容火山爆發，熱氣像火一樣襲來。炎邱，火山。㉝焦　灼傷。㉞邑　城鎮。㉟都　都會。㊱區內　指世間。㊲陽烏　古代神話傳說中住在太陽裡的三足烏鴉。㊳鷦鷯　鳴禽類小鳥。體小羽短，常活動於低矮陰濕的灌木叢中。㊴蓬艾　蓬與艾草。泛指叢生的雜草。㊵固　生來。㊶周播之劉　周朝遞次傳於漢代。播，播遷。之，到。劉，劉姓王朝，即漢朝。㊷耿　古都邑名，在今河南溫縣。㊸薄　通「亳」。商湯時都城。㊹墟　故城。㊺豐鎬　均為周初國都。周文王起初定都鎬京，後來遷都於豐京，均在今陝西境內。㊻丘　土堆。㊼至人　莊子哲學中道德修養達到極高境界的人。㊽顧　回視。㊾酬　這裡指往復更替。㊿厥居　他的王位。厥，其。(51)不處　沒有固定處所。(52)日月為正　謂以日月運行的自然規律作為變化的正軌。(53)陰陽為期　謂以陰陽二氣的交替作為生死的期限。以上二句意謂大人與天地陰陽相隨而生，所以他是永恆的，與一朝一代的興亡更替有本質的不同。(54)吝情　愛惜留戀。(55)繫累　繫縛拖累。(56)陰　陰氣。(57)守雌　以卑微柔和自守。《老子》第二十八章：「知其雄，守其雌。」王弼注：「人雖知自遵顯，當復守之以卑微，去以強梁，就雌之柔和。」(58)陽　陽氣。(59)為雄　稱雄。

【語　譯】於是大人先生悠然嘆息，憑倚雲霓回答寫信的君子道：「如此說來，你的話還怎麼說得通呢？說起大人這種人，他和造物神同為一體，與天地一起產生，悠然飄然於塵世之外，與大道一起生成，經常變化，分散聚合，沒有固定不變的形狀。天地之內劃分為許多區域，而日月星辰的光輝普照在其外。天地的永恆長久，不是世俗之人所能理解的。我將要給你講講這個道理。從前，天曾經在下面，地曾經在上面，反覆顛倒，還未能夠安定穩固，你怎麼能不失法度模式而使一切有常規呢？天隨地而搖動，高山陷落，河川翻騰，烏雲飄散，雷震毀壞，天地四方失去條理，你又怎能擇地而行，一步一趨都符合樂律呢？從前，各種元氣爭競生存，天地萬物都憂慮死亡，肢體不由自主，身軀化為泥土，本根被拔除，枝葉凋落，全都失去了各自的處所，你又怎麼能約束自身修養操行，如磬般彎曲躬立、抱鼓般莊重打拱呢？李牧功勳卓著卻導致身亡，伯宗忠心耿耿而卻子孫斷絕，一味進取求利而使自身喪命，一味經營爵祿賞賜而使家族滅亡，你又怎麼能夠擁有萬億金玉珍寶、敬奉君主而保全妻子兒女呢？再說你難道沒看見那些住在褲子裡的虱子嗎！逃進深深的褲縫當中，隱匿在破敗的棉絮之內，自以為是吉祥的家宅了。牠們行動不敢離開褲縫的邊際，舉止不敢越出褲襠，自以為一舉一動都合於墨斗準繩了。牠們飢餓時就咬人，自以為這是無窮無盡的食物了。然而火山爆發，火流襲來，燒焦了城邑，毀滅了都會，成群的虱子死於褲中，都不能逃出來。你們這些君子住在人世間，又跟虱子住在褲子裡有什麼兩樣呢？可悲呀！你們竟自以為遠離了禍患，趨近了福祿，堅固得無窮無盡了。請看看太陽中的三足烏鴉在塵世之外遊玩，而鷦鷯小鳥卻在蓬蒿叢中戲耍，小和大本來就不能相比，你又能有什麼來替那些君子們說給我聽呢？況且就拿近代來說，夏朝被商朝滅亡，周朝為漢朝所取代，古都耿和亳統統變為廢墟，舊京豐和鎬也都成了荒丘。而至人回頭一視，人間世代就往復更替。他們的王位還沒穩固，別人卻已來占有，你的封爵領地，將會跟哪個朝代一起長久呢？因此，真正主宰天地的人沒有固定處所而能棲身，不必特意修養德行而能治理天下。他以日月運行的自我規律作為變化的正軌，以陰陽二氣的更替變化作為生死的期限，難道還會愛惜留戀於人世，繫縛拖累於一時的榮辱嗎？他來時乘著東雲，他去時駕馭著西風，他與陰氣在一起時就守持雌節，卑微柔和，他據有陽氣時就成為英雄。志氣得意，稱心如願，什麼東西都不能使他窮困，又為什麼不能夠使自己顯達而要害怕那些世人的恥笑呢？

「昔者天地開闢，萬物竝生。大者恬❶其性，細者靜其形。陰藏其氣，陽發其精。害無所避，利無所爭。放之不失，收之不盈。亡不為夭❷，存不為壽。福無所得，禍無所咎❸。各從其命，以度相守❹。明者不以智勝，闇者❺不以愚敗，弱者不以迫❻畏，強者不以力盡。蓋無君而庶物❼定，無臣而萬事理，保身脩性，不違其紀❽。惟茲❾若然，故能長久。今汝造音❿以亂聲⓫，作色⓬以詭形，外易其貌，內隱其情⓭，懷欲以求多，詐偽以要⓮名。君立而虐興，臣設而賊生。坐⓯制禮法，束縛下民。欺愚誑拙⓰，藏智⓱自神⓲。強者睽眠⓳而凌暴，弱者憔悴而事人⓴。假廉㉑以成貪，內險而外仁。罪至不悔過，幸遇則自矜。馳㉒此以奏除㉓，故循滯㉔而不振。

【章　旨】本章作者首先構勒了一個天地開闢之初時的理想的人類社會模式，與當今設立名教制度後的衰退的現實社會形成了鮮明的對照。

【注　釋】❶恬　安。❷夭　短命早死。❸咎　災害。❹以度相守　謂以天性來守護自己。❺闇者　指昏庸糊塗的人。❻迫　壓迫；迫害。❼庶物　萬物。❽紀　自然秩序。❾惟茲　正因為。❿造音　人為的音樂。⓫聲　指自然聲響。阮籍認為音樂應本之於自然，人為的音樂就破壞了音樂的自然美。⓬作色　選擇顏色。這裡指矯揉造作，百般修飾塗抹。⓭情　真實性情。⓮要　索求。⓯坐　因。⓰詘拙　指欺惑拙者。⓱藏智　隱藏智慧。⓲自神　故弄玄虛，使自己顯得神異不凡。⓳睽眠　睜眼閉眼，意謂「動不動」。睽，張目。眠，同「瞑」。合目。⓴事人　侍奉別人。㉑假廉　標榜清廉。㉒馳　馳騁。這裡指肆意耍弄。㉓奏除　向君主上奏請求加官進爵。㉔循滯　因循停滯。

【語　譯】「從前天地剛剛開闢，萬物一起產生。大的生物安於自己的性情，小的生物靜守著自己的形體。天地間陰氣盛，它們就隱藏了自己的元氣，陽氣盛，它們就舒發自己的元精。因此，它們沒有什麼災害要躲避，沒有什麼利益可爭奪。放開它不會丟失，收起來也不會滿盈。死了不是短命，活著也不是長壽。有福也並無獲得，遇禍也不會受災。各自順從它們自己的命限，以天性來守護自己。聰明的人不會用智慧來取勝，愚昧的人也不會因愚昧而失敗。弱者不會因壓迫而害怕，強者也不會因有力而竭盡使力。這是由於沒有君主而萬物安定，沒有臣子而萬事治理，各保自身，修養情性，不違反自然秩序。正因為這樣，所以萬物才能夠長存久安。如今你們創造音樂來淆亂自然的聲響，造作顏色使得天然形象變得詭異不堪，表面改變你們的容貌，內心卻隱匿你們的真實性情，心懷情欲而要求繁多，姦詐虛偽以索取名聲。君主設立，暴虐就會興起，臣子設立，賊亂就會產生。因而你們要制定禮法，用來束縛下層人民。欺騙愚昧者，誑惑笨拙者，隱瞞你們的智慧，故弄玄虛，使自己顯得神異不凡。強者動不動就氣勢逼人，到處欺凌橫暴，弱者身心憔悴而侍奉別人。標榜清廉來成全貪欲，內心險惡而外表仁慈。罪惡至極而不悔過，僥倖遇合則驕傲自誇。肆意玩弄手段來奏請君主給自己加官進爵，所以國家因循停滯而振奮不起來。

「夫無貴則賤者不怨，無富則貧者不爭，各足於身而無所求也。恩深無所歸❶，則死敗無所仇。奇聲❷不作，則耳不易聽；淫色不顯，則目不改視。耳目不相易改，則無以亂其神矣。此先世之所至止也。今汝尊賢以相高，競能以相尚❸，爭勢以相君❹，寵貴以相加❺，驅天下以趣❻之，此所以上下相殘❼也。竭天地萬物之至，以奉聲色無窮之欲，此非所以養百姓也。於是懼民之知其然，故重賞以喜之，嚴刑以威之。財匱❽而賞不供，刑盡而罰不行，乃始有亡國、戮君、潰敗之禍。此非汝君子之為乎？汝君子之禮法，誠天下殘賊❾、亂危、死亡之術耳，而乃目以為美行不易之道，不亦過乎！今吾乃飄颻於天地之外，與造化為友，朝飡❿湯谷⓫，夕飲西海⓬，將變化遷易，與道周始。此之於萬物，豈不厚⓭哉！故不通於自然者不足以言道，闇於昭昭⓮者不足與達明⓯，子之謂也。」先生既申⓰若言⓱，天下之喜奇者異之⓲，忼慨⓳者高之⓴。其不知其體㉑，不見其情，猜耳㉒其道，虛偽之名㉓。莫識其真，弗達其情，雖異而高之，與嚮之㉔非怪者蔑如㉕也。至人者，不知乃貴，不見乃神。神貴之道㉖存乎內㉗，而萬物運於外㉘矣。故天下終而不知其用也。

【章　旨】本章是大人先生回答君子非難的最後部分。熱諷冷嘲，無所顧忌地罵了整個封建社會，揭露了政治制度、禮法制度、道德觀念及世俗君子的虛偽卑鄙，表現了作者的不滿與怨恨，也表達了逍遙世外、不與世事的願望。

【注　釋】❶歸　通「饋」。贈送。❷奇聲　奇異不正的樂聲。與正聲相對。❸尚　崇尚；標榜。❹君　轄制；統治。❺加　欺凌。❻趣　同「趨」。❼殘　殘害。❽匱　盡。❾殘賊　殘害暴虐。❿飡　同「餐」。⓫湯谷　傳說中日出之地。⓬西海　傳說中的西域之海，即日入之地。⓭厚　深厚。⓮昭昭　明白顯著的樣子。⓯明神明。這裡指明白天地萬物的事理。⑯中　中發。⑰若言　這一番言論。⑱異之　認為他與眾不同。⑲忼愾　猶「慷慨」。情緒激昂。⑳高之　認為他高尚。㉑其不知其體　人們不知大人先生的體性。前「其」，指以上喜奇者、忼愾者，後「其」指大人先生。㉒猜耳　猜測耳傳。意謂那些人並不懂大人先生的道，只是無端猜測罷了。㉓虛偽之名　給他一個空洞人為的名稱。偽，人為。之，指代大人先生。㉔嚮之　即「向之」。剛才的。㉕蔑如　一樣渺小。㉖神貴之道　指神妙莫測的自然之道。㉗內　指至人的內心。㉘外　指至人的身外。

【語　譯】「如果沒有尊貴，那麼低賤的人就不會怨恨，如果沒有富有，那麼貧窮的人就不會爭奪，人們各自滿足於自身而無所奢求。如果深厚的恩澤沒有饋贈的對象，那麼人們即使死亡失敗也不會有什麼仇敵。奇異不正的樂聲不曾制作，那麼人們的耳朵就不會改變聞聽的內容；淫靡的顏色不曾顯示，那麼人們的眼睛，就不會更易視見的對象。如果耳目都不曾改變，那麼就沒有東西能夠擾亂人們的精神了。這就是遠古時代所能到達的最高境界。如今你們利用尊奉賢者以相互吹捧，競試才能以相互標榜，利用爭權奪勢以相互轄制，利用寵幸權貴以相互欺淩，而且驅使天下民眾一起趨向於此，這就是當今社會上下相互殘殺的原因。竭盡天地萬物的精華，用來侍奉統治者無窮的聲色欲望，這並不是撫養百姓的辦法。於是害怕民眾知道事情的真相，所以設立重賞來取悅百姓，實施嚴酷的刑罰來威嚇百姓，結果弄得財物匱乏而賞賜不能供給，嚴刑用盡而懲罰不能實行，於是就開始出現國家滅亡，殺戮君主，崩潰失敗的災禍。這不是你們這群君子的所作所為嗎？你們君子的禮法，的確只是殘害天下，製造動亂危難，導致人死國亡的伎倆，而你們卻還自以為是美好的德行，古今不變的大道，不是大錯特錯了嗎！如今我將要飄搖於天地之外，與自然造化為友，早上在湯谷吃飯，傍晚在西海飲水，將與天地自然一起變化移易，與大道一起周而復始。

對於天地萬物來說，這樣的德行難道不深厚嗎！所以不通曉自然的人，不足以與他一起談論大道，暗昧於明白顯著的事理的人，不足以與他一起通達於神明，說的就是像你這樣的人呀！」先生申發了這一番言論以後，天下喜好新奇的人覺得他與眾不同，情緒激昂的人認為他高尚。那些人其實並不理解他的體性，看不見他的真實性情，只不過無端猜測他的大道，空洞人為地給他加了個名稱罷了。沒有人認識他的真性，也理解不透他的實情，雖然人們認為他與眾不同而且覺得他高尚，其實與之前非難責怪他的人一樣淺薄。所謂的至人，人們不能理解他才見出他的可貴，看不見他才顯示他的神妙。他那神妙可貴的大道存在他的心中，而萬物就在他身體外運作發展。所以天下人始終不知道他的作用。

逌❶乎有宋❷扶搖❸之野，有隱士焉，見之而喜，自以為均志同行❹也，曰：「善哉！吾得之見❺而舒憤也。上古質樸淳厚之道已廢，而末枝遺華❻竝與，豺虎貪虐，群物無辜❼，以害為利，殞❽性亡軀。吾不忍見也，故去而處茲❾。人不可與為儔❿，不若與木石為鄰。安期⓫逃乎蓬山，角李⓬潛乎丹水⓭，鮑焦⓮立以枯槁，萊維⓯去而逌死，亦由茲夫！吾將抗志⓰顯高⓱，遂終於斯。禽生而獸死，埋形而遺骨，不復反余之生⑱乎！夫志均者相求，好合者⑲齊顏⑳，與夫子同之。」於是，先生乃舒虹霓以蕃㉑塵，傾雲蓋㉒以蔽明，倚瑤廂㉓而徘徊，總㉔眾轡㉕而安行，顧而謂之曰：「泰初㉖真人，唯大之根㉗，專氣一志㉘，萬物以存。退不見後，進不睹先。發㉙西北而造制㉚，啟東南以為門㉛。微道德以久娛㉜，跨天地而處尊。夫然成吾體也。是以不避物而處，所覩則寧；不以物為累，所逌則成。彷徉㉝足以舒其意，浮騰足以逞㉞其情。故至人無宅，天地為客㉟；至人無主㊱，天地為所；至人無事，天地為故㊲。無是非之別，無善惡之異，故天下被其澤，而萬物所以熾㊳也。若夫惡彼而好我，自是而非人，忿激㊴以爭求，貴志而賤身，伊㊵禽生而獸死，尚何顯而獲榮？悲夫，子之用心也！薄㊶安利㊷以忘生，要求名以喪體，誠與彼其無詭㊸，何枯槁㊹而逌死㊺？子之所好，何足言哉？吾將去子矣。」乃揚眉而蕩目㊻，振袖而撫裳，今緩轡而縱策㊼，遂風起而雲翔。彼人者㊽瞻之而垂泣，自痛其志。衣草木之皮，伏于巖石之下，懼不終夕而死。

【章　旨】本章記敘了隱士的舒憤和大人先生的教諭。隱士因不滿現實社會的醜惡而抗志顯高，隱居於荒野。但大人先生批評他的所作所為是「薄安利以忘生，要求名以喪體」，並不可取。

【注　釋】❶逌　通「由」。經過。❷宋　春秋時宋國，在今河南東部和山東、安徽、江蘇一帶。❸扶搖　神話傳說中的神木，生於東海。一說為旋風。❹均志同行　志向一致操行相同。❺之見　見到你。❻末枝遺華　花朵凋落，只剩枝杈，與「質樸淳厚」相對，以喻後世離開了質樸敦厚之道。❼無辜　指無罪而被害。❽殞　毀滅。❾茲　這。指邊荒之地。❿儔　伴侶。⓫安期　即安期生。傳說中的仙人，曾於東海邊賣藥。他曾見秦始皇，送給秦始皇一對赤玉舄（鞋），相傳隱居蓬萊山。蓬山，蓬萊山。⓬用李　即用里先生，漢初隱士，「商山四皓」之一。相傳他是吳人，姓周名術，秦末避亂，曾隱居於太湖洞庭山中。⓭丹水　水名。在今河南沁陽北。水源出自四皓隱居的楚山。這裡代指用里先生的隱居之地。⓮鮑焦　周末名士。他譏評時世，守節不仕。後來有人批評他生活在周朝的土地上，吃著周朝土地上生長出來的東西。他聽了便抱著樹木，站著餓死。⓯萊維　其人其事未詳。疑即老萊子，春秋時楚隱士，楚王想招他為臣，他便逃去。⓰抗志　高舉自己的志向。⓱顯高　顯揚自己高尚的操行。⓲生　同「性」。性命。⓳好合者　愛好投合的人。⓴齊顏　面目相同。即指對待事物態度相同。㉑蕃　同「藩」。屏障。㉒雪蓋　用雪製成的車蓋。㉓瑤廂　用美玉製成的車廂。㉔總　總攬。㉕轡　馬韁。㉖泰初　又作太初，上古天地未分的混沌時代。㉗唯大之根　唯大道為根。㉘專氣一志　猶專心一志。㉙發　揭開；打開。㉚造制　創造製作萬物。古人以西北為人類發源地。㉛門　天門。古人認為天東南較高，以此為門，可以進入天上。㉜微道德以久娛　當時天地未分，故無道德，因而能夠長久歡娛。㉝彷徉　悠閒自在。㉞逞　放縱；抒發。㉟客　寄寓。㊱主　居。㊲故　事。天地之事，即自然界的發展變化。㊳熾　興盛。㊴忿激　忿怒激動。㊵伊　指代至人。㊶薄　輕視。㊷安利　安樂利益。㊸詭　詭詐。㊹枯槁　即鮑焦立以枯槁。㊺逌死　指萊維去而逌死。㊻蕩目　放眼遠視。㊼筴　同「策」。馬鞭。㊽彼人者　指隱士。

【語　譯】大人先生遊經宋國，在扶搖之野，住著一個隱士，看到先生便很高興，自以為與他志向一致，操行相同，就對大人先生說：「好啊，我能見到你而可抒發我的鬱憤了。上古質樸敦厚的大道已經被廢棄了，而從大道上生出來的殘枝敗葉卻一起興旺起來，豺狼虎豹貪婪暴虐，成群的生物無辜被害，人們把災害作為利益，毀滅了自己的本性，傷亡了自己的身體。我不忍心見到這樣的情形，所以離開人群而居住在這裡。既然不能與世人為伴，那麼還不如和樹木山石做鄰居。安期生逃隱於蓬萊仙山，甪里先生潛居在丹水之旁，鮑焦先生站立枯槁而亡，萊維先生離去人世自在而死，也是因為這個原因罷！我要高舉自己的志向顯揚自己高尚的操行，就在這裡終老一生。像禽鳥一樣生活而像走獸一般死去，埋葬形體而遺留骸骨，不再返還我的性命了！那些志向一致的人相互追求，喜好投合的人有相同的神情，我和先生在這些方面都是相同的。」於是大人先生就舒展虹霓來隔開飛塵，斜傾了用白雪製成的車蓋遮蔽陽光，身倚著用美玉製成的車廂而徘徊，總攬起眾多的繮繩而徐步慢行，回頭對隱士說：「天地初開時的真人，只知道以大道作為自己的根本，專心一志，使萬物得以生存。他向後退並不見得落後，向前進又不見得領先。打開西北方而創造製作萬物，開啟東南方把它作為天門。當時沒有道德，因而能夠永遠歡娛，真人橫跨天地，因而處境尊顯。於是就這樣形成了我的本體。因此我無須躲避什麼而能安居，所看到的都是安寧的，不讓萬物成為自己的負擔，通過任何方式都會成功。悠閒自在足以舒展自己的思想，飛騰自由足以發抒自己的感情。所以至人沒有宅居，以天地為寄寓之地；至人沒有常在的處所，以天地為生活場所；至人沒有人為的事情，以天地的變化為自己的事情。沒有世俗的是非區別，也沒有人間的善惡差異。所以天下都蒙受了他的恩澤，而萬物也因此得以興盛。如果他厭惡別人而只愛好自己，自以為是而非難別人，忿怒激動而爭奪求取，看重志向而輕視身體，他也會像禽鳥一般生活而像走獸一樣死亡，那麼還有什麼值得顯揚而獲取光榮呢？可悲呀！你的用心！你輕視了安樂利益而忘記了性命，你追求了虛名卻喪亡了身體。如果你的確居處於世俗罪惡中而沒做詭詐的事情，那麼又何必使自己枯槁而死呢？你的喜好，有什麼值得談論的啊！我將要離你而去了。」說完就揚起眉毛，放眼遠視，揮動衣袖，拍拍衣裳，吆喝著放慢繮繩，揚起馬鞭趕車，於是乘風而起，駕雲飛翔而去了。而那個隱士，仰望大人先生而落淚哭泣，痛悔自己的志向。他穿起草衣樹皮，趴伏在岩石之下，擔心自己過不了晚上就會死去。

先生過神宮❶而息，漱❷吳泉❸而行，迴❹乎逌而遊覽焉。見薪於阜❺者，歎曰：「汝將焉❻以是❼終乎哉？」薪者曰：「是終我乎？不以是終我乎？且聖人無懷❽，何其哀夫！盛衰變化，常不于茲❾。藏器❿於身，伏以俟時⓫。孫刖足以擒龐⓬，睢折脅而乃休⓭，百里困而相嬴⓮，牙既老而弼周⓯。既顛倒⓰而更來⓱兮，固先窮而後收。秦破六國，并兼其地，夷滅⑱諸侯，南面⑲稱帝。夸⑳盛色，崇靡麗㉑，鑿南山以為闕，表東海以為門㉒。門萬室而不絕，圖㉓無窮而永存。美宮室而盛㉔帷幬㉕，擊鐘鼓而揚其章㉖。廣苑囿㉗而深池沼，興渭北而建咸陽㉘。⿱山麗木㉙曾未及成林，而荊棘已叢㉚乎阿房㉛。時代存㉜而迭處㉝，故先得而後亡㉞。山東之徒虜，遂起而王天下㉟。由此視之，窮達㊱詎㊲可知耶？且聖人以道德為心，不以富貴為志，以無為用，不以人物為事。尊顯不加重，貧賤不自輕。失不自以為辱，得不自以為榮。木根挺而枝遠，葉繁茂而華零。無窮之死㊳，猶一朝之生㊴。身之多少㊵，又何足營㊶？」因歎而歌曰：

「日沒不周㊷方，月出丹淵㊸中。陽精㊹蔽不見，陰光㊺大為雄。亭亭㊻在須臾，厭厭㊼將復東。離合雲霧兮，往來如飄風㊽。富貴俛仰㊾間，貧賤何必終？留侯起亡虜，威武赫夷荒㊿。召平封東陵，一旦為布衣(51)。枝葉托根柢，死生同盛衰。得志從命升，失勢與時隤。寒暑代征邁(52)，變化更相推(53)。禍福無常主，何憂身無歸(54)？推茲由斯□(55)，負薪又何哀？」先生聞之，笑曰：「雖不及大，庶免小矣[56]。」

【章　旨】本章記敘了大人先生與採薪者的對話。採薪者看到了事物發展變化的相對性，一定程度上超越了世俗的生死富貴。他希望「藏器於身，伏以俟時」，期盼「先窮而後收」。阮籍認為採薪者的精神境界與人格已達到相當的高度，雖未及大道，但也差不多可以避免成為小道了，他對此表示讚許。

【注　釋】❶神宮　星名，尾宿第一星，古人以之為天宮脫衣休息之所。❷漱　吮吸；飲。❸吳泉　即虞淵，神話傳說中太陽落山之處。吳，通「虞」。❹迴　回旋。❺阜　土山。❻焉　在這裡。❼是　代指砍柴。❽無懷　沒有欲念。❾常不于茲　謂不停留於現狀。❿藏器　猶言胸懷才氣。⓫俟時　等待時機。⓬孫刖足以擒龐　戰國時齊國人孫臏和龐涓俱學兵法於鬼谷子，後龐涓為魏將，忌妒孫臏的才能，陰謀陷害孫臏，將其刖足黥面。孫臏後來為齊國使者所救，不久為齊將，與魏戰於馬陵，龐涓兵敗自殺。孫，指孫臏。刖足，古代一種酷刑，將犯人砍去雙腳。龐，指龐涓。⓭雎折脇而乃休　范雎，魏人，原為魏中大夫須賈門客，後因出使齊，被懷疑收受賄賂，裡通外國，受到笞擊之刑，被打折脇骨。後來范雎化名張祿，逃入秦國，為客卿，不久升為秦相。⓮百里困而相嬴　百里，即百里奚，春秋時虞國大夫，晉滅虞，百里奚被虜，後又被楚國所虜。秦穆公聞其賢，以五羖羊皮贖之，不久授以國政，相秦七年而霸。嬴，秦國君主姓嬴，此代指秦國。⓯牙既老而弼周　牙，即呂尚，本姓姜，字子牙，老年隱釣於渭水之濱，周文王拜為國師，後輔佐周武王滅了商紂。弼，輔佐。⓰顛倒　指上述賢良都先遭厄運之事。⓱更來　指再顛倒過來，命運出現轉機，後來都功成名就。⓲夷滅　全部消滅。⓳南面　古代君主都是坐北朝南聽朝的，以此表示尊貴。⓴姱　喜好。㉑靡麗　奢靡華麗。㉒鑿南山二句　據

《史記・秦始皇本紀》記載，秦始皇三十五年（西元前二一二年），秦始皇修築皇宮，「自殿下直抵南山，表南山之顛以為闕……立石東海上朐界中，以為秦東門。」南山，即終南山。闕，門觀，建於臺上，可以遠望。表，立石作為標誌。㉓圖　圖謀；打算。㉔盛　盛飾。㉕紼　帶子。㉖章　樂章。㉗苑囿　古代畜養禽獸供帝王玩樂的園林。㉘興渭北而建咸陽　秦始皇即位後，曾遷徙天下豪富十二萬戶以充實都城咸陽。秦滅六國後，秦始皇在渭水北岸仿建六國宮殿，此句即指這兩件事。㉙麗木　即驪山之木。秦始皇修築陵墓於驪山，死後葬於此。秦始皇死後不到三年，秦二世投降，秦朝滅亡。㉚藂　同「叢」。叢生。㉛阿房　指阿房宮，秦宮殿名，後被項羽燒毀，遺址在今西安市西阿房村。㉜代存　交替存在。㉝迭處　更迭占有。處，占有；據有。㉞先得而後亡　意謂一個朝代先得天下，然後必定要走向滅亡。㉟山東之徒虜二句　山東，古代指崤山或華山以東的地區。指秦末陳涉、吳廣起義推翻秦朝。徒虜，犯罪充役的奴隸。王，稱王。㊱窮達　困頓與顯達。㊲詎　表反詰，相當於「豈」、「難道」。㊳無窮之死　意謂人死不能再復生，所以為無窮。㊴一朝之生　意謂與無窮期的死相較，人生很短暫，生活一輩子就只是活了一個早上而已。㊵多少　指是非得失的多少。㊶營　經營。㊷不周　即不周山，傳說在崑崙山西北。㊸丹淵　傳說中月亮升起的地方。㊹陽精　太陽。㊺陰光　月光。㊻亭亭　聳立的樣子，這裡形容月亮高掛在天空的樣子。㊼厭厭　同「奄奄」。指日出時雲霞若隱若現的樣子。㊽飄風　大風；暴風。㊾俛仰　同「俯仰」。一抬頭一低頭，比喻時間極短。㊿留侯起亡虜二句　留侯，指張良，戰國末人，其先世為韓相，秦滅韓，張良謀刺客於博浪沙狙擊秦始皇，未果。後佐劉邦統一天下，封為留侯。曾隨劉邦遠征代郡。赫，顯赫。(51)召平封東陵二句　召平，原秦東陵侯，秦朝滅亡以後，淪為平民，住在長安城外，以種瓜為生。其瓜味美，人稱東陵瓜。布衣，古代平民穿粗麻布衣。(52)征邁　行進。(53)相推　相互推動。(54)歸　歸宿。(55)推茲由斯□　原本句末缺字，前人或補「理」字，為保持譯文的完整性，姑從之。(56)雖不及大二句　意謂雖然還及不上大道，但也可避免成為小道了。《莊子・齊物論》：「大知閒閒，小知間間，大言炎炎，小言詹詹。」意謂大道廣博有力，小道局促瑣碎。

【語　譯】大人先生路過神宮稍作停息，吮飲吳泉之水而後前行，回旋於經過之地而遊賞觀覽。先生看到一位在土山上砍柴的人，便嘆息說：「你將在這裡砍柴度過一生嗎？」砍柴人說：「以此度過一生嗎？不以此度過一生嗎？聖人沒有欲念，我又有什麼可悲哀的呢！世間萬物總是盛衰變化，不會停留於現狀。因而懷藏才器於己身，潛伏起來以等待時機的到來。孫臏斷了雙足卻擒獲了龐涓，范睢折了脇骨而得到了官位，百里奚處身窘困最終做了嬴秦的國相，姜子牙已經年老卻輔弼了西周。他們都是先命運顛倒而後重新再來的啊！所以人生原本就是先遭窮困而後才被收用的。秦國破滅了六國，兼併了它們的土地，消滅了各國諸侯，南面自稱皇帝。秦始皇喜好繁盛的顏色，崇尚奢靡華麗，他開鑿了終南山作為秦國的宮闕，立表於東海之上作為秦國的大門。他開闢了萬千宮室而綿延不絕，圖謀無窮的基業而永遠長存。他修築華麗的宮室而盛飾帷幕絲帶，奏擊鐘鼓而顯揚秦國的樂章。他拓展苑囿、深挖池沼，大興土木於渭水之北而擴建都城咸陽。然而驪山陵墓的樹木還未及長大成林，荊棘荒草卻早已叢生於阿房宮的廢墟。時代交替存在而更迭占有，所以秦國先得天下而後必定要喪亡。崤山以東的刑徒奴隸於是揭竿而起，稱王於天下。由此看來，窮困和顯達難道可以預知嗎？況且聖人以修養道德作為自己的心志，不以富貴顯達作為自己的志向，致力於清靜無為，而不費心於人類萬物。不因尊貴顯達而看重自己，也不因貧窮卑賤而輕視自己。不以失去為恥辱，也不以獲得為光榮。樹木根幹挺立枝杈就會高遠，樹葉繁茂花朵就會凋零。與漫長無窮的死亡相較，短暫的人生如一個早上。那麼自身是非得失的多少，又有什麼值得營求？」於是砍柴人感嘆著唱道：「太陽沉沒於不周之山，明月躍出於丹淵之中。陽光被遮蔽而看不見，月光大顯遍照天際。月光亭亭，高掛空中也只在瞬間，雲霞隱現，太陽又將再次東升。離散聚合如同雲霧啊，日往月來迅如飄風。富貴只在俯仰瞬間，貧賤為何必定會終生？張良不過是起於逃亡的刑徒，一旦成名，威武赫赫，聲震邊荒之地。召平在秦封為東陵侯，然而一旦之間就成為布衣平民。枝葉生長依託於本根，生生死死一同盛衰變化。得志便隨命運飛升，失勢就與時運一起衰退。四季寒暑交替前行，自然變化遞相推移。禍福沒有固定的主宰，為何要憂慮自身沒有歸宿？從這個道理來推論人生，那麼終生砍樹背柴又有什麼可悲哀呢？」大人先生聽了這番話，笑笑說：「你雖然尚未及於大道，但差不多可以避免成為小道了。」

乃歌曰：「天地解❶兮六合開，星辰隕❷兮日月隤，我騰而上將何懷？衣弗襲❸而服美，佩弗飾而自章，上下徘徊兮誰識吾常？遂去而遐浮❹，肆雲轝，興氣蓋❺，徜徉回翔❻兮漭瀁❼之外。建長星❽以為旗兮，擊雷霆之硠磕❾。開不周❿而出車兮，步九野⓫之夷泰⓬。坐中州⓭而一顧兮，望崇山⓮而迴邁。端余節⓯而飛旃⓰兮，縱心慮乎荒裔⓱。釋⓲前者⓳而弗脩兮，馳蒙間⓴而遠逌㉑。棄世務之眾為㉒兮，何細事之足賴？虛形體而輕舉兮，精微妙而神豐。命夷羿使寬日兮㉓，召忻來㉔使緩風。

攀扶桑(25)之長枝兮，登扶搖(26)之隆崇(27)。躍潛飄(28)之冥昧(29)兮，洗光曜(30)之昭明(31)。遺衣裳而弗服兮，服雲氣而遂行。朝造駕乎湯谷兮，夕息馬乎長泉(32)。時崦嵫(33)而易氣兮，輝(34)若華(35)以照冥。左朱陽(36)以舉麾(37)兮，右玄陰(38)以建旗。變容飾而改度，遂騰竊(39)以脩征(40)。陰陽更而代邁(41)，四時奔而相迫(42)。惟仙化(43)之倏忽(44)兮，心不樂乎久留。驚風奮而遺樂兮，雖雲起而忘憂。忽電消而神逌兮，歷寥廓(45)而遐游(46)。佩日月以舒光兮，登徜徉而上浮。壓(47)前進于彼逌兮，將步足乎虛州(48)。掃紫宮(49)而陳席兮，坐帝室而忽會酬(50)。萃(51)眾音而奏樂兮，聲驚渺而悠悠。五帝(52)舞而再屬(53)兮，六神(54)歌而代周(55)。樂啾啾肅肅(56)，洞(57)心而達神，超遙(58)茫茫，心往而忘反(59)。慮大而志矜(60)粵(61)，大人微(62)而弗復兮，揚雲氣而上陳。召大幽(63)之玉女(64)兮，接上王(65)之美人。體雲氣之逌暢(66)兮，服太清(67)之淑真(68)。合歡情而微授(69)兮，先(70)豔溢(71)其若神。華姿燁(72)以俱發兮，采色煥其竝振。傾玄髦(73)而垂鬢兮，曜紅顏而自新。時曖曃(74)而將逝兮，風飄颻而振衣。雲氣解而霧離兮，靄[75]奔散而永歸。心惝惘[76]而遙思兮，眇[77]迴目[78]而弗晞[79]。揚清風以為旟[80]兮，翼旋軫[81]而反衍[82]。騰炎陽而出疆兮，命祝融[83]而使遣。驅玄冥[84]以攝堅[85]兮，蓐收[86]秉而先戈[87]。勾芒[88]奉轂[89]，浮驚朝霞。寥廓茫茫而靡都[90]兮，邈[91]無儔[92]而獨立。倚瑤廂而一顧兮，哀下土之憔悴。分是非以為行[93]兮，又何足與比類[94]？霓旌飄兮雲旂[95]藹[96]，樂遊兮出天外。」

【章　旨】本章為大人先生誘導高士樵者之詞。作者運用奇特誇張的想像力，上天入地，描繪了一幅遠遊仙界，作客帝宮、交接玉女的瑰麗場景，抒發了遺世獨立、追求精神自由的強烈願望。

【注　釋】❶解　分開。❷實　與「隕」同。墜落。❸襲　穿。❹遐浮　同「遐遊」。遠遊。❺肆雲轝二句　調駕乘雲氣。肆，放任。雲轝，以雲為車。興，撐開。氣蓋，以氣為車蓋。❻徜徉回翔　飄蕩自在盤旋飛翔。❼漭瀁　形容廣大沒有邊際。指天地之間。❽長星　彗星。❾磅礚　皆擊石聲，這裡指雷聲，義同「轟隆」。❿不周　這裡指天地初開時的西北方向，即指上文「發西北而造制」。⓫九野　九天的郊野。按《呂氏春秋．有始》：「天有九野：中央為鈞天，東方為蒼天，東北為變天，北方為玄天，西北為幽天，西方為顥天，西南為朱天，南方為炎天，東南為陰天。」⓬夷泰　平坦通暢。⓭中州　今河南省一帶，古為豫州，處九州之中，古人稱為中州。⑭崇山　高山。⑮節　旌節。⑯旃　旗的曲柄，用以代指旗幟。⑰荒裔　指邊遠地區。⑱釋　放棄。⑲前者　指上「坐中州而一顧」的想法。⑳蒙間　蒙水之間。《楚辭・天問》：「出自湯谷，次於蒙汜。」王逸注：「言日出東方湯谷之中，暮入西極蒙水之涯也。」㉑逌　悠閒自得。㉒眾為　眾多的行為。㉓命夷羿使寬日旬　指堯命羿射十日的傳說。夷羿，即后羿。相傳唐堯時，十日並出，天下大旱，后羿上射十日，解除了旱災。寬，舒緩。意謂讓太陽光不要太強烈。㉔忻來　即飛廉，風神名。㉕扶桑　神話中的樹名，生於日出的湯谷。㉖扶搖　飆風；盤旋而上的暴風。㉗隆崇　高聳貌，這裡指扶搖風的頂端。㉘潛飄　使萬物潛隱的暴風。飄，通「飆」。㉙冥昧　昏暗不明。㉚光曜　光輝。此指太陽。㉛昭明　潔白明亮。㉜長泉　此指悲泉，傳說中太陽息馬的地方。㉝崦嵫　崦嵫山，傳說中日落之處。㉞輝　放射光輝。㉟若華　若木之花，傳說中的神樹之花。長在日落處。㊱朱陽　此指朱雀。朱雀是南方七宿的總名，古奉朱雀為南方之神。㊲舉麾　舉旗。麾，旗之一種。㊳玄陰　此指玄武。玄武是北方七宿的總名，古奉玄武為太陰之神。㊴騰竊　偷偷地飛騰。㊵倏征　遠征。㊶代邁　輪流前進。㊷遒　迫近。這裡有「緊密相隨」的意思。㊸仙化　道家對死亡的委婉說法。㊹倏忽　極快。㊺寥廓　這裡指遼闊無邊的天空。㊻遐遊　遠遊。本作遐逌。逌，悠閒自得。㊼壓　接近。㊽虛州　空虛無人之州。這裡指天空。㊾紫宮　神話中天地的居室。㊿會酬　聚會酬酢。(51)萃　匯聚。(52)五帝　指五天帝，東方青帝，南方赤帝，中央黃帝，西方白帝，北方黑帝。(53)再屬　一個連接一個。(54)六神　六宗之神。古人以日月星河海岱為六宗。(55)歌而代周　指一個接著一個地唱，唱了一輪再一輪。(56)啾啾肅肅　皆形容樂聲。(57)洞　穿透。(58)超遙　高遠。(59)反　同「返」。(60)矜　持守。(61)粵　通「曰」。發語詞，無義。(62)微　幽隱。(63)大幽　幽天，天分九野，西北為幽天。(64)玉女　仙女。(65)上王　上界的王，即天帝。(66)逌暢　自在舒暢。(67)太清　天空。(68)淑真　這裡指太清的純正美好之氣。(69)授　接觸。(70)先　當為「光」之誤。光，容光。(71)艷溢　豔麗照人。(72)煒　光耀。(73)玄髦　黑髮。(74)曖曃　昏暗不明。(75)靄　聚集的雲氣煙霧。(76)惝惘　失意不悅貌。(77)眇睇　眼細看。(78)迴目　眼睛來回轉動。(79)晞　太陽初升為晞。這裡指看見。(80)旗　本指繪有飛鳥的旗幟，這裡泛指旗幟。81翼旋軫　謂放任車子返行。翼，放縱任意如鳥之羽翼。旋軫，掉轉車頭。軫，車子底部的橫木。這裡代指車子。82衍　低而平坦之地。83祝融　神話傳說中的火神。84玄冥　神話傳說中的水神。85攝堅　手持武器。86蓐收　神話傳說中的主金之神。司秋，肅殺草木萬物。87秉而先戈　秉戈先行。88勾芒　神話傳說中的主木之神，司春，主管草木生發。89奉轂　同「捧轂」。推車。轂，車輪的正中部分。可指代車子。90都　居。91邈　遙遠。92儔　伴侶。93分是非以為行　世俗之士按照他們的理解來區分是非界限，作為人們行為的標準。94比類　引為同類。95雲旆　同「雲旗」。旆是畫有虎熊圖案的大旗。96靄　雲集的樣子。

【語　譯】於是歌唱道：「天地分解啊六合開闢，星辰隕落啊日月下墜，我飛騰而上將有什麼懷想？我不穿衣服而服飾自然美麗，我不帶佩飾而自然光采，我上下徘徊而回旋飛翔啊，又有誰認識我的恆常？於是就這樣離去而任意遠遊，放開雲車，張起氣蓋，悠閒自得回旋飛翔啊，在廣大無邊的天地之外。豎起彗星當作旗幟啊，擊打雷霆轟轟隆隆。打開西北不周而駛出車子啊，漫步在九天之野的平坦大道上。坐在天上的中央而回頭顧望啊，望到高山我就要回車遠行。端正我的旌節而飛揚我的旗幟啊，放縱我的思慮在那荒遠的邊疆之地。放棄前面的想法而不去做啊，奔馳到蒙水之間而自在遠遊。拋棄世俗事務的眾多行為啊，有什麼細瑣的事情值得我依賴？空虛自己的形體而輕身飛舉啊，精氣微妙而元神豐盛。我命令后羿使日光不強烈啊，我召來忻來讓他把風兒變和緩。我攀上扶桑樹長長的樹枝啊，我登臨了扶搖旋風的高高頂端。我躍出潛隱萬物的飆風的昏暗不明啊，在陽光的潔白明亮之中清洗。我丟卻衣裳而不穿啊，披服雲氣而往前行。我早晨駕車到日出的湯谷啊，傍晚我就息馬於悲泉。太陽止息於崦嵫之山而氣候變易啊，若木之花放射光輝照耀了昏暗。左邊讓朱雀舉起大旗啊，右邊教玄武豎起旗幟。我改變了儀容服飾而更改了平時的氣度，於是就這樣偷偷飛騰而遠征。陰陽更嬗而交替著向前邁進，四季奔跑而緊密相隨。想到死亡時刻的瞬間到來啊，我心裡就不樂意在此久留。一陣暴風驟起而使我失去了快樂啊，雖然烏雲四起而我卻毫無憂愁。忽然雷霆消散而心神自在啊，我便走遍天地而遠遊。佩戴日月以展現光芒啊，我登臨飄蕩而向上浮遊。向前進而與那悠閒自得親近啊，我將漫步於空中。打掃紫微宮而鋪列座席啊，我坐在天帝的宮室中而忽然開始了聚會酬酢。匯聚眾多的音響而開始演奏樂曲啊，樂曲在縹渺中驟響而傳播得極為悠遠。天上五帝一個個翩躚起舞啊，六宗之神紛紛高歌，唱了一遍又一遍。音樂高昂清徹，穿透心靈通達精神，高遠茫茫，令人一心神往而忘記回返。思慮自然大道而堅持志節，大人幽隱而不再回來啊，他揚起雲氣向天帝陳訴衷情。天帝召來西北幽天的仙女啊，我接待了天帝的美人。她依憑雲氣的自在舒暢啊，她服食太清的純正美好之氣。我們情投意合滿懷歡情而微微交接啊，她的容光豔麗照人猶如神仙中人。她美麗的姿容放射全部的光芒啊，五彩顏色也一起煥發振放。她斜傾黑髮而輕垂鬢髮啊，照耀著美麗的容顏而自然清新。天色逐漸暗淡時光快要消逝而去啊，風飄飆吹蕩而撩動了衣裳。雲氣分解而煙霧消散啊，聚集的煙靄四處奔散而她也永遠歸去了。我的心悵然若失而遙想聯翩啊，瞇著眼四處顧盼卻再也見不到她的影子。揚起清風作為我的旗幟啊，我放任掉頭的車子開始返行。炎熱的太陽飛騰而出且來勢兇猛啊，我命令火神祝融聽候調遣。我驅使水神玄冥手持武器啊，命令金神蓐收秉戈先行。我叫木神勾芒前來推車，我們的浮遊驚動了朝霞。天空遼闊，茫茫無際而無處可居留啊，大地遙遠，我找不到一個伴侶而獨自一人站立。我斜倚在美玉製成的車廂而回頭一顧啊，不禁哀憐人間蒼生的憔悴。如果世人要分清是非作為行為的標準啊，那麼又哪裡值得與他們接近？霓虹製成的旌旗飄揚啊，雲氣製成的旌旗密集，我快樂遠遊啊飛出天外。」

大人先生被❶髮飛鬢，衣方離❷之衣，繞紱陽之帶❸。含奇芝❹，嚼甘華❺，噏翕❻浮霧，飡❼霄霞❽，興朝雲，颺❾春風。奮乎太極❿之東，遊乎崑崙之西，遺轡隤策⓫，流盼⓬乎唐、虞之都⓭。惘然⓮而思，悵爾若忘，慨然而歎曰：「嗚呼！時⓯不若歲，歲不若天，天不若道，道不若神⓰。神者，自然之根也。彼勾勾⓱者自以為貴夫世矣，而惡知夫世之賤乎茲⓲哉？故與世爭貴，貴不足尊；與世爭富，富不足先。必超世而絕群，遺俗而獨往，登乎太始⓳之前，覽乎沕漠⓴之初，慮周流於無外㉑，志浩蕩而自舒，飄颻於四運㉒，翻翱翔乎八隅㉓。欲從肆㉔而彷彿㉕，浣瀁㉖而靡拘㉗。細行㉘不足以為毀㉙，聖賢不足以為譽。變化移易，與神明扶。廓無外以為宅，周宇宙以為廬。強八維㉚而處安，據制物㉛以永居。夫如是，則可謂富貴矣。是故不與堯、舜齊德，不與湯、武竝功，王㉜、許㉝不足以為匹，陽、丘㉞豈能與比縱㉟？天地且不能越其壽，廣成子㊱曾何足與並容？激八風㊲以揚聲，躡㊳元吉㊴之高蹤㊵。被九天以開除㊶兮，來雲氣以馭飛龍。專上下㊷以制統㊸兮，殊古今而靡同。夫世之名利，胡足以累之哉？故提齊而踧㊹楚，挈㊺趙而蹈㊻秦，不滿一朝而天下無人，東西南北莫之與鄰。悲夫！子之脩飾㊼，以余觀之，將焉存乎於茲？」

【章旨】本章仍為大人先生誘導樵者之詞。與上章不同，本章大人先生直接抒發了自己「時不若歲，歲不若天，天不若道，道不若神」的觀點，泯滅了事物之間的一切差別，正面教導樵者「超世而絕群，遺世而獨往」。

【注釋】❶被　同「披」。❷方離　不詳。按離，在《易》卦之中代表太陽。方，並。故方離之衣疑為繪有太陽的衣服。❸紱陽之帶　指繫太陽的帶子。紱，繫；拴。紱陽之帶是作者虛構之物。❹奇芝　靈芝。❺甘華　神話傳說中的仙樹，據傳它的果實為鳳凰所食。❻噏　通「吸」。❼飡　同「餐」。❽霄霞　天空中的雲霞。❾颺　使之飛揚。❿太極　天地未分時的混沌狀態。當時並無方位之分，這裡說的「太極之東」當是作者虛構之詞。⓫遺轡隤策　放緩韁繩放下馬鞭。遺、隤，均為放下之意。轡，駕馭牲口的韁繩。策，馬鞭。⓬流眄　流轉目光觀看。⓭唐虞之都　指唐堯和虞舜的國都。⓮惘然　迷惑的樣子。⓯時　四季。⓰神　指神妙莫測的道的本源。⑰勾勾　義同「拘拘」。拘束於是非禮法的人。⑱玆　指是非禮法。⑲太始　天地開闢，萬物形成之初。⑳沕漠　同「芴漠」。寂靜，這裡指天地寂靜無為的原始狀態。㉑無外　沒有外部。指天地之間的廣大空間。㉒四運　四季。㉓八隅　八方。㉔從肆　即「縱肆」。放蕩恣意。㉕彷彿　自得放蕩的樣子。㉖浣瀁　水勢廣大激蕩的樣子。這裡指情感的放任不羈。㉗靡拘　無拘無束。㉘細行　小節；小事。㉙毀　詆毀；毀謗。㉚八維　神話傳說中維繫天空的八條大繩。㉛制物　創造萬物的地方。㉜王　指仙人王子喬。㉝許　指堯時的隱士許由。㉞陽丘　陽，指老子，老子字伯陽。丘，指孔子，孔子名丘。㉟比縱　同「比蹤」。並駕齊驅。㊱廣成子　古代傳說中的仙人，黃帝曾向其問道。㊲八風　八方之風。㊳躡　追。㊴元吉　這裡指道德高尚而不居位。《易・坤・六五爻辭》：「黃裳，元吉。」注：「垂黃裳以獲元吉，非用武者也。」㊵高蹤　指前述之人的高尚行跡。㊶開除　廓清。㊷專上下　把天地上下聚集在一起。專，通「摶」。㊸制統　制定綱紀。㊹蹴　通「蹴」。踩踏。㊺挈　拿起。㊻蹈　踐踏。㊼脩飾　這裡是文辭的自我修飾，指樵者所發的那段議論和詩歌。

【語　譯】大人先生披散頭髮，飛揚雙鬢，身穿繪有太陽圖案的衣服，腰圍著拴繫太陽的帶子。口含神奇的靈芝，咀嚼甘華的果實，呼吸飄浮的雲霧，吞食天空的彩霞，興起朝雲，吹動春風。奮起於太極之東，翱遊於崑崙之西，放緩繮繩放下馬鞭，雙目流轉，觀覽那唐堯、虞舜的古都。他惘然而若有所思，悵然而又若有所失，感慨萬千而嘆息道：「唉！一季不如一年，一年又不如天，天又不如大道來得長久，大道又不如神。神，是天地自然的根本。那些拘束於是非禮法的人自以為顯貴於世，卻哪裡知道世間的卑賤就在這裡呢？所以和世人爭顯貴，即便顯貴，也不值得尊崇；和世人爭財富，而財富也不值得占先。一定要超越人世而離絕人群，遺棄世俗而獨來獨往，登臨於太始時代之前，觀覽於天地的寂寞無為之初，思慮周遊於無邊無際的天宇，志節浩蕩廣大而自然舒展，自由飄飖於一年四季，翻飛翱翔於天地八方。欲望放縱肆意而自在遊蕩，情感放任激蕩而無拘無束。細微小節不足以成為詆毀的內容，聖人賢者也不足以成為稱譽的對象。天地自然的不斷變化移易，時時與人的神明相依憑。廓開無邊無際的天空作為自己的住宅，包圍廣闊無際的宇宙作為自己的屋廬。加強繫天的八維而使自己居住安寧，據有創造萬物的地方而永遠居留。只有像這樣，才可說是富有顯貴了。因此無須與唐堯、虞舜德行相同，也無須與商湯、周武功績相等，王子喬、許由不足以成為相比的對象，老子、孔丘又怎能與他們並駕齊驅？天地尚且不能超越他的壽命，廣成子又何曾與之共存並容？我激揚起八方之風，用來傳揚我的聲音，尾隨著高人遙遠的行跡。我身披九重青天而廓清拓展啊，招來雲氣以駕馭飛龍。我聚結天地上下以制定綱紀啊，有異於古今之法而毫不相同。那麼人世的名利，如何足以拖累我呢？所以提起齊國而踩踏楚國，拿起趙國而踐踏秦國，這樣不到一個早上就會使天下無人生存，東西南北沒有人與他為鄰。可悲啊，你們這些自我修飾之辭，據我看來，將如何能生存於這個人世？」

先生乃去之，紛❶泱莽❷，軌❸沕洋❹，流❺衍溢❻，歷度❼重淵，跨青天，顧而逌❽覽焉。則有逍遙以永年，無存忽❾合散而上臻❿。霍分⓫離蕩，瀁瀁洋洋⓬。飇⓭涌雲浮，達於搖光⓮。直馳鶩⓯乎太初之中，而休息乎無為⓰之宮。太初⓱何如？無後無先。莫究其極，誰識其根。邈渺⑱綿綿⑲，乃反復乎大道之所存。莫暢其究⑳，誰曉其根？辟九靈㉑而求索，曾何足以自隆？登其萬天而通觀，浴大始㉒之和風。漂㉓逍遙以遠遊，遵大路之無窮。遺太乙㉔而弗使，陵㉕天地而徑行。超濛鴻㉖而遠跡㉗：左蕩莽㉘而無涯，右幽悠㉙而無方。上遙聽而無聲，下儵視而無章。施㉚無有㉛而宅神，永太清乎敖翔。崔巍㉜高山勃㉝玄雲，朔風㉞橫厲㉟白雪紛，積冰若陵寒傷人。陰陽失位日月隤㊱，地坼㊲石裂林木摧，火冷陽凝寒傷懷。陽和㊳微弱隆陰㊴竭，海凍不流綿絮折㊵，呼噏㊶不通寒傷裂。氣并代動㊷變如神，寒倡㊸熱隨害傷人。熙與㊹真人懷太清，精神專一用意平，寒暑勿傷莫不驚，憂患靡由㊺素氣㊻寧㊼。浮霧凌天恣所經，往來微妙路無傾，好樂非世又何爭？人且皆死我獨生。真人遊，駕八龍，曜㊽日月，載雲旗，徘徊逌㊾，樂所之㊿。真人遊，太階[51]夷[52]，□原[53]辟，天門[54]開。雨濛濛，風䬍䬍[55]。登黃山[56]，出栖遲[57]。江河清，洛[58]無埃。雲氣消，真人來。真人來，唯樂哉！時世易[59]，好樂[60]隤[61]，真人去，與天回[62]。反未央[63]，延年壽，獨敖[64]世。望我□[65]，何時反[66]？跂[67]漫漫，路日遠。

【章　旨】本章敘述了大人先生離開樵者回歸天宇求索大道的情景，為我們述說了巡遊之奇和絕塵脫俗之樂，刻畫了一個「駕八龍，曜日月，載雲旗」的「寒暑勿傷」、「憂患靡由」的真人形象，這是作者一心追求的個體解脫的自由境界。

【注　釋】❶紛　放棄。❷泱漭　也作「泱莽」，廣大無邊貌。這裡指大地。❸軌　駛過。❹沕洋　遼闊無垠貌。這裡指天空。❺泝　漂流。❻衍溢　水勢滿溢貌。這裡指海洋。❼歷度　一一渡過。度，同「渡」。❽逌　悠閒自得。❾存忽　存亡。忽，滅亡。❿上臻　上達。⓫霍分　渙散。⓬瀁瀁洋洋　形容水流之貌。瀁瀁，水流蕩漾無邊貌。洋洋，水流盛大貌。⓭颷　暴風。⓮搖光　星名，北斗第七星，這裡代指北斗星。⓯馳騖　奔馳；奔騰。⓰無為　順應自然，清靜無所作為。⓱太初　天地未分之前的混沌狀態。⓲邈渺　遼遠渺茫。⓳綿綿　綿延不絕的樣子。⓴究　究竟；原委。㉑九靈　即九天。㉒大始　即太始。天地初開的時代。㉓剽　同「漂」。漂浮。㉔太乙　道教的天神名，為北極之神。㉕陵　超越；凌駕。㉖濛鴻　宇宙產生之前的元氣混沌狀態。㉗遠跡　遠行。㉘蕩莽　廣大無際貌。㉙幽悠　幽暗深遠貌。㉚施　通「馳」。㉛無有　老莊哲學概念，指不存在具體的形狀的道。㉜崔巍　高大雄偉。㉝勃　興起。㉞朔風　北風；寒風。㉟橫厲　橫行猛烈。㊱隤　下墜。㊲坼　裂開。㊳陽和　指春天。㊴隆陰　指嚴寒的冬天。㊵海凍不流綿絮折　綿絮有韌性，不易折斷。這句是說嚴寒結冰，竟可把綿絮也折斷，可見寒冷的嚴重性。㊶呼噏　同「呼吸」。㊷氣并代動　指陰陽二氣一起交替變動。并，合。㊸倡　倡導，帶頭。㊹熙與　和樂的樣子。與，語助詞，無義。㊺憂患靡由　憂患無從產生。

靡由，無從進入。㊻素氣　秋氣，指蕭條肅殺之氣。㊼甯　同「寧」。安寧。這裡有「止歇」之意。㊽曜　照亮。㊾逌　悠閒自在貌。㊿之　往。(51)太階　即「泰階」，古星名，即三臺星，比喻天下朝廷。(52)夷　平。太階夷象徵天下昇平，政治清明。(53)□原　此脫一字。據上下文，當是天象名。(54)天門　天帝所居之宮門，即紫微宮。(55)颸颸　字書無此字，疑借作「渾渾」，輕風飄動貌。(56)黃山　神話傳說中的山名，這裡泛指高山。(57)棲遲　逗留；停息。(58)洛　洛陽，東漢與曹魏時的都城，在今河南洛陽。(59)易　變。(60)好樂　指世俗的愛好樂趣。(61)隤　原意為墜落，引申有喪敗之意。(62)回　轉。(63)未央　未完。此處是無窮之意，即所謂「大道之所存」。(64)敖　通「傲」。(65)望我□　此處各本均脫一字。(66)反　同「返」。(67)趏　馬疾行貌。

【語譯】大人先生於是就離開了採薪者，放棄了廣大無邊的大地，駛過了遼闊無垠的天空，漂流過水勢汪洋的大海，渡過了重重的深淵，跨越了蒼茫的青天，回頭顧望而自在觀覽。於是就享有逍遙自在而得以永生不老，沒有生存滅亡聚合離散之憂而向上飛升。大氣渙然分散飄離，蕩漾不盡，如水流般波瀾壯闊。狂風湧起，雲朵飄浮，直達北斗搖光星。大人先生一路疾馳於太初元氣之中，而休息在清靜無為之宮。太初是怎麼樣的？太初之中沒有先沒有後。沒有人能窮究它的終極，誰又能知道它的根本？它杳遠渺茫，連綿不斷，卻又能回到大道存在的原始狀態。沒有人能夠明白它的原委，誰又能通曉它的根源？即使開闢九天而探索它的根源，又怎能取得成果來抬高自己呢？大人先生登臨了那萬重青天而周遍觀覽，沐浴在太始元氣的和煦春風之中。漂浮而起，逍遙遠遊，遵行於大道而走向無窮。丟下太乙天神而不差遣，凌駕於天地之上而直接前行。超越濛鴻元氣而奔向遠方：左面水勢浩蕩而無邊無際，右面幽暗遼遠而不辨方向。向上遠聽而無聲無響，向下遙望而無色無光。奔馳於沒有具體形狀的道境中而安定自己的心神，就這樣永遠在太清之中自由遨遊飄翔。巍巍的高山興起濃鬱的烏雲，寒冷北風橫行猛烈而白雪紛紛，積冰厚如山陵寒氣傷人。陰陽失去正位日月下墜，大地撕裂山石崩壞林木摧折，火種冰冷陽氣凝固嚴寒傷人胸懷。春意微弱，寒氣正盛使暖意消竭，海水凍結不流綿絮也被摧折，呼吸不通暢寒氣傷人凍裂肌膚。陰陽二氣交替運動變化如神，嚴寒倡導在先炎熱尾隨於後一起傷害人身。和樂的玄妙真人胸懷太清，精神專一思慮平穩，寒暑不傷令人無不驚訝，憂患無從進入，肅殺的秋氣也變得安寧。駕乘飄浮的雲霧登上天空恣意經行遊覽，往來幽微神妙道路從不傾覆，喜好快樂與世不同又有什麼可爭？世人都有一死而我卻獨自長生。真人雲遊，駕馭八龍，輝照日月，載插雲旗，悠遊徘徊，快樂地前往所去之地。真人雲遊太階平夷，□原開闢，天門大開。細雨濛濛，輕風渾渾。登臨黃山，出處遊息。江河清澈，洛陽城裡無塵埃。雲氣消散，真人來到。真人來到，多麼快樂！隨著時世變易，美好歡樂衰敗，真人離去了，隨天一起回轉。重返沒有窮盡的道境中，延年益壽，獨自傲世而立。望著我□，真人何時重返人間？他在漫漫長路上疾行，路途一天比一天遙遠了。

先生從此去矣，天下莫知其所終極。蓋陵天地而與浮明❶遨遊無始終，自然之至真也。鸜鵒不踰濟，貉不渡汶❷，世之常人，亦由❸此矣。曾不通區域，又況四海之表、天地之外哉！若先生者，以天地為卵耳。如小物細人欲論其長短，議其是非，豈不哀也哉！

【章　旨】本章是作者對大人先生的評價。認為大人先生的精神境界是「自然之至真」，世間小物細人無法理解也無權對他發表議論。

【注　釋】❶浮明　浮動的光明。這裡指日月星辰。❷鸜鴒不踰濟二句　《周禮・冬官・考工記》：「橘踰淮而北為枳，鸜鴒不踰濟，貉踰汶則死，此地氣然也。」鸜鴒，鳥名，俗稱八哥。貉，獸名，一種形狀像狐狸的動物。濟、汶，水名，均在今山東省境內。踰，越過。❸由　通「猶」。

【語　譯】大人先生從此離去了，天下沒有人知道他的最終去處。他大概凌越於天地之間而與日月星辰一起遨遊了，無始無終，這是自然的最為純真的境界。鸜鴒不能踰越濟水，貉子不能渡過汶水，世間平常之人，也和牠們一樣，被拘束在一方。尚且不能通行於天下的各個區域，更何況是四海之外、天地之外呢！像先生這樣的人，把天地只當作個卵罷了。如果有小物小人想談論他的長短，評議他的是非，難道不是很可悲嗎！

【研　析】本文是一篇理想化人物的傳記。大人先生是作者虛構的人物形象，作者借助這個人物形象，猛烈抨擊了封建統治階級及其禮法制度，發泄了正直知識分子在黑暗社會現實中的鬱憤之情，寄託了自己不與物交，逍遙世外的高尚情趣。

全文大致可分為五個部分。第一部分為小序，簡略介紹了大人先生的生平思想和出處大略，描繪了一個能「應變順和，天地為家」，「以萬里為一步，以千歲為一朝」，「與自然齊光」，「與造化推移」的道家神仙形象。第二部分記敘了自命君子的禮法之士對大人先生的非難和大人先生的反駁。作者借禮法之士自我溢美之辭，活畫了他們迂腐虛偽，拘於禮法，到處鑽營的醜態，揭露了他們骯髒的靈魂。大人先生尖銳地指出：「汝君子之禮法，誠天下殘賊、亂危、死亡之術耳！」第三部分記敘了隱士的舒憤和大人先生的教諭。隱士因不滿社會現實的黑暗，抗志顯高，隱居於荒野。大人先生批評隱士的所作所為是「薄安利以忘生，要求名以喪體」，是一種糟蹋生命的行為，並不可取。第四部分記敘高士採薪者對社會現實的見解和處世的心態，大人先予以讚許，認為「雖不及大，庶免小矣」。接著對他進行教導，感慨世亂，長歌抒懷，勸其超脫塵世。第五部分是作者對大人先生的頌揚和對世俗言論的批評，以此結束全文。全文就是在對禮法之士的抨擊，對隱士的批評，對高士採薪者的教諭中，井然有序，逐層推進地闡述了道家的社會政治觀念，批判了當時社會現實的黑暗，從而表達了全文的主題思想。

據史書記載，文中的主人公大人先生是有創作原型的，他是當時棲居於蘇門山的著名隱士孫登，作者曾對其執弟子禮。但一經創作就屬虛構，其形象就具有了廣泛的典型意義。作者通過這個典型形象，旨在宣揚道家自然無為的社會政治理想，揭示現實制度的不合理，以此諷諭當時各種思想傾向的士大夫。

本文的寫作技巧也是別具一格的。文章在整體結構上採取漢代辭賦中常用的問答體，但有較大的發展創造。它構思了幾類人物的對話，包括了多種韻散文體，以散文為經，雜以騷、賦及五、七、雜言詩體。語言汪洋恣肆，議論犀利辛辣，抒情狂放質直，是我國古代散文史上的一篇傑作。

贊

老子贊

【題 解】贊是一種文體，多用於頌揚人物。《文心雕龍·頌贊》說：「贊者，明也，助也。昔虞舜之祀，樂正重贊，蓋唱發之辭也。及益贊於禹，伊陟贊於巫咸，并揚言以明事，嗟歎以助辭也。」本文是一篇頌揚老子的贊文，由於殘缺過甚，我們無法窺知全豹。但從殘存的幾句看來，阮籍對老子是十分推崇的。

陰陽不測❶，變化無倫❷。飄颻太素❸，歸虛❹反真❺。

【注 釋】❶陰陽不測　這裡用來形容老子道德修養的高深莫測。陰陽，指天地間化生萬物的陰陽二氣。❷倫　倫比，匹敵。❸太素　天地萬物最原始最質樸的狀態。❹虛　空虛飄渺的大道的境界。❺真　本性；本質。這裡指化生萬物的最原始的宇宙自然。歸虛反真，指老子的去世，其精魂返回到了太虛之境。

【語　譯】老子身稟陰陽，高深莫測，變化無窮，無人比倫，飄颻遨翔於太素真境，回歸虛無，返還淳真。

誄

孔子誄

【題解】誄是一種文體，多用於生者悼念死者的文章。《文心雕龍·誄碑》說：「誄者，累也，累其德行，旌之不朽。」本文是一篇悼念孔子的誄文。本文雖然殘缺過多，但從現存的幾句來看，作者崇仰孔子之情已洋溢於字裡行間。

養❶徒❷三千，升堂❸七十。潛神❹演❺思，因史作書❻。考❼混元❽於無形，本❾造化❿於太初⓫。

【注釋】❶養　教育；培養。❷徒　弟子；門徒。❸升堂　比喻學問技藝已入門。《論語·先進》：「由也升堂矣，未入於室也。」《史記·孔子世家》：「孔子以《詩》、《書》、《禮》、《樂》教弟子蓋三千焉，身通六藝者七十有二人。」取其成數。❹潛神　專心致志。❺演　推演；闡發。❻因史作書　《史記·孔子世家》：「乃因史記作《春秋》，上至隱公，下迄哀公。十四年，十二公，據魯親周，故殷運之三代，約其文辭而指博。」❼考　考求；考察。❽混元　指天地開闢之初的混沌元氣。混，原本作「焜」。❾本　推究；推原。❿造化　化生天地萬物的宇宙自然。⓫太初　指天地開闢之初，萬物始萌的原始狀態。

【語　譯】孔子一生培養弟子三千，學有所成者七十。專心致志於推演深思，根據史記撰寫《春秋》，考求混沌元氣於天地尚未成形的遠古，推究宇宙自然於萬物始萌的混沌太初。

文

弔某公文

【題解】本文因殘缺過多，無法推知所弔者為何人，僅錄以備考。

沉漸❶荼酷❷，仁義同違❸。如何不弔❹？玉碎冰摧❺。

【注釋】❶沉漸 亦作「沉潛」。地德深沉柔弱。這裡指神州大地。❷荼酷 深重的苦難。❸違 違棄；拋棄。❹如何不弔 為什麼不哀悼呢。❺玉碎冰摧 玉、冰，比喻美好的事物，這裡指某公。

【語譯】茫茫神州大地苦難深重，仁愛道義全部違棄。為什麼不哀悼呢？美玉破碎潔冰摧毀。

帖

搏赤猿帖

【題解】帖，是一種用簡短言詞書寫的紙片。本文見於唐李懷琳〈七賢帖〉。陳伯君《阮籍集校注》引梅本注云：「米芾《書史》云：『〈七賢帖〉并唐冑曹參軍李懷琳偽作。』此帖比今刻石字多，乃懷琳所撰語。」我們認為，本文雖然可能有增偽，但大體上還是可肯定為阮籍所作。這是阮籍記一次夢中與赤猿搏鬥事的帖子，我們可以從中窺見日常生活中的阮籍形象。搏，搏鬥。赤猿，紅毛猿猴。

僕❶不想欻爾❷夢搏赤猿，其力甚❸于貔❹虎，良久反覆❺。余乃觀天，背地，覩穹❻，亦當不爽❼。但僕之不達❽，安得不憂？吉乎？報我，凶乎？詳告。三月，阮籍白繇君❾。

【注　釋】❶僕　自稱的謙詞。❷欻爾　忽然。欻，同「忽」。❸甚　超過；勝過。❹貔　猛獸名，似熊。❺反覆　這裡指夢醒後翻來覆去心情不能平靜的樣子。❻觀天背地覩穹　觀看天象，暗地裡思考，再觀看天象的一系列動作。穹，蒼穹，即天空。❼爽　差；失。❽達　理解；明白。❾繇君　人名，是當時善於占夢的人。

【語　譯】我沒有想到忽然間會夢見與一隻紅毛猿猴搏鬥，這個猿猴的力氣超過貔虎，夢醒後我久久輾轉反側，心情不能平靜。我於是觀望天象，背地思考，又目睹蒼穹，但也沒有發現差失。只是我不能理解這個夢的吉凶，所以怎能不心懷憂愁？吉利嗎？請告訴我。凶險嗎？請詳細說明。三月，阮籍稟白繇君。

【研　析】這是一張阮籍記敘夢境與請人占夢的帖子。帖中記敘了自己與赤猿搏鬥的夢境以及受此夢境困擾產生的種種不快，希望繇君能詳告此夢的吉凶禍福。從本帖中我們可以窺知日常生活狀態下的阮籍形象。阮籍一生謹慎，在動輒得咎的殘酷現實面前，為了苟全性命，他一直是戰戰兢兢，忐忑不安的，以致連做夢這樣的小事也要預卜吉凶了。由此，我們就可以理解，外在行為上不拘禮數，終日酣醉為常的阮籍，內心世界是多麼的痛苦。

詩

詠懷詩　四言十三首

【題　解】阮籍四言〈詠懷詩〉，明張溥本只收有三首（即本卷其一、其二、其三），近人黃節先生《阮步兵詠懷詩注》收有十三首（包括張溥本三首）。黃節先生曰：「阮步兵〈詠懷詩〉五言八十二首，余於五年前已為之注釋，其四言〈詠懷詩〉十三首，據近人無錫丁福保所編《全三國詩》卷五云：按《讀書敏求記》謂阮嗣宗〈詠懷詩〉行世本惟五言八十首，朱子儋取家藏舊本刊於存餘堂，多四言〈詠懷〉十三首云云。余歷訪海上藏書家，都無朱子儋本，今所存四言詩僅三首耳。據丁氏之言，則僅存〈天地〉、〈月明〉、〈清風〉三首。余亦未見朱子儋本。惟舊藏潘璁本乃明崇禎間翻嘉靖刻者，有嘉靖癸卯陳德文序，有崇禎丁丑潘璁序，分上、下兩卷，錄四言〈詠懷詩〉十三首，其一至其三則與丁氏刻同，其四至十三則丁氏所未見者，意與朱子儋本必無大異，或且潘本在朱本之前也，因並取而注釋之，注有見於五言詩內者不重出。」今按：潘本、朱本阮集今已不易見，即用黃節先生所校潘本作底本，加以注釋和翻譯。詠懷，用詩歌來抒寫懷抱。

其一

【題解】本詩是感物傷懷之作，抒發了作者才志不得用的抑鬱和企盼隱逸的情懷。

天地絪縕❶，元精❷代序❸。清陽❹曜靈❺，和風容與❻。明月映天，甘露被❼宇❽。蓊鬱❾高松，猗那❿長楚⓫。草蟲哀鳴，鶬鶊⓬振羽。感時興思，企首⓭延佇⓮。於赫⓯帝朝，伊衡⓰作輔。才非允⓱文，器⓲非經武⓳。適⓴彼沅、湘㉑，託分漁父㉒。優哉游哉㉓，爰㉔居爰處。

【注釋】❶絪縕　古代指天地陰陽二氣交互作用的狀態。❷元精　天地的精氣。❸代序　依次更替。❹清陽　清正的陽氣，這裡指天。❺曜靈　輝耀日光。❻容與　從容閒適貌。❼被　同「披」。❽宇　天地四方。❾蓊鬱　草木茂盛貌。❿猗那　柔美、盛美貌。⓫長楚　草名，別名羊桃、獼猴桃。果實可食。⓬鶬鶊　鳥名，即黃鸝。⓭企首　抬頭遠望。⓮延佇　久久佇立。⓯於赫　嘆美之詞。⓰伊衡　商朝大臣伊尹，阿衡是他的官號。⓱允　當。⓲器　能力。⓳經武　經營武備。⓴適　去；往。㉑沅湘　水名，即沅水和湘水，都在今湖南省境內。㉒託分漁父　託分，猶託跡。這句話出自《楚辭·漁父》王逸注：「〈漁父〉者，屈原之所作也。屈原放逐於江湘之間，憂愁嘆吟，儀容變易，而漁父避世隱身釣於江濱，欣然自樂。」㉓優哉游哉　形容從容自得，悠閒無事。㉔爰　於是。

【語　譯】天地間，陰陽之氣相互交融，萬物的精氣依次更替。清正的陽氣在日光下輝耀，和美之氣隨風悠閒徘徊。明月映照天空，甘露澤及寰宇。挺拔高聳的青松蒼鬱勁健，繁茂的長楚婀娜多姿。蟈蟈在草叢中哀聲鳴叫，黃鸝在空中振翅飛翔。感受到時節的移易，故而興發情思，抬頭遠望，久久佇立。遙想那隆盛的帝國天朝，有賢明的大臣伊尹擔任輔弼。可嘆我的才華不足經文，能力不足經武。還是前往那沅、湘之水，寄託行跡於江濱的漁父吧。優哉游哉，悠閒自得，就這樣閒居這樣安處吧。

【研　析】這是一首「感時興思」之作。季節時令的易變觸動、興發詩人的詩思與情懷。由於詩人身處魏晉之際的特殊時代，當時曹魏政權與司馬氏集團正在暗暗地進行著一場殊死的政治搏鬥，遭逢其時的有志之士不僅抱負難以施展，而且往往一不小心就會捲入政治鬥爭的漩渦，招致殺身之禍。本詩具體反映了詩人抱負無法施展的苦悶和企盼遠禍隱遁的情志。

詩的開頭起筆輕快，描繪了一幅和美宜人的自然圖景：日月映照天地，和風甘露撒播宇宙。詩人描寫的不是一草一木、一山一水，而是天地之間和美的景象。可見詩人觀照的角度來自於宏闊的宇宙、自然。但是在這和美的旋律中卻跳動著不和諧的「音符」：草蟲哀鳴，鶬鶊振羽。這不和諧的「音符」，與開頭的和美之氣形成鮮明的對比，這對比，若從藝術表現上來看，是以樂襯哀。但是這以樂襯哀的反跌，恰恰體現了詩人「興思」的關鍵，即，正是天地間跳動著的這一點不和諧的「音符」才啟發詩人對自我生命處境的思考。「於赫帝朝，伊衡作輔」，這種皇權國運的和美運作與「天地絪縕，元精代序」的和美之氣是多麼的相像！而詩人卻猶如哀鳴的草蟲、振羽的鶬鶊，感到「才非允文，器非經武」。詩中的伊衡所指何人，詩人沒有明言。不過，為了苟全性命於亂世，不管「伊衡」是曹爽還是司馬氏，詩人都無意於替他服務。詩人明確表示了自己的「才」「器」不足以「治文」和「經武」，而是希望「適彼沅、湘」與漁父為伴，委婉含蓄地表達了自己不願出仕亂朝的心態。言語中流露的是生不逢時的感嘆與對表面清明的當世的嘲諷。但是詩人的高妙之處在於寓嘲諷於自抑自貶之中，既表達了心中的憤懣，又不致招致禍殃。全詩的情感抒發委婉而細膩，意境清遠脫俗，是詩人高潔心志的真實寫照。

其二

【題解】本詩抒發了作者對韶華早逝，美好理想無法實現的感傷。

月明星稀❶，天高氣寒。桂旗❷翠旌❸，珮玉鳴鸞❹。濯纓❺醴泉❻，被服❼蕙蘭❽。思從❾二女❿，適彼湘、沅。靈⓫幽聽微，誰觀玉顏？灼灼⓬春華⓭，綠葉含丹。日月逝矣，惜爾華繁。

【注釋】❶月明句　出自魏武帝曹操〈短歌行〉：「月明星稀，烏鵲南飛。」❷桂旗　以桂樹為旗。❸翠旌　用翡翠鳥羽毛製成的旌旗。❹鳴鸞　即鳴鑾。鑾是裝在車衡上的小銅鈴，車子行進時會發出悅耳的聲音。❺濯纓　洗濯冠纓。《孟子・離婁上》：「滄浪之水清兮，可以濯我纓。」後喻超脫世俗，操守高潔。❻醴泉　甜美的甘泉。❼被服　穿著。❽蕙蘭　皆香草名。❾從　跟隨；跟從。❿二女　指傳說中堯的兩個女兒娥皇、女英。她們全為舜的妻子，死後成為湘水之神。⓫靈　神靈。這裡指前面的「二女」。⓬灼灼　鮮明貌。⓭春華　春花。

【語譯】明月映照星光依稀閃爍，蒼天高闊氣候寒冷。以桂樹為旗，以翠羽為旌，身佩飾玉行步時鳴動有如車鸞。在那甜美的甘泉中洗濯我的冠纓，身上披戴著香草蕙蘭。我想要追隨娥皇、女英二妃，起駕去那湘沅之濱。神靈幽隱視聽微渺，又有誰看到過她們那如玉的容顏？灼灼明麗的春花，翠綠的嫩葉隱現著紅色的光澤。時光匆匆一去不復返啊，你的繁華茂盛只怕也不能久長。

【研析】本篇從表面上看是一首抒寫男女之情詩，但實際上託喻遙深，蘊含著深刻的人生哲理。在一個「月明星稀」的清涼而靜謐的夜晚，詩人整頓行裝，打算前往沅、湘之濱找尋自己心目中的湘水二妃，結果一無所獲。詩人以「二妃」隱喻自己的美好理想，以追求「二妃」而一無所獲的過程暗喻自己的美好理想在現實生活中的幻滅。理想幻滅的詩人看到盛開著的春花，不禁發出韶華易逝，花開自有花落的人生感慨。「惜爾華繁」一句貌似惜花，實為詩人自嘆。全詩格調清新優雅，境界幽深迷離，讀後耐人尋味。

在中國古代文人的詩歌中，從屈原起就深深地鬱結著一種「求女」情結，屈原〈離騷〉中的三次求女，曹植的〈洛神賦〉亦如此。「求女」視具體詩篇不同而其含義各有所指，但往往均表現出一種對美好理想的追求。本篇開頭「月明星稀」極具詩的暗示作用，它出自曹操〈短歌行〉：「月明星稀，烏鵲南飛。繞樹三匝，何枝可依？」曹操表示天下英才於亂世紛紛擇主而無有歸屬的局勢，以示自己招納賢才的願望。因而本篇「月明星稀」就不只具有交代時間與渲染氛圍的作用，而且暗示著詩人的行動，即下文「適彼湘沅」、「思從二女」，這「二女」就是詩人理想的象徵。與屈原相比，阮籍的「求女」意識是相同的，但是卻沒有屈原在追求過程中的批判意識與執著精神。詩中籠罩著一種「求女」的幻滅感，這是魏晉易代的黑暗政治及老莊玄學盛行下的產物。

其三

【題解】本詩既表現了詩人世無知音的憂苦，又表達了詩人尋求政治知音的強烈渴望。

清風肅肅❶，脩夜❷漫漫。嘯❸歌傷懷，獨寐寤❹言。臨觴❺拊膺❻，
對食忘餐。世無萱草❼，令我哀歎。鳴鳥求友❽，〈谷風〉❾刺愆❿。重華⓫
登庸⓬，帝⓭命凱元⓮。鮑子⓯傾蓋⓰，仲父佐桓⓱。河濱嗟虞⓲，敢不希
顏⓳？志存明規⓴，匪㉑慕彈冠㉒。我心伊何㉓？其芳若蘭㉔。

【注釋】❶肅肅　象聲詞，此指風聲。❷脩夜　長夜。❸嘯　撮口吹出的聲音。❹寐寤　寐，睡。寤，醒。❺觴　酒杯。❻拊膺　捶胸。表示哀痛或悲憤。❼萱草　植物名。俗稱金針菜、黃花菜，可作蔬菜，或供觀賞。根可入藥。古人以為種植此草，可以使人忘憂，因稱「忘憂草」。❽鳴鳥求友　語出《詩經・小雅・伐木》：「伐

木丁丁……嚶其鳴矣，求其友聲。」❾谷風　是《詩經・小雅》的篇名。〈詩序〉說：「〈谷風〉，刺幽王也。天下俗薄，朋友道絕焉。」❿愆　過失；錯誤。⓫重華　虞舜的美稱。《尚書・舜典》：「曰若稽古帝舜，曰重華，協于帝。」⓬登庸　選拔任用。⓭帝　指虞舜。⓮凱元　即「八愷八元」的簡稱。據《左傳・文公十六年》記載，古帝高陽氏有才子八人，人稱「八愷」；高辛氏有才子八人，人稱「八元」。舜舉薦八愷主管后土，舉薦八元布教四方，結果天下大治。凱，同「愷」。⓯鮑子　又稱鮑叔，即鮑叔牙。春秋時齊國大夫，以知人並篤於友誼稱於世。⓰傾蓋　車上的傘蓋靠在一起，比喻交情的親密。⓱仲父佐桓　春秋時齊桓公尊管仲為仲父。桓，指齊桓公。據《史記・管晏列傳》記載，鮑叔牙和管仲是知心的至友，鮑叔牙向齊桓公舉薦管仲，齊桓公任管仲為相，結果稱霸諸侯，一匡天下。⓲河濱嗟虞　河，原本作「回」，今據黃節本改。此句言孔子讚嘆虞舜的仁政德治。嗟，讚嘆。虞，指虞舜。語出《韓非子・難一》：「歷山之農者侵畔，舜往耕焉，期年甽畝正。河濱之漁者爭坻，舜往漁焉，期年而讓長。東夷之陶者器苦窳，舜往陶焉，期年而器牢。仲尼歎曰：『耕漁與陶，非舜官也，而舜往為之者，所以救敗也。舜其信仁乎？乃躬藉處苦而民從之。故曰聖人之德化乎？』」⓳希顏　希，慕。顏，指顏回。揚雄《法言》曰：「睎驥之馬，亦驥之乘也。睎顏之人，亦顏之徒也。」按，希顏，猶希聖，指希望達到聖人的境界。⓴明規　光輝的典範。㉑匪　同「非」。不。㉒彈冠　整潔其冠。喻將出來做官。《漢書・王吉傳》：「吉與貢禹為友。世稱『王陽在位，貢公彈冠』。言其取舍同也。」顏師古注曰：「彈冠者，且入仕也。」㉓伊何　如何。㉔其芳若蘭　語出《周易・繫辭上》：「同心之言，其臭（香氣）如蘭。」

【語　譯】淒清的冷風肅肅作響，寂寞長夜漫漫無際。長嘯歌吟傷人情懷，獨自睡覺獨自醒來獨自喃喃自語。面對酒杯捶胸哀痛，面對佳餚忘卻進餐。世上並無解人憂愁的萱草，使得我哀傷慨嘆不已。鳴鳥嚶嚶作聲尋覓好友，〈谷風〉譏刺幽王使友道斷絕的過失。古帝虞舜重視選拔進用人才，起用了賢士八凱八元。鮑子不忘昔日的傾蓋舊情，管仲因此得以輔佐齊桓。孔子讚嘆虞舜的仁政德治，我輩怎敢不希望達到聖人的境界？心志寄託於這些光輝的典範，並非希慕能出仕做官。我的內心究竟如何？內心有如蕙蘭一般的芬芳。

【研　析】在一個清風肅肅的漫漫長夜裡，詩人嘯歌傷懷，久久不能入睡。詩人捶胸頓足，面對酒食也不能下肚，其哀痛之情可見一斑。到底是什麼使詩人如此哀痛呢？「鳴鳥求友，〈谷風〉刺愆」，詩人運用了《詩經》中的〈伐木〉與〈谷風〉形象地展示了「令我哀歎」的底蘊：世無知音。從其所舉「重華登庸，帝命凱元。鮑子傾蓋，仲父佐桓」來看，這世無知音，不是缺少一般的朋友，而是缺少政治上的知音與同盟，而舜之與八凱八元、鮑子之與管仲只存在於遙遠的歷史，存在於詩人的理想之中。正是這種理想與世無知音的現實的強烈反差，造成了詩人無法排解的「哀歎」。孔子讚嘆過虞舜的仁政德治，詩人也希望自己黽勉努力，達到聖人的境界。正因詩人「志存明規」，故其「求友」之聲就非凡夫俗子的援引舉薦、彈冠相慶了。最後，詩人再次表明了自己的心跡：我心如何，其芳如蘭。所謂二人同心，其利斷金；同心之言，其臭如蘭。詩人企慕與追求的是政治上的志同道合，而非以利相交、利盡道絕的勢利之徒。阮詩中常常表現對一種現象的不滿並因不滿而走向其反面。而這首詩則是力圖超越，以理想來超越現實。詩中既表現了世無知音的憂苦，又借表白心跡的方式，表達了詩人尋求知音的強烈渴望，從一個側面展示了阮籍的政治理想。

其　四

【題　解】這是一首詠物抒憂之作。詩人慨嘆自己不能秉持「如玉如金」的高志，年華已逝，美顏難成，結果只留下一串嘯歌長吟的哀嘆。詩中流露了濃重的憂生之情。

陽精❶炎赫❷，卉木❸蕭森❹。谷風❺扇暑❻，密雲重陰。激電震光，迅雷遺❼音。零雨❽降集❾，飄溢北林。汎汎❿輕舟，載浮載沉⓫。感往悼來⓬，懷古傷今。生年有命，時過慮深⓭。何用⓮寫思⓯？嘯歌長吟。誰能秉志⓰，如玉如金？處哀不傷⓱，在樂不淫⓲。恭承明訓⓳，以慰我心。

【注釋】❶陽精　太陽。❷炎赫　熾熱貌。❸卉木　草木。❹蕭森　茂密高聳貌。❺谷風　東風。❻扇暑　扇掉暑氣。❼遺　給予。這裡有「傳揚」的意思。❽零雨　慢而細的小雨。❾降集　降落。❿汎汎　亦作「泛泛」、「氾氾」，水中漂浮貌。⓫載浮載沉　謂在水中上下浮沉。載，語氣助詞。⓬感往悼來　感慨往者，哀悼未來。⓭時過慮深　謂隨著時間的推移，憂慮加深。⓮何用　憑什麼；用什麼。⓯寫思　抒發情思。⓰秉志　堅持志向。⓱處哀不傷　處於悲傷中而不過度。傷，悲哀過度。⓲淫　過度；沒有節制。「樂而不淫，哀而不傷」是儒家對人生和文藝的基本要求。⓳明訓　指儒家「樂而不淫，哀而不傷」之語。

【語譯】赤日炎炎普照大地，草木茂盛挺拔高聳。東風羽扇退卻酷暑，烏雲密布聚積重重陰鬱。激烈閃電震射強光，迅疾驚雷傳來巨響。細雨濛濛飄灑降落，飄散充溢於北邊的樹林。輕舟在水面漂浮，時而浮起時而下沉。感慨往事哀悼未來，懷念古昔憂傷當今。人生壽夭自有天命，然而時光飛逝憂慮更深。用什麼來發抒我的情思？只有仰天長嘯，獨自歌哭長吟。誰能夠秉持自己的高志，有如美玉精金一般的堅貞精純？身處悲中不至於傷心過度，人在樂境不致荒淫失節。恭敬接受先師明達的教誨，用來寬慰我的心情。

【研　析】生活在殘酷現實中的詩人內心十分苦悶，本詩的開頭用濃重的筆觸描寫大自然的乖剌無章，瞬息萬變，這正是詩人鬱悶激動的情感波瀾的寫照。詩人只覺自己猶如一葉孤舟，在波浪中載浮載沉，不覺悲從中來，於是只好感往悼來，懷古傷今了。想起自然生機無限，然而人生卻短暫有限，年復一年，一顆熱切的心隨著韶華的流逝不斷陷入到深深的憂慮之中。「誰能秉志，如玉如金」二句即是詩人對以往歲月不能秉持己志隨波逐流的悔恨，又是詩人今後試圖洗心革面重新生活的誓言。詩人最後說，只有先聖孔子「樂而不淫，哀而不傷」的明訓才能稍微撫慰我的心靈。這種心境正是詩人生活後期的基調。全詩情感真摯，格調高雅，文字簡潔優美，讀來真淳感人。

其　五

【題　解】本詩通過天地萬物有始有終，不能久盈的道理，表達了作者安於現狀，明哲保身以安享天年的人生追求。

立象❶昭回❷，陰陽❸攸經。秋風夙❹厲❺，白露宵❻零❼。脩林❽彫殞❾，茂草收榮❿。良時忽邁⓫，朝日西傾。有始有終，誰能久盈⓬？太微⓭開塗，三辰⓮垂精⓯。峨峨⓰群龍⓱，躍奮紫庭⓲。鱗分委瘁⓳，時高路清。爰⓴潛爰默，韜影㉑隱形。願保今日，永符㉒脩齡㉓。

【注釋】❶立象　設立卦象以展現和推演天地萬物的運行變化。❷昭回　語出《詩・大雅・雲漢》：「倬彼雲漢，昭回于天」。後借以指日月星辰的運行。❸陰陽　指宇宙間貫通物質和人事的兩大對立面。❹夙　早晨。❺厲　猛烈。❻宵　夜。❼零　凋落。❽脩林　長林。❾彫殞　凋殘；零落。❿收榮　凋零。收，凋萎。榮，草木之花。⓫邁　遠行；行進。⓬盈　充滿。⓭太微　古代星宮名，為三垣之一。《史記・天官書》：「南宮朱鳥，權，衡。衡，太微。三光之廷。」《索隱》：「宋均曰：太微，天帝南宮也。」⓮三辰　日、月、星。⓯精　光華。⓰峨峨　指儀容端正盛美貌。⓱群龍　比喻群賢。⓲紫庭　即紫宮，古星宮名，為三垣之首。後來用來指代朝廷。⓳委瘁　勞思憔悴。⓴爰　於是。㉑韜影　掩藏身影。㉒符　合。㉓脩齡　長齡；長壽。

【語譯】聖人取法於日月星辰的周轉運行而設立卦象，因此陰陽興作各有所經。寒冷的秋風清晨猛烈，清冷的白露在夜晚墜落。蒼鬱的長林凋落消殞，繁茂的草木花葉凋零。美好的時光迅速流逝，朝日升空倏忽又向西傾落。既有開始必有終結，誰能保持長久的豐盈？太微星宮開闢了路途，日月星辰垂落了光輝。儀容端莊盛美的峨峨群龍眾賢，躍身奮力於紫微天庭。龍鱗紛亂勞累憔悴，然而卻為時人所稱美而仕路清明。我於是潛藏於是緘默，韜隱身影掩藏身形。但願保住今日佳辰，永遠應合長壽之命。

【研　析】本詩從描寫日月星辰的周轉運行，朝露的宵零，草木的凋零等盛衰更迭的自然現象入手，提出了「有始有終，誰能久盈」的命題。接著詩人以「峨峨群龍」隱喻獻身朝廷的賢士，指出他們雖然功成名就，但最終還是「鱗分委瘁」了，以此來說明人事也有始有終，誰也不能長久豐盈。為了保全今日的性命之真，得以長壽延年，詩人決定要韜藏行跡，潛默而處了。全詩反映了詩人安於現狀，明哲保身以求頤養天年的人生理想。阮籍善於將自己的某種人生體驗與自然現象聯繫起來，本詩即以宏闊之筆展現自然的變化更替。自然與人事相應，「有始有終，誰能久盈」——這種自然觀照的人生體驗，包含著一分玄思的哲理，因而詩人「韜影隱形」「頤保今日」也只不過是一時的苟全性命的自我安慰，反映了詩人消極避世的思想。

其　六

【題　解】本篇與上篇意旨相似。抒發了時光飛逝，世道不正，和自甘潛隱保身的人生感嘆。

璣衡❶運速，四節佚❷宣❸。冬日悽悕❹，玄雲❺蔽天。素冰❻彌❼澤，
白雪依山。□□逝往❽，譬波流川。人誰不設❾？貴使名全。大道夷敞❿，
蹊徑⓫爭先。玄黃⓬塵垢，紅紫光鮮。嗟我孔父⓭，聖懿⓮通玄⓯。非義

之榮，忽若塵煙。雖無靈德，願潛于淵。

【注　釋】❶璣衡　北斗的第三星和第五星。這裡代指北斗星。❷佚　通「迭」。更迭；輪流。❸宣　布施。❹悽悕　悲傷淒切。❺玄雲　烏雲。❻素冰　白冰。❼彌　滿；遍。❽□□逝往　逝往上缺兩字。語出《論語・子罕篇》：「子在川上，曰：逝者如斯夫！不舍晝夜。」為保持譯文的完整性，譯文將意補足。❾設　當作「沒」，同「歿」。指死亡。❿夷敞　平坦寬敞。⓫蹊徑　小路。這裡「大道」喻正，「蹊徑」喻邪。⓬玄黃　即黑色和黃色。古人以赤、青、白、黑、黃為正色。紅、紫為正色以外的間色，被認為是不正的。⓭孔父　即孔子。父，也作「甫」，是古代對男子的美稱。⓮聖懿　聖明美好。⓯通玄　通曉高深玄妙之理。

【語　譯】北斗七星運轉疾速，一年四季更迭布施。嚴冬裡令人心情悲傷悽切，烏雲重重遮蔽了青天。素潔的堅冰遍布湖澤，皚皚的白雪偎依於群山。孔子感慨時光的流逝，用那流淌的河川來作比喻。世人誰能不死？重要的使名節保全。人間大道平坦寬敞，但世人卻偏偏爭搶小徑。玄黃正色蒙塵垢，紅紫間色卻光璨鮮麗。嗟嘆先師孔夫子，是那麼聖明美好又通曉玄妙之道。不合道義的榮華富貴，瞬息飄散有如塵煙。我雖然沒有美好的品德，但甘願潛身於深淵。

【研　析】面對星辰的疾速運行，四季的更替輪換，詩人不禁發出了孔夫子般「逝者如斯夫」的感嘆。時光飛逝，節序如流是一個客觀存在的事實。當然生命短暫也是一個不容置疑的客觀事實，不過詩人對生命的體認是清醒的，沒有過分的要求，他說：「人誰不設？貴使名全。」透露了詩人曾試圖有所作為的個中消息，只是由於時局昏暗，世風澆薄，人們紛紛捨棄正道，爭搶邪徑，才使詩人不願與之同居，憤而離世遁隱。全詩風格恬淡，明白如話，文字也平實質樸，但在平靜的敘述語氣中跳躍著詩人強烈的憤世之情。

【題　解】本篇表達了詩人對時光易逝、功名難就的悲嘆以及委命承天的自慰理遣。

其　七

朝雲四集，日夕布❶散。素景❷垂光，明星有爛❸。肅肅❹翔鸞，雍雍❺鳴雁。今我不樂，歲月其晏❻。姜叟❼毗❽周，子房❾翼❿漢。應期⓫佐命⓬，庸勳⓭靜亂。身用功顯，德以名讚。世無曩事⓮，器⓯非時幹。委命⓰有□，承天無怨。嗟爾君子，胡為永嘆。

【注　釋】❶布　散播。❷素景　這裡指月亮。❸爛　光明。❹肅肅　鳥飛翔的羽聲。❺雍雍　同「雝雝」。雁鳴聲。❻晏　晚。❼姜叟　即姜尚，字子牙。他輔佐周武王滅掉商紂，建立周朝，功勞很大。❽毗　輔佐。❾子房　即漢初名臣張良，字子房。他輔佐漢高祖劉邦，屢出奇謀，立有大功。❿翼　輔佐。⓫應期　順應時機。⓬佐命　輔佐帝王建立大業。⓭庸勳　運用功勳。庸，用。⓮曩事　往事。即指上述姜叟毗周、子房翼漢的事。⓯器　能力。⓰委命　委託命運的安排。按此句脫一字，本有原注云：「一作『委命承天，無尤無怨』。」

【語　譯】早晨濃雲四方聚集，傍晚時分又四下裡消散。皎潔的月光垂落光輝，眾多的明星星光燦爛。翺翔的飛鸞振翅肅肅，成群的鴻雁雍雍和鳴。今朝我心鬱鬱不快，而歲月流逝，已經太晚。姜尚老叟輔佐西周，張良子房輔翼大漢。順應時機輔佐王命，運用功勳戡平禍亂。身因功業而大顯於世，德因盛名而獲世頌讚。今世已無昔日盛壯的美事，又何況我的才器也非當時諸人的才幹。委託命運的安排自有道理，承順天意無怨無悔。嗟嘆你們這些正人君子，為什麼還要哀聲長嘆？

【研析】阮籍的〈詠懷詩〉善用比興，善於通過自然環境的描寫創造一個抒情氛圍，然後把抒情主人公放在這個氛圍之中加以襯托，本詩就是這方面的一首代表作。在一個烏雲四散、月光皎潔、繁星燦爛、鸞鳥飛翔、鴻雁和鳴的美好夜晚，本該心曠神怡，但詩人卻「今我不樂，歲月其晏」。原來詩人十分景慕「姜叟毗周，子房翼漢」這樣的豐功偉績，但又無奈於今世，又加上年華已逝，功成名就已遙不可及，所以面對良辰美景，非但無助於消憂，反而徒增幾多時光消逝的哀愁而已。可見，詩人對時光流逝的焦灼感，源自於立功、立德的人生理想的難以實現。最後詩人只好委任命運，承順天意聊以自慰了。這種心境，正是詩人晚年情感生活的真實寫照。如同屈原所表現的「老冉冉其將至兮，恐脩名之不立」一樣，詩中表現了人生有限而功名難就的焦灼，但是詩人缺少了屈子「路漫漫其修遠兮，吾將上下而求索」的執著精神與追求意志，卻多了一分委命承天的玄言理遣。

其八

【題解】這是一首詠史抒懷之作。描寫了上古聖世兩種不同的生活方式，表達了詩人的箕山之志。

日月隆❶光，克❷鑒❸天聰❹。三后❺臨朝，二八❻登庸❼。升我俊髦❽，黜❾彼頑凶❿。太上立德，其次立功⓫。仁風廣被，玄化⓬潛通。幸遭盛明，覩此時雍⓭。棲遲⓮衡門⓯，唯志所從。出處⓰殊塗⓱，俯仰⓲異容。瞻歎古烈，思邁高蹤。嘉此箕山⓳，忽彼虞龍⓴。

【注釋】❶隆　興盛。這裡用作動詞。❷克　能夠。❸鑒　察。❹天聰　上天賦予人的聽力，這裡泛指上天賦予人的各種能力。❺三后　上古帝王堯、舜、禹。后，古代稱帝王為后。❻二八　即八愷、八元。❼登庸　選拔進用。❽俊髦　才能傑出之士。❾黜　罷除。❿頑凶　愚頑兇險的惡人。這裡指舜請求帝堯流放共工、驩兜，遷徙三苗，殛殺鯀等惡人的事。⓫太上立德二句　據《左傳·襄公二十四年》：「太上有立德，其次有立功，其次有立言。」孔穎達疏：「太上謂人之最上者，上聖之人也。……立德謂創制垂法，博施濟眾，聖德立於上代，惠澤被於無窮……立功謂拯厄除難，功濟於時。」⓬玄化　至德的教化。⓭時雍　指和平安定的太平盛世。⓮棲遲　遊息。⓯衡門　橫木為門，指簡陋的房屋。⓰出處　指入仕和退隱。⓱殊塗　異途；不同的途徑。⓲俯仰　這裡指舉止行為。⓳箕山　山名。具體地點說法不一。古代傳說，堯時隱士許由避世於此，後以箕山代指遁隱之所。⓴虞龍　虞舜的大臣，名龍，曾出任納言一職。《尚書·舜典》曰：「龍，朕堲讒說殄行，震驚朕師。命汝出納朕命，惟允。」這裡代指儒家的賢人。

【語　譯】日月當空，普照光輝，能夠鑑察世人的各稱才能。堯、舜、禹帝臨朝聽政，八愷八元得以選拔進用。提拔我輩才智傑出的俊髦之士，罷黜那些愚頑兇險的惡人。上聖之人樹立德行，次聖大賢建立豐功。仁義之風廣被四方，至德教化潛達貫通。有幸遭逢盛明時世，讓我目睹和樂安寧。甘願遊息於衡門之下，只須任隨心志我行我素。入仕歸隱路途各異，一舉一動情貌不同。瞻仰嗟嘆上古的英烈，尋思追隨他們高尚的行蹤。嘉美在此隱居的箕山許由，也只有放棄效法那在朝為官的虞舜臣龍。

【研　析】從本詩我們可以窺知詩人思想的微妙變化。詩人早年十分嚮往上古君明臣賢的堯、舜、禹時代的太平盛世。詩的前六句就充分表達了詩人的這一嚮往之情。詩人對儒家「太上立德，其次立功」的立身處世的基本準則和「仁風廣被，玄化潛通」的偉大作用也忻羨不已。但是詩的妙處就在於，詩人腦中並非只有「立德」、「立功」的人生價值標準，詩人對「棲遲衡門」的隱士，從「唯志所從」的角度加以肯定。全詩似乎只是以平和的語氣，敘述上古聖世「出處殊塗，俯仰異容」的兩種不同的生活方式，但從「嘉此箕山，忽彼虞龍」的對比中，可看出詩人寫此詩的心情和箕山之志。阮籍本有濟世志，「太上立德，其次立功」應是詩人積極追求的人生目標，造成這種情志上的轉向，或者說是兩種人生觀的並立，一是由於易代的政治環境使然，二是由於老莊思想盛行所致。詩人把箕山之志竭力地置入太平盛世之中，認為這是「日月隆光，克鑒天聰」，是盛世的產物。詩的語氣極其中和，但若聯繫當時的社會背景，那麼我們也可感受到在這種平和的語氣之中，也難免不流露著對混亂政治的不滿，以及「嘉此箕山，忽彼虞龍」的無奈。

其九

【題解】本詩表達了詩人面對紛繁複雜的現實世界無所適從的矛盾心情，以及守以沖虛、與道同在的曠達之志。

登高望遠，周覽❶八隅❷。山川悠邈❸，長路乖殊❹。感彼墨子，懷此楊朱❺。抱影❻鵠立❼，企首踟躕❽。仰瞻翔鳥，俯視游魚。丹林❾雲霏❿，綠葉風舒。造化絪緼⓫，萬物紛敷⓬。大⓭則不足，約⓮則有餘。何用養志？守以沖虛⓯。猶願異世，萬載同符⓰。

【注釋】❶周覽　縱觀；四面瞭望。❷隅　角落。❸悠邈　遙遠。❹乖殊　背離，不一致。這裡指路途縱橫交錯貌。❺感彼墨子二句　墨子，即墨翟，春秋戰國之際的思想家，墨家學派的創始人。主張「兼愛非攻」、「節用」等。楊朱，戰國時魏人，後於墨翟，其學說在於「愛己」、「貴生」，與「兼愛」相反。作者提及墨子、楊朱，大概與他們的典故有關。《淮南子・說林訓》曰：「楊子見歧路而哭之，為其可以南，可以北；墨子見練絲而泣之，為其可以黃，可以黑。」作者以此暗喻自己的人生處境。❻抱影　守著自己的影子，形容極端孤獨寂寞。❼鵠立　謂如鵠之延頸而立，形容直立。❽踟躕　徘徊不前；猶豫貌。❾丹林　丹樹之林。如楓樹、丹桂之類紅葉或紅幹的樹木之林。❿霏　雨雪或煙雲飄飛之貌。⓫絪緼　古代指天地交合相互作用的狀態。⓬紛敷　紛亂盛多貌。⓭大　多。⓮約　少。⓯沖虛　淡泊虛靜。⓰同符　合於道。同，合也。符，指道。《呂氏春秋》曰：「孔子曰：『若夫人者，目擊而道存矣，不可以容聲矣。故未見其人而知其志，見其人而心與志皆見，天符同也。』」高誘注曰：「符，道也。」

【語譯】登臨高處極目遠望，縱覽四面八方。群山河川連綿悠遠，漫漫長路縱橫乖殊。感慨那墨子的為練絲而哭，懷想這楊朱的哭泣歧路。獨抱孤影延頸佇立，舉首企足徘徊不前。抬頭仰望空中的飛鳥，低頭臨視這水中的游魚。丹樹林裡白雲亂舞，綠葉叢中疾風捲舒。自然造化混沌絪縕，天地萬物紛繁盛多。萬物說多則還不足，說少則已有餘。用什麼來培養心志？就用淡泊虛靜來保守此心。即使到了另一個世界，我也願意千年萬載與道同在。

【研析】自然界的山山水水、一草一木總是能啟人以遐思，但不同的人或者同一人不同的心境，其對自然界投注的情感也不同。詩人登高望遠，呈現於眼前的悠遠綿邈的山川河流和乖殊錯出的漫漫長路，卻使詩人想起了泣絲哭路的墨子和楊朱，所以詩人反而更加憂愁，更加孤寂了，導致他徘徊猶豫，無所適從。因而詩人歧路徘徊、無所適從的心境借助於「山川悠邈，長路乖殊」的描寫和「感彼墨子，懷此楊朱」的用典，而得以形象的外化。那麼，與其說外在之景觸發了詩人心中的感懷，毋寧說是詩人的「企首踟躕」決定了詩人登高望遠的視景。詩人既有墨子、楊朱的悲世情懷，也有老莊沖虛養志的達觀。這種情感的複合也就決定了視景的轉換。飛鳥游魚的自由自在，丹林中的亂雲翻舞，綠葉叢中的疾風捲舒，這是一幅令人心曠神怡的美景，詩人於這一美景中感受到了「大則不足，約則有餘」的安分知足的人生哲學。而要達到這一境界，貴在沖虛養志，澹泊無求。全詩寫景和抒情、視景與哲思結合完美，隨著景的變換，情思如流水般一泄而出，非常妥貼自然地表達了詩人內心的無奈和苦悶，以及試圖超脫的情懷。

其十

【題解】本詩敘述了詩人由入世到出世的思想轉變歷程。

微微❶我徒❷，秩秩大猷❸。研精典素❹，思心淹留❺。迺命僕夫，興❻言❼出游。浩浩❽洪川，汎汎❾楊舟。仰瞻景曜❿，俯視波流。日月⓫東遷，景曜西幽⓬。寒往暑來，四節代周⓭。繁華茂春，密葉殞秋。盛年衰邁，忽焉若浮。逍遙逸豫⓮，與世無尤⓯。

【注釋】❶微微　低賤渺小。❷我徒　我輩之人。❸大猷　大道。這裡指治國的大道。❹典素　猶典籍。這裡指儒家的經典。❺淹留　滯留；停留。❻興　興致。指一時的興起。❼言　語助詞，無義。❽浩浩　水勢盛大貌。❾汎汎　水中漂浮貌。❿景曜　指光明的太陽。⓫日月　這裡是偏義複詞，偏指「月」，古人認為月亮是西升東落的。⓬幽　潛隱。這裡指太陽下山。⓭代周　循環運轉。⓮逸豫　安樂悠閒。⓯尤　過失；過錯。《老子》曰：「夫惟不爭，故無尤。」

【語　譯】低賤渺小的我輩之人，卻身懷治國大道。專心致志精研先聖經典，思慮之心停留其上而無旁騖。一時興起，命令僕人車夫，出去行遊。浩浩壯闊的洪川巨流，泛泛漂浮著一葉楊木小舟。抬頭瞻望輝耀的一輪紅日，低頭臨視一去不返的滔滔波流。明月毫不居留向東遷逝，輝耀紅日總是西傾潛幽。寒往暑來，又暑來寒往，一年四季循環周流。紛繁的花兒在春天茂盛，濃密的綠葉在秋天凋殞。由壯盛年華到衰弱老邁，只不過是瞬息之間猶如飄浮。姑且逍遙悠閒自樂，與世無爭無尤。

【研　析】這首詩反映了儒道出處兩種人生觀在詩人心中的較量搏擊。詩人起初服膺儒術，「研精典素」，胸懷「秩秩大猷」，心無旁騖。詩人一時興之所至，就命駕出遊。在大自然的懷抱中，詩人領悟了「盛年衰邁，忽焉若浮」的人生道理，於是就毅然決定逍遙出世，以求無爭無尤了。詩人「研精典素」的目的就是詩人屢次言及的立德、立功，而詩人由「研精典素」向「與世無尤」的轉變，就意味著立德、立功人生理想的幻滅。全詩語調平靜，轉折自然，但是我們還是可以感受到詩人情思的不平之處。如「微微我徒」這種自謙式的不平，還有如導致詩人功業無成的到底是儒家聖賢之書還是黑暗的社會現實，詩人沒有明說，但是從詩人以「與世無尤」的出世之思對入世的否定，其對社會的不平與憤懣就不言而喻了。

其十一

【題　解】本詩熱情讚頌了安貧樂道的處世原則。

我徂❶北林，游彼河濱。仰攀瑤幹❷，俯視素綸❸。隱鳳棲翼，潛龍躍鱗❹。幽光❺韜影❻，體化❼應神❽。君子邁德❾，處約思純❿。貨殖⓫招譏，簞瓢⓬稱仁。夷叔⓭採薇，清高遠震。齊景⓮千駟⓯，為此埃塵。嗟爾後進⓰，茂⓱茲人倫⓲。華門圭竇⓳，謂之道真⓴。

【注釋】❶徂　往；去。❷瑤幹　瑤樹的枝幹。瑤樹，神話傳說中生於崑崙墟增城上。❸素綸　白色的釣絲。這句是說有隱士在此垂釣。❹隱鳳潛龍二句　隱鳳、潛龍，這裡都指隱居的高士。❺幽光　潛隱光輝。❻韜影　斂藏身影。❼化　造化；大自然的功能。❽神　這裡指神妙莫測的自然規律。❾邁德　勉力樹德。❿處約思純　身處貧困思慮純正。約，貧困。純，正。《左傳・昭公二十八年》：「處約思純。」⓫貨殖　謂經商營利。這裡指孔子弟子端木賜貨殖營利事。《論語・先進》曰：「賜不受命，而貨殖焉，億則屢中。」⓬簞瓢　這裡指孔子弟子顏回。語出《論語・顏回》：「子曰：賢哉回也。一簞食，一瓢飲，在陋巷，人不堪其憂，回也不改其樂。賢哉回也。」簞，古代盛飯食的器具，用竹或葦製成。⓭夷叔　即伯夷、叔齊兄弟，為周初名士，他們反對周武王伐紂，恥食周粟，隱居首陽山，采薇而食。⓮齊景　指春秋時齊景公。《論語・季氏》：「齊景公有馬千駟，死之日民無德而稱焉。」⓯千駟　千乘之馬，一乘為四馬，故千駟為四千匹馬，此泛指，言馬多。⓰後進　後輩。亦指見識或資歷較淺的人。⓱茂　通「懋」。勉勵。⓲人倫　人世間的綱常倫理。⓳華門圭竇　同「篳門圭竇」。編竹為門，穿牆作窗。指貧賤之人所居之處。華門，用竹荊編的門。圭竇，形狀如圭，上銳下方的窗戶。⓴道真　大道的真諦。

【語　譯】我今日要去那北面的樹林，行遊到那大河之濱。抬頭攀折那瑤樹的枝幹，低頭臨視那漂浮水面的潔白釣絲。幽隱的鳳鳥在此棲息雙翼，潛藏的神龍在此躍動鱗影。高士們幽隱光輝韜藏身影，他們身稟天地造化順應自然冥神。賢人君子勉力樹德，身處貧困思慮純正。經商營利招致譏刺，簞食瓢飲人稱大仁。伯夷、叔齊采薇首陽，清操高節震響遠近。齊景公雖然擁馬千駟，如今也化為這塵埃。嗟嘆你等後進學子，要勉力修習這人世的綱常倫理。蓽門圭竇安貧樂道，可以稱為大道的真諦。

【研　析】在本詩中，詩人充分發揮想像力描繪了自己心目中的隱士形象，頗富遊仙色彩。這些隱士韜隱在遠離人世的「北林」、「河濱」，自由俯仰遊息。但是有一點必須指出，作者描寫的並非是道家的神仙形象，而是儒家顏回、伯夷、叔齊式的不慕榮利、安貧樂道的高士形象。這些高士遭逢亂世，以隱逸避開政治鬥爭，是孔子所說的見道不行乘桴浮海式的獨善其身的人物。全詩明為勸勉後進，實是詩人自勉之作，「君子邁德，處約思純」正是詩人立身處世的基本準則。全詩風格明快，筆尖含情，充分地表現了詩人堅持己志、安貧樂道的高尚情操。

其十二

【題　解】本詩是一首針對當時社會崇尚奢靡之風而發的託古諷今之作。同時也可能包含著對曹魏帝室安於奢華享樂、不思進取的感慨。

華容艷色，曠世特彰❶。妖冶❷殊麗，婉若❸清揚❹。鬒髮❺娥眉❻，綿邈❼流光。藻采綺靡❽，從風遺芳。回首悟精❾，魂射飛揚。君子克己❿，心絜⓫冰霜。泯泯⓬亂昏，在昔二王⓭。瑤臺璇室⓮，長夜⓯金梁⓰。殷氏放⓱夏，周翦紂商。於戲後昆，可為悲傷。

【注釋】❶彰　明顯；顯著。❷妖冶　豔麗。❸婉若　美好貌。❹清揚　眉目清秀。《詩經．鄭風．野有蔓草》：「有美一人，清揚婉兮，……有美一人，婉如清揚。」❺鬒髮　稠美的黑髮。❻娥眉　女子的秀眉。❼綿邈　這裡指眼神的含情深長貌。❽藻采綺靡　這裡指服飾打扮的鮮豔明麗。綺靡，華麗明豔貌。❾精　這裡指眼神中流露出的真情。❿克己　謂克制私欲，嚴以律己。⓫絜　通「潔」。⓬泯泯　昏亂貌。⓭二王　指夏桀和殷紂兩位昏君。⓮瑤臺璇室　用美玉砌成的樓臺宮室。《淮南子．本經》曰：「晚世之時，帝有桀紂，為璇室瑤臺，象廊玉床。」璇，一種美玉名。⓯長夜　宮名，為夏桀所建。《博物志》卷一〇：「夏桀之時，為長夜宮於深宮之中，男女雜處，十旬不出聽政。」⓰金梁　未詳。當是宮名。⓱放　放逐。據史書記載，殷商的開國君主成湯曾放逐夏桀於南巢。

【語　譯】華美嬌容明豔絕色，曠世絕倫獨特彰顯，妖冶姿容卓異明麗，眉目婉然清秀飛揚。濃密的烏髮倩麗的娥眉，含情脈脈顧盼流光。服飾裝扮綺麗輕靡，隨風遺落芳香。回首對視領悟真情，令人魂魄激蕩神采飛揚。正人君子能夠克制自己，內心高潔有如堅冰凝霜。泯泯紛擾世道昏亂，就在那往昔夏桀、商紂二王。身居瑤臺璇室，修築長夜金梁。因此殷王成湯放逐了夏桀，周朝武王翦滅了商紂。嗚呼後來的子子孫孫，可以為此感慨悲傷。

【研　析】本詩的脈絡是非常清楚的。前十句描繪了一個妖冶迷人的美人形象，承認美色的確可以撩動人的情思。接著「君子克己，心絜冰霜」二句提出了正確對待美色的原則。然後列舉了夏桀、商紂荒淫奢侈，沉湎酒色而導致身殞國滅的史實，希望後人不要重蹈覆轍。聯繫當時的社會背景，本詩是有感而發的。據《三國志．魏書．明帝紀》記載，青龍三年（西元二三五年）「大治洛陽宮，起昭陽、太極殿，築總章觀。百姓失農時」，注引《魏略》云：「帝常游宴在內，乃選女子……習歌伎者，各有千數。……帝盛興宮室，留意於翫飾，賜與簡選其有姿色內之掖庭。」由此看來，這首詩是有現實指向性的。推究詩人一生的行跡，在曹魏政權與司馬氏集團之間，詩人的同情心還是在曹魏一方的，他對曹魏的態度是怒其不爭，哀其不幸，本詩就是對曹魏帝室只知荒淫享樂，不思圖治的感慨和告誡。全詩詞藻華美，但情意真切，頗富感染力。

其十三

【題　解】本詩抒發了作者壯志難酬的感慨和企盼離世長生的心情。

晨風掃塵，朝雨灑路。飛駟龍騰，哀鳴外顧。攬轡❶按策❷，進退有度。樂往哀來，悵然心悟。念彼恭人❸，眷眷❹懷顧。日月運往，歲聿云暮❺。嗟余幼人，既頑且固。豈不志遠，才難企慕❻。命非金石，身輕朝露。焉知松喬❼，頤❽神太素❾。逍遙區外，登❿我年祚⓫。

【注釋】❶轡　駕馭牲口用的繮繩。❷策　馬鞭。❸恭人　寬和謙恭的賢人。❹眷眷　留戀回顧貌。❺歲聿云暮　年紀已到暮年。聿，句中助詞，無義。《詩經·小雅·小明》：「曷云其還，歲聿云暮。」❻企慕　企望仰慕。❼松喬　赤松子和王子喬，古代神話傳說中的仙人。❽頤　保養。❾太素　古代指形成宇宙的最原始的物質。❿登　增加。⓫年祚　年壽和福祚。

【語譯】晨風清掃灰塵，朝雨灑落途路。飛奔的駟馬有如飛龍的騰躍，我心哀鳴向外四顧。手攬繮繩輕按馬鞭，或進或退都遵循法度。歡樂已逝哀傷到來，悵然若失心有所悟。懷念那古昔寬和恭謹的賢人，眷眷留戀懷思反顧。日月不居循環運轉，年歲已經堪稱遲暮。嗟嘆我等幼稚之人，既很愚頑又很固執。哪裡不曾志向遠大，只是才器難以企及景慕。人的生命並沒有金石般的堅固，人身輕微也有如朝露般易逝。人們哪裡能知道仙人赤松子、王子喬，正在那太素裡頤養精神。姑且逍遙自得於那區域之外，以增加我的年壽福祚。

【研析】詩人在一個輕風掃塵、朝雨灑路的清晨外出行遊，不覺悲從中來，心中悵然若有所悟，想到了往昔的恭人。《詩經·小雅·小宛》：「溫溫恭人，如集於木。惴惴小心，如臨於谷。戰戰兢兢，如履薄冰。」可見恭人是一個極度謹慎小心的官員，而此時詩人的心態也正好與之相似。就是在這樣動輒得咎、朝不保夕的極度恐慌的精神狀態中，詩人感覺到了歲月在疾速地流逝，人生不長，朝少夕老，人非神仙，誰能長保青春的美好？況且嚴酷的現實情勢又使人的生命輕於朝露。憂生之嗟並非只是看重個體的生命價值，應該說詩人是重生，也是重名的，憂生之嗟中其實深含著詩人功名未遂、壯志難酬的無限感慨。但在戰戰兢兢、如履薄冰的黑暗政治面前，詩人對生命的感悟，使得詩人能以「既頑且固」、「才難企慕」的自貶之辭，表示要效法仙人松、喬的離世逍遙，以期年祚。全詩揮灑自如，清新脫俗，很好地反映了詩人固有的高潔品格。

詠懷詩 五言八十二首

其一

【題解】本詩是阮籍五言〈詠懷詩〉八十二首的第一首，主要通過描寫詩人在夜深人靜時不能入睡，起身彈琴及看到窗外的荒涼景象，以此來抒發詩人心中的苦悶與憂思。

夜中不能寐❶，起坐彈鳴琴❷。薄帷❸鑒❹明月，清風吹我襟❺。孤鴻號❻外野❼，翔鳥❽鳴北林。徘徊❾將何見？憂思❿獨傷心。

【注釋】❶寐 睡著。❷鳴琴 琴。❸帷 帳幔。❹鑒 照。❺襟 古代衣服的交領。❻號 鳴叫。❼外野 野外。❽翔鳥 飛翔著的鳥。因為月明，所以鳥在夜裡飛翔。一作「朔鳥」。❾徘徊 來回不停地走動。❿憂思 憂傷。

【語譯】深夜久久不能入睡，起身坐著彈響了弦琴。明亮的月光透過了薄薄的帳幔，清風輕輕地吹動著我的衣襟。孤單失群的大雁在曠野上哀號，飛翔的鳥兒在北邊的樹林裡鳴叫。來回走動啊看到了什麼？一切都只有使我獨自在清夜裡黯然神傷。

【研　析】阮籍的〈詠懷詩〉是他一生詩歌創作的總匯。此首是五言體八十二首的第一首，具有序詩的作用，正如詩人方東樹所言：「此是八十一首發端，不過總言所以詠懷不能已於言之故。」《昭昧詹言》卷三）阮籍生活於動盪不安、形勢險惡的魏晉之際，他本有雄心壯志，但面對黑暗的社會現實，無奈壯志難酬，為遠禍全身，只有陶醉酒中。然而其內心的憂愁與苦悶卻不能長久隱藏，這就是他作〈詠懷詩〉的原因。

此首詩開頭二句「夜中不能寐，起坐彈鳴琴」，在形式上化用了王粲〈七哀詩〉「獨夜不能寐，攝衣起撫琴」詩句，寫詩人夜深難寐，起坐彈琴。而下文再未涉及彈琴之事，可見起坐彈琴這一外在動作只是詩人用來消解內心苦悶與憂思的一種想法，大有李白「對案不能食，拔劍倚柱心茫然」的意味。接下來詩人沒有直接點明這二句所蘊含的「憂思」，而是著力描寫詩人感受到的淒清的氛圍：「薄帷鑒明月，清風吹我襟」，清澈如水的月光照在薄薄的帷幔上，帶有幾絲涼意的清風吹拂詩人的衣襟。詩以動寫靜，以景傳情，勾勒了月光下徘徊的詩人形象，也使首二句中暗示的情感更加強烈。「孤鴻號外野，翔鳥鳴北林」二句寫詩人月下所見所聞。孤鴻在野外哀號，盤旋的飛鳥在北林悲鳴。這不由得使我們想起前於阮籍的曹操〈短歌行〉中的詩句：「月明星稀，烏鵲南飛。繞樹三匝，何枝可依？」這雖是出自曹操求賢若渴的心緒，但亦可見動亂年代賢人才士惶惶擇主的心態。我們也可以進而聯想到後於阮籍的蘇軾，他在〈卜算子〉（黃州定慧院寓居作）中寫道：「驚起卻回頭，有恨無人省。揀盡寒枝不肯棲，寂寞沙洲冷。」這反映了文人士子出仕時的孤傲高潔的心態。阮籍於魏晉易代之際，擇主而無主可擇，尋路而無路可走的苦痛，正緣於詩人那孤傲高潔的個性。可以說，詩中「孤鴻」、「翔鳥」的意象無不蘊含著詩人這種難以明言的苦痛、複雜的心態。詩人最後也只能以「徘徊將何見，憂思獨傷心」作結。「憂思」點明了難寐的原因，交代了徘徊可見而產生的情感，也預示了詩人將繼續在這「憂思」的心態下生存下去。可見，全詩八句，詩人只寫憂思，其中所憂卻未明確指出，因而在主題的理解上頗令人難解。當然，這也正好反映出阮詩的最大特點「文尚曲隱」。無怪乎歷代評論家都承認阮詩隱晦難解。如劉勰說：「阮旨遙深。」（《文心雕龍・明詩》）鍾嶸云：「厥旨淵放，歸趣難求。」（《詩品》上）李善說：「文多隱避，百代之下，難以情測。」（《文選》卷二三注）我們從「孤鴻」、「翔鳥」的意象中，也只能「情測」其一二罷了。

把「憂思」的情感寓含在形象的描寫中，最後加以點明，是此詩的特點。不寐彈琴的詩人，清風冷月，翔鳥孤鴻，郊野荒林，種種藝術形象鮮明生動，最終伴隨「憂思獨傷心」的情感特徵，情景巧妙結合，抒發感喟，耐人尋味。

其二

【題解】這首詩借江妃二女與鄭交甫的民間傳說，諷刺交而不忠的世態。歷代學者都認為此詩是詩人諷刺司馬昭之作，刺諷他初似忠於魏室，後卻專權僭越，欲行篡逆之事。

二妃遊江濱，逍遙順風翔。交甫懷環珮，婉孌有芬芳❶。猗靡❷情歡愛，千載不相忘。傾城❸迷下蔡❹，容好❺結中腸❻。感激生憂思，萱草❼樹蘭房❽。膏沐為誰施❾？其雨怨朝陽❿。如何金石交⓫，一旦更離傷！

【注　釋】❶二妃遊江濱四句　出自《列仙傳》。有個叫鄭交甫的人在江、漢之濱遊玩，碰到江妃二女，一見鍾情，但不知她們是神仙。鄭交甫向她們索要一塊玉佩留作紀念，江妃二女解下身上的玉佩給了他。鄭交甫將它藏在懷裡，沒走幾十步，看一下玉佩，就發現不見了。鄭交甫回頭看江妃二女，也不見了。這首詩只取江妃贈佩的一個情節。江濱，江岸。逍遙，自由自在的樣子。交甫，即鄭交甫。環珮，古人衣服上佩帶的玉。婉孌，年輕美貌的樣子。❷猗靡　纏綿美好的樣子。❸傾城　使整個城的人都為之傾倒。形容女子的美貌。《漢書》卷九七〈外戚傳〉載李延年歌：「北方有佳人，絕世而獨立。一顧傾人城，再顧傾人國。」❹迷下蔡　也是形容女子美貌，使下蔡這個地方的人為之迷倒。宋玉〈登徒子好色賦〉：「臣東家之子，嫣然一笑，惑陽城，迷下蔡。」下蔡，古邑名，在今安徽鳳臺。❺容好　容貌美好。❻中腸　猶言衷心。❼萱草　古代人認為萱草可以使人忘憂，所以又稱忘憂草。❽蘭房　指女子居住的香閨。❾膏沐為誰施　出自《詩經・衛風・伯兮》：「自伯之東，首如飛蓬；豈無膏沐，誰適為容？」這裡用來指女子由於思念愛人而變得懶於梳妝打扮。膏沐，古代婦女用來潤髮的化妝品。❿其雨怨朝陽　也出自《詩經・衛風・伯兮》：「其雨其雨，杲杲出日。」這是說女子盼望愛人回來而愛人卻沒有回來，就像盼望下雨，卻偏偏出了太陽一樣，使人怨恨不已。⓫金石交　本來用以指朋友君臣之間的情誼如金石般堅固。《漢書》卷三四〈韓信傳〉：「楚王使武涉說韓信曰：『足下自以為與漢王為金石交，然終為漢王所禽矣。』」這裡用來比喻男女愛情堅貞。

【語　譯】江妃二女在江邊遊玩，自由自在地順著風兒飛翔。鄭交甫懷中藏著她們贈送的環佩，二女年輕貌美，所到之處留下了芬芳。他們之間的愛情熱烈纏綿，發誓千載永不相忘。絕代佳人迷倒了滿城的人，美好的容顏我永遠記在心上。因為分別而心中感懷激動產生了憂傷之情，我把萱草種植在蘭房旁，希望它能夠使我忘卻那憂傷。愛人不回來，我還能為誰打扮梳妝？這就好像希望天下雨卻偏偏出了紅太陽一樣使人怨恨。為什麼男女之間金石般堅貞的愛情，一朝之間就斷絕更易，真是使人憂傷。

【研　析】這是一首諷世刺時之作，主要借江妃二女與鄭交甫邂逅的愛情故事並加以虛構描寫，以雖邂逅而能忠貞不渝的愛情，諷刺雖如金石之交卻一旦相離的世態。這種諷刺可以寓君臣，可以寓朋友。元人劉履說得好：「初司馬昭以魏氏託任之重，亦自謂能盡忠於國。至是專權僭竊，欲行篡逆。故嗣宗婉其詞以諷刺之。言交甫能念二妃解佩於一遇之頃，猶且情愛猗靡，久而不忘。佳人以容好結歡，猶能感激思望，專心靡他，甚而至於憂且怨。如何股肱大臣視同腹心者，一旦更變而有乖背之傷也。君臣朋友皆以義合，故借金石之交為喻。所謂文多隱避者如此。亦不失古人譎諫之義矣。」（見《選詩補注》）

對江妃二女與鄭交甫的愛情故事在這首詩中運用的理解，是評析這首詩的關鍵。按理說古代的愛情故事極多，忠貞不渝者如神話傳說中的「牛郎織女」即是一例，而作者為何選擇江妃二女與鄭交甫這一虛無縹緲的愛情故事呢？吳淇說：「首四句之外，便於交甫事不合，特借以成文耳。」縱觀全詩，除首四句與劉向《列仙傳》中的記載相合外，接下來的八句則是詩人借題發揮、虛構想像，描寫雙方別後的纏綿相思，讚頌他們對愛情的忠貞不渝。可見，作者意在寫出一種雖是邂迥而能千載不忘的愛情，以與金石之交卻一旦相忘的世態形成鮮明的對照，以達到刺世譏時的目的。與之相關的是對結尾二句的理解。有人認為結句是二妃對鄭交甫的責難，這顯然與上文的描寫不合。這二句應是作者的議論，運用了劉邦與韓信的典故，不僅使諷諭有了依託，同時也表現了詩人對金石之交一旦相離的深沉感慨，也與上文的描寫形成鮮明的對照。這種表現手法與白居易諷諭詩〈輕肥〉有相同之處。白詩在極力渲染達官貴族豪奢歡宴之後，最後兩句以「是年江南旱，衢州人食人」作結，與上文的描寫形成一種巨大的反差，故前人評價白詩結句有「斗絕之勢」，作者渲染的目的也就不言自明。阮詩總體上給人以隱曲難解之感，加上本詩江上二妃與鄭交甫撲朔迷離的愛情故事及作者的虛構想像，使得後二句解釋不一，但若能從結構的反差對照的角度來觀照，作者議論諷刺的妙用，是易於理解的。

全詩用典甚多，且巧妙得當，給詩歌增添了不少色彩。如寫鄭交甫之所以愛慕二妃是因為二妃美貌絕倫時，詩中引用了「北方有佳人，……一顧傾人城」（《漢書・外戚傳》載李延年歌）及宋玉〈登徒子好色賦〉中「臣東家之子，嫣然一笑，惑陽城，迷下蔡」兩個典故。而描寫二妃對鄭的思念時又運用《詩經・衛風・伯兮》中的「自伯之東，首如飛蓬；豈無膏沐，誰適為容」幾句。「其雨怨朝陽」一句又是借用「其雨其雨，杲杲出日」的意思，敘說二妃心中切盼交甫到來，可偏偏事與願違，使人怨恨不已。此詩結尾二句本是全詩主旨所在，但詩人卻並未明確點明，依然用典加以發問，將其寄託之情寓於其中。可以說，全詩典故的巧妙運用，大大增強了這首詩的藝術表現力。

其三

【題解】這首詩寫世事有盛有衰，繁華不能長久，在紛亂的世間，應該及時退隱，以免惹禍上身。

嘉樹下成蹊，東園桃與李❶。秋風吹飛藿，零落從此始❷。繁華有憔悴，堂上生荊杞❸。驅馬舍之去，去上西山❹趾❺。一身❻不自保，何況戀妻子？凝霜❼被❽野草，歲暮亦云已❾。

【注釋】❶嘉樹下成蹊二句　出自《漢書・李廣傳》引諺：「桃李不言，下自成蹊。」嘉樹，美好的樹木，這裡指桃李。蹊，小路。這裡以桃李的茂盛比喻世事的繁華。❷秋風吹飛藿二句　藿，豆葉。這兩句比喻世事衰敗時的景況。李善《文選》注引沈約說：「風吹飛藿之時，蓋桃李零落之日，華實既盡，柯葉又凋，無復一毫可悅。」❸繁華有憔悴　憔悴，衰敗。荊杞，兩種灌木名。這兩句是說，一切繁榮景象都有衰敗的時候，殿堂上也總有一天會長出荊杞等野生灌木。張玉穀《古詩賞析》說：「首六（句）就植物春盛夏衰以起，說到堂生荊杞，京師亂象隱然。」❹西山　即首陽山，相傳為商末隱士伯夷、叔齊兄弟隱居之處。後來泛指隱居之所。❺趾　山腳。❻一身　指己身。❼凝霜　嚴霜。❽被　覆蓋。❾歲暮亦云已二句　云，語助詞，無義。已，止；完了。這一句意為一年又這樣完了。李善《文選》注：「繁霜已凝，歲已暮止，野草殘悴，身亦當然。」

【語譯】美好的樹木吸引人們去觀賞，所以樹下就踩出了小路，東園桃李開花時尤其是這樣。秋風吹落豆葉的時候，桃李樹也開始凋零。一切繁華的事物，都會有衰落的時候，殿堂之上總有一天也會長出荊、杞這樣的灌木叢。駕著馬趁早拋棄這一切走吧，就到首陽山腳下去隱居。自己一身都不能保全，那又何必再留戀妻子和兒女呢？嚴霜覆蓋著野草，看來一年又快要結束了。

【研析】這首詩是通過對生命價值與意義的追究抒發詩人對盛衰興亡的感慨。全詩可分為兩個部分。第一部分，借景抒情，即景託事。起首二句語出《漢書・李廣傳》：「桃李不言，下自成蹊。」以此比喻世事盛時的景況。後二句又描述出盛極而衰的情景，由此領悟出一個真理：有盛必有衰，有繁華必有憔悴，因而引出「繁華有憔悴，堂上生荊杞」二句。從「驅馬舍之去」開始，轉入詩歌的第二部分，抒發了詩人對待亂世的態度。「驅馬」二句傾吐自己遠離亂世，追隨伯夷、叔齊隱居西山，躲避禍患的心態。「一身」二句則流露出無限的辛酸與悲憤，表現出對司馬氏父子的無限憤慨，也同時反映了黑暗統治下賢士流離失所，慘遭迫害，身家性命難以保全的現實。末尾以憂傷的筆調描繪了歲暮寒冬的景象，象徵了曹魏政權的衰落已不可挽回，也抒發了詩人身處亂世卻又無可奈何的矛盾心情。

此詩展現了詩人從桃李初盛終衰的日常現象的探討，一步步緊緊揭示人生脆弱空虛的過程，他提出了隱居的退路，但最終自我否定了這條解脫之路，既反映了內心焦灼的情緒與悲觀的色彩，同時又無情地揭露出現實的黑暗，其中的含義是值得深入探討的。

而此詩在藝術手法上也一如既往地表現了阮詩的風格，或融情入景，化情入事，或比興況喻，品評世道，詩歌深邃含蓄卻又能啟迪人的聯想。

其四

【題　解】本篇感嘆年華易逝，人生短暫，繁華難以久恃。

天馬❶出西北，由❷來從東道。春秋❸非有託❹，富貴焉❺常保？清露被❻皋蘭❼，凝霜霑❽野草。朝為媚❾少年，夕暮成醜老。自❿非王子晉⓫，誰能常美好？

【注　釋】❶天馬　駿馬。《史記・大宛列傳》：「初……得烏孫馬好，名曰天馬。及得大宛汗血馬，益壯，更名烏孫馬曰西極，名大宛馬曰天馬云。」❷由　從；自。❸春秋　歲月。此指年華。❹託　依託；寄託。❺焉　安；何。猶今謂「哪裡」。❻被　通「披」。❼皋蘭　澤中所生的蘭草。❽霑　潤澤；沾濡。❾媚　美好之意。一本作「美」。❿自　苟；假如。⓫王子晉　傳說中之仙人，周靈王太子。《逸周書・太子晉解》：「王子（晉）曰：『且吾聞汝知人年之長短，告吾！』師曠對曰：『汝聲清汗，汝色赤白，火色，不壽。』王子曰：『然，吾後三年將上賓於（天）帝所。汝慎無言，殃將及汝。』師曠歸，未及三年，告死者至。」後人因謂王子晉仙去。

【語　譯】出生在西北的駿馬，不遠千里沿著東道不停奔馳。年華無所依託，而富貴又怎能長久地保持？年華和富貴，就好像澤中蘭草上的清露和野草上的秋霜一樣，容易消失。早晨還是一個美貌的年輕人，晚上卻成了醜陋的老頭子。假如不是仙人王子晉，誰又能永遠地擁有美好的時日？

【研　析】本篇是詩人在嚴酷的現實壓迫下，抒發朝不保夕的生命之憂的作品之一。儘管阮籍這樣的大名士，是司馬氏一直矚目的對象，雖然一直有意逼迫阮籍歸服，但阮籍總是「皆以酣醉獲免」，而這種嚴酷的政治形勢始終威脅詩人的生命，因而有此篇感哀人類自然生命無常的生命之憂的作品。

此詩以「天馬」開篇，託物起興，引出對春秋年華易逝的感嘆。接下去又用「清露」、「凝霜」兩個比喻來深化主題，用被清露的皐蘭，喻人當春秋鼎盛之時；用凝霜的野草，喻人當此衰落之時。而「美少年」與「醜老」又形成鮮明對比，突出中心，悲嘆歲月易逝，行將老朽，而理想破滅，轉而羨仙。全詩在生命之憂中含有無限功名未建、壯志未酬的惆悵，所以此詩不該是阮籍消極處世的表現，而是用世思想的流露。

從藝術角度看，此詩的三、四句和五、六句都運用了對仗的手法，工整精鍊，利於深入主題，且寓意淒婉，寄慨遙深，也顯示了詩歌走向格律化的趨勢。

其　五

【題　解】本詩敘述了詩人年輕時放浪冶遊，蹉跎歲月的行為和經過，表現了詩人自悔當初輕率從仕，而今欲退不能的懊悔心理。

平生❶少年時，輕薄❷好❸絃歌❹。西遊咸陽❺中，趙、李❻相經過❼。娛樂未終極，白日忽蹉跎❽。驅馬復來歸，反顧望三河❾。黃金百鎰❿盡，資用⓫常苦多。北臨太行道，失路將如何⓬？

【注　釋】❶平生　平素；往常。❷輕薄　輕浮；不守規矩。❸好　喜歡。❹絃歌　以琴瑟伴奏而歌。這裡指歌舞作樂。❺咸陽　秦代都城，在今陝西咸陽東。❻趙李　有多種說法，主要有兩種。李善注引顏延之說，認為指漢成帝皇后趙飛燕和漢武帝李夫人，兩人都因為長袖善舞而得幸於二帝。李夫人本是娼女出身，而趙飛燕則原是陽阿公主家的舞女，所以這裡用來借指樂妓。一說指東漢時的豪強趙季、李欵，結交豪紳也應該屬於輕薄少年的行為。譯文從前者。❼經過　來往；交結。❽蹉跎　這裡指時光的流逝。❾反顧望三河　三河，指漢代河南、河東、河內，在秦代為三川郡地。統稱三河。阮籍的家鄉陳留（今河南陳留）舊屬三川郡，在河南之東，所以能從咸陽回顧陳留。這句是說自己將開始歸程。❿百鎰　形容金錢數目很大。鎰，古代的一種度量衡，一鎰相當於二十四兩。⓫資用　財貨。⓬北臨太行道二句　出自《戰國策．魏策》季良勸說魏王放棄攻邯鄲的策略時所說的話：「今天我來的時候，看到太行道上有一個人趕馬向北走，卻告訴我他要去楚國，我說：楚國在南方，你怎麼反方向走呢？他說：我的馬精良。我說：你的馬雖然精良，但這不是往楚國的路呀。他說：我的資財很多，而且我又精於駕車。其實這幾項條件越好，他離開楚國就越遠。現在大王要想成就霸業，卻只想憑藉武力進攻邯鄲，這就等於要去南方的楚國卻向著北方走去一樣。」這兩句是說正因為資財太多造成做錯事的很多條件，這和那太行道上失路的人，是多麼相同。

【語　譯】從前年輕時，性情輕薄，舉止放浪，喜歡歌舞作樂。西遊咸陽城中，和許多長袖善歌的樂妓相來往。歡樂還未享受到極點，美好的時光卻很快地流逝而去。趕著馬車將回家，回過頭來看看那三川郡的河山。黃金百鎰都用盡了，常常苦於資財太多，使得我造成了許多錯誤。就如同想去南方的楚國卻向北走去，走反了方向將會如何？

【研　析】本詩清人劉履認為「此嗣宗自悔其失身也」，用比喻說明「初不自重，不審時而從仕，魏室將亡，雖欲退而無計」。清人姚範也認為「此為阮公自言實事」。所以此詩可以說是阮籍自身的寫照，也可說是阮籍對險惡局勢常懷憂慮，遂滋生離開亂世入山隱居之念。

詩歌以回顧往昔起首，敘說自己少年時性情輕浮好動，喜歡歌樓舞榭的生活。「西遊咸陽中」二句，言少年時在咸陽冶遊，常和善於歌舞的樂妓相過從。「娛樂未終極」二句，又表現詩人感覺歡樂冶遊未能盡意，時光卻已匆匆過去的意思。以「歡娛嫌夜短」的生活比照了「身仕亂朝，常恐罹禍」，內心充滿憤懣焦慮的「寂寞恨更長」的官場年月。「驅馬復來歸」二句是想像的發揮，以此寄託自己渴望歸隱的迫切意願。末尾四句則借用「南轅北轍」的典故，喟嘆資財再多也挽救不了失途的悲哀。詩歌在「失路將如何」的大聲嘆息反問中戛然而止，但悲戚喟嘆之聲悠然不息。雖然此詩悲嘆失路，格調低沉，但從描寫中，我們依然可見少年阮籍志好弦歌、揮霍金錢、遊歷天下的豪俠之風，也讓我們聯想到少年阮籍有類似於李白〈將進酒〉中抒發的「天生我才必有用，千金散盡還復來」的豪氣與自信，無怪吳淇說：「嗣宗作俶儻不羈，開後來李太白一派。」不過，因時代的不同，阮籍的豪氣與自信淹沒在窮途的痛苦之中，而李白雖也有「行路難，行路難。多歧路，今安生」的痛苦迷茫，但最終還是表現出「長風破浪會有時，直掛雲帆濟蒼海」的自信。

可見，不同的時代造就了不同的詩人。

用典精妙是本詩最大的特色。用因善歌舞而見幸於二帝的趙飛燕和李夫人代指倡妓，與「輕薄好絃歌」相照應，以此說明自己少年時代的善嬉好玩。末尾又用「南轅北轍」的典故來點明自己欲罷不能的處境，精當巧妙。而全詩語言質樸，感情激蕩，淋漓盡致地道出了詩人內心的彷徨與悔恨，讀之令人心有戚戚然，極富藝術感染力。

其六

【題解】此詩通過歌詠召平失去侯爵後以種瓜為生，自得其樂的處世態度，表現了詩人於魏晉易代之際，對仕途風險的憂慮和羨慕平民生活的心情。

昔聞東陵瓜❶，近在青門❷外。連畛❸距❹阡陌❺，子母相鉤帶❻。五色❼曜❽朝日，嘉賓四面會。膏火自煎熬，多財為患害❾。布衣❿可終身，寵祿⓫豈足賴⓬！

【注釋】❶東陵瓜　漢人召平在秦代爵為東陵侯，秦滅亡後召平成為平民，在長安城東種瓜為生。他種的瓜味美，所以人稱東陵瓜。❷青門　漢代長安城東面南頭第一門名叫霸城門，因其門色青，俗又稱青門。❸畛　田界；田上路。❹距　至；達。❺阡陌　田間小路。這句是說瓜種得多，密密麻麻的。❻子母相鉤帶　這句是說瓜大小相連結。子母，指小瓜和大瓜。鉤帶，連綴；互相牽連。❼五色　這裡指瓜有各種各樣的顏色，為人所喜愛。《述異記》上說：「吳桓王時會稽生五色瓜。」❽曜　照曜；輝映。❾膏火自煎熬二句　上句出自《莊子・人間世》：「山木自寇也，膏火自煎也。」膏火，指用油脂燃燒點燈。這二句是說財為負累，正如油脂燃燒自煎自熬一般。患害，禍害。❿布衣　平民。古時庶人除老年人可穿絲織衣服外，其他人都只能穿用麻枲等材料做成的布衣，所以稱平民為「布衣」。⓫寵祿　恩寵和俸祿。⓬足賴　值得依靠。

【語譯】從前聽說東陵瓜，就出產在長安城青門外。瓜藤蔓結一直到了田間小路上，大瓜小瓜都連結成了串。五顏六色的瓜兒在陽光下閃閃發亮，尊敬的客人從四面八方匯聚而來。正如油脂燃燒自煎自熬一般，資財過多實在是一種禍害。當個平民百姓可以保全性命，而恩寵和俸祿又哪裡值得依靠！

【研析】本篇是一首詠史詩。前六句主要敘述召平失侯種瓜之事，點明召平所種之瓜名及種瓜之地點，繼而形容其瓜田之大，種瓜數量之多，瓜的色澤之美，吸引了四方賓客。召平曾官至秦東陵侯，秦破，種瓜於長安城東，因其瓜美，時俗謂之「東陵瓜」。從這六句敘述中，我們可以感受到召平固然過著一種種瓜的布衣生活，由侯降至平民，但其間也不乏安樂平穩的樂趣。為後四句的議論蓄勢。「膏火自煎熬」語出《莊子・人間世》，是說山林被人砍伐，因其茂盛，故曰「自寇」；油火被人點燃，因其可以燃燒，故曰「自煎」。詩人用以比喻「多財為患害」的道理，人如果以「多財」為目的，也會貽害自身，招致禍害。「多財」的渠道在作者看來是「寵祿」，皇帝賜予的恩寵和爵祿，即高官厚祿。詩人在將召平今日的布衣生活與往昔膏火自煎、多財為患的日子進行對比之後，以「布衣可終身，寵祿豈足賴」作結，表達了詩人蔑棄富貴、安貧樂道、布衣終身的理想志趣，當然其間也不免夾雜著壯志難酬的牢騷與苦悶。

這首詩借詠史以詠懷，前六句是敘述史事，後四句是議論，整首詩有史有論，史、論對比，構思新穎，使得議論說理既有理趣也不乏情趣。語言明白曉暢，而實則寓意深遠，發人深思，極富藝術感染力。本詩用典也恰到好處，作者因召平事而寄慨，並與後文的議論形成鮮明對比，很能表現詩人的理想志趣。後又用膏火可燃而自焚來說明人間多財多禍，頗形象警人。

其七

【題解】此篇抒發了詩人面對節序變化而產生的遷逝之悲與憂生之嗟。

炎暑惟❶茲夏，三旬將欲移❷。芳樹垂綠葉❸，青雲自逶迤❹。四時更代❺謝❻，日月遞❼參差❽。徘徊❾空堂上，忉怛❿莫我知。願覩卒⓫歡好，不見悲別離。

【注釋】❶惟　語氣詞，無義。❷三旬將欲移　此句言過三旬就到了秋天。❸芳樹垂綠葉　形容草木茂盛的樣子。❹逶迤　曲折宛轉貌，這裡形容雲彩聚散分合的樣子。❺更代　替換。❻謝　衰落。❼遞　輪流；順次。❽參差　長短、高低不齊，引申為日月交互，順次馳行。❾徘徊　往返回旋貌。❿忉怛　愁苦悲傷。⓫卒　始終；最終。

【語　譯】炎炎的盛夏酷暑難擋，三旬一過就到了秋天。樹木葱鬱茂盛垂著綠葉，白雲在天際自由地飄蕩散合。四季替換輪轉，日月順次馳行。在空蕩蕩的堂上來回走動，沒有人能知道我內心的憂傷。我祈願看到自始至終與君歡樂，而不想見到別離的悲傷。

【研　析】從阮籍所處的時代來看，自然界與社會的一切變化，都易牽動詩人敏感而多思的心。憂生之嗟是經常訴諸詩人筆端的主題之一，本詩也抒發了此種人生感慨。詩人於炎夏將盡初秋繼至的季節更替之時，深感於大自然的遷徙變化，「徘徊空堂上，忉怛莫我知」，內心憂思，且無人能夠理解。人生「樂莫樂兮新相知，悲莫悲兮生別離」，詩人相知既無，無樂可言，也只能寄願於無別離之痛。在動亂的年代，尤其是名士少有全者的易代之際，此種生別離並不是一般的離別，而常常是永訣。因此結句「願覩卒歡好，不見悲別離」是詩人目睹親歷眾多生離死別之後的一種美好願望，透露出長久鬱結詩人胸中的遷逝之悲與憂生之痛，具有廣泛的、普遍的時代意義。

從結構上看，此詩前六句寫景，從「惟」、「自」、「將」等字中可揣感到某種不可改變的規律，而這正是詩人從動亂的時局體驗中總結出來的。面對自然界有序運轉，聯想到歷史興衰、朝代更替，詩人陡生個人渺微的感傷。後四句抒情議論，七、八句言知音難覓，更使感傷愈甚，末二句既是寄以希望，實也是詩人無奈之餘的聊以自慰。

元人劉履評此詩曰：「此篇憂魏祚將移於晉，猶四時之代謝，日月之遞馳，恐終不能遏耳。是時眾人惟事奔競，誰復顧慮。而我獨於空堂徘徊而憂懼，曾莫之知者焉。篇末復謂願見君臣終於歡好，不致篡奪，而有乖離之傷。其忠愛懇切，至於如此。」（《選詩補注》）劉履將此篇的描寫、憂思、願望一一坐實，後人頗多採納。但我們理解此詩，似不必如此一一坐實。因時序變遷，魏祚將移等都有可能給詩人以強烈的刺激，因而此詩抒發的應是包含這些內容在內的，更為普遍的憂生之嗟與遷逝之悲。

其八

【題解】此詩嘆息追求顯貴、熱衷虛名的人不留退路，表現詩人安於卑位，不願趨炎附勢、高飛謀名的處世態度，也表達了詩人對世事的不滿和憤怒。

灼灼❶西隤日❷，餘光照我衣。迴風❸吹四壁，寒鳥相因依❹。周周尚銜羽❺，蛩蛩亦念飢❻；如何當路子❼，磬折忘所歸❽？豈為夸❾譽名，憔悴❿使心悲！寧與燕雀翔，不隨黃鵠⓫飛。黃鵠遊四海，中路將安歸？

【注釋】❶灼灼　鮮明、光盛貌。❷西隤日　即指夕陽。隤，墜落；落下。❸迴風　旋風。❹因依　親近；依偎。❺周周尚銜羽　周周，傳說中的鳥名，又作「翢翢」。李善注：「《韓子》曰：『鳥有周周者，首重而屈尾，將欲飲於河則必顛，乃銜羽而飲之。』」傳說周周頭重而尾巴短，所以牠到河邊喝水時，常常會掉到河裡，因此需要另一隻鳥銜著牠的羽毛才能喝水。❻蛩蛩亦念飢　蛩蛩，傳說中的獸名，也作「邛邛」。李善注：「《爾雅》曰：『西方有比肩獸焉，與邛邛岠虛比，為邛邛岠虛齧甘草，即有難，邛邛岠虛負而走，其名謂之蟨。』」

相傳西方有一種獸叫蟨，牠的前足像鼠足，後足像兔足，覓食便利而奔跑不便。相傳又有兩種叫邛邛、岠虛的獸，牠們的前足像鹿足，後足像兔足，奔跑便利而吃草不便。於是這三種獸互相幫助，蟨為邛邛、岠虛出外尋找美草。如遇危急情況，邛邛、岠虛則背著蟨逃跑。❼當路子　代指當權者。❽磬折忘所歸　磬折，謂身僂折如磬之背，以示恭敬。歸，屬。❾夸　虛名。❿憔悴　疲乏困頓的樣子。⓫黃鵠　鳥名。《商君書・畫策》：「黃鵠之飛，一舉千里。」這裡指當權者。

【語　譯】黃昏的太陽鮮明光盛，餘暉照在我的衣裳上。旋風來回吹打著牆壁，寒鳥互相依偎求暖。周周尚且知道銜羽而飲，蛩蛩也常常負蟨覓糧充飢。為何那些權貴顯官，只知道一味求進，忘記了自己是誰！難道只是為了虛誇的名譽，弄得疲乏困頓而使心情憂傷？我寧願與燕雀低翔，也不願追隨黃鵠高飛遠方。黃鵠可以遨遊四海，我半路乏力要怎麼回故鄉？

【研　析】劉履曰：「此篇貴群臣之附司馬氏者，而因以自勵也。」確有道理，全詩通過對權貴醜態的表現，表達了自己對行將覆滅的魏王朝的留戀，及對陰險暴虐的司馬氏的不滿，表達了自己淡泊名利的心態。此篇屬諷時傷世之作。全篇有所寄寓，通用比喻表現自己的思想感情。「西隤日」喻魏室，但因被其恩寵，因而感覺其餘光依然可照，「迴風」比喻司馬氏僭越行為愈來愈甚，「寒鳥」則喻卑下小臣附於司馬氏而不敢有所違。「燕雀」與「黃鵠」分別喻安於卑位、持守名節之臣與趨附權奸、謀奪虛名的當權之臣，二者形成鮮明對比，加深詩人的愛憎之情。

本篇前六句寫日暮天寒，其實是婉言世亂當歸，中四句言「當路子」戀位忘歸，徒自憔悴。末尾四句明志，願效燕雀低翔有所棲身，不求如高飛黃鵠終致無家可歸。

在藝術特色上此篇除上述所講極用比喻外，更是在用典上採取反用其事的手法，反用「黃鵠」

與「燕雀」兩個傳統意象。陳涉曾言「燕雀安知鴻鵠之志哉？」而阮籍恰反其喻意而用之，非但不覺牽強，而且成功地表達了作者對亂世的憤懣之情。

當然此篇也在一定程度上反映了阮籍明哲保身的思想，否則就不會有「中路安歸」的憂懼了，這對封建時代的傳統知識分子而言，是致命的弱點，但也是無可避免的時代局限。

其九

【題解】本詩是借景抒情之作。詩中提到了凝霜、寒風、玄雲、鳴鴈、鶗鴂，這一切都構成了一個肅殺淒涼、令人哀傷的情境，抒發了「良辰在何許」的憂愁，這種憂愁又和詩人所處時代的嚴酷壓抑相交織，使得本詩格調更加悲涼哀傷。

步出❶上東門❷，北望❸首陽岑❹：下有采薇士❺，上有嘉❻樹林。良辰❼在何許❽？凝❾霜霑❿衣襟⓫。寒風振⓬山岡⓭，玄雲⓮起重陰⓯。鳴鴈飛南征⓰，鶗鴂⓱發哀音。素質⓲游⓳商聲⓴，悽愴㉑傷我心。

【注釋】❶步出　步行走出。❷上東門　據李善注引《河南郡圖經》，洛陽東面有三個門，最北邊的叫上東門。❸北望　向北邊遙望。❹首陽岑　首陽為山名，在今河南省偃師縣西北。岑，小而高的山。❺采薇士　指伯夷、叔齊二人。相傳二人不受周朝俸祿，隱居首陽山，采薇而食。薇即大巢菜，俗稱野豌豆。❻嘉　美好。

❼良辰　美好的時令。❽何許　何處。❾凝　凝結，指液體結成固體。❿霑　沾濕；浸濕。⓫衣襟　衣的交領。⓬振　搖動。⓭山岡　山脊。⓮玄雲　烏雲。⓯重陰　重重的陰暗。⓰南征　往南飛行。⓱鶗鴂　也作「鵜鴂」，鳥名，即杜鵑。當杜鵑開始鳴叫，意味著入秋，花草開始凋謝，故云「鶗鴂發哀音」。⓲素質　白色的質地。這裡指草木零落後的肅殺荒涼的景色。素，白。質，質地。⓳游　通「繇」。由於。⓴商聲　商，五音之一，古時商聲與秋季相配。㉑悽愴　傷感；悲痛。

【語　譯】我信步走出上東門，向北遙望首陽山巔。山下有那采薇的隱士埋葬，山上有那美好的樹林生長。然而使人歡愉的時光究竟在何處？凝結的濃霜沾染了我的衣裳。寒風吹蕩山岡，烏雲投下重重的陰暗。鴻雁在空中長鳴往南飛行，杜鵑鳥發出了悲哀的啼聲。那肅殺淒清的茫茫天地，到處飄蕩著秋聲，這一切都使我的心中充滿了悲痛與哀傷。

【研　析】這首詩抒發了詩人「良辰在何許」的人生憂懼。開篇四句是詩人至上東門北望伯夷、叔齊隱居的首陽山。「下有采薇士，上有嘉樹林」，應是詩人的想像之詞，寫出了詩人想像古代隱士悠然自得的心境與處境。但這只不過是存在於往古與想像之中，而詩人現實處境如何呢？接下來的八句，詩人先以「良辰在何許」一問，再以秋日富有特徵性的景物如「凝霜」、「寒風」、「玄雲」、「重陰」、「鳴鴈南征」、「鶗鴂哀音」等，渲染烘托蕭條、哀傷的秋境，表達了「悽愴傷我心」的憂思。可見，在詩歌的前六句與後八句兩部分中，首陽隱士與詩人的心境與處境形成鮮明的對比，傳達出一種仕既無處可仕，似乎隱亦無處可隱的悲痛。因而「良辰在何許」就不僅僅是「生不逢時」的感喟，包含著一種處於危險動盪的政局中無處可逃的深深憂懼。這應是詩人首以伯夷、叔齊開端，卻未繼以表達崇尚隱居的原因所在。詩歌描寫極為細緻，語言流暢生動，而淒慘景象所寓含的深意，則更待讀者細細地去體味。

其十

【題解】本篇描寫了「輕薄閒遊子」沉溺樂舞的生活，表達了詩人迥異其趣的生活態度。

北里多奇舞❶，濮上有微音❷。輕薄❸閒遊子❹，俯仰乍浮沉❺。捷徑❻從狹路❼，僶俛❽趨荒淫。焉見王子喬❾，乘雲翔鄧林❿？獨有延年術⓫，可以慰我心。

【注釋】❶北里多奇舞　奇舞，怪誕而不正的樂舞。《史記・殷本紀》：「于是使師涓作新淫聲，北里之舞，靡靡之樂。」❷濮上有微音　濮上，濮水之濱，古代屬衛國，相傳淫靡的音樂多產於此地。《禮・樂記》：「桑間濮上之音，亡國之音也。」微音，輕靡幽微的樂音。❸輕薄　輕佻浮薄。❹閒遊子　指到處閒散遊蕩，無所事事的人。❺俯仰乍浮沉　身體隨著樂曲的節奏忽而俯仰，忽而浮沉。乍，忽然。浮沉和俯仰同義。❻捷徑　徑直近便的小路。用以比喻做事不循正軌但求速成。❼狹路　狹窄之路，非正大光明之路。❽僶俛　竭盡全力。❾王子喬　即王子晉，相傳為周靈王太子，後乘白鶴成仙。❿鄧林　神話中的樹林。《山海經・海外北經》：「夸父與日逐走，……未至，道渴而死，棄其杖，化為鄧林。」⓫延年術　延長壽命的方法。

【語譯】北里的樂曲多伴有怪誕不正的舞蹈，濮上的音樂多彈出輕靡幽微的音聲。輕佻浮薄到處閒蕩的人們，隨著樂曲的節奏忽而俯仰，忽而浮沉。他們不走正道，紛紛從邪路巧取進身，竭盡全力爭赴荒淫之所。哪裡再能看到仙人王子喬，乘著白雲飛翔於鄧林之上的情景呢？只有一種延年益壽的方法，還稍微可以慰藉我的心。

【研　析】阮籍詩多隱晦難解，自古以來，眾說紛紜。對此首詩也是如此，對於其所指各有說詞。這中間以蔣師爚的說法最有道理。蔣曰：「按《三國志・魏少帝芳紀》何晏有放鄭聲而弗聽之奏，司馬懿廢帝，撰太后令，亦云：不親萬機，日延倡優。是必有閒遊子導以荒淫歌舞者，故起便戒以亡國之音，又結出好吹笙之王子喬，其登仙亦何可遽信，只延年之術或有可采，荒淫則豈所以延年者！」雖然未必一定要把詩歌的寓意對號入座，但就其背景是可以肯定的。本篇首先描寫了「輕薄閒遊子」沉湎於淫靡樂舞的生活以及由此拋棄正道，紛紛從邪徑巧取進身的社會現狀，表達了詩人對追逐淫靡富祿的小人現象的無比痛恨，但詩人又無力改變，於此種情形之下，詩人非常明白如王子喬那樣登仙的不可能，故只能以延年長生聊作安慰，表達了詩人與「輕薄閒遊子」迥異其趣的生活態度以及詩人不願同流合污的高貴品質。

相對於其他的詩歌而言，此詩語言質樸無華，感情的表達直接明白，引用典故，對於主題的突出很有幫助。

其十一

【題　解】本篇託古喻今，借楚之衰亡抒發對時局的感慨與傷懷，並且批評了曹氏君臣只知一味享樂，不知居安思危的荒淫行為，指出了其最終必然會導致可悲的下場。

湛湛❶長江水，上有楓樹林。皐蘭被徑路，青驪逝駸駸❷。遠望令人悲，春氣感我心❸。三楚❹多秀士❺，朝雲❻進荒淫。朱華❼振❽芬芳，高蔡❾相追尋❿。一為黃雀哀⓫，淚下誰能禁？

【注釋】❶湛湛　水深貌。❷皐蘭被徑路二句　此二句出自《楚辭・招魂》中「皐蘭被徑兮斯路漸」、「青驪結駟兮齊千乘」。皐蘭，澤中所生蘭草。被，通「披」。徑路，小路。驪，黑馬。駸駸，馬疾馳貌。❸遠望令人悲二句　化自《楚辭・招魂》：「湛湛江水兮上有楓，目極千里兮傷春心。」❹三楚　古名江陵為南楚，吳為東楚，彭城為西楚。❺秀士　有才能的人。舊說指宋玉等人。❻朝雲　語出宋玉〈高唐賦〉：「妾在巫山之陽，高丘之岨，旦為朝雲，暮為行雨。」此處指巫山神女。❼朱華　紅花。❽振　發出；放出。❾高蔡　楚地名。詳下注。❿追尋　追尋快樂。這裡指尋歡作樂。⓫黃雀哀　典出《戰國策・楚策》莊辛謂楚襄王曰：「王獨不見夫……黃雀因是以。俯噣白粒，仰棲茂樹，鼓翅奮翼，自以為無患，與人無爭也。不知夫公子王孫，左挾彈，右攝丸，將加己乎十仞之上。以其類為招，晝遊乎茂樹，夕調乎酸鹹。倏忽之間，墜於公子之手。夫雀其小者也……蔡聖（靈）侯之事因是已。南遊乎高陂，北陵乎巫山，飲茹溪之流，食湘波之魚，左抱幼妾，右擁嬖女，與之馳騁乎高蔡之中，而不以國家為事。不知夫子發方受命乎宣王，繫己以朱絲而見之也。」這裡借蔡靈侯之事諷刺魏主只知追求荒淫享樂而不計後患。

【語　譯】深深的長江水啊，岸上生長著楓樹林。澤畔所生的蘭草鋪滿小路，黑駿馬疾馳而過，轉眼便遠去。遙望遠方令人心生悲傷，春天的氣象感傷了我的胸懷。三楚多才俊，卻只知道用荒淫的行為來誤導君王。紅花振放芬芳，蔡靈侯尋歡作樂，盡情馳騁於高蔡之場。一旦如同黃雀被彈丸所傷，是多麼可悲，想來令人潸然淚下又有誰能禁止。

【研　析】此篇均用與楚有關的典故。從詩歌的層面上來看，這首詩詠嘆了楚國君臣荒淫誤政，導致國家破亡的結局。開篇六句化用了《楚辭・招魂》中的語句及表達的情感。詩人描繪了一幅湛湛江水、茂盛楓林、皐蘭滿路、車馬馳過的美麗而熱鬧的春景，而這樣的景色卻使詩人「目極千里兮傷春心」，很顯然，詩人觸景傷懷，聯想到楚亡之事。從藝術表現上來看，這樣開篇也具有以樂寫哀的藝術效果。詩人云「三楚多秀士，朝雲進荒淫」，是借宋玉〈高唐〉、〈神女〉兩賦的典故，慨言楚君周圍多是些進說朝雲暮雨之類荒淫之事的佞臣。也正是在「朱華振芬芳」的美好季節，蔡靈侯卻與佞臣嬖妾尋歡逐樂，不以國家為重；而楚襄王的「黃雀之哀」就表現在不知居安思危，猶如「不知夫公子王孫，左挾彈，右攝丸，將加己乎十仞之上」的黃雀，荒淫誤政，不知禍之將至。

劉履《選詩補注》云：「正元（魏高貴鄉公曹髦年號）元年（西元二五四年）魏主芳幸平樂觀，大將軍司馬師以其荒淫無度，褻近倡優，乃廢為齊王，遷之河內。……嗣宗此詩其亦哀齊王之廢乎？蓋不敢直陳游幸平樂之事，乃借楚地而言。」雖然此詩不一定就此而發，但從中可見詩人借楚喻魏的用意則是明顯的。詩人借楚襄王、蔡靈侯的故事，比喻魏明帝、曹爽君臣，諷刺他們君不知勵精圖治，只知日趨荒淫；臣不知匡輔朝政，只知日進荒淫於人主，其後果必如黃雀之哀，表現了詩人對岌岌可危的曹魏的深深憂慮。

本詩通篇用典，或藉以寫景傳情，或藉以抒情議論，借楚悼魏，借古諷今。典故運用得巧妙精當，使詩歌顯得含蓄、深婉，富於表現力。

其十二

【題　解】安陵、龍陽以色事主，但忠心不二。詩人以此反諷司馬懿受魏文帝、明帝兩世託孤寄命之重，卻篡位代之的不忠行徑。

昔日繁華子❶，安陵❷與龍陽❸。夭夭桃李花，灼灼有輝光❹。悅懌❺若九春❻，磬折❼似秋霜❽。流盼❾發姿媚❿，言笑吐芬芳。攜手等歡愛，宿昔⓫同衣裳。願為雙飛鳥，比翼⓬共翱翔。丹青⓭著明誓，永世不相忘！

【注　釋】❶繁華子　容貌有如春花般繁麗的人。這裡指下文的安陵與龍陽。❷安陵　即安陵君，名壇，戰國時楚宣王寵臣，因封於安陵稱安陵君。據《戰國策·楚策一》記載，一次楚王出獵，收獲頗豐，楚王非常高興，就對男寵壇說我死之後，你還能和誰一起遊玩呢？壇馬上哭著說，大王死後，我願意以身相殉。楚王非常高興，當即就封壇為安陵君。❸龍陽　戰國時魏有寵臣食邑龍陽，號龍陽君。據《戰國策·魏策四》記載，魏王與龍陽君同船釣魚。龍陽君釣到魚後反而不高興了。魏王問他為何不樂。龍陽君說，我剛釣魚時，的確很高興，後來釣到的魚越來越大，所以就想拋棄先前釣的小魚。由此類推到將來有更美的人來到大王身邊，我就會被拋棄，因此不樂。後因稱男色為龍陽。❹夭夭二句　化自《毛詩‧周南‧桃夭》：「桃之夭夭，灼灼其華。」夭夭，美盛貌。灼灼，鮮明、光盛貌。❺悅懌　歡樂愉快。❻九春　春季為三個月，每個月又為三旬，故名九春。❼磬折　謂身傴折如磬之背，以示恭敬。❽秋霜　形容態度嚴肅。❾流盼　謂流轉目光觀看。❿姿媚　即媚姿，美好的姿態。⓫宿昔　早晚。宿，通「夙」。⓬比翼　齊飛。⓭丹青　指史書。

【語譯】從前有兩個美如春花的男子，他們是楚國的安陵君和魏國的龍陽君。他們的美貌如盛開的桃花李花，鮮明豔麗而又光彩奪目。他們的美貌如同陽春一般令君王歡樂愉快，他們的恭謹嚴肅又如同秋霜一般令人覺得威嚴。目光流轉展現著媚人的姿態，言語談笑吐露著醉人的芬芳。他們與君王一起攜手同歡同愛，早晚陪伴共衣共裳。身願化作雙飛鳥，一起在藍天翱翔。史書上不是分明地記載著明晰的誓言，此身此世不要彼此相忘。

【研析】本詩含義頗為晦澀。詩人用讚賞的筆調描述了安陵君和龍陽君以男色事人獲取富貴的行徑和對君王的忠誠不二。一般說來，安陵君和龍陽君的行為是為人所不齒的。所以歷代學者大多認為此詩是詩人用說反話的方式傾訴胸臆，譏諷妄圖篡逆的司馬氏父子和仕於魏室的朝臣，竟連嬖人幸臣也不如。呂延濟說：「誓約如丹青分明，雖千載而不相忘也。言安陵、龍陽以色事楚魏之主，尚猶盡心如此，而晉文蒙厚恩於魏，不能竭其股肱而將行篡奪，籍恨之甚，故以刺也。」似較符合詩意。這種以歷史史實加以襯托現實，予以譏諷的手法在阮詩中為數不少，這也是阮詩之所以難解的原因之一。

值得一提的是此詩在具體描寫上的巧妙之處。全詩運用了以古喻今的比體。描繪了兩個歷史人物，以他們的諂媚邀寵，以色事人的醜態，諷刺司馬氏「狐媚以取天下」的卑劣。具體描寫時，又用了幾個比喻，以「桃李花」比喻安陵、龍陽的姣美容顏；用「九春」的光華比喻其容貌光彩奪目，以「秋霜」的摧折百草比喻他們自為屈折以事其君，整首詩明喻暗喻相結合，運用得恰到好處，使諷刺與揭露更有力量。

其十三

【題　解】詩人通過李斯和蘇秦這兩位功業顯赫卻一朝身首異處的歷史人物的典故，說明求仁得仁的人生道理。

登高臨❶四野，北望青山阿❷。松柏翳❸岡岑❹，飛鳥鳴相過。感慨懷辛酸，怨毒❺常苦多。李公悲東門❻，蘇子狹三河❼。求仁自得仁，豈復歎咨嗟❽？

【注　釋】❶臨　從上往下看。❷山阿　山的轉彎處。❸翳　障蔽。❹岡岑　岡，山脊。岑，小而高的山。岡岑在這裡泛指山岡，古人常埋葬死者於山岡之上，旁多植松柏，故山岡有時亦指墳地。❺怨毒　怨恨；憎惡。❻李公悲東門　秦朝丞相李斯因遭宦官趙高的陷害，被腰斬於咸陽。臨刑前，李斯悲哀地對兒子說再也不能和他們一起牽著家裡的黃犬，出上蔡東門去追捕野兔了。❼蘇子狹三河　戰國時縱橫家蘇秦遊說六國聯合抗秦，因此得佩六國相印，後因與齊大夫爭寵而被刺殺。狹，以……為狹窄，這裡有小看、輕視的意思。三河，指河東、河南、河內三郡，蘇秦的家鄉洛陽即在此地。相傳蘇秦遊說六國聯合抗秦成功後，功勞顯赫，途經洛陽，周顯王也親自出郊慰問。❽求仁二句　典出《論語・述而》：「子貢問於孔子曰：『伯夷叔齊何人也？』曰：『古之賢人也。』曰：『怨乎？』曰：『求仁而得仁，又何怨？』」咨嗟，嘆息。

【語　譯】登上高處俯視四周的郊野，向北遙望那高高的青山。那裡松柏掩覆山脊，飛鳥鳴叫著結伴而過。看到這一切，我不禁有感而嘆，心生辛酸，怨恨痛苦一齊湧來。李斯臨刑，悲嘆手牽黃犬出上蔡東門追逐狡兔的不可再得，蘇秦功成顯赫傲視三郡河山，但最終還是遇刺客死異鄉。正所謂求仁而得仁，我又有什麼可以嘆息的呢！

【研　析】此首詩是詩人在登高遠眺時，即興的抒懷之作，登上高處，看到四野鬱鬱蔥蔥的山林以及其中隱藏的墳墓，聽到鳥兒相伴飛過的鳴叫聲，心中不免有所感觸，因而現實生活中鬱結的辛酸與怨苦一齊湧上心頭。所謂「感慨懷辛酸，怨毒常苦多」，這是憂生嗟逝之悲，有對生命短暫的感慨，有對人皆有一死的悲懷。人雖皆有一死，但有輕於鴻毛，有重於泰山者，這就體現了不同的人生價值取向。自「李公悲東門」起至結尾，詩人轉入理性的思考，是詩人面對死亡所進行的人生價值思索。李斯、蘇秦是追求功名富貴的代表，但均不免於腰斬被刺的可悲結局，李斯還留下深深的東門之嘆。而伯夷、叔齊淡泊名利、求仁於心，生前無怨，死時也就無李斯式的悔怨。「求仁自得仁，豈復歎咨嗟」，化用了孔子評價伯夷、叔齊之語，一方面表明了詩人不汲汲於功名富貴、去欲去累的人生志向，同時也就對李斯、蘇秦式的所作所為作了否定，有一箭雙鵰之效。

全詩寫景、抒情、議論相結合，層層展開，表現了由死生悲，由悲生畏，從而又超脫死的悲哀的情感歷程，是抒情與理思相結合的佳作。

其十四

【題　解】這是一首意欲辭官、回歸故鄉以避世的詩作。

開秋兆❶涼氣，蟋蟀鳴牀帷❷。感物懷殷憂❸，悄悄❹令心悲。多言焉所告，繁辭將訴誰？微風吹羅袂❺，明月耀清暉。晨雞鳴高樹，命駕起旋歸❻。

【注　釋】❶兆　開始。❷牀帷　床帳。❸殷憂　深切濃重的憂慮。❹悄悄　憂傷的樣子。《詩經・邶風・柏舟》：「憂心悄悄，慍於群小。」❺羅袂　用綾羅所做的衣袖。這裡泛指衣衫。❻旋歸　回歸。

【語　譯】初秋時節天氣開始透露出涼爽的氣息，蟋蟀也開始在床帳下鳴唱。一感觸身外的景物，內心就充滿了深切的憂慮，無盡的哀傷真的使人心悲。心中很多話語何處可告訴？許多言辭又將訴與誰聽？微風吹拂我的羅衫，明月閃耀清亮的輝光。報曉的晨雞已在高高樹頭鳴叫，我只好趕忙命令準備車駕，以便起程歸家。

【研　析】這是一首意欲辭官歸鄉之詩。詩歌開篇因秋而起，託興蟋蟀。蟋蟀感時而鳴，人又感蟋蟀之鳴而悲。詩人耿耿不寐，殷憂在懷。《毛詩》曰：「憂心悄悄，慍於群小。」詩人「悄悄令心悲」，不僅是「感物」，即時令變遷，也應包含著「慍於群小」之義。「多言焉所告，繁辭將訴誰」，表面上講的也是胸中鬱悶無人可訴、缺少知音的孤獨悲涼，實際上也應包含「甘議繁辭，終不見信」《論衡》的政治悲嘆。而微風吹袂，明月耀暉則進一步烘托了詩人夜深人靜難以入眠的寂寞與淒涼。結句「晨雞鳴高樹，命駕起旋歸」，表明詩人一夜未眠，這句可視作實寫，也可看作是詩人一夜未眠可思可想所做出的決定，是詩人意欲遠離官場、歸隱回鄉的表白。

這首詩應是有感而發，只是詩人把內心的不滿、淒怨皆化作外在的景物，情由景生，景由情設，顯得委婉含蓄。讀這首詩不由得讓我們想到張季鷹的辭官歸鄉。張季鷹在洛陽做官，因見秋風起，思念起家鄉的鱸魚膾，故辭官歸鄉，並說：人生適意耳，不應因仕宦而羈旅千里之外。可見，季鷹的歸鄉主要是追求一種適性的生活，而阮籍的歸鄉除了包含季鷹的想法之外，似乎還包含著更多的政治憂慮，避禍全身思想，遠沒有季鷹那樣率意輕鬆。

其十五

【題　解】這首詩表達了詩人重長生、輕功名的思想，展示了詩人由儒到玄、由積極到消極的思想轉變。

昔年十四五，志尚❶好《詩》、《書》❷。被褐懷珠玉❸，顏、閔❹相與期❺。開軒❻臨四野，登高望所思❼。丘墓蔽山岡，萬代同一時❽。千秋萬歲後❾，榮名安所之❿？乃悟羨門子⓫，噭噭⓬令⓭自蚩⓮。

【注　釋】❶志尚　志向。❷詩書　《詩經》和《尚書》。這裡泛指一切儒家經典。❸被褐懷珠玉　形容雖然貧賤但才能傑出。被褐，穿著粗布衣服。懷珠玉，比喻身懷傑出才能。❹顏閔　顏回（字子淵）和閔損（字子騫）。他們都是孔子的優秀學生。這二人都以道德品行著稱，且都安於貧賤。❺期　追求。❻開軒　開窗。❼所思　所思念的人。❽萬代同一時　歷代死者都共埋於此地，所以就無所謂時間先後了。❾千秋萬歲後　意謂千年萬年之後。❿榮名安所之　美名到什麼地方去呢。言下之意是美名到底有什麼用呢？之，往。⓫羨門子　古之仙人，又稱羨門高、羨門子高。據《史記》記載，秦始皇曾派盧生到海上尋找他。⓬噭噭　象聲詞。悲哭聲。⓭令　一作今，譯文從「今」字。⓮蚩　痴；傻。

【語　譯】從前我十四、五歲的時候，便喜好《詩經》、《尚書》等儒家經典，希望像顏回、閔子騫一樣，甘於貧賤但德才兼備。開窗遠眺四野，登高遠望我思念的人。丘陵墳墓蔽蓋著山岡，歷代古人都共埋於此地。過了千年萬年之後，那美名還有什麼用呢？於是我體悟了羨門子超脫世間的行為，現在看來反而覺得以往的悲哭實在很傻。

【研　析】正如題解所言，這首詩是阮籍個人思想轉變的記敘，顯然可以判斷是在他中年以後寫的。此詩意思從字面上看已較為明白。開頭四句，詩人追憶了他少年時的志向所在——儒學經典是其崇尚的對象，而顏、閔則是其效法的榜樣，可見阮籍少年時代是十分信仰儒學的，正符合《晉書·阮籍傳》所言「本有濟世志」。然而由於社會的動盪、魏晉奪權的鬥爭激烈，阮籍的思想逐漸轉向老莊哲學，並具有濃厚的虛無觀點。「開軒臨四野」以下六句正表現了這種思想的轉變。登高遠望，看到高高低低的山岡上布滿了墳墓，詩人不禁發出「萬代同一時」的感慨。從這裡可以看出阮籍對人生的思考是帶有消極傾向的。隨著生命的消失，榮名也就毫無意義，那追求又有什麼用呢？這六句向我們展示了一位頗有抱負的詩人精神悸動的歷程，看起來好像把一切都看空了，實際上精神是相當痛苦的。

全詩最後與開頭相照應，寫變化後的思想狀況，說自己已覺悟往昔企慕榮名實在可笑，以往的悲哭今日一旦徹悟也覺可悲，領悟懂得了羨門子之所以超脫人間生死的原因。這實際上正表現了詩人內心強烈的苦悶，苦悶無處發泄，於是反而變得曠達而狂放。詩人深受道家一生死觀點的影響，並以此否定了詩人曾經信奉的儒家「三不朽」的人生價值。從中我們可以體會到現實的黑暗，造成了詩人這種精神上的逆轉，也反映了魏晉時代士人在生死面前對儒家人生價值的懷疑、否定與重新思考，雖然一生死的思考結局不免流於消極，但這種思考還是具有一定的認識價值。

其十六

【題　解】本詩是阮籍以極其巧妙、隱約的筆觸，記錄了司馬氏廢齊王曹芳這一重大事件，表達了詩人對時政混亂、士人無節的幽憤和哀傷。

徘徊蓬池❶上，還顧望大梁❷：綠水揚洪波，曠野莽茫茫❸。走獸交橫馳，飛鳥相隨翔。是時鶉火中❹，日月正相望❺。朔風❻厲❼嚴寒，陰氣下微霜。羈旅❽無儔匹❾，俛仰懷哀傷。小人計其功，君子道其常❿。豈惜終憔悴⓫？詠言著⓬斯章。

【注釋】❶蓬池　地名，在今河南開封附近，戰國時屬魏地。《漢書・地理志》曰：河南開封縣東北有蓬池。❷大梁　故城在今河南開封西北。戰國時是魏國的都城，秦始皇二十二年，秦將王賁攻魏，水灌大梁，城毀。這裡用戰國時的魏國暗喻曹魏政權。❸莽茫茫　草木茂盛無邊無際的樣子。莽，草的統稱。茫茫，廣大貌。❹是時鶉火中　鶉火，星次名。古代二十八宿以井、鬼、柳、星、張、翼、軫七宿為朱雀七宿，其中柳、星、張稱為鶉火。中，指鶉火運行到南方星空的正中，那時為農曆九、十月之交。《左傳》記載，晉侯伐虢，問卜偃什麼時候能夠成功，卜偃說應該是九月、十月之交，時鶉火星的位置正在天的正中。而司馬師廢曹芳也正是發生在九月、十月之交。這裡似以晉滅虢事，暗喻嘉平六年九、十月之際司馬師廢魏帝曹芳為齊王，另立傀儡高貴鄉公為帝一事。何焯曰：「嘉平六年二月，司馬師殺李豐、夏侯泰初等。三月，廢皇后張氏。九月甲戌，遂廢帝為齊王，乃十九日。是月丙辰朔，十月庚寅，立高貴鄉公，乃初六日。是月乙酉朔，師既定謀而後白於太后，則正日月相望之時。末言後之誦者考是歲月，所以詠懷者見矣。初，齊王芳正始元年改用夏正，則此詩正指司馬師廢齊王事也。」❺相望　指十五日。農曆每月十五日，月亮離太陽的距離最遠，所以稱相望。《尚書》：「惟二月既望。」孔安國曰：「十五日日月相望也。」❻朔風　北風。❼厲　猛烈。這裡有加劇的意思。❽羈旅　寄居作客。❾儔匹　伴侶。❿小人計其功二句　此二句意為小人因計較利害得失，只能對奸佞權臣降心相從，趨炎附勢，而君子則能守正不阿，遵循常道行事。道，遵循。常，恆常不變的東西，這裡指君子所推崇的儒家倫理道德規範和行為準則。《荀子・天論》：「天有常道，君子有常體，君子道其常，小人計其功。」⓫憔悴疲累困乏。這裡指不得志。⓬著　寫。

【語　譯】徘徊在蓬池岸邊，回頭望望古都大梁。碧綠的池水揚起陣陣洪波，茫茫的原野草木茂盛無邊。野獸們成群結伴地往來奔馳，飛鳥們也成群結隊地在空中相隨翱翔。此時正是鶉火星次處於南方上空正中的時候，日月正好互相對望。猛烈的北風加劇了天氣的嚴寒，重重的陰氣降下了微霜。客居在外沒有朋友相伴，一舉一動都充滿了哀傷。小人計較利害得失，君子遵循常道行事。我哪裡是憐惜終身的困頓不得志？所以才歌詠著寫下了這章詩歌。

【研　析】「是時鶉火中，日月正相望」兩句歷來被認為是解釋這首詩的關鍵。清代學者何焯認為詩人用晉滅虢事，是要隱喻嘉平六年九、十月之際，司馬師廢魏帝曹芳為齊王，另立傀儡高貴鄉公一事。這種說法是有根據的。阮籍用巧妙的春秋筆法將這一重大歷史事件鑲嵌在自己的詩中，為我們解開這首詩提供了方便。何焯曰：「嘉平六年二月，司馬師殺李豐、夏侯泰初等。三月，廢皇后張氏。九月甲戌，遂廢帝為齊王，乃十九日。是月丙辰朔，十月庚寅，立高貴鄉公，乃初六日。是月乙酉朔，師既定謀而後白於太后，則正日月相望之時。末言後之誦者考是歲月，所以詠懷者見矣。初，齊王芳正始元年改用夏正，則此詩正指司馬師廢齊王事也。」

詩的前十句描寫自然景象，象徵一場大亂來臨的政治氣氛。用戰國時魏國大梁暗喻曹魏之洛陽，詩人心情哀傷，還顧所見的是一派荒涼淒厲的景象，「綠水」二句與「走獸」二句分別隱晦地描繪出當時政治環境的險惡與司馬氏的專橫殘暴、朝臣的競相依附。「是時」二句則更明確地點明了事件發生的具體時間，運用《左傳》中的典故，巧妙地把司馬師廢立之事隱寓其中。並且詩人大肆渲染驚恐、混亂的景象，象徵政局的變亂。「羈旅」以下六句詩人借用典故抒發了自己對這場變亂的感情態度。表明自己孤傲憤世，不與奸佞為伍的高峻志向。借「小人計其功，君子道其常」，形象地表現了小人與君子截然相反的立場態度，既指責了小人的醜惡行為，也頌揚了恪守其道的高尚德行。詩的最後則表明詩人雖因不苟於亂世而始終不能得志，但也不會因此而感到惋惜的情懷，並且為了點明本詩的重要，特別模仿《詩・小雅・四月》中「君子作歌，維以告哀」的形式，以期引起後人的注意。

本詩在寫作手法上變化多端，尤見功力。此詩含蓄深遠，不僅善於以自然氛圍的描寫來象徵時局的動亂，而且採用比興的手法，以情觀景，以景寓情，使洪波、莽原、走獸、飛鳥以及日月、風霜相互襯托，融匯一體，道出詩人心中不可言盡的憂慮、忿懣。詩人正是用上述種種手法，製造發思古之幽情的假象，處處加以掩飾，不至於引起司馬氏集團的懷疑與猜忌。但全詩還是無法掩飾其奔放激烈的情感，給人無限強烈的感染，可謂是集含蓄與慷慨於一體的上佳之作。

其十七

【題　解】這首詩表達了作者不合於世的孤寂、苦悶的心情。在這個黑暗嚴酷的社會裡，人如同孤鳥、離獸一般處在孤立無援的境地，茫茫天下，竟找不到一個可以傾訴的人。詩中寫長路之靜寂、曠野之悠悠、鳥獸之失群，無不寄託作者自己的孤獨壓抑之情。

獨坐空堂上，誰可與歡❶者？出門臨❷永路❸，不見行車馬。登高望九州，悠悠分曠野❹。孤鳥西北飛，離獸❺東南下。日暮思親友，晤言❻用❼自寫❽。

【注　釋】❶歡　一本作「親」。❷臨　對著；向著。❸永路　漫漫長路。❹登高望九州　此兩句寫登高望遠，茫茫九州，分為幾處曠野。九州，古時中原分冀、兗、青、徐、揚、荊、豫、梁、雍九州，後世遂以「九州」代稱中國。悠悠，指遼遠之貌。❺離獸　失群的野獸。❻晤言　面對面的交談。晤，對。❼用　以。❽寫　同「瀉」。宣泄；排除。

【語　譯】獨坐在空堂之上，誰是可跟我談笑而使我歡樂的人呢？走出家門對著漫漫長路，卻不見有車馬往來的痕跡。登高眺望九州大地，茫茫大地分作幾處曠野。孤鳥向西北飛去，離群的野獸往東南奔跑。日色將暮，我更加思念我的親人與朋友。渴望促膝相談啊！藉以解除我的憂愁。

【研　析】這首詩給讀者最強烈的感覺是詩人把自己塑造成一個孤獨者的形象，抒發了自己不合於世，孤獨苦悶的心情。詩人生逢亂世，名士多罹殺身之禍，阮籍既對曹魏政權的無能深感不滿，又對司馬氏暴虐奸險十分憎惡，但面對險惡的政局只能佯狂縱酒，這就使得詩人倍感孤獨與悲傷。

全詩淡漠冷峻，道白如話，將詩人自己一個人獨坐空室，耐不住寂寞，繼而出門遠眺的景象與內心的孤寂勾勒出來。從室內寂寥的景況拓展開來，訴之於視覺的形象，描繪孤鳥、離獸，更加撩起詩人內心的悲傷。詩人以情觀景，悲嘆天下人、物皆難求伴侶，加深了詩歌的思想內涵。

收尾兩句更是在詩人的自我排遣中結束全詩，看似平淡，但無限苦衷均寄寓其中。

在藝術表現上，詩人著力渲染了一種闃無人跡的空曠氛圍，詩人「獨坐空堂上，無人焉；出門臨永路，無人焉；登高望九州，無人焉；所見惟鳥飛獸下耳。其寫無人處可謂盡情」（吳淇語），詩人之所以如此「盡情」渲染此「無人」的環境，意在突顯詩人無與相親的孤獨，孑然一人的寂寞，親朋凋殞、知音難覓的孤苦。整首詩語言易懂曉暢，意象明晰易解，但如果我們聯繫時代背景，不難體悟出現實政治原因，也可見詩人並不能一生死的達觀。所以，從所抒發的情感上來說，也可謂「情寄八荒之表」了。

其十八

【題解】本篇表現了詩人對國事的憂憤，慨嘆世無君子，並以松柏自勵，是一首傷時憤世之作。

懸車❶在西南❷，羲和❸將欲傾❹。流光❺耀四海，忽忽❻至夕冥❼。
朝為咸池❽暉，濛汜❾受其榮。豈知窮達❿士，一死不再生！視彼桃李花，
誰能久熒熒⓫？君子在何許⓬？曠世未合并⓭。瞻仰景山⓮松，可以慰吾
情。

【注　釋】❶懸車　古代記時，指黃昏前的一段時間。《淮南子·天文訓》：「(日)至於悲泉，爰止其女，爰息其馬，是謂懸車，至於虞淵，是謂黃昏。」此處用以代指即將西下的太陽。❷在西南　言太陽快要落山了。❸羲和　神話中太陽的駕馭者。〈離騷〉：「吾令羲和弭節兮，望崦嵫而勿迫。」注：「羲和，日御也。」❹傾　傾斜。❺流光　閃動的光。❻忽忽　倏忽。形容時間過得快。❼夕冥　晚上。這裡指昏暗不明。❽咸池　神話中謂日浴處。《淮南子·天文訓》：「日出於暘谷，浴於咸池。」❾濛汜　同「蒙汜」。古稱太陽沒入處。❿窮達　窮阨與顯達。⓫熒熒　光豔貌。⓬何許　何處；什麼地方。⓭合并　結合；聚會。⓮景山　大山。

【語　譯】懸車在天空的西南，羲和駕馭太陽也快要傾斜了。閃動的日光照耀著四海，倏忽之間就已昏暗不明。早晨太陽為咸池增光輝，晚上濛汜受太陽的光明。哪裡知道那些窮達的賢士，一旦身死就無法再生！看看那些炫麗的桃花李花，哪一個能長久地保持光豔？請問君子們如今在什麼地方？我深為不能與他們相聚會而嘆息，只有瞻仰高山之巔的挺拔青松，才稍可慰藉我的心情。

【研　析】此篇是詩人傷時憤世的作品之一。開篇四句描寫太陽之運轉流變，言語中流露出易代之象。如果說這四句以日喻曹魏，以「將欲傾」、「至夕冥」喻搖搖欲墜、日薄西山的國勢，那麼「朝為咸池暉，濛汜受其榮」，朝耀咸池，夕照濛汜，則比喻士人於動盪不安的局勢中朝榮夕辱、前程莫定的處境。但是在詩人看來，「豈知窮達士，一死不再生」，無論是窮是達，是榮是辱，均將同為枯骨。清人王闓運曰：「窮達字並用始妙，達固不久，窮亦何失？」由此可見，詩人一生死的態度，來自於對人生不能把握的憤激，也來自於對士人出處窮達價值觀念失落的感慨。因而詩人說即使是炙手可熱的達官貴人，也將如桃李不能長久光豔，經久不敗。作者傷時憤世，發出「君子在何許」的疑問，那些忠貞之士、賢人君子都到哪裡去了？阮籍痛心於司馬氏玩弄權術，朝臣趨炎附世的險惡時勢，更痛心於殉國之才難覓，忠貞君子難有，不免徒生嘆息。詩的結尾景山松似有所指，但尚不能確定，但是我們從「歲寒，然後知松柏之後凋」的含義中，可以體會到作者也許是在以松自勵。

其十九

【題解】本詩抒發了詩人對佳人的愛慕及未能對面晤談的哀傷。此篇運用了象徵比興手法，來寄託自己理想、志向不能實現的憂傷。

西方有佳人❶，皎❷若白日光。被❸服纖羅衣，左右珮雙璜❹。脩容❺耀姿美，順風振微芳。登高眺所思，舉袂當❻朝陽。寄顏❼雲霄間，揮袖凌虛翔。飄颻❽恍惚❾中，流眄❿顧我傍。悅懌⓫未交接⓬，晤言⓭用⓮感傷。

【注釋】❶西方有佳人　語出自《詩經・邶風・簡兮》：「云誰之思，西方美人。」❷皎　光明貌。❸被　通「披」。❹璜　玉器名，狀如半璧，古代朝聘、祭祀、喪葬時所用的禮器，也作裝飾用。❺脩容　經過修飾的容貌或外表。❻當　遮擋。❼寄顏　寄託容顏。這裡指託身。❽飄颻　即飄搖，飛動的樣子。❾恍惚　這裡指模糊不清的天空。❿流眄　謂流轉目光觀看。⓫悅懌　歡樂；愉快。⓬交接　交往；接觸。⓭晤言　對面交談。⓮用　以；而。

【語譯】西方有位美麗的女郎，她的容貌皎潔如同白日的光芒。身穿纖細的綾羅衣裳，左右都佩戴著玉雙璜。經過修飾的容貌閃耀著姿色的美麗，順風吹來散發著幽淡的芳香。登高眺望她思念的人，舉袖遮擋那朝陽的光芒。她把自己託身於雲霄之間，揮動長袖凌空飛翔。飄搖飛動在迷離不清的天空中，目光流轉看著我的身旁。我心情愉悅但未能進一步接觸，未及對面交談更使我悲傷。

【研析】此篇在寫法上頗為獨特。阮籍運用其靈動秀逸之筆，向我們描繪出一位飄搖雲端的美人形象。詩的前半部分著力描寫佳人的美貌。先用比喻繪出佳人的絕色容顏，又以其服飾、佩件的刻畫烘托美人，傳寫極為細膩生動，使人物形象躍然紙上，栩栩如生。在通過視覺、聽覺、嗅覺寫美人的靜態後，詩人又轉而進入對美人的動態描寫，登高、舉袂、揮袖、飄颻、流眄等一系列動作形態的描寫，將美人凌空飄舞的輕盈和遠眺近盼的相思多情展露無餘。詩人將這一切營造得如夢幻一般，飄颻恍惚，山川、雲霓、朝陽，烘托出一位飄颻仙遊嫵媚多情的佳人，如幻如真，引發出人們無限的遐想，顯示出詩人高超的藝術功力。

詩歌末尾兩句，以寫實的手法打破了此迷幻的境界，描寫了詩人覺醒後說不盡的感傷與惆悵。夢幻與失望在此形成強烈的反差，而這才是詩人面對的險惡暴戾的現實生活。

詩歌是用象徵比興手法來表現旨意的，方東樹曰：「此亦屈子〈九歌〉之意。」阮籍繼承了屈原香草美人的表現手法，而在描寫與詩意的表達上，頗似曹植的〈洛神賦〉。這首詩佳人的寓意何在，歷來有不同的看法。如吳汝綸說：「此首似言司馬之於己也。末言彼號悅懌，吾則未與交接也。然吾終有身世之感傷。蓋興亡之感，憂生之嗟，無時可忘耳。」其實，我們也不必如此坐實。詩中佳人的描寫如此虛幻美麗，不過是詩人人生理想的精神寄託，詩人借未能與佳人交往接觸來表現美好理想的破滅罷了。

其二十

【題解】本篇是憂世憫時傷己之作，抒發了詩人在政治上身不由己、無有依託的徬徨和苦悶。

楊朱泣歧路，墨子悲染絲❶。揖讓❷長離別，飄颻❸難與期❹。豈徒
燕婉❺情？存亡❻誠有之❼。蕭索❽人所悲，禍釁❾不可辭❿。趙女媚中山，
謙柔愈見欺⓫。嗟嗟⓬塗上士⓭，何用⓮自保持⓯？

【注釋】❶楊朱兩句　楊朱，戰國思想家。墨子，春秋戰國之際的思想家。《淮南子．說林訓》：「楊子見歧路而哭之，為其可以南，可以北；墨子見練絲而泣之，為其可以黃，可以黑。」歧路，岔路。染絲，使白色的練絲染上顏色。這兩句從楊朱、墨翟悲歧路、染絲，聯繫到世事無常，禍福因依。❷揖讓　這裡指儒家的禮樂之治。❸飄颻　同「飄搖」。飄動不定的樣子。❹期　期望；追求。❺燕婉　也作「嬿婉」，安順貌。引申為

美好貌。❻存亡　國家的存在和滅亡。這裡偏指存在興盛。❼之　代指國家存亡之事。❽蕭索　蕭條寂寞。❾禍釁　禍端。❿辭　推卻。⓫趙女媚中山二句　《荀子・富國篇》在闡述對強暴應該採取的方法時，曾經舉過一個例子，說如果讓一個美麗的少女頭戴珠寶、身帶黃金到中山國去，半路碰到中山國的強盜，少女即使極盡謙恭卑微之態，也還是免不了要被劫奪。趙女，趙地美女，這裡泛指美女。⓬嗟嗟　長嘆。⓭塗上士　指奔波在仕途上的士子。⓮用　以。⓯保持　保全。

【語　譯】楊朱哭泣歧路的難以選擇，墨子悲傷素絲的染色多變。儒家的禮樂之治早已離我們遠逝，飄搖不定難有回復之期。儒家的文德禮治難道僅僅表現為形式上的安順美好？國家的興盛確實要依靠它。國家的衰敗是人所共悲的，但是禍端的造成統治者卻無法推卻。美麗的少女愈是對中山強盜卑恭屈膝，那麼愈是被欺侮搶劫。我感嘆奔波在仕途中的人，到底用什麼方法來保全自己？

【研　析】處於魏晉易代之際，阮籍的政治態度、思想感情始終處於極度的矛盾之中。他既有對曹魏處境的同情、惋惜，也有對曹魏軟弱、腐敗的批判與揭露；既對司馬氏父子的虛偽殘忍蔑棄與否定，可是卻一再出仕甚而為司馬昭寫〈勸進表〉。這首詩就反映了阮籍這種政治上無有依託的徬徨、苦悶。詩的開端阮籍就引用《淮南子・說林訓》中楊朱與墨翟的典故，形象地說明自己目前的政治處境與人生道路。面對紛亂的政局，詩人作為引人注目的名士，不能自由地遠離時政，而只能被迫去充當不愉快的角色，可謂是世事無常、無所定準，這不猶如「楊朱泣歧路，墨子悲染絲」一樣令人悲傷嗎？

「揖讓長離別」四句是對儒家文德禮治的推崇，但詩人也深惋其「飄颻難與期」，言外之意，是對司馬氏表面上以禮、以孝治天下的虛偽行徑的蔑棄，對「司馬昭之心，路人皆知」的權術的嘲弄。「蕭索人所悲」四句轉而對曹魏的衰敗深感惋惜，曹魏的軟弱無能，助長了司馬氏的囂張氣焰，因而「禍釁不可辭」的指責，可謂一針見血。這八句運用典故，非常隱晦地對司馬氏和曹氏集團進行了批評，同時也就說明了詩人政治上之所以始終處於「歧路」狀態的原因。結句「嗟嗟塗上士，何用自保持」，感嘆奔波仕途的士子，如何才能保全自身，與開頭「楊朱泣歧路，墨子悲染絲」呼應，表現了詩人君子失路、無有歸宿的濃重悲哀。

此詩典故的銜接緊密巧妙，俯仰古今，感慨萬端，借典故以抒己之隱忍衷腸，不得已但卻高明至極！

其二十一

【題解】本篇是託物言志之作。詩人以玄鶴自比、自勵，表現了詩人窮且益堅、不甘沉淪的精神。

於心懷寸陰❶，羲陽❷將欲冥❸。揮袂❹撫長劍，仰觀浮雲征❺。雲間有玄鶴❻，抗志❼揚哀聲。一飛沖青天，曠世❽不再鳴。豈與鶉鷃❾遊，連翩❿戲中庭⓫？

【注釋】❶寸陰　短暫的光陰。❷羲陽　傳說羲和是太陽的御者，所以又稱太陽為羲陽。❸冥　夜晚。這裡指昏暗不明。❹袂　袖子。❺征　遠行。❻玄鶴　古代傳說鶴千年化為蒼，又千年變為黑，謂之玄鶴。❼抗志　堅持平素志向，不動搖不屈服。❽曠世　這裡指經歷時間長久。❾鶉鷃　鶉，鵪鶉。鷃，鷃雀，也是鵪鶉的一種。這兩種鳥都形體短小且不善高飛，常用來比喻小人。❿連翩　接連不斷。⓫中庭　即庭中。

【語譯】我心懷想著光陰的短暫，奈何太陽又將西下。揮動衣袖手持長劍，仰看浮雲飄飄遠行。雲間的千年玄鶴，勵志高揚時時發出陣陣哀音。展翅一飛直沖九重青天，此後長久不再號鳴。豈能與鵪鶉相混跡，一起流連戲玩於庭園中？

【研析】《淮南子》曰：「聖人不貴尺之璧而重寸之陰，時難得而易失也。」所有意欲有為的志士仁人都特別珍惜光陰，這樣一種心態，來自於從有限的生命中獲取生存意義與價值的自我期望。阮籍此詩以惜時開端，就包含著這樣一層含義。而「羲陽將欲冥」是說太陽西沉，「日薄西山」這一特定景象不僅進一步激發詩人對時間流逝的焦灼，還包含著歲月蹉跎、功業無成的憂憤。「揮袂撫長劍」的外在動作就展露出詩人內心這種焦灼與憂憤。鮑照、李白於失意之時都有「拔劍」之舉，辛棄疾於悲憤之時也「把吳鈎看了，欄杆拍遍」，都是運用外在動作來表現內心活動。繼「揮袂」、「撫劍」之後，詩人「仰觀浮雲征」，把思緒從壓抑的地上引到天上。雲間的玄鶴抗志揚聲，一飛沖天，曠世不聞。這裡運用了《史記・滑稽列傳》中的典故：「齊威王之時，淳于髡說曰：『國中有大鳥，三年不飛不鳴，何也？』王曰：『此鳥不飛則已，一飛沖天；不鳴則已，一鳴驚人。』」阮籍化用這個典故，用玄鶴自比，反映了詩人雖壓抑但不失望，窮且益堅，不甘沉淪的精神。詩人又以玄鶴高飛自勵，誓不與碌碌小人為伍：「豈與鶉鷃遊，連翩戲中庭。」與小人決裂之心昭然可見，憤慨之情溢於言詞。

此篇運用比喻、對比手法，詩人以玄鶴自比，希望自己不墜青雲之志。鶉鷃以比小人，玄鶴與鶉鷃形成鮮明對比，突出了玄鶴的高潔志向。全詩託物寓志，心與物感，情緒悲憤激昂。阮詩大都情旨難測，不易把握。此詩雖也託物言志，但詩意明晰。其中雖有苦悶但不沉淪的精神狀態，在阮詩中並不多見。

其二十二

【題解】本篇表達了詩人對亦存亦亡的「道」的體認，是一首「悟道」之作。

夏后❶乘靈輿❷，夸父❸為鄧林❹。存亡從變化❺，日月有浮沈。鳳凰鳴參差❻，伶倫❼發其音。王子好簫管❽，世世相追尋。誰言不可見？青鳥❾明我心。

【注釋】❶夏后　指建立夏王朝的禹的兒子啟。❷靈輿　神靈乘坐的車駕。《山海經・海外西經》記載，夏后啟曾「乘兩龍，雲蓋三層」。夏啟死後就被人們神化了。❸夸父　神話中的人物，傳說夸父逐日，後道渴而死。❹鄧林　古代神話傳說中的樹林。夸父死後，其杖化為鄧林。❺存亡從變化　天地萬物的生存死亡都遵循著天道的變化。❻參差　不齊貌。這裡指鳳凰的鳴聲抑揚頓挫、錯落有致。❼伶倫　傳說為黃帝的樂官。古代以為他是樂律的創始者。❽簫管　即洞簫，無底的排簫，也稱笙。相傳古仙人王子喬「好吹笙，作鳳鳴」。❾青鳥　神話傳說中為西王母取食傳信的神鳥。事見《山海經・大荒西經》。

【語　譯】夏啟乘坐著他的車駕到處遊樂，夸父死後卻化為鬱鬱蒼蒼的鄧林。萬物的生存死亡都遵循著天道的變化，如同日月的上升和下降。鳳凰的鳴聲抑揚頓挫和諧悅耳，伶倫就仿照了牠的鳴聲製造出了樂律。仙人王子喬喜歡吹弄簫管，世世代代的人都為此景慕追尋不已。誰說仙人不能看見？只有青鳥明白我的心情。

【研　析】魏晉南北朝玄學興盛，從哲學的角度而言，人們試圖從本體論的高度把握老莊哲學提出的「道」的範疇。老子云：「道可道，非常道。」又云：「道生一，一生二……」就把「道」看作是萬物的本體。王弼、郭象等繼承其說，又加以發揮，認為萬物皆是道之跡，道也不是一實體，亦存亦亡是其特徵。如王弼《老子注》曰：「欲言存邪，則不見其形；欲言亡邪，萬物以之生。」從「亦存」，即從道之跡的角度理解道，顯然不是得道途徑；從「亦亡」角度，沒有實體，也很難把握「道」。那麼如何才能得「道」呢？阮籍這首詩就寫了對「道」的體認，可以說是一首「悟道」之作。

開篇兩句即用了夏啟、夸父的典故。傳說中的夏啟能乘神靈車駕，遊於天庭；夸父逐日渴死，其杖化為鄧林。這兩個典故是說萬物皆有存亡變化，是從人們「耳聽目見」的經驗感受角度而言的。而詩人認為「存亡從變化，日月有浮沈」，夏啟靈輿，夸父鄧林，只是變化的假象，這猶如日月的浮沉，表面上是日升月落，月落日升，其實二者之間並無根本變化。因為萬物皆是「道」之跡，變化也只是道之跡象的變化而已。詩人以「日月有浮沈」比喻「道」的不變，這很容易使我們聯想起蘇軾〈前赤壁賦〉中蘇子為了說明達觀的生活態度，曾以水與月作喻，認為「自其變者而觀之，天地曾不能以一瞬；自其不變者而觀之，物與我皆無盡也」。蘇子的變與不變的觀點，從文學表現角度而言，是深受阮籍「日月有浮沈」比喻的影響。如果以上四句主要是從人們的經驗感受來說理，那麼「鳳凰鳴參差」四句主要從「聽樂」角度來說道。伶倫之鳳音，王子喬之簫管，美妙動聽，世人追尋不已。一方面固然由於樂之感人，另一方面也因王子喬為羽化成仙得道之人。阮籍〈清思賦〉云：「余以為形之可見，非色之美；音之可聞，非聲之善。」〈大人先生傳〉亦云：「亡不為夭，存不為壽。……惟茲若然，故能長久。今汝造音以亂聲，作色以詭形，……故循滯而不振。」可見在阮籍看來，世人追尋的「鳳音簫管」是道之跡，非道本身。最後詩人把對「道」的體認歸結為「心悟」：「誰言不可見？青鳥明我心。」阮籍〈大人先生傳〉云：「今吾乃飄颻於天地之外，與造化為友，朝飡湯谷，夕飲西海，將變化遷易，與道周始。」阮籍的「與道周始」很明顯是同於莊子「逍遙遊」的「心遊」，是超越日常經驗與感官認知方式的精神感悟。此詩云「青鳥明我心」，說的也是這個意思。青鳥是為西王母取食與傳信的神鳥，詩人之所以說「青鳥明我心」，乃是把青鳥化作知「道」亦知詩人之「心」的對象，言「青鳥明我心」，無非是說「我心明道」，對「道」的體認重在「心悟」。

這是首「悟道」之作，近於玄言詩，但不同於玄言詩之處，主要在於詩人運用人們熟知的典故，以人們的感覺經驗來說明抽象、重在「心悟」的「道」。

其二十三

【題解】本詩是一首遊仙詩。通過想像細緻傳神地描繪了藐姑射山上神人的生活狀況，抒發了自己的嚮往之情，也曲折地表現出作者對現實的不滿和抗議。

東南有射山，汾水出其陽❶。六龍服氣輿❷，雲蓋切天綱❸。仙者四五人，逍遙晏❹蘭房❺。寢息一純和❻，呼噏❼成露霜。沐浴丹淵❽中，炤耀日月光。豈安❾通靈臺❿，游瀁⓫去高翔。

【注釋】❶東南二句　語出《莊子・逍遙遊》：「藐姑射之山有神人居焉，肌膚若冰雪，綽約若處子；不食五穀，吸風飲露；乘雲氣，御飛龍，而游乎四海之外……堯治天下之民，平海內之政，往見四子藐姑射之山，汾水之陽，窅然喪其天下焉。」射山，指藐姑射山，在今山西省臨汾市。汾水，水名，即汾河。源出山西省寧武縣管涔山，至河津縣西入黃河。陽，山的南面。❷六龍句　六龍駕御著雲氣的車駕。六龍，神話傳說中日神乘車，駕以六龍，羲和為御者。服，駕御。氣輿，指雲氣為輿，神仙乘坐的車子。❸雲蓋句　用雲做成的車蓋接近了天綱。雲蓋，以雲為車蓋。切，接近；靠近。天綱，星名。《晉書・天文志》：「北落西南一星曰天綱。」❹晏　安居；休息。❺蘭房　安逸高雅的居室。❻寢息句　睡眠休息都純正平和。寢息，安寢休息。一，都。❼呼噏　同「呼吸」。❽丹淵　傳說中的水名，為日月升起的地方。❾豈安　黃節《注》認為是「愷樂」，安適歡樂。⑩靈臺　指心。《莊子・庚桑楚》：「不可內於靈臺。」郭象注：「靈臺者，心也。」⑪游瀁　同「游漾」。飄浮。

【語　譯】東南方向有座藐姑射山，汾水從它的南面流出。六龍駕御著雲氣的車駕馳行，高高的用雲做成的車蓋接近了天綱星。有四五個神仙，悠閒自得四處遊玩，在安逸高雅的居室裡休息。他們睡眠休息都純正平和，他們的呼吸之氣都變成霜露。他們早起在丹淵中沐浴洗澡，日月之光照耀著他們的身軀。安樂之情通達心靈，四處飄浮在天空翱翔。

【研　析】本篇巧妙地引用了《莊子・逍遙遊》中「藐姑射之山有神人居焉」的故事，極盡想像之能事，加以拓展，將神仙們寧靜和平、自由逍遙的生活展現出來，表現出極度嚮往之情。阮籍後期棄儒從「道」，企仙求隱，其思想中表現出一定的消極成分，然而這一切均是在他對社會絕望之後出現的。他本有「濟世志」，到頭來卻因司馬氏的橫行不能如願，因而在絕望之餘，產生高飛遠隱，學習神仙的想法。詩中描繪的神仙世界的寧靜生活，絕非詩人真心想追求的，這不過是逃避現實的無奈之舉。

莊子〈逍遙遊〉中藐姑射山神人的描寫，是為了表達「無功、無名、無己」的思想，阮籍繼之加以描繪的神仙世界，也隱曲地折射出世間的污濁與險惡，表現出詩人不與流俗的出世之思。詩人在描寫上雖以《莊子》的故事為藍本，但刻畫細膩生動，可謂出於《莊》而不拘泥於《莊》。

其二十四

【題　解】本詩反映了詩人在當時政治環境下的艱難處境和苦悶心情，表達了詩人遠遊仙山以求精神解脫的願望。

殷憂❶令志結❷，怵惕❸常若驚。逍遙未終晏❹，朱暉❺忽西傾。蟋蟀在戶牖❻，蟪蛄❼號中庭。心腸❽未相好，誰云亮❾我情？願為雲間鳥，千里一哀鳴。三芝❿延瀛洲⓫，遠遊可長生。

【注　釋】❶殷憂　深切濃重的憂慮。❷結　鬱結。❸怵惕　恐懼，警惕。❹晏　晚。❺朱暉　紅光。這裡指太陽。❻戶牖　門窗。❼蟪蛄　一種蟬科動物，嘴長、體短、黃綠色，有黑色條紋，翅有黑斑。夏末至秋初鳴叫不息。❽心腸　心中；心裡。❾亮　明白；相信。❿三芝　芝草是菌類植物。三芝，有多種說法，據葛洪《抱朴子・內篇》記載：三芝為參成芝、木渠芝、建木芝。據說服了可以白日飛升。⓫瀛洲　海中三仙山之一。據說有許多仙人和不死藥在那裡。

【語　譯】深切濃重的憂慮使我的心志鬱結，恐懼的心情常像是受到了驚嚇。優遊自得不能盡興，太陽已迅速向西墜落。蟋蟀在窗戶邊上鳴叫，蟪蛄在庭中號鳴。心裡沒有交好的人，誰能明白我的一片苦心？我願化為一隻雲中鳥，一飛千里獨自沉重地哀鳴。三芝仙草延蔓在瀛洲仙山之上，遠去行遊可使我長生不老。

【研　析】與第二十三首單純表現遊仙出世意向不同的是，此篇交代了詩人遠遊，企求長生的原因。開篇兩句說詩人殷憂志結、怵惕若驚，著重從詩人的心境著眼，但我們能明顯地感受到詩人於魏晉易代之際，動輒得咎，戰戰兢兢，如履薄冰的政治處境。在這樣一種現實壓力之下，詩人也曾以逍遙遊樂，不與世事作為避禍全身之法，但這只是一時的全身之宜，「逍遙未終晏，朱暉忽西傾。蟋蟀在戶牖，蟪蛄號中庭」，這四句就寫出了歲月無情的流逝，這也喚起了詩人內心更深一層的對生命消逝的憂懼。儒家將生命的永恆寄託在「立功、立德、立言」三不朽上加以實現，詩人於易代之際政治上失去依託，「心腸未相好，誰云亮我情」就道出了「三不朽」願望的難以實現。詩人於無望之際，願化作一隻鳥，一飛沖天，哀鳴雲間。第二十一首中云「雲間有玄鶴，抗志揚哀聲。一飛沖青天，曠世不再鳴。豈與鶉鷃遊，連翩戲中庭」，表達了詩人窮且益堅、不甘沉淪、不與流俗為伍的精神。此篇說「願為雲間鳥，千里一哀鳴」也有此種精神的含義，不過此篇還表現了詩人高舉遠飛後的去向：「三芝延瀛洲，遠遊可長生」，到海上仙山求取靈芝仙草以延年壽。但是「海客談瀛洲，煙濤微茫信難求」（李白詩），這只不過是詩人精神上的一種安慰罷了。

其二十五

【題解】本篇是阮詩中頗露鋒芒的表達對奸佞小人憤恨之情的一首詩。

拔劍臨❶白刃❷，安能相中傷❸？但畏工言子❹，稱我三江❺旁。飛
泉❻流玉山❼，懸車棲扶桑❽。日月徑❾千里，素風❿發微霜。勢路有窮

達⓫，咨嗟⓬安⓭可長？

【注釋】❶臨　面對。❷白刃　鋒利的劍刃。❸中傷　受傷。❹工言子　善於花言巧語、顛倒黑白、搬弄是非的人。這裡指鍾會之流。❺三江　三條江的合稱。有多種說法，或在吳，或在蜀。黃節認為三江隱喻司馬氏。當時毌丘儉起兵淮南討司馬氏，司馬師出兵平亂，當時在淮南一帶。❻飛泉　飛泉之谷流淌出來的甘泉，傳說在崑崙的西南。❼玉山　西王母所居住的山。❽扶桑　古代神話中海外的大桑樹，據說太陽從那裡出來。❾徑　經過。❿素風　秋風。這裡比喻奸佞小人。⓫勢路句　求取進身的道路有困頓和顯達。勢路，求取進身的道路。窮達，困阨與顯達。勢，一作「世」。⓬咨嗟　指嘆息。⓭安　怎麼。

【語譯】拔劍面對敵人鋒利的刀刃，但是刀劍怎麼能使我受傷？只怕那些花言巧語、顛倒黑白、搬弄是非的人，惡語中傷我在三江之旁。飛泉流過西王母的玉山，懸車在東海中的扶桑上棲息。日月行過千萬里，秋風一起，結起了薄霜。謀取進身的道路有時困頓有時顯達，我嗟嘆小人的得勢怎麼能久長！

【研析】《晉書・阮籍傳》載：「籍本有濟世志，屬魏晉之際，天下多故，名士少有全者，籍由是不與世事，……鍾會數以時事問之，欲因其可否而致之罪。」阮籍才氣勃發，故身處易代，多受排擠迫害，本篇即表現了詩人對讒言以進的奸佞小人的憤恨之情。開篇四句即言詩人能抵擋敵人鋒利的刀劍，但是最害怕奸佞小人的讒言，兩相對照可見讒言之殺人遠甚於刀劍，這就是人言可畏，眾口鑠金。接下來「飛泉流玉山，懸車棲扶桑」兩句比喻日月運行之速，以表達詩人日月易逝、人生易志的慨嘆。而在憂生之嗟中，詩人更感慨小人的讒言猶如嚴厲的秋霜，其使萬物凋零的殺傷力更甚於刀劍。結句言官運有窮有達，感嘆小人得勢的不能久長，表達了詩人極度的蔑視和憤恨之情。

本篇用遞進一層的比喻手法，認為讒言遠甚於刀劍和秋霜，形象深刻地說明了讒言之毒。而詩人將小人讒言以進的現實，放入憂生之嗟中加以表達，更能深刻地展示出詩人對讒佞小人的憤恨之情，從一個側面反映了當時黑暗的社會現實。雖然詩中也頗多比喻，但在阮詩中，其表達還是頗顯鋒芒的。

其二十六

【題　解】此篇通過隱喻手法描述了世勢的黑暗，表現詩人的憂憤之情與孤高的個性。

朝登洪坡❶顛❷，日夕望西山❸。荊棘被原野，群鳥飛翩翩❹。鸞鷖❺時❻棲宿，性命有自然❼。建木❽誰能近？射干❾復嬋娟❿。不見林中葛⓫，延蔓相勾連！

【注　釋】❶洪坡　大坡。❷顛　頂。❸西山　即首陽山，相傳為商末隱士伯夷、叔齊兄弟隱居之地，後泛指隱居之所。❹翩翩　形容為鳥飛時姿態輕疾的樣子。❺鸞鷖　鸞鳥和鷖鳥，都是屬鳳凰一類的神鳥。❻時　一本作「特」，作「特」義近。獨自。❼性命有自然　萬物的稟性有它們自然的規律。性命，稟性。自然，天然的非人為的規律。❽建木　神話木名。木高百仞無枝，日中無影，眾天神由此上下。❾射干　木名。《荀子・勸學》：「西方有木焉，名曰射干，莖長四寸，生於高山之上，而臨百仞之淵。」❿嬋娟　美好的樣子。⓫葛　多年生的草本植物，莖幹蔓生。

【語　譯】早上登臨大坡之頂，傍晚遙望首陽山。荊棘覆蓋原野，群鳥振翅疾飛。鸞鳳獨自棲息，萬物的稟性都有它們自然的規律。建木高可百仞誰能接近？射干高臨百仞之淵又是多麼美好。君不見樹林中的葛藤，只能生長蔓延相互勾連而已！

【研　析】這首詩是傷時之作，表現了作者身處亂世，不滿黑暗現實，但又無法擺脫的哀嘆。詩人極形象地表現了世道的黑暗險阻，以荊棘喻危亂，以群鳥喻小人，以葛藤蔓延勾連喻小人的攀附朋黨，準確傳達了魏晉易代之際政局混亂的事實。與這一現實相對立的，是詩人運用西山、鸞鷖、建木、射干等意象來表達一種獨立不遷、遺世獨立的精神，並認為這是性命自然。本篇中「群鳥」之比「鸞鷖」、「飛翩翩」比照「時棲宿」；「建木」、「射干」的孤高美好與葛藤的蔓延勾連，這些對比極其形象地表達了詩人「性命有自然」的玄思。詩人彷彿是在表述一種事實，藉以說明從中悟得的一種哲理，與上首的鋒芒顯露有所不同，但在詩人平和地表述一切的背後，仍然流露出詩人的憤世之情以及傲然不群的強烈個性。

詩歌具有相當的哲理色彩，因而詩意的理解有一定困難，但值得肯定的是此詩為感時之作。至於詩中的比喻等藝術手法運用嫻熟，恰當巧妙，符合阮詩一貫的風格。

其二十七

【題解】本篇描寫世人爭慕美女，因貌相交的世態，諷刺了繁華不久與勢利相交的短暫。

周、鄭天下交❶，街術當三河❷。妖冶閒都子❸，煥燿❹何芬葩❺！玄髮發朱顏❻，睇眄❼有光華。傾城❽思一顧，遺視❾來相誇❿。願為三春遊⓫，朝陽忽蹉跎⓬。盛衰在須臾⓭，離別將如何？

【注釋】❶周鄭句　謂周、鄭之地居天下之中，四方交會於此。周、鄭，周、鄭之地。即春秋戰國時期東周所轄的今河南洛陽及鞏縣一帶和鄭國所轄的今河南鄭州及新鄭一帶。❷街術句　四通八達的道路連通著三河之地。街術，泛指道路。三河，詳見前注。❸妖冶句　美麗閒雅的女子。❹煥燿　光明。這裡指容貌美豔照人。❺芬葩　香花。這裡形容女子的美貌。❻玄髮句　烏黑的頭髮襯托出容顏的美麗。發，現，一本作照。❼睇眄　斜視。❽傾城　傾覆邦國。這裡也用來形容女子的美貌。❾遺視　竊視。❿誇　一本作「過」，拜訪。⓫三春遊　春天裡的遊玩。三春，春天分為孟春、仲春和暮春三階段，這裡泛指春天。⓬蹉跎　這裡指時光流失。⓭須臾　片刻。

【語譯】周、鄭之地是四方交會的要樞，道路交橫連通著廣大的三河之地。有個美麗閒雅的女子，光彩照人多麼像芬芳的鮮花！烏黑頭髮襯托出容顏的美麗，妙目流盼照射出光華。人們總是想著一睹傾城的容貌，爭相誇讚佳人的美目流盼。發願與美女共享三春的美妙時光，但美好時光總像朝陽一樣迅速消失。容貌的豔麗非常短暫，一旦離別又將如何？

【研　析】阮籍的詩多寫到美女，但在不同的詩中，其寓意也有所不同。此篇所寫的美女卻用來比喻富有權勢的達官貴人。開篇「周、鄭天下交，街術當三河」，交代了美女的所在地，即周時為天下要衝之地的鄭國，之所以如此強調，蓋謂「妖冶閒都子」為手握要權的達官貴人。「煥耀何芬葩，玄髮發朱顏，睇眄有光華」三句極寫「閒都子」的玄髮朱顏，美目流盼，芬芳四溢，使得眾人「傾城思一顧，遺視來相誇」，爭慕美女，以得到美女的一盼為榮耀，並發願與美女共度美好時光，但美好時光猶如朝陽般迅速消逝，也自然引發出詩的結句：「盛衰在須臾，離別將如何」，是說容顏易衰，青春難駐，慕貌爭交，因「色衰」而離別又將如何呢？是不是色衰愛弛呢？很顯然，詩人以此來諷刺繁華不久、勢利相交的短暫。

詩人於世俗勢利交往中，冷眼旁觀，感悟到了繁華難久、勢交短暫的生活哲理。詩人將這種思索化作形象的比喻，借詩加以表達，不僅形象生動，且發人深省，意味深永。

其二十八

【題　解】本篇是說世事有盛有衰，有浮有沉，有其一定的規律，表明詩人遺卻世事，不為名利所累，以除殷憂的處世之道。

若花❶燿西海❷，扶桑❸翳❹瀛洲❺。日月經天塗❻，明暗不相讎❼。

窮達❽自有常，得失又何求？豈❾效路上童，攜手共遨遊❿？陰陽有變化，誰云沈不浮？朱鼈⑪躍飛泉，夜飛⑫過吳洲⑬。俛仰運⑭天地，再撫⑮四海流。繫累⑯名利場，駑駿⑰同一輈⑱。豈若遺耳目⑲，升遐⑳去殷憂㉑！

【注釋】❶若花　花，一作木。今從木。若木，古代神話中的樹名。《淮南子・地形訓》：「若木在建木西，末有十日，其華照下地。」❷西海　傳說中西方之神海。西，一作四。❸扶桑　古代神話中的海外大桑樹，據說太陽從那裡出來。❹翳　遮蔽。❺瀛洲　神話中仙人居住的山。❻塗　同「途」。道路。❼相讎　相等。❽窮達　困頓與顯達。❾豈　何不。❿遨遊　遊樂；嬉遊。⓫朱鼈　傳說中一種赤色的鼈，四目六足，有珠，又稱珠鼈。此言「朱鼈躍飛泉」者，蓋以說明「誰云沈不浮」。⓬夜飛　劍名。張協〈七命詩〉曰：「或馳名傾秦，或夜飛去吳。」李善注曰：「《越絕書》曰：闔閭無道，湛盧之劍去之入水，行秦過楚，楚王臥而寤，得吳王湛盧之劍。此詩言『夜飛過吳洲』者，蓋夜飛本為吳王所有，因其無道，故為楚王所得，說明『得失又何求』。過，猶去。」⓭吳洲　泛指吳地。⓮運　運行。⓯撫　此為明白、懂得之義。⓰繫累　束縛。⓱駑駿　劣馬良馬。⓲輈　車轅。⓳遺耳目　遺棄耳目等視聽器官以便不為人世萬事所迷惑。《莊子・大宗師》有「獨不見聖人之自行邪？忘其肝膽，遺其耳目」之語。⓴升遐　謂離世隱居，學道修仙。㉑殷憂　深切的憂慮。

【語　譯】若木之光照亮了西海，扶桑之葉遮蔽了瀛洲。日月在天路上經行，時明時暗不盡相同。人生的困頓和顯達自有它的定數，名利得失我們又何必過於強求？難道說，我們該仿效路上的孩童，攜起手來一同嬉遊？陰陽運行有一定的變化，誰說沉沒就不會上浮呢？朱鼈在湍急如飛的泉水裡跳躍，本屬吳地的夜飛劍卻離開吳洲。一瞬之間明白天地運轉之道，也就能懂得世事萬物的變化之理。如果被功名利祿所束縛，使得良馬劣馬共拉一車。不如捨棄耳聞目見，離世隱居遠離憂愁！

【研　析】阮籍的詩中，表現憂思的詩作頗多，可見詩人鬱結胸中的壓抑與悲愁之深。本詩就是詩人試圖以老莊出處窮通的觀點來解「殷憂」之作。開篇四句言若木西耀，扶桑東翳，日月經天，明暗不同，說明了日月運轉各有各的規律，不能替代，並以此說明「窮達自有常，得失又何求」的人生道理。可見詩人把人生的窮達得失放入廣闊的宇宙背景中加以觀照。「豈效路上童，攜手共遨遊」，詩人以「路上童」的攜手遨遊比喻朋比為黨以求干進的世俗，詩人不願仿效，也因詩人能從自然的高度來觀照人生的變化：「陰陽有變化，誰云沈不浮？」朱鼈本沉者而能浮，夜飛本吳者而歸楚，不都說明了沉浮不定，得失難求的道理麼？「俛仰運天地，再撫四海流」，語出《莊子·在宥》：「其疾俛仰之間，而再撫四海之外者……其惟人心乎？」阮籍化用此語，是說人心若能瞬間明白天地運轉之道，就會依次懂得世事萬物的變化之理，可見詩人從宇宙的觀照轉入對「人心」的觀照。如果「人心」「繫累名利場」的話，就會「駑駿同一輈」，被世俗同化。因而只有學習聖人「遺耳目」，自遠於名利，才能不為世俗所擾，除卻胸中的殷憂。

黃侃云：「日月各有晦明，無庸相較；人生皆有窮達，不必多矜。」對待世俗的煩擾，有時確實應該有一種「無庸相較」、「不必多矜」的達觀，但如果面對不合理的現實，需要抗爭時，卻採取這種無原則的隱忍，則無疑是一種消極的避世。

其二十九

【題解】本篇是一首懷古刺今之作。慨嘆魏明帝政由己出，用非其人，嗜奢肆欲，並夭天年。

昔余遊大梁❶，登于黃華❷顛。共工❸宅玄冥❹，高臺造❺青天。幽荒❻邈❼悠悠，悽愴❽懷❾所憐❿。所憐者誰子？明寮自照妍⓫。應龍⓬沉冀州，妖女⓭不得眠。肆侈⓮陵⓯世俗，豈云永厥年？

【注釋】❶大梁　詳見其十六注❷。❷黃華　山名。❸共工　神話傳說中位於北方的水神名。❹玄冥　太陽之神。這裡是水神的代稱。❺造　至；到。❻幽荒　幽遠空荒。❼邈　遠。❽悽愴　悲傷。❾懷　思念。❿憐　哀憐；憐憫。⓫明寮句　此句暗諷明帝不能得人而用。明寮，應作「明察」。謂觀察入微，不受蒙蔽。此指選拔人才。自照妍，一作應自然。自然，天然；非人為的。此指人盡其才，量才任用。⓬應龍　神話中一種有翅膀的龍。善於呼風喚雨。⓭妖女　美女。這裡指女妭、女魃，神話傳說中的旱神。相傳黃帝與蚩尤作戰時，應龍和女妭曾幫助過黃帝。⓮肆侈　窮奢極欲。⓯陵　亂。

【語譯】昔日我曾到古城大梁，登上了黃華山頂。共工神居北職任玄冥，高高的樓臺直至青天。面對這幽遠空荒、一望無際的景象，心中不禁悲傷莫名，有所哀憫。我所哀憫的到底是什麼呢？選拔人才沒有做到人盡其才。應龍降落在冀州之地，女魃四處遊蕩夜不能寐。窮奢極欲擾亂世俗，這樣怎麼能說是延年益壽！

【研析】阮籍的詠史抒懷之作，對神話傳說、歷史典故，多以己意加以重新改造，以適合「抒懷」

之需，並非是很嚴格的「詠史」詩，如第二首對江上二妃與鄭交甫的愛情故事的虛構就是如此。此篇中神話傳說的運用，也經過了詩人的剪裁、取捨、融合。詩以追述口吻起筆：「昔余遊大梁，登于黃華顛」，以大梁寓曹魏。曹魏鄴都在今臨漳，黃華谷在隆慮縣北，即今彰德府之林縣，故遊大梁而登黃華山。「共工宅玄冥，高臺造青天」兩句運用了《國語》、《山海經》中的典故。《國語》曰：「共工壅防山川。」《山海經》曰：「有係昆之山者，共工之臺。」詩人揉合有關共工的兩個傳說，言共工本為水神，而他的高臺卻高達青天，以喻曹魏統治者大興土木之奢侈。據《三國志・魏書》載，魏明帝時大興土木，明帝淫靡奢侈，縱欲無度。黃節也指出了詩中共工臺的用意：「詩雖用共工之臺，然詩意所指，殆鄴中之三臺也。《水經注》曰：鄴城西北有三臺，曰銅雀臺、金虎臺、冰井臺。左思《魏都賦》所謂三臺列峙而崢嶸者也。」（《阮步兵詠懷詩注》）「幽荒邈悠悠，悽愴懷所憐」兩句，詩人的視線從造青天的高臺投向幽遠空荒的四野，不禁愴然有所哀憐。這兩句猶如陳子昂登幽州臺時「念天地之悠悠，獨愴然而涕下」的情境，不過陳詩有「前不見古人，後不見來者」在前，故詩至此戛然而止，而阮詩則進一步表明了詩人的感慨。詩以「所憐者誰子」一問轉入議論，詩人哀憐誰、為何悲嘆呢？「明察應自然」，是說選拔人才應人盡其才，暗諷明帝政由己出，不能得人而用。「應龍沈冀州，妖女不得眠」兩句出自《山海經》，《山海經》載應龍、女魃助黃帝戰蚩尤於冀州之野，戰勝後，女魃居冀州不得升天，冀州不雨，後黃帝遷之於赤水之北。張衡《應問》說到「一介之策，各有攸建」的用人重要性時，曾說「女魃北而應龍翔」，阮籍這兩句詩出《山海經》與張衡《應問》卻反用之，說應龍不飛，沉於冀州；女魃不北，難以成眠，以申說明帝的用人之非。結句「肆侈陵世俗，豈云永厥年」，點明明帝嗜奢肆欲，故無長壽。史載明帝死時，年僅三十六。

運用典故最好能在與原意恰切的基礎上求其活與變。本詩借用、化用、反用了神話傳說，藉以抒懷，故是其長處；但由於一無交代，頗造成後人理解上的歧義多解，則又是此詩的不足。

其三十

【題解】本篇以離別贈友的方式抒懷寫意，一方面表明了詩人遠離名利場去過適性生活的願望；另一方面告誡了朋友勢利之交的短暫。

驅車出門去，意欲遠征行。征行安所如❶？皆棄夸與名❷。夸名不在己❸，但願適中情❹。單帷❺蔽皎日❻，高榭❼隔微聲❽。讒邪使交疏❾，浮雲令晝冥❿。嬿婉⓫同衣裳，一顧傾人城⓬。從容⓭在一時，繁華不再榮。晨朝奄⓮復暮，不見所歡形⓯。黃鳥東南飛⓰，寄言謝⓱友生⓲。

【注釋】❶如　往；去。❷夸與名　當作「夸譽名」，即虛譽名。❸不在己　不屬於自己。❹適中情　使自己的心情安適。❺單帷　單層的帷幕。這裡指讒邪小人。❻皎日　白日。這裡指朝廷。❼高榭　這裡指讒邪小人。榭，建在高臺上的木屋，多為遊觀之所。❽微聲　輕微的聲音。這裡指自己微薄的抗議之聲。❾使交疏使交情疏遠。⑩令晝冥　使白晝也變得昏暗。⑪嫵婉　安順貌。這裡指感情融洽。⑫一顧句　本指美女的容貌能使整個城的人都為之傾倒。這裡用來形容友誼的不同尋常。⑬從容　悠閒舒緩，不慌不忙。此指美好時光。⑭奄　忽然。⑮所歡形　所喜愛的人的身影。⑯黃鳥句　《詩經・小雅・黃鳥》：「黃鳥黃鳥，無集於穀，無啄我粟。此邦之人，不我肯穀。言旋言歸，復我邦族。」意謂自己將要回歸東南的家鄉。⑰謝　告知；說。⑱友生　朋友。出自《詩經・小雅・常棣》：「雖有兄弟，不如友生。」

【語譯】驅趕車馬出門去，打算到遠方去遠遊。遠遊要到哪裡去？其實只想離棄虛誇的名譽。虛誇的名譽並不屬於自己，我只願使我的心情安適。單層的帷幕就可把明亮的白日遮蔽，高高的木屋當然更能隔絕輕微的抗議之聲。讒邪小人使我與朝廷的關係疏遠，這正如浮雲擋住太陽使白晝變得昏暗一樣。感情融洽同衣同裳，友情曾博得全城人的驚嘆。美好時光只有片刻，繁華過後盡是悲涼。從早很快就到了晚上，再也見不到所愛的人的身影。黃鳥回歸向東南飛，臨別時請把這些話告訴我的朋友。

【研析】魏晉易代之際，統治階級明爭暗鬥，互相殘殺，政局險惡。面對得失急驟、生死無常的殘酷現實，阮籍驚懼苦悶，不得不改變其濟世的初衷，以求遠禍避害。這首詩就是藉告別朋友的方式，表達了詩人對「夸名」的否定。

開篇四句即點出詩人出門遠行，目的是要離開爭名逐利的浮華之地。老子云「名與身孰親」，又云「名者實之賓」，所以詩人也感悟到「夸名不在己，但願適中情」，這一方面表現了詩人對夸名的蔑視，一方面表達了詩人要保持自我本性的願望。阮籍本有濟世志，也有強烈的建功立業的願望，因而詩人在這裡否定的不是功名本身，而是功名的異化——誇名。「單帷蔽皎日」四句，用了單帷蔽日、高榭隔聲、浮雲蔽日三個比喻來說明「讒邪使交疏」的現實，讒佞小人的流言中傷、浮言惑議，使得正直者如詩人難有進階的途徑，因而形成誇名蔓延的現實。從開頭至此共十句，主要是寫詩人自己在名利場中的切身感受。接下來的六句是寫「朋友」在名利場中的勢利之交。寫朋友的這種情況，詩人完全採用了比興象徵手法。「嬿婉同衣裳」六句從表面上看是寫友情如膠似漆、美好甜蜜，並感嘆晨朝復暮、繁華難久。這六句的描寫和用意類似於第二十七首，詩人藉此表達的是名利場中士以誇名進、利盡而交疏的現實。結句「黃鳥東南飛，寄言謝友生」中「黃鳥」蓋指詩人自己，語出《詩經・小雅・黃鳥》，《詩經》中黃鳥只有起興作用，「黃鳥」與「我」是分開的。阮籍化用了此詩的語句，將「黃鳥」與「我」合一，藉「黃鳥東南飛」表明詩人將要離開爭名逐利的官場。《楚辭・九章》云因歸鳥而致辭，故詩藉「黃鳥東南飛」連及而言「寄言謝友生」，詩人將遠離官場，並將這一番話送給朋友，含有告誡之意。從結句我們又可體會到阮籍運用典故的高超，達到了化用、融合典故而不露痕跡的藝術境界。

值得一提的是，這裡的「友生」是不是阮籍的朋友呢？阮籍是以「青白眼」著稱的，對自己瞧不順眼的人示以白眼，何以把以勢利相交的人視作朋友呢？我們不必坐實，這裡的「友生」可以看作是阮籍用以表達自己思想感情的一種方式而已。阮詩中表示對名利的蔑棄的詩較多，這首詩借離別贈友的方式來抒懷寫意，可謂別具一格。

其三十一

【題　解】本篇也是一首借古諷今之作。多數學者認為詩人在這裡以「大梁」隱喻曹魏政權，以「梁王」隱喻魏明帝。魏明帝後期歌舞荒淫，不知居安思危，詩人此詩就是有感於此而發。全詩表現了詩人對曹魏政權的惋惜與憂慮之情。

駕言❶發魏都❷，南向望吹臺❸。簫管有遺音❹，梁王❺安在哉？戰士食糟糠，賢者處蒿萊❻。歌舞曲未終，秦兵已復來❼。夾林❽非吾有，朱宮❾生塵埃。軍敗華陽❿下，身⓫竟為土灰。

【注釋】❶言　語氣助詞。❷魏都　指戰國時魏國都城大梁，地在今河南開封。詩人在這裡以「大梁」隱喻曹魏政權。❸吹臺　相傳為春秋時師曠吹樂之臺。戰國時，魏惠王（即梁惠王）曾宴請諸侯於此臺。也稱繁臺、范臺。此臺故址今在開封東南。❹遺音　魏王宴樂時遺留下來的樂曲聲。❺梁王　即魏王。西元前三六一年，魏惠王遷都大梁，從此魏王亦稱梁王。這裡其實是影射魏帝。❻蒿萊　野草。此句言賢達之士窮居草野。❼秦兵句　戰國末期，秦兵曾屢入魏國，占領其土地，至西元前二二五年，秦遂滅魏。❽夾林　魏都附近的園林，在吹臺之南。❾朱宮　指吹臺一帶的宮殿。因古時宮牆多塗以朱紅色，故稱。❿華陽　古地名。《史記正義》引司馬彪注曰：「華陽，亭名，在洛州密縣。」即今河南鄭縣東。西元前二七三年，秦兵圍大梁，破魏軍於華陽，魏割地求和。⓫身　此指當年宴樂於吹臺之上的魏王。

【語譯】驅車前往魏國的古都大梁，我向南矚望當年魏王宴樂諸侯的吹臺。耳邊似乎還回響著簫管的餘音，而當年的魏王如今又何在？他讓勇武的戰士吃著糟糠，使聖賢之人默默無聞潦倒在草萊。那美妙的輕歌曼舞一曲未終，虎狼般的秦兵又再次兵臨城下。從此夾林再也不屬大魏所有，華麗的宮殿也早已被塵土掩埋。魏軍在華陽城下全軍潰敗，魏王那高貴的身軀，也早已化為塵埃。

【研　析】魏明帝末年歌舞荒淫，對司馬氏的野心勃勃不知警惕，阮籍針對現實進行批判，抒發感慨。詩人由憑弔吹臺遺址而想到戰國魏王排斥賢才、輕視軍備，一味追求歌舞歡樂，最後導致國亡身滅的結果，從而感慨紛生，揮筆而書，希望魏明帝能借鑑前人，有所改正，不使政權旁落。

詩篇前二句寫駕車從魏都出發，往南去憑弔吹臺。起引文作用，引發感慨。中間六句寫史，寫漫步吹臺所感受的歷史遺音，當年魏王的所作所為彷彿歷歷在目。這中間一步緊扣一步地揭露出亡國的原因是不知養兵用賢。後四句寫國破家亡的慘象，景非人亡。阮籍對歷史進行沉重的反思，對帝王進行勸諫。用國君貪圖享樂不知養兵用賢終遭身死國亡的慘禍總結了歷史教訓，借詠史諷諭曹魏政權，予以警策。

本詩最大的特色是一首懷古詠懷詩，這是與其他詩篇所不相同的。詩人借古諷今，以歷史來告誡現實。作者先敘後議，寄興託諷，以典故暗示時局。詩人以寫賦的筆法寫詩，氣勢宏大，結構銜接連貫，感情抒發一氣呵成。陳沆《詩比興箋》云：「此借古以喻今也，明帝末年，歌舞荒淫，而不求賢講武，不亡於敵國則亡於權奸，豈非百世殷鑒哉！」正是對此詩較為正確的評價。

其三十二

【題　解】本詩感嘆盛衰無常，年華易逝，天道悠悠，因而願意效法仙人或隱士去學仙或隱居遁世。

這是一首抒發詩人人生追求的詩。

朝陽不再盛❶，白日忽西幽❷。去此若俯仰❸，如何似九秋❹？人生若塵露❺，天道❻邈悠悠❼。齊景升丘山，涕泗紛交流❽。孔聖臨長川，惜逝忽若浮❾。去者余不及，來者吾不留❿。願登太華山，上與松子遊⓫。漁父知世患，乘流泛輕舟⓬。

【注　釋】❶不再盛　太陽一天之內不會有兩次旺盛。❷幽　潛隱。❸去此句　一天的離去非常短暫。此，這裡指太陽最旺盛的時刻。俯仰，形容時間的短暫。❹九秋　秋天有九十天，故稱九秋。❺塵露　灰塵和露水，這裡比喻微賤而短暫。❻天道　天地運行的規律。❼悠悠　長遠，悠遠。❽齊景二句　《晏子春秋・內篇・諫上》：「(齊)景公遊於牛山，北臨其國而流涕曰：『若何滂滂去此而死乎！』」齊景，春秋時齊景公。丘山，即齊國都城臨淄南面的牛山。涕泗，眼淚和鼻涕。❾孔聖二句　《論語・子罕》曰：「子在川上，曰：『逝者如斯夫！不舍晝夜。』」浮，這裡指順流漂浮。❿去者二句　化自《楚辭・遠遊》曰：「往者余弗及兮，來者吾不聞。」這兩句是說已經過去的時光我已經不能再追趕，未來的我也無法挽留它。說明一切都將很快地過去。⓫願登二句　說明希望學仙，跟隨古仙人赤松子超脫塵世。⓬漁父二句　《楚辭・漁父》：「屈原既放，遊於江潭，行吟澤畔。顏色憔悴，形容枯槁。漁父見而問之曰：『子非三閭大夫歟？何故至於斯？』屈原曰：『舉世皆濁我獨清，眾人皆醉我獨醒，是以見放耳。』漁父曰：『聖人不凝滯於物，而能與世推移，……』莞爾而笑，鼓枻而去。」泛，漂浮。

【語　譯】初升的太陽一天之內不會兩次旺盛，白日會迅速地向西潛隱。盛時的離去就如同人一俯一仰般的快速，怎麼會像九秋般的漫長？人生好似塵埃和晨露，天道的運行竟是如此長悠悠。齊景公登上牛山不禁傷懷，涕泗交流紛紛而落。孔子面對長河也不禁感嘆光陰的飛逝。已經過去的時光我不能再追趕，未來的時光我也無法挽留。多麼希望登上太華山與神仙赤松子相交遊。也願意像知道世間憂患的漁父那樣，乘著流水去泛舟。

【研　析】詩人痛感於魏晉易代之際統治集團內部的矛盾鬥爭愈來愈殘酷激烈，深深為曹魏統治的前途與個人的命運表示擔憂，但迫於形勢，為避禍全身，阮籍只能以曲折隱晦的方式來發泄內心的憂患與憤懣。此詩正是基於此而作的。

詩歌的開頭兩句從象徵時光流逝的白日寫起，表現出光景西馳，白駒過隙，盛年流水，一去不再的憂生感懷。「去此」八句又以朝暮的變化如俯仰之間的迅速來比喻世事變幻的不可測量。以「如何似九秋」與之對比，形成鮮明反差，寄託了對曹氏的憂傷懷念。此四句為全詩詩意所在，籠罩全篇，統攝下文。

「人生若塵露」與「天道邈悠悠」沿承上文意思，以瞬間變化的沙塵露水比喻人生無常，與永恆的天道相比，曹魏政權也不過是其中渺小的塵埃而已，頃刻便消亡了。這裡也揭露了曹魏政權的黑暗腐朽。而下面四句，詩人運用齊景公惜命與孔子傷逝兩個典故，極寫人生與國運的短促，也是比附曹魏盛世已逝不可挽回的時局，寄託了對魏國行將喪亡的哀惋。

末尾六句，詩人轉入對個人命運的思考，「去者」二句化用《楚辭》中語句，表達了自己再不能追隨曹魏王朝的無可奈何的悲傷和不願為司馬氏政權效力的態度。後四句點明詩人探索的出路，即學仙以超脫塵世的出世之路。詩人借赤松子、漁父的志向反映了自己避禍、保身，不甘與世俗同流合污的決心。然而這一切只不過是一時的幻想，最終詩人還是要回到自己筆下描繪出來的無情的現實世界。

全詩的情調格外沉痛。語言看似冷淡，但表現出無比熾熱的情感。此首詩運用神話、典故、比興和雙重寓意的寫法，致使其旨晦澀遙深，難以理解。譬如首句中「朝陽」、「白日」，就具有雙重寓意，不僅象徵時光倏忽，而且寄存曹魏由盛趨於衰亡，一去不返，終將亡滅的深層寓意，將人生與國運的感嘆交織在一起，雙重含意互相交叉、互相生發，如不細細品味，是體察不到其中滋味的。

其三十三

【題解】本篇是一首充分展現詩人畏世慮禍心情的詩作，是詩人在魏晉易代之際、司馬氏獨操生殺大權的嚴酷時期內，真實生活處境和特有心情的寫照。

一日復❶一夕，一夕復一朝。顏色改平常，精神自損消❷。胸中懷湯❸火，變化❹故相招❺。萬事無窮極❻，知謀❼苦不饒❽。但恐須臾❾間，魂氣隨風飄❿。終身履薄冰⓫，誰知我心焦⓬？

【注釋】❶復 又；再。❷顏色二句 言容貌改變了原來的狀態，逐漸衰老，相應地人的精神元氣也自然有了很大的損耗。❸湯 熱水。形容心裡極端不平靜。❹變化 指肉體和精神的變化。❺招 招致。這裡有「連結」的意思。❻極 一作理。❼知謀 智慧謀略。知，通「智」。❽饒 多；豐足。❾須臾 片刻。❿魂氣句 猶言死亡。⓫終身句 《詩經・小雅・小宛》：「戰戰兢兢，如臨深淵，如履薄冰。」行走於薄冰之上，形容身處險境，一舉一動都不得不小心謹慎。⓬心焦 心急；心痛。

【語譯】白天過了又是夜晚，夜晚過了又是早晨。容顏就這樣日漸憔悴衰老，精神也相應地自然損耗不少。胸中好像懷著滾水和烈火一樣難受，肉體和精神的變化本來就是相伴而行的。世間萬事沒有窮盡，苦於自己智慧謀略不足難以應付。只怕瞬息之間，禍從天降，靈魂隨風飄散。這一生終日戰戰兢兢，好像行走在薄冰之上，然而又有誰能明白我的焦慮心情呢？

【研析】本詩通過對青春衰退的感嘆和對苦悶、壓抑心情的抒寫，反映了當時魏晉易代的黑暗現實，塑造了一個容顏消損、日漸蒼老，終日戰戰兢兢苟活於世的抒情主人公的形象。這首詩凝結著處於曹魏與司馬氏政治爭奪的夾縫中飽受政治威脅的恐懼和壓抑之情。從這首詩中，我們可以了解為什麼司馬師說詩人出言至慎的原因，也可看到詩人行為放達、飲酒羨仙之類的行為，完全是不得已而為之，是因為「誰知我心焦」，「知謀苦不饒」。詩中也帶上了老莊色彩，表現為生命的憂慮，感嘆時日短暫，生命的短促，對死亡充滿理性的探索。

這首詩在藝術表現上頗為獨到，辭約而義豐，語言雖簡明扼要，但其率直的抒情，卻也塑造出極具形象性的詩句。詩歌從一開始就著力勾勒滿腹憂愁、容顏漸衰的詩人形象，平直中卻具有強烈的感染力。而這一切全借助於詩人在修辭、句式上追尋新意的探索。如全詩首二句「一日復一夕，一夕復一朝」，此二句回環往復，頗具新意，將作者內心複雜的憂傷和苦悶表現得淋漓盡致，增加了藝術感染力。全詩以舒緩、深沉的平聲韻一韻到底，令人讀來平添不少壓抑感，更為真切地反映出詩人的坎坷處境。

其三十四

【題　解】此篇詩人在為自己的衰老悲哀之際，又為友人的逝去而痛苦，最後以鄙棄現實作為解脫之道。

一日復一朝，一昏復一晨。容色改平常，精神自飄淪❶。臨觴多哀楚❷，思我故時人。對酒不能言，悽愴❸懷酸辛。願耕東皋❹陽，誰與守其真❺？愁苦在一時，高行傷微身。曲直何所為？龍蛇為我鄰❻。

【注　釋】❶飄淪　飄零、衰頹。❷臨觴句　此句是說看到酒杯想起昔日的朋友。觴，盛有酒的杯。❸悽愴　悲感。❹東皋　田野或高地的泛稱。❺守其真　即指保持自然的生命態度。《莊子・漁父》：「客悽然變容曰：

『……謹修而身，慎守其真，還以物與人，則無所累。』孔子楸然曰：『請問何謂真？』客曰：『真者，精誠之至也。……真在內者，神動於外，是所以貴真也。』」❻曲直二句　典出《左傳》：「深山大澤，實生龍蛇。」曲直，是非曲直。龍蛇，比喻非常之人。

【語　譯】一天又一天，一夜又一晨。容顏膚色已經改變，精神更覺衰退。面對著酒杯我頓生哀傷，禁不住思念昔時的友人。握著酒杯不能再說什麼，心中悲傷而滿懷辛酸。我願意到田野上去耕種，可是有誰會和我一起去呢？憂愁與痛苦不過是一時的東西，高潔的行為會傷害自己。何必為是非曲直而痛苦？隱逸深山，自有非常之人相伴為鄰。

【研　析】在這首詩裡，阮籍通過對自己悲哀的抒發哲理性地追求一種解脫的途徑。

詩的前半部分為抒情，從開頭至「悽愴懷酸辛」，將年歲流逝，友人逝去的痛苦，層層深入地表現出來。起首四句類似於第三十三首的開端，雖看似平淡，但其中複雜的鬱結心情極為形象地展現出來。其後轉入對友人的思念，表示詩人除了衰老外，還很寂寞，而這也預示詩人已經深切感受到死亡迫近的恐懼感，因而會發出「對酒不能言，悽愴懷酸辛」的感嘆。

詩的後半部分基於以上現實，展開對哲理的思考。詩人在表達自己意願的同時，也就是將解脫之道顯示了出來，「守其真」即要保持自然的生活態度，只要這樣，衰老與死亡就不再是威脅。接下去的四句則更是對這種生活態度的進一步申述。詩人認為愁苦不過是一種短暫的東西，為其所累，實在不值得，而他又否定了高潔的行為，主張強究是非曲直沒有意義，只有歸隱深山，離棄現實，才是最佳的出路。

因此我們說這首詩的哲理思考是阮籍基於社會現實而闡發的。這也可以解釋其思想為什麼會有由儒入道的變化。全詩得出一種結論：一切都是短暫的，是非曲直沒有差別。這是一種虛無的哲學觀點。

其三十五

【題解】本篇表現了詩人遷逝之悲與遊仙之思，反映了詩人對生命價值失落的深深憂懼與焦灼。

世務❶何繽紛❷，人道❸苦不遑❹。壯年以時逝，朝露待太陽。願攬
羲和❺轡❻，白日不移光。天階❼路殊絕❽，雲漢❾邈無梁。濯髮暘谷❿濱，
遠遊崑岳⓫傍。登彼列仙岨⓬，採此秋蘭⓭芳。時路⓮烏⓯足爭？太極⓰可
翱翔。

【注釋】❶世務　世間的事務。❷繽紛　雜亂貌。❸人道　人間的謀生之道。❹不遑　無暇；沒有閒暇。❺羲和　神話人物，駕日車的神。〈離騷〉：「吾令羲和弭節兮，望崦嵫而勿迫。」❻轡　駕馭牲口的勒口和繮繩。❼天階　即泰階，古星座名，即三臺，上臺、中臺、下臺共六星，兩兩並排而斜上，如階梯，故名。引申為成仙得道。❽殊絕　斷絕；隔絕。❾雲漢　銀河；天河。❿暘谷　神話傳說中日出之處。《楚辭．遠遊》：「朝濯髮於暘谷兮。」⓫崑岳　即崑崙山。古代神話傳說，崑崙山上有瑤池、閬苑、增城、玄圃等仙境。岳，高大

的山。⓬岨　通「砠」。覆蓋有薄土的石山。⓭秋蘭　秋天的蘭草，古人採此為佩，以表高潔。⓮時路　當今的世路。⓯烏　何。⓰太極　宇宙創始之初的混沌原始之氣，古人認為這是產生萬物的根源。

【語　譯】世務如此繁雜，為人苦無閒暇。壯年隨時間逝去，就像早晨的露水，太陽一出來，便消失不見。多希望能挽住羲和駕馬的繮繩，讓太陽不再移動輝光。但是升天之路已經斷絕，銀河邈遠又沒有橋梁可通。於是我只能在太陽升起的暘谷之濱浣洗頭髮，遠遊到崑崙山旁。登上那些眾仙居住的仙山，採擷秋蘭佩戴在身上。當今世路有什麼可爭逐的呢？茫茫太極可以讓我們自由自在地翱翔。

【研　析】此篇表現了詩人遊仙之思。阮籍的詩在表現上有一個鮮明的特徵是，整首詩基本上分為兩個部分，且這兩部分形成鮮明的對照與反差，以表現詩人鮮明的情感傾向，這表明詩人一種思想的出現，總是伴隨著強烈的思想衝突。這首詩表現的遊仙之思也是詩人在感受到生命短暫和對世事不滿之後的一種精神超越。

「世務何繽紛，人道苦不遑」，開篇兩句就道出了世務繁雜、人生無暇，這並不同於現代人的節奏加快、事務纏身。聯繫阮籍所處的動亂年代，那些雜亂繁多的世務，往往是人難以預料，非個人所能左右的，而在司馬氏統治下，詩人往往又做些自己不願做的違心之事，因此這兩句以平常事反映了詩人對時政的不滿與牢騷，而人生美好時光就在這種紛亂繁雜的世務中消逝了。在許多詩中，阮籍都表現出一種遷逝之悲，這種遷逝之悲往往是以個體在社會中生存價值的失落作為觀照的，因而這種遷逝之悲，表面上是對生命消逝的憂懼，實質上是對生命價值無法實現的焦灼。

在這種憂懼與焦灼的擠兌之下，詩人突發奇想：「願攬羲和轡，白日不移光」，欲上天拉住為太陽駕車的羲和手中的繩轡，讓太陽不動，時光永駐。但這只不過是一種浪漫的奇想，詩人也深知「天階路殊絕，雲漢邈無梁」，可見這又從上天無路、攔日不成寫出了不可抗拒的生命流逝之悲。但上天無路，遊仙可成。從「濯髮暘谷濱」以下轉為詩的第二部分遊仙的描寫。詩人濯髮暘谷、遠遊崑崙、登仙山、採秋蘭，表現了詩人遠離世俗，保持高潔，不與世俗爭逐，與道周始翱翔的美好願望。可以看出第二部分表現的遊仙之思，是對第一部分表現的遷逝之悲的超越。「時路烏足爭」句透露出詩人的生命價值無法在現實中實現的憤懣。陳祚明曰：「志有必爭，而委之不足爭」，可以說是不僅一語道破了這句詩的深意，同時還道破了遊仙背後的巨大失落。事實上，詩人的遊仙也會像升天無成一樣難以實現，因而這種遊仙只不過是類似於莊子逍遙遊式的「心遊」，是一種精神對現實的超越。

此篇語言淺近，意象明晰，詩意也易理解。遷逝之悲與遊仙之思形成對照，遷逝之悲促成了遊仙之思，而遊仙之思則又是對遷逝之悲的超越，而這二者又都是表象，背後蘊藏著詩人對生命價值失落的深深憂懼與焦灼。

其三十六

【題解】本篇表達了詩人逍遙終生的達觀態度，並以此寄言親朋。

誰言萬事艱？逍遙❶可終生。臨堂❷翳❸華樹，悠悠❹念無形❺。彷徨❻思親友，倏忽❼復至冥❽。寄言東飛鳥❾，可用慰我情。

【注釋】❶逍遙　亦作「逍搖」，優游自得，安閒自在的樣子。❷臨堂　臨近中堂的地方。這裡指堂前。❸翳　遮蔽。❹悠悠　閒適貌。❺無形　指生命未開始之前的狀態。❻彷徨　徘徊。❼倏忽　疾速，指極短的時間。❽冥　昏暗。❾寄言句　古人認為飛鳥能夠給人們帶信。寄言，寄語；寄信。

【語譯】誰說世間萬事艱難？優游自得自可度過一生。堂前遮蔽著繁茂的華樹，悠然閒適想起生命原本是「無形」。徘徊堂前，思念遠方的親朋好友，不知不覺轉眼又到了傍晚。託東飛的鳥兒帶個信兒，藉以慰撫我思念的情懷。

【研析】《莊子・逍遙遊》曰：「今子有大樹，患其無用。何不樹之於無何有之鄉，廣莫之野。彷徨乎無為其側，逍遙乎寢臥其下，不夭斤斧，物無所害者，無所可用，安所困苦哉！」《莊子》此段表達意思是說思其有用，就有所痛苦；無所可用，也就無所困苦。阮籍此處就用詩的形式，表達了莊子這種處世哲學。

開篇「誰言萬事艱？逍遙可終生」兩句，是說人人都說世事艱難，可是在詩人看來以逍遙自得處世，萬事再難也易，並且可以終其一生。這裡的「誰言」與詩最後寄言親友來看，也許是親友向阮籍訴說世事的艱難，詩人藉以開篇。「臨堂翳華樹，悠悠念無形」兩句，繼續化用莊義。華樹濃蔭茂密，覆蓋堂前，詩人寢臥其下，悠然閒適，想起生命的無形無生。曾國藩曰：「無形，言無生之始也。非徒無形也，而本無生。」生命本無所謂有，無所謂無，可見這是對生命終始的哲學思考，也是「逍遙可終生」處世態度的哲學依據。詩的後四句寫詩人思念親友，不覺已迫黃昏，只好讓東飛的鳥兒捎上一封信，以撫慰詩人思念的情懷。表面上看這四句是思念親友，但思念親友與前面四句表達的「逍遙可終生」的人生態度有怎樣的聯繫呢？開篇的「誰言」，我們聯繫整首詩已分析過是指親朋所言，親朋向阮籍訴說世事艱難，阮籍的反應是逍遙終生。詩人思念親友，也思考著親友的訴說，不覺至冥，只好寄言親友。阮籍「寄言」的內容是什麼呢？詩人沒有明言，但是我們可以從整首詩來推測，所寄之言就是詩人「逍遙可終生」的人生態度，藉此勸慰親友，達觀一些，逍遙一些，親朋若能這麼去做，或許可以撫慰詩人思念親友的情懷。

此篇應可說是詩人化用莊義達己達人之作，如果把此篇僅看作是思念親友之作，整首詩不免有割裂之感。

其三十七

【題解】本篇是思友之作。此詩言天時既嘉，道路無塵，而朋友不來的失望苦悶心情。也表現了詩人身處亂世找不到一個真心好友的孤寂情懷。

嘉時❶在今辰，零雨❷灑塵埃。臨路❸望所思，日夕復不來。人情有感慨，蕩漾❹焉能排❺？揮涕懷哀傷，辛酸誰語哉！

【注　釋】❶嘉時　美好的時光。❷零雨　慢而細小的雨。❸臨路　面對長路。❹蕩漾　思想情緒起伏波動。❺排　排除；消除。

【語　譯】美好的時光就在今朝，細雨濛濛飄灑在塵埃上。面對長路我遙望思念的人兒，誰知他直到日頭落山也沒來。感傷失望的情緒起伏不定，又如何能排遣？揮灑熱淚心懷悲傷，滿腹的辛酸又能向誰訴說！

【研　析】本篇描寫的是良辰佳時與「所思」相約，而「所思」未能前來所引起的哀傷。開頭兩句，寫天時既嘉，道路無塵，一切都是那麼美好。美好的環境、氛圍襯托出詩人期待「所思」的美好心境。「臨路望所思，日夕復不來」兩句寫出了詩人臨路翹首以望的迫切心情，而「所思」日落時還不前來，也可見出詩人等待之久。熱切期待之情、久待而不見的焦灼，都為下面四句抒發由此而引起的不能排遣、無人告訴的辛酸悲傷蓄勢。從感情的表達上來看，前後四句形成鮮明對照，這不僅寫出了望「所思」而「所思」不至的失望、愁苦，而且寫出了隱藏在背後的世無知音的孤寂。這也許是身處亂世的阮籍，愁苦、孤寂心靈表白的一種方式。

對「所思」的不同理解，可以對這首詩生發出不同的寓意。宋玉〈高唐賦〉曰：「揚袂鄣日而望所思。」《漢樂府・有所思》云：「有所思，乃在大海南。」詩歌中「所思」一般都用於愛情中對對方的指稱。阮籍這首詩，就詩論詩而言，這裡的「所思」也未嘗不可以當作「心愛的人」來理解，把這首詩當作愛情詩來看。但香草美人的比興象徵手法，使得詩人創作時往往借愛情而言他。這也造成了後人香草美人的闡釋意識，理解時有意無意地往更深一層去推測，甚至於對一些純粹的愛情詩做出了穿鑿之論。不過阮籍這首詩中的「所思」也許正如曾國藩所說的那樣「似有所指」。曾國藩云：「天之道陰求陽，陽求陰。人之道男求女，女求男，情也。古人以不遇為不偶，《詩》〈騷〉之稱美人，皆求君求友也。此詩之望所思，亦求友之意，似有所指。言天時既嘉，道路無塵，而美人不來，能無感慨？」曾國藩把「所思」理解為「朋友」，「望所思」為「求友」，似乎更能恰切地理解詩人身處亂世找不到一個真心好友的孤寂情懷。

其三十八

【題解】本篇塑造了「雄豪傑士」形象，藉此抒發了詩人積極進取希望有所作為的志向，與詩人早年服膺儒術的思想有關。據《晉書‧阮籍傳》記載，詩人曾寫過〈豪傑詩〉，這首或許就是其中之一。

炎光❶延❷萬里，洪川❸蕩❹湍瀨❺。彎弓掛扶桑❻，長劍倚天外❼。
泰山成砥礪，黃河為裳帶❽。視彼莊周子❾，榮枯❿何足賴⓫。捐身⓬棄
中野⓭，烏鳶⓮作患害。豈若雄傑士，功名從此大！

【注釋】❶炎光　日光。❷延　蔓延。❸洪川　大河。❹蕩　蕩滌；清除。❺湍瀨　水淺流急處。❻扶桑　神話中的樹名。相傳為日出之處。❼天外　九天之外。此二句寫建功立業的豪情壯舉。❽泰山二句　砥礪，磨

石，粗者為礪，細者為砥。裳帶，束下裳的腰帶。二句典出《史記・高祖功臣侯者年表》：「使河如帶，泰山若厲。國以永寧，爰及苗裔。」❾莊周子　指莊子。莊子是戰國時期道家學派的著名思想家，主張順應自然，服從天命，淡化和齊同了萬物的界限和差別。❿榮枯　喻政治上的得志和失意。⓫賴　依靠；憑藉。⓬捐身　拋棄屍身。⓭中野　荒野之中。⓮烏鳶　鳥名，即烏鴉和老鷹。《莊子・列禦寇》：「莊子將死，弟子欲厚葬之。莊子曰：『吾以天地為棺槨，日月為連璧，星辰為珠璣，萬物為齎送，吾葬具豈不備邪？何以加此？』弟子曰：『吾恐烏鳶之食夫子也。』莊子曰：『在上為烏鳶食，在下為螻蟻食，奪彼與此，何其偏也。』」這四句是說，莊子雖然達觀，以為窮達不足依賴，但畢竟屍身不免為烏鳶所食。

【語　譯】日光照耀，輝映萬里，大河奔騰激蕩湍瀨。把巨大的彎弓掛在扶桑之上，把長劍直倚在九天之外。使泰山成為磨石，教黃河成為束下裳的腰帶。看一看那位莊周先生，他認為人的困頓和顯達是不足依賴的。他雖然達觀，但是拋棄屍身在荒野之中，仍然不免為烏鳶所食。怎像我們的這位雄傑勇士，功名從此發揚光大！

【研　析】詩歌以宏大的氣魄開始，向讀者描繪出詩人心目中「雄傑士」的偉大形象。起首二句描寫太陽普照萬里，大河浩浩蕩蕩，為雄傑士的出場，營造了一個無比壯闊的活動空間。接著以誇張及象徵的手法，描繪了雄傑士「彎弓掛扶桑，長劍倚天外」的壯舉，而「彎弓」、「長劍」、「扶桑」、「天外」的形象組合，就增強了「雄傑士」的壯偉之感。與之相較，巍巍泰山卻小得如同一塊磨刀石，滔滔黃河卻窄得像一條衣帶。這裡巧妙地化用了《史記・高祖功臣侯者年表》中「使河如帶，泰山若厲。國以永寧，爰及苗裔」的誓詞，在舊義上賦予新意，烘托出「雄傑士」永垂不朽的偉大功績。「雄傑士」在這裡可說是詩人自我理想的體現，詩人是借此形象表達了自己渴望建功立業的志向。

在充分描寫了「雄傑士」的壯舉與志向後，詩轉入對莊周人生態度的否定。莊周雖然達觀，但是死後屍身棄置荒野，不免為烏鳶所食，因而認為莊周齊萬物等生死的人生態度，是不值得依賴的。在許多詩中，莊周達觀的人生態度，都是作為阮籍的精神支柱加以推崇的，這首詩對此加以否定，顯然來自於與「雄傑士」的比較，「豈若雄傑士，功名從此大」，「雄傑士」即使死後也能名垂青史，澤被後人。阮籍的詩中，一首詩所表達的思想，往往是詩人思想衝突昇華之後的反映。有時道家戰勝儒家則崇道，此詩則是儒家的功名思想戰勝了道家的超越態度。其實在阮籍骨子裡儒家濟世思想還是占主導地位，那些表現對道家思想推崇的詩往往是詩人壯志難酬時的一種精神寄託罷了，這樣我們也就不難理解為何這些詩總是夾雜著許多愁悶不平之氣。還有在這些詩中表現的對儒家「功名」的否定，其實不是否定「功名」本身，而是否定異化了的「功名」。理解了儒、道思想在詩人心中的交織、衝突、沉浮，我們也就易於理解阮籍此詩對莊周達觀的人生態度所持的否定態度了。

在藝術上，此詩把萬里炎光、湍瀨洪川、扶桑彎弓等一系列雄偉的景象交織在一起，並使用典故將寫景與說理巧妙結合，取得了虛實結合的藝術感染力。

其三十九

【題解】本篇藉讚頌一位胸懷大志、受命出征、不顧己私、為國效力的壯士形象，充分展現了詩人性格中慷慨激昂、積極進取的另一面。主旨與上一首基本相同，或許也是詩人〈豪傑詩〉中的一首。

壯士何慷慨❶，志欲威八荒❷。驅車遠行役❸，受命念❹自忘。良弓挾烏號❺，明甲有精光❻。臨難不顧生❼，身死魂飛揚❽。豈為全軀士❾？效命❿爭戰場。忠為百世榮，義使令名⓫彰。垂聲謝後世⓬，氣節故有常⓭。

【注　釋】❶慷慨　意氣激昂。❷八荒　八方荒遠的地方。❸行役　服役。❹念　私念。這裡指顧惜自己生命的私念。❺烏號　良弓名，又說是黃帝升仙時所墜之弓。❻精光　日月之光。❼顧生　顧惜自己的生命。❽身死魂飛揚　古人認為魂魄是肉身的精氣。魂魄離身，即肉身死亡。飛揚，飄揚；飄蕩。❾全軀士　指只求保全自身貪生怕死的人。❿效命　捨命報效。⓫令名　美名。⓬垂聲謝後世　流傳聲名告知後世。垂，流傳。謝，告訴；告知。⓭常　永恆不變的道理、準則。

【語　譯】有位壯士志氣是多麼地激昂，立志要為國威振八荒。駕車遠行從軍服役，一旦接受命令就把自己的私心雜念全部遺忘。手中拿的良弓是烏號，身上披掛的盔甲閃閃有日月之光。面臨危難奮不顧身，身雖戰死但靈魂高高飄揚。哪能做那貪生怕死的懦士？捨命報效爭拚在戰場。他的忠誠是百世的榮耀，他的正義使他的美名顯彰。他的聲名流傳後世，告訴後人，氣節本來就是人應該遵守的綱常。

【研　析】此篇與其三十八同為風格雄渾、氣勢壯闊的佳作，其反映的主題也是詩人的偉大志向，是阮籍「濟世志」的最好體現。

全詩以激昂的情緒，歌頌英雄建功立業。起首即以高亢的慨嘆點題，讚頌壯士「欲威八荒」之志，雄傑壯闊。「驅車」以下八句具體描寫壯士「威八荒」的濟世豪氣。從壯士受命忘身、驅車遠行，寫到壯士挾弓披甲、臨難不顧、效命戰場的壯舉，詩體章法嚴謹，渾然有力，跌宕起伏，充分展示了壯士意氣風發、為國赴難的英姿及慷慨激烈的情懷。末尾四句收結全詩，點明壯士以忠義為節，標榜後世，流名千古的主題，使全篇貫穿一氣，且辭義壯逸，充滿建安風力的特點。

這首詩在藝術表現上與其他各詩也頗為不同，其抒情方式屬於直抒胸臆，激昂奔放，沉著痛快。且詩歌辭義簡約，明白曉暢，節奏感強，更增加了其藝術感染效果。

其四十

【題解】本篇是一首帶有濃郁遊仙氣息的玄言詩。詩人從天象的運行變化，感嘆人生的短暫和渺小，表現了詩人在黑暗塵世中，急欲衝破塵網，遁世隱居的願望。

混元❶生兩儀❷，四象運衡璣❸。曒日❹布炎精❺，素月垂景暉❻。晷度❼有昭回❽，哀哉人命微。飄若風塵逝，忽若慶雲❾晞❿。修齡⓫適⓬余願，光寵⓭非己威⓮。安期⓯步天路，松子⓰與世違⓱。焉⓲得凌霄翼，飄飄登雲湄⑲？嗟哉尼父⑳志，何為居九夷㉑！

【注釋】❶混元　天地形成之初的原始之氣。即太極。❷兩儀　天地。《周易・繫辭上》：「是故太極生兩儀，兩儀生四象，四象生八卦。」❸四象句　即「衡璣運四象」。衡璣，分別為北斗七星的第五、第三星。這裡泛指天體。四象，指春夏秋冬四季的景象。運，運行；運轉。這句是說天體的變化運轉著春夏秋冬四季的景物變化。❹曒日　明亮的太陽。❺炎精　日光。❻景暉　光輝。❼晷度　日規的刻度，是古代人們用來測定時間和季節的器具。❽昭回　日月星辰之光隨天體運行而回轉，所以形成晝夜和四季。❾慶雲　五色雲，古為祥瑞之氣。❿晞　晒乾。⓫修齡　長壽。⓬適　適合。⓭光寵　榮耀。⓮威　威嚴。這裡指權勢和力量。⓯安期　即安期生，古之仙人。⓰松子　即赤松子，也是古之仙人。⓱違　遠離。⓲焉　哪裡。⓳雲湄　猶指雲的邊際。湄，岸邊，水和草相接的地方。⓴尼父　指孔子。《禮記・檀弓》：「魯哀公誄孔丘曰：『天不遺耆老，莫相予位焉。嗚呼！哀哉！尼父！』」㉑九夷　古代東南少數民族的統稱。《論語・子罕》：「子欲居九夷。」孔子在中原沒有受到重用，所以他一怒之下想到蠻夷之地去推行他的一套政治措施。

【語　譯】混沌之氣生成天地，天體的變化運轉著春夏秋冬四季景象的變化。白日布滿陽光，明月灑下潔白的光輝。日規的刻度記載了日月的運行變化，我哀嘆人的生命是如此微小！就像風中的塵埃一吹而過，又好似五彩的祥雲瞬息晒乾。長壽適合我的心願，榮耀卻不是我的威權。安期生在天路上散步，赤松子遠離塵世。哪裡能得到一雙能凌越雲霄的翅膀，使我四處飄搖登上那雲彩的邊際？我真的感嘆孔子不能得志的憤懣之情，而何以要去九夷之地避世而居！

【研　析】本篇表達的求仙延壽的思想感情與第三十五首基本相同，不過此篇玄言的氣息更濃。阮籍的求仙延壽之思往往伴隨著深重的遷逝之悲與憂生之嗟，此篇也不例外，如詩中「哀哉人命微，飄若風塵逝，忽若慶雲晞」的描寫就是。造成這種生命悲嘆的原因有多種，有直接的、有間接的，但是歸根結柢還是來自於詩人對宇宙對人生的認識。這首詩前五句從太極生兩儀，兩儀生四象的哲學高度來觀照天體、萬物的運行變遷，白日布光、素月垂輝，日月時時刻刻都在遷流變化。令人悲嘆的是，人的生命在宇宙中卻顯得格外短暫、渺小，這是不是意味著詩人從人生短暫中悟出天象雖變其實卻永恆不變的規律呢？體悟到了人生的短促並不意味著徹底的悲觀，詩人就滋生起「余願修齡」，即希望延年長壽的想法，這種對個體生命的看重，來自於詩人對世俗的「光寵」——即博取尊官厚祿的光宗耀祖的生活道路的否定。其實，這種否定從深層上看，也來自於阮籍自我社會價值失落的憂憤。那麼如何才能延年長壽呢？「安期步天路，松子與世違。焉得凌霄翼，飄颻登雲湄」，詩人要學安期生、赤松子，遺落世事，學道成仙。詩至此似可結束，但最後又詠嘆出「嗟哉尼父志，何為居九夷」的詩句，孔子不得志於世，避居九夷，實尚有志於世。阮籍的悲嘆，再次說明了詩人的學道求仙，一方面來自於對個體生命的看重，另一方面來自於對世事的絕望，這種絕望借嗟嘆孔子居九夷曲折地表現了出來。

從以上分析可見，此篇主要表現學道求仙以求延年的思想，但其中夾雜著人生短促的悲嘆。對「光寵」的否定，還有「何為居九夷」的悲嘆，這些又讓我們感受到詩人那曾經的追求與失落，造成詩歌一種思想總是伴隨著多種旋律的特徵。這也許是形成阮詩「厥旨淵放」、「歸趣難求」的一個重要原因。

詩歌在創作上手法嫻熟，描寫細膩。寫人生飄忽短暫時就運用了風塵、慶雲等多個意象，並以對壯闊的天地日月的讚頌，來襯托微渺的生命，感染力強，表現獨特，足見功力！

其四十一

【題解】本詩表現了詩人身處亂世，想遁世求仙而不得的苦悶心情。在這首詩中詩人諷刺了隨波逐流以求「榮名」、「聲色」的世俗之士，同時也對求仙之說提出了質疑。

天網❶彌❷四野，六翮❸掩不舒❹。隨波❺紛綸❻客，汎汎❼若浮鳧❽。生命無期度❾，朝夕有不虞❿。列仙停脩齡⓫，養志⓬在沖虛⓭。飄颻雲日間，邈⓮與世路殊。榮名非己寶，聲色焉足娛？採藥無旋返⓯，神仙志不符⓰。逼此⓱良⓲可惑，令我久躊躇⓳。

【注釋】❶天網　喻當時嚴酷的政治形勢猶如天羅地網密布。❷彌　遍及；滿。❸六翮　這裡指飛鳥的雙翅。❹舒　舒展。❺隨波　隨波逐流。這裡指為世俗之事四處奔波。❻紛綸　眾多貌。❼汎汎　漂浮貌。❽鳧　野鴨。此二句典出《楚辭．卜居》：「將泛泛若水中之鳧乎？與波上下，偷以全吾軀乎？」❾期度　期限。❿不虞　意料不到的事情。⓫列仙句　仙人們也只能停留在延年益壽的階段上。⓬養志　涵養高尚的情趣、情操。⓭沖虛　淡泊虛靜，無所拘繫，這裡指虛渺的太空。⓮邈　遠。⓯採藥無旋返　用秦始皇派徐福到海外求不死之藥的故事。旋返，回返。⓰符　合。⓱逼此　困迫於此事。⓲良　實在；的確。⓳躊躇　猶豫不決的樣子。

【語　譯】天網恢恢彌漫著四野，雙翅被迫收掩不能盡情舒展。為世俗之事四處奔波忙碌的眾多過客，就像野鴨漂浮在水面上一樣。我們的生命無法預先確定期限，早晚都會有意料不到的禍福來臨。而眾仙人卻能停留在延年益壽的層面上，在虛渺的太空涵養高尚的情志。就在雲日之間四處飄蕩，遠遠地與塵世之路隔離。榮耀名譽並非我所寶貴的，音樂女色又怎能使我歡娛？採不死仙藥的人沒有聽說能返回，求仙的行徑，也和我的志向不相合。被困迫在這種艱難的境地上，實在使人困惑，以致使我一直猶豫不決。

【研　析】對隨波逐流、榮名聲色的否定與蔑棄是阮詩中經常表現的內容，此詩也不例外，但其他的詩在否定與蔑棄的同時，表現出一種對學道求仙等思想推崇的精神超脫，而此詩對這一點精神超脫也表示了懷疑，因而此詩表現了詩人既不願隨波逐流、又不能延壽成仙，進退失據的苦悶心情。詩歌一開始就以隱蔽委曲的筆觸，將批判的矛頭指向自己所處的黑暗社會，指向揭露司馬氏殺戮政策的廣泛和嚴酷，用高度概括的語言，把當時的政治形勢比喻成天網，又以「六翮掩不舒」寄託詩人對人生不自由的感嘆，為全詩奠定了一個悲涼憤慨的基調。「隨波」二句典出《楚辭・卜居》，詩人雖然未對此種處世之道正面否定，但言語之間充斥著蔑視和嘲諷，將禮俗、利祿之徒的醜陋嘴臉，形象地展現了出來。「生命無期度，朝夕有不虞」兩句可以說是詩人對高壓政策下，生命朝夕不保的深深憂懼。

「列仙停脩齡」起以下八句，詩人轉入對神仙的追求。他希望躋身於神仙世界，求得長生不老，詩人把這條道路看成是與「世路殊」，與「榮名」與「聲色」的世俗不同的。然而詩人最終還是清醒地認識到這條道路的不可行：「採藥無旋返，神仙志不符。」這就反映了詩人心中無有依託的苦悶。末尾兩句就直接抒發了詩人在動亂的社會環境中，茫然不知所措、進退失據的痛苦。

全詩充分運用了典故、比喻等藝術手法，深刻地表現了詩人矛盾、複雜、無有依託的苦悶心情。且在結構上安排精緻，寓意雖繁，但層次分明，語言流暢，讀來確能感受到詩人抑鬱之氣的情感流蕩。

其四十二

【題解】本篇既有對盛世輔弼良臣的讚美，也有對哀世避世之士的頌揚，表現了詩人以自我本性的固持為出發點，對儒道出處進行的人生思考。

王業須良輔❶，建功俟❷英雄。元凱康哉美❸，多士頌聲隆❹。陰陽有舛錯❺，日月不常融❻。天時有否泰❼，人事多盈沖❽。園、綺遯南岳❾，伯陽隱西戎❿。保身念道真⓫，寵耀焉足崇⓬？人誰不善始，尠⓭能克⓮厥⓯終。休哉⓰上世士，萬載垂⓱清風。

【注釋】❶良輔　猶良佐，賢良的輔佐者。❷俟　等待。❸元凱句　這是讚美輔佐賢臣的出色才能之詞。《左傳・文公十八年》謂高辛氏有才子八人稱為八元，高陽氏有才子八人稱為八凱。後人因此稱皇帝的輔佐大臣為元凱。康哉，讚美之辭。《尚書・益稷》：「元首明哉，庶事康哉。」❹多士句　這句是說由於天下太平，眾多賢士紛紛聚集朝廷為國出力。多士，眾多的賢士。《詩經・大雅・文王》：「濟濟多士，文王以寧。」頌聲，讚美天下太平的聲音。隆，大。❺舛錯　差錯；錯亂。❻融　明亮。❼否泰　本為《易》兩卦名。天地交合、萬物和通謂之泰；相反則謂之否。舊時於命運的好壞、事情的順逆，皆曰否泰。❽盈沖　圓滿和虛空。❾園綺句　相傳秦末漢初著名的隱士東園公、綺里季隱居於終南山。遯，逃；隱。南岳，即終南山，在今陝西省商縣東。❿伯陽句　相傳老子見周室衰微，西出函谷關，遁世不見。伯陽，老子的字。西戎，我國西部少數民族的總稱。出函谷關，就被認為已是西戎之地。⓫道真　大道的本性，這裡指大道的玅諦。⓬崇　尊崇；推崇。⓭尠　同「鮮」。少。⓮剋　戰勝。⓯厥　其。⓰休哉　讚美之辭。休，美。⓱垂　流傳。

【語　譯】帝王成就大業需要賢良的輔佐大臣，建立功勳有賴雄才大略的人。八元和八凱才德兼備，濟濟多士頌聲盛隆。然而陰陽運行有錯亂之時，日月也並非經常明亮。天時有順暢也有阻塞不通，人事也時而圓滿時而虧虛。東園公、綺里季自隱於終南山，老子退隱出走函谷關。保全自身要牢牢記住大道的玅諦，寵幸和榮耀哪裡值得推崇？世上有誰不是從一個好的開端開始的，卻很少有人能有一個好的結果。美哉前世的高士，他們的清正雅風將流傳千萬年。

【研　析】人們向來認為阮籍的思想有一個由儒向道轉變的過程，那麼是什麼原因促成了阮籍的這種思想轉變？本篇也許能為我們提供動亂黑暗社會之外的又一原因。

　這首詩開篇四句是詩人對盛世王業輔佐良臣的讚美，而詩人的措辭頗含深意。「王業須良輔，建功俟英雄」，「須」字、「俟」字，說明「良輔」、「英雄」的出現是時代的需要，可謂良輔有馳才之處，英雄有用武之地。個人的才智與社會的需求是合拍的，個人與社會是契合的，正因為如此，才形成了「元凱康哉美，多士頌聲隆」的盛世局面。「陰陽有舛錯」四句借陰陽運轉時有錯亂，天時人事否泰交錯，來說明社會並非總是清明盛世，也有黑暗亂世的出現。亂世對「良輔」、「英雄」並不是「須」、「俟」，而往往使得英雄無用武之地，良輔無馳才之所。那麼在亂世中，「良輔」、「英雄」將何去何從呢？接下來「園、綺遯南岳」四句，阮籍就借避世之士遁世隱居，來表明亂世中人生道路的選擇。黃侃曰：「時運啟之自天，雖有聖哲，逢時則為元凱多士，失時則為園、綺、伯陽。」黃侃把「失時」看作是聖哲隱居的原因。可在阮籍看來，聖哲隱居都有兩個方面的原因，一是「寵耀焉足崇」，對「寵耀」的蔑棄；一是「保身念道真」，即對自我本性的固持。值得注意的是「寵耀」不是詩人開篇推崇的「建功」的「功業」，它是異化了的「功業」，與其他詩篇中提到的「夸名」、「榮名」類似。既然「功業」在亂世中異化為虛浮的「寵耀」，那麼自我本性也就不可避免地面臨著異化的危險，自我與現實的相互撞擊，導致了隱居的出現。最後四句是詩人對隱居高士的頌揚。「人誰不善始，尠能尅厥終」兩句，有人認為是警告亂世仕途兇險，不可陷入其中；有人認為：「世之人矜其智力，以為榮耀自己，豈知善始者之不必善終哉！」（黃侃）其實這兩句是詩人從對自我個性的固持上來讚美園、綺、伯陽的隱遁，是善始善終的，這樣理解也避免了前後詩句的隔裂。接下來「休哉上世士，萬載垂清風」兩句，就直接頌揚了隱士的高潔操行將垂昭萬代。

詩以讚美輔弼良臣始，以頌揚高潔隱士結，這兩種看似矛盾對立的人生取向，阮籍都加以讚頌，那麼阮籍評價的標準是什麼呢？應該說阮籍並不是單純地以儒家思想或以道家思想進行評價，在對待社會、對待出處上，阮籍評價的標準或者說他思考的角度總是以自我本性為中心的。這種自我本性不是一己之思，它包含著自我積極入世，實現自我價值的一面，但自我與社會必須是融洽的，開頭四句對輔弼良臣的讚美就說明了這一點。當社會變得動盪黑暗，自我本性在社會中難以固持時，自我就應「保身念道真」，避世隱居，這就使得本篇結尾轉向了對遁士高士的頌揚。在這種雙重的讚美中，可以看出魏晉時「人的覺醒」的一個重要層面，即人們對出處標準的把握，更多地轉向對「自我」的思考。由此，我們再反觀阮籍由儒向道的轉變，對自我本性的固持應該是這種轉變深刻的內在原因。

其四十三

鴻鵠❶相隨飛，飛飛適❷荒裔❸。雙翮❹臨❺長風，須臾❻萬里逝❼。
朝餐琅玕❽實，夕宿丹山❾際。抗身❿青雲中，網羅⓫孰能制⓬？豈與鄉曲士⓭，攜手共言誓！

【題解】本詩通過讚揚鴻鵠凌風高翔的壯志，抒發了詩人要求擺脫塵世羅網的束縛，追求心靈自由的強烈願望，同時也對鄉曲之士表示了極端的蔑視和鄙棄，展現了詩人自己的高潔心志。

【注釋】❶鴻鵠　即天鵝。《史記·陳涉世家》載陳涉語，「燕雀安知鴻鵠之志哉」，因多用以喻有大志的人。

❷適　往；到。❸荒裔　邊荒之地。❹翮　翅膀。❺臨　駕。❻須臾　片刻。❼逝　遠去。❽琅玕　神話傳說是崑崙山的玉樹，果實供鳳凰為食。❾丹山　指《山海經・南山經》說的「丹穴之山」，山上有鳳凰。❿抗身　立身，置身。⓫網羅　捕捉鳥獸的羅網，這裡暗喻人世的羅網。⓬制　制服。⓭鄉曲士　村野鄙陋之人。

【語　譯】鴻鵠結伴一起共飛，飛啊飛，飛到了荒遠邊疆。一雙雙翅膀淩駕巨風向前，一會兒就遠去萬里。早晨飽餐琅玕的果實，夜晚棲宿在鳳凰住的丹山上。牠們把自己置身於青雲之中，羅網如何能把牠們制服？怎麼能跟著那些村野鄙夫，手拉著手一起定盟立誓！

【研　析】魏晉易代之際，統治階級內部明爭暗鬥，互相殘殺。詩人苦於抱負無法施展，自身安全也沒有保障，因而崇尚老莊的自然無為，嚮往一種自由的生活，猶如鴻鵠那樣一舉沖天，逍遙於四海之中，不受任何制約。而這種神話中展翅萬里的鴻鵠，也正是詩人塑造的自我形象。鴻鵠結伴而飛，遠逝荒裔，其實反映了詩人離開黑暗的現實，「適彼樂土」的願望。接下來詩人極寫了鴻鵠憑藉巨風，須臾萬里，朝餐琅玕，夕宿丹山的無拘無束的展翅翱翔。「抗身青雲中，網羅孰能制？豈與鄉曲士，攜手共言誓」四句直接揭示了鴻鵠之所以高飛遠逝，是因為要逃脫世俗的羅網，表現了詩人渴望自由，不受約束、不向世俗和高壓政治屈服的堅強決心和信念。

詩歌以自然物為象徵，託物言志，隱約曲折地表現了詩人的情志。阮詩中多以鳥自喻，寂寞林中的孤鴻，不飛則已，一飛驚人的黃鶴，以及此篇中展翅高飛的鴻鵠都是詩人自我人格的寫照。詩人之所以以鳥自喻，主要在於「鳥」的自由翱翔最能恰切地表現詩人不甘受束的個性以及實現自我的強烈願望。

其四十四

【題　解】本詩通過比較生長在高山、朱堂之上的玉樹、靈芝，和生長在人間的桃李花的兩種不同命運，說明了「儔物終始殊，脩短各異方」的道理。詩人以「桃李花」暗喻自己在亂世的艱難處境，抒發了生不逢時、祈求保全性命於亂世的強烈願望。

儔❶物終始❷殊，脩短❸各異方❹。琅玕❺生高山，芝英❻耀朱堂❼。
熒熒桃李花，成蹊將夭傷❽。焉敢希千術❾，三春❿表⓫微光。自⓬非凌風⓭樹，憔悴烏⓮有常⓯？

【注　釋】❶儔　同類。❷終始　從開始到結束，事物發生演變的全部過程。這裡指命運。❸脩短　長短。這裡指結局。❹異方　不同的方法和途徑。❺琅玕　見其四十三注❽。❻芝英　靈芝。❼朱堂　華麗的殿堂。❽熒熒二句　用「桃李不言，下自成蹊」的典故。見其三注❶。熒熒，草木之花明豔的樣子。夭傷，夭折受傷。❾千術　亦作「阡術」。指道路。❿三春　即春天。見其十二注❻。⓫表　顯揚。⓬自　如果；假如。⓭凌風　迎風。⓮烏　何。⓯常　規律。

【語　譯】同類事物的命運很不同，結局有好有壞各不一樣。琅玕生於高山之上，靈芝照耀了華麗殿堂。茂盛明豔的桃李花，一旦樹下成路必將遭到折傷。其實它哪裡希望在它下面成路，只不過是要在春天裡略顯一下它的光彩罷了。如果不是迎風而立的長青樹，那麼凋零枯萎哪裡有一定呢？

【研　析】本篇也是詩人的自況之作。「儔物終始殊，脩短各異方」兩句以議論開端，是說同類事物有不同的命運，神山玉樹、朱堂芝英與野外桃李花的比喻，頗能說明這一道理。接下來詩人對「桃李花」的命運作了展開描述。成語云「桃李不言，下自成蹊」，阮籍用其語而變其意，在詩人看來，明豔的桃李花本身並不希望「下自成蹊」，它在春天綻放只不過是想在美好的春光中，略微展現一下自己的光彩罷了，沒想到這種「微光」引來眾人的欣賞，甚至帶來「夭傷」的厄運。結句又將「桃李花」與「凌風樹」作比較，「桃李花」的自然處境就決定了它的繁茂、憔悴是難以預料的。

這首詩就寫作層面上來看，採用了對比手法，以玉樹、靈芝對比、襯托桃李花的命運。但詩歌的重點是在以桃李花自喻。生逢亂世的阮籍，雖然不願為司馬氏集團效忠盡力，但其名士的聲譽猶如「桃李不言，下自成蹊」的桃李花，但正是這種名士的身分，使得阮籍始終成為司馬氏集團籠絡與監控的對象，這也使得詩人終身戰戰兢兢、如履薄冰似地小心謹慎地為人處世。雖然詩人「口不臧否人物」，如桃李花「不言」，但還是不免擔心招致桃李花「夭傷」的厄運。可以說「桃李花」是詩人的自我寫照，反映了身處亂世的詩人，對自己命運難以操縱、把握的憂憤，對「名士少有全者」的高壓政策的控訴與揭露。

其四十五

【題解】本篇以草木為比興，揭露了賢士處幽、庸才顯進的黑暗社會現實，表達了詩人「歸太清」的理想願望。

幽蘭❶不可珮❷，朱草❸為誰榮？脩竹❹隱山陰❺，射干❻臨增城❼。
葛藟❽延幽谷，緜緜❾瓜瓞❿生。樂極消靈神⓫，哀深傷人情。竟⓬知憂
無益，豈若歸太清⓭。

【注釋】❶幽蘭　蘭花，俗稱草蘭。《楚辭・離騷》：「戶服艾以盈要兮，謂幽蘭其不可佩。」❷珮　同「佩」。❸朱草　一種紅色的草，可做染料。古為祥瑞之物。❹脩竹　長竹。❺山陰　山之北面。❻射干　木名。《荀子・勸學》：「西方有木焉，名曰射干，莖長四寸，生於高山之上，而臨百仞之淵。」❼增城　古代神話中的地名。《淮南子・地形訓》：「掘崑崙虛以下地，中有增城九重，其高萬一千里百一十四步二尺六寸。」❽葛藟　葛和藟皆為蔓生植物。《詩經・王風・葛藟》：「綿綿葛藟，在河之滸。」❾緜緜　連續不斷貌。❿瓜瓞　大瓜小瓜。《詩經・大雅・緜》：「緜緜瓜瓞，民之初生，自土沮漆。」⓫靈神　指人的精神。⓬竟　究竟；畢竟。這裡有「果然」的意思。⓭太清　天空，古人認為天空係清而輕的氣構成，故稱太清。

【語譯】蘭花不能作佩帶之用，朱草到底為誰而繁茂？修長的竹子隱藏在山的北面，射干在崑崙之巔，下臨增城。葛藟蔓延在幽深的山谷，連綿不斷的大瓜小瓜到處生長。歡樂過頭會消損人的精神，哀傷過度也會損傷人的性情。如果真的知道憂愁沒有好處，那麼還不如回歸太清天空。

【研　析】這首詩在格調與情感上，均受屈原〈離騷〉的影響。詩歌起首便化用〈離騷〉中「戶服艾以盈要兮，謂幽蘭其不可佩」的詩句，揭露時俗顛倒黑白，責怨國君「親小人而遠賢臣」。《鶡冠子》曰：「聖王之德下及萬靈，則朱草生。」而詩人說「朱草為誰榮」，顯然詩人以朱草自況，抒發了自己生不逢時的哀傷。「脩竹隱山陰」四句是說修長的竹長在山的背面，矮小的射干長在高高的城頭。葛藟蔓蔓，瓜瓞綿綿，可見詩人以自然界的種種草木為依託，暗喻時世險惡，賢良不得重用、小人當道的黑暗現實，也表現出自己壯志未酬的苦悶。面對如此黑暗的現象，詩人認為「樂極消靈神，哀深傷人情」，以「樂極」襯托「哀深」，哀樂所至，積而成憂，終憂無益，只有泯滅哀樂歸於太清。而末尾四句表現了詩人心中的憂憤，道出了詩人遠離世俗、保真獨善的志向。

詩歌在藝術手法上，特別突出的是善於用典與比興。魏晉文壇上，詩人爭相用典，而阮籍的用典在當時詩人中運用得較好，其用典用事與其所要表達的思想感情自然合拍，不露雕琢痕跡，令人聯想無限。比興手法運用也自然到位，如「葛藟延幽谷，緜緜瓜瓞生」非常生動形象地比喻了奸佞群小布滿朝廷的黑暗現實。再如「幽蘭不可珮」、「朱草為誰榮」、「射干臨增城」分別出於〈離騷〉、《鶡冠子》、《荀子》，自然恰切地表現出詩人心中的憂憤。典故的巧妙運用，使得詩歌取得了含蓄蘊藉、詞約義豐的藝術效果。

其四十六

【題　解】本篇詩人以鶯鳩自比，表明自己不慕高位、安於卑賤，誓不追隨權貴的高尚情操。

鸞鳩飛桑榆，海鳥運天池❶。豈不識宏大？羽翼不相宜❷。招搖❸安可翔？不若棲樹枝。下集蓬艾❹間，上遊園圃❺籬。但爾❻亦自足❼，用子為追隨❽？

【注　釋】❶鸞鳩二句　此二句典出《莊子・逍遙遊》：「鵬之徙於南冥也，水擊三千里，摶扶搖而上者九萬里，去以六月息者也。蜩與鸞鳩笑之曰：『我決起而飛，槍榆枋，時則不至而控於地而已矣。奚以之九萬里而南為！』」鸞鳩，一種小鳥，即斑鳩。桑榆，桑樹和榆樹。海鳥，這裡指大鵬。運，行。天池，寓言傳說中的海。❷相宜　適合。❸招搖　神話傳說中的山。《山海經・南山經》：「(鵲山)其首曰招搖，臨於西海之上，多樹。」這裡代指桂樹。❹蓬艾　蓬草與艾草。《莊子・逍遙遊》中，斥鴳之類即翱翔於蓬艾之間。❺園圃　種植果木蔬菜的園地。❻但爾　只這樣。❼自足　自我滿足。❽用子句　這句是說何必以你大鵬為追隨對象呢？用，以。子，代指大鵬。

【語　譯】鸞鳩在桑樹和榆樹之間飛翔，海鳥卻振翅飛往大海。鸞鳩怎會不知道海鳥飛往的大海有多大？只不過是牠們的翅膀不適宜高飛罷了。招搖山上的桂樹怎麼能夠遊翔？還不如棲息於普通樹枝來得方便。下可聚集在蓬艾之間，上可遊玩在園圃的籬笆邊上。只這樣牠們就已經感到滿足了，又何必追隨你大鵬去一起高飛呢？

【研　析】此首詩擷取《莊子・逍遙遊》中鵬鳥與鸞鳩兩個對比強烈的形象入詩，以曉暢的語言列舉了二者的差別，說鸞鳩雖知「海鳥運天池」的宏大之志，但因為「羽翼不相宜」，於是甘心只棲於樹枝蓬艾、遊於桑榆園圃。顯然，詩人以鸞鳩自況，以海鳥喻位居要位、權大勢高的權臣，隱曲表達了詩人與晉王朝不相與謀的志向，反映出堅守節操的理想。

在《莊子》的〈逍遙遊〉中，鸞鳩安於自己飛不踰樹的狹小天地，並笑大鵬「奚以之九萬里而南為！」在莊子看來，大鵬、鸞鳩都不能達到「無待」的逍遙境界，大鵬不是莊子推崇的，而鸞鳩更是莊子否定的。魏晉玄學都對《莊子》本義作了改變。郭象注《莊子》曰：「苟足於其性，則雖大鵬無以自貴於小鳥，小鳥無羨於天池，而榮願有餘矣。故小大雖殊，逍遙一也。」在郭象看來，只要能自足其性，按照各自本性生活，就是「逍遙」境界。本篇結句云：「但爾亦自足，用子為追隨」，說鸞鳩棲於樹枝，集於蓬艾，遊於圃籬，如此也是自足其性，不必追隨海鳥運飛天池。可以說阮籍此詩是魏晉玄學人生觀的具體表現，阮籍借此表明了自己不與統治者合作的政治態度。

其四十七

【題　解】本詩抒發了身處亂世的詩人企圖遁世隱居而又不能的苦悶心情。黃節先生認為這首詩是詩人追念其父阮瑀生平節操之作，可備一說。

生命辰安在❶？憂戚❷涕沾襟。高鳥翔❸山岡❹，鷰雀棲下林❺。青雲❻蔽❼前庭，素琴❽悽我心。崇山有鳴鶴，豈可相追尋❾！

【注　釋】❶生命句　此句典出《詩經・小雅・小弁》：「天之生我，我辰安在。」辰，日子；時光。❷憂戚　憂愁煩惱。❸翔　翱翔。❹山岡　亦作「山崗」。較低的山。❺下林　低矮的樹林。❻青雲　烏雲。❼蔽　遮蔽；掩蓋。❽素琴　不加裝飾的琴。❾崇山二句　崇山，高山。鳴鶴，《周易・中孚・九二》：「鶴鳴在陰，其子和之。」孔穎達疏：「處於幽昧而行不失信，則聲聞於外，為同類之所應焉。」這裡以喻隱者。此二句反用其意，以「鳴鶴」喻隱者，說自己不能與隱者取得共鳴，像他那樣隱遁。

【語　譯】生命的時光在哪兒啊？一想到這，憂愁煩惱就使我淚流沾襟。高飛的鳥兒翱翔於山岡，微小的燕雀停息於矮林。烏雲遮蔽了屋前的庭院，素琴的清音更使我悲傷難禁。高高的山上有隻鳴叫的鶴鳥，但我怎麼能前去追尋呢！

【研　析】本篇是詩人慨嘆人生無常，政治黑暗，欲乘鶴歸去卻又不可得的抑鬱心境的寫照。

詩一開頭就慨嘆生命的短暫，因而憂戚以至涕下沾襟。禰衡〈鸚鵡賦〉曰：「飛不妄集，翔必擇林」，比喻文人士子的擇主而仕，阮籍說「高鳥翔山岡」也含有這層意思，說自己像高鳥一樣在山岡上飛來飛去，尚未尋找到棲身之地，而燕雀卻在矮小的樹林中得以存身，兩相對照，反映出了詩人「飛不妄集，翔必擇林」，不肯隨意屈就的高尚節操。「翔必擇林」是詩人的心態，但是否能夠選擇到，則不是以詩人的意志為轉移。「青雲蔽前庭」就很形象地說明了進身無所的政治現實。「素琴悽我心」，我們從素琴的清音中，似乎又聽到了詩人有志難伸的悽怨。「崇山有鳴鶴」句中鶴鳴崇山是高士隱居的象徵，但是詩人說「豈可相追尋」，表示不能追尋，這不能追尋不是詩人的主觀不願，更多的是客觀環境的不許。作為名士的阮籍，是司馬氏集團籠絡與控制的對象，怎麼會輕易讓他逍遙世外呢？《三國志・魏書》卷二十一裴松之注引《文士傳》曰：「太祖雅聞阮瑀名，辟之不應，連見偪促，乃逃於山中。太祖使人焚山得瑀，送至，召入。太祖徵長安，大延賓客，怒瑀不與語，使就技入列。瑀善解音，能鼓琴，遂撫弦而歌，太祖大悅。」阮籍為阮瑀之子，與其父命運何以竟如此相似！從這個角度而言，黃節云此詩為追念其父節操，也有道理。但此詩似更深入地反映了詩人對生命的憂嘆以及進非所願、退又不能的巨大的政治悲哀。

其四十八

【題　解】本篇是詩人由鳩鳥之死引發出的人生玄思，反映了詩人欲仿效焦明遠舉高飛、遠禍全生的思想。從一個側面表現了當時動亂的社會現實，給人們帶來的朝夕不虞、生命危淺的憂懼。

鳴鳩❶嬉❷庭樹，焦明❸遊浮雲。焉❹見孤翔❺鳥，翩翩❻無匹群❼？
死生自然❽理，消散❾何繽紛❿！

【注　釋】❶鳴鳩　即斑鳩。《詩經・小雅・小宛》：「宛彼鳴鳩，翰飛戾天。」❷嬉　歡樂；遊玩。❸焦明　傳說中一種與鳳凰相似的神鳥。《史記・司馬相如列傳》：「捷鵷鶵，掩焦明。」裴駰《集解》：「焦明似鳳。」❹焉　哪裡；怎麼。表示反問。❺孤翔　孤獨地飛翔。翔，回旋而飛。❻翩翩　飛行輕疾貌。❼匹群　猶伴侶、伙伴。❽自然　天然；不經人力干預的。❾消散　消失；離散。這裡指死亡。❿繽紛　紛亂貌。

【語　譯】斑鳩在庭前的樹上嬉戲，焦明在飄浮的雲中遊玩。怎麼能說一隻孤獨飛翔的鳥兒，翩翩飛過而無伴侶？生與死本是自然常理，而死是多麼地紛亂，令人難以理解！

【研　析】本篇較為隱曲難解。黃節先生認為本篇寫作背景與阮籍作〈鳩賦〉類同。阮籍〈鳩賦・序〉云：「嘉平中，得兩鳩子，常食以黍稷，後卒為狗所殺，故為作賦。」從本篇結句「死生自然理，消散何繽紛」來看，本篇應是對生死的玄思，而鳩「卒為狗所殺」的意外，應是促成這一玄思的契機。

此詩開篇「鳴鳩嬉庭樹，焦明遊浮雲」兩句言鳩鳥棲於庭樹，結伴嬉戲；焦明（一種類似於鳳凰的鳥）卻孤獨地在浮雲翱翔。開頭兩句形成對比，意在描寫兩種鳥的不同處境，似乎還能見出牠們的神態。「焉見孤翔鳥，翩翩無匹群」兩句緊承上兩句而言，「孤翔鳥」相對於「鳴鳩嬉庭樹」的「嬉」字而言，是指「焦明」。這兩句言怎麼能說翔鳥孤飛就一定是沒有伴侶呢？若從常識而言，詩人的反問似無道理；但若從生死角度來看，卻看出了詩人的玄思。形之與影，相伴而行，形影不離，形消影散，鳩鳥嬉戲庭樹卻遭狗殺，焦明卻以孤飛離群而得生。這樣也就引出了豐富的結句：「死生自然理，消散何繽紛！」生死是自然常理，但是如何死卻是如此紛亂，令人難以把握。黃節先生云此篇「蓋因鳴鳩之死，思效焦明遠舉之詞，詩意甚明。而曾國藩謂焦明與鳴鳩並舉，殊覺不倫，末二句與前四句尤為不倫，疑為後人所附益，則殊未深考耳。」黃先生所論甚得詩意。

其四十九

【題　解】這是一首懷念友人之作。從詩的內容看，友人似乎已經亡去，可能指嵇康、呂安等人。

步遊三衢❶旁，惆悵❷念所思❸。豈為今朝見？恍惚❹誠有之❺。澤中生喬松，萬世未可期❻。高鳥❼摩天❽飛，凌雲❾共遊嬉。豈有孤行❿士，垂涕悲故時？

【注　釋】❶三衢　三面暢通的大路。❷惆悵　因失意而傷感、懊惱。❸所思　所思念的人。❹恍惚　隱約不清、難以捉摸和辨認。❺之　代指今朝所見的事情。❻澤中二句　一般情況下，沼澤中生長出高大的松樹是不可能的，所以稱萬世不可期。喬松，高大的松樹。期，希望；期待。❼高鳥　高飛之鳥。❽摩天　貼近天空。❾凌雲　乘雲；駕雲。❿孤行　獨行。

【語　譯】我獨自走到通達的大路邊，心中傷感，想起了我所思念的人。難道是該今朝相見？恍恍惚惚好像真的有所見。但是正如沼澤中生長出高大的松樹那樣，這種事萬世都不可能有希望。高飛之鳥在凌空翱翔，一起乘雲遊玩。哪裡有特立孤行之士，因消逝的過往而悲嘆流涕呢？

【研　析】與第三十七首相同，本篇也是一首懷念友人的詩。開篇兩句言詩人在三面通暢的大路上徘徊，心中惆悵，懷念「所思」。與第三十七首中「嘉時在今辰」、「臨路望所思」的相約相見的迫切心情不同，「豈為今朝見？恍惚誠有之」表明詩人似有所悟，即今朝徘徊路口，只是為了排遣一下思念之情，「恍惚誠有之」句更可見出詩人對友人思念的深沉。《毛詩》曰：「山有喬松，隰有遊龍。」阮籍化用其語而言「澤中生喬松，萬世未可期」，以澤生喬松的萬世不見，比喻再見「所思」之不可能。第三十七首在不見「所思」到來時云：「人情有感慨，蕩漾焉能排？揮涕懷哀傷，辛酸誰語哉」，有一種揮之不去的辛酸哀傷。而這首詩因不見「所思」似在預料之中，而且是一種長期的感受，故能在惆悵之餘作理遣之思。「高鳥摩天飛」四句就表明詩人要追隨高鳥，凌雲共遊，並且告誡自己作為特立獨行之人，不應該因過去美好時光的消逝而悲傷垂淚。詩人徘徊路口云「豈有孤行士，垂涕悲故時」，有唐王勃「無為在歧路，兒女共沾襟」之意，只不過因時代的不同，王勃化離別之情為共勉之語，而阮籍卻是悲傷至極託於曠達之詞。其實這種理遣與第三十七首結尾表達出的揮之不去的憂傷一樣，從兩個方面表現了詩人對友人深深的思念。

正如第三十七首，對「所思」的不同理解，對本篇含義的理解也就不同。黃節先生云：「三衢猶言歧路，喻魏晉之交。所思當指魏。今朝與故時相對。恍惚誠有之指所思言……澤中生喬松，言魏之興復無望，不如遠舉與高鳥遊嬉，奚必孤行垂涕也。」把「所思」理解為喻曹魏，似可備一說。第三十七首中「所思」解作「朋友」，此篇「所思」也作「朋友」解，似更恰切，而且從本篇內容看，「所思」似已亡去，可能指嵇康、呂安等人。

其五十

【題　解】本詩表達了詩人對世事變幻無常和好人變壞的感嘆，同時也表露了詩人企求超脫塵世以求長生的願望。

清露❶為凝霜，華草❷成蒿萊❸。誰云君子賢，明達❹安可能❺？乘雲招❻松、喬❼，呼噏❽永❾矣哉！

【注釋】❶清露　清潔的露水。❷華草　茂盛的香草。❸蒿萊　野草；雜草。此句語出《楚辭．離騷》：「何昔日之芳草兮，今直為此蕭艾也？」❹明達　賢明通達。指對事物有正確透徹的理解和認識。❺能　通「耐」。以上兩句是說君子雖然賢明通達，但不可耐久。❻招　訪求。❼松喬　松，赤松子。喬，王子喬。均為古之仙人。❽呼噏　同「呼吸」。出息為呼，入息為吸。這裡指吐納導引的養生之道。❾永　長。

【語譯】清潔的露水化為凝結的霜雪，茂盛的草木枯萎成野草。誰說君子賢能，賢明通達如何能夠持久？不如乘雲去訪求仙人王子喬和赤松子，向他們學習呼吸導引之術，以求長生不老啊！

【研析】本詩篇幅短小，但短短幾句就把世事無常與求仙的企望表達得清清楚楚。詩人採用比興手法，以「華草」比喻「君子」。華草至冬則變為蒿萊，而「君子」於亂世則難保賢明通達，言語中流露出詩人對所謂「君子」的嘲諷。開篇四句的語句和喻意都出自《離騷》。《離騷》云：「何昔日之芳草兮，今直為此蕭艾也？」不過《離騷》中喻意蘊含比喻之中，阮籍此詩則把喻意也一併道出。認清了「君子」易變，世事無常，詩的結尾表現出詩人求仙企隱、超脫塵世、以求永久的願望。這種願望是詩人玄學思想的反映。阮籍〈大人先生傳〉云：「吾乃飄颻於天地之外，與造化為友，朝飡湯谷，夕飲西海，將變化遷易，與道周始。此之於萬物，豈不厚哉！故不通於自然者不足以言道，闇於昭昭者不足與達明。」正因阮籍對「道」有如此的認識，故譏諷「君子」

「明達安可能」，自己處於亂世卻能遺落世事，做與道周始的「大人」，達到一種精神的超越。

其五十一

【題　解】這首詩通過曹魏對司馬氏的恩澤和重用而司馬氏反以篡弒來恩將仇報的描寫，揭露了司馬氏的陰險毒辣和曹魏統治者的昏庸與無能。

丹心❶失恩澤❷，重德❸喪所宜❹。善言焉可長❺？慈惠❻未易施❼。

不見南飛燕，羽翼正差池❽？高子怨新詩❾，三閭悼乖離❿。何為混沌氏，

倏忽體貌隳⓫？

【注　釋】❶丹心　赤心；忠貞之心。❷恩澤　指上天、封建帝王或朝廷。❸重德　厚德；大德。❹宜　相稱；適宜。❺長　長久。❻慈惠　慈愛仁惠。這裡指上級、長輩給下級、晚輩的恩惠。❼施　布施。❽不見二句　語出《詩經・邶風・燕燕》：「燕燕於飛，差池其羽。……之子於歸，遠送於南。」鄭箋：「差池其羽，謂張舒其尾翼。」歷代學者一般認為〈燕燕〉這首詩是感嘆時政衰亂之作。差池，意同「參差」，不齊貌。❾高子句　語出《孟子・公孫丑》：「公孫丑問曰：『高子曰：〈小弁〉，小人之詩也。』孟子曰：『何以知之？』曰：『怨。』曰：『〈小弁〉之怨，親親也。親親也，仁也。固夫！高臾之為詩也。』」高子認為《詩經・小雅・小弁》有怨恨之情。相傳〈小弁〉這首詩是講述周太子宜臼遭奸臣讒言而被父放逐的故事。新詩，一說指《詩經》中的變

風、變雅，〈小弁〉就屬變雅。一說「新詩」就是「親詩」，新、親古通用。譯文從前說。⑩三閭句　指屈原遭讒言而被楚王罷官放逐之事。三閭，即屈原，屈原曾任三閭大夫一職。悼，哀悼；傷悼。乖離，乖違分離，這裡指被流放。⑪何為二句　出自《莊子・應帝王》：「南海之帝為儵，北海之帝為忽，中央之帝為渾沌。儵與忽時相與遇於渾沌之地，渾沌待之甚善。儵與忽謀報渾沌之德，曰：『人皆有七竅，以視、聽、食、息，此獨無有，嘗試鑿之。』日鑿一竅，七日而渾沌死。」混沌即渾沌，《莊子》中的寓言人物。「倏、忽」即「儵、忽」。渾與混、儵與倏並通。

【語　譯】一片丹心卻失恩澤，身懷厚德卻得不到相應的回報。金玉良言怎麼能夠長久？慈愛仁惠也不容易布施。君不見南飛的燕子，正雙翅翻飛尾翼參差？高子說過〈小弁〉這首詩含有怨恨，屈原也曾傷悼無罪而被流放。為什麼混沌真心待人，卻被倏、忽毀壞了身體？

【研　析】司馬氏雖對曹魏政權心存非分，但卻竭力做出一副忠於魏室之態。司馬昭之心路人皆知，本篇就是針對司馬氏篡弒而作。開篇即言「丹心失恩澤」，是一片忠貞之心沒有得到相應的恩澤，還是恩澤的施予卻沒有得到一片忠貞之心的回報呢？從當時政治現實看，曹魏政權還是頗倚重司馬氏的，而司馬氏卻對曹魏政權心存非分，失其「丹心」，即忠於曹魏之心。齊王芳即位，以司馬懿為太尉，下詔曰：「太尉體道正直，盡忠三世。」但司馬氏雖有其名，卻無其實，所以詩人說司馬氏「重德喪所宜」。明帝病重，執司馬懿手目太子曰：「朕忽死待君，君其與爽輔此。」司馬懿回答道：「陛下不見先帝屬臣以陛下乎？」明帝所言，真可謂「人之將死，其言也善」。但文帝、明帝均託孤司馬，無異於投子予虎，所託焉能長久？所以詩人言「善言焉可長」。果然司馬昭弒高貴鄉公，當皇太后下詔以民禮葬之時，司馬昭等假惺惺地上奏太后說：「伏惟殿下仁慈過隆，雖存大義，猶垂哀矜。臣等之心實有不忍，以為可加恩以王禮葬之。」其實在弒高貴鄉公這件事上，司馬昭始終是幕後操縱者，賈充受司馬昭之命派成濟弒高貴鄉公，而司馬昭卻掩人耳目奏明太后收成濟及其家屬交付廷尉治罪。太后曰：「吾婦人不達大義。」意謂成濟不得便為大逆，而司馬昭志意懇切，發言惻愴，故太后准奏，使天下曉知事情本末。司馬氏表面上對魏室忠心耿耿，實乃包藏禍心。這就是詩人所言的「慈惠未易施」。開篇四句的「丹心」、「重德」、「善言」、「慈惠」都是現實政治、倫理道德的標榜，可是「失恩澤」、「喪所宜」、「焉可長」、「未易施」這種極度的反差卻揭示了曹魏的軟弱無能，司馬氏的魏闕之心以及司馬昭之心路人皆知的虛偽陰險。接下來「不見南飛燕」四句則揭露了曹魏統治的失策與黑暗。曹魏統治者對宗室加以擯斥，一如漢代，試圖以此來維護中央統治，未想到卻給司馬氏以可趁之機。魏明帝太和五年下詔曰：「古者諸侯朝聘，所以敦睦親親也。先帝著令不欲使諸王在京師者，謂幼主在位，母后攝政，防微以漸，失諸盛衰也。朕不見諸王五十有二載，其令諸王及宗室公侯各將適子一人朝明年正月。」此詔頗能說明曹魏擯斥宗室的統治政策。詩人化用《詩經》「燕燕於飛，差池其羽」、「之子於歸，遠送於南」的詩句，又以高子認為〈小弁〉為怨親之作，屈子為同姓而被放逐，說明曹魏統治者擯斥宗室、骨肉分離的內部鬥爭。結局用《莊子》中混沌與倏、忽的故事。混沌待倏、忽「甚善」，卻被倏、忽日鑿一竅而死。詩人化用其意，以說明曹魏之於司馬氏猶如混沌之於倏、忽，最終不免被取代、滅亡的命運。司馬氏不知報恩，反行篡弒，應合開篇「丹心失恩澤」句。

本篇主要運用典故、神話以及巧妙的措辭，表達了詩人對時政的看法。可以看出阮籍並未真的忘卻世事，他的內心頗關注政治。詩人對曹魏的失策、司馬氏的野心、曹魏與司馬氏之間的關係洞察入微，頗有見地。詩人對司馬氏的虛偽既有強烈的不滿，對曹魏的無能與黑暗又頗憤懣，我們可以從這首詩了解到詩人為何在政治上左右依違，無有依託的政治原因了。

其五十二

【題　解】本篇是一首發揮莊子相對主義思想的詩作，說明了運無常隆、理有終極、盛衰相倚的道理，同時也表現了詩人看透塵世的達觀心態。

十日出暘谷❶，弭節❷馳萬里。經❸天耀四海，倏忽潛❹濛汜❺。誰
言焱炎❻久？遊沒❼何行俟❽。逝者豈長生？亦去荊與杞❾。千載猶崇
朝❿，一餐⓫聊⓬自已⓭。是非得失間，焉足相譏理⓮？計利⓯知⓰術窮，
哀情遽⓱能止？

【注　釋】❶十日句　出自《山海經・海外東經》：「湯谷上有扶桑，十日所浴。」暘谷，也作「湯谷」。古稱日出之處。❷弭節　停車。這裡指駕馭車子。❸經　行過。❹潛　隱藏。❺濛汜　古稱日落之處。《楚辭・天問》：「出自湯谷，次於濛汜。」❻焱炎　明亮的火焰。這裡指太陽的光彩。❼遊沒　猶潛泳。❽行俟　形容行走匆匆的樣子。❾荊與杞　荊棘與枸杞。這裡比喻奸臣小人。❿崇朝　從天亮到早餐的一段時間。⓫一餐　一頓飯的功夫。⓬聊　姑且。⓭自已　自止；自我滿足。⓮譏理　察問申理。⓯計利　謀利。⓰知　同「智」。

⑰遽 通「詎」。豈。

【語 譯】十個太陽從暘谷出來，駕馭車子馳行萬里。行經天空照耀四海，頃刻之間又潛隱於濛汜。誰說太陽的光照長久？轉瞬之間沒入濛汜，行走又是多麼地匆忙。已逝之物怎能長存，就像荊棘枸杞也會死去。千年時光短如一個早晨，一餐時間也姑且可以自我滿足。是非得失的萬事之間，又哪裡值得一個一個地察問申理？謀利智術終會用盡，悲哀之情又怎能遏止？

【研 析】詩人在這首詩的前半部分，通過對十日出入景象的描寫，引出運無常隆、理有終極的道理。在作者看來，白日升起，普照天下，但沉沒濛汜之時，也正是其威喪盡之時；而時光流逝之快，千年光陰也旦夕而過，與吃一頓飯的時間沒有多大的區別。正是這些現象讓詩人看穿了世上功名利祿之類的虛偽假象。黃侃說：「理無久存，人無不死，正當順時待盡，忘情毀譽。而爭是非於短期之中，竟得失於崇朝之內，計利雖善，未有不窮。以此思哀，怎能止乎？」頗得本詩詩旨。

藝術上，本篇以自然之道觀照人生之理，對人生的盛衰相倚，是放在太陽運行的變化中加以觀照的。為了說明人生的這種相對性，本篇在措辭、語意上還著意進行對比，除了「經天」與「倏忽」，「千載」與「一餐」，「是非」與「得失」的措辭對比外，語意上也形成對比。詩人試圖在鮮明的對照中，說明世事的無常變動，因而人們也不必過分地拘泥於世間的是非得失。詩在描寫上也很具特色。用「出」、「馳」、「耀」、「潛」等一系列動詞的連續運用表現出日升日落的全部過程，賦予詩強烈的動感。且詩歌在押韻上用的全是仄聲韻，讀來鏗鏘有力，富有節奏感。

其五十三

【題　解】本詩辛辣地諷刺了那些以諂諛取媚、驕腸事人的夸毗子的卑劣行徑，指出他們雖然可以得意一時，但是最終還是逃不過自然成理的制約的，就像日夕的落花，為人所不齒。

自然有成理❶，生死道無常❷。智巧❸萬端❹出，大要不易方❺。如何❻夸毗❼子，作色❽懷驕腸❾？乘軒❿驅良馬，憑几向膏粱⓫。被⓬服纖羅衣，深榭⓭設閒房⓮。不見日夕華⓯，翩翩⓰飛路傍？

【注　釋】❶成理　固定的規律。❷無常　變化不定。❸智巧　智謀和技巧。❹萬端　形容方法、頭緒、形態等極多而紛繁。❺大要句　意謂智巧雖然繁多但也不能偏離自然成理。大要，大旨。易，改變。方，道理，常規。❻如何　為何。❼夸毗　謂似諂諛、卑屈取媚於人。❽作色　臉上變色。指神情變嚴肅或發怒。❾驕腸　這裡指臉上作出各種表情以便迎合於人。❿軒　古時大夫以上乘坐的車子。這裡泛指華貴的車輛。⓫憑几句　斜倚桌案面對美味食物。憑，靠著。几，桌案。膏粱，肥美的食物。⓬被　同「披」。⓭榭　建築在臺上的房屋，多供遊玩之用。⓮閒房　寬敞的房子。⓯日夕華　傍晚的落花。⓰翩翩　連續不斷貌。

【語　譯】大自然自有它的運行規律，而人的生死之道卻無恆常。智慧和技巧充滿人世，但它們的大旨卻沒有偏離自然成理。為什麼那些奴顏卑膝的人，身懷嬌媚的心腸，變盡各種姿態以取悅於人？他們乘坐高車驅駕良馬，他們斜倚桌案面向美味佳肴。他們身穿華貴的綾羅衣裳，他們居住的地方臺榭深深還設有大房。君不見那日夕的落花，連綿不斷地飛落在路旁？

【研　析】本篇既可以說成是一首社會諷刺詩，又可看作是一首說理詩。詩的前四句是從說理起端的，闡述了「大要不易方」的道理，即貧富貴賤、死生禍福，皆有自然之理，雖然智巧萬端，都不能逃出其範圍之內，這與〈詠懷詩〉其他一些詩表現的人生無常、時日易逝的思想是一致的，而這正是詩人哲理思考得出的觀點。尤有新意的是詩人沒有接下去作純理性的闡述論證，而是塑造了「夸毘子」的形象，描寫了他們驕奢淫逸的腐化生活，展示了他們「作色懷驕腸」的虛假面目。這裡需要指出的是「夸毘子」正是當時附著於司馬氏的那些「禮法之士」的真實寫照，「如何夸毘子」以下八句中一系列對仗工整、描寫細緻的語句，具有強烈的現實諷刺意義，從而表現出詩人對「夸毘子」行徑的不滿與蔑視。而詩的最後以「日夕華」言花有榮必有落，人有盛必有衰，預示了「夸毘子」必然的命運，給予他們嚴正的警告，也回應了開篇的說理，首尾呼應，頗見章法。

詩歌在結構上富於變化，從平緩的說理入手，轉入詳盡的描寫，再到最後跌宕的轉折，使詩歌在整體結構上氣象萬千，深化了主題。而在具體描寫中排列式的描寫手法，具有組畫的效果，渲染了所要表現的主題，而詩中對仗工整的句式，也有向近體詩過渡的趨向。

其五十四

【題解】本篇抒發詩人不為世人理解的痛苦鬱悶心情。

夸談❶快❷憤懣❸，情慵❹發煩心。西北登不周❺，東南望鄧林❻。曠野彌❼九州❽，崇山❾抗❿高岑⓫。一餐⓬度萬世，千歲再浮沉⓭。誰云玉石同⓮？淚下不可禁。

【注釋】❶夸談　即夸夸其談。這裡指玄談。據史書記載，阮籍善於玄談。❷快　暢快。❸憤懣　鬱悶。❹情慵　感情懶散。情，一本作「惰」。❺不周　即不周之山，神話中的山名。相傳在崑崙山西北。❻鄧林　神話中的樹林。❼彌　遍布。❽九州　指中國。❾崇山　高山。❿抗　舉。⓫岑　小而高的山。⓬一餐　一頓飯的時間。⓭再浮沉　在水中浮沉兩次。再，兩次。⓮誰云句　詩人以「玉」自喻，以反詰的語氣表示與小人的不同。

【語譯】玄談只是為了暢快鬱悶的心情，感情的懶散也只是因為心中意煩慮亂。西北登上不周之山，東南眺望鄧林。看到曠野遍布於九州大地，崇山群聚，時見高岡拔起。吃一頓飯的工夫彷彿已度過萬世時光，而千年光陰也不過只是在水中的兩次浮沉而已。誰說玉石相同？想到這裡淚水就禁不住流了下來。

【研析】阮籍一生為逃避政治上的迫害，採取縱酒佯狂，發言玄遠的方式，正如《晉書》本傳言：「雖不拘禮教，然發言玄遠，口不臧否人物。」與嵇康等名士採取的激烈態度相較，其態度自然被看作是消極的、不可取的。因而阮籍的行為在當時是很不為人理解的，其與司馬氏周旋時內心的矛盾與痛苦也無處訴說，因而此篇即是抒發這種不被理解的痛苦心情。

全詩較坦誠地抒寫了自己的所作所為全都緣於時局所迫，起首就表達了這個意思。只不過因為當時的高壓政策，阮籍不能將司馬昭的壓迫詳盡寫出，用「夸談快憤懣，情慵發煩心」就「一言以蔽之」，將兒女親家、寫文勸進等一些困擾之事都暗含其中。可以說，阮籍一生放言傲物，都是此意。而正因為「夸談」與「情慵」均不能解煩心，詩人又想起遠遊遺世，企仙長生。「西北登不周」以下六句正是詩人的想像，幻想自己真成了神仙，遨遊天地，眺望塵世，感受到的是天上一年人間千載的世事變化。這雖是幻想，但作者寫來真切、美好，可見其嚮往之情。但幻想必然要清醒，詩人在得到一時的滿足之後，又回到了現實中孤寂的心境。他感嘆世人不知玉與石的區別，也就是說不能理解他與「禮法之士」的不同，因而忍不住為自己的處境悲哀。

此篇詩人寫來可謂用心良苦，既要表現出自己不與司馬氏合作的想法，又要向世人表明孤獨之心情，而全詩語言宏邁，想像豐富，為深刻的旨意又增添了不少藝術感染力。

其五十五

【題　解】本篇借仙界、人間均無知音、真誠可言，反映了詩人對現實的憂憤和無法超越的精神苦痛。

人言願延年，延年欲焉之❶？黃鵠呼子安❷，千秋未可期❸。獨坐山嵓❹中，惻愴❺懷所思。王子❻一何好？猗靡❼相攜持。悅懌❽猶今辰，計校❾在一時❿。置⓫此明朝事⓬，日夕將見欺⓭。

【注　釋】❶焉之　往哪裡。之，到；往。❷黃鵠句　黃節注引《南齊書・州郡志》說：「夏口城據黃鵠磯，世傳仙人子安乘黃鵠過此上也。」子安，古之仙人，事跡不詳。❸期　希冀；期待。❹山嵓　同「山巖」。❺惻愴　悲痛。❻王子　指古之仙人王子晉，詳見前注。❼猗靡　婉順貌。這裡比喻兩人的感情好。❽悅懌　高興愉快。❾計校　規劃、謀議。❿一時　立刻；即刻。⓫置　棄。⓬明朝事　即清晨事。清晨是官員上朝或辦公的時間，這裡是指世間俗事。⓭日夕句　意謂時間晚了，就又要受人欺淩，成仙之事就難以實現。

【語　譯】人人都說希望延年益壽，然而長壽了以後又想往哪裡去？黃鵠呼喚仙人子安，這種事千年也不能企盼。我獨自坐在高山亂巖之中，心中悲痛有所思念。仙人王子晉有何過人之處，浮邱公熱情地來攜持他去成仙？人們今晨彷彿還情同手足，可是不知何時卻又一時計較。人們商量好了明日怎麼做，可是說不準今日傍晚就有欺騙的事出現。

【研　析】本篇頗有點曲隱難解。從詩歌的層面上來看，本篇既有對學道成仙的懷疑，又有對世事的不滿。詩人究竟要表達一種什麼樣的思想呢？似乎難以確定。蔣師爚據《三國志》高貴鄉公甘露五年注及《晉書・文帝紀》的記載，認為「詩謂延年焉之者，死何懼之說。明朝事者，戒嚴俟旦也。日夕見欺，指成濟犯蹕事。」蔣氏此說頗為牽強，而且只解釋了其中某幾句詩，至於如何貫通全篇，恐怕難以附會。理解一首詩離不開一些必要的歷史背景知識，但最重要的是無論採取何種方法都應使一首詩得到完整的解釋。本篇之所以造成難解甚至如蔣氏的索隱割裂，主要是因作者運用了反向思維的說理方法，即詩人以世事的陰險欺詐，表示對神話傳說中黃鵠攜子安飛，道人浮邱公接王子晉上嵩山的懷疑，而我們卻習慣於按常理，即以美好的神話傳說否定世事來理解這首詩。

詩的開篇「人言願延年，延年卻焉之」兩句，言人人都希望延年長壽，但長壽後要去哪兒呢？要成仙嗎？但「黃鵠呼子安，千秋未可期」，黃鵠呼喚子安乘牠而去，這樣的美事千年也不可能等到，這既表示了成仙的非妄，也表示了對這一傳說的懷疑。值得注意的是詩中「呼」字的妙用。《南齊書‧州郡志》曰：「夏口城據黃鵠磯，世傳仙人子安乘黃鵠過此上也。」這裡只說子安乘黃鵠，而詩中卻說「黃鵠呼子安」，子安無黃鵠無以飛仙，黃鵠呼子安，這黃鵠也就成了早已得道為仙者的化身，成為子安的知音。這一「呼」字，反映了詩人以世無知音來觀照、改造這一神話傳說。帶著「千秋未可期」的悲傷，詩人獨坐山中，心中還含著「所思」。在阮籍的詩中，「所思」多代指朋友，這裡的「所思」也許是指嵇康、呂安等已遭司馬氏迫害的朋友，故由「千秋未可期」的感嘆，轉為「惻愴懷所思」，表達的還是世無知音的悲痛。「王子一何好？猗靡相攜持」句，有人理解為王子晉的容貌多麼美好，他熱情地攜持我去仙山。就字面解釋未嘗不可以如此理解，但「黃鵠呼子安」之不可信，王子晉成仙就那麼可信嗎？就整首詩而言，這兩句緊承上面詩意，用王子晉成仙本事加以反問，表達對道人浮邱公接王子晉上嵩山的懷疑。《列仙傳》曰：「王子喬者，周靈王太子晉也，好吹笙，作鳳鳴。遊伊洛之間，道人浮邱公接以上嵩山。後於緱山乘白鶴駐山頭數日，舉手謝時人而去。」從這一記載可以看出，詩人在問王子晉有何特別之處，而可得到浮邱公的攜持成仙？其所表達的意思與「千秋未可期」一樣，都是以世無知音來觀照神話傳說，表示對浮邱公攜持王子晉成仙的懷疑。「悅懌猶今辰」四句就直接轉為世事的描寫，言人們今辰彷彿還情同手足，可是不知為了什麼卻一時計較起來，人們互相商量好明日怎麼做，可是弄不準今天傍晚就有一方改變，一方將受到欺騙。這四句把世事的不可信給描繪了出來，我們據此反觀詩人對「黃鵠呼子安」、「猗靡相携持」的否定，是來自於世情淡薄、人無信言、背信棄義的觀照。蔣氏以甘露之變來解說這幾句，雖然有坐實之嫌，但甘露之變中，成濟之於高貴鄉公，司馬昭、賈充之於成濟，也許是最典型的「悅懌猶今辰，計校在一時。置此明朝事，日夕將見欺」的表現。詩人不是以神話傳說的攜持飛仙來批判世情，而是以世情的無常表示對神話傳說的懷疑，這種反向思維引出了人間、仙界都無知音、真誠可言，這樣也就回應了本詩的開頭：「人言願延年，延年欲焉之」，無處可去，長壽又有何意義呢？可以說這首詩反映了詩人對明爭暗鬥、相互殘殺的黑暗現實的痛恨，對世無知音、世情淡薄的憂憤以及無法超越的苦痛。而在其他一些詩中，至少仙界、成仙尚可成為詩人的精神寄託，而當這種精神寄託也被無情的現實擊碎時，詩人面臨的就是毫無希望的人生黑洞。由此我們不難體會到阮籍「塗窮痛哭」的巨大人生悲哀。

其五十六

【題　解】此篇是諷諭時政之作，表達了詩人對奸佞小人的厭惡，同時也揭示了詩人不願隨波逐流、堅持自己高潔情操的志向。

貴賤在天命，窮達❶自有時❷。婉孌❸佞邪子❹，隨利❺來相欺❻。孤恩❼損❽惠施❾，但為讒夫❿蚩⓫。鶺鴒鳴雲中，載飛靡所期⓬。焉知傾側士⓭，一旦不可持⓮！

【注釋】❶窮達　窮阨與顯達。❷時　時運；機遇。❸婉孌　年少美好貌。這裡指以美色取悅於人。❹佞邪子　諂諛邪惡的人。❺隨利　追求私利。❻相欺　欺騙我。相，表示動作偏指一方。❼孤恩　負恩。恩，原本作「思」，據一本改。❽損　貶損；貶低。❾惠施　恩惠。❿讒夫　讒人。⓫蚩　一作嗤。譏嘲。⓬鶺鴒二句　出自《詩經・小雅・小宛》：「題彼脊令，載飛載鳴。」鶺鴒即「脊令」，又名雝渠，俗稱小青雀。載，助語詞，無義。靡所期，無所希冀，無所期待。這兩句用「鶺鴒」比喻賢人君子。⓭傾側士　猶指反覆無常的小人。⓮持　通「恃」。依賴。

【語譯】富貴貧賤都由老天命定，窮阨顯達各有它的時運。只有那些以色悅人、搬弄是非的奸佞小人，為了追逐私利而不惜前來欺騙。他們不但負恩而且只知讒言以進，譏嘲賢士。鶺鴒在雲間鳴叫，展翅高飛無所棲止。哪裡知道世上的反覆小人，一天也不可依靠！

【研析】這首詩是阮籍面對傾覆的曹魏政權，指出了曹魏政權衰亡的一個主要原因是奸佞當道，賢人不得任用。史書記載魏帝有除司馬氏之心，然被泄露，被傾側之士出賣而導致失敗。阮籍此詩推測是對此有感而發。

詩歌開篇兩句似為消極的宿命之論，但詩人卻是借此言表明下文所描寫的佞邪子的巧偽趨利是違背常理的，佞邪子的所作所為是逆天理而動。接下來就是對「佞邪子」行徑的具體描寫。「隨利來相欺」一句揭示了「佞邪子」貴財賤義、巧偽趨利的本性。「孤恩損惠施」句與第五十首「丹心失恩澤」、「慈惠未易施」意同，揭露了「佞邪子」的忘恩負義、恩將仇報，「佞邪子」每天但知讒言以進，以致賢士蒿萊，沒有施展抱負的機會。「鶺鴒鳴雲中，載飛靡所期」，就以鶺鴒鳴飛雲中，沒有可以棲止之地來比喻賢才因「佞邪子」的把持朝政而窮途失路。結句言「佞邪子」反覆無常，關鍵時刻賣主求榮，不可依恃，這也暗示了小人的可悲下場，與開頭「貴賤在天命，窮達自有時」相應。

本詩運用了對比、比喻等表現手法，含蓄曲折，意旨遙深，表現了阮詩的一貫風格。

其五十七

【題　解】本篇表現了詩人對曹魏將亡、國無重臣的嘆息以及詩人憤而遠遊之意。

驚風❶振❷四野，迴雲❸蔭❹堂隅❺。牀帷❻為誰設，几杖❼為誰扶？
雖非明君子，豈闇❽桑與榆❾？世有此聾聵❿，芒芒⓫將焉如⓬？翩翩⓭從
風飛，悠悠⓮去故居。離靡⓯玉山⓰下，遺棄毀與譽。

【注　釋】❶驚風　猛風；大風。❷振　振動。❸迴雲　回旋翻滾的雲。❹蔭　遮蓋。❺堂隅　廳堂的角落。

❻牀帷　床帳。❼几杖　几案與手杖。以供老年人平時靠身和走路時扶持之用。故古以賜几杖為敬老之禮。❽闇　不明白；不理解。❾桑與榆　比喻人的晚年。曹植〈贈白馬王彪詩〉：「年在桑榆間，影響不能追。」李善注：「日在桑榆，以喻人之將老。」❿聾聵　本義為失去知覺，此喻愚昧無知的人。這裡是詩人自指。⓫芒芒　同「茫茫」。廣大貌。⓬焉如　到哪裡去。如，往；到。⓭翩翩　飛行輕疾貌。⓮悠悠　遙遠貌。⓯離麾　黃節認為當作「離靡」，連綿不絕的樣子。這裡指流連。⓰玉山　傳說中西王母所居之地，在崑崙山中。

【語譯】大風振動了四野，盤旋翻滾的烏雲遮蓋了廳堂四角。床帳為誰而設？几案和手杖給誰用來扶持？我雖然不是賢明的君子，哪裡會不知道暮年已經降臨？世上竟有像我這樣愚昧無知的人，一片茫茫，不知道將要到哪裡去？輕快地隨風飛翔，遠遠地離開我的故鄉。流連在玉山之下，拋掉人世間的讒毀和榮譽。

【研析】此篇又是一篇感時之作。首句「驚風振四野，迴雲蔭堂隅」，用自然景象烘托出當時昏暗的政治氛圍。「牀帷」二句緣上句「堂隅」而來，但又有喻指。《後漢書・桓榮傳》曰：「榮疾病，帝幸其家問起居，賜以牀茵帷帳。」《禮記》曰：「大夫七十而致仕，若不得謝，必賜之几杖。」可見這兩句以反詰的語氣寫出了朝廷恩重如山，而配得上此番禮遇的大臣卻無處可尋，用揭露現實的筆調抒發出內心的悲憤。中間四句轉入對自身的思考。言自己並非見識高明的君子，但也知道桑榆之年的臨近，像自己這樣愚昧無知的人，茫茫大地，何處才是個歸宿？詩人說自己不是「明君子」，是「聾聵」之人，其實是以自嘲口吻寫出了詩人對黑暗政局的深刻洞察，以及無有歸宿的悲哀。末尾四句作者襲用《楚辭・遠遊》中「春與秋不淹兮，奚久留此故居」的詩句，表示要登遊仙境，遠離塵世，達到榮辱皆忘的境界。黃節先生云：「此詩蓋責當時之大臣受魏帝恩禮者，不知國之將亡，故憤而為屈子之遠遊也。」此說甚得本篇詩意。

其五十八

【題　解】本詩描繪了詩人想像中的超脫生活，展示了詩人傲世蔑俗、豪放俊逸的高尚情懷。

危冠❶切❷浮雲，長劍出天外。細故❸何足慮？高度❹跨一世。非子❺為我御❻，逍遙遊荒裔❼。顧謝❽西王母❾，吾將從此逝。豈與蓬戶士，彈琴誦言誓❿？

【注　釋】❶危冠　高冠。❷切　接近；逼近。❸細故　瑣細的事情。❹高度　同「高渡」。這裡指超脫塵世。❺非子　秦之先世。據《史記·秦本紀》載，非子因善養馬而被周孝王任命為養馬官。❻御　駕馭車馬。❼荒裔　邊遠之地。❽謝　辭去。❾西王母　古代神話傳說中的女仙人，居住在崑崙山上。❿豈與二句　《尚書大傳》：「子夏日窮居河濟之間，深山之中，作坏室，編蓬戶，彈琴瑟其中，以歌先王之風。」蓬戶士，指居住在草棚中的隱士。這兩句同第四十三首「豈與鄉曲士，攜手共言誓」的意思基本相同。

【語　譯】高高的冠帽碰到了浮雲，長長的佩劍高聳出天外。人間瑣事哪裡值得牽掛？高蹈遊仙跨越整個世界。非子為我駕馭車馬，優遊自得遠遊四裔邊荒之地。回頭辭別西王母，我將從此遠遊不再回來。怎能與那些住在茅屋中的隱士先生，一起彈琴而共訂盟誓？

【研　析】此篇作品充滿了濃厚的浪漫主義色彩。開篇四句詩人即用誇張浪漫的筆法，馳騁豐富的想像，描繪了一位危冠長劍的雄傑之士，他不拘小節，超然物外，翻遊天地。而這一高大形象正是詩人的自我寄託，是詩人理想中的人物。《楚辭・涉江》云：「帶長鋏之陸離兮，冠切雲之崔巍。」又云：「世溷濁而不分兮，吾將高馳而不顧。」可見，開篇四句詩人化用〈涉江〉的語句與語意，表現了詩人傲世蔑俗的豪放個性。「非子為我御」兩句表現了詩人讓非子駕車，逍遙天地，遨遊八荒的精神，並借辭謝西王母表達了仙亦不足學的思想。可見詩人逍遙的境界，是一個無拘無束、自由自在、超凡脫俗的神奇境界，而那些彈琴誦詩的避世隱士，詩人更是不屑與之為伍了。詩人對俗世、隱居、仙界均作了否定，詩人肯定的就是他在〈大人先生傳〉中描寫的大人先生的境界，與莊子逍遙心遊的境界類同。這種境界的產生固然是因為黑暗的社會現實，如第四十三首所云「抗身青雲中，網羅孰能制」，但也充分展示了阮籍對自我個性、本性的固持。

這首詩構思奇特，辭章華麗，言近旨遠，想像奇崛，有如天馬行空，意氣風發，深刻反映了詩人所處的時代現實。既消沉又曠達，可稱得上格韻俱佳的上乘之作。

其五十九

【題　解】本詩以河上丈人與「繽紛子」的生活作為對比，抒發了詩人對趨炎附勢、四處奔走謀利的「繽紛子」的鄙視之情，同時也對河上丈人明於事理、安於貧賤的生活，表示了嚮往之情。

河上有丈人，緯蕭棄明珠❶。甘彼藜藿❷食，樂是蓬蒿廬❸。豈效繽紛子❹，良馬騁龍輿❺？朝生衢路❻旁，夕瘞❼橫術❽隅。歡笑不終晏❾，俛仰❿復欷歔⓫。鑒茲⓬二三者，憤懣⓭從此舒⓮。

【注釋】❶河上二句　《莊子·列禦寇》上有這樣一個寓言：有個住在河邊以編織葦草為生的人，有一天他的兒子在一個深淵裡得到了一顆珍貴的明珠。那個人對他兒子說：「快拿石頭把它砸碎，這顆珍珠一定是你在那深淵裡的驪龍頷下摸到的。你得到它時，那驪龍一定還在睡覺。等到牠醒來，你的身家性命就要完蛋了。」丈人，這是對老人的尊稱。緯蕭，編織艾蒿為簾。❷藜藿　藜菜和豆葉，這裡泛指窮人所吃的食物。❸蓬蒿廬　以蓬草與蒿草築屋，泛指窮人的居所。❹繽紛子　這裡指四處奔走謀利的人。❺龍輿　龍車。龍，一本作「輕」。輕輿，輕便的車輛。兩通。❻衢路　四通八達的大路。❼瘞　埋葬。❽橫術　大道；大路。❾晏　晚。❿俛仰　這裡指極短的時間。⓫欷歔　嘆息聲；抽咽聲。⓬茲　此。⓭憤懣　鬱悶；怨恨。⓮舒　舒展。

【語譯】河上有一位老人，織艾蒿為簾謀生而丟棄珍貴的明珠。甘願吃那粗陋的食物，樂於住在破敗的草棚裡。哪裡能效法四處奔走謀利的人，良馬駕著輕車四處跑？早上還活躍在四通八達的大道旁，晚上就埋葬於大路的一邊。歡笑的時間還沒有到很晚，轉眼之間又心生悲嘆。諸君看看此類人的下場，內心的鬱悶就會從此舒展。

【研析】本篇是憤世之作。詩人在此篇中塑造了兩類截然不同的人物形象。前四句描寫了一位河上丈人，其實是一位「甘彼藜藿食，樂是蓬蒿廬」的與世無爭的隱者。詩人尤其突出了丈人「棄明珠」之舉，明珠雖極珍貴，但不以其道得之不義，不據為己有。另一類是被詩人稱作「繽紛子」的人物，他們是生活奢侈的奔競之徒。詩人於言語中極力渲染「繽紛子」奔競生活的可卑與禍福難料的可嘆、可憐，與河上丈人的安貧樂道形成了鮮明的對比。「繽紛子」的所作所為既令人憤恨，他們的結局又令人可憐，因而詩人說「鑒茲二三者，憤懣從此舒」。阮籍的許多詩都表現了對勢利之徒的鄙薄之情，如第十二首的「繁華子」、第二十首的「塗上士」、第二十七首的「閒都子」、第五十三首「夸毘子」、第五十六首「佞邪子」，他們都與本篇的「繽紛子」一樣，趨利輕義，但往往不得善終。這些詩篇可說都是憤世、警世之作。

其六十

【題解】本篇用老子思想對儒家的禮義道德的言行準則，進行了冷嘲熱諷，表現了詩人的憤世之情。

儒者通六藝❶，立志不可干❷。違禮不為動，非法不肯言❸。渴飲清
泉流，饑食并一簞❹。歲時❺無以祀，衣服常苦寒❻。屣履❼詠《南風》❽，
縕袍❾笑華軒❿。信道守《詩》《書》⓫，義不受一餐⓬。烈烈⓭褒貶辭，
老氏⓮用⓯長歎。

【注　釋】❶六藝　此即指「六經」，為儒者通習的經典。❷干　冒犯。❸違禮二句　意謂儒者一舉一動都不違背禮法的規定。❹并一簞　《禮記・儒行》有「并日而食」之說，即兩天用一天的糧食。「并一簞」與此同義。并，一作「甘」。❺歲時　一年中的四季。古人每個季節都有不同的祭祀和祭品。《爾雅・釋天》：「春祭曰祠，夏祭曰礿，秋祭曰嘗，冬祭曰烝。」❻苦寒　苦於天寒。❼屣履　穿鞋而不撥上後跟，形容行走的急遽。❽南風　古樂曲名，相傳為舜所作。舜有孝行，故作歌以孝來教化天下。❾緼袍　以亂麻襯於其中的袍子。古時貧者無力買絲絮，僅能以麻著於衣內。❿華軒　華麗的車輛，為高官顯貴所用。⓫信道句　意謂儒者堅信正道，恪守儒家的一套道德倫理規範。《詩》《書》，即《詩經》和《尚書》，是六經中的兩部，這裡泛指一切儒家經典。⓬義不句　看重節義不肯接受一餐飯的施捨。⓭烈烈　本指火勢的猛烈，這裡指果斷、決斷。⓮老氏　老子。⓯用　以，因。

【語　譯】儒學之士精通六部經典，立志宏大不可冒犯。不合禮義的事不做，不合禮法的話不說。渴了就喝清泉的流水，餓了就兩天吃一天的飯食。一年四季沒有東西可作祭品，衣服單薄經常苦於天寒。四處奔走口詠《南風》之歌，身穿破袍卻敢嘲笑權貴之人。堅信正道恪守《詩》、《書》的道理，看重節義絕不接受一餐飯的施捨。對人對事敢於明確表達褒貶之辭，老子因此而深深嘆息。

【研　析】這首詩首先在章法上獨樹一幟，十三句勾勒儒者形象，一句收結，不言而喻地表現出詩人對假儒的蔑視與不滿。詩人用犀利文筆描寫了儒者遵循的種種言行標準，非禮勿動，非先王之法不敢言，渴飲清流，并日而食，衣單苦寒，無以供祭，恪守孝道，信守《詩》《書》，講究道義，笑傲權貴，「烈烈褒貶辭，老氏用長歎」，儒家所極力推崇的倫理道德，老子卻對此表示深深的嘆息，這就是《老子》的「天下皆知美之為美，斯惡已；皆知善之為善，斯不善已」所陳之義。這裡需要指出的是，阮籍原本也是尚儒之人，也是對儒家的言行標準遵循不二的，但本篇卻借老子之言加以否定，主要是因魏晉易代之際，儒家的倫理道德在現實社會中種種異化，上至統治者利用孝道翦除異己，弒君篡國，下至世俗小人趨炎附勢，重利輕義，這一切異化現象使詩人從憤世更進一步地走向絕聖棄智的虛無，在本篇中則表現為用老氏思想對儒家禮義道德的冷嘲熱諷。這正如魯迅先生早已指出的「嵇、阮的罪名，一向說他們毀壞禮教，但據我個人的意見，這個判斷是錯的。魏晉時代，崇奉禮教的看來似乎很不錯，而實在是毀壞禮教，不信禮教的。……表面上毀壞禮教者，實則倒是承認禮教，太相信禮教。」（〈魏晉風度及文章與藥及酒的關係〉）魯迅先生所言確實能幫助我們理解阮籍詩中心與願違的深刻含義。

其六十一

【題解】本詩回顧和描繪了詩人青少年時代習武從軍、渴望建功立業而最終一事無成的人生經歷，表達了詩人晚年不堪回首的悔恨。

少年學擊刺❶，妙伎過曲城❷。英風截雲霓❸，超世發❹奇聲❺。揮劍臨❻沙漠，飲馬九野❼坰❽。旗幟何翩翩❾，但聞金鼓鳴。軍旅令人悲，烈烈⑩有哀情。念我平常⑪時，悔恨從此生。

【注釋】❶擊刺　這裡指擊劍。刺，一本作「劍」。❷妙伎句　《史記·日者列傳》：「齊張仲、曲成侯，以善擊刺學用劍，立名天下。」此句正用此典，這裡形容技藝高超。伎，技巧；技藝。❸英風句　英武的氣概截斷了天上的白雲和虹霓。❹發　興起；產生。❺奇聲　美好的聲響。❻臨　到。❼九野　九州的郊外。❽坰　遙遠的郊野。❾翩翩　形容旗幟迎風飛揚貌。❿烈烈　憂傷貌。⓫平常　即平生。

【語譯】少年時候我曾學習劍術，神妙的技藝超過了曲成侯。英武的氣概截斷了白雲和虹霓，超世出群享有美好的聲譽。揮劍來到了沙漠，飲馬於那荒遠的九州邊界。沙場中旗幟隨風飄揚，只聽見金鼓的陣陣鳴響。軍旅生活令人悲壯，心中憂傷滿懷哀情。回想我平生的漫漫歲月，悔恨之情不由自主湧上心頭。

【研析】阮籍是一位「本有濟世志」的人，特別是在青少年時代，很想幹出一番大事業。此篇與其五（平生少年時）、其十五（昔年十四五）一樣，都是追憶少年時代的志趣與生活，對照今日的碌碌無為，萌發出無限感慨。

詩以「少年學擊刺」開篇，將思緒帶回往昔。描繪了少年時學擊劍，練就高超技藝，立志報效國家的少年壯士形象。中間幾句又以更為壯闊的筆調，描繪出自己曾經憧憬的軍旅生活，以豪邁激昂的筆法勾勒出一個旌旗紛飛、戰鼓雷鳴的激烈的戰鬥場面，表現了詩人對激烈殘酷戰爭的深切體會，寄託了詩人悲壯的理想。然而接下來筆鋒突兀陡轉，又將思緒收束在對現實的懊悔之中。「念我平常時，悔恨從此生」，表現出詩人少年壯志、老大無成的無限辛酸。結句寫得悲愴鬱憤，與前面的激揚高昂形成強烈反差，深化了詩的主題，賦予了它更為廣泛的社會意義。

全詩藝術特色鮮明，運用了典故來突出劍術的高超，並以豐富的想像、恰當的誇張，將少年時代幻想馳騁沙場的豪邁氣概，表現得一覽無遺；且詩中奔放的激情，更令人領略到建安詩歌慷慨悲涼風格的餘韻。

其六十二

【題解】本詩是一首懷念故人之作。從詩的內容來看，這位故人已經去世。黃侃認為詩人所懷的就是嵇康等亡友，較符合詩意。全詩表達了詩人對亡友的深切追悼之情。

平晝❶整衣冠，思見客與賓。賓客者誰子？倏忽❷若飛塵。裳衣佩雲氣，言語究❸靈神❹。須臾❺相背棄，何時見斯❻人？

【注釋】❶平晝　正午。❷倏忽　疾速。指極短的時間。❸究　通達。❹靈神　這裡指人的精神。❺須臾　片刻。❻斯　此；這。

【語譯】正午時分我整頓衣冠，想要去會見賓客。要會見的賓客是誰？他瞬間如飛塵一般消逝不見。他的衣裳佩帶著雲氣，他的言語能通達人的精神。片刻之間便棄我而去，不知什麼時候再能見到此人？

【研　析】魏晉易代之際，「名士少有全者」，被迫害的名士中，有的就是阮籍的朋友。為此，阮籍寫下不少悼念之作。黃侃先生認為本篇就是悼念其友嵇康的。在文學史上阮籍與嵇康並列為「正始文學」的代表人物，然而二人在政治態度上卻截然不同。嵇康「剛腸疾惡、輕肆直言」，而阮籍「發言玄遠，口不臧否人物」，對待司馬氏的拉攏與控制也是採取若即若離的態度。但是二人同為「竹林七賢」的成員，交往甚密，因而互稱「賓客」也是常事。嵇康終因開罪司馬氏而被殺，詩人借此詩追憶嵇康，「倏忽若飛塵」即點出此事，也表明自己對嵇康被害感到震驚突兀。而「裳衣」二句則是概括了嵇康生前吃藥求仙、清談玄理的言行，也借此高度讚頌了嵇康的高潔操行。「須臾」二句則指嵇康被殺，永遠也不能再相見，言語間流露出深切的悼念之情。全詩隱約曲折，沒有明確指出所悼之人是誰，但據阮籍生平的記載，基本可以斷定是嵇康，而詩中表達的深切的悲痛也是極為真實的流露，很是感人。

其六十三

【題　解】本詩是即景遣懷之作，反映了詩人試圖從「多慮」、「寂寞」的生活中振作起來的願望。

多慮[1]令志散，寂寞使心憂。翱翔[2]觀[3]陂澤[4]，撫[5]劍登輕舟。但願長閒暇❻，後歲復來遊。

【注　釋】❶慮　謀思。❷翱翔　悠閒遊樂貌。❸觀　一作「歡」。❹陂澤　池塘；湖泊。❺撫　持。❻閒暇　空閒。

【語　譯】太多的思慮容易使人意志渙散，過分的孤單冷清容易使人心生憂愁。悠閒遊樂觀賞池塘景色，手持長劍登上輕舟。但願經常有空閒的時間，來年能夠再來遨遊。

【研　析】社會環境的黑暗混亂，給詩人帶來了巨大的憂慮與寂寞。詩歌起首二句就很恰當地表現了阮籍當時痛苦不堪的情況。同時也是他對自己身逢亂世，但要努力保持高潔的一種警策，阮籍是要警示自己過多憂慮、過分孤寂則會使自己意志消沉，心情憂愁，這不是正確的處世之道。詩人撫劍登舟，翱翔陂澤。「翱翔觀陂澤」又作「翱翔歡陂澤」，語出《詩經・陳風・澤陂》：「陂澤之陂，有蒲與荷。有美一人，傷如之何。」可見，詩人往觀陂澤是為了尋求傷心之美人，即有與詩人同樣遭遇的志同道合的「友人」，這也是繼承了屈原求女的表現手法。詩人有沒有遇見友人沒有交代，但詩人明確表示「但願長閒暇，後歲復來遊」。希望來年再遊，則見詩人「多慮」、「寂寞」的心情確因此次出遊而舒散振作了許多，儘管這只是一時的遺懷，但反映了詩人從憂慮、寂寞中振作起來的生活願望。

其六十四

【題解】本篇隱曲地抒發了詩人濃重的人生失路之悲。

朝出上東門❶，遙望首陽❷基❸。松柏鬱❹森沉❺，鸝黃❻相與嬉。逍遙九曲❼間，徘徊欲何之❽？念我平居❾時，鬱然❿思妖姬⓫。

【注釋】❶上東門　詳見其九注❷。❷首陽　山名。❸基　這裡指山腳。一本作「岑」。❹鬱　茂密貌。❺森沉　謂樹木高聳繁密貌。❻鸝黃　鳥名，也叫黃鶯。❼九曲　九曲瀆，在洛陽東門外，黃河河道在那裡彎曲，故稱九曲。❽何之　往哪裡去。之，往。❾平居　平素。❿鬱然　憂愁蘊結的樣子。⓫妖姬　多指妖豔的侍女、婢妾。這裡指商朝的妲己。

【語譯】早上走出上東門，遙望首陽山腳。只見松柏茂密高聳，黃鶯在其間相互嬉戲。我在九曲黃河邊優遊漫步，來回往返要到哪裡去呢？回想我平素閒居時，總是心懷憂鬱地想起妖女妲己。

【研析】伯夷、叔齊隱居的首陽山，在阮籍詩中多次出現，阮籍還寫過一篇〈首陽山賦〉。夷、齊處於殷、周鼎革之際，但二人不餐周粟，隱居、餓死首陽，是古代為義而隱的高潔之士的象徵。阮籍身處魏晉易代之際，猶如夷、齊，但去就違心，故阮詩反覆首陽之嘆，皆有人生無奈之悲，本篇也隱曲地反映了詩人這種矛盾複雜的心理。

開篇即言「朝出上東門，遙望首陽基」，可見本詩所蘊含的情感都是由登首陽思夷、齊引發的。「松柏鬱森沉，鸝黃相與嬉」兩句言松柏森林，黃鸝繞飛，這是「望首陽」所見之景。第十三首開篇四句云：「登高臨四野，北望青山阿。松柏翳岡岑，飛鳥鳴相過。」可見，這兩首詩的開篇四句在用詞、語意上均非常相似。古人有植松柏於墓旁之習俗，故目睹松柏蔽山阿，可能會引起人生末路之悲。第三十七首接下去就借李斯臨終的悔恨及蘇秦未得善終的悲劇，表示對夷、齊「求仁得仁」的推崇。而本篇接下來則是詩人對自我感情、人生道路的剖白。「逍遙九曲間，徘徊欲何之」兩句表現了「楊朱泣歧路，墨子悲染絲」的人生行路難的悲慨與無奈。阮籍鄙視李斯、蘇秦，推崇伯夷、叔齊，但在行動上卻又不能貫徹，其思想與行動的乖離，常常使詩人感受到沉重的人生歧路之悲。結句「念我平居時，鬱然思妖姬」也是以極其隱曲的手法表現了這種悲痛。《晉書・阮籍傳》曰：「太尉蔣濟聞其有雋才而辟之，……乃就吏。」《三國志・蔣濟傳》曰：「齊王即位，遷太尉。」據此，阮籍平居未仕之時，當在魏明帝之世。「鬱然思妖姬」句是說詩人曾心情憂鬱地想起妲己禍國之事。詩人登首陽思夷、齊，故連及而言「思妖姬」。阮籍〈詠懷〉四言詩曰：「泯泯亂昏，在昔二王。瑤臺璇室，長夜金梁。殷氏放夏，周翦紂商。於戲後昆，可為悲傷。」可見詩人的「妖姬之思」是希望魏明帝能以妲己禍國為鑑，勵精圖治。詩人刺明帝而曰「思妖姬」已是一曲，而昔日對曹魏的關注與今日對司馬氏的依違，造成詩人終愧夷、齊之感，則是曲中之曲了。本篇可以說典型地反映了阮詩難以情測、歸趣難求的特徵。

其六十五

【題解】這是一首借古抒懷之作。本詩通過描寫王子晉成仙離世的故事，一定程度上對成仙遁世表示了否定，抒發了詩人的憂生之情。

王子十五年，遊衍伊洛濱❶。朱顏❷茂春華❸，辯慧❹懷清真❺。焉❻見浮邱公❼？舉手謝❽時人。輕蕩❾易恍惚❿，飄颻棄其身。飛飛⓫鳴且翔，揮翼且酸辛。

【注　釋】❶王子二句　據《列仙傳》記載，王子喬是周靈王太子晉。好吹笙，作鳳鳴。遊於伊、洛之間。道人浮邱公接以上嵩山。後於緱山乘白鶴駐山頭數日，舉手謝時人而去。遊衍，盡情遊玩。伊洛，伊水和洛水，都流經洛陽。❷朱顏　指紅潤美好的容顏。❸春華　春花。❹辯慧　指聰明而富於辯才。據《逸周書・太子晉解》記載，王子晉十五歲時曾與晉國使者叔譽、師曠辯論，使兩人深相嘆服。但王子晉並不以人間王位為念，未及三年而卒，死後成仙。❺清真　純真樸素。❻焉　哪裡。表反詰。❼浮邱公　古之仙人。見注釋❶。❽謝　辭別。❾輕蕩　輕飄晃蕩。❿恍惚　神志不清。⓫飛飛　飛行貌。最後四句描寫了太子晉拋棄人世時的悲傷心情。

【語　譯】王子晉年方十五，盡情遊玩於伊、洛之濱。紅潤美好的容顏繁茂如春花，聰明善辯而又純真樸素。在哪裡看見仙人浮邱公？使他舉手辭別了當時世人。輕飄晃蕩神志不清，飄颻而去拋棄了自己的形骸。他騎乘的仙鶴一邊長鳴一邊飛翔，隨著仙鶴的揮翼而去，心中滿懷酸辛。

【研　析】據《列仙傳》載，王子晉遊於伊、洛，被道士浮邱公接上嵩山，後離世成仙。世人對這一傳說企羨不已，本篇所據也是《列仙傳》中的記載，但卻表達了詩人對這一傳說的懷疑和否定。

本篇分兩個層次，「王子十五年」以下四句為一層，主要是敘述年方十五的王子晉風華正茂，清慧善辯，遊於伊、洛之間。「焉見浮邱公」以下六句為一層，是描寫傳說中浮邱公接王子晉離世成仙之事，但「焉見」二字從語意上統攝六句，表明詩人對這一傳說的懷疑、否定。但此詩蘊含著怎樣一種情感，有何寓意呢？有人據「王子年十五」句，推測此王子就指常道鄉公，或指高貴鄉公，或齊王芳。如黃節云：「蓋此詩傷高貴鄉公而作也。」《三國志・魏書》：「高貴鄉公卒年二十。」在位凡六年，則即位之時年當十五。詩中稱其辯慧，如史載帝幸太學問諸儒事可證。陳壽評曰：「高貴公才慧夙成，好問尚辭，然輕躁忿肆，自蹈大禍。則詩言輕蕩棄身，匪高貴其何指？」《阮步兵詠懷詩註》頗坐實難通。或有人認為是弔嵇康之作，這又虛無難信。黃侃說：「神仙竟無可信。子晉緱嶺之遊，人傳仙去；然飄颻恍忽，竟與死去何殊！觀於此詩，而阮公憂生之情，大可見矣。」否定成仙的另一面是對生命終逝的憂嘆，故黃侃之說表現了「憂生之情」較以上各說均通達。

其六十六

【題解】本篇為憤世之作，言世間趨利附勢，忘恩負義，表現了詩人放遊人間，不與世俗為伍的情懷。

寒門不可出❶，海水焉可浮❷？朱明不相見，奄昧獨無侯❸。持瓜思東陵❹，黃雀誠獨羞❺。失勢在須臾，帶劍上吾丘❻。悼彼桑林子，涕下自交流❼。假乘❽汧❾、渭間，鞍馬去行遊。

【注　釋】❶寒門句　《楚辭・遠遊》曰：「舒並節以馳騖兮，連絕垠乎寒門。」寒門，北極之門，古代傳說中北方極寒冷的地方，相傳為黃帝成仙處。寒，原本作「塞」，據一本改。❷海水句　《論語・公冶長》：「子曰：『道不行，乘桴浮於海。』」這是孔子不得志時所說的一句憤激話，意思是說如果我的主張得不到推行，那麼我就乘著小舟隱遁到大海中去。以上二句意謂成仙、隱遁之事都不可能。❸朱明二句　太陽昏暗不明，分不清季候。朱明，本指夏天，此言太陽。奄昧，同「晻昧」。昏暗不明貌。侯，當作「候」，徵候，這裡指季候。此兩句，一本作「朱明奄昧獨，無不相見侯」。按此兩句費解，疑有訛誤。❹持瓜句　用召平東陵瓜之典，詳見其六注❶。❺黃雀句　用「螳螂捕蟬，黃雀在後」之典，詳見其十一注⓬。以上二句是說，召平以種瓜為生，安度了餘生。像黃雀那樣只貪求螳螂在前，而不知有人持彈於後的做法，的確是值得羞恥的。❻失勢二句　《水經注・渭水》引《漢武故事》曰：「帝崩後忽見形，謂陵令薛平曰：『吾雖失勢，猶如汝君。奈何令吏卒上吾陵磨刀劍乎？』」後薛平經過查訪，發現陵旁有塊方石，吏卒經常到那裡去磨刀劍。這兩句似用此典。失勢，這裡指去世。丘，陵墓；帝王的墳墓。❼悼彼二句　《左傳・宣公二年》曰：「初，宣子田於首山，舍於翳桑。見靈輒餓，問其病，曰：『不食三日矣。』食之。舍其半。問之，曰：『宦三年矣，未知母之存否，今近焉，請以遺之。』使盡之，而為之簞食與肉，寘諸橐以與之。既而與為公介，倒戟以禦公，徒而免之。問何故，對曰：『翳桑之餓人也。』問其名居，不告而退。」交流，猶齊流。❽假乘　駕車。❾汧　《說文》：「水出扶風汧縣，西北入渭。」

【語　譯】寒門不能輕出，大海如何能隨意任人漂浮？太陽忽然被遮蔽，而不見蹤影，世界昏暗不明更是分不清季候。拿起一個瓜兒就想起了召平的種瓜東陵，黃雀只知道螳螂在前而不知道有人持彈於後的做法的確是值得羞恥的。漢武帝剛剛去世，就有人帶劍上了他的丘墳。想到翳桑的餓人，傾身回報趙宣子恩德之事，就不禁眼淚橫流。不如駕車到汧、渭之間，騎著馬去遠遊。

【研析】本篇為憤世之作，開篇就很突兀。「寒門不可出，海水焉可浮」兩句，化用《楚辭》、《論語》中語句，言北極與東海均不是可去之地，借此表明成仙、隱遁之不可能。可見開篇兩句即以否定的語氣表達了詩人極想離開所處的現實環境而又無處可逃的巨大悲哀。接下來「朱明不相見，奄昧獨無侯」兩句就用比喻總寫世道的黑暗。以朱明喻君，朱明不見，就浮雲蔽日，寫出了小人持政，黑白不分，昏暗無道的現實。「持瓜思東陵」以下六句就運用典故展開具體描寫。「持瓜思東陵，黃雀誠獨羞」，運用兩個典故形成對比，認為東陵之種瓜可為，黃雀之貪利可恥，因以利相交，利盡禍至。「失勢在須臾，帶劍上吾丘」運用漢武帝典故，形成生前與死後的對比，說明以勢相交，勢盡義絕的現實，有人認為此二句暗諷司馬氏目無魏武、魏文二帝，確有道理。以上四句一以利言，一以勢言，極寫現實的趨利附勢與忘恩負義，所以詩人一想到靈輒報趙宣子一飯之思，就不免涕下沾襟。結句「假乘汧、渭間，鞍馬去行遊」，表示將乘車馬遠遊。遊仙不可得，仍可放遊人世。開篇言無處可逃，結句言放遊人間。不可逃與可逃都表現了詩人不與流俗為伍的憤世情懷與對現實的極大厭惡。黃侃先生言本篇：「亦言神仙難信，富貴無常；一旦失勢，則雖以漢武之雄主，吏卒得上其丘冢而磨劍。物情若此，何為而不放遊終生乎？」甚得本篇意旨。

本篇通篇用典，豐富了詩歌的蘊含，也見出詩人駕馭典故的功力。但用典過多，在一定程度上也會造成詩的晦澀難懂。阮詩多歧義紛爭，用典甚多也是其中一個原因。

其六十七

【題解】本篇嘲諷了矯揉造作的偽善禮法之士，表明了自己的厭惡和憎恨之情。

洪生❶資❷制度❸，被服❹止有常❺。尊卑設次序，事物齊❻紀綱❼。容飾整顏色❽，磬折執圭璋❾。堂上置玄酒❿，室中盛稻粱⓫。外厲⓬貞素談⓭，戶內滅芬芳⓮。放口⓯從衷⓰出，復說道義方⓱。委曲周旋儀⓲，姿態愁我腸。

【注釋】❶洪生　猶鴻儒，有名的儒生。❷資　憑藉。❸制度　指儒家的那一套禮制規範。❹被服　穿著。❺有常　意為依據正式規定。❻齊　整齊；一致。這裡有「遵照」的意思。❼紀綱　法度；規矩；準則。❽顏色　面容；面色。❾磬折句　意謂極端謙卑恭敬。磬折，行禮時身體屈折如磬之狀以表恭敬。磬，古代一種樂器，略如曲尺形。圭、璋，都是貴重玉器。古時侯諸侯朝王時執圭，朝后時執璋。❿玄酒　祭祀時所用的清水。⓫稻粱　祭祀時進獻的糧食。⓬厲　做作。⓭貞素談　純正的言論。⓮芬芳　比喻美好的德行或名聲。⓯放口　言語放肆不加節制。⓰衷　內心。⓱方　手段、途徑、方法等。⓲委曲句　言鴻儒的那套揖讓進退曲折扭捏的儀態。委曲，屈身折節。周旋，交際應酬。

【語譯】鴻儒們的一舉一動都依循禮儀制度，穿衣戴帽都端正整齊有嚴格的規章。嚴格按照尊卑等級排定次序，大小事情都遵照法制不能讓它違背綱紀。注重裝飾打扮，儘量使神色整肅顯示莊重，手持圭璋上朝行禮身體彎曲如磬狀。堂上放置祭神用的玄酒，室內盛滿用來祭祀的稻粱。對外人一臉嚴肅說話絕對純正，私下裡卻壞事做盡，滅盡了天良。有時候放言無忌說出了內心話，但一會兒臉孔一變又大談起道義的要方。那套卑躬屈膝忸怩曲折的儀態，見了實在使我心傷。

【研　析】對儒家禮法異化現象的嘲諷與揭露是阮詩中經常表現的主題。本篇在表現手法與詩旨上與第六十首極為相似。不過本篇嘲諷語氣更加明顯。開篇八句即描述「洪生」以古人的禮樂制度為標準，衣裳服飾，儀容整齊，尊卑揖禮都遵循禮法。朝拜時，手執圭璋，彎腰屈膝，溫良恭順；在殿堂，經常設供祭祀，尊敬祖先，恪守禮度。九至十二句，寫學問淵博的大儒貌似正人君子，在外面滿口仁義道德，而私底下卻毫無美德可言，有時偶而吐露了真情，一旦被人發現，卻又裝腔作勢起來。最後兩句是作者對鴻儒們的評論：「委曲周旋儀，姿態愁我腸。」言其揖讓進退矯情作態，使人非常討厭！作者用欲抑先揚和對照的手法，對當時偽善的儒生們施以無情地揭露和嘲諷，充分表現出這些所謂禮法之士的虛偽可憎，從而有力地抨擊了當時統治者所倡導的封建禮教。

詩人年少時本以儒學為志向，但在他生活的時代，司馬氏在奪取政權的過程中，為掩飾其篡權的事實，虛偽地利用起禮教作為治理工具，使得善於鑽營的小人，都紛紛扮成禮法之士，於是阮、嵇等名士反對禮教，提出「自然」與之對立，這也可解釋為何老莊思想盛行一時。詩歌滿篇都以嘲諷、揶揄的筆調描繪著儒生的形象，予以無情的揭露與攻擊。詩歌在描寫人物上多方位、多角度地刻畫，從外貌到內心，從語言到行動，揮筆自如，但句句切中，增加了作品的容量，也深化了其社會意義。而詩歌一正一反的對比手法，更是形成強烈的反差，更加有力地烘托出人物形象。且詩歌語言詼諧辛辣，使「洪生」形象又添了幾分滑稽，更深化了主題。此篇作品達到理正而文奇、意新而詞妙的藝術境界。

其六十八

【題解】這似是一首旅途抒懷之作。從「西行遊少任」句來看，這首詩大概作於從東平任上歸來的途中。抒發了詩人對現實政治的厭倦之情和嚮往擺脫人世束縛以求飛升遊仙的願望。

北臨乾昧❶谿，西行遊少任❷。遙顧❸望天津❹，駘蕩❺樂我心。綺靡❻存亡門❼，一遊不再尋。儻❽遇晨風鳥❾，飛駕出南林❿。漭瀁⓫瑤光⓬中，忽忽⓭肆⓮荒淫⓯。休息晏⓰清都⓱，超世又誰禁？

【注釋】❶乾昧　傳說中的山名。《山海經・東山經》：「東山經之首曰樕螽之山，北臨乾昧，食水出焉，而東北流注於海。」郭璞注：「〔乾昧〕山名也。」❷遊少任　不勝其遊。少，數量小，少量。任，承當；擔當。少任即不能承受。❸顧　回首；回視。❹天津　本指在箕、斗之間的橫於銀河之上的天津九星，這裡指銀河。❺駘蕩　無所拘束；放縱。❻綺靡　綺麗；奢華。❼存亡門　指君門。存亡，生死。❽儻　或許。❾晨風鳥鳥名。即鸇鳥，性兇猛。《詩經・秦風・晨風》：「鴥彼晨風，鬱彼北林。」毛傳：「晨風，鸇也。」此處以晨風鳥喻惡人。⑩南林　與晨風飛往北林相對。這句有誓不與惡人為伍的意思。⑪漭瀁　廣大貌。⑫瑤光　北斗七星的第七星名。《淮南子・本經訓》：「瑤光者，資糧萬物者也。」高誘注：「瑤光謂北斗杓第七星也。」⑬忽忽　迷糊；恍忽。⑭肆　不受拘束；縱恣放肆。⑮荒淫　混沌浮蕩貌。⑯晏　平靜安逸。⑰清都　神話傳說中天帝居住的宮闕。《楚辭・遠遊》：「集重陽入帝宮兮，造旬始而觀清都。」

【語譯】北面俯視乾昧溪，西向前行能讓人盡興的地方實在太少。遠遠地回頭望向那銀河，無所拘束愉悅了我的心情。綺麗奢侈是死亡之門，一經遊覽便不想再遊。倘若碰到晨風猛鳥飛向北林，那麼就飛駕車馬趕快馳去南林。在廣闊無際的瑤光之中，恍恍惚惚地縱意享受那混沌浮蕩的樂趣。在安逸的清都休息，既已超脫塵世又有誰能禁止？

【研析】「名士少有全者」的現實使阮籍被迫出仕，然而阮籍「任性不羈、傲然獨得」的個性，又使他無法忍受在朝做官的羈束。為了擺脫司馬氏的監控而又不至於過於顯露，阮籍提出出任東平相。《晉書・阮籍傳》載：「及文帝輔政，籍嘗從容言於帝曰：『籍生平曾游東平，樂其風土。』帝大悅，即拜東平相。」可見，阮籍以「樂其風土」為由，請求外任。但十餘日又回來了，這其中肯定有某種政治方面的原因。這首詩就是詩人由東平回京洛陽途中所作，表現了詩人對羈束生活的強烈不滿以及追求自由的強烈願望。

阮籍雖以「樂其風土」要求任東平相，但從其所作〈東平賦〉來看，無一語稱其風土可樂者，「樂其風土」只不過是託辭。詩人從東平歸京路上也少有遊興，正如詩中所言「西行遊少任」。所以本詩雖是旅途抒懷之作，但詩人並不著意於真實記遊，故首句「北臨乾昧谿」中「乾昧」是傳說中的山名，是虛指。遊途中能夠讓詩人盡興的地方實在太少，但是「遙顧望天津，駘蕩樂我心」，詩人抬頭遙望銀河，頓覺心靈舒放，毫無拘束。開頭四句的一抑一揚即表現了詩人超脫現實、放縱心靈的願望，從一個側面見出詩人於現實政治中所受的沉重壓抑。東平其土雖無詩人想像得那麼美好，但相對而言心靈則是自由的，但這自由僅十餘天卻不得不歸京，司馬氏的再次羈束肯定會引起詩人的心靈反抗，「綺靡存亡門」以下八句就是心靈反抗的表白。伴君如伴虎，尤其是黑暗殘殺的易代之際，君門雖綺麗奢華，但生死旦夕，所以詩人決絕地說「一遊不再尋」，表現了對政治的極度厭惡。「儻遇晨風鳥，飛駕出南林」兩句，以晨風北飛，己飛南林為喻，一方面表現了詩人不與汲汲仕途小人為伍的傲然不群，另一方面也道出了若司馬氏再以官羈束，詩人將飛往南林的不合作態度。詩的最後四句化用《楚辭・遠遊》中的語句，表現了詩人遠遊出世，在那毫無拘束、自由自在的天地翱翔、逍遙，這正是詩人表達的「抗身青雲中，網羅孰能制」。

阮籍從東平返回京師後，又做了司馬昭的從事中郎，但擔任此職大概只有一年左右，便又請求做步兵校尉。《晉書・阮籍傳》曰：「籍聞步兵廚營人善釀，有貯酒三百斛，乃求為步兵校尉。」營廚有美酒也是託辭，這次請求與求東平相一樣，一部分原因就是阮籍要擺脫司馬氏的羈束，去追求現實中的相對自由。因此我們從這首詩以及作這首詩前後詩人的行事上可以深深體會到阮籍那種傲物任性、追求心靈自由的個性精神以及詩人在現實中的苦苦掙扎。

其六十九

【題　解】本詩抒發了世道頹喪、真誠朋友難得的感嘆。

人知結交❶易，交友誠❷獨❸難。險路多疑惑，明珠未可干❹。彼求饗太牢❺，我欲并一餐❻。損益生怨毒❼，咄咄❽復何言！

【注釋】❶結交　與人交往，建立情誼。❷誠　真正；確實。❸獨　表轉折，猶「卻」。❹險路二句　用「明珠暗投」的典故。《史記‧魯仲連鄒陽列傳》：「臣聞明月之珠，夜光之璧，以暗投人於道路，人無不按劍而眄者，何則？無因而至前也。」險路，狹窄不平之路。干，求；得。❺彼求句　別人希望能分享太牢。彼，那。代指別人。饗，古代祭祀以後，大家共享祭品。太牢，古代祭祀，祭品中牛羊豬三牲俱備的稱太牢，這是最隆盛的祭祀。❻并一餐　與《禮記‧儒行》「并日而食」同義。意即把一天三餐併作一餐吃。以喻貧窮。❼損益句　利益的多少會產生怨恨。損益，增加和減少，這裡指世俗之人的交往是以利益的多少為標準的。生，產生。怨毒，怨恨；仇恨。❽咄咄　感嘆聲。

【語譯】人們都說結交朋友容易，但交友實是一件難事。人行於險路多懷疑惑，即使明珠在前也不敢冒求。別人都希望能夠共享太牢美味，我卻只求一日三餐併作一餐。利益的多少會產生怨恨，除了咄咄感嘆還有什麼可說的呢！

【研析】阮籍的許多詩都表現出「世無知音」的悲嘆。對造成這一現象的原因，一些詩中或多或少均有涉及，而本篇就是專門以此為主題而發表的感嘆與議論。

本詩以「人知結交易，交友誠獨難」起首，兩句在用語、意思上都形成對比，表達了詩人對交友難的獨特感受，接下來就是對這一感受的具體闡發，進一步探討交友難的原因。其一是世無

「信」字可言。朋友之間首先要講究誠信，但「險路多疑惑」，即世道艱險，人心多疑多詐，即使投之明珠，也會將信將疑，這裡面包含著詩人懷中有珠，而世人眼中無「珠」的喟嘆。其二是世人但求富貴，而詩人卻安貧樂道。「饗太牢」與「并一餐」的對比，見出詩人與世人迥然不同的人生志趣，這樣難免就「道不同不相與謀」了。其三是世上的逐利棄義。「損益生怨毒」表明世人「友情」非常不牢靠，損益得失之間，就使信誓旦旦的「友情」毀於一旦，怨恨頓生。這不由得使我們想到韓愈為柳宗元寫的「行狀」中提及到的小人之間一旦涉及利益，而這利益僅如毛髮比，便推人下井，且落井下石的世情，這也許就是阮籍所感嘆的「損益生怨毒」的生動再現吧。詩人面對這種淡薄的世情，「咄咄復何言」，除了吃驚之外尚有何言可說？因為小人以利交，而君子是以義的啊！詩正是從以上三個方面反映了世情淡薄、信義皆失的現實，而詩人卻執著於這一切的追求，無怪乎詩發出「交友誠獨難」的感嘆了。

「交友誠獨難」或者說「世無知音」的悲嘆，緣自於詩人與世俗迥異的人生價值追求。這種悲嘆在屈原的作品中有很多表現，如「眾皆競進以貪婪兮，憑不厭乎求索。羌內恕己以量人兮，各興心而嫉妒」、「國人莫我知兮，又何懷乎故都」等等，屈原表現更多的是政治上的悲嘆，而阮籍的悲嘆雖無屈原指天為證的強烈，但從交友的角度，從詩人與世人的比較中，我們似乎體會到阮籍把屈原的政治悲嘆伸展到了更為廣泛的人性層面，可以說這首詩體現了魏晉南北朝「人的覺醒」在人性方面思考的拓展與深入。

其七十

【題　解】本篇抒發了詩人企盼滅絕情思，超脫塵世以忘卻憂思的情懷。

有悲則有情，無悲亦無思。苟非嬰❶網罟❷，何必萬里畿❸？翔風拂重霄❹，慶雲招所晞❺。灰心❻寄❼枯宅❽，曷❾顧人間姿❿？始得忘我難⓫，焉⓬知嘿⓭自遺⓮！

【注　釋】❶嬰　糾纏；羈絆。❷網罟　羅網。喻仕宦。❸畿　疆域。❹翔風句　翔風，祥瑞之風。翔，通「祥」。重霄，猶言「九霄」，指高空，古代往往用以比喻皇帝所在。「翔風」句意謂佞人自居高位，陪伴在君王身旁，猶如和風輕拂雲霄。另一說：翔風，猶言飄風，即旋風、暴風。《詩・大雅・卷阿》：「有卷者阿，飄風自南。」毛傳：「飄風，回風也。」比喻邪惡之徒。拂，揮擊、拂擊。意謂邪惡之徒猶如無常的旋風拂擊雲霄，蒙蔽君王。❺慶雲句　慶雲，五色雲。古人以為喜慶、吉祥之氣。招，招搖；曳動。晞，拂曉；天明。整句意謂邪惡之徒在新朝占據尊顯之位，猶如雲氣招搖於日之始升時。❻灰心　謂悟道之心，不為外界所動，枯寂如死灰。語本《莊子・齊物論》：「形固可使如槁木，而心固可使如死灰乎？」❼寄　寄託；借體。❽枯宅　枯寂的形體。《莊子・大宗師》：「且彼有駭形而無損心，有旦宅而無情死。」成玄英疏：「宅者，神之舍也。」此句寓意是說自己心如死灰，對新貴顯宦毫無興趣。❾曷　怎麼。❿人間姿　人世間的種種姿態。⓫忘我難　忘記我所面臨的人世及我的自身是困難的。⓬焉　哪裡。⓭嘿　同「默」。不說話；不出聲。⓮自遺　遺忘自己。

【語　譯】人有悲哀就表示人有感情，沒有悲哀也就沒有情思。如果不是被人世羅網所纏繞，又何必四處奔走，遠託千萬里？祥和之風在重霄之間拂散，五色祥雲招搖於太陽升起之時。把悟道之心寄託在枯槁的軀殼裡，哪裡還管那人間的萬種姿態？這才懂得要達到忘我的境界是非常困難的，過去哪裡曉得默默無語忘掉自身存在的道理！

【研　析】阮籍的許多詩開篇很突兀警拔，本篇亦如此。「有悲則有情，無悲亦無思」兩句，運用語詞的回復，反映出詩人對世事的悲慨、憂思以及悲痛至極不願去思的複雜情感，既表達了詩人的悲情，也表達了詩人對悲情的反思。接下來「苟非嬰網罟」四句，就具體表現詩人的所悲。詩人有兩重可悲，一可悲是悲自身，即「苟非嬰網罟，何必萬里畿」，假如自己能忍受仕宦塵網的束縛，又何必遠託萬里，四處飄搖呢？這裡「網罟」比喻官場，陶淵明詩中也多把官場比作塵網，這種比喻一是悲嘆身陷官場，二是悲嘆於官場中自我本性的喪失。張季鷹也說過人生貴得適意，不必羈宦千里之外之語，可見阮籍這層悲嘆，在魏晉南北朝的文人士子中，還是比較普遍的。詩人的二可悲是悲權貴的囂張跋扈，即「翔風拂重霄，慶雲招所晞」。黃節先生注「翔風」為「飄風」，認為以「翔風」、「慶雲」喻邪惡之徒，以「拂重霄」、「招所晞」喻邪惡蔽君。這裡「翔風」應取其原義「祥風」，與「慶雲」字面意義相對，此二句用以比喻新朝顯貴得意招搖之態，可與「人間姿」相應。阮籍對司馬氏篡權是極為不滿的，所謂的「重霄」和將升之朝陽，其實並非他心目中正統的君主，也無所謂「蔽君」之說。「翔風」二句字面上寫得吉祥喜慶，但採用的是旁觀視角，又透露出厭惡之情，與阮籍在高壓政策下不得不低頭，而又不甘同流合污的複雜境遇，是相對應的。詩人說「無悲亦無思」，那麼有悲則應有思。「灰心寄枯宅」四句就是詩人二重之悲後的所思。

如果自己超然世外，心如死灰，進入悟道的境界，對外界視猶未視，哪裡還管得上人間的萬種姿態呢？從中才悟得達到「忘我」，即「無功、無名、無己」的境界是非常難的，自己哪裡懂得忘掉自我的道理。最後兩句表面上說「始得」、「焉知」，表明自己以前的不知不曉，實際上含有從此悟得的含義，並與開頭「有悲則有情，無悲亦無思」兩句呼應，這樣全詩以有情有思始，以忘我自遺即無情無思終，表達了詩人遺落世事，超然物外，以忘心憂的情懷。

本篇開頭兩句語句回復中的情感迭宕，結句的言此而意彼，以及「網罟」、「翔雲」、「慶雲」等眾多的比喻，使此詩充分體現了阮詩明朗而晦澀、質真而曲折的藝術風格。另外，本詩章法嚴謹，如開頭和結句的呼應，所悲與所思的結合，使得感情的抒發雖曲折卻又條理清晰，極有章法。

其七十一

【題解】本篇可能是詩人早期的作品，反映了詩人對生命短暫的悲慨和珍惜生命、進取向上的精神。

木槿❶榮丘墓❷，煌煌❸有光色❹。白日頹❺林中，翩翩❻零❼路側。
蟋蟀❽吟戶牖❾，蟪蛄❿鳴荊棘。蜉蝣⓫玩三朝⓬，采采⓭修⓮羽翼。衣裳⓯
為誰施⓰？俛仰⓱自收拭⓲。生命幾何時？慷慨⓳各努力⓴。

【注釋】❶木槿　即木槿花，植物名，朝開暮落。❷丘墓　墳墓。❸煌煌　明亮輝煌貌。❹光色　光彩的色澤。❺頹　墜落。❻翩翩　飄動貌。❼零　凋零；凋落。❽蟋蟀　一名蛩，秋初生，氣寒則鳴。❾戶牖　門窗。❿蟪蛄　蟬的一種。夏末至秋初鳴聲不停。⓫蜉蝣　蟲名，幼蟲生活在水中，成蟲褐綠色，有四翅，生存期極短。⓬三朝　三天。⓭采采　華飾貌。這裡形容蜉蝣的羽翼有光澤。⓮修　修飾。⓯衣裳　這裡指蜉蝣的羽翼。⓰施　用。這裡指穿戴。⓱俛仰　低頭抬頭。這裡泛指人的動作。⓲收拭　這裡指擦拭眼淚。⓳慷慨　意氣風發、情緒激昂的樣子。⓴努力　保重；珍重。

【語　譯】木槿花在墳墓旁開放，明亮輝煌熠熠生光，但是太陽落山時它就翩翩飄零於路旁。蟋蟀在門窗裡吟唱，蟪蛄在荊棘叢中高鳴。蜉蝣玩樂只有三天時光，卻在修飾牠那光彩華麗的翅膀。牠的美好衣裳到底為誰穿戴？一想到此，不覺悲從中來，只好舉袖獨自擦拭眼淚。生命能有多少時光？希望大家振作精神各自多加保重。

【研　析】人生短暫，古今憂同，如何對待短暫的人生，各人往往有不同的態度，此詩也是反映阮籍人生觀的作品。

詩的開頭四句詠嘆木槿花朝生夕死，繼而轉入對蟋蟀和蟪蛄這兩種生命短促的昆蟲的歌詠，而接下去出場的蜉蝣，更是一種生命「不過三日」的生物，詩人借這些自然界的生物形態，形象生動地表現了詩人對生命短暫易逝的悲慨。最末一句緊接上面的鋪排描寫收結全詩，言木槿、蟋蟀、蟪蛄、蜉蝣不知其生命之短，故木槿榮、蟋蟀吟、蟪蛄鳴、蜉蝣修，詩人對它們的行為表示讚頌，雖生命短促，卻都在與生命的抗爭中慷慨努力。從而化悲慨為動力，寄託了詩人珍惜生命、積極進取的心態。從此詩中我們可以看出阮籍的思想，還是認為真正的達人君子要使生命有意義，唯一的辦法就是利用這短暫的時光做出一番慷慨的事業，以求榮光之永在。阮籍詩歌多流露出消極情緒，但是此篇情緒卻有所不同，頌揚一種激昂向上的生命力，可能是阮籍早期的作品。全詩語言慷慨，意緒悲涼，渾然一體，可謂佳作！

其七十二

【題解】本詩揭露和批判了魏晉之際士人為追求榮祿，不惜親昵反側、骨肉相殘的卑劣行徑，表達了詩人想離世遨遊以全性命之真的崇高情懷。

修塗❶馳軒車❷，長川載輕舟。性命❸豈自然❹？勢路❺有所繇❻。高名令志惑，重利使心憂。親昵❼懷反側❽，骨肉❾還相讎❿。更希⓫毀珠玉⓬，可用⓭登⓮遨遊。

【注釋】❶修塗　長路。修，長。❷軒車　高車。古代大夫以上所乘的車。❸性命　稟性；本性。❹自然　天然的；非人為的。❺勢路　這裡指謀求權勢之路。❻所繇　路徑。繇，通「由」。行徑。❼親昵　這裡指親近的人。❽反側　反覆無常，心懷二心。❾骨肉　指父母兄弟子女等至親之人。❿讎　同「仇」。⓫希　少。⓬珠玉　珠寶，這裡泛指榮華富貴。⓭可用　可以。⓮登　升。

【語譯】長長的路上馳騁著華貴的軒車，長河上航行著輕便的小舟。人的稟性難道是天生的嗎？

謀求權勢之路卻各有各的路徑。盛名使人心志迷惑，重利令人心生憂慮。親近的人心懷叵測，骨肉之間還相互結仇。更少聽說有人能夠毀棄珠寶，超脫塵世而去遨遊的。

【研　析】此篇是阮籍揭露社會黑暗現實，抒發情懷的作品。詩歌開頭二句即以極具特色的細節，即「修塗馳軒車，長川載輕舟」來比喻世人奔波於世途的忙碌情景。而在詩人看來，奔波權勢之路，謀求權勢高位，卻是違背性命自然的。因為名使心累，利令智昏。人們在喪失正常心智的情況下，什麼事都可以做出來。「親昵」二句是本詩中極富批判現實精神的警策之語，高度概括了封建社會裡人心難測、爾虞我詐、親昵反側、骨肉相殘的普遍現象。就史實而言，在當時動盪的社會中，這種現象也不少，如司馬氏背信棄義，受託孤之重卻弒帝篡位，而名士呂巽陷害兄弟呂安與朋友嵇康。可見阮籍的這二句詩必有所指，但緣於當時的高壓政策，只能概而言之，但這概括精煉的詩句卻對現實作了最嚴厲的批判與揭露。詩的結句表達了詩人的願望，即不願追隨世俗，而要超塵出世，以求身心的無累無憂。這是老莊思想的體現，也是「至慎」的自全之計。

詩歌語言慷慨，音節激昂，一氣呵成，富有氣勢，雖有一定消極避世的傾向，但仍帶有「建安風力」的遺風。

其七十三

【題　解】本詩描寫了一位神遊四海，絕世棄憂的「橫術奇士」的形象，表達了詩人對離世遊仙生活的嚮慕之情。也從側面揭示了詩人對現實生活的失望和厭惡。

橫術❶有奇士，黃駿❷服❸其箱❹。朝起瀛洲❺野，日夕宿明光❻。再撫四海外❼，羽翼自飛揚。去置❽世上事，豈足愁我腸？一去長離絕，千歲復相望❾。

【注釋】❶橫術　大道。《說文》曰：「術，邑中道也。」❷黃駿　黃色的駿馬。❸服　通「負」。負載。❹箱　車廂。這裡指車。❺瀛洲　古代傳說中的海上三仙山之一。❻明光　即神話傳說中的丹丘，其地晝夜通明，故稱明光。❼再撫句　黃節說：「《莊子》曰：『其熱焦火，其寒凝冰，其疾俯仰之間而再撫四海之外者，其唯人心乎！』」這句詩的意思是說行動迅速，頃刻之間已兩次抵臨了四海之外。撫，抵臨。❽去置　拋棄；丟棄。❾望　盼望；期望。

【語譯】大道之上有位奇異之士，黃色駿馬負載著他的車廂。早上從瀛洲野外出發，晚上在明光之上留宿。他馳行神速，頃刻之間已兩次抵臨了四海之外，正像鳥兒展翅一樣自在飛揚。把世間俗事全部拋棄吧，難道它們值得我愁傷？從此一去就永久地離絕了塵世，千載之後仍令人十分懷想。

【研析】阮籍生活的社會世風日下，道德敗壞，但他不願與之同流合污，故追求一種遠離塵世，與世無爭的生活，本詩正是這種情懷的體現。

詩歌一開始就塑造了一位「奇士」形象，簡單的行裝，配以「黃駿」，生活逍遙自得。「朝起瀛洲」、「夕宿明光」，而且來去匆匆，「撫四海」、「自飛揚」，勾勒出奇士自由自在的生活，詩人寄寓了無限的嚮往之情，且描寫上採用想像、誇張之手法，具有濃厚的浪漫主義色彩。也可以說，這是詩人理想自我的展示。詩的最後四句既表示了詩人要追隨奇士而去，又流露出詩人對世事強烈的不滿與失望。本詩表達的情感在〈大人先生傳〉中也有表現。〈大人先生傳〉云：「安期逃乎蓬山，甪李潛乎丹水……棄世務之眾為兮，何細事之足賴？」又云：「先生從此去矣，天下莫知其所終極。」這些描寫與本篇詩意正同。

其七十四

【題　解】本詩抒發了詩人嚮慕上古隱士離世遁隱的願望和決心。包含了詩人對社會人生的深刻認識，充滿了對寧靜恬淡的隱居生活的渴望。

猗歟❶上世士❷，恬淡❸志安貧。季葉❹道❺陵遲❻，馳騖❼紛垢塵❽。
寧子❾豈不類❿，楊歌誰肯殉⓫？棲棲⓬非我偶⓭，徨徨⓮非己倫⓯。咄嗟⓰
榮辱事，去來⓱味⓲道真⓳。道真信⓴可娛㉑，清潔㉒存精神㉓。巢、由㉔
抗㉕高節，從此適㉖河濱。

【注　釋】❶猗歟　讚美詞，等於說「多麼好啊」。❷上世士　指上古隱士。❸恬淡　寧靜淡泊。❹季葉　猶末世、衰世。❺道　這裡指治國之道，即法度綱紀等。❻陵遲　斜平，迤邐漸平，引申為衰頹。❼馳騖　奔走。這裡指眾人到處謀求私利。❽紛垢塵　形容奔走道路時塵土飛揚的情景。❾寧子　即指寧戚，春秋時衛國人。春秋時，寧戚淪落下僚，打算進謁齊桓公，因為窮困不能自達，便受雇於商賈成為車夫，跟商隊來到齊國都城。一天晚上，齊桓公到城郊迎接貴賓，寧戚敲著牛角唱了一首歌，自抒不遇之狀。齊桓公聽後，認為寧戚有賢才，後來提拔他做了大官。❿類　善；好。這裡指寧戚所作的那首歌好。⓫楊歌句　《列子・力命》載，楊朱的朋友季梁生病十天，病情加劇，其子要請醫生。季梁要楊朱唱支歌開導他兒子，楊朱歌曰：「天其弗識，人胡能覺。匪祐自天，弗孽由人。我乎汝乎，其弗知乎？醫乎巫乎，其知之乎？」大意是：人的生死不由天也不由人，誰也不知道，請醫生是無用的。季梁的兒子不聽，仍舊請來醫生。「楊歌」即指楊朱這首歌。殉，通「徇」。從，依從。此句謂楊朱的勸說誰能夠聽從。以上兩句是說世上之人但知像寧戚那樣追求富貴，認為這是好的，而不知楊朱那樣隨任自然才是真正的好。⓬棲棲　忙碌不安貌。⓭偶　伙伴；同伴。⓮徨徨　彷徨不安貌。徨，通「惶」。《漢書・敘傳》：「是以聖哲之治，棲棲惶惶。」⓯倫　類；輩。⓰咄嗟　猶呼吸之間，謂時間倉卒、迅速。⓱去來　猶言往來。指日月往來。⓲味　體會；體味。⓳道真　大道的真髓。此二句意謂人生榮辱變化迅速無常，只有在日來月往這一永恆的自然運行中，才能體會「道」的真諦。⓴信　確實。㉑可娛　可令人愉悅。㉒清潔　指人的心性的清白純潔。㉓精神　指心神、神志。㉔巢由　巢父和許由。傳說是上古時代的隱士。相傳堯曾想讓位於許由，許由沒有接受。後來堯召許由為九州長，許由不願聽，洗耳於潁水之濱，恰好巢父在水邊飲牛，聽說此事，就怕水污染了牛口，於是牽牛到了上流飲水。㉕抗　舉。這裡有「奉行」的意思。㉖適　往；去到。引申為歸向。最後兩句表示自己將步隨巢、由之後隱遁而去。

【語　譯】上古的高士多麼美好，寧靜淡泊安於貧賤。時到末世大道衰頹，世上眾人紛紛奔走謀取私利。寧戚的歌難道不好嗎？可惜的是楊朱的歌卻沒有人聽。棲棲忙碌的人不是我的同伴，徨徨不安的人也非我同道。世間榮辱之事迅速變化，日月往來之中，才能體味大道的妙諦。大道的妙諦的確可以使人愉悅心性，清潔可以保全人的心神。巢父、許由奉行高尚的節操，我也將從此追隨於後去隱居。

【研　析】此詩運用對比手法，表現自己歸隱的志向。詩人先讚美上古隱逸高士，堅守志節，清貧恬淡，與所處的末代亂世形成對比。在黑暗現實中，儒家倫理道德異化的現實使得一股懷疑、叛逆的思潮在詩人胸中滋長。詩人運用「馳騖」、「棲棲」、「徨徨」幾個與聖哲有關的典故，懷疑在混亂中謀治的可能性，詩人要與奔競於末世的聖哲背道而馳，並大膽地指出他們並非自己的同志和伴侶。我們可以從中看出亂世中詩人極度失望和無能為力的悲觀情緒。詩中以「寧子」句指點貴賤榮辱的瞬息忽變，與「咄嗟」句相應；以「楊歌」句指點生死由命，應遵循自然的永恆運行，與「去來」句相應，顯得前後呼應，結構整齊有致。詩中充斥的老莊思想是與亂世下的悲觀情緒相結合的，只有了解那個時代，了解阮籍的個人經歷，我們才能理解詩人被壓抑的壯志熱情、被遏制的才智膽識、被扭曲的道德情操，也才能理解這顆年輕的心靈是如何平淡枯寂下來的。

其七十五

【題　解】本篇批判了權勢之徒諂媚取寵、欺世盜名的醜惡行徑，表達了詩人無為無用無害的思想。

梁❶東有芳草❷，一朝❸再三❹榮。色容❺豔姿美，光華❻耀傾城。豈為明哲士❼？妖蠱❽諂媚❾生。輕薄❿在一時，安知百世名！路端便娟子，但恐日月傾⓫。焉見冥靈⓬木，悠悠⓭竟⓮無形⓯！

【注釋】❶梁　河堤。《爾雅・釋地》：「隄謂之梁。」隄，即堤。❷芳草　芬芳的香草。常用以比喻美德之人。❸一朝　在某一天的早上。❹再三　屢次。❺色容　容貌。❻光華　光彩明麗。❼明哲士　這裡指明哲保身的人。此用貶義。❽妖蠱　媚惑。❾諂媚　奉承巴結。❿輕薄　輕佻浮薄。⓫路端二句　便娟，輕盈美麗的樣子。「路端」兩句是說，便娟子智短識淺，他唯一的擔心是日月傾塌下來。⓬冥靈　傳說中的神樹名。《莊子・逍遙遊》：「楚之南有冥靈者，以五百歲為春，五百歲為秋。」⓭悠悠　遙遠、無窮貌。⓮竟　窮極。⓯無形　指萬物始生時混沌狀態。《淮南子・原道訓》：「夫無形者，物之大祖也。」最後一句是說冥靈樹的長壽直至茫茫無形的境界。

【語譯】河堤的東面生著一棵芳草，在某一個早上花開了多次。它的容貌豔麗姿態美好，它的光彩明炫傾國傾城。哪裡能做明哲保身的人？媚惑拍馬苟且偷生。輕佻浮薄在此一時，哪裡知道百世的聲名！路頭有位輕盈美好的人，智短識淺唯恐日月從天上傾塌下來。那些人哪裡見到過那冥靈壽樹，它的長壽直至那茫茫無形的境界！

【研析】屈原〈離騷〉曰：「何昔日之芳草兮，今直為此蕭艾也？」以芳草、蕭艾諷諭世人節操不守，紛紛變節。易代之際的阮籍對屈原的感嘆如同身受，本篇就是對「芳草蕭艾」的進一步申發。

開篇「梁東有芳草，一朝再三榮」兩句，一朝三榮極言「芳草」盛極一時。「色容豔姿美，光華耀傾城」兩句寫「芳草」豔麗奪目，姿態傾城，這裡對芳草的描寫帶有人物的特徵，很顯然用來比喻權勢之徒。黃節先生云：「一朝三榮必有所指，或即王祥之流歟？《晉書・王祥傳》曰：漢末遭亂，祥避地廬江，隱居三十餘年，不應州郡之命。後舉秀才，除溫令，累遷大司農。高貴鄉公即位，封關內侯，拜光祿勳，轉司隸校尉，遷太常，封萬歲亭侯。天子幸太學，命祥為三老。祥南面几杖，以師道自居。高貴鄉公既被弒，頃之，拜司空，轉太尉，加侍中。祥有清達之名，不能忠魏而委曲於時，嗣宗疾之，此詩所由作歟？」又，阮詩中常以梁喻魏，王祥為琅玡臨沂人，即今山東沂州，在魏之東，故曰梁東。因而此詩可能針對王祥而有「芳草三榮」之諷。在描寫「芳草」盛極一時之後，便展開了詩人的議論。「豈為明哲士」四句言權勢之徒唯知諂媚以生，豈知明哲之道？只知生前輕薄一時，不知死後百世之名。其智識之短猶如路邊的輕薄小人，心中唯有日月傾斜的杞人之憂，哪裡知曉茫茫無形之際生長著的冥靈壽樹呢？詩人暗用了杞人憂天的典故，杞人憂天固是庸人自擾，以喻權勢之徒的汲汲以求也是庸人之求。而悠悠無形的冥靈木，運用《莊子》典故，因其無形無用故無害而得以永存，以暗喻權勢之求、禍害相生的道理。

本篇繼承了屈原比興象徵手法而又有所發展。屈原〈離騷〉中「芳草」雖變節為「蕭艾」，但二者指代、比喻的內容還是一定的，「芳草」變節後就成為「蕭艾」而不成其為「芳草」了。而阮籍這首詩則把香草之形與蕭艾之實合為一體，我們從芳草的「三榮」中也能感受到「蕭艾」之實。這種變化與發展從某種意義上來說，是黑暗虛偽的社會現象、禮法之士的產生在詩歌表現方法上的反映。而詩人對「芳草三榮」的批判與嘲弄，更是從屈原的儒家道德評判走向了無為無用無害的老莊思想的評判，雖然含有一種消極的情緒，但畢竟也是時代思潮的反映。除比興手法外，本篇還多用典故，且比中有比，使得本詩意象深遠，詩旨遙深。

其七十六

【題解】本篇表達了詩人超塵出世、追求適性自得生活的願望。

秋駕❶安可學？東野窮路旁❷。綸❸深魚淵潛❹，矰❺設鳥高翔。汎汎❻乘輕舟，演漾❼靡所望❽。吹噓誰以益？江湖相捐忘❾。都冶❿難為顏⓫，修容⓬是我常。茲年⓭在⓮松喬⓯，恍惚⓰誠未央⓱。

【注釋】❶秋駕　快速駕車的技術。《淮南子・道應》：「尹儒學御三年而無得焉，私自苦痛，常寢想之，中夜夢受秋駕於師。」高誘注：「秋駕，善御之術。」❷東野句　據《韓詩外傳》記載，東野畢曾為魯國國君表演駕馬技術，馬已經疲倦了，但東野畢還是不停地鞭打，叫馬快跑，結果馬脫繮而逃。東野，即東野畢，春秋時魯國人，以善御馬稱。窮，困窘。❸綸　釣魚用的絲線。❹淵潛　即「潛淵」，潛入深淵。❺矰　古代繫有生絲以射鳥雀的箭。❻汎汎　漂流貌。❼演漾　流動起伏貌。❽靡所望　無所望見，即無涯。❾吹噓二句　出自《莊子・大宗師》：「泉涸，魚相處於陸，相呴以濕，相濡以沫，不如相忘於江湖。」吹噓，猶「吹呴」，吹氣。捐，捨棄。❿都冶　美豔妖冶。這裡有過分矯揉造作的意思。⓫難為顏　難以表現真實的容顏。⓬修容　修飾儀容。⓭茲年　同「滋年」。延年益壽。⓮在　於。⓯松喬　赤松子與王子喬，傳說中的古仙人。⓰恍惚　隱約不清，難以捉摸和辨認。⓱未央　沒有窮盡；沒有邊際。

【語譯】飛速駕車的技術怎麼可以學到？東野畢為此困窘在路旁。釣魚線深垂魚必潛入深淵，設下捉鳥的箭矢鳥必會高飛。乘著輕舟在水上隨意漂流，水波起伏一望無涯。魚兒在陸上相互吹氣對誰有好處？但是潛入水中卻能自得自忘。過分裝扮難以為容，修飾儀容我卻可以做做。在仙人赤松子、王子喬那裡學到延年益壽之道，恍恍惚惚之中壽數的確無法計量。

【研析】此首詩從語句上看並不連貫。一二句講秋駕，三四句講魚鳥，五六句寫湖上泛舟，七八句語出《莊子》，九十句又提到修容之事，最後二句又涉及到赤松子與王子喬。看似無必然聯繫的詩句，但卻能統一在一個意境中，這主要是因為全詩貫穿著詩人入世與出世的思考。大致說來，詩人把入世喻作陸地駕車，出世比作湖上泛舟，在二者的對比中表達了詩人遺落世事、追求適性生活的願望。一二句言駕車的技藝是難以掌握的，就連善駕的東野畢也有技窮之時，以此比喻入世之道難行，這裡包含著許許多多的生存之道，一不小心就是技窮末路之時。接下來的「綸深魚潛」、「矰設鳥翔」兩個比喻就是順著一二句的語意，說明入世的道路並不能按照自己的意願走下去，世與願違的現象是常有的。與把入世喻作陸地駕車相對，詩人把出世比作湖上泛舟，從「汎汎乘輕舟，演漾靡所望」中，我們似乎還看到了詩人無所適而無不可適的悠然自得的神態，與秋駕難學、綸深魚潛、矰設鳥翔的失望與無奈形成鮮明對比。「吹噓誰以益」兩句運用《莊子》中典故，又分別以「吹噓誰以益」，即魚兒在陸地上吹氣以濕暗喻違性入世的無益；以「江湖相捐忘」，即魚兒潛入水中的自得自忘暗喻出世的逍遙適性。「都冶難為顏」兩句相對而言，以過分裝扮與恰到好處的修飾作喻，繼續申說上面的觀點，認為這樣就可以適性保真而年比松、喬了。

阮籍詩中的一種思想往往是在兩種或多種思想的對比、觀照中得以表現的，此詩也是如此。全詩以自我生存為中心，適性與否為核心，對入世與出世進行對比與觀照，句意似散而語意實連，表達了詩人超塵出世、追求適性生活的願望。這種願望的表達，顯然是黑暗動亂的社會現實的產物，但與其他詩相比，憤激之言少，玄思之理深，但是我們還是不難體會到詩人「玄心寄枯宅」背後的巨大失望與精神苦痛。

其七十七

【題解】本詩抒發了對世風澆薄、故人反目的感慨。

咄嗟❶行至老，僶俛❷常苦憂。臨川羨洪波❸，同始❹異支流❺。百年何足言？但苦怨與讎❻。讎怨者誰子？耳目還相羞❼。聲色❽為胡越❾，人情❿自逼遒⓫。招彼玄通士⓬，去來⓭歸⓮羨遊⓯。

【注釋】❶咄嗟　猶呼吸之間。比喻時間過得飛快。❷僶俛　同「黽勉」。謂時間短暫。❸洪波　巨浪。❹同始、相同的開端，指發源相同。❺支流　流入主流或從主流分出的河流。❻讎　同「仇」。❼耳目句　耳朵和眼睛還相互嘲弄。言下之意，仇怨我的人很多。羞，嘲弄；侮辱。❽聲色　聲音和顏色。❾胡越　胡地在北，越地在南，相隔殊遠，比喻疏遠、隔絕。這句是說聲音和顏色相互隔絕，不相往來。❿人情　人性。⓫逼遒　猶逼迫。這裡是指相互爭鬥、欺凌的事。⓬玄通士　通達玄理的人。⓭去來　離去。來，語助詞。⓮歸　往；去。⓯羨遊　暢遊。「羨」與「衍」古通用。

【語　譯】時光飛速人馬上就會年老，人生短暫常苦多憂。面臨長河羨慕巨浪的自由飛騰，始於同源但最終還是異支分流。人生百年何足稱道？只是常常苦於人世的怨仇。仇怨我的究竟是誰？耳朵和眼睛還相互嘲弄。聲音和顏色相互隔絕不通，人性當然會相互爭鬥，相互欺凌。不如去訪求那通達玄理之士，一起離開到四方去盡情暢遊。

【研　析】整首詩的基調是悲哀與沉悶的。詩中反覆出現「苦」、「憂」、「怨」、「讎」等詞，彷彿世間充滿著苦難與仇怨。尤其讓詩人感到悲嘆的是「同始異支流」——少年相好之人的中道背棄，而一旦異趣，談笑之際、顧盼之間已成陌路。詩人常以延年長壽來排解心中的鬱悶，但故友背棄使詩人覺得死不足憂，可見這種背棄給詩人帶來了無法解脫的悲哀。人生既不值得留戀，那麼詩人只能聊借離世遠遊再作一次精神的解脫。

阮詩中有許多詩或表現了對朋友的思戀，或表現了對世無知音的悲哀，或表達了對交友難的嘆息，本篇又是對故人反目的殷憂，可見詩人雖孤高傲物，但對友情還是非常珍惜，更渴望得到思想上的同盟、精神上的知音。也許在魏晉之際，知音者唯嵇康一人而已，卻又慘遭司馬氏殺害。故從阮籍對友情沉重的嘆息與渴望中，我們可以深深體會到一位思想深刻、任性率真的詩人內心的巨大孤獨。

整首詩在用字遣詞上也體現了「阮旨遙深」的特點。阮籍在詩中善用象徵手法來暗示他所要表現的真正內涵。本篇即以「耳目相羞」、「聲色胡越」、「同始異流」比喻故友背棄，既形象生動，又義蘊豐厚，增強了詩的表現力。

其七十八

【題　解】這首詩對「可聞不可見」的成仙之道表示了懷疑，從一個側面揭示了詩人的精神追求在嚴酷社會現實中的破滅。從流露的思想看來，本詩當作於詩人的晚年。

昔有神仙士，乃處射山阿❶。乘雲御❷飛龍，噓噏❸嘰❹瓊華❺。可聞不可見，慷慨❻歎咨嗟❼。自傷非疇類❽，愁苦來相加❾。下學而上達❿，忽忽⓫將如何？

【注　釋】❶昔有二句　詳見其二十三注❶。阿，山的彎曲處；山隅。❷御　駕馭。❸噓噏　吐納，呼吸。這裡指神仙的吐納導引之術。❹嘰　稍微吃一點。❺瓊華　神話傳說中瓊樹的花蕊，似玉屑。相傳吃了可以延年長生。❻慷慨　此處是感嘆之意。❼咨嗟　嘆息聲。❽疇類　同類。❾加　增加。❿下學句　語出《論語·憲問》：「子曰：不怨天，不尤人，下學而上達，知我者其天乎！」本指儒家下學人事而上達天命的學習方法，這裡用來指學道成仙之事。⓫忽忽 迷茫；恍惚。

【語譯】從前曾有一位神仙士，居住在藐姑射山的山隅之中。他身乘青雲，駕馭飛龍，吐納呼吸之間偶爾品食一點瓊樹的花蕊。當他到來時，你可以聽到他的聲音但見不到他的身影。為此我只能百般感嘆。我悲傷自己不是他的同類，為此愁苦之情又有所增加。學道求仙可以上達神靈，但是一片迷茫我又能如何？

【研析】從本篇我們可以看出阮籍詩中的殷憂之音，有部分是來自於對成仙之事的懷疑。開篇「昔有神仙士」四句，對傳說中不食人間煙火的神仙作了描寫，但這只是「可聞」之事。「可聞不可見」一句就反映了詩人對神仙之事的態度。「可聞」即表示神仙之事可作為一種精神上的寄託、嚮往；而「不可見」又見出神仙之事的非現實性。而「自傷非疇類」更可看出神仙之事於現實中的無法操作性。因而詩人對上學下達、學道成仙之事的懷疑，反映了詩人於現實中想超脫而又無法超脫的苦痛。

阮籍詩中對神仙之事往往表現出兩種似乎矛盾、截然相反的態度。一是如同本篇表現的對神仙之事的懷疑，另外一種就是對神仙之事的肯定與推崇。從這種矛盾中，我們可以看到阮籍非常執著於自我的現實思考。「可聞不可見」、「自傷非疇類」、「自非王子晉」等的表白就反映了詩人對自我現實性的清楚認識，而正是這一清醒認識，使得阮籍雖有對神仙之事的推崇，以達到一時心遊的精神解脫，但始終沒有沉溺於莊子式的泯滅自我的心遊之中，沒有真正徹底忘懷現實而達到物我兩忘的境界。這也許有助於我們理解阮詩中「殷憂」的深刻蘊含。

其七十九

【題　解】本篇詩人以鳳凰自況，以鳳凰的遭遇來隱喻自己在現實生活中的遭遇，抒發了詩人生不逢時，抱負無法施展的痛苦心情。

林中有奇鳥，自言是鳳皇❶。清朝飲醴泉❷，日夕棲山岡。高鳴徹❸九州，延頸❹望八荒。適逢商風❺起，羽翼自摧藏❻。一去崑崙西，何時復迴翔？但恨❼處非位❽，愴悢❾使心傷。

【注　釋】❶鳳皇　即鳳凰。❷醴泉　甜美的泉水。❸徹　通達；貫通。❹延頸　伸長頭頸。❺商風　秋風；西風。❻摧藏　摧傷；挫傷。❼恨　遺憾。❽處非位　原作「處非立」，據一本改。指與自己的德行不相稱的位置。❾愴悢　一作「愴恨」。今取前者，意為悲傷。

【語　譯】樹林中有一隻奇異之鳥，自稱是鳳凰。清晨起來喝甜美的泉水，傍晚則棲息在高高的山岡上。牠放聲高鳴，鳴聲響徹了整個九州。牠伸長一下頭頸眺望著八方荒遠之地。然而這時恰逢秋風四起，牠的羽翼遭到摧傷。牠向西飛到崑崙山上，但什麼時候才能再展翅飛回來呢？只是恨自己處在與才德不相稱的位置上，想到這些就使人心傷。

【研　析】本篇詩人以鳳凰自比，「林中有奇鳥」以下六句寫鳳凰飲泉棲岡，高鳴延頸。鳳凰作為祥鳥往往出現於清明盛世，而「奇鳥」「自言是鳳皇」，都可見出自視甚高，作者「本有濟世志」，少年時即有強烈的建功立業的願望，並且為實現這宏偉的抱負而切實地努力過，積極地充實自己，增加自身的學養和能力，想要等待仁主的出現，自己可以一展宏圖。這裡的鳳凰就是「本有濟世志」詩人的自我寫照。中間「適逢商風起」四句寫鳳凰眼見秋至唯恐羽摧，想要西逝不返，這是比喻作者遭逢亂世，想要避世隱居。當時司馬氏推行殘酷高壓政治政策，嵇康被殺，曹芳被廢，曹爽被滅族，詩人處於司馬氏家族與曹魏政權的激烈矛盾之中，同時也看多了社會的陰暗面，這些都摧毀了詩人原先才高志大的信念，想要退隱自全。「何時復迴翔」是說鳳凰一飛崑崙，不知何時再展翅飛回。因為鳳凰本以鳴國家之盛，現在九州秋風陡起，無可展翅之處，所以遠飛崑崙，這樣固然是潔身自保了，但是鳳凰本是展翅盛世的，所以詩人說「但恨處非位，愴恨使心傷」。可見詩人以鳳凰避世不得其位來比喻自己生不逢時的政治悲哀，同時也可看出詩人平時的逍遙放達之舉並非詩人本願，只是避禍自全之舉。所以詩人哀鳳也是哀嘆自己。

全詩雖在寫鳳凰，卻處處都在寫作者自身，藉鳳凰的遭遇來抒發作者志不能遂又不得不避禍自全的傷悲。用筆簡勁，內涵卻十分豐富。讀後給人一種悲哀、無奈的感受，同時又給人以思索，這也是阮籍詩歌寫得成功之處。

其八十

【題　解】本篇是對故友嵇康的哀悼，並表達了詩人自己的憂生之嗟。

出門望佳人❶，佳人豈在茲❷？三山❸招❹松、喬，萬世誰與期❺？存亡有長短❻，慷慨❼將❽焉❾知？忽忽❿朝日隤⓫，行行⓬將何之⓭？不見季秋草⓮，摧折在今時！

【注釋】❶佳人　美人，有時也借指君子賢人。《楚辭・九章・悲回風》：「惟佳人之永都兮，更統世而自貺。」❷茲　代詞。此；這。❸三山　傳說中的海上三神山，蓬萊、方丈和瀛洲。❹招　訪求。❺期　約會；相會。❻存亡句　意謂人的壽命是有長短的。存亡，生死。這裡指人的壽命。亡，一作「日」。❼慷慨　感嘆。這裡指嵇康的慷慨陳辭。❽將　副詞。又。❾焉　代詞。誰。❿忽忽　倏忽；急速貌。⓫隤　墜下；墜落。⓬行行　走啊走啊。意即不斷行進。⓭之　往。⓮季秋草　原作「入秋草」，據一本改。季秋，秋季的最後一個月，農曆九月。《禮記・月令》：「季秋之月，日在房，昏虛中，旦柳中。」這裡的「季秋草」指深秋的草木，它們都已經枯黃凋落。

【語譯】出門遙望心中的佳人，佳人哪裡能在這裡呀？到海上神山去訪求仙人赤松子與王子喬，但是這種事情萬世以來誰又碰到過？人的壽命是有長短的，百般感嘆又有誰能了解？頃刻之間朝陽就會墜落，匆匆前進又將要往哪裡去呢？君不見暮秋的荒草，不正是摧折於今天嗎！

【研析】本篇詩旨，頗多異說，主要是因對詩中「佳人」喻意理解不同所致。阮詩中以「所思」代指友人，本篇中「佳人」與他篇中「所思」一樣，也應是對友人的指代。而能讓阮籍思戀不已的，魏晉之際可能只有嵇康一人。本篇即是對嵇康的哀悼，並表達了詩人自己的憂生之嗟。

開篇「出門望佳人，佳人豈在茲」兩句，是說詩人出門希望見到「佳人」，而「佳人」並不在詩人所希望見到的地方。這個地方從後面描寫來看可能是指嵇康就刑之處。嵇康已逝，徒增憂念，故曰「佳人豈在茲」。「三山招松、喬，萬世誰與期」兩句是對訪求神仙的懷疑與否定，這與嵇康有何聯繫呢？傳說嵇康曾有兩次成仙的機會，但都失之交臂，故孫登嘆曰：「君才則高矣，保身之道不足。」王烈也感嘆說：「叔夜趣非常，而輒不遂，命也！」神仙難期，這就表示了詩人對嵇康遇害的深深痛惜。「存亡有長短，慷慨將焉知」兩句是曲折地表現了嵇康臨刑時的情景。《晉書・嵇康傳》曰：「康將刑東市，太學生三千人，請以為師，弗許。康顧視日影，索琴彈之曰：『昔袁孝尼嘗從吾學《廣陵散》，吾每靳固之。《廣陵散》於今絕矣！』」嵇康臨刑顧視日影，也就是「存亡有長短」之意，即生死皆有一定，正如朝日定要西墜，他所擔心的是《廣陵散》的失傳，這就是詩人說的「慷慨將焉知」，這兩句可以說是表達了詩人無限的悼念與惋惜之情。「忽忽朝日隤」句暗承嵇康顧視日影而又轉到現實的描寫，朝日西隤，生命短暫。「行行將何之」回應開頭「出門」二字，言詩人無路可歸之意。結句「不見季秋草，摧折在今時」，以秋草摧折比喻如同嵇康般困迫的政治處境，於生命短暫的悲慨中，又增加了一分朝不虞夕的生命之憂。

本篇以寫出門望佳人，思念故友起，「三山招松、喬」以下四句著重描寫嵇康生平未能成仙及臨刑顧日彈琴事，以此來表達哀思。最後四句由悼友轉為悼己，表達憂生之嗟。由於詩用比興象徵手法，又有生死之思與生命之憂，這樣全詩情感的抒發就顯得隱曲晦澀，意旨遙深。

其八十一

【題解】此篇描繪了神仙自在快樂的生活，表現了詩人無限的嚮往與羨慕之情。

昔有神仙者，羨門❶及松、喬。噏習❷九陽❸間，升遐❹嘰❺雲霄。人生樂長久，百年自言遼❻。白日隕❼隅谷❽，一夕不再朝。豈若遺❾世物，登明❿遂⓫飄颻⓬。

【注釋】❶羨門　傳說古仙人。詳見其十五注⓫。❷噏習　飄忽飛翔貌。❸九陽　天地的邊沿。《楚辭・遠遊》：「朝濯髮於湯谷兮，夕晞余身兮九陽。」王逸注：「九陽謂天地之涯也。」❹升遐　原作「升近」，今據一本改。意為升到高遠的地方，即升天。❺嘰　稍微吃一點。❻遼　久遠。❼隕　墜落。❽隅谷　傳說日落之處。❾遺　遺棄；拋棄。❿登明　叢辰名。古時星命家有六壬術，有十二月將神名，正月日會於亥，神名登明。亥位在西北方向，這裡疑指詩人心目中的崑崙神山。⓫遂　成功地做到；成就。⓬飄颻　悠游自得的樣子。最後一句是說在崑崙山上自由飛翔，悠游自得。

【語譯】相傳古時候曾有神仙，他們是羨門高以及赤松子、王子喬。他們在天地的邊沿飄忽飛翔，他們飛升青天品食雲霄的精華。人生都喜歡長久，活了百年就自稱已經很長久了。太陽墜落隅谷，一到晚上就再也不會有早晨。怎如遺棄世間萬物，在崑崙仙境自由地飛翔。

【研析】面對司馬氏的高壓政策，阮籍一方面採取縱酒佯狂，不問世事的消極反抗，另一方面也企求得到一種精神的解脫。魏晉時期，求仙之風很盛，文人們服藥者也甚多，成仙成為人們逃避現實、尋求解脫的一種途徑，阮籍也不例外。詩人滿腔抱負無從施展，內心的痛苦也只能在神仙世界尋求慰藉，此詩正表現了詩人對逍遙自在神仙生活的嚮往。詩中將神仙的長壽逍遙與世人生命的憂迫進行對比，在神仙與世人的巨大差異中，表明了詩人遺落世事、學道求仙的強烈願望。不過值得一提的是，作為對人生諸多憂患的一種精神超越，求仙只能帶來一種短暫的心理安慰，阮詩中也頗多表示對神仙之說的懷疑，就充分說明了這一點。

其八十二

【題解】本篇也是一首抒發憂生之嗟的詩作。詩人以人間木槿花的朝開暮落與仙境琅玕丹禾的茂盛輝耀作對比，深深地流露了對人生短暫的恐懼和對仙境的嚮慕之情。

墓前熒熒❶者，木槿❷耀朱華。榮❸好未終朝❹，車颻❺隕❻其葩❼。
豈若西山❽草，琅玕❾與丹禾❿。垂影臨增城⓫，餘光照九阿⓬。寧⓭微⓮
少年子，日夕難咨嗟⓯？

【注釋】❶熒熒　微光閃爍貌。這裡指草木花朵的光彩明豔。❷木槿　即木槿花，朝生暮落。❸榮　草木的花朵。❹終朝　一個早上。❺車颻　應為「連颻」，意為接連的疾風、暴風。❻隕　毀壞。❼葩　草木的花朵。❽西山　西方之山，這裡指崑崙等西方神山。❾琅玕　傳說中的寶樹。❿丹禾　紅色的稻禾，與「琅玕」一樣是吉祥美好之物。⑪增城　古代傳說中的地名。詳見其四十五注⑦。⑫九阿　古地名。《穆天子傳》卷五：「天子西征，升九阿。」郭璞注：「疑今西安縣十里九阪也。」⑬寧　豈。⑭微　沒有。⑮咨嗟　嘆息聲。

【語　譯】墳墓前光彩明艷的，是木槿在輝耀它的紅花。它的花朵雖然美麗但不能持續一個清晨，接連不斷的狂風，就會把它的花朵吹落。哪裡比得上西山的美好草木，也就是那琅玕和丹禾。它們垂下自己的蔭影俯瞰增城，它們的餘光照耀了九阿。難道會沒有青春的少年，面對落日發出陣陣嘆息？

【研　析】本篇以兩種植物截然不同的生存狀態，表現出詩人對現實社會的反感與遺憾。木槿花雖光華四射，卻難有終朝之榮，不如西山仙草，反而鬱鬱蒼蒼，餘光普照。很明顯，詩人以物託喻，用「木槿」比喻那些一時榮名的人，「西山草」比喻潔身自好、淡泊榮名的隱士，這種巧妙的比喻、對比就將兩類人物處境和各自不同的命運，生動形象地表現了出來，從而表現了詩人對人生無常的恐懼和對避世隱居的嚮往之情。結句借少年子日夕嗟嘆來表現憂生之嗟以及早遁世的願望。

從整首詩的基調看，這首詩顯然是針對現實而發。詩人借物喻人，反映了社會現實，從而感慨自己懷才不遇。詩人不願做「木槿」終日生活在惶恐中，不過像阮籍這樣個性鮮明的人也確實無法被統治階級所接納，即使有短暫的「熒熒」，最終不免被疾風吹落。因此，詩人寧願做默默無聞的西山之草，活得自在逍遙，拋棄世事優游自在。儘管如此，在詩中仍不難體會出詩人深深的憂憤之情。

附錄

阮籍年表

漢建安十五年　庚寅　（西元二一〇年）　一歲

阮籍生。《晉書》本傳載：「（籍）景元四年卒。時年五十四。」景元四年為西元二六三年，上推五十四年，阮籍當生於是年。

阮籍父阮瑀為曹操作書與孫權，表修好之意。（見《全後漢文》卷九三）

山濤六歲（生於建安十年）。

漢建安十六年　辛卯　（西元二一一年）　二歲

阮瑀作書與韓遂。作文〈弔伯夷〉，表示對伯夷的敬仰之情。（見《全後漢文》卷九三）

漢建安十七年　壬辰　（西元二一二年）　三歲

阮瑀病卒。

曹丕作〈寡婦賦〉，悲憫其妻。序曰：「陳留阮元瑜與余有舊，薄命早亡。每感存其遺孤，未嘗不愴

然傷心，故作斯賦，以敘其妻子悲苦之情。」又命王粲作〈寡婦賦〉、〈阮元瑜誄〉。（見《全三國文》卷七）

漢建安十八年　癸巳　（西元二一三年）　四歲

漢獻帝策命曹操為魏公，加九錫。

魏始建社稷宗廟，初置尚書、侍中、六卿。

袁渙言於曹操曰：「今天下大難已除，文武並用，長久之道也。以為可大收篇籍，明先聖之教，以易民視聽。」操善其言。（見《三國志・魏書・袁渙傳》）

漢建安十九年　甲午　（西元二一四年）　五歲

劉備定蜀，承喪亂曆紀，學業衰廢，乃鳩合典籍，沙汰眾學，以許慈、胡潛為博士，與孟光、來敏等共典掌舊文。（見《三國志・蜀書》中〈許慈傳〉、〈孟光傳〉、〈來敏傳〉）

曹操專攬朝政，《資治通鑑》卷六十七：「（漢獻）帝自都許以來，守位而已。左右侍衛，莫非曹氏之人者。……操後以事入見殿中，帝不任其憤，因曰：『君若能相輔，則厚；不爾，幸垂恩相捨。』」

漢建安二十年　乙未　（西元二一五年）　六歲

曹操攻張魯，降之。

漢建安二十一年　丙申　（西元二一六年）　七歲

漢進曹操爵為魏王。

魏以鍾繇為相國，以衛覬為侍中。

漢建安二十二年　丁酉　（西元二一七年）　八歲

魏以曹丕為太子。

曹操在鄴城南建泮宮。

是年，王粲、陳琳、應瑒、劉楨先後因疫病故。

阮籍八歲能屬文。《太平御覽》卷六〇二引《魏氏春秋》載：「阮籍幼有奇才異質，八歲能屬文。」《世說新語・賞譽》注引《陳留志》云：「(阮武)族子籍，年總角，未知名，武見而偉之，以為勝己。」「總角」一般指童年，今姑繫於此年。又《晉書》本傳則稱阮武為阮籍的族兄，今一併繫於此以備考。

漢建安二十四年　己亥　(西元二一九年)　十歲

曹操征漢中未歸。魏諷結黨謀襲鄴，為曹丕誅殺，坐死者數十人。(見《三國志・魏書・武帝紀》注引《世語》)

孫權上書曹操，陳說天命，操曰：「若天命在吾，吾為周文王矣。」

魏黃初元年(漢建安二十五年三月改元延康元年，十月改元魏黃初元年)　庚子　(西元二二〇年)　十一歲

曹操卒。漢帝策曹丕即魏王位，授丞相印綬。漢帝禪位於魏王。魏以漢帝為山陽公。

魏立九品官人法。

阮咸約生於此年前後。

魏黃初二年　辛丑　(西元二二一年)　十二歲

四月，劉備即帝位，以諸葛亮為丞相。八月，孫權受魏封為吳王，三分天下之勢已經形成。

魏文帝詔郡國口滿十萬者察舉孝廉，又詔稱「仲尼資大聖之才」，以議郎孔羨為宗聖侯，並命邑百戶奉孔子祀。築陵雲臺。

誅曹植黨羽丁儀、丁廙兄弟並其男口。曹植與諸侯並就國。

魏黃初三年　壬寅　（西元二二二年）　十三歲

蜀、吳猇亭大戰，吳大破蜀軍，劉備退入白帝城。

魏黃初四年　癸卯　（西元二二三年）　十四歲

魏文帝在宛築南巡臺。六月大雨，伊、洛遭災。（見《三國志・魏書・文帝紀》）

魏文帝詔令郡國所選，勿拘老幼，儒通經術，吏達文法，到皆試用。

劉備卒於白帝城。

嵇康生，尚在襁褓即喪父。其〈幽憤詩〉曰：「嗟余薄祜，少遭不造，哀煢靡識，越在襁褓。」

魏黃初五年　甲辰　（西元二二四年）　十五歲

魏於洛陽立太學，制五經課試之法，置《春秋》、《穀梁》博士。

阮籍十四、五歲即愛好《書》、《詩》，志向儒學。其五言〈詠懷詩〉其十五云：「昔年十四五，志尚好《詩》、《書》。」

魏黃初六年　乙巳　（西元二二五年）　十六歲

阮籍約在是年遊歷東郡。據《晉書》本傳，阮籍曾隨叔父至東郡，兗州刺史王昶請與相見。而阮籍終日不發一言，王昶以為不能測。考王昶於魏黃初末至正始中為兗州刺史，故今姑繫此事於本年。

魏黃初七年　丙午　（西元二二六年）　十七歲

三月，魏文帝築九華臺於洛陽。九月，築東巡臺於徐。

曹丕卒。遺詔以中軍大將軍曹真、征東大將軍曹休、鎮軍大將軍陳群、撫軍大將軍司馬懿四人輔政。太子曹叡即帝位，是為明帝。

王弼生。

魏太和元年　丁未　（西元二二七年）　十八歲

高柔上疏明帝曰：「遵道重學，聖人洪訓，褒文崇儒，帝者明義。」請以學行優劣用經學博士。（見《三國志・魏書・高柔傳》）

向秀約生於本年。

魏太和二年　戊申　（西元二二八年）　十九歲

五月大旱。

魏明帝曹叡六月下詔：「尊儒貴學，王教之本也。自頃儒官或非其人，將何以宣明聖道？」敕郡國貢士，以經學為先。（見《三國志・魏書・明帝紀》）

何晏等人因浮華被曹叡所抑。

魏太和四年　庚戌　（西元二三〇年）　二十一歲

明帝下詔以經學、真才課試郎吏，抑浮華不務道本之士。詔曰：「兵亂以來，經學廢絕，後生進趣，不由典謨。……其郎吏學通一經，才任牧民，博士課試，擢其高第者亟用。其浮華不務道本者，皆罷退之。」

魏以曹真為大司馬，司馬懿為大將軍。

尚書諸葛誕、中書郎鄧颺等結為黨友，品第人物，以夏侯玄等四人為「四聰」，誕輩等八人為「八達」，劉熙等三人為「三豫」。後被行司徒事董昭上疏詆毀，誕、颺等被免官。

魏太和六年　壬子　（西元二三二年）　二十三歲

陳思王曹植卒。

魏青龍二年　甲寅　（西元二三四年）　二十五歲

山陽公（漢獻帝）劉協薨。

王戎生。

魏青龍三年　乙卯　（西元二三五年）　二十六歲

魏以大將軍司馬懿為太尉。

明帝大治宮室，其時百姓服役失農時，楊阜、高堂隆、王肅等上疏切諫。

魏青龍四年　丙辰　（西元二三六年）　二十七歲

明帝西取長安大鐘，高堂隆上疏反對，認為此為「求取亡國不度之器」，「非所以興禮樂之和」，由此引起關於「樂」問題的大討論。（見《三國志・魏書・高堂隆傳》）

魏青龍五年　景初元年（青龍五年二月改元）　丁巳　（西元二三七年）　二十八歲

魏改太和曆為景初曆。改正朔、服色。

明帝大營宮室，並大發銅鑄銅人、黃龍、鳳凰、起土山。又有詔錄奪士女前已配為吏民妻者，還以配士，聽以生口年貌相當者自代。又簡選其有姿色者納之掖庭。

魏景初二年　戊午　（西元二三八年）　二十九歲

魏營洛陽南委粟山為圓丘。

魏使劉劭作《都官考課法》。

魏景初三年　己未　（西元二三九年）　三十歲

明帝曹叡卒。遺詔以曹爽、司馬懿等輔政。太子曹芳即位，年八歲。曹爽援引鄧颺、何晏、丁謐等為心腹。丁謐為曹爽劃策，使爽白天子發詔轉司馬懿為太傅，外以名號尊之，實奪其權。

劉劭作《樂論》十四篇，以為宜制禮樂以移風俗，書成未上，值明帝崩，未施行。

魏正始二年　辛酉　（西元二四一年）　三十二歲

阮籍大約於此年作〈樂論〉，主張「刑教禮樂一體」，以禮樂教化天下。

魏正始三年　壬戌　（西元二四二年）　三十三歲

太尉蔣濟徵辟阮籍為僚屬。《晉書》本傳：「太尉蔣濟聞其有雋才而辟之，籍詣都亭奏記曰：『……』初，濟恐籍不至，得記欣然，遣卒迎之，而籍已去，濟大怒。於是鄉親共喻之，乃就吏。」不久即以病辭歸。

夏侯玄約在本年作〈辨樂論〉，公開批駁阮籍〈樂論〉宣揚的「律呂協則陰陽和，聲音適則萬物類」的思想。

魏正始四年　癸亥　（西元二四三年）　三十四歲

夏侯玄約於本年末出任征西將軍，假節都督涼、雍州軍事，準備伐蜀。

魏正始五年　甲子　（西元二四四年）　三十五歲

曹爽、夏侯玄大舉伐蜀，興駱谷之役。戰不利，失亡甚多，招致司馬懿的不滿。

王弼可能於是年完成《老子注》，在學術界引起巨響。

阮籍約於本年作〈通易論〉，借解釋儒家經典《易》來闡明自己的政治主張與社會理想。

山濤四十歲。始出仕為郡吏。

魏正始六年　乙丑（西元二四五年）　三十六歲

何晏注《老子》未畢，後見王弼注，自嘆不如，乃以所注改為〈道德論〉。

魏正始七年　丙寅（西元二四六年）　三十七歲

魏刻石經《春秋》、《尚書》、《左傳》等共三十五碑。

阮籍由於受玄學思潮影響，思想轉變，由儒入玄，約於此年寫成〈通老論〉。

魏正始八年　丁卯（西元二四七年）　三十八歲

曹爽專擅朝政，屢改制度，與司馬懿有隙。司馬懿稱疾不與政事，暗中準備起事謀誅曹爽。

魏正始九年　戊辰（西元二四八年）　三十九歲

阮籍約於本年任為尚書郎，因預感時局不穩，大亂在即，旋以病免。其後，曹爽召阮籍為參軍，阮籍以疾辭，屏於田里。歲餘而曹爽被誅，時人服其遠識。

山濤辭官隱退。

阮籍與王戎相識，遂為忘年之交。《世說新語・簡傲》注引《晉陽秋》曰：「戎年十五，隨父渾在郎舍，阮籍見而說焉。」

嵇康約於本年隱退山陽。阮籍與山濤、嵇康、王戎等七人開始竹林之遊。世稱「竹林七賢」。

魏正始十年（是年四月改元嘉平元年）　己巳（西元二四九年）　四十歲

司馬懿趁曹芳與曹爽祭掃高平陵（明帝墓）之機，發動政變，控制洛陽，殺曹爽兄弟、鄧颺、何晏、丁謐等，劾以大逆不道，皆夷三族。司馬氏遂專朝政。

阮籍於本年任太傅司馬懿從事中郎。

王弼卒。王弼與何晏等尚玄學，開清談之風。

魏嘉平三年　辛未　（西元二五一年）　四十二歲

司馬懿卒。其子司馬師為撫軍大將軍，錄尚書事。

阮籍約於本年作〈鳩賦〉，其序曰：「嘉平中，得兩鳩子，常食以黍稷，後卒為狗所殺，故為作賦。」可能有譏刺時事之意。

魏嘉平四年　壬申　（西元二五二年）　四十三歲

阮籍復為大將軍司馬師從事中郎。

魏嘉平五年　癸酉　（西元二五三年）　四十四歲

阮籍約於本年作〈達莊論〉。

嵇康與向秀偶鍛於洛邑。鍾會造訪嵇康遭冷落。

向秀作《莊子注》，見解新穎獨到，被嵇康、呂安譽為「莊周不死」。（見《晉書‧嵇康傳》、《世說新語》中〈簡傲〉、〈文學〉及注引《向秀別傳》）

竹林名士影響玄學開始由老學向莊學轉變。

魏嘉平六年（是年十月改元正元元年）　甲戌　（西元二五四年）　四十五歲

三月，司馬師殺中書令李豐、太常夏侯玄等，皆夷三族。九月，齊王曹芳被廢。十月，改立曹髦為魏帝，年十四。

阮籍被封關內侯，徙散騎常侍。其後作〈首陽山賦〉，序曰：「正元元年秋，余尚為中郎，在大將軍府。獨往南牆下，北望首陽山，賦曰……」，借詠伯夷表達自己感慨之情。

魏正元二年　乙亥　（西元二五五年）　四十六歲

是年正月，魏揚州刺史文欽、鎮東將軍毌丘儉起兵討伐司馬師，司馬師率軍東征，殺毌丘儉，文欽降於吳。

二月，司馬師卒軍中。三月，其弟司馬昭繼為大將軍，錄尚書事。

阮籍為散騎常侍，非己所好，於是向司馬昭自求為東平相。阮籍騎驢到任，但旬日而返。回京後又任大將軍司馬昭從事中郎。作〈東平賦〉、〈亢父賦〉，抒發對現實的不滿之情。

魏正元三年（是年六月改元甘露元年）　丙子　（西元二五六年）　四十七歲

魏帝曹髦宴請群臣於太極東堂，又幸太學與諸儒論夏少康、漢高祖優劣，以少康為優。與諸儒講論《易》、《書》、《禮記》之義，隱含反對司馬氏之意。

魏詔司馬昭加號大都督。

阮籍聞步兵廚營人善釀，有貯酒三百斛，乃自求為步兵校尉。遺落世事，雖去佐職，恆遊於大將軍府內，朝宴必與焉。遭母喪，不拘常禮，飲酒食肉，為禮法之士何曾等所不容，幸賴司馬昭庇護而得保全性命。阮籍的此種行為實是一種避禍的手段。

魏甘露二年　丁丑　（西元二五七年）　四十八歲

諸葛誕在淮南斂兵自守，司馬昭挾奉魏帝曹髦及太后討之。用黃門侍郎鍾會策，詐使吳遣救諸葛誕之將全端、全懌等開壽春出降。

阮籍約於此年至蘇門山訪隱士孫登，與之商略終古及棲神導氣之術，孫登皆不應。籍歸作〈大人先生傳〉，言其胸懷本趣。

魏甘露三年　戊寅　（西元二五八年）　**四十九歲**

司馬昭破諸葛誕。

魏詔以司馬昭為相國，封晉公，加九錫，食邑九郡。昭前後九讓，乃止。

嵇康三十六歲，因與毌丘儉舉兵之事有牽連，後又拒絕司馬昭徵辟，因而避禍河東，臨行前與郭遐周、郭遐叔作詩贈答。期間，曾從孫登遊三年。

魏甘露五年（是年六月改元景元元年）　庚辰　（西元二六〇年）　**五十一歲**

魏復詔司馬昭進位相國，封晉公，加九錫。昭固讓，太后許之。

魏帝曹髦因不滿司馬昭之驕橫專權，率殿中宿衛、蒼頭、官僮討司馬昭。太子舍人成濟抽刀刺殺之，後成濟又被司馬昭借故所殺。

常道鄉公曹奐即位，年十五。

魏景元二年　辛巳　（西元二六一年）　**五十二歲**

嵇康三十九歲。山濤由選曹郎，遷官大將軍從事中郎（一說散騎侍郎），舉嵇康代其原職，嵇康作〈與山巨源絕交書〉，拒絕出仕，表明與司馬氏集團在政治上決裂的態度，並調節呂巽、呂安兄弟交惡事。

魏景元三年　壬午　（西元二六二年）　**五十三歲**

嵇康因為呂安辯誣而被繫入獄，在獄中作〈幽憤詩〉。後司馬昭聽信鍾會之言，殺嵇康、呂安。嵇康時年四十。

向秀為形勢所迫，應本郡計入洛。途經山陽，作〈思舊賦〉以悼亡友嵇康、呂安。

魏景元四年　癸未（西元二六三年）　五十四歲

蜀國亡。

冬十月，魏帝以征蜀諸將獻捷交至，乃詔命司馬昭為相國，進爵為公，加九錫。司馬昭以禮辭讓。司徒鄭沖率群官勸進，使阮籍為勸進文，阮籍為之作〈勸晉王牋〉，是為絕筆。司馬昭乃受命。

是年冬，阮籍卒。《太平寰宇記》卷一：「阮籍墓在尉氏縣東四十里。」

古籍今注新譯叢書

【哲學類】

新譯四書讀本	謝冰瑩、邱燮友等編譯
新譯學庸讀本	王澤應注譯
新譯論語新編解義	胡楚生編著
新譯孝經讀本	賴炎元、黃俊郎注譯
新譯易經讀本	郭建勳注譯　黃俊郎校閱
新譯周易六十四卦經傳通釋	黃慶萱注譯
新譯乾坤經傳通釋	黃慶萱注譯
新譯易經繫辭傳解義	吳　怡著
新譯禮記讀本	姜義華注譯　黃俊郎校閱
新譯儀禮讀本	顧寶田、鄭淑媛注譯　黃俊郎校閱
新譯孔子家語	羊春秋注譯　周鳳五校閱
新譯老子讀本	余培林注譯
新譯帛書老子	趙　鋒注譯
新譯老子解義	吳　怡著
新譯莊子讀本	黃錦鋐注譯
新譯莊子讀本	張松輝注譯
新譯莊子本義	水渭松注譯
新譯莊子內篇解義	吳　怡著
新譯列子讀本	莊萬壽注譯
新譯管子讀本	湯孝純注譯　李振興校閱
新譯墨子讀本	李生龍注譯　李振興校閱
新譯公孫龍子	丁成泉注譯　黃志民校閱
新譯晏子春秋	陶梅生注譯　葉國良校閱
新譯鄧析子	徐忠良注譯　劉福增校閱
新譯荀子讀本	王忠林注譯
新譯尹文子	徐忠良注譯　黃俊郎校閱
新譯尸子讀本	水渭松注譯　陳滿銘校閱
新譯鶡冠子	趙鵬團注譯
新譯鬼谷子	王德華等注譯
新譯韓非子	賴炎元、傅武光注譯
新譯呂氏春秋	朱永嘉、蕭　木注譯　黃志民校閱
新譯韓詩外傳	孫立堯注譯
新譯淮南子	熊禮匯注譯　侯迺慧校閱
新譯春秋繁露	朱永嘉、王知常注譯
新譯新書讀本	饒東原注譯　黃沛榮校閱
新譯新語讀本	王　毅注譯　黃俊郎校閱
新譯潛夫論	彭丙成注譯　陳滿銘校閱
新譯論衡讀本	蔡鎮楚注譯　周鳳五校閱
新譯申鑒讀本	林家驪、周明初注譯　周鳳五校閱
新譯人物志	吳家駒注譯　黃志民校閱
新譯張載文選	張金泉注譯
新譯近思錄	張京華注譯
新譯傳習錄	李生龍注譯
新譯呻吟語摘	鄧子勉注譯

新譯明夷待訪錄　李廣柏注譯　李振興校閱

【文學類】

新譯詩經讀本　滕志賢注譯
新譯楚辭讀本　林家驪注譯
新譯楚辭讀本　傅錫壬注譯
新譯文心雕龍　羅立乾注譯
新譯六朝文絜　蔣遠橋注譯
新譯世說新語　劉正浩、邱燮友等注譯
新譯昭明文選　周啟成等注譯
新譯古文觀止　謝冰瑩、邱燮友等注譯
新譯古文辭類纂　黃　鈞、葉幼明等注譯
新譯樂府詩選　溫洪隆、溫　強注譯
新譯古詩源　馮保善注譯
新譯千家詩　邱燮友、劉正浩注譯
新譯詩品讀本　程章燦、成　林注譯
新譯花間集　朱恒夫注譯
新譯南唐詞　劉慶雲注譯
新譯絕妙好詞　聶安福注譯
新譯唐詩三百首　邱燮友注譯
新譯宋詩三百首　陶文鵬注譯
新譯宋詞三百首　汪　中注譯
新譯宋詞三百首　劉慶雲注譯
新譯元曲三百首　賴橋本、林玫儀注譯
新譯明詩三百首　趙伯陶注譯
新譯清詩三百首　王英志注譯
新譯清詞三百首　陳水雲等注譯
新譯唐人絕句選　卞孝萱、朱崇才注譯　齊益壽校閱
新譯唐才子傳　戴揚本注譯
新譯拾遺記　石　磊注譯
新譯搜神記　黃　鈞注譯
新譯唐傳奇選　束　忱、張宏生注譯　侯迺慧校閱
新譯宋傳奇小說選　束　忱注譯
新譯明傳奇小說選　陳美林、皋于厚注譯
新譯容齋隨筆選　朱永嘉等注譯
新譯明散文選　周明初注譯
新譯明清小品文選　鄭　婷注譯
新譯人間詞話　馬自毅注譯
新譯白香詞譜　劉慶雲注譯
新譯幽夢影　馮保善注譯
新譯菜根譚　吳家駒注譯
新譯小窗幽記　馬美信注譯
新譯圍爐夜話　馬美信注譯
新譯郁離子　吳家駒注譯
新譯歷代寓言選　黃瑞雲注譯
新譯賈長沙集　林家驪注譯
新譯揚子雲集　葉幼明注譯
新譯曹子建集　曹海東注譯　蕭麗華校閱
新譯建安七子詩文集　韓格平注譯
新譯阮籍詩文集　林家驪注譯　簡宗梧、李清筠校閱

新譯嵇中散集　崔富章注譯　莊耀郎校閱
新譯陸機詩文集　王德華注譯
新譯陶淵明集　溫洪隆注譯　齊益壽校閱
新譯江淹集　羅立乾、李開金注譯
新譯庾信詩文選　歸　青注譯
新譯初唐四傑詩集　李福標注譯
新譯駱賓王文集　黃清泉注譯　陳全得校閱
新譯王維詩文集　陳鐵民注譯
新譯孟浩然詩集　楊　軍注譯
新譯李白詩全集　郁賢皓注譯
新譯李白文集　郁賢皓注譯
新譯杜甫詩選　張忠綱、趙睿才、綦　維注譯
新譯杜詩菁華　林繼中注譯
新譯高適岑參詩選　孫欽善、陳鐵民注譯
新譯昌黎先生文集　周啟成等注譯　陳滿銘等校閱
新譯劉禹錫詩文選　閻　琦注譯
新譯柳宗元文選　卞孝萱、朱崇才注譯
新譯白居易詩文選　陶　敏、魯　茜注譯
新譯元稹詩文選　郭自虎注譯
新譯李賀詩集　彭國忠注譯
新譯杜牧詩文集　張松輝注譯　陳全得校閱
新譯李商隱詩選　朱恒夫、姚　蓉等注譯
新譯范文正公選集　沈松勤、王興華注譯　葉國良校閱
新譯蘇洵文選　羅立剛注譯
新譯蘇軾文選　滕志賢注譯

新譯蘇軾詞選　鄧子勉注譯
新譯蘇轍文選　朱　剛注譯
新譯曾鞏文選　高克勤注譯
新譯王安石文選　沈松勤注譯
新譯唐宋八大家文選　鄧子勉注譯
新譯柳永詞集　侯孝瓊注譯
新譯李清照集　姜漢椿等注譯
新譯陸游詩文集　韓立平注譯　彭國忠校閱
新譯辛棄疾詞選　聶安福注譯
新譯歸有光文選　鄔國平注譯
新譯唐順之詩文選　馬美信注譯
新譯徐渭詩文選　周　群等注譯
新譯薑齋文集　平慧善注譯　周鳳五校閱
新譯顧亭林文集　劉九洲注譯　黃俊郎校閱
新譯納蘭性德詞　馮　乾注譯
新譯方苞文選　鄔國平等注譯
新譯鄭板橋集　朱崇才注譯
新譯袁枚詩文選　王英志注譯
新譯李慈銘詩文選　潘靜如注譯
新譯聊齋誌異選　任篤行等注譯　袁世碩校閱
新譯閱微草堂筆記　嚴文儒注譯
新譯浮生六記　馬美信注譯
新譯弘一大師詩詞全編　徐正綸編著

歷史類

新譯史記　韓兆琦注譯
新譯漢書　吳榮曾等注譯
新譯後漢書　魏連科等注譯
新譯三國志　吳樹平等注譯
新譯資治通鑑　張大可、韓兆琦等注譯
新譯史記—名篇精選　韓兆琦注譯
新譯尚書讀本　吳　璵注譯
新譯尚書讀本　郭建勳注譯
新譯周禮讀本　賀友齡注譯
新譯逸周書　牛鴻恩注譯
新譯左傳讀本　郁賢皓等注譯　傅武光校閱
新譯公羊傳　雪　克注譯　周鳳五校閱
新譯穀梁傳　顧寶田注譯　葉國良校閱
新譯春秋穀梁傳　周　何注譯
新譯戰國策　溫洪隆注譯　陳滿銘校閱
新譯國語讀本　易中天注譯　侯迺慧校閱
新譯說苑讀本　左松超注譯
新譯說苑讀本　羅少卿注譯　周鳳五校閱
新譯新序讀本　葉幼明注譯　黃沛榮校閱
新譯吳越春秋　黃仁生注譯　李振興校閱
新譯西京雜記　曹海東注譯　李振興校閱
新譯列女傳　黃清泉注譯　陳滿銘校閱
新譯越絕書　劉建國注譯　黃俊郎校閱
新譯燕丹子　曹海東注譯　李振興校閱
新譯東萊博議　李振興、簡宗梧注譯
新譯唐六典　朱永嘉、蕭　木注譯
新譯唐摭言　姜漢椿注譯

宗教類

新譯金剛經　徐興無注譯　侯迺慧校閱
新譯高僧傳　朱恒夫、王學均等注譯　潘栢世校閱
新譯碧巖集　吳　平注譯
新譯百喻經　顧寶田注譯
新譯楞嚴經　賴永海、楊維中注譯
新譯梵網經　王建光注譯
新譯圓覺經　商海鋒注譯
新譯法句經　劉學軍注譯
新譯六祖壇經　李中華注譯　丁　敏校閱
新譯禪林寶訓　李中華注譯　潘栢世校閱
新譯維摩詰經　陳引馳、林曉光注譯
新譯經律異相　顏洽茂注譯
新譯阿彌陀經　蘇樹華注譯
新譯無量壽經　邱高興注譯
新譯無量壽經　蘇樹華注譯
新譯妙法蓮華經　張松輝注譯　丁　敏校閱
新譯景德傳燈錄　顧宏義注譯
新譯大乘起信論　韓廷傑注譯　潘栢世校閱
新譯釋禪波羅蜜　蘇樹華注譯
新譯八識規矩頌　倪梁康注譯
新譯永嘉大師證道歌　蔣九愚注譯
新譯華嚴經入法界品　楊維中注譯
新譯地藏菩薩本願經　李承貴注譯

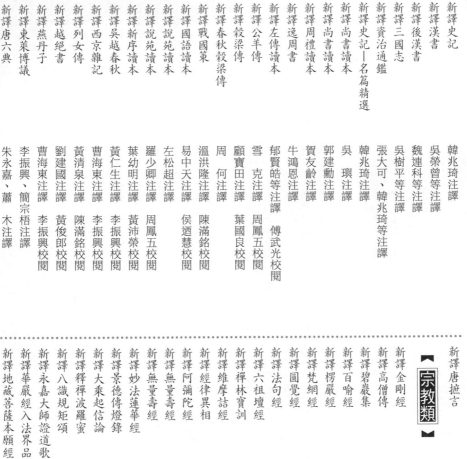

新譯悟真篇　劉國樑、連　遙注譯
新譯无能子　張松輝注譯
新譯坐忘論　張松輝注譯
新譯列仙傳　張金嶺注譯　陳滿銘校閱
新譯抱朴子　李中華注譯　黃志民校閱
新譯神仙傳　周啟成注譯
新譯性命圭旨　傅鳳英注譯
新譯老子想爾注　顧寶田、張忠利注譯　傅武光校閱
新譯周易參同契　劉國樑注譯　黃沛榮校閱
新譯道門觀心經　王　卡注譯　黃志民校閱
新譯養性延命錄　曾召南注譯　劉正浩校閱
新譯樂育堂語錄　戈國龍注譯
新譯冲虛至德真經　張松輝注譯　周鳳五校閱
新譯長春真人西遊記　顧寶田等注譯
新譯黃庭經・陰符經　劉連朋等注譯

【軍事類】

新譯司馬法　王雲路注譯
新譯尉繚子　張金泉注譯
新譯三略讀本　傅　傑注譯
新譯六韜讀本　鄔錫非注譯
新譯吳子讀本　王雲路注譯
新譯孫子讀本　吳仁傑注譯
新譯李衛公問對　鄔錫非注譯

【教育類】

新譯爾雅讀本　陳建初等注譯
新譯顏氏家訓　李振興、黃沛榮等注譯
新譯聰訓齋語　馮保善注譯
新譯曾文正公家書　湯孝純注譯　李振興校閱
新譯三字經　黃沛榮注譯
新譯百家姓　馬自毅、顧宏義注譯
新譯幼學瓊林　馬自毅注譯　陳滿銘校閱
新譯增廣賢文・千字文　馬自毅注譯　李清筠校閱
新譯格言聯璧　馬自毅注譯

【政事類】

新譯商君書　貝遠辰注譯　陳滿銘校閱
新譯鹽鐵論　盧烈紅注譯　黃志民校閱
新譯貞觀政要　許道勳注譯　陳滿銘校閱

【地志類】

新譯山海經　楊錫彭注譯
新譯水經注　陳橋驛、葉光庭注譯
新譯佛國記　楊維中注譯
新譯大唐西域記　陳　飛、凡　評注譯　黃俊郎校閱
新譯洛陽伽藍記　劉九洲注譯　侯迺慧校閱
新譯徐霞客遊記　黃　珅注譯　黃志民校閱
新譯東京夢華錄　嚴文儒注譯　侯迺慧校閱

◎新譯陸機詩文集

王德華／注譯

陸機是西晉著名的文學家，其一生可說突顯了西晉亂世下文人的共同命運。在他四十三年的短暫生命裡，對人生與生命的感受，對歷史與現實的觀察思考，以及他的鄉曲之思和親情之念，都在他的創作中得到最生動的反映。本書所輯錄的陸機詩文以《四部叢刊初編》本為底本，並參照前人時賢的輯佚校勘成果，多所增補校正。注譯明白曉暢，研析深入，允為了解陸機文采風華的必讀之作。